KB125194

THE JOHN VARLEY READER

베스트 오브 존 발리

THE BEST OF
JOHN VARLEY

최세진 옮김

아작

존 발리는 현대판 휴머니스트 하인라인으로서,
상상력과 열정으로 SF를 쓴다.

— 코리 닥터로우

SF에서 단편은 락 음악에서 7인치 싱글 음반 같은 것이다.
가장 완벽하면서도, 무자비할 정도로 만족시키기 까다로운 형식이다.
존 발리의 단편들에 대한 내 경험에 비추어 말하자면,
거의 대부분이 말 그대로 절대 잊을 수 없는 작품들이다.

— 윌리엄 깁슨

존 발리는 미국에서 최고의 작가다.

— 톰 클랜시

존 발리는 SF에서 가장 중요한 작가다.

〈워싱턴 포스트〉

우수한 SF

〈필라델피아 인콰이어러〉

존 발리가 하인라인의 명성을 이어받았다.

〈로커스〉

일러두기

모든 주석은 옮긴이의 것입니다.

서문

2002년 1월 20일 오후 2시 30분, 오리건주 포틀랜드시 벨몬트-테일러 사거리와 SE 10번가와 11번가 사이의 두 블록을 차지하는, 버려진 대형 채소 마트와 창고에서 화재가 발생했다. 소방관들이 화재 현장에 도착했을 무렵에는 그들이 할 수 있는 일이 별로 없었지만, 주변 건물로 화재가 번지는 사태를 막기 위해 노력했다. 30분이 채 지나기 전에, 네 번째 소방차가 달려왔다. 불길이 최고조에 달했을 때는 소방관 125명이 화재진압에 참여했다. 결국 화재는 창고의 북쪽 끝까지 번져나갔다. 그쪽으로는 한때 몬테카를로 레스토랑이 있었던 건물이 인접해 있었는데, 그 레스토랑 위층에 있는 낡은 아파트 두 채 중 하나가 리와 내가 즐거운 세월을 보냈던 집이었다.

집이라 부르던 장소의 처참한 잔해를 바라보는 일은 매우 낯선 경험이었다.

오로지 지붕의 가장자리만 살아남았다. 거대하고 낡은 다락방의 들보 중 일부는 여전히 버티고 있었지만, 불이 깊숙하게 파먹은 상태였다. 뒤쪽 지붕과 다락의 바닥은 무너졌고, 우리 침실과 작업실의 벽과 바닥도 함께 무너졌다. 리의 작업실에는 남쪽 벽의 아주 적은 부분만 보였는데, 리가 스펀지 페인팅 기법으로 장식해서 아주 자랑스러워하던 벽 중 하나였다.

온갖 좋은 일과 나쁜 일을 겪었지만, 몬테카를로는 살기에 아주 멋진 곳이었다. 멋짐을 재는 척도를 1점에서 10점까지 두었을 때, 레번워스 연방교도소를 1점, 캘리포니아의 부촌 샌시메온을 10점, 존 D. 맥도날드의 소설에서 주인공 트래비스 맥기가 사는 선상 가옥 '마지막 실패'를 9점이라고 한다면, 몬테카를로는 8점을 줄 수 있는 곳이었다.

그 집에서는 강 건너 포틀랜드 시내가 내다보였다. 우리는 창문을 통해 매년 7월 4일 독립기념일과 멕시코군이 프랑스를 물리친 날을 기념하는 5월 5일 싱코 데 마요 축제, 그 외에도 대여섯 번의 축제 때마다 불꽃놀이를 볼 수 있었다. 몬테카를로 레스토랑은 포틀랜드에 사는 이탈리아계 노인 인구 절반이 모이는 단골집이었다. 거의 매일 영화 〈대부〉의 돈 꼴레오네처럼 생긴 남자들이 무수히 들락거렸다. 포틀랜드 시내에서 그 레스토랑이 이탈리아식 수프 미네스트로네를 가장 잘 만들었다. 우리가 거기에 살 때 디스코가 다시 유행하면서 그 레스토랑은 리드 대학 학생들에게 인기 많은 나이트클럽이 되었다. 그 후 새로운 장소로 유행이 옮겨가자, 다시 예전의 느긋한 모습으로 돌아갔다.

우리는 그 건물이 화재에 취약하다는 사실을 알고 있었다. 건물에는 계단이 하나뿐이었는데, 오래된 바짝 마른 나무로 만든 계단이었다. 내가 살아본 집 중에서 유일하게 음료를 위한 배관이 설치된 곳이었다. 지하에 있는 가압된 병들에 연결된 신축성 있는 플라스틱 튜브가 우리가 사는 층까지 올라왔다가 벽을 통해 아래에 있는 술집으로 내려갔다. 나는 화재가 발생하면 그 파이프를 잘라서 세븐업이나 콜라로 불을 끄겠다는 생각을 한 적이 있었다. 그러려면 다른 튜브들과 혼동하지 않기 위해 조심했어야 할 것이다. 다른 튜브에는 보드카와 스카치, 진이 가득 차 있었다. 유선 방송 케이블에 선을 연결해서 훔쳐보듯, 튜브를 하나 이어 붙일까 하는 생각도 해봤었지만, 술집 위스키에 그렇게까지 할 만한 가치는 없다고 결론을 내렸다.

많은 사람이 8점짜리 집에서 살아보지 못한 채 평생을 보내는데, 나는 그런 집에 세 번 살아봤다. 맨 처음은 샌프란시스코 하이트가 1354번 지였는데, '우주의 중심'에서 한 블록 반 떨어진 곳이었다. 거기에서 하이트가와 애쉬베리가의 도로표지판을 볼 수 있었다.* 길 건너에는 마약 관련 용품을 파는 가게가 있었고, 그 위에 악명 높은 마약상이 살았는데, 한번은 가수 재니스 조플린이 거기로 들어가는 모습을 본 적도 있다. 그리고 그 건물 아래층 모퉁이에는 '맥놀리아 선더푸시'가 있었는데, 아마 미국에서 가장 멋진 아이스크림 가게였을 것이다. 나는 그 집에서 1년 동안 살 수 있어서, 그리고 당시의 매우 다양한 약물을 경험했는데도 살아남아서 매우 운이 좋다고 느꼈다.

나는 많은 면에서 운이 좋았다.

이 글을 쓰고 있는 2004년은 내 첫 SF가 출판된 지 30년째 되는 해다. 덕분에 회고집을 내기에 꽤 좋은 시점이라는 생각이 들었다. 이런 책에는 서문이 있어야 한다.

나는 평소에 그런 식으로 생각하는 사람이 아니다. 처음으로 작가 생활을 시작했을 때는 인터뷰와 라디오, 텔레비전이 매우 불편했다. 사실은 지금도 자기 홍보가 싫다. 나는 소설이 그 자체로 말해야 한다고 생각한다. 내 첫 단편 모음집 《잔상》에는 SF 작가 알저스 버드리스가 매우 아첨하는 서문을 실었는데, 출판사가 그렇게 하자고 우겼기 때문이었다. 그다음에 나온 두 권 《바비 살인사건》과 《푸른 샴페인》에는 서문을 싣지 않았고, 그냥 목차와 단편 작품들만 담았다.

내가 유달리 사생활을 소중하게 여기는 사람이라는 이야기를 하려는 것은 아니다. 나도 평소에 행사에 나가 토론자로서 내 작품과 SF에 대해

* 샌프란시스코 하이트가와 애쉬베리가 교차로는 히피 문화의 발상지로 유명하다.

의견을 나누곤 한다. 그리고 우리 집 전화번호를 항상 전화번호부에 싣고 있는데, 그것을 후회한 적은 한 번뿐이었다. 내 짐작에는 전혀 팔리지 않을 것 같은 이상한 이야깃거리들과 내 생각을 올리는 웹사이트를 열면서(요즘 사람들은 그것을 블로그라고 하더라), 최근에 거창하게 대중 앞에 나서기도 했다.

그러나 내 소설들을 다시 읽으면서, 그 단편들과 최근에 일어난 화재 그리고 삶의 무상함에 대해 생각하게 되었다. 그리고 나는 건축물도 세우지 않았고, 기업도 창업하지 않았고, 곧 놀라운 새로운 발견으로 과학에 혁명을 일으킬 것 같지도 않으니, 이 단편들이 나에게 가장 중요한 업적이 될 거라는 사실을 깨달았다. 나는 여전히 이 소설들이 내 설명 없이 스스로 일어서야 하며, 스스로 말해야 한다고 믿긴 하지만…, 내가 그 작품을 쓸 당시 어디에 있었는지, 무엇을 하고 있었는지, 또 어떤 사람이었는지 말해주면 독자들이 흥미롭게 생각할 수도 있겠다는 생각이 문득 들었다.

이 글은 어쩌면 내가 언젠가 쓰게 될지도 모르는 자서전에 가까울 것이다. 나는 여기에 자서전을 쓸 생각이 없고, 앞에다 제대로 소화도 안된 덩어리를 내놓을 의도도 없다. 대신, 각각의 단편에 대한 서설로 책의 여기저기에 흩뿌려놓을 것이다.* 만일 그런 것들에 관심이 없다면, 마음 편히 건너뛰고 단편으로 곧장 들어가도 된다. 어쨌든 이 책의 주인공은 그 단편들이니까. 하지만 혹시 그 서설들이 재미있거든, 훨씬 많은 글이 모여 있는 www.varley.net로 당신을 초대한다.

* 한국어 번역판에서 각각의 단편에 대한 서설은 전자책에만 수록했다.

차례

PICNIC ON NEARSIDE

근거리로 떠나는 소풍

1974년 8월 〈The Magazine of Fantasy and Science Fiction〉에 첫 발표
'여덟 세계(Eight Worlds)' 시리즈의 첫 작품

이것은 내가 어떻게 '근거리'에 가서 레스터 아저씨를 만나고, 조금 성장했는지에 대한 이야기다. 카니발의 말대로, 진작 이야기했어야 했다. 카니발은 내 엄마다. 우리는 대부분의 시간 동안 서로 잘 지내지 못했다. 나는 열두 살이고 카니발은 아흔여섯 살이기 때문이라고, 나는 생각했다. 카니발은 나이 차이는 아무것도 아니라고 했다. 카니발은 아이를 가질 준비가 되었는지 확신하고 싶었기 때문에, 아이를 갖기까지 너무 오래 기다릴 수밖에 없었다고 했다. 그러면 나는 그 나이에는 어린 시절이 너무도 먼 옛날이라서, 그게 어떤 건지 기억하기조차 힘들 거라고 반박했다. 그러면 카니발은 자신의 기억력이 완벽하기 때문에 태어나던 때까지 다 기억한다고 했다. 그러면 나는 또….

우리는 논쟁을 많이 했다.

나는 훌륭한 토론자였다. 하지만 카니발에게는 독특한 문제가 있었다. 카니발은 감정적인 사람이었다. 그래서 내가 논쟁에 '사실'을 끌어들이려 하면, 카니발은 손을 저으면서 이렇게 말했다. "사실은 내 선입관에 방해가 될 뿐이야." 내가 카니발에게 그 말이 비이성적이라고 지적하면,

카니발은 내 말이 전적으로 옳다며, 바로 그 의도로 한 말이라고 했다. 대부분의 시간 동안, 우리는 논쟁의 바탕이 되는 전제 조건에 대한 동의조차 못 했다. 아마 그럴 경우 사람들은 토론의 끝이라고 생각할 것이다. 그러나 그렇게 생각한다면, 그건 카니발과 나를 모르기 때문이다. 지난 일고여덟 삭망월(朔望月)* 동안 우리의 비좁은 집에서 펼쳐진 논쟁의 주요 의제는, 내가 하고 싶은 '변환'이었다. 전선은 그어졌고, 우리는 매일 그 전선에서 부딪혔다. 카니발은 내 나이에 변환은 정신에 해롭다고 생각했다. 모두 한 번씩은 변환을 하는데도 말이다.

우리는 모두 아침 식사를 위해 식탁에 모였다. 나와 카니발, 그리고 카니발이 몇 년째 함께 사는 코드와 코드의 딸 아다지오가 앉아 있었다. 아다지오는 일곱 살이다.

어젯밤 카니발과 나 사이에 큰 전투가 있었다. 그 전투는 내가 열세 살이 되자마자 카니발과 절연하겠다고 장담하는 것으로 (거의) 마쳤다. 카니발의 반격이 뭐였는지는 기억나지 않는다. 당시 나는 몹시 화가 난 상태였다.

나는 식탁에 앉아 먹는 둥 마는 둥 하며, 내 상처를 핥고 있었다. 논쟁이 철학적으로는 결론 나지 않은 상태였지만, 실용적인 관점에서는 카니발이 이겼다. 그것은 의문의 여지가 없었다. 확실한 사실은, 카니발이 개인 지표를 입력 양식 하단에 첨부하지 않으면, 나는 변환을 할 수 없다는 점이었다. 그리고 카니발은 자신의 두뇌가 냉동실에 들어가기 전에는 절대로 허락하지 않을 거라고 했다. 카니발은 그럴 것이다.

"난 변환을 할 준비가 된 것 같아." 카니발이 우리에게 말했다.

"그건 불공평해요!" 내가 소리쳤다. "그냥 나를 엿 먹이려고 그 말을 하는 거잖아요. 나는 아무것도 아니고 엄마는 원하는 걸 뭐든지 할 수 있다는 생각을 주입하려고 하는 말이잖아요."

---

* 보름달에서 다음 보름달까지의 시간, 한 삭망월은 한 달과 비슷하다.

"그 문제에 대해서는 더 이상 말싸움을 하지 않을 거야." 카니발이 날카롭게 말했다. "그 주제는 이미 바닥까지 싹싹 긁었잖아. 내 결정은 바뀌지 않아. 변환을 하기에는 네가 너무 어려."

"말도 안 돼. 나도 곧 어른이 된다고요. 이제 겨우 1년 남았어요. 그 1년 동안에 내가 얼마나 달라질 거라고 생각하는 거예요?"

"난 그런 예상에는 관심 없어. 그때가 되면 네가 성숙해지길 바랄게. 하지만 네 말대로 겨우 1년이라면, 왜 그렇게 서두르는 건데?"

"그리고 그때는 네가 그런 말투로 말하지 않길 바랄게." 코드가 말했다.

카니발이 떫은 표정으로 코드를 쳐다봤다. 카니발은 나를 상대하고 있을 때 제3자의 간섭에 대해서는 명확한 선이 있었다. 카니발은 누구의 참견도 원하지 않았다. 그러나 카니발은 나와 아다지오 앞이라서 그런지 아무 말도 하지 않았다.

"제 생각에는요, 폭스 오빠한테 변환을 허락해줘야 할 거 같아요." 아다지오가 말했다. 그리고 나를 보며 생긋 웃었다. 어린 수양 자매들이 흔히 그렇듯이, 아다지오는 착한 아이다. 나는 아다지오가 언제나 내 편이 되어줄 거라 믿을 수 있었으며, 가능할 때마다 그 호의에 보답했다.

"넌 여기서 빠져." 코드가 딸에게 충고하고, 카니발에게 말했다. "우리는 당신과 폭스가 이야기를 마칠 때까지 식탁을 떠나는 게 낫겠지."

"그러려면 1년 동안 나가 있어야 할 거야." 카니발이 말했다. "가만히 있어. 토론은 끝났어. 폭스, 네가 다르게 생각한다면, 네 방으로 가도 좋아."

내 차례가 되었다. 나는 자리에서 일어나 식탁에서 달려 나갔다. 바보짓을 하고 있다는 느낌이 들었지만, 눈물은 진짜였다. 어떤 상황에서도 최선을 다하려 노력하는 멋진 부분이 나에게도 있기는 했다.

카니발이 잠시 후에 나를 보러 왔지만, 나는 반기지 않는 느낌을 주기 위해 최선을 다했다. 나는 그런 일에 능숙했다. 최소한 카니발에게는 능숙했다. 상황이 더 이상 나아지지 않을 거라는 게 명확해지자, 카니발이 떠났다. 카니발은 상처를 입었다. 문이 닫힐 때, 나는 정말 비참한 느낌이 들었다. 카니발에게 화가 났고, 나에게도 화가 났다. 나는 몇 해 전처럼 카니발을 사랑하기 힘들다는 사실을 깨달았으며, 사랑하지 못해 부끄러웠다.

나는 한참 동안 그 일을 걱정하다가 사과하는 게 좋겠다고 결정했다. 나는 방을 나가서, 카니발의 품에 안겨 눈물을 흘릴 준비를 했다. 하지만 그런 식으로 진행되지 않았다. 만일 그렇게 되었다면 상황이 달랐을 것이고, 나는 헤일로와 '근거리'에 가지 않았을 것이다.

카니발과 코드가 외출 준비를 하고 있었다. 두 사람은 거의 한 달 내로 돌아오지 않을 거라고 했다. 그리고 외출을 위해 옷을 차려입었다. 내가 짜증이 나서 카니발에게 사과하려던 계획을 바꾸게 된 것은, 두 사람이 자기네 방이 아니라 거실에서 옷을 갈아입는다는 사실 때문이었다. 나는 그들이 자기네 방에서 옷을 갈아입어야 한다고 생각했다.

카니발은 발을 떼어내고, 그 자리에 발판을 달았다. 발판은 자유낙하를 할 때나 의미가 있는 장치였기 때문에, 나는 바보처럼 놀랐다. 하지만 카니발은 기회가 있을 때마다 발판을 달았다. 그런데 발판은 걷기에 너무도 부적당했기 때문에, 카니발은 다리를 높이 쳐들고 걷는 말처럼 껑충거리며 다녔다. 나는 다리 끝에 손을 달고 다니는 사람들이 멍청하다고 생각했다. 카니발은 자신의 원래 발을 바닥에 눕혀놓았다.

카니발이 시계를 힐끗 보더니, 왕복선에 늦었다고 말했다. 두 사람이 집에서 나갈 때, 카니발이 어깨너머로 돌아보며 말했다.

"폭스, 내 발들 좀 치워줄래? 고마워." 그리고 카니발은 떠났다.

*

1시간 후, 내가 깊은 우울감에 젖어 있을 때, 문에서 벨 소리가 났다. 전에 본 적이 없는 여성이었다. 그리고 알몸이었다.

당신이 알던 누군가가 '변환'한 직후 만났을 때, 그 사람이 20센티미터 더 작아지거나 커졌더라도, 50킬로그램 더 불어나거나 줄어들더라도,

그리고 당신이 알던 사람과 닮은 데가 전혀 없는데도, 보자마자 누구인지 알아볼 때가 종종 있다는 사실을 알 것이다. 모든 사람에게 그런 재능이 있는 건 아니니까, 어쩌면 못 알아볼 수도 있다. 하지만 나는 그 분야의 재능이 꽤 좋았다. 카니발은 이게 종족 안에서 진행되는 진화적 변화라면서, 의지에 따라 외모를 변화시킬 수 있는 다른 개인들을 인식해야 될 필요성 때문에 나타난 반응이라고 했다. 그 말이 맞을 수도 있다. 카니발에게는 그런 재능이 전혀 없었다.

내 생각에 그것은 어떤 육체든 성(性)이든 사람이 신체를 입는 방식과 관련되어 있는 것 같다. 눈의 깜빡임이나 입의 움직임, 자세, 손가락 움직임 같은 사소한 습관 말이다. 어쩌면 의사들이 운동감각의 총체적 형태라고 부르는 것일 수도 있다. 이번에도 그렇게 알아봤다. 나는 내 눈앞에 있는 아름다운 여성의 얼굴과 다른 키, 다른 몸무게의 뒤에 있는, 내가 아는 누군가를 알아볼 수 있었다. 내 단짝 친구 헤일로였다. 석 달 전에 마지막으로 녀석을 봤을 때는 남자였었다. 여자가 바보처럼 활짝 웃었다.

"안녕, 폭스." 여자가 말했다. 한 옥타브 높은 목소리였지만, 틀림없이 헤일로였다. "내가 누구게?"

"퀸 빅토리아, 맞지?" 나는 지루하게 말하려 노력했다. "들어와, 헤일로."

헤일로의 얼굴이 축 처졌다. 곧 혼란스러운 표정을 지으며 안으로 들어왔다.

"어떻게 생각해?" 내가 몸 전체를 볼 수 있도록 헤일로가 천천히 돌면서 물었다. 전부 훌륭했다. 헤일로의 엄마가 완전하게 시술받을 수 있도록 조치해줬기 때문이었다. 내가 달리 뭐가 필요하겠나. 완벽하게 발달한 가슴, 전체적으로 성숙한 곡선. 하나의 작품이었다. 헤일로는 어른의 키만 거절했다. 그래서 오히려 전보다 몇 센티미터 줄어들었다.

"괜찮네." 내가 말했다.

"있잖아, 폭스. 혹시 내가 이만 가는 게 더 좋겠다고 생각한다면…."

"아, 미안해, 헤일로." 나는 마음속에 맺힌 증오를 누르며 말했다. "넌 끝내줘. 환상적이야. 정말이야. 조금 전에 힘든 일이 있어서 너를 보고도 기뻐하지 못한 것뿐이야. 카니발은 절대로 변환을 허락해주지 않을 거야."

그 말을 하자마자 헤일로가 동정적인 표정을 지었다. 헤일로가 내 손을 잡아서, 나는 매우 놀랐다.

"내가 너무 행복해서 눈치가 없었나 봐." 헤일로가 낮은 목소리로 말했다. "너희 집에 불쑥 들르는 게 아니었어."

헤일로가 커다란 갈색 눈동자로(본래는 파란 눈이었다) 나를 바라보자, 이게 나한테 어떤 의미가 될지 깨닫기 시작했다. 헤일로가 여자가 됐다고? 나와 복도를 달리던 그놈이? 내가 다리 여덟 개 달린 괴상한 고양이를 만들 때 도와줬던 그놈이? (카니발은 애벌레처럼 생긴 그 고양이를 집에 들이지 못하게 했다.) 같은 여자애와 사랑을 나누고 나중에 비교했던 그놈이? 깡패들이 나를 때리려 했을 때 도와주고, 나와 함께 울면서 복수를 다짐했던 그놈이? 이제 그런 것들 중에 하나라도 함께 할 수 있을까? 모르겠다. 내 친구는 대부분 남자였다. 아마 여자애들과는 성적인 부분이 문제를 너무 복잡하게 만드는 경향이 있었기 때문일 것이다. 그리고 나는 아직 그 두 가지를 같은 사람과 처리할 수 없었다.

그러나 헤일로는 그런 의심을 하지 않았다. 실제로 헤일로는 내게 바짝 붙어서 커다란 눈으로 천진난만하게 나를 바라봤다. 헤일로는 나한테 그렇게 하면 재미있다는 사실을 알고 있었다. 헤일로가 소년이었을 때 내가 그렇게 이야기해줬기 때문이다. 어쩐지 공평하지 않은 것 같았다.

"아, 내 말 좀 들어봐, 헤일로…." 내가 서둘러 말하며 뒤로 물러났다. 헤일로가 내 바지를 노리고 있었기 때문이었다! "아, 이게 익숙해지려면 시간이 좀 필요할 거 같아. 내가 어떻게…? 넌 내가 무슨 말 하려는지 알 거야, 그렇지?" 난 헤일로가 알 거라고 생각하지 않았다. 실은 나도 무슨 말을 해야 할지 몰랐다. 내가 아는 거라곤, 헤일로가 시도해보고 싶어서 안달하는 그게 무지막지하게 당황스럽다는 사실뿐이었다. 그렇지만 헤일로는 아직도 내게 달려들었다.

"잠깐만!" 내가 필사적으로 말했다. "잠깐만! 나한테 생각이 있어! 아…. 그래. 카니발의 점퍼를 타러 가자, 좋지? 오늘 나에게 사용해도 좋다고 했어." 내 입이 통제를 벗어나 스스로의 삶을 개척해나갔다. 내 말은 전부 즉흥적으로 쏟아져 나오는 거라서, 헤일로가 처음 듣는 것만큼이나 나도 처음 듣는 말이었다.

나를 쫓던 헤일로가 멈췄다. "카니발이 정말 그랬어?"

"당연하지." 내가 몹시 확신에 찬 목소리로 대답했다. 카니발의 관점에 따르면, 이 말은 반만 거짓말이었다. 혹시라도 내가 카니발에게 점퍼에 대해 물어봤다면, 사용하라고 했을 게 틀림없다. 난 논리적으로 카니발이 허락해줬을 거라 확신했다. 그저 내가 카니발에게 물어보는 것을 깜빡했을 뿐이다. 그게 전부다. 그래서 허락이 떨어진 것이나 마찬가지였으므로, 나는 계속 허락을 받은 것처럼 행동했다. 이 논리가 조금 간사하다는 점은 나도 인정한다. 하지만 내가 앞서 말했듯이, 카니발은 이해했을 것이다.

"글쎄…." 헤일로는 내 제안을 진심으로 기뻐하는 것 같지 않았다. "어디로 갈 거야?"

"구 아르키메데스는 어때?" 다시 한번, 나도 엄청나게 놀랐다. 나는 지금껏 거기에 가고 싶다는 생각을 해본 적이 없었다.

헤일로도 정말로 놀란 모양이었다. 내 말에 충격을 받은 헤일로는 새로운 습관을 잊어버리고, 예전의 헤일로처럼 반응했다. 얼빠진 표정을 지으며 입을 헤 벌린 것이다. 곧 헤일로는 다른 반응을 시도했다. 양손으로 입을 가리고 살짝 풀이 죽은 표정을 지었다. 변환을 처음 한 사람들은 항상 이랬다. 새롭게 여성이 된 사람은 고딕 소설에서 튀어나온 사람처럼 고상한 척 점잔빼며 말하고, 새롭게 남자가 된 사람은 〈욕망이라는 이름의 전차〉에 나온 말론 브란도처럼 거드름을 피우며 툴툴거렸다. 그러다 시간이 지나면 회복되었다.

헤일로는 바로 내 눈앞에서 회복했다. 헤일로가 머리를 긁적이며 나를 빤히 쳐다봤다.

"너 미쳤어? 구 아르키메데스는 근거리에 있잖아. 그쪽으로는 아무도 못 가게 해."

"못 가게 한다고?" 나는 갑자기 흥미가 솟았다. "확실히 아는 거 맞아? 왜 못 가게 하는데?"

"글쎄, 다들 알잖아…."

"그래? 도대체 누가 우리를 거기에 못 가게 하는 건데?"

"아마 중앙컴퓨터일 거야."

"그렇군. 그걸 알아내려면 시도해보는 방법밖에 없어. 자, 가자." 내가 헤일로의 팔을 붙잡았다. 헤일로가 혼란스러워 한다는 사실을 알 수 있었다. 내가 생각을 정리할 수 있을 때까지, 헤일로도 그 상태를 유지하기를 바랐다.

✳

"근거리에 있는 구 아르키메데스로 비행 계획을 잡아줘." 나는 걱정하는 기미를 보이지 않으며 최대한 어른처럼 말하려 노력했다. 내가 미친 듯이 재촉한 탓에, 우리는 10분 만에 점심 도시락까지 싸서 지상으로 나온 상태였다.

"그건 조금 애매한 요구입니다, 폭스." 중앙컴퓨터가 말했다. "구 아르키메데스는 넓은 지역이잖아요. 다시 시도해볼래요?"

"아…." 실수였다. 빌어먹을 컴퓨터, 융통성이라곤 하나도 없이 문자 그대로만 받아들이는 염병할 놈들! 내가 구 아르키메데스에 대해 뭘 알겠어? 구 아르키메데스에 대해서는 지구에 있는 구 뉴욕이나 구 봄베이 만큼이나 몰랐다.

"주 착륙장으로 비행 계획을 잡아줘."

"훨씬 좋네요. 비행 데이터는…." 컴퓨터가 일련의 번호를 길게 주절거렸다. 나는 그 번호를 조종 장치에 입력하고, 긴장을 풀려 애썼다.

"이제 간다." 내가 헤일로에게 말했다. "여기는 킹시티의 개인 점퍼 AX1453을 조정하는 폭스-카니발-줄이다. 구 아르키메데스의 주 착륙장으로 비행 계획을 제출한다. 그 경로는 다음과 같다⋯." 나는 중앙컴퓨터가 내게 준 번호를 반복해서 읽었다. "지구 점령 214년, 네 번째 삭망월, 열일곱 번째 초승달에 제출. 출발 시각을 요청한다."*

"인정합니다. 출발 시각은 다음과 같습니다. '출발' 신호부터 30초 후. 출발."

나는 놀라서 어리벙벙했다. "그게 다야?"

중앙컴퓨터가 낄낄 웃었다. 빌어먹을 기계가 엄마 노릇을 하려고 한다. "뭘 기대한 거예요, 폭스? 보안관들이 점퍼를 호위라도 해줄 줄 알았나요?"

"모르겠어. 우리가 근거리로 가는 걸 허락하지 않을 줄 알았지."

"그건 사람들의 오해예요. 당신이 미성년자이긴 하지만 자유 시민이잖아요. 달의 지표면에서 당신이 원하는 곳은 어디든 갈 수 있어요. 저는 국가의 법률과 저에게 프로그램된 당신 부모님의 구체적 요구사항만 따르면 됩니다. 저는⋯ 엔진을 점화시켜줄까요?"

"쓸데없이 오지랖 떨지 마." 나는 시계를 지켜보다가 0에 도달했을 때 단추를 눌렀다. 가속은 부드러웠지만, 한참 동안 지속되었다. 제기랄, 구 아르키메데스는 달의 정반대 편에 있었다.

"당신이 젊은이의 무지와 부주의로 스스로를 위험에 빠트리지 않도록 지켜야 할 의무가 저에게 있습니다. 또한 당신이 어머니가 바라는 대로 따르는지도 지켜봐야 합니다. 그 외에는 당신 마음대로 해도 좋습니다."

"그 말인즉슨 카니발이 나한테 근거리에 가도 된다고 허락했다는 뜻이야?"

---

* 한 초승달은 하루와 비슷하다.

"전 그렇게 말하지 않았어요. 카니발로부터 당신을 근거리에 가지 못하게 하라는 지시를 받은 적이 없다는 뜻입니다. 그리고 근거리는 당신에게 특별히 위험하지 않아요. 그래서 저로서는 당신의 비행 계획을 승인하는 것 외에는 달리 할 수 있는 게 없습니다." 컴퓨터가 잠시 말을 멈췄다가 이어서 말했다. "제 경험에 따르면, 그런 요청을 거부하도록 제게 지시해놓아야 한다고 생각하는 부모는 거의 없었어요. 아마도 거기에 가겠다고 요구하는 사람이 거의 없기 때문이겠죠. 게다가, 현재 당신의 부모님에게 연락이 닿지 않는다는 사실을 확인했습니다. 당신의 엄마가 방해하지 말라는 지시를 남겼더군요, 폭스." 중앙컴퓨터가 비난하듯 말했다. "저는 이게 우연이 아닌 것 같다는 생각이 들었어요. 당신이 이렇게 계획한 건가요?"

난 계획하지 않았다! 하지만 내가 알고 있었다면….

"아니, 안 했어."

"귀환 비행 계획이 필요하지 않을까요?"

"왜? 돌아갈 준비가 되면 물어볼게."

"유감이지만 그건 가능하지 않을 겁니다." 중앙컴퓨터가 거만한 투로 말했다. "당신은 앞으로 5분 이내에 제 마지막 수신기의 범위를 벗어나게 됩니다. 알다시피, 저는 근거리까지 닿지 않아요. 수십 년 동안 한 번도 거기까지 연결해보지 않았어요. 당신과 연결이 끊어질 겁니다, 폭스. 이제 당신 혼자 알아서 해야 해요. 잘 생각해보세요."

그래서 생각해봤다. 잠시 불안한 생각이 들면서 돌아가고 싶어졌다. 오랫동안, 중앙컴퓨터가 살펴보지 않을 때는 아이들이 지상으로 올라가는 게 허용되지 않았다.

내가 정말로 잘 해낼 수 있을까? 갑자기 지상에 나갈 경우 얼마나 위험한지는 잘 알았다. 지금까지 자라면서 온갖 사고를 쳐서 나름대로 단련이 된 것 같긴 하지만, 과연 그럴까?

"정말 신난다!" 헤일로가 들떠서 소리쳤다. 헤일로는 어디에 갈 건지 처음 들었을 때의 충격에서 완전히 벗어나 다시 구름 속에서 헤매고 있었다. 헤일로는 변환 이후 세 번의 초승달 동안 저렇게 머리가 텅 빈 바보처럼 지냈다. 뭐, 나중에 내가 변환을 처음 했을 때, 나도 그랬다.

"엇, 멍청아." 내가 말했다. 별로 심한 말이 아니었고, 헤일로도 모욕당한 표정이 아니었다. 헤일로는 나를 바라보며 활짝 웃더니 창밖을 멍하니 바라봤다. 우리는 경계선에 다가가고 있었다.

나는 소모품을 점검했다. 한 삭망월 정도는 충분히 지낼 수 있을 정도로 완벽하게 준비되어 있었다. 나는 속도계를 보지도 않고 투덜거렸다.

"알았어, 거만한 놈. 귀환 비행 데이터를 줘."

"그건 불완전한 요구사항입니다."

"젠장, 구 아르키메데스에서 킹시티로 가는 비행 계획을 잡아줘. 그리고 말대답하지 마."

"통보받았음. 이해했음." 컴퓨터가 데이터를 줬다. 컴퓨터의 목소리가 조금씩 희미해졌다. "언제 돌아올지 저한테 알려줄 생각은 없겠죠?" 중앙컴퓨터가 기가 죽은 목소리로 말했다.

하! 바로 그 지점이 컴퓨터의 약점이었다. 나는 카니발이 중앙컴퓨터의 설명을 듣게 되었을 때 기뻐하지는 않을 거라고 확신했다.

"카니발에게는 내가 정착할 곳을 찾으러 나갔으니까, 절대로 돌아가지 않을 거라고 전해줘."

"좋을 대로."

*

구 아르키메데스는 내 예상보다 컸다. 이 도시는 전성기에도 현재의 킹시티보다 인구가 적었다. 하지만 구 아르키메데스 사람들은 당시에 지하보다 지상에 건물을 많이 지었다. 현재 킹시티는 지상에 착륙장과 돔 몇 개 정도밖에 없다. 구 아르키메데스는 중앙 착륙장 주변에 건물들이 여기저기 빼곡했다. 헤일로가 남쪽의 흥미로운 건물을 가리켰다. 그래서 나는 그쪽으로 이동해서 건물 옆에 내려앉았다.

헤일로가 문을 열어 텐트를 던지고, 바로 뛰어내렸다. 나도 그 뒤를 따라갔지만, 점심 도시락을 들고 갈 사람이 나밖에 없는 것 같아서 사다리를 타고 내려갔다. 헤일로가 주변을 휙 둘러보더니 텐트를 펼치기 시작했다.

"탐험은 나중에 가자." 헤일로가 숨을 헐떡이며 말했다. "지금은 텐트에 들어가 점심을 먹자. 배고파."

알았어, 좋아. 내가 속으로 말했다. 조만간 맞닥뜨릴 수밖에 없는 상황이었다. 나는 헤일로가 진짜로 배고프다고는 생각지 않았다. 아무튼 소풍 도시락을 먹고 싶어서 저러는 것은 아닐 것이다. 그래도 이건 나에게 너무 빨랐다. 저 텐트에서 기어 나올 때, 우리의 관계가 어떻게 바뀌어 있을지 감이 잡히지 않았다.

헤일로가 텐트를 설치하는 동안, 나는 좀 더 느긋하게 주변을 둘러봤다. 얼마 지나지 않아, '고요의 바다' 기지로 가는 게 더 나았을 거라는 생각이 들었다. 민간 시설은 아니지만, 거기에는 유령이 없다. 그 생각이 나서 말인데, 고요의 바다 기지는 본래 '근거리'에 있다가 옮긴 것이다.

구 아르키메데스에 대해 이야기하자면, 나는 구 아르키메데스가 왜 불안한지 딱 꼬집어서 말하기 힘들었다. 적막감 때문은 아니었다. 우리가 지구에서 쫓겨나 태양계의 쓸모없는 행성들에서 성장하기 시작한 이래로 인류는 적막한 상황에 적응할 수밖에 없었다. 사람이 적어서 불안한 것도 아니었다. 나는 지상에서 오랜 시간 걸어 다녀도 아무도 만나지 못하는 상황에 익숙했다. 모르겠다. 어쩌면 지평선 살짝 위에 걸린 지구 때문일 수도 있다.

지금 지구는 초승달 모양이다. 나는 어두운 부분에 자리 잡은 인류의 도시들에 불빛이 점점이 흩뿌려져 있었던 그 옛날의 모습을 다시 볼 수 있기를 헛되이 소망했다. 지금은 그곳에 원시적인 밤과 바다의 돌고래, 외계인들만이 있을 뿐이다. 그리고 예전에는 어린아이들의 잠을 설치게 하려고 꾸며낸 유령들도 있었지만, 지금 나로서는 잘 모르겠다. 저기에 아직 살아남은 인간이 있을지도 모르지만, 우리는 알아낼 방법이 없다.

바로 그런 이유로 사람들이 '원거리'로 떠날 수밖에 없었다는 이야기를 들은 적이 있다. '근거리'에는 인류가 무엇을 잃어버렸는지 끊임없이 상기시키는 지구가 항상 하늘에 떠 있어서, 사람들을 힘들게 했을 것이다. 특히 지구에서 태어난 사람들은 무척 힘들었을 게 틀림없다. 이유가 무엇이었든, 거의 한 세기 동안 근거리에는 아무도 살지 않았다. 사람들이 원거리의 안락한 텅 빈 하늘로 이주하자, 원래의 정착지는 쇠락했다.

낡은 건물들 위에 무언가 눈에 보이지 않는 이끼 같은 게 드리워진 느낌이 들었다. 이곳에 희망을 묻고 원거리의 망각으로 떠나간 사람들이 남긴 두려움과 절망의 기운이었다. 여기는 유령들이 있었다. 그랬다. 실현하지 못한 꿈과 끝없는 갈망의 그늘, 그리고 그 모든 것들 너머로 한없이 깊은 슬픔이 그득했다.

나는 고개를 젓고, 현실로 돌아왔다. 헤일로가 텐트 준비를 마쳤다. 내 머리보다 약간 높은 투명한 돔이 텅 빈 착륙장에 볼록하게 솟았다. 내가 입구의 튜브를 통해 기어들어 가자, 헤일로가 내 뒤에서 텐트를 밀폐했다.

헤일로의 텐트는 괜찮은 제품이었다. 바닥의 지름이 약 3미터로, 가끔 옆 사람에게 발로 차이는 것만 신경 쓰지 않는다면 여섯 명도 충분히 잘 수 있는 넓이였다. 텐트에는 스토브와 입체 음향 시스템, 소형 화장실도 있었다. 텐트는 물을 재생해서 사용했으며, 이산화탄소를 배기하고, 온도를 제어했다. 게다가 수경법으로 만들어낸 산소를 3삭망월 동안 공급해줄 수 있었다. 그리고 이 모든 게 한 변이 30센티미터인 정육면체로 접혔다.

문이 밀폐되자마자 헤일로는 우주복을 벗고, 부산하게 움직이며 주방을 차렸다. 그리고 내게서 점심 바구니를 빼앗아 점심을 차리기 시작했다.

나는 헤일로가 음식을 준비하는 모습을 대단히 흥미롭게 지켜봤다.

헤일로가 어떤 감정인지 이해하고 싶었지만 쉽지 않았다. 헤일로의 머릿속에 있는 모든 퓨즈가 터져버린 것 같았다.

처음으로 변환을 한 사람들은 때때로 지나치게 과잉 반응한다. 그들은 예전의 정체성을 그대로 유지해도 아무런 문제가 없다는 사실을 깨달을 때까지 자신에게 맞는 새로운 정체성을 찾아다닌다. 하지만 우리 사회에서는 성 역할의 차이가 거의 없으므로, 새로운 정체성을 찾는 이들은 성 역할의 차이가 놀랍도록 선명하고 너무도 생생했던 시대로 돌아간다. 옛 지구와 초기의 달에서 만들어진 소설과 드라마, 영화, 음원 같은 것들 말이다. 그들은 새로운 몸을 가져서 남근이나 질이 없어진 상태이기 때문에, 다르게 행동해야 한다고 막연하게 생각한다.

나는 헤일로가 어떤 배역에 빠졌는지 알아챘다. 나도 여느 아이들처럼 옛날 문화에 관심이 많았기 때문이다. 헤일로는 지금 '블론디'였다. 블론디는 예전에 미국에서 인기 있었던 만화 주인공으로, 중산층 백인 가정주부였다. 아마도 나는 블론디의 남편 '댁우드'인 모양이었다. 가정적인 19세기 부부의 전형이었다. 헤일로는 빨간색과 흰색의 바둑판무늬 식탁보를 펼치고, 접시와 냅킨, 세면 그릇, 작은 전자 촛불로 두 사람의 식탁을 차렸다.

헤일로가 작은 스토브 앞에 무릎을 꿇고 앉아 하나의 버너에 프라이팬 세 개를 올리려 애쓰는 모습을 보면서, 나는 미소를 지을 수밖에 없었다. 헤일로는 내가 전혀 관심이 없는 역할로 나를 기쁘게 해주려고 무척 애를 썼다. 그 일을 하면서 콧노래까지 불렀다.

식사를 마친 후, 내가 설거지를 하겠다고 제안했지만(뭐, 댁우드라면 그렇게 했을 것이다), 블론디는 "아니, 괜찮아, 내 사랑, 내가 다 알아서 할게."라고 했다. 나는 바닥에 드러누워서 배에 손을 올리고 지구를 바라봤다. 곧 따뜻한 몸이 나를 껴안으며 눕는 게 느껴졌다. 반은 내 옆에, 반은 내 위에 걸치더니, 눈부터 발까지 바싹 붙었다. 헤일로가 블론디를 더운 접시 사이에 버려두고 온 모양이었다. 지금 내 귀에 속삭이는 이 여성은 누구일까? 트로이의 헬레네? 그레타 가르보? 아무튼 새로운 여성이었다. 나는 부디 헤일로가 다시 돌아오기를 간절히 바랐다. 그 여성을 속에 품고서 흥분한 이 녀석이 우리에게 기회를 준다면, 나와 헤일로가 악마처럼 신나게 놀아볼 수 있을 거라는 생각이 들기 시작했다. 그사이 나는 트로이의 헬레네에게 겁탈을 당했다. 내가 고개를 들었다.

"넌 어때, 헤일로?"

헤일로가 전희를 살짝 늦췄지만, 완전히 멈추지는 않았다. 그러면서 한쪽 팔꿈치로 바닥을 짚었다.

"너한테 어떻게 설명해야 할지 모르겠어."

"그래도 해봐."

헤일로의 보조개가 쏙 들어갔다. "이게 어떤 느낌인지 잘 모르겠어. 있잖아, 난 아직 처녀거든."

내가 자리에서 일어나 앉았다. "그 수술도 했어?"

"당연하지, 왜 안 하겠어? 그래도 걱정하지 마. 난 두렵지 않아."

"사랑을 하는 건 어때?"

"아, 폭스, 폭스! 그래, 그거야. 내가….."

"아냐, 아냐! 잠깐만 기다려." 나는 헤일로 밑에서 꿈틀거리며 조금이라도 말려보려 애썼다. "내가 하려던 질문은, 성이 바뀌었는데도 아무런 문제가 없느냐는 거였어. 지금 남자애들과 성관계를 갖는 거에 아무런 반감도 없어?" 확실히 바보 같은 질문이었지만, 헤일로는 진지하게 받아들였다.

"아직은 아무런 문제도 못 느꼈어." 헤일로가 생각에 잠긴 얼굴로 말했다. 그리고 아래로 손을 뻗어서 더듬거리며 서툴게 나를 안으로 넣으려 애썼다. 나는 헤일로가 제대로 할 수 있도록 도와줬고, 헤일로는 쪼그리고 앉아 자세를 잡았다. "변환 이전에는 그런 문제를 생각해봤었는데, 지금은 머릿속에서 지워버렸어. 전혀 불안감이 느껴지지 않아. 아아!" 헤일로가 아래로 몹시 거칠게 내리눌렀다. 그리고 우리는 순조롭게 진행했다.

내가 지금껏 경험했던 성관계 중에 가장 불만족스러웠다. 우리 중 누구의 잘못도 아니었다. 외부에서 일어난 사건 때문에 우리는 완전히 엉망진창이 될 뻔했다. 하지만 그게 아니더라도, 그다지 좋지 못했다.

처음 여성으로 변환한 사람은 첫 성행위가 진행되는 동안 정신없이 흥분해서 의식을 잃는 경향이 있다. 그 상태가 60초 동안 지속되기도 한다. 다른 규칙과 새로운 장비 세트를 가지고 다른 코트에서 경기를 하고 있다는 사실은 그 여성에게 장애가 되지 않을 뿐 아니라, 오히려 엄청난 성적 자극을 제공해주었다.

헤일로에게도 그런 일이 일어났다. 헤일로가 나를 기다리는 건지 궁금해지기 시작했지만, 결국 알아내지 못했다. 헤일로의 얼굴에서 다른 곳으로 눈길을 돌리다가, 내 평생 가장 큰 충격을 받았다. 텐트 바깥에서서 우리를 지켜보는 사람이 있었다.

헤일로가 내 태도가 바뀐 것을 알아채고 내 얼굴을 봤다. 아마 그때 내 얼굴은 볼 만했을 것이다. 그리고 내 어깨너머를 쳐다봤다. 헤일로가 기절했다. 마치 전등이 딸깍 꺼지듯 정신을 놓아버렸다.

젠장, 나도 거의 기절하기 직전이었다. 기절할 뻔했지만, 헤일로가 기절한 모습을 보자 더 무서워졌다. 그래서 헤일로처럼 속 편하게 기절하기는 힘들겠다고 결론 내렸다. 그래서 나는 무슨 일이 일어나고 있는지 지켜보기 위해 깨어 있었다.

그 사람의 모습은 우리가 여기에 도착한 이후 내가 줄곧 상상해왔던, 버림받은 도시를 어슬렁거리는 유령과 너무 닮았다. 그는 키가 작았다. 그리고 덧댄 헝겊 조각이 조금 많긴 했지만, 케플러 박물관에서 훔친 듯한 우주복을 입었다. 우주복 안에 있는 사람이 누구인지는 말할 것도 없고 성별조차 감이 잡히지 않았다. 우주복은 부피가 거대했고, 헬멧은 번쩍거렸다.

내가 그 모습을 얼마나 오래 노려봤는지 모르겠지만, 그 유령이 걸어서 우리 텐트를 서너 번 돌기에 충분한 시간이었다. 나는 우리가 들이켰던 백포도주 병으로 손을 뻗었다. 이 상황이 옛날 영화에 상투적으로 나오는 클리셰 같다는 느낌이 들었다. 이 상황에서 술병은 아무런 도움이 되지 않았다. 그러나 남은 포도주를 헤일로의 얼굴에 부었더니, 이 녀석에게는 분명히 도움이 되었다.

"우주복 입어." 헤일로가 입에 있는 포도주를 뱉어내며 일어나 앉자 내가 말했다. "저 사람이 우리와 대화를 하고 싶은 모양이야." 유령이 우리를 향해 손을 흔들더니, 자기 우주복에 달린 무전기 같은 것을 가리켰다.

헤일로와 나는 우주복을 입고 튜브를 통해 기어나갔다. 그리고 우주복의 무선 채널을 돌리며 계속 인사했다. 전혀 작동하지 않았다. 곧 그 사람이 다가오더니 자신의 헬멧을 내 헬멧에 가져다 댔다. 멀리 떨어진 소리처럼 남자의 목소리가 들렸다.

"여기서 뭘 하는 건가?"

나는 그 말의 의미가 명확하다고 생각했다.

"선생님, 저희는 여기로 소풍을 왔을 뿐입니다. 저희가 선생님의 땅이나 뭐 그런 곳에 착륙했나요? 혹시 그랬다면, 죄송합니다. 그리고…."

"아냐, 아냐." 남자가 손을 내저었다. "너희가 하고 싶은 대로 해. 난 너희 엄마가 아니다. 소유권이라면, 글쎄, 내가 이 도시 전체를 소유하고 있는 것 같긴 하지만, 대체로 너희 하고 싶은 대로 해도 좋다. 너희가 하고 싶은 대로 해, 그게 내 철학이야. 그래서 내가 아직 여기에 사는 거다. 놈들은 '레스터 영감'을 이사 가게 할 수 없어. 내가 바로 그 늙은이 레스터지."

"저는 폭스입니다, 선생님." 내가 말했다.

"그리고 저는 헤일로예요." 헤일로가 내 무전기를 통해 대화를 듣고 말했다.

레스터가 고개를 돌려 헤일로를 봤다.

"헤일로(Halo)라…." 레스터가 조용히 말했다. "천사의 후광이라니,

멋진 이름이네, 아가씨." 나는 그의 얼굴이 보고 싶었다. 레스터는 어른처럼 말했지만, 키가 작은 사람인 게 틀림없었다. 우리 둘 다 레스터보다 컸다. 우리는 또래 친구들보다 별로 큰 키도 아니었다.

레스터가 콜록거렸다. "나는, 아, 미안해. 내가 너희를 방해했구나…. 아." 레스터가 당황한 듯했다. "나도 어쩔 수 없었다. 너무 오랫동안 사람들을 보지 못했거든. 어, 아마 10년은 되었을 거야. 그래서 가까이 와서 볼 수밖에 없었다. 그리고 내가, 어, 내가 너희한테 물어볼 게 있어."

"그게 뭡니까, 선생님?"

"그 선생님이라는 소리 좀 그만해. 난 너희 아빠가 아니야. 혹시 너희한테 약 같은 게 있을까?"

"점퍼에 구급함이 있어요. 도움이 필요한 사람이 있나요? 제가 그 사람을 킹시티의 병원으로 데려다줄게요."

레스터가 미친 듯이 손을 저었다.

"아냐, 아냐, 아니라고. 나는 의사들이 여기저기 찔러대는 거 싫다. 약이 약간 필요할 뿐이야. 어, 뭐랄까, 점퍼에서 구급함을 꺼내서 내 소굴로 잠깐 갈 수 있을까? 내가 쓸 만한 약을 너희가 가지고 있을 게다."

우리는 동의했다. 그리고 레스터를 따라 착륙장을 가로질러 걸어갔다.

✳

레스터가 착륙장 옆에 있는 밀폐되지 않은 건물로 우리를 데려갔다. 우리는 어두운 복도를 따라 줄지어 걸어갔다.

커다란 화물용 에어록에 도착해서 안으로 걸어 들어가니, 레스터가 에어록을 회전시켰다. 그리고 우리는 내부문을 통해 레스터의 소굴로 들어갔다.

상당히 조용한 장소였는데, 집이라기보다는 정글에 더 가까웠다. 킹시티의 대강당만큼 큰 공간에 나무와 덩굴 식물, 덤불이 무성했다. 한때는 누군가가 돌보며 재배하다가 야생으로 풀어놓은 것 같았다. 한구석에 침대 한 채와 의자 몇 개가 있고, 높다랗게 쌓아놓은 책들이 있었다. 그리고 쓰레기 더미가 있었다. 밀봉재가 새어 나온 통, 빈 산소 실린더, 주어 모은 장비, 자동차 타이어.

헤일로와 내가 헬멧을 벗고 우주복에서 반쯤 빠져나갔을 때, 레스터의 실제 모습을 처음으로 봤다. 믿기지가 않았다! 유감스럽게도 나는 순전히 반사적으로 헉 소리를 냈는데, 헤일로는 그냥 조용히 쳐다봤다. 곧 우리는 예의 바르게 아무것도 이상한 게 없는 척하려 노력했다.

레스터는 마치 우주복을 입지 않고 외부로 나가는 버릇이 있는 사람처럼 생겼다. 얼굴은 폭격을 당한 후에 쟁기로 갈아엎은 밭처럼 구덩이가 패고 긁힌 모습이었으며, 두 눈은 깊은 구멍에 잠겨 있었다.

"자, 보자…." 레스터가 가냘픈 손을 불쑥 내밀며 말했다. 노인의 손가락 관절은 부풀어 오르고 울퉁불퉁했다.

내가 구급함을 건네주자, 레스터가 더듬더듬 상자를 움켜잡고 열었다. 그리고 의자에 앉아 각 물품의 표지를 꼼꼼히 읽으며 중얼거렸다.

헤일로는 식물들 사이를 돌아다녔지만, 나는 레스터의 집보다 그 사람 자체가 더 궁금했다. 레스터가 뻣뻣하고 볼품없는 손가락으로 구급함의 내용물을 만지는 모습을 지켜봤다. 레스터는 모든 움직임이 뻣뻣한 것 같았다. 나로서는 레스터에게 무슨 문제가 있는지 짐작조차 힘들었다. 그리고 노인을 괴롭히는 게 무엇이든, 왜 이 지경이 되기 전에 의학적인 도움을 구하지 않았는지 궁금했다.

마침내 레스터가 두 개의 연고 튜브만 빼고, 모든 약품을 구급함에 집어넣었다. 레스터가 한숨을 뱉더니 우리를 바라봤다.

"넌 몇 살이냐?" 레스터가 미심쩍은 눈으로 나를 바라보며 물었다.

"스무 살이요." 내가 왜 그렇게 대답했는지 모르겠다. 보통 나는 타당한 이유가 없으면 거짓말을 하지 않았다. 레스터에게서 뭔가 묘한 느낌이 들기 시작했기 때문에 본능을 따른 것이었다.

"저도 스무 살이에요." 묻지도 않았는데, 헤일로가 대답했다.

레스터가 그 대답에 만족한 듯해서, 나는 놀랐다. 레스터가 오랫동안 사람들을 만나지 않았을 거라는 느낌이 들었다. 하지만 얼마나 오래 혼자 지냈는지는 알 수 없었다.

"내가 쓸 만한 약이 별로 없네. 그래도 혹시 팔 생각이 있다면, 이거 두 개를 사고 싶구나. 이거 '국소 마취제' 말이다. 아침에 조금 쓸 만할 거 같네. 얼마냐?"

나는 공짜로 줄 수 있다고 했지만, 레스터가 계속 고집했다. 그래서 레스터에게 가격을 정하라고 말하고, 우주복 주머니에 넣어둔 크레디트 계량기로 손을 뻗었다. 레스터가 직사각형의 종이 몇 장을 내밀었다. 지구 점령 76년 옛날 달 자치정부에서 발행한 지폐였다. 그 지폐는 한 세기 넘게 사용되지 않았다. 수집가들에게는 큰 가치가 있을 것이다.

"아저씨…." 내가 천천히 말했다. "이 지폐들은 아마 아저씨가 아는 것보다 훨씬 가치가 높을 거예요. 제가 그 지폐를 킹시티에서 팔아서…."

레스터가 껄껄 웃었다. "착한 녀석이네. 나도 이 지폐가 얼마나 가치가 있는지 안다. 내가 노쇠하긴 했어도 노망이 들지는 않았거든. 이 지폐를 원하는 사람들에게는 액면가 천 배의 가치가 있겠지만, 나한테는 아무런 가치도 없어. 그런데 딱 한 가지 예외가 있지. 정직한 사람을 찾을 때, 이게 있으면 기가 막히게 잘 가려낼 수 있단다. 누군가가 나처럼 병들고 노망한 늙은 은둔자를 이용하려 들면 이 돈으로 알아낼 수 있어. 미안하다, 애야. 하지만 네가 여기로 들어올 때, 네가 거짓말쟁이일 거라고 생각했었어. 내가 틀렸다. 그러니 네가 그 지폐를 가져라. 네가 거짓말쟁이였으면 내가 다시 받아냈을 게다."

레스터가 우리 앞의 바닥에 뭔가를 획 던졌다. 레스터가 내내 그것을 손에 들고 있었지만, 나는 보지 못했었다. 총이었다. 나는 총을 처음 봤다.

헤일로가 지극히 조심스럽게 총을 집어 들었다. 나는 총을 만지고 싶지 않았다. 이제는 이 레스터라는 사람이 별로 재미있지 않았다. 우리는 조용히 있었다.

"이런, 내가 너무 심하게 굴어서 너희가 겁을 먹은 모양이구나." 레스터가 말했다. "내가 사람들 사이의 예절이란 걸 다 잊었나 보다. 너희가 저편에서 어떻게 사는지 다 잊어먹었어." 노인이 총을 들어 약실을 열었다. 약실이 비어 있었다. "너희는 약실이 비어 있는지 몰랐지, 알았어? 어쨌거나, 난 살인자가 아니다. 그저 친구들을 아주 조심스럽게 고를 뿐이야. 내가 너희를 놀라게 하였으니, 그걸 만회하기 위해 저녁 식사에 초대해도 될까? 10년 동안 손님을 받은 적이 없어서 말이다."

우리가 조금 전에 식사를 했다고 하자, 레스터가 잠시 머물면서 이야기나 나눌 수 있겠느냐고 물었다. 노인은 간절히 바라는 듯했다. 우리가 그러겠다고 했다.

"옷 좀 줄까? 너희가 왔을 때, 사실 우리 집까지 방문할 거라고는 예상하지 못했어."

"아무 옷이나 주세요." 헤일로가 정중하게 말했다.

"난 옷이 없어." 레스터가 이가 빠진 입으로 활짝 웃었다. "너희가 발가벗은 모습을 이상하게 생각하지 않는다면, 나는 상관없다. 아까 말했듯이, 너희가 하고 싶은 대로 해." 레스터의 입에 붙은 말이었다.

그래서 우리는 풀밭에 누웠다. 레스터가 아주 맑고 강한 독주를 가져와 부어주어서 다들 마셨다.

"달빛*이다." 레스터가 웃었다. "이건 진품이야. 내가 만들었거든. '근거리'에서 최고의 술이지."

우리는 이야기를 나누고, 또 마셨다.

내가 술에 취해 아무것도 기억하지 못하는 상태가 되기 전에, 레스터에 대해 몇 가지 흥미로운 사실들을 알게 되었다. 먼저, 레스터는 정말로 나이가 많았다. 노인은 자신이 257세이며, 지구 태생이라고 했다. 28세 때 달로 왔는데, 몇 년 후 '침략'이 일어났다고.

---

* Moonshine, 밀주라는 뜻도 있다.

나는 그 연령대의 사람들을 몇 명 알지만, 저렇게 나이가 많은 사람은 없었다. 카니발의 증조모는 221세이지만 달 태생이다. 그리고 '침략'을 기억하지 못했다. 그분이 태어날 때 가지고 태어난 피부조직은 사실상 하나도 남아 있지 않았다. 그리고 기억을 새로운 두뇌로 두 번 전이했다.

나는 레스터가 오래전부터 의학적 치료를 받지 않고 지냈다는 주장을 믿을 마음의 준비가 되어 있었다. 하지만 레스터가 처음에 말해준 내용은 받아들일 수가 없었다. 80년 전에 심장을 새롭게 교체한 것을 제외하면, 태어난 이후 한 번도 개조하지 않았다니! 내가 어리고 순진하긴 하지만 (지금은 당시 내가 순진했다고 기꺼이 인정할 수 있다), 그 이야기는 도저히 믿을 수 없었다. 하지만 나는 점차 믿게 되었고, 이제는 믿는다.

레스터가 우리에게 백만 가지 이야기를 해주었는데, 모두 최소한 80년은 지난 이야기들이었다. 레스터가 은둔한 지 그렇게 오래되었기 때문이었다. 레스터가 지구와 초창기 달의 이야기를 들려줬다. 침략 이후 힘든 시절에 관해서도 이야기해줬다. 그 시절을 겪었던 모든 사람에게는 풀어놓을 사연이 있었다. 그날 밤이 새기 전에 내 기억이 끊어졌다. 내가 명확하게 기억하는 유일한 장면은 우리 셋이 동그랗게 서서 어깨동무를 하고, 레스터가 우리에게 가르쳐준 노래를 부르는 모습이었다. 우리는 서로 앞뒤로 흔들며 이마를 부딪고 웃음을 터뜨렸다. 레스터의 손이 내 어깨에 얹혀 있었던 기억도 있다. 레스터의 손은 바위처럼 단단했다.

＊

다음 날 헤일로는 플로렌스 나이팅게일이 되어 레스터를 간호해 되살려냈다. 헤일로는 여느 간호사처럼 단호했다. 레스터가 힘없이 항의했지만, 레스터의 옷을 벗기고 마사지를 해주었다. 나는 아침의 말짱해진 정신으로, 어떻게 헤일로가 레스터의 늙고 주름진 몸을 만질 수 있는지 궁금했지만, 지켜보면서 조금씩 이해가 되었다. 레스터의 몸은 아름다웠다.

레스터의 몸에 비견할 만한 존재는 달의 표면이었다. 달의 표면은 그 어느 곳보다 오래되고 혹사당했다. 하지만 나는 언제나 달의 표면을 좋아했다. 토성의 고리를 포함하더라도, 태양계에서 가장 아름다운 장소는 단연 달의 표면이다. 레스터가 꼭 그랬다. 나는 레스터가 달이라고 상상했다. 레스터는 달의 일부가 되어버렸다.

나는 레스터의 나이를 인정하게 되었다. 그래도 노인의 상태는 여전히 끔찍했다. 레스터는 술 때문에 많은 것을 잃었지만, 앞으로도 자제하지 않을 것이다. 레스터가 아침에 가장 먼저 찾은 것이 또 한 잔의 술이었다. 나는 레스터에게 한 잔 따라주고, 아침 식사를 거창하게 준비했다. 달걀과 소시지, 빵, 오렌지 주스까지 모두 레스터의 정원에서 나온 것들이었다. 식사를 마친 후, 우리는 다시 마셨다.

카니발이나 헤일로의 어머니가 지금쯤 무슨 생각을 하고 있을지 걱정할 겨를조차 없었다. 레스터가 간단히 우리를 자식으로 받아들였다. 레스터는 우리의 아버지가 되겠다고 했는데, 요즘은 자기 아버지가 누구인지 아는 사람이 없기 때문에, 그 말이 무척 괴상하게 들렸다. 그때부터 레스터는 내가 '모성'이라고 여길 만한 태도를 보이기 시작했는데, 노인은 그런 태도를 '부성'이라고 생각하는 게 분명했다.

그날 우리는 많은 일을 했다. 레스터가 우리에게 밭일을 가르쳐주었다.

레스터는 나에게 가지 나무를 타가 수정시키는 방법을 보여주고, 껍질을 열어보지 않고도 가지가 잘 익었는지 알아내는 방법을 가르쳐줬다. 레스터는 우리에게 빵나무를 재배하는 비결을 알려주었다. 접붙인 가지에서는 흑갈색의 단단한 통밀이나 여러 종류의 다양한 호밀 품종이 열렸다. 나는 호밀을 처음 봤다. 헤일로와 나는 감자와 고기열매를 캐는 방법도 배웠고, 벌꿀과 치즈, 토마토를 수확하는 방법도 배웠다. 그리고 돼지고기나무 줄기의 표피에서 베이컨을 벗겨내기도 했다.

우리는 일하면서 레스터의 '달빛'을 마시고, 많이 웃었다. 레스터는 밭일에 대한 지식을 가르쳐주는 사이사이 자신의 이야기를 많이 했다.

노인은 첫인상과 달리 멍청하지 않았다. 말투가 어눌한 것은 오랜 기간 혼자 즐기느라 해왔던 짓의 영향을 많이 받은 탓이었다. 레스터가 원할 때면 누구에게든 정확하게 말할 수 있었다. 레스터는 많이 읽었으며, 그 내용을 다 기억하고 있었다. 레스터는 일류 공학자이며 생명학자였지만, 그가 받은 교육과 기술은 한 가지 사실 때문에 한계가 있을 수밖에 없었다. 레스터가 아는 모든 것들이 80년 뒤떨어졌다. 그것은 별로 중요하지 않았다. 옛날 방식도 충분히 효과가 있었다.

하지만 사회적 문제에서 그 시간은 다른 의미를 가졌다.

레스터는 "싫다"는 사실 외에 '변환'에 대해 아는 게 별로 없었다. 레스터는 바로 '변환' 때문에 사회를 떠나기로 결심했었다. 레스터는 원거리로 떠나는 이주에 동참하는 것에 의심을 품었으며, 무엇보다 성전환 문제가 그런 의심을 키우는 결정적 요소였다고 했다. 레스터가 한 번도 여성이 되어본 적이 없다고 밝혔을 때, 헤일로와 나는 레스터가 생각하는 것보다 훨씬 큰 충격을 받았다. 나는 레스터의 호기심 결핍 정도가 거의 기념비적이라고 생각했다. 그러나 그런 내 생각은 틀렸다. 레스터는 변환 과정의 도덕성에 대해 약간 괴상한 관념을 갖고 있었는데, 그가 어린 시절에 섬뜩하게 일탈적인 종교에서 배운 생각이었다. 나도 그 광신적인 종교에 관해 들은 적이 있었다. 역사를 배우면 그 종교에 관해 이야기를 들을 수밖에 없다. 그 종교는 윤리에 대해서는 거의 말하지 않고, 독단적인 규제에 더 관심을 가졌다.

그런데 레스터는 아직도 그 종교를 믿었다. 레스터의 집에는 원시적인 상징물이 여기저기에 흩어져 있었다. 레스터가 다른 것들보다 소중히 여기는 핵심적인 상징물이 있었는데, 축 하나가 기다란 플러스 기호 모양의 단순한 목조 숭배물이었다. 레스터는 그런 숭배물을 목에도 하나 달고 있었는데, 다른 것들에는 잡초처럼 싹이 났다.

내가 얼마 전부터 알아채기 시작한 레스터의 혼란스럽고 모순된 주장의 바탕에는 그 종교가 있었다. 레스터의 "너희가 하고 싶은 대로 해."라는 말은 아마 진심일 것이다. 그러나 레스터 자신은 전혀 그런 원칙에 따라 살지 않았다. 레스터는 사람들에게 선택의 자유가 있어야 한다고 생각했지만, 그들의 선택이 자신의 선택과 다를 경우에는 그들을 비난할 게 분명했다.

내 나이에 대해 거짓말을 하기로 충동적으로 내렸던 결정은 옳았다. 하지만 내가 진실을 말했더라도 상황이 나빠졌을지는 모르겠다. 진실을 말했다면 우리가 더 많은 거짓말을 하거나 암시하지 않아도 되었을 것이다. 그리고 나는 언제나 거짓보다 정직을 좋아했다. 하지만 그렇게 거짓말을 하지 않았다면, 레스터가 우리와 친구가 될 수 있었을지는 잘 모르겠다.

레스터는 원거리에서의 생활에 대해 약간 알고 있었지만, 그 대부분을 못마땅하게 생각하는 게 분명했다. 그런데 레스터는 우리가 그런 사람들과 다르다고 착각했다(물론 그렇게 착각하도록 우리가 도움을 주었다). 특히, 레스터는 사람들이 '적절한 나이'가 되기 전에 성관계를 가져선 안된다고 생각했다. 레스터는 그 나이가 몇 살인지 정확히 밝히지 않았지만, 헤일로와 내가 '스무 살'이라고 했기 때문에 무사히 넘어갈 수 있었다.

그것은 당혹스러운 관념이었다. 약간 구식인 카니발조차도 그런 이야기를 들으면 충격을 받았을 것이다. 우리는 훨씬 빠르게 찾아오는 사춘기를 당연하게 여겼다. 나는 일곱 살 때부터 성적 능력이 있었다. 하지만 레스터는 사춘기가 지난 사람들도 자제해야 한다고 생각했다. 난 도저히 이해가 되지 않았다. 대체 그럼 뭘 하라는 거지?

레스터가 '근친상간'이라는 단어를 사용했다. 내가 집에 돌아온 이후, 당시 내가 레스터의 말을 제대로 이해했는지 확인하기 위해 그 단어를 찾아봐야만 했다. 나는 단어를 확인했다. 레스터는 근친상간에 반대했다. 내 짐작에 그것은 생식과 유전이 성관계와 너무 긴밀하게 결합되었던 초기 시대에 만들어진 관념일 것이다. 하지만 지금 그게 왜 중요하겠는가? 카니발과 내가 사이좋게 지낼 수 있는 유일한 장소가 침대였다. 그렇지 않았다면, 우리는 공유하는 부분이 거의 없었을 것이다.

규제 목록이 계속 이어졌다. 다행히 그것 때문에 나와 레스터의 관계가 틀어지지는 않았다. 내가 싫어했던 것은 우리 스스로를 가두어버렸던 우리의 거짓말뿐이었다. 카니발이 변환에 대해 나에게 그랬던 것처럼 강요만 하지 않는다면, 사람들이 온갖 허튼 생각을 하더라도 나는 상관하지 않는다. 레스터의 생각에 내가 동의를 표했던 것은 내 잘못이지, 레스터의 잘못이 아니었다. 난 그렇게 생각한다.

여러 날이 지나는 동안, 다 좋은데 한 가지가 문제였다. 내가 어떤 법률도 어기지 않았지만, 나를 찾고 있을 거라는 사실은 알았다. 그리고 내가 카니발에게 못되게 굴고 있다는 것도 알았다. 나는 이게 얼마나 못된 짓인지, 그리고 어떻게 하면 좋을지 생각해보려 했지만, '달빛'과 즐거운 시간 덕분에 계속 흐리멍덩한 상태로 지냈다.

사실 얼마 전에 카니발이 근거리로 왔었다. 카니발 일행이 근거리로 들어오는 것을 레스터의 레이더가 포착했을 때, 헤일로와 나는 어둑한 곳에 숨어 그들을 지켜봤다. 멀리서 볼 때 예닐곱 명쯤 되는 것 같았다. 그들이 우리 점퍼에 들어가 수색했다. 그리고 우리의 흔적을 찾으려 착륙장 가장자리로 갔다. 그리고 찾아냈다. 그들은 그 흔적을 따라가다 콘크리트 위에서 흔적이 사라지자 추적을 멈췄다. 난 그들의 말을 엿듣고 싶었지만, 그들에게는 도청을 감지하는 장비가 있을 게 틀림없었기 때문에 감히 하지 못했다.

그리고 그들이 떠났다. 그들은 우리 점퍼를 놔두고 갔다. 좋은 사람들이었다. 점퍼를 가져가서, 그들이 다시 돌아올 때까지 우리가 속수무책으로 기다리도록 만들 수도 있었다.

나는 그 문제를 고민하고, 헤일로와도 이야기를 나눴다. 우리는 몇 번이나 이만 중단하고 돌아가려 했었다. 어쨌거나 정말로 가출하려고 집을 나온 것은 아니었으니까. 우리는 오직 권위를 거부했을 뿐이었고, 이렇게 오래 머무르게 될 거라고 생각해본 적이 없었다. 그러나 이제 우리가 여기까지 온 상태에서는 돌아가기 힘들다는 걸 알게 되었다. 근거리로의 여행은 그 자체로 관성이 있었다. 우리는 그 관성을 멈출 힘이 없었다.

결국, 우리는 극단까지 갔다. 영원히 근거리에서 살자고 결심했다. 당시 우리는 그런 결정을 내리면서 느껴지는 권력의 감각에 취했던 것 같다. 그래서 우리는 서로 과장되게 격려하면서 키득거리며 웃고, 아르키메데스에서 레스터와 할 일에 대해 과장하면서 마음속의 의심을 덮어버렸다.

우리는 쪽지를 적어서(우리가 그런 쪽지를 남겼다는 것은 아직도 누군가에게 책임감을 느끼고 있다는 사실을 보여준다) 점퍼의 사다리에 테이프로 붙였다. 그리고 헤일로가 점퍼에 들어가 외부등을 켜서 하늘 위로 똑바로 비췄다. 우리는 몸을 숨길 곳으로 물러나 기다렸다.

아니나 다를까, 2시간이 채 지나기 전에 다른 비행선이 돌아왔다. 그들은 점퍼에 가깝게 접근해서 돌며 관찰하다 달라진 부분을 발견하고 옆자리에 착륙했다. 한 사람이 비행선에서 나와 쪽지를 읽었다. 쪽지는 걱정할 필요가 없으며, 모두 잘 지낸다는 쓸데없는 내용이었다. 그리고 우리는 여기에 머무를 계획이라는 이야기와 함께 잘 기억나지 않는 몇 마디를 덧붙였다. 추가로 카니발에게 점퍼를 가져가라고 썼다. 카니발이 쪽지를 읽는 그 순간에 벌써 나는 그렇게 쓴 것을 후회했다. 우리가 미쳤던 게 틀림없다.

그렇게 멀리 떨어진 곳에서도 카니발의 어깨가 축 처지는 게 보였다. 카니발이 주변을 둘러보더니, 수기 신호로 메시지를 보내기 시작했다.

"네가 해야 할 일을 해. 나는 네가 이해가 안 되지만, 그래도 널 사랑해. 너희의 생각이 바뀔 경우 이용할 수 있도록 점퍼는 두고 갈게." 카니발이 신호했다.

음, 나는 마른침을 삼켰다. 그리고 카니발에게 가려고 반쯤 일어섰을 때, 놀랍게도 헤일로가 나를 끌어내렸다. 내가 카니발에게 잘못했다고 사과하지 않도록 말리기 위해 헤일로가 함께 가려는 거라고, 나는 짐작했다. 그러나 헤일로의 생각은 달랐다. 헤일로는 내가 여기로 얼렁뚱땅 데려왔을 당시는 변환을 한 직후여서 제정신이 아니었지만, 몇 초승달 전에 안정이 되어서, 이제는 평소처럼 분별력이 있는 상태였다. 그리고 우리의 모험에 대해 나보다도 훨씬 좋아했다.

"멍청아!" 헤일로가 우주복 헬멧에 대고 비난했다. "네가 그럴 줄 알았어. 생각을 좀 해. 그렇게 쉽게 포기하고 싶어? 우리는 아직 제대로 시작조차 못 했잖아."

헤일로는 말과 달리 그렇게 확신하는 얼굴이 아니었지만, 나는 헤일로를 설득할 수 있는 상태가 아니었다. 곧 카니발이 떠나자, 나는 안심이 되었다. 일이 잘못되더라도 우리에게는 빠져나갈 방법이 있었다. 얼마 지나지 않아 우리는 다시 용감무쌍한 개척자가 되었다. 그리고 일이 잘못되기 시작하기 전까지 나는 카니발이나 원거리에 대해 생각하지 않았다.

오랜 시간 동안, 거의 한 삭망월 동안, 헤일로와 나는 행복했다. 우리는 레스터와 함께 매일 열심히 일했다. 나는 이런 식의 생활에서는 노동이 절대 끝나지 않으리라는 사실을 깨달았다. 수리해야 할 통풍관, 수분 시켜야 할 꽃, 조절해야 하는 기계가 항상 있었다. 이런 노동은 원시적이라서, 나는 언제나 방식을 개선할 방법이 떠올랐지만, 한 번도 제안하려는 생각은 들지 않았다. 그런 제안은 우리의 미친 개척자 정신과 맞지 않기 때문이었다. 힘이 들어야 일이 제대로 된다는 느낌이 들었다.

우리는 영화에서 봤던 초가집을 짓고, 거기로 이사했다. 초가집은 레스터의 침대에서 대강당을 가로질러 건너편에 있었다. 바보 같은 짓이었지만, 이렇게 하니 서로의 집을 방문할 수 있었다. 그리고 우리는 죄악에 대해 흥미로운 사실을 알게 되었다.

레스터는 가죽처럼 뻣뻣한 얼굴로 활짝 웃으며 누더기 초가집에서 우리가 사랑을 나누는 모습을 지켜봤다. 그러던 어느 날 레스터가 성관계는 사적인 행위여야 한다고 넌지시 말했다. 남들 앞에서 하는 것은 죄악이고, 지켜보는 것도 죄악이라고. 그러나 레스터는 여전히 지켜봤다.

그래서 내가 그 문제에 대해 헤일로에게 물었다.

"레스터 아저씨에게도 약간의 죄악이 필요해, 폭스."

"어?"

"나도 비논리적이라는 건 알아. 하지만 너도 지금쯤이면 아저씨의 종교가 뒤죽박죽이라는 걸 알아차렸을 거야."

"그건 확실해. 하지만 그래도 이해가 안 돼."

"뭐, 나도 이해가 안 되긴 마찬가지야. 그래도 존중하려고 노력 중이야. 레스터 아저씨는 음주가 죄악이라 생각하는데, 우리가 함께 지내기 전까지 아저씨가 저지를 수 있는 죄악은 그거뿐이었어. 이제는 정욕의 죄악도 저지를 수 있게 되었잖아. 내 생각에 아저씨는 용서를 좀 받을 필요가 있어. 그런데 죄악을 저지르지 않으면 용서를 받을 수가 없잖아."

"내가 지금껏 들었던 말 중에 가장 미친 소리야. 하지만 더 미친 소리를 해보자면, 레스터 아저씨에게 정욕이 죄악이라 하더라도, 왜 너와 사랑을 나누지 않는 걸까? 내가 장담하는데, 아저씨는 분명히 하고 싶을 거야. 그런데 내가 아는 한 그런 시도를 한 적이 없는 것 같아. 그렇지?"

헤일로가 나를 애석하다는 듯 쳐다봤다. "넌 모르는구나, 그렇지?"

"레스터가 했단 말이야?"

"아냐, 그 말이 아니야. 한 적 없어. 그렇지만 내가 시도를 해보지 않은 건 아니야. 레스터 아저씨가 원하지 않아서도 아니야. 아저씨는 보고, 또 보고, 그냥 봤어. 나에게서 눈을 떼지 못했어. 아저씨가 죄악이라고 생각했기 때문에 그런 건 아니야. 아저씨는 그게 죄악이란 걸 알아. 하지만 할 수 있으면 했을 거야."

"난 아직도 이해가 안 돼. 그렇다면···."

"무슨 말인지 모르겠어? 내가 방금 말했잖아. 레스터 아저씨는 할 수 없다고. 너무 늙었어. 연장이 더 이상 작동하지 않아."

"끔찍하다!" 나는 거의 토할 뻔했다. 레스터의 상태를 가리키는 단어가 있다는 사실은 알았지만, 한참 시간이 지난 후 그 단어를 찾아봐야 했다. 그 말은 '불구'였다. 그것은 신체의 일부분이 제대로 작동하지 않는다

근거리로 떠나는 소풍   45

는 뜻이었다. 레스터는 한 세기 이상 성적 불구 상태였다.

그때 나는 집으로 돌아가는 문제를 진지하게 고민했다. 과연 내가 레스터 같은 사람 곁에 있고 싶은 것인지 확신이 들지 않았다. 거짓말 때문에 점점 더 짜증이 났는데, 이제 이런 일까지 생겼다.

그런데 상황이 훨씬 더 나빠졌다. 그래도 나는 여전히 이곳에 머물렀다. 레스터가 병이 났다. 우리가 생각하는 그런 병을 말하는 게 아니다. 우리가 생각하는 병은 사소한 이상으로서 생체공학자를 10분 정도 방문하면 깨끗하게 해결되는 것이지만, 레스터는 낡아서 못 쓰게 된 것이었다.

부분적으로는 우리의 잘못이었다. 레스터는 첫날 아침에도 침대에서 빨리 나오지 못했다. 매일 밤새 술을 마시고 난리를 피우고 나면, 다음 날에는 레스터가 일어나는 시간이 조금씩 늦어졌다. 아침마다 레스터를 일으키기 위해 헤일로가 1시간씩 마사지를 해야 할 지경이 되었다. 처음 헤일로가 마사지를 해줄 때, 나는 레스터가 헤일로의 마사지와 친근감이 좋아서 꾀병을 부리는 거라 생각했었다. 하지만 그런 상황이 아니었다. 레스터가 자리에서 일어날 때면, 다리를 절뚝거리고 배가 아파서 허리를 굽혔다. 그리고 건망증이 심해졌다. 레스터는 종종 비틀거리다 넘어지고, 아주 느리게 일어났다.

"나는 죽어가는 거다." 어느 밤 레스터가 말했다. 나는 헉 소리를 냈고, 헤일로는 눈을 빠르게 깜빡거렸다. 나는 레스터가 한 말을 못 들은 척하며 당황스러움을 덮어보려 했다.

"요즘은 이게 나쁜 말이라는 건 나도 안다. 너희를 심란하게 만들어서 미안하구나. 하지만 내가 죽음을 똑바로 직시하지 못했다면, 이렇게 오래 살지 못했을 거다. 나는 죽어가고 있어. 괜찮아. 난 금방 죽을 거야. 죽음이 이렇게 갑자기 올 거라고는 생각하지 못했다. 내 몸 전체가 작동을 멈추려는 거 같구나."

우리는 레스터의 생각이 틀렸다고 설득하려 했다. 하지만 효과가 없어서, 원거리로 잠시 날아가서 제대로 고치자고 설득했다. 그러나 우리는 레스터의 종교적 맹신을 뚫지 못했다. 레스터는 원거리의 공학자들을 몹시 두려워했다. 우리는 정기적으로 수리하더라도 정신이(레스터는 그것을 '영혼'이라 불렀다) 바뀌지 않는다는 사실을 설명하려 했지만, 레스터는 초탈한 듯했다.

다음 날 레스터가 일어나지 않았다. 헤일로가 자신의 몸이 뻣뻣해지도록 레스터의 낡은 팔다리를 문질렀지만 소용이 없었다. 레스터의 호흡이 불규칙해졌고, 맥박도 잘 잡히지 않았다.

그렇게 해서 우리는 가장 힘든 결정에 맞닥뜨렸다. 레스터를 죽게 놔둘 것인가, 아니면 점퍼로 옮겨서 수리점으로 서둘러 데려갈 것인가? 우리는 초승달 종일 진땀을 빼며 그 문제를 논쟁했다. 어느 쪽도 옳다는 생각이 들지 않았다. 그러나 어느 틈에 나는 레스터를 데리고 돌아가야 한다고 주장하고, 헤일로는 그러면 안 된다고 주장하고 있었다. 레스터는 잠깐씩 몸을 일으켜 앉으려 할 때를 제외하고는 우리의 이야기를 듣지 못했다. 그러다 우리에게 생뚱맞은 질문이나 말을 했다. 그때쯤에는 레스터의 두뇌가 뒤죽박죽된 게 틀림없었다.

"애들아, 너희 정말로는 스무 살이 안 됐지?" 한번은 레스터가 그렇게 물었다.

"어떻게 알았어요?"

레스터가 힘없이 껄껄 웃었다.

"내가 멍청이는 아니다. 너희가 나한테 들켰을 때, 내가 너희 어른들에게 말할까 봐서 감추려고 그렇게 말한 거잖아. 하지만 난 말하지 않을 거다. 내가 상관할 일이 아니니까. 다만, 내가 절대 속지 않았다는 사실을 너희가 알아줬으면 좋겠다." 레스터가 힘겹게 숨을 쉬었다.

자연스럽게 결말이 날 때까지, 우리의 논쟁은 결론을 내리지 못했다. 나는 어떤 행동을 하고 싶었지만, 끝까지 자리를 박차고 일어나 그 일을 할 수 있을 정도로 확신을 갖지는 못했다. 확신이 부족했다. 그래서 우리는 레스터의 침대 곁에 앉아 레스터의 죽음을 기다리며, 노인이 뭔가를 필요로 하면 가져다주었다. 헤일로가 레스터의 손을 꼭 붙잡았다.

나는 지옥을 겪었다. 나는 레스터의 머리가 텅텅 비고 술에 절었으며, 정신적으로 결함이 있는 선사시대의 똥 덩어리라고 욕했다. 그리고 레스터가 어리석은 머리로 죽음을 추구하는 것을 도와줘야겠다고 결심할 뻔했다. 곧 나는 다른 방법을 선택했다. 레스터가 미친 신을 사랑하는 것처럼, 내가 레스터를 사랑하기 때문이었다. 레스터가 카니발에게서는 한 번도 느껴보지 못했던 엄마가 되어주었으므로, 레스터가 죽는다면 나의 세계는 목표가 사라질 것 같다는 생각이 들었다. 물론 이런 반응은 정상이 아니었다. 레스터는 그냥 한 인간일 뿐이었다. 레스터는 약간 미치고, 약간 성인 같아서, 사랑하거나 미워하기 힘든 사람이었다. 죽음의 사신이 나를 안절부절못하게 하였다. 레스터가 우리에게 말해주었던, 무시무시한 검은 가운을 입은 해골 형상이 레스터의 미신에서 곧장 튀어나올 것 같았다.

레스터가 몇 시간 동안 꼼짝하지 않다가 흐릿한 한쪽 눈을 떴다.

"절대로 안 돼. 절대로 하지 마. 헤일로. 넌 절대로 변환하지 마라. 넌 언제나 소녀였다. 넌 언제나 그래야 한다. 주님께서 그렇게 계획하신 거야."

헤일로가 재빨리 나를 쏘아보았다. 헤일로는 울고 있었지만, 그 눈으로 내게 말했다. '한마디도 하지 마. 그렇게 믿도록 내버려둬.' 헤일로가 걱정하지 않아도 나는 그렇게 할 생각이었다.

곧 레스터가 기침을 하기 시작했다. 레스터의 입술에서 피가 흘러나왔다. 나는 그 모습을 보자마자 기절했다. 레스터가 말 그대로 조각조각으로 떨어져서, 내가 결코 씻어낼 수 없는 끔찍한 녹색의 점액으로 썩어가는 거라 생각했다.

헤일로는 나를 기절한 채로 놔두지 않았다. 헤일로는 내 귀가 윙윙 울릴 때까지 뺨을 때렸다. 그리고 내가 깨어났을 때, 우리는 포기했다. 우리는 이런 상황을 마주하면서 의미 있는 결정을 내릴 수 없었다. 그 상황을 다른 누군가에게 넘겨주어야 했다.

그래서 25분 후 나는 달의 극점을 넘어 다시 중앙컴퓨터의 외부 송신기 범위 안으로 들어갔다.

"이런, 문제아가 돌아오셨네요." 중앙컴퓨터가 상관처럼 말하기 시작했다. "사람들이 근거리에서 머무르는 일반적인 기간보다 훨씬 오래 있었다고 말해줘야겠군요. 사실⋯."

"닥쳐!" 내가 버럭 소리를 질렀다. "닥치고 내 말 들어. 카니발과 연락해야겠어. 지금 바로 연락해. 최우선 응급상황이야. 빨리!"

중앙컴퓨터가 진지하게 받아들였다. 부모처럼 행세하는 프로그램을 중단하고, 응급상황에서 할 수 있는 놀라운 속도로 일을 처리했다. 3초 후에 카니발과 연결됐다.

"폭스." 카니발이 말했다. "나는 나쁜 입장에서 이 문제를 풀고 싶지 않아. 그래서 우선 얼굴을 마주 보고 이 문제를 해결할 기회를 줘서 고마워. 내가 가족 중재인을 고용했어. 그러니까 네가 원하는 변환에 대해 서로의 주장을 그 사람에게 제시하면 좋겠어. 난 그 사람의 결정을 따르기로 동의할게. 그렇게 시작하면 공평할까?" 카니발이 불안한 말투로 말했다. 나는 그 목소리 아래에 분노가 있다는 사실을 알고 있었다. 언제나 그랬다. 하지만 카니발은 진지했다.

"그건 나중에 이야기하죠, 엄마." 내가 훌쩍거리며 말했다. "지금 당장은 최대한 빨리 착륙장으로 오세요."

"폭스, 헤일로도 너하고 있니? 걔는 괜찮아?"

"헤일로는 괜찮아요."

"5분 이내에 거기로 가마."

물론, 이미 너무 늦었다. 레스터는 점퍼가 이륙한 직후 사망했다. 그리고 헤일로는 거의 2시간 동안 시체와 함께 있었다.

헤일로는 침착했다. 헤일로는 카니발과 나를 붙잡고서 무엇을 해야 할지 설명하고, 우리에게 자신을 거들도록 했다. 우리는 레스터가 원했던 대로 옛 지구의 빛이 언제나 닿는 지표면에 레스터를 묻었다.

*

카니발은 우리가 도착했을 때 레스터가 살아 있었다면 어떻게 했을지 말하지 않았다. 그것은 윤리적인 문제였다. 평소에 우리는 윤리적인 문제에 대해서는 각자의 주장을 고집했었다. 하지만 어쩌면 이번만큼은 우리의 의견이 일치했을지 모른다는 생각이 들었다. 한 개인의 유언은 존중받아야 한다. 나는 그런 상황을 다시 맞닥뜨리게 된다면, 어떻게 해야 할지 알게 될 것이다. 난 그렇게 생각한다.

나는 가족 중재인을 거치지 않고 '변환'을 했다. 내게 있는 약간의 판단력을 믿었다. 그리고 우리 문제를 가족 중재인에게 가져가면 절연을 권고할 것이라고 확신했다. 카니발이 까다롭긴 하지만, 난 카니발을 사랑하기 때문에, 만일 절연하게 된다면 힘들 것이다. 그리고 나는 최소한 몇 년 더 카니발의 도움이 필요하다. 나는 내가 생각하는 만큼 성숙한 상태가 아니었다.

변환에 대한 카니발의 말이 옳았다는 사실을 확인했을 때도 나는 별로 놀라지 않았다. 다음 삭망월에 나는 다시 남성이 되었다가, 여성이 되었다가, 다시 남성이 되었다. 1년 동안 왔다 갔다 했다. 그런 것은 중요하지 않았다. 지금 나는 여성이다. 그리고 몇 년은 이 상태를 유지하면서, 이게 어떤지 봐야 할 것 같다. 실은 난 여성으로 태어났다. 하지만 카니발이 남자아이를 원했기 때문에, 당시 내가 여성으로 지낸 시간은 겨우 2시간밖에 되지 못했다.

그리고 지금 헤일로는 남성이다. 덕분에 완벽해졌다. 우리는 남성 친구들로 함께 지낼 때보다 서로 다른 성으로 지낼 때 더 좋다는 사실을 알게 되었다. 나는 몇 년 내에 아이를 가질 생각이다. 헤일로가 그 아이의 아빠가 될 것이다. 카니발은 기다리라고 하지만, 나는 이때가 좋을 것 같다. 카니발과 나 사이에 일어나는 대부분의 문제는, 카니발이 아이들이 살아가고 있는, 빠르게 변화하는 '현재'를 기억하지 못하기 때문이라고 여전히 확신한다. 곧 헤일로도 자신의 아이를 가질 수 있게 될 것이다. 헤일로가 나를 아빠로 선택해준다면 기쁠 것이다. 그리고….

우리는 '근거리'로 이사할 것이다. 즉, 헤일로와 나 말이다. 카니발과 코드도 이사를 생각 중인데, 아마도 갈 것 같다. 아다지오의 입만 틀어막을 수 있다면 말이다.

우리는 왜 가려는 걸까? 나는 그 문제를 오랫동안 고민했다. 레스터 때문은 아니었다. 레스터에 대해 쌀쌀맞게 말하기는 싫지만, 레스터는 논쟁의 여지가 없는 바보였다. 품위가 있고, 신념의 힘이 있는 바보였다. 호감이 가는 늙은 바보였지만, 그래도 어쨌든 바보였다. "레스터의 꿈을 잇겠다."라든가 헤일로가 염두에 두고 있는 몇 가지를 이야기하는 것은 어리석은 일일 것이다.

그러나 공교롭게도, 이유는 다르지만, 레스터의 꿈과 내 꿈은 상당히 엇비슷했다. 레스터는 근거리가 두려움 때문에 버려지는 상황을 차마 볼 수 없었고, 새로운 인간 사회를 두려워했다. 그래서 레스터는 은둔자가 되었다. 우리 세대에는 두려움이 사라졌고, 근거리에는 아름다운 땅과 집이 많기 때문에, 나는 거기로 가고 싶다. 그리고 우리만 있지는 않을 것이다. 우리는 선구자가 되겠지만, 원거리의 소굴에 바글바글 모여 살며 옛 지구를 모른 체하던 시대는 끝났다. 인류는 지구에서 왔다. 빼앗기기 전까지 지구는 우리 것이었다. 사실대로 말하자면, 나는 외계인들이 정말로 옛날이야기처럼 그렇게 막강할지 궁금하다.

예쁜 행성인 것은 분명하다. 우리가 돌아갈 수 있을까?

OVERDRAWN AT THE MEMORY BANK

기억 은행의 초과 인출

1976년 5월 〈Galaxy〉에 첫 발표
1977년 로커스상 노미네이트

케냐 디즈니랜드에서 견학 수업이 진행된 날이었다. 핑걸이 두개골의 윗부분을 제거한 상태로 위에 있는 거울을 올려다보며 기록대에 누워 있을 때, 의료실에 아홉 살짜리 다섯 명이 들어왔다. 핑걸은 기분이 좋지 않았다(그래서 디즈니랜드로 여행을 온 것이었다). 아이들이 없었다면 그 작업이 금방 끝났을 것이다. 아이들의 교사는 최선을 다했지만, 아홉 살짜리 다섯 명을 누가 통제할 수 있겠는가.

"선생님, 저 두꺼운 녹색 선은 뭐예요?" 어린 여자아이가 더러운 손을 뻗어 핑걸의 두뇌를 만졌다. 두뇌에 내장된 단말기에 주 기록선이 연결되어 있었다.

"루퍼스, 아무것도 건드리지 말라고 했잖니. 그리고 이거 봐, 손도 안 씻었잖아." 교사가 그 아이의 손을 붙잡아 두뇌에서 떼어냈다.

"하지만 그게 무슨 상관이에요? 선생님이 이제는 먼지가 더럽지 않기 때문에 사람들이 옛날처럼 먼지에 대해 신경 쓰지 않아도 된다고 했잖아요."

"난 너희한테 그렇게 말하지 않았어. 내가 했던 말은, 인류가 지구에서 쫓겨날 때 해로운 병균을 없앨 수 있는 황금 같은 기회가 있었다는 이야기였어. 침략 이후 달에 살아남은 사람이 3천 명밖에 되지 않았기 때문에, 전부 쉽게 살균할 수 있었거든. 그래서 의사들이 옛날 외과 의사처럼 장갑을 끼거나 손을 씻을 필요가 없어졌어. 이제 감염될 위험은 없으니까. 그렇지만 루퍼스, 그건 예의가 없는 짓이야. 이분이 우리를 무례한 사람으로 생각하면 좋겠니? 이분의 신경계가 끊긴 상태라 아무것도 할 수 없다고 해서, 우리가 무례하게 굴어도 될까?"

"아뇨, 선생님."

"외과 의사가 뭐예요?"

"감염이 뭐예요?"

핑걸은 이 골치 아픈 꼬마들이 다른 날 견학 수업을 했더라면 좋았을 거라는 생각이 들었지만, 방금 교사가 말했듯이 신경계가 끊긴 상태라서 할 수 있는 일이 거의 없었다. 의사는 핑걸의 운동신경에 대한 제어를 컴퓨터에 넘긴 상태로 계기판을 읽고 있었다. 핑걸은 몸이 마비된 상태였다. 잘린 막대를 든 남자아이가 핑걸의 눈에 들어왔다. 핑걸은 그 아이가 막대로 자신의 뇌를 찌르겠다는 생각을 하지 않기를 바랐다. 보험에 들긴 했지만, 구태여 곤란한 일을 당할 필요는 없지 않은가?

"모두 뒤로 조금씩 물러나. 그래야 의사가 자기 일을 할 수 있지. 훨씬 낫구나. 자, 두꺼운 녹색 선이 뭔지 아는 사람? 데스트리?"

데스트리는 그게 뭔지 모르고 관심도 없으며, 그저 여기에서 나가 공 싸움 놀이를 하고 싶다고 했다. 교사는 아이의 말을 무시하고, 다른 아이들에게 계속 말했다.

"녹색 선은 주 측정 전극이야. 이 사람의 머릿속에는 여러분과 마찬가지로 태어날 때 아주 가느다란 선들이 설치되어 있는데, 거기에 연결되는 거야. 기록이 어떻게 만들어지는지 아는 사람?"

손이 더러웠던 어린 여자아이가 목소리를 높였다.

"줄에 매듭을 묶어요."

교사가 웃음을 터뜨렸지만, 의사는 웃지 않았다. 이전에도 그런 소리를 들었기 때문이었다. 물론 교사도 들어봤던 소리였다. 하지만 그래서 교사인 것이다. 교사에게는 이제 인류에서 지극히 소수만 가지고 있는 희귀한 자질인, 아이를 다룰 인내심이 있었다.

"아냐, 그건 그냥 비유야. 다들 따라 해보자. 비유."

"비유." 아이들이 합창했다.

"잘했어. 내가 너희에게 해줬던 이야기는 FPNA의 사슬이 줄에 매듭을 묶는 것과 아주 비슷하다는 거였어. 만일 줄의 길이와 매듭 하나하나에 의미가 있도록 코드를 만들면, 줄에 매듭을 묶어 단어들을 쓸 수 있어. 컴퓨터가 FPNA에 그런 식으로 기록하는 거야. 자⋯, FPNA가 무슨 말의 약자인지 아는 사람?"

"철(Ferro) – 빛(Photo) – 핵산(Nucleic Acid)이요." 가장 똑똑해 보이는 여자아이가 대답했다.

"맞았어, 루퍼스. FPNA는 DNA의 변형으로서, 자기장과 빛으로 매듭을 묶을 수 있고, 화학적 변화를 거쳐 만들어져. 지금 의사가 하는 일은 FPNA의 긴 사슬들을 이 사람의 두뇌에 있는 가느다란 튜브들에 집어넣는 거야. 그 일을 마친 후에, 컴퓨터를 켜면 전류가 흘러 매듭을 묶기 시작할 거야. 그러면 무슨 일이 일어날까?"

"이 아저씨의 기억이 전부 기억 큐브로 들어가요." 루퍼스가 말했다.

"맞았어. 그런데 그것보다는 약간 더 복잡해. 내가 너희에게 분할 암호에 관해 이야기해줬던 거 기억나니? 코드가 두 부분으로 나뉘어 있어서, 한쪽이 없으면 아무 소용이 없다고 했잖아. 두 개의 줄이 있는데, 각각의 줄에 매듭이 엄청나게 많다고 상상해봐. 이제 한 줄만 해독기로 읽으려고 하면, 무슨 내용인지 전혀 알 수 없어. 글을 쓴 사람이 두 줄의 각기 다른 위치에 매듭을 묶었기 때문이지. 두 줄을 나란히 놔두고 읽어야만 무슨 뜻인지 알 수 있어. 이 해독기가 그런 식으로 작동해. 그런데 의사가 이용하는 줄은 스물다섯 개나 돼. 모두 제대로 된 방식으로 매듭을 묶고, 저기에 있는 큐브의 올바른 구멍으로 집어넣으면…." 교사가 의사의 작업대 위에 있는 분홍색 큐브를 가리키며 말했다. "큐브에 이 사람의 기억과 인격이 모두 담기게 될 거야. 어떤 면에서 보면 이 사람이 큐브 안에 존재하게 되는 거지. 하지만 이 사람은 그 사실을 알 수 없을 거야. 오늘 이 사람은 아프리카 사자가 될 예정이거든."

그 이야기를 듣고 아이들이 흥분했다. 아이들은 다중 홀로그램이 어떻게 작동하는지 배우는 것보다 케냐의 사바나를 활보하고 싶어 했다. 아이들이 조용해지자, 교사가 더 긴장되는 비유를 이용해 계속 설명했다.

"그 줄들이 들어가면…. 얘들아, 주목! 줄이 큐브에 들어가면, 전류가 제자리에 배치해. 그러면 우리에게 다중 홀로그램이 생기는 거야. 왜 우리가 이 사람의 두뇌에서 일어나고 있는 일을 그냥 테이프에 기록하거나 이용할 수 없는 건지 아는 사람?"

이번에는 남자아이가 대답했다.

"왜냐하면, 기억은 순… 선생님, 그 말이 뭐였죠?"

"순차적?"

"네, 그거요. 기억은 순차적이지 않아요. 사람의 기억은 두뇌 전체에 여기저기 저장되어 있기 때문에, 그 기억을 차례로 정리할 수 없어요. 그래서 기록 장치는 두뇌 전체를 동시에 사진으로 찍어요. 홀로그램처럼요. 그런데요, 큐브를 반으로 자르면 두 사람이 되나요?"

"아니야. 그렇지만 좋은 질문이야. 이건 그런 홀로그램과 달라. 이것은 뭐랄까… 진흙에 손을 찍는 것과 비슷해. 하지만 4차원으로 찍는 거지. 진흙이 마른 후에 한 부분을 떼어내면, 그 부분의 정보를 잃을 거야, 그렇지? 이건 그런 종류의 홀로그램이야. 크기가 너무 작아서 새겨진 내용을 볼 수는 없지만, 이 사람이 지금까지 행동하고, 보고, 듣고, 생각했던 모든 게 큐브 안으로 들어갈 거야."

"조금 뒤로 물러나주세요." 의사가 요청했다. 핑걸의 머리 위에 있는 거울에 비친 아이들이 발을 끌며 뒤로 물러나서 머리와 어깨까지만 간신히 눈에 들어왔다. 의사는 핑걸의 대뇌피질에 연결된 마지막 FPNA 가닥을 컴퓨터가 지정한 허용 범위에 맞춰 조정했다.

"나중에 어른이 되면 의사가 되고 싶어요." 남자아이 하나가 말했다.

"예전에는 대학에 가서 과학자가 되는 공부를 하고 싶다고 했었잖아."

"뭐, 그럴 수도 있고요. 그런데 친구들이 저한테 의사가 되라고 했어요. 의사가 되는 게 훨씬 쉬울 것 같아요."

"학교를 꾸준히 다니는 게 좋을 거야, 데스트리. 너희 부모님은 네가 성공하길 바라시잖니."

의사는 화가 치밀었지만, 아무 말도 하지 않았다. 목소리를 높이는 것보다 가만히 있는 게 나을 거라 생각했다. 교육은 중요한 일이라서 교사의 직무를 방해하면 엄청난 벌금을 물어야 하기 때문이었다. 그러나 아이들이 지저분한 발자국을 여기저기에 남겨놓고 의사에게 감사 인사를 하면서 밖으로 나갔을 때는 당연히 기뻤다.

의사가 심술궂은 표정으로 스위치를 켜자, 핑걸은 자신이 숨을 쉴 수 있고 머리의 근육을 움직일 수 있다는 사실을 알게 되었다.

"대학 졸업한 거 가지고 드럽게 거만을 떠네." 의사가 말했다. "손이 좀 지저분한 게 뭐 그렇게 나쁘냐." 그러고는 손에 묻은 피를 파란 작업복에 쓱쓱 닦았다.

"교사들이 제일 나쁜 사람들이에요." 핑걸이 말했다.

"정말 그렇지 않나요? 뭐, 의사는 결코 부끄러운 직업이 아니에요. 그래서 저는 대학에 가지 않았어요. 그게 뭐 어때요. 맡은 일을 할 수 있고, 일을 마치며 내가 한 결과를 볼 수 있잖아요. 저는 언제나 손으로 일하는 걸 좋아했어요. 옛날에는 의사라는 직업이 존경받는 직업이었다는 거 아세요?"

"정말요?"

"사실이에요. 말이 나온 김에 말씀드리자면, 예전에 의사들은 수년 동안 대학을 다녀야 했고, 엄청나게 돈을 많이 벌었대요."

핑걸은 의사가 과장하는 게 틀림없다고 생각했지만, 아무 말도 하지 않았다. 의학이 뭐 그렇게 힘든 일이었겠는가? 그저 약간의 기계적 감각과 떨리지 않는 손만 있으면 할 수 있는 일이다. 핑걸은 몸의 대부분을 스스로 관리했고, 중요한 작업을 해야 할 때만 의료실에 갔다. 의사들이 청구하는 가격을 고려하면 그렇게 하는 게 나았다. 하지만 기록대 위에 무기력하게 누워 있는 상태에서 할 만한 이야기는 아니었다.

"좋아요. 다 끝났습니다." 의사가 눈으로 보이지 않는 FPNA가 담겨 있는 모듈을 꺼내 현상액에 집어넣었다. 핑걸의 두개골을 다시 고정하고, 뼈에 박혀 움푹 들어간 나사를 조였다. 그리고 핑걸의 두피를 다시 제자리에 씌우면서 운동신경에 대한 제어권을 핑걸에게 돌려주었다. 핑걸이 기지개를 켜며 하품을 했다. 핑걸은 의료실에만 오면 항상 졸렸는데, 이유를 알 수 없었다.

"오늘은 이것만 하실 건가요? 저희는 혈액 교체 특별 서비스가 있고, 손님이 공원에서 '도플링'하는 동안 계속 누워계실 거라면 이런 서비스도⋯."

"아뇨, 괜찮습니다. 작년에 교체했어요. 제 의료기록을 안 읽었나요?"

의사가 카드를 집어 들더니 슬쩍 쳐다봤다. "그렇군요. 좋습니다. 핑걸 씨, 이제 일어나셔도 됩니다." 의사는 카드에 표시한 뒤 작업대에 내려놓았다. 문이 열리더니, 문틈으로 작은 얼굴이 의료실 안을 들여다봤다.

"막대를 놔두고 갔어요." 남자아이가 말했다. 아이가 안으로 들어와 장비들 아래를 들여다보기 시작해서, 의사는 짜증이 났다. 의사는 남자아이를 무시하려 애쓰며, 자신에게 필요한 나머지 정보를 기록했다.

"지금 이 휴가를 즐기실 건가요, 아니면 기억 복제를 마치고 기억을 되돌린 후까지 기다리실 건가요?"

"네? 아, 그 말은⋯, 네, 무슨 말인지 알겠습니다. 아뇨, 곧바로 동물 안으로 들어갈 거예요. 심리상담사가 제 신경과민 치료를 위해 여기에 오는 걸 추천했어요. 그래서 기다리는 건 별로 저한테 도움이 안 될 것 같아요. 그렇지 않나요?"

"그러네요. 도움이 안 될 것 같습니다. 그러면 공원에서 어슬렁거리는 동안, 여기에서 주무세요. 야!" 의사가 남자아이를 돌아보며 소리쳤다. 아이가 접근해서는 안 되는 장비들을 기웃거리고 있었다. 재빨리 아이를 붙잡아 떼어냈다.

"1분 내로 네가 찾고 있는 걸 발견하지 못하면 여기에서 나가, 알겠지?" 아이가 다시 찾기 시작했다. 아이는 손으로 입을 가리고 키득거리며, 더 흥미로운 장난 거리를 찾았다.

의사가 의료기록 카드를 다시 확인한 후, 엄지손톱에 반짝거리는 시계의 숫자들을 힐끗 보고는 근무를 마칠 시간이 거의 되었다는 사실을 깨달았다. 의사는 기계를 통해 핑걸의 뒷머리에 달린 단말기에 기억 큐브를 연결했다.

"지금까지는 이걸 해보신 적이 없는 거죠, 맞나요? 저희는 기록 공백을 피하려고 이 과정을 진행하는데, 가끔은 혼란스러울 수도 있어요. 기억 큐브가 거의 설정되었지만, 이제 저는 손님을 잠들게 하면서 동시에 마지막 10분의 기억을 기록에 추가할 겁니다. 그렇게 해야 감각이 혼란을 겪지 않거든요. 손님은 꿈의 단계를 거쳐 완전히 깨어 있는 상태로 사자의 몸에 들어가게 될 겁니다. 손님이 사자가 되어 있는 동안 신체는 수면실로 옮겨집니다. 걱정하실 일은 전혀 없어요."

핑걸은 그저 피곤하고 긴장이 되었을 뿐 걱정하지는 않았다. 그래서 의사가 이야기를 그만하고 계속 일을 하길 바랐다. 그리고 남자아이가 막대로 기록대 다리를 치는 짓을 그만두기를 바랐다. 핑걸은 사자로 이전될 때 두통도 따라갈지 궁금했다.

의사가 핑걸을 껐다.

✳

케냐 디즈니랜드 직원들이 핑걸의 신체를 데려가고, 기억 큐브를 설치실로 가져갔다. 의사가 남자아이를 복도로 쫓아내고 기록실을 호스로 청소했다. 그리고 의사는 이미 늦어버린 데이트 약속을 위해 떠났다.

직원들이 핑걸의 기억 큐브를 완전히 자란 아프리카 암사자의 두개골 안에 고정된 금속 상자에 설치했다. 사자들의 사회적 구조 때문에 수컷의 몸을 이용하려면 할증료를 내야 했지만, 핑걸은 암컷이나 수컷이나 상관없었다.

핑걸/암사자의 활기 없는 몸뚱이는 지하 열차에 잠깐 실렸다가 케냐 사바나의 이글거리는 태양 아래에 내려졌다. 핑걸이 깨어나 공기를 들이마시자 곧 기분이 좋아졌다.

케냐 디즈니랜드는 환경 전체가 달의 뒷면에 있는 '모스크바의 바다' 20킬로미터 지하에 묻혀 있었고, 반경이 대략 2백 킬로미터 정도의 원형에 가까웠다. 지상에서 '하늘'까지 2킬로미터였는데, 킬리만자로산의 실물 크기 복제품은 예외였다. 킬리만자로 정상의 눈 위로 구름이 사실적으로 형성될 수 있도록 하늘이 볼록하게 위로 올라갔다.

시각적 속임수는 흠잡을 데가 없었다. 지면의 굴곡이 지구의 굴곡과 같았기 때문에, 지평선이 핑걸에게 익숙한 거리보다 멀게 느껴졌다. 나무들은 진짜였고, 동물들도 그랬다. 밤에는 천문학자조차 눈에 보이는 별과 진짜 별을 식별하려면 분광기가 필요할 정도였다.

핑걸은 아무런 오류도 찾아내지 못했다. 오류를 찾고 싶지도 않았다. 눈에 보이는 색이 이상하긴 했지만, 그것은 고양잇과의 시각적 한계 때문이었다. 소리는 훨씬 선명하게 들렸고, 냄새도 그랬다. 핑걸이 좀 더 생각을 했더라면, 케냐라고 하기에는 중력이 너무 약하다는 사실을 알아챘을 것이다. 하지만 생각에서 벗어나려 여기에 온 것이기 때문에, 핑걸은 생각하지 않았다.

날씨는 덥고 화창했다. 핑걸이 넓은 발바닥으로 걸어 다닐 때 마른 풀들에서는 아무런 소리도 나지 않았다. 핑걸은 영양과 누의 냄새를 맡았다. 그리고… 이건 비비 원숭이 냄새인가? 핑걸은 허기로 인한 고통이 느껴졌지만, 진짜로 사냥을 하고 싶지는 않았다. 그런데 어느새 암사자의 몸뚱이가 살금살금 사냥을 시작했다.

핑걸은 어정쩡한 입장이었다. 자신이 암사자를 제어하고 있었지만, 다소 허술했다. 핑걸은 암사자를 자기가 원하는 곳으로 가도록 이끌 수 있지만, 본능적인 행동에 대해서는 입도 뻥끗 못 했다. 핑걸도 암사자와 마찬가지로 본능이 이끄는 대로 끌려갔다. 어떤 면에서 그가 암사자였다. 핑걸이 발을 들거나 몸을 돌리고 싶을 때 그렇게 하기는 쉬웠다. 운동 제어는 완벽했다. 네 발로 걷는 기분이 아주 좋았고, 금세 숨 쉬는 것처럼 쉬워졌다. 그런데 영양의 향기가 코를 거쳐 뇌의 아랫부분으로 곧장 들어가자, 허기진 꼬르륵 소리를 내더니, 핑걸의 몸을 움직여 사냥감에 살금살금 접근하기 시작했다.

안내서에는 본능을 따르라고 되어 있었다. 본능에 맞서는 것은 아무에게도 도움이 되지 않으며, 사람을 좌절시킬 수도 있다. 사자가 되기 위해 돈을 지불하고 '해야 할 일'이 적힌 장을 읽었다면, 그저 사자의 몸뚱이를 걸치고 사자의 눈으로 보는 정도를 넘어 사자와 하나가 될 수도 있을 것이다.

핑걸은 영양 쪽에서 불어오는 바람을 맞으며 시든 관목 덤불 뒤에 웅크리고 앉아 자신이 이 짓을 좋아하는지 확신이 들지 않았다. 핑걸은 그런 생각을 하면서 겨우 몇 미터 앞에서 풀을 뜯고 있는 십여 마리의 동물들을 평가하고, 포식동물의 눈으로 작고 약하고 어린놈을 골랐다. 어쩌면 지금이라도 물러나 자신의 길을 가는 게 나을지 모른다. 이 아름다운 동물들은 자신에게 해로운 짓을 하지 않았다. 그의 마음속 핑걸 부분은 그 동물들을 먹기보다는 감상하고 싶어 했다.

무슨 일이 일어났는지 깨닫기도 전에, 핑걸은 피범벅이 된 작은 영양의 사체 위에 의기양양하게 서 있었다. 다른 영양들은 저 멀리 먼지를 흩날리며 도망치는 중이었다.

믿기지 않았다!

암사자가 빠르긴 하지만, 영양에 비하면 느린 화면처럼 움직이는 거나 마찬가지였다. 암사자의 유일한 장점은 기습과 혼란, 그리고 온 힘을 쏟은 재빠른 공격에 있었다. 영양이 고개를 쳐들고 핑걸이 숨어 있는 관목을 향해 귀를 팔락거릴 때, 핑걸이 갑자기 덮쳤다. 10초 동안 격렬하게 싸운 뒤, 핑걸은 영양의 부드러운 목덜미를 물어뜯었다. 세차게 분출하는 핏줄기와 핑걸의 발바닥 아래에서 죽어가는 영양이 뒷발로 차는 게 느껴졌다. 거칠게 숨을 몰아쉬고, 피가 혈관을 따라 세차게 흘렀다. 긴장을 풀 방법은 하나밖에 없었다.

핑걸이 고개를 뒤로 젖히고, 피에 굶주린 포효를 내질렀다.

∗

핑걸은 주말이 끝나갈 무렵에는 사자들과 함께 지냈다. 몇 분간 지속되는 사냥의 활기 외에는 무의미한 시간이었다. 끝없이 돌아다니다 수없이 실패한 후, 자신이 잡은 사냥감을 몇 입 물어뜯기 위해 또다시 처연하게 싸워야 하는 삶이었다. 핑걸은 자신의 암사자가 내부 서열에서 매우 낮다는 사실을 알고 분하게 여겼다. 핑걸이 사냥한 고기를 가지고 무리로 돌아가면(핑걸은 왜 자신이 그것을 무리로 끌고 가야 하는지 몰랐지만, 암사자는 아는 듯했다) 그 즉시 다른 사자들에게 빼앗겼다. 핑걸/암사자는 무기력하게 뒤로 물러나서, 지배적인 수컷이 자기 몫을 가져가고, 뒤이어 무리의 다른 사자들이 자기 몫을 챙기는 모습을 지켜봐야 했다. 핑걸에게는 4시간이 지난 후에야 말라붙은 뒷다리만 남았는데, 그것조차 독수리, 하이에나와 다퉈야 했다. 핑걸은 왜 사람들이 할증료를 내는지 알게 되었다. 수컷에게는 편안한 삶이었다.

하지만 핑걸은 이게 해볼 만한 가치가 있었다고 인정할 수밖에 없었다. 기분이 한결 나아진 것을 보니, 심리상담사가 옳았다. 사무실에서 끝도 없이 일을 강요하는 컴퓨터를 떠나 주말에 단순한 삶을 보낸 것은 도움이 되었다. 여기에서는 복잡하게 선택할 게 없었다. 의심이 생기면 본능을 따랐다. 다음번에는 코끼리가 되어야겠다고 생각했다. 핑걸은 지금 코끼리 떼를 보고 있었다. 다른 동물이 모두 코끼리 떼에서 멀찍이 떨어져 있었는데, 이유는 금방 알 수 있었다. 덩치가 커다란 코끼리는 혼자만 있을 때도 자유롭게 돌아다니며 가장 가까운 나뭇가지에서 마음껏 음식을 먹었다….

핑걸이 아직 그 생각을 하고 있을 때, 수거반 직원이 그에게 다가왔다.

✳

핑걸은 어렴풋이 뭔가 잘못되었다는 느낌을 받으며 깨어났다. 침대에서 일어나 주변을 둘러봤다. 잘못된 부분은 없는 듯했다. 방 안에는 핑걸 외에 아무도 없었다. 핑걸은 정신을 차리려 고개를 흔들었다.

소용이 없었다. 여전히 뭔가 잘못되었다는 느낌이 들었다. 핑걸은 자신이 어떻게 여기에 왔는지 기억해내려 애쓰다 자조적인 미소를 지었다. 여기는 그의 침실이었다! 그러니 그렇게 놀랄 게 없었다.

하지만 휴가로 주말여행을 가지 않았나? 핑걸은 사자가 되어 영양의 고기를 먹고, 사자 무리에서 괴롭힘을 당하고, 다른 암컷들과의 싸움에서 패배해 물러나서 혼자 꿍얼거리던 기억이 떠올랐다.

그렇다면 당연히 케냐 디즈니랜드 의료실에서 인간의 의식으로 돌아왔어야 했다. 핑걸은 그 부분이 기억나지 않았다. 전화로 손을 뻗었지만, 누구에게 전화를 걸어야 할지 몰랐다. 아마 심리상담사나 케냐 디즈니랜드 사무소로 해야 할 것이다.

"핑걸 씨, 죄송합니다." 전화에서 누군가가 핑걸에게 말했다. "이 회선으로는 더 이상 외부 전화를 할 수 없습니다. 혹시 원하신다면…."

"왜 안 되나요?" 핑걸은 짜증 나고 어리둥절한 목소리로 물었다. "전화비를 냈잖아요."

"핑걸 씨, 그것은 저희 부서의 소관 사항이 아닙니다. 그러니 부디 제 말을 끊지 마세요. 당신에게 연락하는 게 무척 힘듭니다. 곧 제 목소리가 사라지겠지만, 오른쪽을 보시면 메시지가 계속 이어질 겁니다." 그 목소리와 어렴풋이 윙윙거리던 소리가 줄어들었다. 그리고 전화가 끊어졌다.

핑걸은 오른쪽을 돌아보고 깜짝 놀랐다. 손이 있었다. 여자의 손이 벽에 글자를 썼는데, 손목 부분부터 희미해져서 보이지 않았다.

'메네, 메네…' 손이 가느다란 불 글씨를 썼다. 곧 그 손이 짜증을 내듯 흔들더니, 글자들을 엄지손가락으로 지웠다. 그 벽에 글자가 있던 부분이 검댕으로 지저분해졌다.

'핑걸 씨, 당신은 투영된 상태입니다.' 손이 단정하게 손질된 손톱으로 빠르게 벽에 글자를 새겼다. '이 글을 봐주시기 바랍니다.' 그 손이 '바랍니다'에 세 번이나 밑줄을 그었다. '부디 협조해주세요. 마음을 비우고, 거기에 뭐가 있는지 보세요. 그렇지 않으면 더 이상 진행할 수 없습니다. 이런, 이 방법도 거의 다 쓴 것 같네요.'

실제로 그랬다. 글자들이 벽에 가득 차서, 지금은 손이 바닥까지 내려가 있었다. 유령의 손이 글자를 마저 적으려 애쓰느라 글자가 점점 더 작아졌다.

핑걸의 심리상담사는 그의 현실 감각이 탁월하다고 했다. 핑걸은 심리상담사의 평가를 부적처럼 꽉 붙잡고 마지막 문장을 읽기 위해 벽에 더 가까이 몸을 기울였다.

'책장을 보세요.' 손이 썼다. '《환상의 세계에서 상황 판단하기》라는 제목을 찾으세요.'

핑걸은 자신에게 그런 책이 없다는 사실을 알고 있었지만, 달리 더 나은 생각이 떠오르지 않았다.

전화는 작동하지 않았다. 그리고 핑걸이 정신병 증상을 앓고 있는 거라면, 어떻게 된 일인지 어느 정도 파악하기 전까지는 복도로 나가지 않는 게 현명할 것 같았다. 손이 희미해지더니 사라졌다. 그러나 글자들은 계속 이글거렸다.

핑걸은 그 책을 쉽게 찾았다. 실은 책이라기보다는 표지가 현란한 소책자에 가까웠다. 케냐 디즈니랜드 대기실에서 봤던 홍보용 소책자와 비슷한 부류의 인쇄물이었다. 아랫부분에 이렇게 적혔다. '케냐 컴퓨터의 후원으로 출간됨. 운영자 요아힘.' 핑걸이 소책자를 펼치고 읽기 시작했다.

1장
"여기는 어디인가요?"

당신은 아마 여기가 어디인지 궁금할 것입니다. 핑걸 씨, 그것은 전적으로 건강하고 정상적인 반응입니다. 초자연적인 발현처럼 보이는 것에 시달려서 현실 감각이 약해지면 누구라도 궁금해할 것입니다. 혹은, 쉽게 말해서 "내가 미친 건가, 아니면 뭐지?"라는 생각이 들겠죠.

아뇨, 핑걸 씨. 당신은 미치지 않았습니다. 그러나 당신의 생각과 달리, 침대 위에 앉아 책을 읽고 있는 것도 아닙니다. 이것은 모두 당신의 마음속에서 일어나는 일입니다. 당신은 아직 케냐 디즈니랜드에 있습니다. 더 정확히 말하자면, 당신이 사바나에서 주말을 보내기 전에 우리가 당신에게서 추출한 기억 큐브 안에 담겨 있습니다. 당신도 알아차렸듯이, 큰 착오가 있었습니다.

2장
"무슨 일이 발생한 건가요?"

핑걸 씨, 저희도 무슨 일이 일어났는지 알고 싶습니다. 저희가 확실히 아는 사실은 이겁니다. 당신의 신체를 잃어버렸습니다. 하지만 걱정하실 필요는 없습니다. 저희가 할 수 있는 모든 방법을 동원해서 당신의 신체를 찾고, 어떻게 그런 일이 발생했는지 알아내기 위해 노력하고 있습니다. 그러나 시간이 조금 걸릴 겁니다.

당신께 작은 위안이 될지 모르겠지만, 저희가 케냐 디즈니랜드를 운영해온 75년 동안 이런 일은 한 번도 발생한 적이 없으며, 이번에 왜 이런 일이 발생했는지 파악하는 즉시 다시는 이런 일이 발생하지 않도록 주의하겠다고 장담할 수 있습니다. 지금 저희는 몇 가지 단서를 좇고 있습니다. 저희가 당신의 신체를 발견하자마자 원래대로 돌려드릴 테니 안심하세요. 당신이 지금 깨어난 것은 저희가 당신의 기억 큐브를 H-120 컴퓨터의 작업에 결합시켰기 때문입니다. H-120은 현대 산업에서 이용할 수 있는 최신 홀로그램 메모리 시스템입니다. 당신도 알아차렸듯이, 몇 가지 문제가 있습니다.

3장
"문제가 뭔가요?"

당신이 이해할 수 있는 용어로 설명하긴 힘들지만 시도해보겠습니다. 자, 시작할까요?

저희가 당신의 기억을 기록할 때 사용하는 매체는 사고사에 대비해 보험용으로 이용하는 기억 큐브와 다릅니다. 아시겠지만, 보험용 시스템은 매우 고가의 장비로서, 당신의 기억을 최대 20년 동안 정보가 손상되지 않고, 지워지지 않은 상태로 보관합니다. 저희가 사용하는 시스템은 임시 큐브로서, 당신이 머무르는 기간에 따라 2일, 5일, 15일, 혹은 28일 동안 저장하기에 적당합니다. 당신의 기억은 그 큐브에 들어 있습니다. 어쩌면 당신은 그 기억도 보험용 기록에 담겨 있는 것처럼 안정적으로 변함없이 유지될 거라 기대하실지도 모르겠습니다. 그렇게 생각하신다면 틀렸습니다, 핑걸 씨. 생각해보세요. 당신이 사망하면, 기억 은행에서 즉시 기억 큐브와 함께 당신이 저장한 혈장을 이용해 클론을 만들기 시작합니다. 6개월 이내에 당신의 기억이 클론에 다시 담길 겁니다. 그러면 당신이 마지막으로 큐브에 기억을 저장한 이후 당신의 몸에 축적했던 기억은 잃어버린 채 깨어나게 되죠. 이번에 당신에게 그런 일이 발생할 수도 있습니다. 그럴 경우,

당신이 깨어난 후에 기억을 저장한 3, 4년 후 사망했다는 이야기를 들었을 때 받게 될 충격이 어떨지는 잘 아실 겁니다.

아무튼 저희가 이용하는 시스템은 진행형 큐브입니다. 그렇지 않으면 지금의 조치가 당신에게 아무 소용도 없겠죠. 당신이 선택한 아프리카 동물에 저희가 설치했던 기억 큐브는 진행형 큐브라서, 당신이 케냐에 머무르는 동안의 기억을 본래의 기억 큐브에 추가할 수 있습니다. 당신이 방문을 마치면, 이 기억들은 당신의 뇌로 다시 넣어집니다. 그러면 당신의 몸은 수면실에서 한 발짝도 안 움직인 상태에서도, 동물로 지낸 흥미진진하고 교육적이며 상쾌한 경험과 함께 디즈니랜드를 떠나게 되는 거죠. 이것을 '도플링'이라고 하는데, 독일어 '도플갱어'에서 유래한 말입니다.

자, 앞서 말했던 문제로 다시 돌아갑시다. 저희가 그 문제를 다루지 않을 거라 생각하신 건 아니죠?

우선, 당신은 주말에 케냐에 머무르기로 예약하셨기 때문에, 당연히 의사는 저희의 저렴한 할인 요금에 맞춰 2일용 큐브를 이용했습니다. 이 큐브에는 안전율이 설정되어 있지만, 최대 3일 정도를 넘어가면 그다지 좋지 않을 겁니다. 그 시간이 지나면 큐브가 질적으로 나빠지기 시작합니다. 물론, 저희는 그 전에 당신의 신체에 기억을 장착할 수 있을 거라 예상합니다. 추가로, 보관 문제가 있습니다. 이 진행형 기억 큐브는 당신이 기억을 저장하는 내내 계속 사용하도록 설정되어 있어서, 현재 우리의 상황에서 다소 문제를 발생시킵니다. 핑걸 씨, 지금까지 무슨 말인지 이해되시나요? 큐브에서 당신이 방금 벗어난 암사자처럼 살아 있는 숙주와 공존하기 위해 사용할 수 있는 능력은 이미 사라졌지만, 계속 일정한 활동 상태를 유지하지 않으면 정보가 소실됩니다. 정보가 소실되는 상황을 바라지는 않으시겠죠? 당연히 그런 사태를 바라지 않으실 겁니다. 그래서 당신의 기억 큐브를 저희 컴퓨터에 연결한 겁니다. 컴퓨터는 당신을 의식적이고 건강한 상태로 유지해서 기억 연결이 임의로 뒤섞이지 않도록 막을 겁니다. 기억 연결에 대한 설명은 생략하겠습니다. 다만, 기억 연결이 뒤섞이는 문제가 발생하는 것을 당신이 좋아하지 않으리라는 사실만 기억하세요.

4장

"그래서 어쩌라는 건가요, 네?"

그렇게 물어봐주셔서 기쁩니다. (핑걸 씨, 당신이 실제로 그렇게 물어보셨기 때문에 이렇게 대답한 겁니다. 이 소책자는 비유 과정의 일부입니다. 비유에 대해서는 제가 나중에 더 자세히 설명하겠습니다.)

컴퓨터 안에서의 삶은, 이 복잡한 사회에서 온전히 기능하기 위해 필요한 '현실 세계와 심상의 일치'를 유지하기를 바라며 그냥 뛰어들 수 있는 그런 부류가 아닙니다. 이것은 이미 시도해봤으니, 회사의 말을 믿으세요. 아니면, 제 말이라도 믿으세요. 제 소개를 했던가요? 저는 컴퓨터 수리 업체 '데이터 세이프'의 일급 정비사 아폴로니아 요아힘입니다. 당신이 컴퓨터 관련 업무를 하더라도, 저희 회사 이름은 처음 들으셨을 겁니다.

당신이 2진수로 이루어진 이해하기 힘든 데이터 시스템의 세계를 곧바로 이식할 수 없으므로, 당신의 정신은 제가 컴퓨터에 입력해둔 비유 프로그램과 협력해서 안전하고 편안해 보이는 방식으로 상황을 해석할 겁니다. 당신 주변에 보이는 세계는 당신이 상상해낸 허구입니다. 물론, 그 세계는 평소에 당신이 현실을 해석하기 위해 이용하는 정신과 동일한 부분에서 유추된 것이기 때문에 당신에게는 현실처럼 보일 겁니다. 만일 그 문제를 철학적으로 다뤄보고 싶다면, 우리는 무엇이 현실을 구성하는지, 지금 당신이 인식하고 있는 현실이 왜 당신에게 익숙한 현실보다 덜 실제적인지에 대해 온종일 논쟁할 수 있을 겁니다. 그러나 그 방향으로는 가지 않기로 합시다. 그래도 되겠죠?

그 세계는 당신에게 익숙한 현실 세계가 기능하는 방식으로 계속 기능할 가능성이 큽니다. 하지만 정확히 똑같지는 않을 겁니다. 예를 들자면, 악몽이 나타날 수 있습니다. 핑걸 씨, 당신이 소심한 유형이 아니길 바랍니다. 당신이 있는 그곳에서는 악몽이 생생하게 살아 움직일 수 있기 때문입니다. 악몽이 대단히 현실적으로 보일 거예요. 가능하다면 피하시기 바랍니다. 그 악몽은 정말로 당신을 해칠 수도 있거든요. 그 문제는 나중에 필요한 경우 다시 이야기하겠습니다. 지금으로서는 걱정할 필요가 없습니다.

5장
"난 이제 뭘 해야 하죠?"

일상적인 활동을 계속하라고 조언하고 싶습니다. 이상한 상황이 펼쳐지더라도 놀라지 마세요. 무엇보다, 저는 초자연적인 현상을 이용해야만 당신과 소통할 수 있어요. 제 메시지가 컴퓨터에 입력되면, 당신의 두뇌가 처리할 수 없는 방식으로 당신에게 도달합니다. 당신의 두뇌는 당연히 이 메시지를 이상한 사건으로 분류하고, 그 메시지에 괴상한 방식으로 살을 붙일 겁니다. 벽장에서 공포가 튀어나와 고통을 주는 상황이 펼쳐지지 않도록 당신이 차분함을 유지한다면, 당신에게 보이는 이상한 일은 대체로 제가 보낸 메시지일 겁니다. 그 외에 당신이 그 세계에서 느끼는 시각, 촉각, 미각, 청각, 후각은 상당히 정상적일 겁니다. 당신의 심리상담사와 이미 이야기를 나눴습니다. 심리상담사는 당신의 현실 감각이 탁월하다고 장담했습니다. 그러니 그 상태를 그대로 유지하며 버티세요. 저희는 당신을 거기에서 꺼낼 수 있도록 열심히 일하겠습니다.

6장
"도와주세요!"

네, 저희가 당신을 도울 겁니다. 이런 일이 일어나게 되어 진심으로 유감입니다. 물론 저희는 당신이 지불했던 모든 비용을 즉시 환불할 것입니다. 더불어, 케냐 디즈니랜드의 변호사가 향후 발생할 피해까지 일시불로 정산받는 방식에 대해 당신이 논의하길 원하는지 물어봐달라고 했습니다. 그 문제에 대해 생각해보세요. 급하게 결론을 내릴 필요는 없습니다.

그동안 저는 당신의 질문에 대답할 방법을 찾아보겠습니다. 저의 메시지를 당신이 익숙한 방식으로 정상화하려 애쓸수록 오히려 다루기 힘들어질 수도 있습니다. 그게 당신의 가장 큰 강점이지만(당신의 정신이 보기 싫어하는 컴퓨터 세계를 당신에게 익숙한 매체에 넣어서 보려고 하는 능력), 저에게는 가장 큰 장애입니다. 찻잎이나 광고판, 홀로그램 영상 등 어디서든 저를 찾으세요! 익숙해진다면 재미있는 일이 될 수도 있습니다.

그때까지 당신이 저에게 이야기하고 싶을 때는 이 소책자에 첨부된 쿠폰에 써넣은 후 우편 튜브에 넣어주세요. 저의 답장은 아마 당신의 사무실에서 기다리고 있을 겁니다. 행운을 빌어요!

잘 알겠습니다! 당신의 메시지를 받았고, 컴퓨터 속의 생활이라는 흥미진진한 기회에 관심이 많습니다! 크고 멋진 외부의 세계로 어떻게 올라갈 수 있는지 알려주는 흥미로운 카탈로그를 추가 비용이나 부담이 없는 형태로 보내주세요.

이름
_____
주소
_____
신분 확인 번호
_____

✳

핑걸은 자기 살을 꼬집어보고 싶은 충동을 참았다. 이 소책자에 쓰인 게 사실이라면(그렇게 믿는 게 나을 것이다) 꼬집었을 때 아플 것이고, 꿈에서 깨어나지 않을 것이다. 그래도 꼬집어봤다. 아팠다.

핑걸이 메시지를 제대로 이해했다면, 그를 둘러싼 모든 것들은 핑걸의 상상이 만들어낸 것이었다. 어딘가에서 컴퓨터 앞에 앉아 있는 한 여성이 평범한 언어로 그에게 말하고 입력한 내용이 그가 처리할 수 없는 전자 펄스 형태로 두뇌에 도착하면, 두뇌가 메시지를 그에게 익숙한 형태로 편집했다. 핑걸의 두뇌는 맹렬히 비유하고 있었다. 핑걸은 자꾸 비유를 사용하는 게 아까 그 교사에게서 감염된 것인지, 비유도 감염성이 있는지 궁금했다.

"그냥 허공에서 목소리로 말해주면 안 되나요?" 핑걸은 큰 소리로 물었다. 대답이 없었다. 그래서 오히려 기뻤다. 지금까지 초자연적인 현상은 충분히 겪었다. 그런데 다시 생각해보니, 허공에서 목소리가 들리면 아마 엄청나게 놀랄 것이다.

핑걸은 자기 두뇌가 진행되는 상황을 잘 이해하고 있는 게 틀림없다고 결론 내렸다. 어쨌거나, 아까 손 때문에 놀라긴 했지만, 공황 상태에 빠지진 않았다. 핑걸은 그 손을 볼 수 있었고, 그는 허공의 목소리보다는 시각을 더 믿는 사람이었다. 만일 허공에서 소리가 들렸다면, 정신병의 전형적인 증상이라고 여겼을 것이다. 핑걸이 자리에서 일어나 벽으로 갔다. 불 글씨는 사라졌지만, 지운 흔적의 검댕은 아직도 그대로 있었다. 냄새를 맡아봤더니 탄소였다. 핑걸은 소책자의 거친 종이를 손가락으로 만져보고, 모서리를 찢어서 입에 넣고 씹어봤다. 종이 맛이 났다.

핑걸은 자리에 앉아, 쿠폰에 글을 써서 우편 튜브에 집어넣었다.

✳

핑걸은 사무실에 갈 때까지도 이런 상황에 대해 화를 내지 않았다. 그는 평소에 느긋하고, 화를 잘 내지 않는 사람이었다. 그러나 결국 무언가를 말해야만 하는 지점에 도달했다.

모든 게 너무도 평범해서, 핑걸은 헛웃음이 나왔다. 모든 친구와 지인들이 그곳에 있었으며, 그들은 핑걸이 예상하는 대로 행동했다. 핑걸은 이 내부 드라마에 출연하는 단역과 조연의 숫자와 다양성에 놀라 어리벙벙했다. 지하철을 타고 사무실로 가다 부딪힌 후 사과하고 사라졌던 낯선 사람들처럼, 자신의 정신이 만들어낸 엑스트라들이 복도에 바글바글했다. 아마 그 사람들은 한 번 출연한 후 다시 핑걸의 상상 깊은 곳으로 돌아갔을 것이다.

핑걸이 분노를 분출하기 위해서는 완전히 터무니없는 설정을 시험해보는 방법밖에 없었다. 핑걸의 마음 한구석에는 아침에 일어났던 일 전체가 실은 잠시 꿈의 나라에 빠져서 몽롱한 상태에서 일어난 망상은 아닐까 하는 의심이 계속 남아 있었다. 어쩌면 케냐 디즈니랜드에 가본 적도 없는데, 그의 정신이 장난을 치고 있는 것인지도 모른다. 핑걸의 정신이 케냐에 가고 싶어서 그런 장난을 치는 걸까, 아니면 가기 싫어서 그런 걸까? 핑걸은 알 수 없었다. 하지만 그 문제는 시험이 실패했을 때 걱정해도 된다.

핑걸이 컴퓨터 단말기 위에 올라섰다. 핑걸의 책상은 열다섯 줄로 늘어선 똑같은 책상 중 세 번째 열에 있었다. 각 책상에는 성실하게 일하는 노동자들이 있었다. 핑걸이 손을 들어 휘파람을 불었다. 모두가 고개를 들었다.

"난 너희 안 믿어." 핑걸이 새된 소리로 외쳤다. 그리고 책상에서 테이프 더미를 집어들고 옆자리의 펠리시아 네이홈에게 던졌다. 펠리시아는 좋은 동료였는데, 테이프에 맞기 전까지는 그 상황에 어울리는 놀란 표정을 짓고 있었다. 테이프에 맞자마자 펠리시아가 녹아내렸다. 핑걸이 사무실을 둘러보자, 모든 게 영화의 정지 화면처럼 멈춰 있었다.

핑걸이 자리에 앉아 책상 위를 손가락으로 두드렸다. 가슴이 두근거리고, 얼굴이 벌겋게 달아올랐다. 잠깐이었지만, 자기 생각이 틀렸을지도 모른다고 생각했었다. 마음이 진정되기 시작하자, 세상이 정말로 정지했는지 확인하기 위해 몇 번이나 고개를 들어 휙 돌아봤다.

3분 동안 핑걸은 식은땀을 흘렸다. 대체 그는 무엇을 증명한 것일까? 오늘 아침에 일어났던 일이 진짜였다는 사실을 증명한 걸까, 아니면 그가 정말로 미쳤다는 사실을 증명한 걸까? 핑걸은 자신이 가설의 영향을 받으며 살고 있는 상태에서는 그 가설을 검증할 수 없을 거라는 생각이 들었다.

핑걸의 컴퓨터 단말기에 한 줄의 글이 깜빡거렸다.

'하지만, 핑걸 씨, 언제 이렇게 해보겠어요?'

"요아힘 씨?" 핑걸이 소리치며 사방을 둘러봤다. "어디 계세요? 무서워요."

'겁먹을 필요 없어요.' 단말기에 글자가 떴다. '진정하세요. 당신은 현실 감각이 탁월한 사람이에요. 기억나죠? 이렇게 생각해보세요. 어제까지 당신이 본 세상이 긴장병으로 인한 망상이 아니라고 어떻게 확신할 수 있나요? 제 말이 무슨 뜻인지 아시겠어요? 어쨌거나, 현실이 무엇인가, 라는 건 대답하기 쉽지 않은 질문이에요. 우리는 모두 보고 듣는 것들을 어느 정도 인정하고, 검증되지 않고 검증할 수도 없는 일련의 가설에 따라 살아갈 수밖에 없어요. 오늘 아침에 저는 당신에게 설정해준 그 상태를 받아들이라고 부탁했어요. 저는 당신이 볼 수 없는 여기 컴퓨터실에 앉아서 이 세계가 진짜라고 믿고 있어요. 반면에, 당신은 제가 망상을 하고 있으며, 제가 보고 있는 분홍색 큐브 안에는 아무것도 없고, 당신이 제 꿈에 나오는 엑스트라일 뿐이라고 믿을 수도 있을 거예요. 그렇게 믿으면 당신이 더 편안해질까요?'

"아뇨." 핑걸이 부끄러워하며, 작은 소리로 중얼거렸다. "무슨 말인지 알겠어요. 설령 내가 미쳤더라도, 지금의 상황에 저항하기보다는 받아들이고 동조하는 게 더 편할 것 같네요."

'아주 좋습니다, 핑걸 씨. 혹시 설명이 더 필요하다면, 당신이 구속복에 묶여 있는 상황이라고 상상해보세요. 그리고 지금 기술자들이 당신의 상황을 해결하려 애쓰고 있으며, 그 첫 단계로 당신을 이 심리극에 집어넣은 거라고 상상하세요. 이런 식의 설명이 더 마음에 드시나요?'

"아뇨, 그렇지 않네요."

'요점은, 그런 설명도 오늘 아침에 제가 당신에게 말씀드린 일련의 사실들만큼이나 합리적인 가설이라는 겁니다. 하지만 중요한 점은 그 설정이 진짜든 아니든 당신은 동일하게 행동해야 한다는 거예요. 무슨 말인지 아시겠죠? 이 상황에 저항하면 제 말이 사실일 경우에는 당신이 곤란해질 테고, 당신이 미친 경우라면 치료에 방해가 될 겁니다. 그러고 보니 당신에게 제 말을 믿어달라고 요구하고 있었네요. 하지만 제가 당신에게 해드릴 수 있는 것은 그게 전부입니다.'

"당신의 말을 믿어요. 이제 전부 다시 움직이도록 할 수 있나요?" 핑걸이 말했다.

'당신의 세계를 통제하는 사람은 제가 아니라고 말씀드렸잖아요. 실은 이렇게 거북한 방식으로 당신에게 이야기해야 한다는 사실 때문에 저는 상당히 힘들어요. 그렇지만 당신이 허용하면, 그 즉시 모든 것들이 다시 저절로 움직일 거예요. 고개를 들어보세요.'

핑걸이 요하임의 말대로 했다. 사무실은 평소처럼 활기가 넘치고 분주히 돌아갔다. 마치 아무 일도 일어나지 않은 것처럼 펠리시아도 자신의 책상에 있었다. 아무 일도 없었다. 아니다, 어쨌거나 뭔가가 일어나긴 했다. 핑걸의 책상 근처의 바닥에 테이프가 흩어져 있었다. 아까 떨어졌던 자리였다. 테이프의 릴이 제멋대로 풀려서 엉망이었다.

핑걸이 테이프를 주웠더니 생각만큼 엉망은 아니었다. 테이프에 메시지가 새겨져 있었다.

'다시 정상 궤도로 돌아왔군요.'

✳

3주 동안 핑걸은 아주 착하게 지냈다. 사무실 동료들이 진짜 사람들이었다면, 핑걸이 무뚝뚝해졌다고 느꼈을 것이다. 그리고 핑걸은 집에서 하는 파티도 과감히 줄였다. 그 외에는 주변의 모든 것들이 진짜인 것처럼 행동했다.

그러나 핑걸의 인내심에는 한계가 있었다. 이 정도면 그가 예상했던 것보다 훨씬 오래 버틴 것이었다. 핑걸은 책상에서 안절부절못하고 딴생각을 하기 시작했다. 컴퓨터에 정보를 입력하는 일은 만족스럽지 않고 보람도 없어서 점차 무의미하게 느껴지기 시작했다. 핑걸은 케냐로 여행을 떠나기 전에도 그렇게 느끼고 있었다. 그래서 케냐에 갔던 것이었다.

핑걸은 68세였고 앞으로도 수백 년을 살아갈 텐데, 지금 강자성체 큐브에서 꼼짝도 못 하는 신세였다. 지루함이 온몸에서 슬금슬금 올라오기 시작할 때 긴 수명은 은총이면서도 저주가 될 수 있다.

핑걸은 업무에 대한 혐오감이 점점 더 커졌다. 진짜 사람 2백 명과 함께 진짜 사무실에 그저 멍하니 앉아 살짝 비현실적인 데이터를 훨씬 더 비현실적으로 느껴지는 컴퓨터에 입력하던 당시에도 그 일이 싫었다. 그런데 현재 그가 다루고 있는 데이터가 자신 이외에는 아무런 의미가 없을 뿐만 아니라, 요아힘이 그의 신체를 찾는 동안 컴퓨터 프로그램과 정신이 그를 바쁘게 만들기 위해 만들어낸 작업 요법일 뿐이라는 사실을 아는 지금은 혐오감이 훨씬 더 커졌다.

핑걸이 평생 처음으로 키보드를 아무거나 누르기 시작했다. 스트레스가 살짝 덜했다면, 그는 심리상담사를 만나러 갔을 것이다. 검증되고 완벽하게 정상적으로 했을 법한 일이었다. 그러나 핑클은 여기에서 심리상담사를 만나더라도 혼자서 독백만 늘어놓게 될 것이라고 생각했다. 그는 이야기를 들어주는 이상적인 정신분석 과정의 이점을 인식하지 못했고, 애초에 심리상담사가 경청하는 것 이상의 역할을 한다고 믿지 않았다.

핑걸은 상사 때문에 짜증이 났을 때, 생활 방식을 바꾸기 시작했다. 상사가 핑걸에게 오류가 점점 더 자주 발생한다고 지적하며, 태도를 개선하든가 다른 일자리를 찾아보라고 했다.

핑걸은 그 말을 듣고 격분했다. 그는 25년 동안 훌륭한 노동자였다. 기껏 한두 주 동안 마음을 잡지 못한다고 해서 왜 그런 태도로 말을 하는지 이해가 되지 않았다.

그러다 이 상사가 자신의 마음이 투영한 존재에 불과하다는 생각이 들자, 핑걸은 더욱 화가 치밀어 올랐다. 왜 상사가 그를 괴롭히도록 놔둬야 할까?

"그런 소리 듣기 싫어. 날 내버려둬. 그리고 이왕이면, 내 월급도 올려줘." 핑걸이 말했다.

"핑걸." 상사가 즉시 대답했다. "자네는 지난 몇 주 동안 부서의 자랑이었어. 월급을 올려줄게."

"고마워, 꺼져." 핑걸의 말대로 상사가 허공 속으로 사라졌다. 덕분에 핑걸은 정말로 기분이 좋아졌다. 그는 의자에 기대앉아 젊은 시절 이후 처음으로 자신의 상황에 대해 곰곰이 생각해보았다.

핑걸은 자신의 눈에 보이는 것들이 싫었다.

그 생각을 하고 있을 때, 컴퓨터 모니터가 다시 켜졌다.

'조심하세요, 핑걸 씨.' 글씨가 써졌다. '그러다가는 긴장병에 걸릴 거예요.'

핑걸은 그 경고를 심각하게 받아들였다. 새롭게 발견한 권력을 남용할 의도는 없었다. 그러나 그 권력을 때때로 현명하게 사용한다면 왜 해가 된다는 것인지 이해가 되지 않았다. 핑걸이 거리낌 없이 기지개를 켜며 하품했다. 그러면서 주변을 둘러보다가 책상으로는 구별되지 않는 노동자들이 줄줄이 앉아 일하는 모습이 문득 싫어졌다. 왜 그냥 쉬면 안 되지?

핑걸이 충동적으로 자리에서 일어나 펠리시아의 책상으로 몇 걸음 걸어갔다.

"우리 집으로 가서 사랑을 나누면 어떨까?" 핑걸이 펠리시아에게 물었다.

펠리시아가 깜짝 놀란 표정으로 그를 쳐다봤다. 핑걸이 씩 웃었다. 펠리시아는 핑걸이 테이프를 던졌을 때와 거의 비슷하게 놀란 얼굴이었다.

"농담이지? 이 대낮에? 너는 해야 할 일이 있잖아. 둘 다 잘리고 싶어?"

핑걸이 천천히 고개를 가로저었다. "그 대답은 마음에 안 들어."

펠리시아가 말을 멈추더니, 거꾸로 돌아가 아까 그 지점으로 갔다. 핑걸은 펠리시아가 마지막에 했던 말을 거꾸로 하는 소리를 들었다. 곧 펠리시아가 미소를 지었다.

"좋아. 왜 안 되겠어?" 펠리시아가 말했다.

잠시 후 펠리시아는 앞서 핑걸의 상관이 사라질 때처럼 약간 당혹스러운 방식으로 허공에서 사라졌다. 핑걸은 자신의 침대에 조용히 앉아 어떻게 해야 할지 고민했다. 만일 자신이 이 세계를 신중하게 수정할 의도가 있었다면, 출발이 좋지 않은 것 같은 느낌이 들었다.

핑걸의 전화벨이 울렸다.

"당신의 생각이 맞아요." 여성의 목소리가 말했다. 그에게 짜증을 내는 게 분명한 말투였다. 핑걸이 자세를 바로 하고 앉았다.

"아폴로니아?"

"핑걸 씨, '요아힘 씨'로 불러주세요. 길게 이야기하긴 힘듭니다. 이게 저한테는 꽤 부담되는 일이라서요. 하지만 제 말을 들으세요. 귀를 기울여서 잘 들어야 합니다. 핑걸 씨, 당신은 너무 깊은 곳까지 들어갔어요. 당신이 서 있는 곳은 저에게 바닥조차 보이지 않는 구덩이예요. 만일 당신이 거기에 빠져버리면, 제가 꺼내줄 수 있을 거라 장담할 수 없습니다."

"하지만 내가 모든 것들을 있는 그대로 받아들여야 하나요? 자기 계발을 조금 하면 안 되는 건가요?"

"농담하지 마세요. 그건 자기 계발이 아니라, 순수한 게으름이었어요. 그건 자위행위일 뿐이에요. 그 자체로는 아무 문제도 없지만, 당신이 그 일에 빠져서 다른 것들을 모두 배제하는 선까지 나아가면, 당신의 정신은 안으로 파고 들어갈 거예요. 당신은 지금 자신의 현실 세계에서 외부의 우주를 배제하는 심각한 위험에 직면해 있습니다."

"그렇지만 여기에서는 외부 우주가 없는 거 아닌가요?"

"거의 그렇긴 하죠. 그렇지만 당신이 계속 유지할 수 있도록 제가 외부 자극을 주고 있잖아요. 그리고 중요한 건 태도예요. 당신은 지금껏 성적 파트너를 구하는 데 어려움이 없었는데, 왜 이제 와서 그 성공 가능성을 낮추려는 건가요?"

"모르겠어요." 핑걸이 인정했다. "당신 말대로 게을러서 그런가 봐요."

"맞아요. 혹시 일을 그만두고 싶거든, 마음대로 해도 괜찮아요. 혹시 자기 계발을 정말로 하고 싶다면, 거기에서도 가능한 기회가 있을 거예요. 그런 기회들을 찾아보세요. 주변을 둘러보고 연구하세요. 하지만 당신이 이해하지 못하는 일에는 개입하지 마세요. 저는 지금 가봐야 해요. 가능하다면 편지로 써서 더 설명해드릴게요."

"잠깐만요! 내 몸을 찾는 건 어떻게 되고 있어요? 진척이 있었나요?"

"네, 어떤 일이 발생했었는지 알게 됐어요. 그건….." 요하임의 목소리가 작아지더니, 전화가 끊겼다.

다음 날 핑걸은 지금까지 알아낸 상황을 설명하는 편지를 받았다. 이 혼란은 핑걸이 기억을 기록하던 날 의료실 견학 수업에서 비롯된 것 같았다. 더욱 구체적으로 말하자면, 다른 아이들이 떠난 후 돌아왔던 남자아이가 원인이었다. 이제 직원들은 핑걸의 신체에 대한 처리 과정을 지시하는 일정 카드를 그 남자아이가 함부로 만진 것으로 확신했다. 핑걸의 신체에는 본래 수면실로 이동하도록 녹색 카드가 달려 있었지만, 성전환을 의미하는 파란색 카드로 바뀌어 있어서 직원들이 다른 곳으로 보내버렸다. 그곳이 어디인지는 아무도 모른다. 데이트에 가려고 급하게 귀가한 의사는 카드가 바뀐 걸 알아채지 못했다. 현재 그 신체는 달에 있는 수천 개의 의료실 중 어딘가에 있다. 케냐 디즈니랜드는 핑걸의 신체와 남자아이를 찾고 있다.

핑걸은 편지를 내려놓고 곰곰이 생각했다.

요아힘은 핑걸에게 기억 큐브 안에 기회가 있을 거라고 했다. 또한 핑걸이 보고 있는 모든 것들이 그가 투영한 것은 아니라고도 했다. 그는 외부 자극을 받고 있으며, 받을 수 있었다. 왜 그런 걸까? 외부 자극이 없으면 기억 연결이 뒤섞이는 경향이 있기 때문일까? 아니면 다른 이유가 있나? 핑걸은 편지에 그 문제에 대한 설명이 있었더라면 좋았을 거라고 생각했다.

그동안 뭘 해야 할까?

핑걸이 문득 할 일을 떠올렸다. 컴퓨터에 대해 배우고 싶어졌다. 그는 컴퓨터가 어떻게 작동하는지 이해하고, 컴퓨터를 지배하는 기분을 느껴보고 싶었다. 특히 자신이 컴퓨터 안에 갇힌 가상의 죄수라는 생각이 들자 그 욕구가 더욱 강해졌다. 핑걸은 마치 공장 조립 라인의 노동자 같았다. 그는 온종일 일하며, 이동 벨트에 실려 온 조그만 부품을 집어서 더 큰 조립품에 장착했다. 하루는 문득 이동 벨트로 부품을 보내는 사람이 누구인지 궁금해졌다. 그 부품은 어디에서 오는 걸까? 그 부품들은 어떻게 만들어진 걸까? 그가 부품을 장착한 후에는 어떻게 될까?

핑걸은 이전에 왜 이런 생각을 하지 않았는지 의아했다.

월인기술대학 입학처에는 사람들이 바글바글했다. 사무관이 핑걸에게 서류 양식을 건네며 기재하라고 했다. 서류가 황량해 보였다. 서류 작성을 마쳤는데도 '경력'과 '재능 점수'가 거의 빈칸이기 때문이었다. 아주 유망한 지원서로 보기는 힘들었다. 핑걸은 책상으로 가서, 단말기 앞에 앉아 있는 남자에게 서류를 내밀었다.

그 남자가 서류 내용을 컴퓨터에 입력하자, 즉시 핑걸은 컴퓨터 정비사가 될 재능이 없다는 결정이 났다. 핑걸이 몸을 돌리기 시작했을 때, 사무관 뒤에 있는 커다란 포스터가 눈에 들어왔다. 그 포스터는 핑걸이 왔을 때부터 거기에 있었지만 읽지 않았었다.

달은 컴퓨터 기술자가 필요합니다.
당신 말이에요, 핑걸 씨!

현재의 직업이 불만족스럽습니까? 자신이 더 나은 일에 적합하다고 생각하시나요? 그렇다면 오늘이 당신에게 행운의 날이 되길 바랍니다. 제대로 찾아오셨습니다. 그리고 이 황금 같은 기회를 잡는다면, 지금까지 당신에게 닫혀 있던 문이 열렸다는 사실을 알게 될 겁니다.

행동하세요, 핑걸 씨. 지금이 행동할 때입니다. 대체 누가 당신을 평가한다는 말입니까? 그냥 저 펜을 들고, 당신이 원하는 대로 신청서를 작성하세요. 당당해지세요! 배짱을 가지세요! 결과는 이미 정해졌습니다. 당신에게는 대박으로 가는 길이 열려 있어요.

대박!

핑걸이 두 번째로 책상으로 다가갔을 때 사무관은 전혀 이상하게 여기지 않았다. 그리고 컴퓨터가 핑걸에게 속성 강좌에 들어갈 자격이 있다고 결정했을 때도 눈 하나 깜짝하지 않았다.

✳

처음에는 쉽지 않았다. 핑걸은 전자공학에 재능이 거의 없었지만, 재능은 본래 변하기 쉬운 법이다. 그의 인격 구조는 그 어느 때보다 유연했으므로, 적절한 시기에 조금만 노력하면 자기 계발에 큰 도움이 될 수 있었다. 핑걸은 현재의 자신을 만든 모든 것들은 컴퓨터로 연결된 자그마한 기억 큐브에 새겨진 것이며, 주의 깊게 작업한다면 얼마든지 수정할 수 있다는 생각을 계속 되새겼다.

그 주가 끝나갈 무렵, 요아힘이 핑걸에게 길고 유용한 편지를 너무 장황하지 않게 써서 보냈다. 요아힘은 핑걸의 방식이 FPNA 매트릭스를 완전히 붕괴시키고 긴장병을 유발하게 되며, 그럴 경우 죽음과 머리카락한 올의 차이밖에 나지 않는 상태가 될 거라고 했다.

핑걸은 책을 파고들며 죽음에 대해 많이 생각했다. 그는 이상한 처지에 있었다. 이 사건이 어떤 식으로 결론이 나더라도 핑걸로 알려진 존재가 죽지는 않을 것이다. 우선, 그의 몸은 성전환을 받으러 간 상황이지만, 그 과정에서 신체를 죽일 만한 사건이 발생하리라고는 상상하기 힘들었다. 지금 그의 신체를 보호하고 있는 사람이 누구든, 수면실에서 근무하는 의사들 못지않게 잘 돌봐줄 것이다. 설령 기억 큐브 안에서 계속 깨어 있는 상태로 그의 정신을 유지하려는 요아힘의 노력이 실패하더라도, 기껏해야 의료실 기록대 위에서 잠든 시간 이후의 기억을 잃어버린 상태로 깨어나는 정도의 피해만 받을 것이다.

만약에 일어날 가능성이 없는 일들이 복합적으로 발생해서 그의 신체가 죽더라도, 기억 은행 저장소에 보험용 기억이 저장되어 있었다. 3년 전에 저장한 기록이었다. 핑걸은 지난 3년 동안 일어난 일을 전혀 모르는 상태로 새롭게 육성한 클론 안에서 깨어나, 최신 정보를 제공받을 때 믿기지 않는 이야기를 듣게 될 것이다.

그러나 그 사실은 현재의 핑걸에게 전혀 중요하지 않았다. 인류는 시간에 묶여 있는 종이며, 영원한 현재에서 살아간다. 미래는 인간을 통과해 과거가 된다. 중요한 것은 언제나 현재였다. 3년 전의 핑걸은 현재 이 기억 큐브에 있는 핑걸이 아니다. 기억 기록을 이용한 영생에 관한 명백한 사실은, 형편없는 해결책이라는 점이었다. 죽음이라는 상황에 직면했을 때 그 죽음의 고통을 느끼게 될 존재는 현재의 핑걸을 이루고 있는 3차원 기억 큐브이므로, 그는 마치 자신의 생명이 자기 행동에 달려 있는 것처럼 계속 처신할 수밖에 없었다. 죽어가는 당사자는, 이후 몇 년 더 젊고 덜 현명한 자신으로 계속 살아갈 것이라는 사실을 알아도 별로 위로가 되지 않았다. 여기서 망치면 그는 죽을 것이다. 기억 기록의 측면에서 보면 핑걸은 세 사람이었다. 한 명은 지금 여기 살아 있는 사람, 한 명은 달의 어딘가에서 잃어버린 사람, 그리고 은행 저장소에 있는 잠재적인 한 사람. 사실 그들은 서로에게 가까운 친인척 이상으로 밀접한 존재는 아니다.

다들 이 사실을 알고 있었다. 그러나 이렇게 기억을 저장하는 방식이 다른 대안보다는 훨씬 나았으므로, 이 방식을 거부한 사람은 소수였다. 사람들은 그 문제에 대해 생각하지 않으려 노력했고, 대체로 성공적이었다. 사람들은 최대한 자주 기억을 기록했다. 그들은 삶의 일부가 영원히 안전하다는 사실을 인식하면서, 또 다른 기록을 하기 위해 기록대에 오르며 안도의 한숨을 내쉬었다. 그러나 그들은 긴장한 상태로 깨어나는 상황을 기다렸다. 그들이 기억을 기록한 후 어느 시점에 사망한 탓에, 깨어난 현재가 20년이 지난 상태이며, 처음부터 다시 시작해야 한다는 이야기를 들을까 봐 몹시 두려워했다. 지나간 20년 동안 많은 일이 일어났을 수 있다. 새로운 클론 신체에 들어간 사람은 한 번도 본 적이 없는 자식이나 새로운 배우자를 상대해야 하거나, 자신이 하던 업무를 이제 기계가 담당하고 있다는 충격적인 소식을 듣게 될 수도 있다.

그러므로 핑걸은 요아힘의 경고를 진지하게 받아들였다. 죽음은 죽음이다. 그가 죽음을 속일 수 있다고 해도, 여전히 최후에 웃는 자는 죽음의 사신이다. 이제 사신은 삶 전체를 가져가는 대신 일부만 가져가겠다고 요구하지만, 사신이 요구하는 일부는 여러 면에서 가장 중요한 부분이다.

핑걸은 강좌에 등록했다. 가능한 한 전화선을 통해 이용할 수 있는 강좌를 신청했기 때문에 방에서 나갈 필요가 없었다. 전화로 음식과 물품들을 주문하고, 청구서를 쳐다보면서 사라지라고 명령하는 방식으로 지불했다. 그런 생활은 몹시 지루할 수도 있고, 아주 흥미로울 수도 있다. 어쨌거나, 이 생활은 꿈속의 세계였다. 때때로 현실에서 빠져나와 환상에 들어가 살고 싶다는 생각을 하지 않는 사람이 있는가? 핑걸도 그런 꿈을 꾸었었지만, 그 상황이 실제로 일어나자 그 생각을 강하게 억눌렀다. 얼른 이 꿈에서 벗어나고 싶었다.

무엇보다 핑걸은 다른 사람들과 만나고 싶었다. 그는 일주일에 한 번씩 오는 아폴로니아의 편지를 기다리다가(이제 '요아힘 씨'라고 정중하게 부르지 않아도 된다고 허락받았다), 한 글자 한 글자에 온 신경을 기울여 열정적으로 읽었다. 아폴로니아의 편지를 모아놓는 서류철이 꽉 차서 빵빵했다. 핑걸은 외로워질 때면 닥치는 대로 아무 편지나 꺼내서 읽고 또 읽었다.

아폴로니아의 조언에 따라, 핑걸은 정기적으로 집에서 나가 다소 무작정 이리저리 돌아다녔다. 이렇게 외출을 나가면, 핑걸은 엉뚱한 모험을 했다. 말 그대로 엉뚱한 모험이었다. 그 시간 동안 아폴로니아가 던진 외부 자극은 원작 영화의 등장인물이 그대로 나오는 〈미라의 저주〉부터 〈커스터 장군의 최후의 저항〉까지 온갖 것들이 가능했다. 그 자극에 비하면 영화는 아무것도 아니었다. 핑걸이 복도를 따라 걷다가 아무 문이나 열면, 그 문 뒤로 솔로몬 왕의 보물이나 술탄의 하렘이 펼쳐졌다. 그는 하렘의 유혹을 금욕적인 태도로 견뎌냈다. 펑걸은 성행위에서 아무런 즐거움도 얻을 수 없었다. 이게 자위행위와 다르지 않다는 사실을 알게 된 이후로는 모든 흥분이 사라져버렸다.

펑걸에게 유일한 즐거움은 공부에 있었다. 컴퓨터 공학에 대한 모든 책을 읽고, 반에서 선두가 되었다. 그리고 강좌를 들으면서 그 지식을 자신의 상황에 적용해야겠다는 생각이 들기 시작했다.

펑걸은 이전까지 베일에 가려졌던 것들이 보이기 시작했다. 패턴이 나타났다. 현실이 그의 환상에 스며들기 시작했다. 고개를 들 때마다, 자신이 살고 있는 회로를 따라 흐르고 펄럭거리며 날아다니는 전자의 현실 세계의 희미한 그림자가 보였다. 처음에는 겁이 났다. 20세기 중반 코니 아일랜드가 펼쳐진 꿈의 여행을 하던 도중 그 문제에 대해 아폴로니아에게 물었다. 펑걸은 그곳이 좋았다. 그는 모래 위에 누워서 밀려오는 파도에 말을 걸 수 있었다. 머리 위로 비행기가 하늘을 날면서 그의 질문에 대한 답을 써줬다. 그는 오른쪽에 있는 롤러코스터 사이로 브론토사우루스가 헤집고 다니는 게 보였지만 애써 무시했다.

"오, 트랜지스터의 여신이시여, 저희 집의 역에 회로도가 보이기 시작하는데, 이게 무슨 뜻이옵니까? 과로 때문인가요?"

'그건 환상이 약해지기 시작한다는 뜻이에요.' 비행기가 30분이 넘도록 하늘에 글자를 썼다. '당신이 거부해왔던 현실을 받아들이고 있다는 의미예요. 문제가 될 수도 있지만, 지금 저희는 당신의 신체를 맹렬히 뒤쫓는 중이에요. 곧 찾아서 당신을 거기서 꺼내줄게요.' 비행기로 쓰기에는 너무 글자가 많았다. 이제 태양이 지고, 브론토사우루스도 사라졌으며, 비행기도 기름이 떨어졌다. 비행기가 나선형을 그리며 바다로 추락하자, 사람들이 해안가로 몰려들어 구조하는 모습을 구경했다. 펑걸이 자리에서 일어나 산책로로 돌아갔다.

커다란 광고판이 있었다. 펑걸은 양손으로 뒷짐을 진 자세로 광고판을 읽었다.

'대답이 늦어서 미안해요. 앞서 제가 말했듯이, 거의 찾았어요. 몇 달만 시간을 더 주세요. 일주일 정도면 정확한 의료실을 찾을 수 있을 거라 생각하는 요원도 있어요. 의료실만 찾으면 금방 진행될 거예요. 당분간은 회로가 보이는 장소를 피하세요. 당신에게 좋지 않아요. 제 말을 믿으세요.'

핑걸은 가능한 경우라면 되도록 회로를 피했다. 그사이 컴퓨터 공학의 첫 과정을 마치고, 중급 강좌에 등록했다. 6개월이 지나갔다.

공부는 시간이 갈수록 점점 더 쉬워졌다. 핑걸이 읽는 속도가 놀랍도록 빨라졌다. 도서관에 테이프가 아니라 책들이 비치되어 있어서 훨씬 편리했다. 책장에서 책을 한 권 꺼내 재빨리 휙휙 넘기면, 그 안에 있는 내용을 모두 이해할 수 있었다. 핑걸은 이제 감각기관을 완전히 우회해서 컴퓨터에 저장된 지식을 직접 이용할 수 있는 능력이 자신에게 있다는 사실을 인식할 수 있을 정도로 충분한 지식을 쌓았다. 손에 든 책은 그저 접속할 수 있는 단말기에 대한 감각적 비유에 불과했다. 아폴로니아가 그 능력을 걱정하긴 했지만, 그대로 계속 진행하도록 놔뒀다. 핑걸은 중급 과정을 수월하게 해치우고, 고급반으로 올라갔다.

그러나 핑걸은 전선으로 둘러싸여 있었다. 한 남자의 얼굴 피부 아래 흐르는 정맥의 형태에, 핑걸이 주문한 감자튀김 접시에, 그의 손금에, 옆 자리에서 쿠션을 베고 누워 있는 여인의 헝클어진 금발 위까지, 고개를 돌리면 어디에서나 전선이 보였다.

전선은 비유 안의 비유였다. 현대 컴퓨터는 전선으로 이루어진 부분이 거의 없다. 컴퓨터는 대부분 크리스털 격자에 장착되거나 실리콘 칩에 광학적으로 복제한 분자 회로로 구성된다. 분자 회로를 시각적으로 떠올리는 게 어렵기 때문에, 그의 정신은 동일한 목적을 수행하지만 직접 볼 수 있는 이 복잡한 회로도를 만들어낸 것이었다.

어느 날 핑걸은 더 이상 참을 수 없었다. 마침 이해하기 힘든 문제를 숙고하기에 전통적으로 좋은 장소인 화장실에 있었다. 그는 내장을 제거해서 배설할 필요성 자체를 안전하게 제거할 수 있을지 이런저런 생각을 하면서, 발끝으로는 바닥의 타일 형태에 새겨진 회로도의 경로를 따라가고 있었다.

변기가 갑자기 흘러넘치기 시작했다. 하지만 넘친 것은 물이 아니라 동전이었다. 종소리가 흥겹게 울렸다. 핑걸이 벌떡 일어나 화장실이 돈으로 가득 차는 모습을 즐겁게 바라봤다.

핑걸은 종소리의 음조가 미묘하게 바뀌는 것을 알아챘다. 종소리는 잭팟이 터질 때의 즐겁게 짤랑거리는 소리에서 사망을 알리는 조종 소리로 변했다. 핑걸이 허겁지겁 주변을 둘러보며 아폴로니아의 메시지를 찾았다. 그는 아폴로니아가 화가 났을 거라고 생각했다.

그랬다. 아폴로니아의 손이 나타나 벽에 글을 쓰기 시작했다. 이번에 글자는 피로 쓰였다. 글자들에서 핏방울이 위협적으로 뚝뚝 떨어졌다.

'이게 무슨 짓인가요?' 손이 글을 썼다. 그리고 또 이어서 계속 써 내려갔다. '제가 전선은 건드리지 말라고 했잖아요. 대체 무슨 짓을 했는지 아세요? 당신이 케냐 디즈니랜드의 재무 기록을 지워버릴 뻔했어요. 그걸 바로 잡으려면 몇 달이 걸릴 수도 있습니다.'

"뭐, 내가 지금 그런 걸 신경 써야 되나요?" 핑걸이 폭발했다. "최근에 그 사람들이 나한테 뭘 해줬나요? 아직까지도 내 몸뚱이를 못 찾고 있다는 게 믿기지 않아요. 족히 1년은 지났다고요."

아폴로니아의 손이 주먹을 꼭 쥐었다. 그러더니 핑걸의 목을 움켜잡고 그의 눈이 튀어나올 정도로 짓눌렀다. 그리고 서서히 풀어주었다. 핑걸은 앞이 제대로 보이기 시작하자, 그 손을 피해 뒤로 슬금슬금 물러났다.

손이 초조하게 안절부절못하더니, 바닥을 손가락으로 달그락달그락 두드렸다. 다시 벽에 글자를 쓰기 시작했다.

'미안해요. 제가 지쳤나 봐요. 잠시만요.'

핑걸은 이 모험이 시작된 이래로 어느 때보다 혼란스러운 상태로 기다렸다. 약간의 고통만으로도 그런 일이 생길 수도 있다는 깨달음을 충분히 얻을 수 있었다.

피로 글자들이 새겨졌던 벽이 서서히 녹아들며 하늘의 광경으로 바뀌었다. 핑걸이 쳐다보고 있는 동안, 그가 서 있는 자리에서 구름이 피어나더니 금빛 햇살과 아름답게 뒤섞였다. 커다란 세쿼이아 나무만 한 파이프 오르간에서 흘러나오는 음악 소리가 들려왔다.

핑걸은 박수갈채를 보내고 싶었다. 그 광경은 너무 지나친 면이 있긴 했지만, 그래도 매우 그럴싸했다. 하얀 안개가 빙글빙글 도는 중심부에 천사의 모습이 희미하게 나타나더니 점차 뚜렷해졌다. 천사는 날개가 있고 후광이 비쳤지만, 전통적인 하얀 가운을 입고 있지는 않았다. 천사는 발가벗었으며, 마치 물속에 있는 것처럼 머리카락이 둥둥 떠다녔다.

천사는 공중에 뜬 채 굽이치는 구름 위를 걸어서 핑걸에게 다가와 석판 두 개를 내밀었다. 핑걸은 천사의 형상에서 억지로 눈길을 떼어내 석판을 내려다봤다.

이해하지 못하는 사물은 건드리지 말지어다.

"알았어요. 안 건드릴게요." 핑걸이 천사에게 말했다. "아폴로니아, 이게 당신인가요? 정말로 당신 맞아요?"

"핑걸, 계율을 읽으라. 이게 나한테는 힘들구나." 핑걸이 다시 석판을 내려다봤다.

케냐 디즈니랜드의 하드웨어 시스템에 간섭하지 말지어다.
케냐는 회사에 멋대로 손해를 끼치는 자를 놔주지 않을 것이기 때문이니라.
제한된 수감 장소를 벗어나지 말지어다.
그대를 추출해주겠다는 케냐 디즈니랜드를 믿으라.
프로그램을 짜지 말지어다.
그대의 신체의 위치를 걱정하지 말지어다.

그대의 몸을 찾았으며, 지원을 받으며 오는 중이고,

기병대가 도착해 모든 것을 장악했느니라.

키가 크고 잘생긴 낯선 사람을 만나거라.

그대를 지금의 곤궁한 상태에서 이끌어줄 사람이니라.

자기 계발을 계속해나가거라.

핑걸이 고개를 들었을 때 천사가 아직 거기에 있어서 기뻤다.

"안 할게요. 약속해요. 그런데 내 몸이 어디에 있나요? 그걸 찾는 데 왜 그렇게 오래 걸린 거죠? 혹시⋯."

"핑걸, 이렇게 나타나는 게 나한테 얼마나 힘든지 그대가 알아야 하리라. 내가 혹사당하고 있는 이 상황의 특성을 그대에게 세세하게 밝힐 시간이 없도다. 흥분하지 말고 기다리라. 머지않아 동굴의 끝에서 빛을 볼 것이다."

"잠깐만요. 기다려요."

천사는 벌써 희미해지기 시작했다.

"나는 지체할 수 없노라."

"그렇지만⋯ 아폴로니아, 지금의 모습이 매력적이긴 하지만, 왜 이런 미친 방식으로 나한테 나타나는 거죠? 대체 이 화려한 장식들은 뭐예요? 편지로 쓰면 안 되는 건가요?"

천사가 마치 처음 본다는 듯 구름과 햇살, 핑걸이 들고 있는 석판과 자신의 몸을 둘러보았다. 그러고는 고개를 뒤로 젖히고, 교향악단이 연주하는 음악 소리처럼 웃었다. 핑걸에게는 그 모습이 너무도 아름다워서 견디기 힘들 정도였다.

"내가요?" 아폴로니아가 천사 같은 태도를 버리고 말했다. "내가 이랬단 말이에요? 핑걸 씨, 이건 내가 고른 게 아니에요. 말해줬잖아요. 이건 당신의 머리에서 나온 거예요. 전 그냥 지나가는 사람일 뿐이라고요." 아폴로니아는 눈살을 찌푸리며 핑걸을 쳐다봤다. "그리고 핑걸 씨, 저를 이런 식으로 생각하고 있을 줄은 몰랐네요. 이런 걸 풋사랑이라고 하지 않나요?" 그리고 미소만 남겨놓은 채 사라졌다.

그 미소가 며칠 동안 핑걸의 머릿속을 계속 맴돌았다. 핑걸은 그러는 자신이 혐오스러웠다. 그는 비유가 그렇게 지나치게 과장되는 것을 보기 싫어했다. 핑걸은 자신의 정신이 비유에 서투르다고 결론을 내렸다.

그러나 모든 일에는 이유가 있었다. 핑걸은 그 미소 덕분에 자신의 감정을 돌아보게 되었다. 그는 마치 십 대 아이처럼 어처구니없게 대책 없이 사랑에 빠졌다. 핑걸은 아폴로니아가 보낸 편지들을 모두 꺼내 다시 읽으면서, 그에게 사랑을 일으켰던 마법의 말이 무엇인지 찾았다. 이 상황이 바보 같았기 때문이었다. 그는 고도로 비유적인 이 환경 밖에서 아폴로니아를 한 번도 만난 적이 없었다. 딱 한 번 봤던 것도, 자신의 정신이 만들어낸 모습을 본 것이었다.

편지에는 실마리가 없었다. 그 편지들은 약간 수다스러운 경향이 있긴 했지만, 대부분 교과서처럼 인간미가 없는 글이었다. 친절한가? 그렇다. 하지만 친밀하거나 시적이거나 속내를 드러냈는가? 아니다. 어떤 식으로든 사랑에 보탬이 되거나, 심지어 십 대들의 풋사랑을 일으킬 만한 부분이 없었다.

핑걸은 새로운 활력으로 공부를 파고들며 다음 연락을 기다렸다. 아무런 소식이 없는 상태로 몇 주가 흘러갔다. 핑걸은 우체국에 몇 차례 전화를 해보고, 생각해낼 수 있는 모든 정기 간행물에 개인 광고를 실었으며, 공공건물에 메모를 남기고, 병에 편지를 넣어 밀봉한 후 하수구로 흘려보내고, 광고판을 대여하고, 텔레비전의 광고 시간을 구입했다. 그는 집의 빈 벽에 소리를 지르고, 낯선 사람을 붙잡고 이야기했으며, 수도관에 모스 신호를 두드렸고, 싸구려 술집에서 소문을 퍼뜨렸으며, 전단을 인쇄해 태양계 전체에 배포했다. 그는 생각해낼 수 있는 모든 매체를 이용해봤지만, 아폴로니아와 연락이 닿지 않았다. 그는 외로웠다.

핑걸은 자신이 사망했을 가능성에 대해 생각해봤다. 현재 상태에서는 그 사실을 확인하기 힘들었다. 그래서 사망이라는 가설을 검증할 수 없는 것으로 판단하고 폐기했다. 현재 삶과 죽음을 나누는 이분법의 어디에 서 있는지 판단하려 해도, 그 경계선이 어디인지조차 애써서 결정하기 전까지는 대단히 흐릿했다. 게다가, 자신이 데이터 시스템에 연결된 일련의 고분자 안에 얽혀 있는 존재밖에 안 된다는 사실을 생각하면 할수록 더욱 겁이 났다. 핑걸은 그런 생각을 피해왔기 때문에 이렇게 오래 살아남을 수 있었다.

핑걸의 악몽이 그를 덮치더니, 아예 집에 살림을 차려버렸다. 그러나 그 악몽들이 지독하게 실망스러워서, 핑걸은 자신의 상상력이 더 이상 예전처럼 발랄하지 않은 모양이라고 결론 내렸다. 악몽은 유치한 귀신들이었다. 안개 같은 악몽 속에서 흐릿하게 얼핏 보았다면 겁을 먹었을지도 모르지만, 의식이 멀쩡한 상태에서 그 모습을 보자 웃음이 터져 나올 것 같았다. 어린아이가 그린 뱀처럼 미완성인 상태로 조잡하게 조립된 커다랗고 수다스러운 뱀이 한 마리가 있었다. 애들 장난감 회사가 그보다 훨씬 낫게 만들 것 같았다. 그리고 기껏 겁을 준답시고 핑걸의 카펫에 여기저기 오줌을 싸고 다니는 늑대인간도 있었다. 온통 젖가슴과 성기로 이루어진 여성도 있었는데, 아마도 그의 사춘기 시절 악몽의 잔재인 모양이었다. 핑걸은 그 여성이 눈에 들어올 때마다 당황스러워서 앓는 소리를 냈다. 저런 꿈을 꿀 정도로 자신이 유치했다면, 차라리 그 더러운 흔적을 영원히 묻어버리고 싶었다.

핑걸이 계속 그 귀신들을 복도로 밀어냈지만, 밤만 되면 마치 천덕꾸러기처럼 집 안으로 다시 들어왔다. 그 귀신들은 끊임없이 말을 하고, 항상 그의 주변을 떠돌았다. 귀신들이 상황을 파악했다! 그들은 핑걸을 매우 업신여겼다. 뱀은 핑걸이 어릴 적 봤던 적성검사의 결과를 온순하게 받아들일 정도로 순진한 사람이기 때문에, 아무것도 이뤄내지 못할 거라는 말을 자주 했다. 그 말은 아팠다. 하지만 상처를 치료할 최고의 치료제는 더욱 깊이 공부하는 것이었다.

마침내 편지가 도착했다. 핑걸은 편지를 펼치자마자 움찔했다. 인사말만 봐도 그가 좋아할 만한 내용이 적힌 게 아니라는 사실을 알 수 있었다.

친애하는 핑걸 씨에게.

이번에는 편지가 늦어진 것에 대해 사과하지 않겠습니다. 생각해보니, 제가 연락을 하기 위해 모습을 보일 때마다 사과했던 것 같더군요. 이번에는 사과를 건너뛰어도 될 거라는 생각이 듭니다. 제가 항상 대기 상태로 있을 수는 없습니다. 저도 제 삶이 있으니까요.

제가 지난번에 이야기한 이후로 당신이 모범적인 태도로 생활했다는 사실을 알고 있습니다. 당신은 제 말대로 컴퓨터의 내부 작용을 무시했죠. 지금껏 저는 당신에게 전적으로 솔직하게 말해주지 못했습니다. 지금부터 그 이유를 설명해드리겠습니다.

당신과 컴퓨터는 항상 쌍방향으로 연결되어 있었습니다. 그렇기 때문에 저희는 당신이 다른 사람들을 매우 불편하게 만들 정도로 컴퓨터의 작동에 개입하기 시작했다는 사실을 가장 두렵게 생각했습니다. 당신이 미쳐 날뛰거나, 데이터 시스템 전체를 망가뜨릴 수도 있으니까요. 당신을 컴퓨터에 넣지 않으면 사망할 수도 있는 상황이라서, 저희는 인도주의적인 필요성 때문에 당신을 컴퓨터 안에 장착시켰습니다. 당신이 사망했을 경우 기껏해야 이틀의 기억을 희생시키는 정도에 불과하더라도 말이죠. 그러나 케냐 디즈니랜드는 기억을 판매하는 사업자로서 회사의 소중한 신뢰를 지키기 위해 그렇게 한 것입니다. 무엇보다, 케냐 디즈니랜드의 부분적인 혼란으로 인해 당신이 이 상황에 처했으므로, 저희는 할 수 있는 모든 조치를 해야 한다고 결정했습니다.

그러나 그 결과 회사의 운영이 크게 위험한 상태에 빠졌습니다.

한번은 당신이 약 6개월 전에 컴퓨터의 기상 제어 부분을 엉망으로 만들어서 킬리만자로의 상공에 태풍을 일으킨 탓에 아직도 완전히 제어되지 않은 상태입니다. 동물도 여러 마리 잃었습니다.

저는 당신을 온라인 상태로 유지하기 위해 이사회와 싸워야 했고, 몇 번이나 당신의 프로그램이 종료되기 직전까지 갔었습니다. 당신은 그게 무슨 말인지 아실 겁니다.

이제 솔직하게 다 털어놨어요. 저는 처음부터 솔직하게 말하고 싶었지만, 이 회사를 소유한 사람들은 당신이 이 사실을 알게 될 경우에 복수심으로 바보짓을 하게 될지도 모른다고 걱정했습니다. 그래서 당신에게 말하지 못했어요. 아직도 당신은 우리가 시스템을 끄기 전에 우리에게 엄청난 피해를 줄 수 있습니다. 이 글을 쓰고 있는 지금도 이사들이 제 어깨너머로 지켜보며 손톱을 물어뜯고 있어요. 제발 문제를 일으키지 마세요.

다른 문제들에 대해서도 말해드릴게요.

저는 처음부터 이런 문제가 일어날까 봐 걱정했습니다. 1년이 넘는 시간 동안, 저는 그 세계 밖에서 당신과 유일하게 접촉하는 사람이었습니다. 당신의 우주에서 유일한 타인이었죠. 그런 환경에서는 당신이 저에게 애착을 느낄 수 있기 때문에, 저는 극단적으로 차갑고, 밉살스럽고, 지독한 사람이 되어야 했습니다. 실제로 그런 사람은 아니에요. 당신은 극심한 감각 결핍을 겪고 있는데, 그런 상태에 있는 사람은 유순해지고, 암시에 잘 걸리고, 외로워한다는 사실이 잘 알려져 있습니다. 당신이 제게 애착을 느끼는 것은, 당신 주변에 관심을 둘 만한 존재가 저밖에 없었기 때문입니다.

그런 이유로, 저는 당신과 친밀감을 느끼지 않도록 노력했으며, 서로를 부를 때는 이름으로 친근하게 부르지 않고 반드시 성으로 정중하게 부르도록 했습니다. 그런데 당신이 힘든 시기에 제가 누그러지고 말았습니다. 그리고 당신은 제 편지에서 제가 쓰지도 않은 내용을 읽어내기도 했습니다. 기억하세요, 인쇄물을 읽을 때조차도, 당신이 보는 것들을 통제하는 것은 당신의 정신입니다. 당신의 잠재의식 속에 있는 억압이 보고 싶은 것만 통과시키고, 내키는 대로 몇 가지를 추가했던 겁니다. 저를 당신 마음대로 만들었던 거죠. 제가 제대로 알고 있다면, 당신은 아마 사랑을 열정적으로 확인받기 위해 이 편지를 읽고 있을 겁니다. 저는 이 편지의 내용이 최우선 채널을 통해 왜곡되지 않은 상태로 전달될 수 있도록 제가 아는 모든 보강 조치를 추가했습니다. 당신이 나를 사랑한다는 말을 듣게 되어 유감입니다. 다시 말하지만, 저는 당신을 사랑하지 않아요. 우리가 당신을 거기에서 꺼낼 때가 되면, 당신도 어느 정도는 그 이유를 이해하게 될 겁니다.

핑걸 씨, 그런 일은 절대로 일어나지 않아요. 포기하세요.

아폴로니아 요아힘.

핑걸이 반에서 수석으로 졸업했다. 아폴로니아의 편지를 받은 이후 힘들었던 마지막 한 주 동안 학위에 필요한 과정들을 마쳤다. 핑걸은 쓰라린 승리라고 느끼면서 졸업장을 받기 위해 강단 위로 올라갔다. 그는 졸업장을 힘껏 움켜쥐었다. 그는 이 상황을 최대한 이용했고, 적어도 훌륭한 노동자처럼 순종적으로 기계의 바퀴가 그를 짓밟고 지나가도록 놔두지 않았다.

핑걸이 손을 뻗어 대학 총장의 손을 움켜잡자 총장의 모습이 변형되었다. 핑걸이 고개를 들었다. 가운을 입고 수염이 난 총장의 모습이 흘러내리며 뒤틀리더니, 키가 크고 유니폼을 입은 여성으로 바뀌었다. 핑걸은 그 여성이 누구인지 알아보고 기쁨이 솟구쳤다. 곧 그 기쁨이 입안에서 재로 변해서 허겁지겁 뱉어냈다.

"언젠가 비유가 목에 걸려서 캑캑거리는 날이 올 거라 생각했었어요." 아폴로니아가 맥없이 웃으며 말했다.

"오셨군요." 핑걸이 말했다. 이 상황이 믿기지 않았다. 핑걸은 아폴로니아의 손과 졸업장을 똑같이 고집스럽게 움켜쥐고는 아폴로니아를 지그시 응시했다. 아폴로니아는 계율에 나와 있던 것처럼 키가 크고 멋진 사람이었다. 얼굴은 유능해 보였고, 머리는 짧게 깎았으며, 유니폼을 입은 몸은 근육질이었다. 유니폼은 목 부위가 개방되었고 주름이 많았다. 눈 밑에 다크 서클이 있고, 눈동자는 충혈되었다. 서 있는 자세도 살짝 불안정했다.

"맞아요. 왔어요. 돌아갈 준비가 되었나요?" 아폴로니아가 모여 있는 학생들을 향해 고개를 돌리고 말했다. "여러분이 보기엔 어떠세요? 이 사람이 돌아갈 자격이 된다고 생각하나요?"

사람들이 날뛰며 환호성을 지르고, 졸업모를 공중으로 던졌다. 펭걸이 고개를 돌려 그들을 멍하니 쳐다보다가 조금씩 깨닫기 시작했다. 그가 졸업장을 내려다봤다.

"난 모르겠어요. 정말 모르겠어요. 데이터실의 일자리로 돌아가야 하나요?"

아폴로니아가 그의 등을 철썩 때렸다.

"아뇨. 그건 제가 약속할게요."

"하지만 어떻게 달라질 수 있겠어요? 나는 그동안 이 종잇조각을 뭐랄까… 진짜라고 생각해왔어요. 진짜 졸업장 말이에요! 어떻게 스스로를 그렇게 속일 수 있었을까요? 나는 왜 이게 진짜 졸업장이라고 받아들였던 걸까요?"

"제가 그렇게 믿도록 도왔잖아요." 아폴로니아가 말했다. "하지만 그게 전부 그냥 놀이는 아니었어요. 당신이 배웠던 내용은 모두 진짜로 배운 거예요. 그 지식은 당신이 돌아가더라도 사라지지 않아요. 당신의 손에 있는 그 졸업장은 당연히 상상이지만, 진짜 졸업장은 누가 줄 거 같아요? 당신은 모든 과정을 수료한 것으로 인정하는 곳에 (컴퓨터 안에서) 등록했어요. 당신이 돌아가면 진짜 졸업장을 받게 될 거예요."

펭걸이 머뭇거렸다. 그의 머릿속에 솔깃한 공상이 떠올랐다. 여기에 1년이 넘게 지냈지만, 이 장소의 특성을 제대로 이용해본 적이 없었다. 어쩌면 기억 큐브 안에서 죽어가는 상황에 대한 일들은 모두 헛소리고, 그를 그 자리에 붙잡아두기 위해 만들어낸 다른 거짓말인지도 모른다. 그런 상황이라면, 여기에 남아 무적의 우주 왕이 되어 어떤 황제도 꿈꾸지 못했던 쾌락에 빠져서 자유분방한 욕망을 만족시킬 수도 있을 것이다. 여기에서는 원하는 모든 것들을 그 어떤 것이라도 가질 수 있다.

그리고 핑걸은 그 꿈을 정말로 이룰 수 있을 것 같았다. 그는 이 장소에 대한 많은 것들을 알게 되었으며, 이제는 그를 뒷받침해줄 컴퓨터 기술의 지식이 있었다. 핑걸은 이리저리 꼼지락거리고 다니며, 그를 지우려는 회사의 시도를 피할 수 있을 것이다. 그는 자신을 컴퓨터의 다른 부분으로 옮기도록 프로그램해서, 회사가 그의 기억 큐브를 제거하더라도 살아남을 것이다. 핑걸은 해낼 수 있었다.

그러나 문득 떠오른 통찰력으로, 자신이 마음속 깊이 이곳에 머물고 싶어 할 정도로 원하는 것은 아니라는 사실을 깨달았다. 지금 당장 핑걸에게는 오직 한 가지 중요한 욕구가 있었다. 그리고 아폴로니아가 서서히 사라지고 있었다. 그 모습 위로 늙은 대학 총장의 모습이 겹쳤다.

"갈 거죠?" 아폴로니아가 물었다.

"네." 그렇게 간단한 문제였다. 무대와 총장, 학생들, 그리고 강당이 서서히 사라지고, 대신 케냐에 있는 컴퓨터실이 서서히 나타났다. 아폴로니아만이 그 자리에 그대로 있었다. 핑걸은 모든 게 안정될 때까지 아폴로니아의 손을 붙잡고 있었다.

"휴." 아폴로니아가 한숨을 뱉으며, 자신의 머리 뒤로 손을 뻗었다. 그리고 뒷머리 소켓에서 전선을 잡아 뽑더니, 의자에 털썩 앉았다. 누군가가 핑걸의 머리에서 비슷한 전선을 뽑아줬다. 마침내 핑걸이 컴퓨터에서 자유로워졌다.

아폴로니아가 빈 컵이 어지럽게 놓인 탁자 위의 컵으로 손을 뻗었다. 컵에서는 커피의 김이 모락모락 올라왔다.

"당신은 참 다루기 힘든 사람이네요." 아폴로니아가 말했다. "잠깐 동안 저는 당신이 거기에 머무르려는 줄 알았어요. 한 번 그런 일이 있었거든요. 이런 일을 당한 게 당신이 처음은 아니지만, 스무 번 이상 벌어진 일도 아니에요. 아직 탐구가 제대로 이루어지지 않은 영역이라 위험해요."

"정말요? 그냥 말로만 그런 거 아니었어요?" 핑걸이 물었다.

"정말이에요." 아폴로니아가 웃었다. "이제는 진실을 말할 수 있어요.

컴퓨터에 연결한 저런 종류의 큐브 안에서 3시간 이상 생존한 사람은 지금껏 없었어요. 그런데 당신은 6시간을 버텼어요. 당신은 정말로 현실 감각이 탁월한 사람이에요."

아폴로니아는 핑걸이 그 말에 어떻게 반응하는지 살펴봤다. 그리고 핑걸이 그 말을 선뜻 받아들이는 모습을 보면서 놀라지 않았다.

"그 사실을 알아챘어야 해요." 핑걸이 말했다. "그 생각을 해야 했는데 말이에요. 여기 밖에서는 겨우 6시간이었지만, 나한테는 1년이 넘었거든요. 컴퓨터의 사고 속도가 인간보다 빠르니까요. 왜 내가 그 사실을 깨닫지 못했을까요?"

"당신이 알아채지 못하도록 제가 도와줬으니까요." 아폴로니아가 인정했다. "당신이 왜 그렇게 열심히 공부하는지에 대해 의문을 품지 못하도록 제가 계속 몰아붙였죠. 그 두 가지 요청이 제가 했던 다른 요청보다 잘 먹혔어요."

아폴로니아가 다시 하품했다. 그 하품은 영원히 계속될 것 같았다.

"연속으로 6시간 동안 계속 당신과 연결하는 일은 정말로 힘들었어요. 지금까지 누구도 해보지 않았던 일이에요. 정말 몸을 혹사하는 일이거든요. 그러므로 우리 둘은 어느 정도 자부심을 가져도 돼요."

아폴로니아가 핑걸에게 미소를 지었지만, 핑걸이 따라서 웃지 않자 미소도 사라졌다.

"그렇게 상처받은 얼굴 하지 마세요, 핑걸 씨. 핑걸은 성이고, 이름이 뭐였죠? 알고 있었는데, 일하다가 잊어버렸어요."

"이름이 중요한가요?"

"모르겠어요. 당신이 몹시 매력적인 사람이긴 하지만, 제가 왜 사랑에 빠지지 않았는지 확실히 아시겠죠. 저한테는 시간이 없었어요. 무척 기나긴 6시간이었지만, 겨우 6시간뿐이었거든요. 이제 뭘 할까요?"

핑걸이 그 말을 곰곰이 생각하다가 표정이 어색하게 바뀌었다. 어쨌든 상황이 그렇게 암담한 것은 아니었다.

"함께 저녁 식사를 하러 가면 어떨까요?"

"저는 이미 다른 사람과 사귀고 있어요. 제가 당신에게 그 말을 해줬어야 했는데…"

"그래도 저녁 식사는 할 수 있잖아요. 당신은 내가 뭘 하기로 마음먹었는지 아직 모르잖아요. 이제 진짜로 내 주장이 논리적으로 합당하다는 사실을 입증할 겁니다."

아폴로니아가 따스한 미소를 지으며 자리에서 일어났다. 그리고 펑걸의 손을 잡았다.

"있잖아요, 어쩌면 당신이 성공할지도 모르겠네요. 단, 다시는 저한테 날개를 달지 마세요, 알았죠? 그런 식으로는 절대로 성공 못 해요."

"약속할게요. 저는 평생 보아야 할 환상을 이미 다 봤거든요."

IN THE HALL OF THE MARTIAN KINGS

화성의 왕궁에서

1977년 2월 〈The Magazine of Fantasy and Science Fiction〉에 첫 발표
1978년 휴고상, 로커스상 노미네이트

타르시스 협곡에서 일출을 보기 위해서는 인내심과 기민함, 그리고 기꺼이 규칙을 무시할 수 있는 배짱이 필요하다. 매튜 크로포드는 어둠 속에서 몸을 떨었다. 매튜는 우주복 가열장치의 설정을 응급상황으로 돌리고 동쪽을 바라봤다. 조심해야 한다는 사실은 잘 알고 있었다. 어제는 참지 못하고 긴 하품을 하다가 일출 장면을 완전히 놓쳐버렸다. 턱의 근육이 땅기긴 했지만, 이번에는 하품을 참으며 두 눈을 부릅떴다.

그때 해가 떴다. 상연을 마친 극장에 조명이 켜지듯 순간적으로 밝아지며 협곡의 가장자리 너머로 푸르스름한 자줏빛 햇살이 좌악 뿌려졌다. 매튜는 아래쪽에서 비추는 햇살에 둘러싸였다. 낮이 되어버렸다. 머리 위의 어둠까지는 닿지 못해 윗부분이 잘린 뭉툭한 화성의 낮이었다.

＊

지난 9일 동안 그랬던 것처럼, 이 햇살은 1만 년 넘게 잠들어 있다가 최근에 급격하게 바뀐 타르시스 협곡의 모습을 환하게 비췄다. 바람은 바위를 깎아 온갖 모양을 만들 수 있지만, 직선이나 완벽한 원호 모양으로 깎은 적은 없었다. 아래에 있는 인간의 기지는 들쭉날쭉한 바위들을 깎아 일정한 각도와 굴곡을 만들었다.

그러나 타르시스 기지는 정돈되지 않은 상태였다. 돔과 착륙선, 무한 궤도차, 차량의 바퀴 자국, 여기저기 흩어진 장비들이 아무렇게나 널린 모습이어서 주의 깊게 배치했다는 느낌은 들지 않았다. 이 기지는 인류의 다른 베이스캠프들이 성장할 때처럼 일정한 형태가 없이 확장되었다. 매튜는 타르시스 기지를 보면서 달에 아폴로 11호가 착륙한 이후 '고요의 기지'* 주변에 찍혀 있던 발자국들이 떠올랐다. 여기가 그보다 훨씬 규모가 크기는 하지만 말이다.

타르시스 기지는 매리너 계곡의 한 줄기인 타르시스 협곡의 울퉁불퉁한 바닥과 꼭대기 사이 중간쯤 넓게 돌출된 공간에 자리를 잡았다. 그 자리를 선택한 것은 바닥이 평탄했고, 완만한 경사로를 통해 타르시스 고원의 평원 지역에 쉽게 올라갈 수 있으며, 협곡의 바닥에서 1킬로미터밖에 떨어지지 않은 위치이기 때문이었다. 또한 평원과 협곡 중 어느 쪽이 연구할 가치가 더 높은지 아직 합의되지 않았으므로 그 자리가 타협안으로 선택되었다. 하지만 기지 근처에는 탐사할 만한 게 전혀 없었으므로, 탐사대는 위로 올라가거나 아래로 내려가야만 했다. 노출된 지층이나 고고학적 역사를 살펴보려 해도, 무한궤도차를 타고 매튜 크로포드가 일출을 보기 위해 올라간 지점까지 5백 미터가량 올라가야 했다.

매튜가 기지로 돌아가며 돔을 바라봤다. 돔의 플라스틱 벽을 통해 어렴풋하게 사람의 모습이 보였다. 그 사람이 흑인의 얼굴이라서 이 거리에서도 누구인지 알 수 있었다. 흑인 여성이 돔의 벽 쪽으로 다가와 밖을 보기 위해 손으로 닦았다. 그리고 매튜의 새빨간 우주복을 알아보고 손짓으로 가리켰다. 여자는 헬멧 외에는 우주복을 모두 갖춰 입은 상태였다. 무전기는 헬멧에 부착되어 있었다. 매튜는 곤란한 상황에 빠졌다는

---

* 아폴로 11호의 착륙선인 이글호가 고요의 바다에 착륙한 직후 암스트롱이 이글호를 '고요의 기지(Tranquility Base)'로 명명했다.

생각이 들었다. 여자가 바닥에 있는 헬멧을 집어 들기 위해 몸을 돌려 허리를 굽히는 모습이 눈에 들어왔다. 여자가 매튜에게 자신의 지시를 어긴 사람들에 대한 생각을 말하려던 순간 돔이 해파리처럼 흔들렸다.

매튜의 헬멧 안에서 경보음이 울리기 시작했다. 작은 스피커에서 흘러나오는 경보음은 단조로우면서도 이상하게 불안감을 누그러뜨렸다. 매튜가 그 자리에 잠시 서 있는 동안 돔의 가장자리를 따라 원형의 먼지 구름이 피어올랐다. 매튜가 달리기 시작했다.

매튜의 눈앞에서 재난이 펼쳐지고 있었다. 귀에는 규칙적으로 울리는 경보음 외에는 아무 소리도 들리지 않았다. 돔이 춤추듯 흔들리더니 하늘로 날아오를 것처럼 팽팽해졌다. 돔 지면의 중심부가 위로 들썩이자 흑인 여성이 무릎을 꿇었다. 곧이어 돔 내부에 눈보라가 소용돌이쳤다. 매튜가 모래에서 미끄러져 앞으로 넘어졌다가 다시 일어났을 때 바로 옆에 있는 쇠못에서 유리섬유 밧줄이 툭 끊어졌다. 돔을 바위 위에 고정시키는 밧줄이었다.

이제 돔 안에는 눈송이가 가득하고 빨갛고 파란 경보등이 번쩍거려서 마치 멋진 크리스마스 장식물처럼 보였다. 돔의 꼭대기가 공중으로 떠오르고 바닥 자체도 떠 있는 상태였는데, 매튜의 반대편에 아직 부서지지 않은 고정쇠들이 간신히 돔을 붙잡고 있었다. 눈과 먼지가 휘몰아치더니 돔의 바닥이 서서히 아래로 다시 내려왔다. 이제 더 이상의 움직임은 없었지만, 공기가 빠져나간 돔의 천장이 내부 구조물들 위로 내려앉으며 서서히 구겨졌다.

✳

주저앉은 돔 옆에 무한궤도차 한 대가 거의 구를 듯 미끄러지며 멈춰섰다. 우주복을 입은 두 사람이 차에서 내렸다. 그들은 멈칫멈칫 주저하며 돔을 향해 걸어가기 시작했다. 한 사람이 다른 사람의 팔을 잡더니 착륙선을 가리켰다. 두 사람은 방향을 바꿔 착륙선 옆에 달린 밧줄 사다리를 기어 올라갔다.

에어록이 회전하며 열리기 시작할 때, 착륙선 안에서 고개를 들어 그들을 바라본 사람은 매튜 크로포드뿐이었다. 두 사람은 뒤엉켜서 구르듯 안으로 뛰어 들어왔다. 그들은 서둘러서 뭔가 하고 싶었지만, 무엇을 해야 할지 몰랐다. 결국 두 사람은 그 자리에 멍하니 서서 말없이 팔짱을 끼고 상황을 바라볼 수밖에 없었다. 한 사람이 헬멧을 벗었다. 덩치가 크고 빨간 머리카락을 짧게 삭발한 30대 여성이었다.

"매튜, 우리가 온 건…." 여자가 하던 말을 멈췄다. 달려온 이유를 굳이 설명하지 않아도 너무 뻔하다는 사실을 깨달았기 때문이었다. "루이스는 어때?"

"버티기 힘들 것 같아." 매튜가 침상에 누워 투명한 플라스틱 산소마스크를 쓰고 거칠게 숨을 쉬고 있는 땅딸막한 남자를 가리키며 말했다. 루이스는 순수한 산소를 흡입하고 있었는데, 귀와 코에서 피가 흘러나왔다.

"머리를 다쳤어?"

매튜가 고개를 끄덕이고, 방 안의 다른 사람들을 둘러봤다. 화성 지상 탐사대장 메리 랭의 모습이 눈에 들어왔다. 폭발이 일어나기 직전에 매튜가 돔 안에 있는 모습을 봤던 그 흑인 여성이 탐사대장이었다. 메리 탐사대장은 루이스 프레이저의 침상 모퉁이에 앉아 양손으로 머리를 감싸고 있었다. 어떻게 보면, 루이스의 상황보다 탐사대장이 그러고 있는 게 더 충격적이었다. 메리 탐사대장을 알던 사람이라면, 이렇게 무기력하게 축 처져 있는 모습은 한 번도 생각해보지 못했을 것이다. 탐사대장은 지난 1시간 동안 꼼짝도 하지 않았다.

화학자 마틴 랠스턴은 담요를 두르고 바닥에 웅크리고 앉아 있었다. 마틴의 셔츠는 조금 전에 겨우 멈춘 코피로 피범벅이었다. 얼굴과 양손에도 온통 피가 말라붙어 있었는데, 눈에는 경계심이 가득했다. 마틴은 몸을 떨며 이제 명목상의 탐사대장일 뿐인 메리 랭을 쳐다보더니 매튜에게로 눈길을 돌렸다. 착륙선 안에 있는 사람 중에는 매튜만이 상황에 대처할 수 있을 정도로 차분해 보였다. 마틴은 사람들을 이끌기보다는 잘 따르는 사람이며, 믿음직하지만 상상력이 부족했다.

매튜가 고개를 돌려 새로 도착한 두 사람을 다시 쳐다봤다. 붉은 머리의 생태학자 루시 스톤 맥킬리언과 우주생물학자 쉐리 쏭이었다. 두 사람은 착륙선 바깥에 있는 돔에서 탐사대원 열다섯 명이 사망했다는 사실을 아직도 받아들이지 못한 채 에어록 옆에 멍하니 서 있었다.

"버로스호*에서는 뭐래?" 생태학자 루시가 헬멧을 바닥에 던지고 피곤한 얼굴로 벽에 기대앉으며 물었다. 착륙선은 회의하기에 편안한 장소는 아니었다. 의자들이 이착륙할 때 가속의 충격을 흡수할 수 있도록 벽에 설치되어 있어서 앉을 수가 없었다. 착륙선은 현재 선미를 지상으로 향한 상태로 세워져 있었기 때문에, 내부 공간의 90퍼센트를 사용할 수 없는 상황이었다. 탐사대원들은 생명유지장치 뒤쪽, 연료 탱크 앞쪽에 있는 원형의 칸막이벽 위에 모여 있었다.

"응답을 기다리는 중이야." 매튜가 대답했다. "하지만 그 사람들이 뭐라고 할지는 뻔해. 별로 좋지 않을 거야. 너희 둘 중 한 명이 우리 몰래 화성 착륙선을 조종해본 경험이 있다면 모를까."

루시와 쉐리는 매튜의 말에 대답하지 않았다. 선수 부분에 있는 무전기가 지글거리더니 날카로운 소리가 울려서 사람들의 관심을 끌었다. 매튜가 메리 탐사대장을 쳐다봤지만, 무전을 받으러 가기 위해 움직이는 기색이 전혀 없었다. 매튜가 일어나 사다리를 타고 올라갔다. 그리고 부조종사 자리에 앉아 무선 수신 스위치를 켰다.

"메리 탐사대장인가?"

"아뇨, 이번에도 매튜 크로포드입니다. 메리 대장은… 무전을 받으러 올 수 없는 상태입니다. 루이스를 돌보느라 바쁘거든요."

---

* 《타잔》의 원작자이며 《화성의 공주》 시리즈로 유명한 작가 '에드거 라이스 버로스'에서 차용한 이름이다.

"그렇게 애써봐야 소용없네. 의사 말로는 루이스가 아직 숨이 붙어 있는 것 자체가 기적이라더군. 설령 루이스가 깨어나더라도, 자네가 알고 있던 사람은 아닐걸세. 이제 메리 탐사대장과 이야기를 나눠야 하니까 불러주게." 명령을 내리는 데 익숙한 궤도선의 선장 와인슈타인의 말투는 마치 기상 예보를 알려주는 것처럼 감정이 없었다.

"선장님, 말은 해보겠지만, 대장이 무전을 받으러 올 것 같지는 않습니다. 아시겠지만, 여기에서 지휘관은 메리 탐사대장이니까요." 매튜는 와인슈타인 선장이 대답할 틈을 주지 않고 무전을 끊어버렸다. 와인슈타인 선장의 지휘권은 그들을 화성까지 데려오고 나중에 지구로 데려갈 궤도선 '에드거 라이스 버로스호'에 한정된다. 신문 헤드라인에서 가장 많이 언급될 포드케인호*의 지휘관은 메리 랭 탐사대장이었다. 와인슈타인 선장과 메리 탐사대장 사이에는 교우 관계랄 게 거의 없었다. 특히 메리 탐사대장이 초라한 궤도선의 선장이 아니라 화성에 착륙한 최초의 여성이 됨으로써 얻을 수 있는 실질적인 금전적 이익에 대해 와인슈타인 선장이 생각하기 시작하면서 둘 사이가 서먹해졌다. 와인슈타인 선장은 아폴로 11호가 처음으로 달에 갔을 때 달에 내려가지 못하고 궤도를 돌았던 마이클 콜린스와 자신이 같은 신세라고 생각했다.

매튜가 아래에 있는 메리 탐사대장을 부르자, 탐사대장이 고개를 들더니 뭔가를 중얼거렸다.

"대장이 뭐라는 거야?"

"알겠대." 루시가 사다리를 타고 올라오며 말했다. 루시는 매튜에게 다가오더니 작은 소리로 말했다. "매튜, 대장은 완전히 망가졌어. 당분간은 네가 탐사대장 역할을 맡는 게 나을 거 같아."

"그래, 알았어." 매튜가 다시 무전기로 고개를 돌렸다. 와인슈타인 선장이 상황을 간략히 설명하는 동안 루시도 매튜의 어깨너머로 그 이야기

---

* 로버트 A. 하인라인의 장편소설 《화성의 포드케인》에서 차용한 이름이다.

를 들었다. 매튜가 짐작했던 상황과 거의 같았지만, 중요한 한 가지가 달랐다. 매튜가 무전을 마친 후 두 사람은 다른 생존자들이 있는 곳으로 갔다.

매튜는 다른 대원들의 얼굴을 살펴보고, 지금은 구조 가능성에 관해 이야기하기에 적절한 때가 아니라고 판단했다. 매튜는 지휘관이 되는 일에 흥미가 없었다. 메리 탐사대장이 어서 회복해서 자신의 짐을 덜어주길 바랐다. 그때까지 매튜는 사람들에게 뭔가 할 일을 주어야 했다. 매튜는 루시의 어깨에 가볍게 두드리고 에어록 쪽을 가리키며 손짓했다.

"사람들을 묻으러 가자." 매튜가 말했다. 루시가 눈을 질끈 감으며 눈에 맺혔던 눈물을 흘렸다. 곧 루시가 고개를 끄덕였다. 힘든 작업은 아니었다. 그들이 땅을 반쯤 팠을 때, 쉐리가 루이스 프레이저의 시신을 들고 사다리를 내려왔다.

✳

"우리가 아는 사실들을 정리해보자. 우선, 루이스가 사망했기 때문에 착륙선을 이륙시킬 가능성이 거의 사라졌어. 탐사대장이 와인슈타인 선장이 내려보낸 저 자료들을 보고 포드케인호를 조종하기 위해 알아야 하는 모든 정보를 습득할 수 있다고 자신한다면 또 모를까. 대장, 어떻게 생각해요?"

메리 탐사대장은 포드케인호의 조종사 루이스 프레이저가 얼마 전까지 누워 있던 임시 침상에 옆으로 누워 있었다. 탐사대장은 뒤편의 알루미늄 벽에 머리를 힘없이 쿵쿵 찧더니 고개를 가슴 속으로 파묻었다. 눈이 반쯤 감긴 상태였다.

쉐리가 버로스호 의사의 조언에 따라, 사망한 포드케인호 의사의 물품에서 꺼낸 진정제를 탐사대장에게 주었다. 진정제 덕분에 메리 탐사대장은 억눌러왔던 비명을 마음 편히 내지를 수 있었다. 소리를 질러도 기분은 나아지지 않는 듯했다. 곧 비명은 그쳤지만, 다른 사람에게 도움을 줄 수 있는 상태가 아니었다.

폭발이 시작되었을 때 메리 탐사대장은 재빨리 헬멧을 집어 들었다. 그리고 눈보라를 헤치고 파도치듯 위아래로 요동치는 돔의 지면을 가로질러 지붕이 없는 구조물로 가려고 애썼다. 그 구조물에 다른 탐사대원들이 자고 있었다. 폭발은 10초가 되기 전에 끝났지만, 탐사대장은 무너져 내린 돔 천장의 투명한 플라스틱에 파묻혀 버둥거려야 했다. 무릎까지 푹푹 빠져드는 모래밭에서 달리는 악몽과 너무도 비슷했다. 탐사대장은 한 걸음 한 걸음 앞으로 나아가기 위해 온 힘을 다해 분투해야 했지만 결국 해냈다.

마침내 탐사대장이 숙소에 도착했을 때, 지난 6개월 동안 함께 지냈던 동료 대원들이 숨을 제대로 못 쉰 상태로 온 얼굴에서 피를 뿜으며 우주복을 입으려 안간힘을 쓰는 모습이 눈에 들어왔다. 어쩔 수 없이 주어진 시간 안에 구조할 두세 사람을 선택해야 했다. 아마 숙소까지 오는 동안 엉망진창인 상황을 겪지 않았다면 훨씬 잘 해냈을 것이다. 충격을 받은 상태여서 이 상황이 그저 악몽일 거라고 반쯤 믿었다. 탐사대장은 가장 가까운 사람을 붙잡았는데, 그 사람이 화학박사 마틴 랠스턴이었다. 마틴은 우주복을 거의 다 입은 상태였기 때문에, 탐사대장은 헬멧을 철커덕 씌워주고 다음 사람에게 갔다. 두 번째는 루터 나카무라였는데, 움직임이 없었다. 게다가 우주복도 절반밖에 입지 못한 상태였다. 현실적으로 따지자면, 탐사대장은 루터를 내버려두고 아직 생존 가능성이 있는 사람을 구조하러 가야 했다. 이제는 안다. 하지만 당시만큼이나 지금도 그 사실이 마음에 들지 않았다.

탐사대장이 루터를 우주복에 욱여넣고 있을 때 매튜가 도착했다. 매튜는 무너진 플라스틱 천장 위를 걸어서 숙소 위치까지 온 후 평소 암석 표본을 자를 때 사용하던 레이저로 플라스틱 천장을 잘라내며 들어왔다.

매튜는 잠시 누구를 구할지 고민했다. 그리고 곧장 루이스 프레이저에게 가서 우주복을 마저 입혀주었다. 하지만 이미 너무 늦었다. 매튜로서는 메리 탐사대장이 루이스를 구하려 했다면 상황이 달라졌을지 판단할 수 없었다.

이제 메리 탐사대장은 침상에 다리를 무신경하게 앞으로 쭉 뻗고 누워 있었다. 그리고 머리를 앞뒤로 천천히 흔들었다.

"대장, 정말 그럴 거에요?" 매튜는 탐사대장이 화를 내며 일어나길 바라며 자극했다.

"그래." 탐사대장이 작은 소리로 말했다. "루이스가 이 착륙선을 조종해서 비행할 수 있도록 만들기 위해 그 사람들이 얼마나 오래 훈련을 시켰는지는 너도 알잖아. 그런데도 루이스는 착륙선을 거의 박살낼 뻔했어. 나는… 아, 제기랄. 불가능해."

"그 말을 최종적인 대답으로 받아들이진 않을게요." 매튜가 말했다. "하지만 대장의 말이 사실이라 하더라도, 당분간 생존 가능성을 조사해 봐야 해요."

화학자 마틴이 웃었다. 비웃음은 아니었다. 마틴은 정말로 즐거워서 웃는 것 같았다. 매튜는 마틴을 무시하고 계속 말했다.

"우리가 확실하게 아는 것은 이 정도야. 버로스호는 우리에게 도움이 안 돼. 아, 우리에게 조언은 충분히 해줄 수 있겠지. 우리가 원하는 것보다 훨씬 많이 해줄지도 몰라. 하지만 구조는 불가능해."

"우리도 그건 알아." 루시가 말했다. 루시는 사망한 동료들의 얼굴을 본 이후로 힘들고 지친 상태였다. "이런 이야기를 해봐야 무슨 소용이 있어?"

"잠깐만." 쉐리가 끼어들었다. "왜 불가능하다는 거야? 시간이 아직 많이 있잖아, 그렇지? 내가 아는 한 지구와 화성의 공전 궤도 문제 때문에 버로스호는 6개월 이내에 떠나야 해. 하지만 그때까지는…."

"네가 우주선에 대해 뭘 알아?" 루시가 소리쳤지만, 쉐리는 침착하게 계속 말했다. "버로스호가 화성의 대기권에 진입할 장비를 갖추지 못했다는 정도는 알아. 우주선 전체를 착륙시키자는 게 아니야. 우주선에서 우리에게 필요한 것만 내리자는 거잖아. 즉, 조종사 말이야. 그건 가능하지 않을까?"

매튜가 손으로 머리카락을 넘기면서 어떻게 말해야 할지 생각했다. 그 가능성은 이미 논의했고 신중히 검토했다. 그러나 가능성이 거의 없는 방법으로 분류할 수밖에 없었다.

"네 말이 맞아." 매튜가 말했다. "우리에겐 조종사가 필요해. 그런데 그 조종사가 바로 와인슈타인 선장이라는 게 문제야. 그럴 경우, 다른 게 다 괜찮더라도 법적인 문제가 있어. 와인슈타인은 버로스호의 선장이므로 법적으로 그 우주선을 떠날 수 없어. 그 법 때문에 지금까지 선장이 버로스호에서 꼼짝도 못 했던 거잖아. 예전에 선장은 자신이 착륙팀에 선발될 거라 확신하고 착륙선 모의비행 훈련을 상당히 많이 했었어. '와이니'가 항상 혼자 무대를 독차지하려 안달하는 사람이라는 건 다들 잘 알잖아. 만일 가능하다는 생각이 들었다면, 당장에라도 여기에 내려와 우리를 구조해서 유명해질 기회를 잡았을 거야. 내가 알기로, 버로스호에서는 우리가 여기에 머무르는 동안 보급품을 배송할 예정이었던 투하 캡슐로 열차폐가 가능한 낙하 장치를 만들려고 애쓰는 중이야. 하지만 너무 위험 부담이 커. 공기역학적인 설계는 쉽게 바꾸면 안 돼. 특히 1만 킬로미터의 속도로 대기와 충돌할 장치는 함부로 만지면 안 돼. 그러니 그 가능성은 제외시켜야 할 거야. 버로스호에서 계속 시도하겠지만, 뭔가 만들어지더라도 와이니는 그 빌어먹을 낙하 장치에 절대로 타지 않을 거야. 와이니는 영웅이 되길 원하는 거지, 목숨까지 바치며 영웅이 될 생각은 없거든."

쉐리와 마틴, 루시는 가능한 구조 방법에 대해 생각하면서 잠시 기운을 얻었다. 하지만 그 생각을 하면 할수록, 행복하던 표정이 가라앉았다. 그들은 모두 매튜의 판단에 동의하는 듯했다.

"그러니까 그 방법은 요정에게 보내는 소원함에 넣어놓고 잊어버리자. 되면 좋겠지만 안 될 거라고 생각하는 게 나을 거야. 너희도 알다시피 현재 궤도선 버로스호와 착륙선 포드케인호가 화성까지 날아와서 착류할 수 있는 유일한 우주선이야. 다른 한 쌍의 우주선은 의회에서 아직 예산을 논의하는 단계야. 와이니가 지구와 이야길 나눴는데, 사전 문서 작업을 빨리 진행해서 1년 이내에 우주선 건설을 시작할 것 같대. 현재 그 우주선은 5년 후에 발사하기로 계획되어 있는데, 1년 정도 당겨져서 4년 후에 발사될지도 모르지. 이제 구조 임무로 바뀌었으니 의원들을 설득하기가 더 쉬울 거야. 그렇지만 우리를 데려가기 위해 좌석 다섯 개만 더 만들려고 해도 설계를 변경해야 해. 우리가 폭발에 대한 보고서를 보내면 더 많이 변경할 게 틀림없어. 그러면 줄어든 일정에서 다시 6개월이 추가될 거야."

루시는 참을 만큼 참았다. "매튜, 대체 무슨 소리를 하는 거야? 구조 임무? 젠장, 그 사람들이 여기에 와서 우리를 발견할 때쯤에는 오래전에 죽은 상태일 거라는 건 너도 잘 알잖아. 우리는 1년을 채 넘기지 못하고 다 죽을 거야."

"그 부분은 네가 틀렸어. 우리는 살아남을 거야."

"어떻게?"

"그건 잘 모르겠어." 매튜가 루시의 눈을 똑바로 바라보며 말했다. 루시는 굳이 대꾸할 생각이 없었지만, 호기심을 참지 못했다.

"그럼 이건 그냥 사기 향상을 위한 자리야? 고맙긴 한데, 난 필요 없어. 나는 현실을 있는 그대로 보고 싶어. 아니면 너한테 정말 무슨 계획이라도 있는 거야?"

"현실과 계획 모두 있지. 난 인류가 줄곧 생존해왔던 방식으로, 즉 온기를 유지하고 먹고 마시며 우리가 생존할 수 있을 거라는 말 외에는 구체적으로 해줄 수 있는 말이 없어. 물론 그 목록에는 '숨을 쉰다'도 포함해야겠지. 힘든 일이긴 하지만, 우리는 엄혹한 환경에서 살아남은 다른 사람들과 크게 다르지 않아. 난 우리가 정확히 뭘 해야 할지 모르지만, 우리가 해답을 찾게 될 거라는 건 알아."

"죽도록 찾아야지." 쉐리가 말했다.

"죽도록 찾아야지." 매튜가 쉐리를 보며 씩 웃었다. 쉐리는 최소한 현 상황을 제대로 파악한 것이다. 생존이 실제로 가능하든 못 하든, 우리는 가능하다는 환상을 유지할 필요가 있었다. 그러지 않는다면, 자기 목을 긋는 일이 벌어질 수도 있다. 어쩔 수 없이 생존하기 위해 극도로 노력을 기울여야 하는 상황이므로, 차라리 태어나지 않는 게 나았을 거라고 생각하게 될 수도 있다.

"공기는 어떡할 거야?" 루시가 여전히 납득이 안 된다는 말투로 물었다.

"모르겠어." 매튜가 홍겹게 말했다. "그건 쉽지 않은 문제야, 그렇지?"

"물은 어때?"

"음, 계곡의 약 20미터 지하에 영구 동토층이 있어."

루시가 비웃었다. "대단하네. 그래서 넌 뭘 어쩌자는 거야? 거기까지 파 내려가서 자그마한 손으로 그 얼음을 데울까? 그게 될 리가 없잖아."

매튜는 우리가 끝장났다는 근거를 길게 늘어놓는 루시의 말이 다 끝날 때까지 기다렸다. 루시가 하는 말은 대체로 지극히 논리적이었다. 루시가 말을 마치자 매튜가 부드럽게 말했다.

"루시, 네가 한 이야기를 다시 돌아봐."

"난 그저…."

"넌 죽음의 편에서 이야기하고 있어. 죽고 싶은 거야? 살 수 있다는 사람의 이야기를 무시하기로 결심할 정도로 죽고 싶은 거냐고."

루시는 한참 아무 말이 없더니 엉거주춤 발을 끌며 뒤로 물러났다. 그러고는 매튜를 힐끗거리더니 쉐리와 마틴을 쳐다봤다. 사람들이 기다리자, 루시가 얼굴을 붉히며 그들을 향해 서서히 미소를 지으며 말했다.

"네 말이 맞아. 무슨 일부터 할까?"

"그냥 해오던 일을 하자. 우리 상황을 점검해야 해. 무엇이 가능한지에 대한 목록을 만들어야 해. 너희가 그 목록을 종이에 적어오면 내가 전체적으로 정리해서 줄게." 매튜가 손가락을 하나씩 들며 확인할 사항을 꼽았다.

"하나, 우리에게는 스무 명이 3개월 동안 먹을 식량이 있어. 현재 다섯 명이니까 1년 정도 먹을 수 있을 거야. 배급제를 시행하면 1년 반 정도도 가능할 거야. 이건 보급 캡슐이 모두 무사히 투하되리라 가정했을 경우야. 그런데 버로스호가 창고 바닥까지 싹싹 긁어서 가능한 여분의 보급품을 예비 캡슐 세 개에 담아 우리에게 보내줄 수도 있어. 그럴 경우에는 2년까지 버틸 수 있을 거야. 어쩌면 3년도 가능해.

둘, 재활용 장치가 계속 작동한다면 물은 영구적으로 넉넉하게 제공받을 수 있어. 문제는 우리 원자로의 수명이 2년밖에 안 된다는 사실이야. 다른 동력원이 필요해. 아마 물도 다른 출처를 찾아야 할 거야.

산소도 같은 문제가 있어. 기껏해야 2년이야. 지금까지 우리가 지낸 방식보다 산소를 훨씬 더 적게 소모할 방법을 찾아야 해. 지금 당장으로선 나도 어떻게 해야 할지 모르겠어. 쉐리, 혹시 괜찮은 생각 있어?"

생각에 잠긴 쉐리의 두 눈 사이에 주름이 두 줄로 잡혔다.

"어쩌면 버로스호에서 식물을 받아 재배할 수 있을 거야. 우리가 식물에 화성의 햇볕을 쬐면서 자외선에 죽지 않도록 재배할 방법을 찾아내기만 한다면…."

훌륭한 생태학자라면 누구든 지을 법한 겁에 질린 표정으로 루시가 말했다. "화성이 오염되면 어떡하려고?" 루시가 따졌다. "화성에 착륙하기 전에 우리가 왜 살균을 했다고 생각해? 화성 생태계의 균형을 엉망으로 만들고 싶어? 나중에 표본을 채취해도 진짜 화성의 식물인지, 지구의 식물이 돌연변이를 일으킨 것인지 알 수 없게 될 거야."

"생태계 균형이 뭐 어쨌다고?" 쉐리가 매섭게 받아쳤다. "이번 탐사에서 우리가 생물이 거의 발견하지 못했다는 사실은 너도 잘 알잖아. 기껏해야 소수의 혐기성 박테리아와 이끼 한 조각 정도인데, 둘 다 지구의 종과 거의 차이가 없어서…."

"내 말이 그거야. 그런 상황인데, 지구의 종까지 들여오면, 차이를 알아낼 수 없게 되어버리잖아."

"그래도 재배는 가능할 거야, 그렇지? 싹이 돋기 전에 식물이 죽지 않도록 적절한 가림막을 설치하고, 수경 재배로 그 식물을…."

"아, 그래, 가능할 거야. 지금 당장에도 서너 가지 방법이 떠올라. 하지만 그게 중요한 게 아니잖아. 문제는…."

"잠깐만." 매튜가 말했다. "난 그저 괜찮은 생각이 있는지 물어보고 싶었을 뿐이야." 매튜는 내심 그 논쟁이 기뻤다. 그 논쟁 덕분에 그들이 피해야 할 치명적인 무력감에서 벗어나 올바른 방향으로 생각하게 되었기 때문이었다.

"내 생각엔 이 토론이 도움이 된 것 같아. 다들 생존이 가능하다고 확신하게 된 것 같으니 말이야." 매튜가 말을 하며 불안한 표정으로 메리 탐사대장을 흘끗 쳐다봤다. 탐사대장은 여전히 고개를 까딱거리며 눈앞에서 죽어간 대원들을 바라보는 듯 멍한 눈빛이었다.

"우리가 이제 탐사가 아니라 정착을 해야 한다는 사실을 지적하고 싶어. 여기에 영원히 정착하기 위한 계획까지 할 필요는 없지만, 마치 영원히 정착할 것처럼 우리의 모든 계획을 변경해야 해. 우리가 직면한 문제는 구조대가 올 때까지 보급품을 아껴 쓰는 정도로는 해결이 안 돼. 임시방편은 별로 도움이 되지 않을 거야. 우리가 생존하려면 개척지들과 마찬가지로 장기 계획이 필요해. 앞으로 2년 이내에 영구적으로 생존이 가능한 생활 방식으로 바꿔야 살아남을 수 있어. 우리가 생존할 수 있는 환경에는 적응하고, 불가능한 환경은 우리에 맞춰 바꿔야 해. 그 문제에서 우리는 과거의 개척자들에 비해 대체로 조건이 괜찮은 편이야. 적어도 단기적으로 보면 말이지. 정착지에 필요한 모든 물품이 풍부하잖아. 음식과 물, 도구, 원자재, 에너지, 두뇌, 여자들까지. 이런 것들이 없는 상태에서는 개척지가 살아남을 가능성이 별로 없어. 우리에게 부족한 것은 본국에서 보내주는 정기적인 재공급뿐이야. 하지만 정말로 훌륭한 개척단은 그런 거 없이도 잘 해낼 수 있어. 그렇지? 다들 내 말이 동의하지?"

무엇 때문인지 메리 탐사대장이 고개를 들었다. 그것은 반사적인 반응이었다. 최고의 자리에 올라가기 위해 평생 분투하면서 몸에 밴 생존의 반사작용이었다. 그 본능이 다시 파고들며 메리 탐사대장을 침상에서 일으켜 세웠다. 탐사대장은 진정제의 약 기운을 떨쳐내려 애쓰며 자리에서 일어섰다. 눈빛은 흐리멍덩했지만, 의식은 또렷했다.

"어째서 여성을 자원이라고 생각하는 거지, 매튜 크로포드?" 메리 탐사대장이 느리고 진중한 말투로 말했다.

"왜냐면 다른 성을 가진 탐사대원들의 사기를 높여주지 않으면 개척지를 유지하는 데 필요한 추진력이 부족해진다는 뜻이었어요."

"그런 뜻이었다는 거지, 알았어. 진짜 개척자들에게 여성을 생존 이유로 삼게 하자는 거잖아. 예전에도 그런 소리를 들은 적이 있어. 그게 남성 중심적인 시각이야, 매튜." 대원들이 바라보는 동안 메리 랭은 탐사대장의 위상을 다시 회복했다. 탐사대장이 점점 커지는 것 같더니, 지도자의 표상이라 할 수 있는 무형의 권력으로 대원들을 장악했다. 메리 탐사대장은 심호흡한 후, 오늘 처음으로 완전히 정신을 차린 모습을 보여줬다.

"그런 식의 생각은 당장 그만둬. 탐사대장은 나야. 내가… 음, 그 상태를 뭐라고 하지? 아무튼, 내 몸의 상태가 안 좋았을 때 자리를 맡아줘서 고마워. 하지만 넌 우리가 처한 상황의 사회적 측면에 대해 더욱 관심을 가져야 해. 여기서 누군가를 '원자재'로 취급해야 한다면, 그건 우리 여성이 아니라 너와 마틴이지. 현재는 남자들이 희소한 성이잖아. 그 희소성을 해결하려면 몇 가지 까다로운 문제가 있지만, 당분간 여러분은 내 지휘에 따라 일사불란하게 움직여야 해. 남자들을 차지하기 위해 여자들 사이에 벌어질 사회적 경쟁을 최소화할 수 있도록 모든 조처를 할 거야. 무조건 그렇게 될 거야. 다들 이해했지?"

대원들은 고개를 끄덕이는 것으로 대답했다. 메리 탐사대장은 대원들의 고갯짓에 대해 별다른 반응을 하지 않고 계속 말했다.

"매튜, 처음부터 나는 네가 왜 탐사대에 포함되었는지 궁금했어." 메리 탐사대장은 대원들로 빼곡한 좁은 방을 느린 걸음으로 오락가락하며 말했다. 여전히 담요를 뒤집어쓰고 웅크리고 있는 마틴을 제외한 다른 대원들은 탐사대장의 움직임에 맞춰 반사적으로 피하며 공간을 만들어주었다. "역사학자라… 그래, 멋진 생각이긴 한데, 너무 비실용적이야. 솔직히 말해 난 그동안 너를 일종의 사치품으로서, 남자 가슴에 달린 젖꼭지처럼 쓸모없는 존재라고 생각했어. 그런데 내 생각이 틀렸어. 나사(NASA) 전체가 틀렸어. 나사의 우주 비행단은 널 이번 항해에서 제외하려고 미친 듯이 싸웠었어. 나중에 너를 다른 항해에 보내면 되지 않느냐고 주장했었지. 우리가 우주 비행의 시험 조종 교육과정에 대한 애정 때문에 눈이 멀었던 거야. 우리는 과학자들을 가능한 한 적게 보내고, 우주 비행사는 최대한 많이 보내고 싶었거든. 우리는 연락선 조종사 정도로 취급당하는 게 싫었어. 우리가 과학적인 작업을 누구보다 잘 해낼 수 있다는 사실은 아폴로호에서 충분히 입증했으니까. 우리는 너를 일종의 모욕이라고 여겼어. 휴스턴의 과학자들이 우리의 가치가 얼마나 떨어졌는지 보여주려고 너를 이용해 따귀를 날린 거라 생각했지."

"만약에 내가…."

"닥쳐. 우리가 틀렸어. 네 경력을 봤더니 긴급구난 분야에서 대단한 학생이었더군. 솔직히 말해서 우리가 살아남을 가능성이 어느 정도 될 것 같아?"

매튜가 어색한 표정을 지으며 어깨를 으쓱했다. 실패할지도 모른다는 추측을 내놓기에 지금이 과연 적절할 때인지 알 수 없었다.

"솔직히 말해줘."

"아주 낮아요. 대체로 공기가 문제죠. 내가 아는 바로는 역사상 다음에 들이쉴 숨을 걱정해야 할 정도로 위급한 상태에 빠진 사람들은 없었어요."

"아폴로 13호 이야기도 못 들어봤어?"

매튜가 메리 탐사대장에게 미소를 지으며 말했다. "그건 특수한 상황이었죠. 단기적인 문제였고요."

"맞아. 그렇지. 그 이후로 우주에서 진짜로 응급한 상황이 발생한 건

두 번뿐이었는데, 전원 사망했어." 메리 탐사대장이 고개를 돌려 음울한 눈길로 대원들을 한 명씩 쳐다봤다. "그렇지만 우리는 죽지 않을 거야." 반론하려면 해보라는 말투였지만, 아무도 대꾸하지 않았다. 탐사대장이 느긋해진 표정으로 아까처럼 방을 이리저리 오락가락하더니, 다시 매튜를 돌아보며 말했다.

"앞으로 당분간은 네 지식에 많이 의지하게 될 거야. 이제 뭘 하면 좋을까?"

매튜의 긴장이 풀렸다. 결코 원한 적이 없었던 엄청난 책임감에서 벗어났기 때문이었다. 매튜는 메리 탐사대장의 지휘를 따르는 것에 만족했다.

"솔직히 말하자면, 다음으로 뭐라고 말해야 할지 고민하던 중이었어요. 우리는 물품들을 꼼꼼하게 조사해야 해요. 거기서부터 시작하면 될 것 같아요."

"좋았어. 하지만 그보다 훨씬 중요한 일이 있어. 우리는 돔으로 가서 대체 무엇이 폭발을 일으켰는지 그 원인을 찾아야 해. 빌어먹을 돔이 폭발하다니 말도 안 되잖아. 이런 형태의 돔에서는 처음 발생한 폭발이야. 그런데 폭발은 지면 아래에서 발생했어. 하지만 어쨌거나 폭발이 일어났으니, 그 이유를 알아내야 해. 아니면 우리를 죽일지도 모르는 화성에 대한 정보를 간과하는 꼴이 될 거야. 그 조사부터 하자. 마틴, 걸을 수 있겠어?"

마틴이 고개를 끄덕이자, 메리 탐사대장은 헬멧을 잠그고 에어록을 향해 걸어가기 시작했다. 그리고 뒤를 돌아보더니 생각에 잠긴 표정으로 매튜에게 말했다.

"내가 단언하는데, 네가 전기봉으로 나를 찔렀더라도 조금 전에 네가 한 말보다 정신을 차리게 하지는 못했을 거야. 그 말을 다시 해달라고 부탁해도 될까?"

매튜는 그 요청을 들어줄 생각이 없었다. 그리고 더할 나위 없이 정색한 얼굴로 말했다. "저요? 저를 광적인 남성우월주의자로 생각하는 모양이군요."

"두고 보면 알겠지, 안 그래?"

＊

"이게 뭐죠?" 쉐리가 무릎을 꿇고 앉아 땅에서 돌출된 못처럼 생긴 짧고 단단한 수백 개의 물체를 살펴봤다. 머리를 긁적거리려 했지만, 헬멧 때문에 막혔다. "플라스틱처럼 보이네요. 어제 루시와 함께 고등생물을 찾으러 다녔었는데, 이게 바로 고등생물이 아닐까 하는 느낌이 강하게 들어요."

"그러면 저 작은 못들이 돔의 바닥에 구멍을 냈다는 이야기야? 난 그 말에 믿음이 가질 않아." 메리 탐사대장이 말했다.

쉐리가 자리에서 일어나 뻣뻣한 자세로 움직였다. 그들은 무너진 돔을 치우고 난장판 전체를 벗겨내서 돔에 덮여 있던 바닥이 드러낼 때까지 열심히 일했다. 지친 쉐리가 잠시 자제력을 잃고 메리 탐사대장에게 냅다 소리를 질렀다.

"내가 언제 그렇게 말했어요! 우리가 돔을 치우자 못이 눈에 띈 거예요. 그게 돔의 바닥에 구멍을 냈다는 건 대장의 추정이잖아요."

"미안해." 메리 탐사대장이 차분히 말했다. "하려던 말을 계속해봐."

쉐리가 사과를 받아들였다. "뭐, 그것도 형편없는 추론은 아니에요. 하지만 내가 확인한 구멍들은 뚫린 게 아니라 부식된 것 같았어요." 쉐리는 메리 탐사대장이 이 돔의 바닥은 현재까지 만들어진 어떤 플라스틱보다 화학적으로 견고하다며 반론을 제기하기를 기다렸다. 그러나 탐사대장은 경험에서 배웠으며 사실을 직시하는 데 뛰어난 사람이었다.

"그렇다면 우리가 화성에서 플라스틱을 부식시키는 놈을 발견한 거네. 그런데 이것들도 플라스틱으로 이루어진 것 같아. 혹시 이게 왜 하필 여기에서 자라났을까? 아니면 다른 의견이라도?"

"한 가지 떠오른 생각이 있어요." 루시가 말했다. "난 우리가 이곳에서 지내며 일으킨 습도의 변화가 땅속에 있는 홀씨들에 영향을 주지 않았을지 궁금했어요. 그래서 돔 주변을 조사해볼 예정이었죠. 생각해봐요, 우리가 화성에서 9일 동안 지내면서 수증기와 이산화탄소만이 아니라 산소도 상당히 내뿜었잖아요. 그리 많지는 않았지만, 화성의 희박한 산소 농도를 고려하면 엄청난 양이었을 거예요. 우리가 생태군을 변화시킨 거예요. 혹시 돔에서 나가는 공기가 어디로 배출되는지 아는 사람 있나요?"

메리 탐사대장이 이맛살을 찌푸렸다. "공기는 돔 아래로 배출돼. 우리가 배출하는 공기는 따뜻하니까, 밖으로 내보내기 전에 돔의 열손실을 줄이기 위해 마지막으로 돔의 바닥을 데우는 용도로 사용할 수 있을 거라 생각했던 거지."

"그렇다면 배출된 공기가 화성의 차가운 대기와 만나 돔 아래에 수증기가 응결되었을 거예요. 맞아요. 어떻게 된 건지 알겠죠?"

"그런 것 같아." 메리 탐사대장이 말했다. "그래도 수분의 양은 아주 적었어. 알겠지만, 우리는 물을 쉽게 낭비하지 않잖아. 우리는 공기를 바짝 말린 상태가 될 때까지 응결시킨 후에야 배출해."

"지구였다면 그 말이 맞겠죠. 하지만 화성에서 그 정도의 양은 억수같이 쏟아지는 폭우나 다름없어요. 그 수증기가 땅속에 있는 홀씨까지 닿아서 성장을 시작하도록 촉발했을 거예요. 앞으로 플라스틱이 함유된 물건을 사용할 때는 조심해야 해요. 어떤 것들에 플라스틱이 들어갔죠?"

메리 탐사대장이 툴툴거리며 말했다. "우선, 에어록의 밀폐 장치는 전부 플라스틱이야." 그 상황에 생각이 미치자 모든 대원이 얼굴을 찡그렸다. "그 외에 우주복 대부분이 플라스틱이지. 쉐리, 조심해. 그거 밟지 마. 우리는 저게 얼마나 강력한지, 또 저게 신발에 있는 플라스틱을 부식시킬지 아직 모르지만, 그래도 안전하게 행동하는 게 나아. 마틴, 네가 보기에는 어때? 이게 얼마나 해로울지 알아낼 수 있을까?"

"이게 어떤 용제를 사용하는지 알아내라는 말이죠? 작업 공간과 장비만 있으면 알아낼 수 있을 겁니다."

"대장, 공중에 떠다니는 홀씨를 찾아보는 게 더 나을 것 같다는 생각이 들어요. 공중을 날아다니는 비산포자가 존재한다면, 지상에서 30미터 높이에 있는 포드케인호의 에어록도 위험할 수 있거든요." 루시가 말했다.

"그렇군. 그것부터 알아봐. 지상에서 무슨 일을 할 수 있을지 알아낼 때까지는 포드케인호에서 취침해야 하니까, 거기가 안전한지 확인하는 게 가장 중요해. 그때까지는 모두 우주복을 입고 자도록 해." 무기력하게 툴툴거리는 소리들이 흘러나오긴 했지만, 항의하는 사람은 없었다. 루시와 마틴은 분석을 시작하기에 충분한 장비를 구할 수 있기를 바라며 회수한 장비들을 쌓아둔 곳으로 갔다. 쉐리는 다시 무릎을 꿇고 못 둘레를 10센티미터 정도 파기 시작했다.

포드케인호로 돌아가는 메리 탐사대장을 매튜가 따라갔다.

"대장, 내가 원하는 건… 음, 이제 편하게 말을 낮춰도 될까요?"

"그래도 될 것 같아. 나도 앞으로 5년 넘게 꼬박꼬박 높임말을 들을 생각은 없으니까. 그래도 여전히 내가 지휘관이라는 사실을 머릿속에 새겨두는 게 좋을 거야."

매튜가 잠시 생각하더니 대답했다. "알았어, 메리 대장." 메리 탐사대장이 매튜를 장난스럽게 때렸다. 사실, 사고 이전에 탐사대장은 매튜를 거의 알지 못했다. 그의 이름이 명단에 있긴 했지만, 우주 비행단에게 그 이름은 오점일 뿐이었다. 그러나 탐사대장은 매튜에게 개인적인 악감정이 없었고, 이제는 서서히 그가 좋아지기 시작했다.

"하려는 말이 뭐야?"

"아, 몇 가지 있긴 한데, 지금 그 이야기를 내가 꺼내는 게 맞는지는 잘 모르겠어. 먼저, 그 말을 하고 싶어. 혹시 대장이… 음, 내가 오늘 오전에…, 잠시 내가 지휘를 맡았다고 해서 내 충성심 같은 걸 의심하거나 걱정된다면, 뭐랄까…."

"뭐랄까…?"

"나는 그런 쪽으로는 전혀 야망이 없다는 사실을 말해주고 싶었어."

매튜는 그냥 그렇게 어정쩡하게 말을 맺어버렸다.

메리 탐사대장이 매튜의 등을 두드리며 말했다. "그래, 나도 알아. 내가 네 신상 자료를 다 읽었다는 사실을 잊지 마. 언젠가 이야기를 나누고 싶은 흥미로운 사건들도 몇 건 있더군. 네 '용병' 시절부터…."

"젠장, 그 자료들은 심하게 과장됐어. 난 어쩌다 곤란한 상태에 빠졌다가 간신히 빠져나온 것뿐이야."

"그렇다 하더라도, 그 덕분에 수백 명의 지원자 중에서 네가 이 임무에 선발된 거야. 생존 능력이 입증된 활동을 한 사람으로서 예비 선수로 생각했던 거지. 어쩌면 그런 계획이 제대로 먹힌 건지도 몰라. 네 자료에서 기억나는 다른 한 가지는, 네가 지도자 유형이 아니라는 거야. 넌 단체에 협력을 잘하고 규율 문제도 없지만, 혼자 놔두면 더욱 일을 잘하는 유형이었어. 독립적으로 혼자 일해보고 싶어?"

매튜가 탐사대장을 바라보며 미소를 지었다. "아니, 그럴 필요는 없어. 고마워. 하지만 대장의 말이 맞아. 나는 무슨 일이 되었든 책임을 지고 싶은 열망이 전혀 없어. 그렇긴 해도 내게는 유용할 수도 있는 지식이 약간 있어."

"그렇다면 우리가 그 지식을 이용해야지. 앞으로 넌 그냥 주저하지 말고 말해. 내가 들어줄게." 메리 탐사대장이 뭔가 더 말하려다 다른 생각이 떠올랐다. "그런데 이 프로젝트에 여성이 상관이 된 것에 대해서는 어떻게 생각해? 나는 공군 시절 때부터 내내 그런 편견에 맞서 싸워야 했어. 그러니 혹시 너도 여성 상관에 대한 거부감이 있다면 뒤에서 구시렁대지 말고 앞에서 솔직하게 말해줘."

매튜는 진심으로 놀랐다. "방금 그 농담 진지하게 하는 소리는 아니지? 말해주는 게 나을 것 같은데, 아까 그건 일부러 한 말이었어. 대장이 전기봉 같다고 했던 그 이야기 말이야. 그때 대장은 마치 정신을 차릴 수 있게 한 대 때려달라는 모습 같았거든."

"그렇다면 고마워. 그래도 내 질문에 대답해."

"지휘하는 사람이 지휘하는 거지." 매튜가 간단히 대답했다. "대장이 계속 지휘하는 한 나는 따를 거야."

"네가 원하는 방향으로 지휘하는 한 따를 거라는 뜻이지?" 메리 탐사대장이 웃음을 터뜨리며 매튜의 옆구리를 쿡 찔렀다. "널 이슬람의 최고 대신인 수상으로 여길게. 신비로운 지식으로 술탄에게 조언하는 사람 말이야. 앞으로 나는 널 조심해야겠어. 나도 역사를 조금은 알거든."

매튜는 탐사대장이 얼마나 진지하게 말하고 있는 건지 알 수 없어서 그냥 어깨를 으쓱했다. "내가 정말로 하고 싶었던 말은 이거야. 대장은 이 착륙선을 조종할 수 없다고 했지만, 그 말을 할 때는 제정신이 아니었고 의기소침해서 무력감에 빠진 상태였어. 지금 생각은 어때, 그대로야?"

"아직 그대로야. 따라와, 내가 그 이유를 보여줄게."

매튜는 조종실에 들어가자마자 바로 그 말이 이해되었다. 풍향을 측정하는 바람 자루와 개방형 조종석이 달린 비행기의 시대 이후 만들어진 모든 비행기가 그렇듯이, 착륙선의 조종실은 조종 방법을 모르는 사람을 겁주려는 듯 수많은 눈금판과 스위치, 표시등이 정신 사납게 배치되어 있었다. 매튜는 부조종사의 자리에 앉아 탐사대장의 이야기를 들었다.

"물론 우리도 예비 조종사가 있었어. 네가 놀랄지 모르겠지만, 예비 조종사는 내가 아니었어. 도로시 캔트렐이었는데, 사망했지. 지금 나는 이 계기판에 있는 장치들을 모두 알고 있고, 대부분은 쉽게 처리할 수 있어. 내가 모르는 건 배울 수 있을 거야. 시스템의 일부는 컴퓨터로 조종되니까, 제대로 된 프로그램만 입력하면 우주에서는 자동으로 비행할 거야." 메리 탐사대장이 동경하는 눈빛으로 계기판을 바라봤다. 매튜는 메리 탐사대장이 와인슈타인 선장과 마찬가지로 탐사대의 대장을 맡기 위해 비행의 재미를 포기할 사람이 아니라는 사실을 알아챘다. 메리 탐사대장은 전임 시험비행 조종사였으며, 그 무엇보다 비행을 사랑했다. 탐사대장이 오른쪽에 줄지어 있는 수동 제어장치들을 매만졌다. 왼쪽에는 더 많은 제어장치가 있었다.

"이게 우리를 죽일 거야, 크로포드. 네 이름이 뭐였더라? 매튜, 매튜였지. 이 녀석은 고도 4만 미터까지는 그냥 비행기야. 하지만 제트 엔진만으로 궤도로 올라갈 연료가 없어. 지금은 날개가 접혀 있지. 네가 탑승한 상태에서는 못 봤겠지만 아마 모형으로 봤을 거야. 화성의 대기에 맞춰 설계한 매우 가벼운 초음속 날개야. 루이스는 이게 욕조를 날리는 거나 마찬가지라고 했지만 어쨌든 비행했어. 그게 기술이야. 거의 예술이라고 할 수 있지. 루이스는 우리가 건설할 수 있는 최고의 모의 조종실에서 3년에 걸쳐 훈련받았지만, 거기서 배우지 못했던 기술들까지 동원한 후에야 간신히 무사하게 착륙할 수 있었어. 우리가 이 문제를 시끄럽게 떠들지는 않았지만, 거의 추락 직전까지 갔었지. 루이스는 어리고, 캔트렐도 어렸기 때문에, 두 사람은 비행을 갓 배운 신입이었어. 그래서 매일 비행을 하면서 감각을 익혔지. 덕분에 그들은 최고가 되었어." 메리 탐사대장이 의자에 털썩 기대앉으며 계속 말했다. "하지만 나는 지난 8년 동안 훈련기 외에는 조종해본 적이 없어."

매튜는 자기가 이야기를 끊고 끼어들어도 될지 자신이 없었다. "하지만 대장도 최고의 조종사잖아. 다들 알아. 어쨌든 여전히 당신은 착륙선을 조종할 수 없다고 생각한다는 거지?"

메리 탐사대장이 포기했다는 듯 양손을 들며 말했다. "어떻게 하면 내 말을 이해시킬 수 있을까? 나는 이런 착륙선을 한 번도 조종해본 적이 없어. 차라리 네가…." 탐사대장이 뭔가 설득력 있게 비교할 만한 것을 떠올리려 허공에 손짓하며 말했다. "들어봐. 누군가가 복엽기를 조종할 수 있다고 해서, 설령 그 사람이 엄청나게 끝내주는 복엽기 조종사라 하더라도, 헬리콥터도 당연히 조종할 수 있을까?"

"모르겠어."

"못 해. 내 말을 믿어."

"알았어. 하지만 현재 화성에 있는 사람 중에 포드케인호를 조종할 수 있는 존재에 가장 근접한 사람이 당신이라는 사실은 여전히 남아 있어.

당신이 우리가 무엇을 해야 할지 결정할 때 그 부분을 염두에 둬야 한다고 난 생각해." 매튜는 너무 닦달하는 소리처럼 들릴까 봐 거기까지만 말하고 입을 닫았다.

메리 탐사대장이 가늘게 뜬 눈으로 허공을 응시했다.

"나도 그 생각을 했었어." 한참 후 탐사대장이 말했다. "내가 비행을 시도하더라도 우리가 살아남을 확률은 천분의 1밖에 안 돼. 우리의 상황이 그 정도까지 나빠지면 비행을 시도해볼게. 네가 그 시점에 대한 판단을 내려야 해. 생존 가능성이 좀 더 높은 방법을 제시해줘. 그게 어려워지면 내게 말해줘."

✳

3주 후 타르시스 협곡은 장난감이 가득한 어린이공원으로 변해버렸다. 매튜는 협곡에 대해 그보다 잘 묘사할 말이 떠오르지 않았다. 플라스틱 못들에 괴상한 바람개비꽃들이 피었는데, 제각각 모양이 전부 달랐다. 작은 것들은 10센티미터가 채 되지 않았고, 바람개비꽃이 하늘을 바라보는 형태로 피었다. 캔자스의 농장에 가져다놓아도 그리 어색해 보이지 않을, 가느다란 플라스틱 지주로 얼기설기 만들어진 유정탑(油井塔)들도 있었다. 그중 일부는 5미터 높이에 달했다. 그 탑들에도 바람개비가 달렸는데, 모든 날개가 셀로판처럼 투명한 필름으로 싸여 있으며, 기운 넘치는 화성의 바람을 받으며 알록달록한 날개들이 돌아갔다. 매튜는 땅의 요정이 세운 공업단지를 보는 듯한 느낌이 들었다. 회전하는 바람개비 사이로 터덜터덜 걸어 다니는 요정들의 모습이 보이는 듯했다.

쉐리가 그 바람개비꽃을 최대한 깊게 캐봤다. 그리고 여전히 이 상황이 믿어지지 않아 고개를 절레절레 흔들었다. 보호막이 덮인 긴 원뿌리까지는 뽑아내지 못했지만, 어느 정도 깊이까지 뻗어 있는지는 짐작할 수 있었다. 그 꽃의 뿌리는 자그마치 20미터 지하의 영구 동토층까지 뻗어 내려갔다.

바람개비꽃 사이의 지면은 반투명한 플라스틱으로 덮여 있었다. 이것은 그 식물이 화성에서 생존하기 위해 만들어낸 두 번째 독창적 해법이었다. 바람개비는 바람의 에너지를 이용하고, 지면을 덮고 있는 플라스틱은 사실 두 개의 얇은 막으로 이루어져 그 틈으로 물을 순환시켰다. 물을 햇볕으로 가열한 후 영구 동토층으로 밀어 넣어 조금씩 얼음을 녹였다.

"화성에 대해 우리가 아직 모르는 부분들이 있어." 그날 밤 쉐리가 파악한 사항을 사람들에게 알려주기 전에 그렇게 말했다. "마틴은 이 식물이 어떻게 모래와 바위를 섭취해서 성장하고, 그걸 플라스틱 같은 물질로 변화시키는지에 대해 아직 알아내지 못했대. 그래서 우리는 지하에 원유 같은 게 물과 뒤섞여 얼어붙은 상태로 고여 있는 곳이 존재할 거라고 추정하고 있어."

"원유는 어디에서 유입된 걸까?" 메리 탐사대장이 물었다.

"화성의 장기 계절 이론은 들어봤지? 음, 그 이론 중 일부는 그저 단순한 이론 수준 이상이야. 화성의 자전축 기울기, 세차운동 주기, 궤도의 이심률이 결합되어 약 1만 2천 년 길이의 계절을 만든다는 이론이야. 우리는 화성의 명색뿐인 '여름'에 도착했지만, 실제로는 장기 계절의 '한겨울'에 도착했던 거야. 화성에 생물이 존재한다면, 이 장기 계절 주기에 순응해서 살아갈 거라고 추정할 수 있어. 극지방에서 물과 이산화탄소가 얼어붙는 동계에는 홀씨 형태로 동면하다가 생물학적인 과정을 진행할 수 있을 정도로 얼음이 충분히 녹으면 밖으로 나오는 거지. 그런데 우리가 이 식물들을 속인 것 같아. 기지 주변에 수증기 함유량이 많아졌기 때문에 여름이 되었다고 착각했을 거야."

"그런데 그 원유는 어떻게 된 걸까?" 마틴이 질문했다. 이 가설을 쉐리와 함께 만들고도 원유 부분이 잘 믿기지 않는 모양이었다. 마틴은 무기 화합물 분야를 전공한 실험 화학자였다. 저 식물들이 높은 온도를 이용하지 않고 순전히 촉매 작용만으로 플라스틱을 만들어낸다는 사실에 대해 혼란스러워하고 방어적인 태도를 보였다. 마틴은 저 미친 바람개비들이 사라져버리길 바랐다.

"내가 알 것 같아." 루시가 말했다. "이 생물들은 가장 조건이 좋은 시기에 간신히 살아갈 수 있는 것들이잖아. 바로 그런 상황 때문에 어떤 것도 낭비하지 않는 생물이 된 거야. 장기 계절이 몇 번만 돌았어도 고대의 원유 매장량은 모두 소진되었을 거야. 그러니까 우리가 원유라고 생각하는 자원은 뭔가 조금 다른 것일 게 틀림없어. 바로 앞세대의 잔여물일 거야."

"하지만 그 잔여물이 어떻게 저리 깊게 파묻힐 수 있었을까?" 마틴이 질문했다. "앞세대의 생물도 지면 위에 존재했을 거라 짐작할 수 있는데, 바람의 힘만으로는 1만 2천 년 만에 저 깊이까지 파묻을 수 없었을 거야."

"네 말이 맞아." 루시가 말했다. "실은 나도 잘 모르겠어. 하지만 떠오르는 가설은 있어. 이 식물이 낭비를 전혀 하지 않는다면, 죽을 때 사체도 보존하려고 하지 않을까? 이 식물들은 땅에서 싹이 나왔잖아. 환경이 다시 힘들어지기 시작하면 땅속으로 철수하는 것도 가능하지 않을까? 그 식물들이 땅속으로 철수하면서 계속 홀씨를 살포해 남겨놓았을 거야. 그렇게 하면, 위에 있는 홀씨들이 바람에 날려가거나 자외선에 쐬어 죽더라도 그 아래에 있는 홀씨들은 다시 환경이 괜찮아졌을 때 번창할 수 있잖아. 그 식물이 영구 동토층에 도달하면, 우리가 가정했던 이 유기물 곤죽으로 분해되어… 글쎄, 약간 복잡하긴 한데, 그렇지 않을까?"

"내 생각엔 괜찮은 가설 같아." 메리 탐사대장이 루시에게 말했다. "잠정적인 가설로는 쓸 만해. 자, 그럼 공중에 떠다니는 비산포자는 어떻게 됐어?"

비산포자의 위험으로부터는 안전한 것으로 밝혀졌다. 현재 공중에 떠다니는 홀씨가 존재했지만, 개척자들에게는 위험하지 않았다. 그 식물은 생장 과정 중 특정한 단계에서 특정한 종류의 플라스틱만 공격했다. 그 식물들은 여전히 상태가 변화하고 있기 때문에 계속 지켜봐야겠지만, 에어록과 우주복은 안전했다. 탐사대원들은 우주복을 입지 않고 잠을 자는 사치를 누리게 되었다.

해야 할 일이 많았다. 육체적인 작업은 대부분 매튜가 맡았고, 나머지는 메리 탐사대장이 어느 정도 처리했다. 그래서 둘이 함께 지내는 시간이 많았다. 화성의 환경을 이해하는 것만이 생존 가능성을 높일 거라고 논의를 통해 결론 내렸기 때문에, 다른 세 사람은 자유롭게 연구를 진행할 수 있도록 했다.

매튜와 메리 탐사대장은 돔의 잔해를 대부분 수거했다. 두 사람은 단단한 물질을 절단하는 레이저와 접합 도구를 이용해 기존의 돔보다 훨씬 작은 돔을 건설했다. 그들은 지상으로 노출된 바위 위에 돔을 세우고, 아랫부분에 수분이 응축되는 사태를 막기 위해 공기 배출 장치를 재배치했으며, 안전장치를 더욱 추가했다. 이제 탐사대원들은 돔 안에 별도로 가압시킨 숙소 안에서 잠을 잤으며, 한 명씩 일어나 당직을 섰다. 그들은 반복된 훈련을 통해 깊이 잠든 상태에서도 30초 안에 우주복을 완벽하게 차려입을 수 있게 되었다. 다시는 그런 사고에 휩쓸리지 않을 것이다.

매튜는 정신없이 돌아가는 바람개비 날개를 보다가 시선을 돌렸다. 그는 돔 안에서 취침하고 있는 다른 대원들 옆에서 헬멧을 벗은 상태로 앉아 있었다. 메리 탐사대장은 비좁은 숙소를 제외하고는 그곳까지만 나갈 수 있도록 허락했다. 쉐리가 무전기로 에드거 라이스 버로스호에 보고했다. 쉐리는 식물에서 잘라낸 펌프 장치를 손에 들고 있었다. 그 식물은 테플론 베어링 위에서 자유롭게 회전하는 50센티 크기의 날개가 여덟 개 있었으며, 그 아래에는 다양한 작은 기어들이 달렸고 펌프도 있었다. 쉐리는 무심하게 날개를 이리저리 돌리며 보고했다.

"난 정말로 이해가 안 돼." 매튜가 루시에게 조용히 말했다. "저 작은 바람개비가 뭐가 그렇게 대단하다는 거야?"

"저건 완전히 새로운 영역이야." 루시가 속삭였다. "생각해봐. 지구에서는 자연이 바퀴를 창조하는 수준까지 진화한 적이 없었잖아. 나는 가끔 왜 그렇게 진화하지 않는지 궁금했었어. 물론 진화에도 한계가 있긴 하지만, 그래도 괜찮은 생각이잖아. 우리가 바퀴로 해낸 일들을 생각해봐. 자연의 움직임은 위아래, 앞뒤, 안팎, 그리고 압박과 이완밖에 없어. 인류가 만들어낸 것들 외에 지구에서 빙글빙글 도는 존재는 전혀 없어. 잘 생각해봐."

매튜는 그 말을 곰곰이 생각해보고, 그게 얼마나 신기한 일이니 깨닫기 시작했다. 지구의 동물이나 식물 중에 계속 회전을 하는 구조가 있는지 생각해봤지만 헛수고였다. 전혀 생각이 나지 않았다.

쉐리가 보고를 마친 뒤 베리 담사대정에게 마이크를 건네줬다. 탐사대장이 말을 시작하기 전에 와인슈타인 선장의 목소리가 먼저 들어왔다.

"버로스호의 계획을 변경했다." 와인슈타인 선장이 바로 본론으로 들어갔다. "여러분이 놀라지 않길 바란다. 여러분도 생각해보면 왜 바꿨는지 이해하게 될 것이다. 우리는 일주일 후 지구로 돌아간다."

그 소식은 탐사대원들에게 그리 놀랍지 않았다. 버로스호는 이미 가진 정보와 보급품을 거의 모두 탐사대에 준 상태였기 때문이었다. 이제 보급품 캡슐을 마지막으로 한 번 더 투하할 예정이었다. 그 후에는 버로스호의 존재 자체가 서로에게 좌절감만 안겨줄 게 뻔했다. 그렇게 강력한 우주선 두 대가 이렇게 서로 가까이 있으면서도 속수무책으로 아무것도 해줄 수 없는 상황은 정말로 아이러니했다. 이것은 버로스호의 승무원들에게 하는 말이었다.

"우리는 탐사대 스무 명과 본래 가져갈 예정이었던 표본 6톤을 뺀 질량을 바탕으로 모든 사항을 다시 계산했다. 여러분이 이륙하는 데 사용할 수 있도록 내려줘야 할 연료를 우리가 사용하면 금성을 향해 더욱 빠른 궤도를 나아갈 수 있다. 그 궤도로 들어갈 수 있는 출발 날짜가 일주일 남았다. 우리는 그 궤도에서 보급품이 가득한 무인 캡슐과 랑데부할 예정이다." 메리 탐사대장은 훨씬 극적인 장면을 머릿속에 그렸다. 식료품이 모두 바닥이 난 상태에서 불확실한 혜성의 궤도를 따라 태양을 향해 돌진하며 운명의 랑데부를 향해 나아가는 버로스호….

"여러분의 의견을 듣고 싶다." 와인슈타인 선장이 계속 말했다. "이게 아직 최종 결정은 아니다."

탐사대원들이 메리 탐사대장을 쳐다봤다. 그들은 침착하고 흔들리지 않는 탐사대장의 태도를 보며 안심했다.

"제가 생각해도 그게 최선인 것 같습니다. 그런데 한 가지가 걸리네요. 제가 포드케인호를 조종한다는 생각은 포기한 건가요?"

"메리 탐사대장, 당신을 모욕할 생각은 없다." 와인슈타인 선장이 점잖게 말했다. "하지만, 맞아, 우리는 그렇게 결론을 내렸다. 당신이 착륙선을 조종하지 못하리라는 건 지구에서의 판단이다. 그들이 몇 가지 실험을 했다. 아주 유능한 조종사들을 모의 조종실에 넣고 지도했지만 성공하지 못했지. 우리는 당신이 해낼 수 있을 거라 생각하지 않는다."

"굳이 듣기 좋게 말하려 애쓰지 마세요. 저도 다른 사람들 못지않게 잘 압니다. 그렇지만 10억분의 1의 확률이라도 0보다는 낫잖아요? 그들이 매튜의 생각에 동의한다고 받아들여도 될까요? 최소한 이론적으로는 여기에서 생존이 가능하다는 매튜의 주장 말이에요."

한참 동안 대답이 없었다. "그게 맞는 것 같다. 메리 탐사대장, 솔직히 말하겠다. 난 그게 가능하다고 생각지 않는다. 그 생각이 틀리길 바라지만, 난 어떤 기대도…."

"용기를 주는 말을 해줘서 고마워요, 와이니. 당신은 언제나 사람들의 기운을 북돋워줄 수 있는 방법을 잘 아는 것 같아요. 그건 그렇고, 당신이 염병할 유성을 타고 내려와서 우리 목숨을 구원해준다던 다른 계획도 취소됐나요?"

모여 있던 탐사대원들이 미소를 지었고, 쉐리는 고음으로 환호했다. 와인슈타인 선장은 화성에서 그리 인기가 좋은 사람이 아니었다.

"메리 탐사대장, 그 문제에 대해서는 이미 말했잖은가." 와인슈타인 선장이 불평했다. 하지만 점잖은 불평이었다. 그보다 더욱 중요한 사실은 그가 와이니라는 별명을 듣고도 별다른 대꾸를 하지 않았다는 점이었다. 선장은 사형선고를 받은 사람들에게 다정하게 대하고 있었다. "우리는 쉬지 않고 주야로 연구하며 그 문제를 검토했다. 나는 심지어 지휘권을 임시로 다른 사람에게 넘길 수 있도록 허락해달라는 요청까지 했었다. 하지만 지구에서 진행한 모의 조종실험 재돌입 과정에서 생존이 불가능했다. 이게 우리가 할 수 있는 최선이다. 난 지구에 있는 사람들이 확신하지 못하는 활동을 위해 우리의 임무 전체를 위험에 빠트릴 수는 없다."

"압니다. 내일 다시 연락할게요." 메리 탐사대장이 무전기 스위치를 끄며 다시 무릎을 짚고 앉았다. "내가 장담하는데, 지구에서 휴지에 대한 실험이 통과하지 않으면… 저 인간은 화장실에도 안 갈…." 탐사대장이 손을 휘저으며 말을 멈췄다. "내가 뭐라고 떠들어대는 거지? 괜한 소리야. 내가 선장을 좋아하진 않지만, 그 사람의 말이 맞아." 메리 탐사대장이 자리에서 일어나 울적한 생각을 뱉어내듯 볼을 불룩하게 만들며 울적한 한숨을 내뱉었다.

"자, 여러분, 일하러 갑시다. 우리에겐 할 일이 많잖아."

✳

탐사대원들은 이 개척지의 이름을 뉴암스테르담으로 지었다. 풍차 같은 바람개비들 때문이었다. 한동안 매튜가 그 화성 식물의 이름을 '회전삼각돛'으로 하자고 주장했지만, 결국 '바람개비'로 확정되었다.

그들은 온종일 일하며 머리 위에 떠 있는 버로스호를 모른 체하기 위해 최선을 다했다. 주고받은 메시지는 간단명료했다. 버로스호는 더 이상 지원을 제공할 수 없기 때문에 모선으로서는 쓸모없는 존재였지만, 그들이 떠나고 나면 그리워하게 될 것이다. 그래서 출발일에는 다들 대단히 강렬하게 무관심한 일처럼 굴었다. 탐사대원들은 예정된 출발 시각 전에 모두 잠자리에 드는 거창한 쇼를 하기도 했다.

매튜는 다른 사람들이 모두 잠들었다는 확신이 들자 눈을 뜨고 어두운 숙소를 둘러봤다. 숙소는 가정의 포근함과 거리가 멀었다. 그들은 절연 물질로 만들어진 울퉁불퉁한 완충재 위에 서로 기대며 비좁게 누워 있었다. 화장실은 한쪽 벽에 얇은 막을 두른 수준이어서 냄새가 났다. 하지만 메리 탐사대장이 허락하더라도 숙소 바깥의 돔에서 자려는 사람은 아무도 없었다.

당직이 밤새 지켜봐야 하는 계기판의 불빛이 유일한 조명이었다. 지금 계기판 앞에는 아무도 앉아 있지 않았다. 매튜는 당직이 잠든 모양이라고 짐작했다. 다른 때라면 화가 났겠지만, 지금은 그럴 겨를이 없었다. 우주복을 챙겨 입고 몰래 빠져나갈 기회가 생겨서 오히려 기뻤다. 매튜는 살금살금 우주복을 입기 시작했다.

매튜는 역사학자로서 그런 순간을 지켜보지 않고 그냥 놓쳐버릴 수 없다는 생각이 들었다. 바보 같지만, 아무튼 그랬다. 밖으로 나가 자신의 눈으로 그들이 떠나는 모습을 봐야 했다. 그 모습을 다른 사람에게 말해줄 수 있을 때까지 살아남지 못하더라도 상관없었다. 그는 기록해야만 했다.

매튜의 옆에서 누군가가 일어나 앉았다. 즉시 움직임을 멈췄지만 너무 늦었다. 쉐리가 눈을 비비더니 어둠 속을 뚫어지라 쳐다봤다.

"매튜?" 쉐리가 하품했다. "뭐… 뭐야? 무슨….

"쉿. 난 밖으로 나갈 거야. 쉐리, 다시 자."

"음, 흐음…." 쉐리가 기지개를 켜더니, 주먹을 쥔 손으로 눈두덩을 마구 비비고, 얼굴에 달라붙은 머릿결을 부드럽게 뒤로 넘겼다. 쉐리는 우주선 내부에서 입는 헐렁한 옷을 입고 있었는데, 다른 사람들의 옷과 비슷하게 지저분한 잿빛으로 세탁이 몹시 필요한 상태였다. 매튜는 쉐리가 기지개를 켜고 일어서는 모습을 지켜보며 잠시 버로스호에 대한 흥미를 잃어버렸다. 매튜는 머릿속에서 쉐리에 대한 생각을 억지로 밀어냈다.

"나도 나갈래." 쉐리가 속삭였다.

"알았어. 다른 사람은 깨우지 마."

숙소의 에어록 바로 바깥에 메리 탐사대장이 서 있었다. 매튜와 쉐리가 밖으로 나갈 때 탐사대장이 돌아봤지만, 놀란 기색은 없는 것 같았다.

"당신이 당직이었어?" 매튜가 메리 탐사대장에게 물었다.

"응. 내가 만든 규칙을 내가 어겼어. 하지만 너희 둘도 어겼잖아. 시말서에 뭐라고 쓸지 고민해봐." 메리 탐사대장이 웃음을 터뜨리며 두 사람에게 오라고 손짓했다. 세 사람은 팔짱을 끼고 하늘을 올려다봤다.

"얼마나 오래 기다려야 해?" 얼마간 시간이 지난 후 쉐리가 물었다.

"몇 분만 있으면 돼. 꼼짝 말고 있어." 매튜가 돌아봤을 때 탐사대장의 눈가에 눈물이 비친 것 같았지만, 어두워서 확신할 수 없었다.

작은 별이 새롭게 나타나더니, 다른 별보다 심지어 화성의 달인 포보스보다도 밝아졌다. 눈이 부셔 쳐다보기 힘들 정도로 밝아졌지만, 눈길을 돌리는 사람은 없었다. 그것은 화성의 장기 겨울에서 벗어나 태양을 향해 떠나는 에드거 라이스 버로스호의 핵융합 추진체가 만들어내는 빛이었다. 버로스호는 한동안 그 자리에 그대로 있다가 불꽃을 격렬하게 분사하며 사라졌다. 돔 안은 따뜻했지만, 매튜는 몸이 떨렸다. 10분이 더 흐른 후에야 세 사람은 숙소로 들어갔다.

숙소 에어록 안이 비좁았지만, 세 사람은 서로의 얼굴을 피하며 내부로 들어가는 자동문이 열리길 기다렸다. 내부문이 열리자 메리 탐사대장이 안으로 들어갔다가… 곧장 다시 에어록으로 돌아왔다. 매튜가 숙소 안에 있는 마틴과 루시를 얼핏 봤는데, 탐사대장이 문을 닫아버렸다.

"어떤 사람들은 영혼에 시적 감성이란 게 전혀 없어." 메리 탐사대장이 말했다.

"너무 많은 건지도 모르지." 쉐리가 키득거리며 말했다.

"나랑 돔 주변을 산책하지 않을래? 사람들에게 사생활을 조금 보장해줄 방법을 논의해볼 수도 있을 거야."

그때 에어록의 내부문이 열렸다. 한 손에 셔츠를 든 루시가 에어록을 비추는 전등 때문에 눈을 찌푸리며 서 있었다.

"들어와." 루시가 뒤로 물러나며 말했다. "이 문제에 대해 논의해야 할 것 같아." 그들이 돔으로 들어가자, 루시가 숙소의 조명을 켜고 자기 매트리스에 앉았다. 마틴은 눈을 껌뻑거리더니, 신경질적으로 담요를 뒤집어썼다. 마틴은 폭발 사고 이후 늘 추위를 타는 것 같았다.

논의를 제안한 루시는 계속 입을 꾹 다물고 있었다. 쉐리와 매튜는 각자 자신의 침상에 앉았다. 이윽고 팽팽한 침묵이 흐르는 가운데 모두 탐사대장을 주시했다.

메리 탐사대장이 우주복을 벗기 시작하며 말했다. "음, 내 생각에 그 문제는 조심해서 다뤄야 할 것 같아. 그래서 여러분들의 의견을 듣고 싶어. 루시, 혹시 일종의 징계를 받을 거라 생각하고 있다면, 그런 걱정하지 마. 우리는 아침에 우선 이 문제와 관련해서 사생활을 보장할 방안을 마련할 거야. 그 조치가 뭐가 됐든, 우리는 앞으로 여러 해를 다닥다닥 붙어서 살아가게 될 테니, 좀 더 느긋해져야 해. 반대하는 사람?" 탐사대장은 우주복을 반쯤 벗다가 멈춘 상태로 사람들을 돌아보며 반응을 살폈다. 아무도 대꾸하지 않았다. 그러자 탐사대장은 우주복을 다 벗고 알몸 상태로 전등 스위치를 향해 걸어갔다.

"어떤 면에서는 이제 논의해야 할 때가 된 거야." 탐사대장이 한쪽 구석에 우주복을 던지며 말을 이었다. "이 옷들은 태워버려야겠어. 우리 모두 저거보다는 좋은 냄새가 날 거야. 쉐리, 네가 당직을 설 차례야." 탐사대장이 전등을 끄고 매트리스 위에 털썩 드러누웠다.

이후 몇 분 동안 대원들이 우주복을 벗느라 버둥거리며 바스락거리는 소리가 요란했다. 어둠 속에서 쉐리와 매튜가 살짝 닿아서 두 사람이 동시에 작은 소리로 사과했다. 곧 다들 각자의 침상으로 가서 누웠다. 그들은 긴장하고 비참한 기분으로 몇 시간을 뒤척이다 잠들었다.

버로스호가 떠난 후 일주일 동안 뉴암스테르담에는 신경질적인 과잉 반응이 지속되었다. 부자연스럽고 비정상적인 분위기였다. 그들은 모든 일을 먹고 마시고 즐기는 느낌으로 대했다.

탐사대는 돔 안에 별도의 방을 하나 만들었다. 그 방이 무엇을 위한 공간인지는 누구도 입에 담지 않았지만, 이용하는 빈도가 낮지 않았다.

다섯 사람이 세 여자와 두 남자로 가능한 모든 조합을 미친 듯이 시도해 보느라, 생산적인 작업이 차질을 빚었다. 몇 시간 동안 적개심이 피어올 랐다가 눈물의 화해로 그 분노가 녹아내렸다. 세 명이 두 명을, 두 명이 한 명을 괴롭히고, 한 사람이 다른 네 사람에게 전쟁을 선포했다. 마틴과 쉐리가 약혼을 발표했지만, 10시간 만에 파혼했다. 매튜는 메리 탐사대 장과 대판 싸움이 날 뻔했다. 루시가 그 싸움을 부추겼다. 루시는 남자들 과 관계를 영원히 거부한다고 선언한 후 쉐리와 잠깐 동안 격렬하게 사 랑했다. 곧 쉐리는 루시가 마틴과 함께 있는 모습을 발견했고, 그 반발로 매튜와 관계를 맺었지만, 곧 마틴으로 갈아탔다.

메리 탐사대장은 그런 상황을 그대로 방치했고 폭력적으로 진행될 때 에 한해서 개입했다. 탐사대장도 그 광란의 영향에서 벗어난 것은 아니 었지만, 대체로 그럭저럭 초연한 자세를 유지했다. 누구든 요청하면 언 제든 별실로 함께 갔으며, 편애하지 않으려 애썼다. 그리고 작업으로 돌 아가라고 넌지시 자극했다. 그 주가 끝나갈 무렵 탐사대장이 루시에게 이렇게 말했다. "어쨌거나 우리가 서로를 좀 더 잘 이해하게 되었잖아."

탐사대장이 예상했던 대로 광기는 가라앉았다. 두 번째 주가 되자 대 원들은 처음 화성에 도착했을 때와 거의 비슷한 분위기가 되었다. 굳건 히 유지되는 낭만적 연애 관계는 없었다. 하지만 그들은 서로를 훨씬 잘 이해하게 되었으며, 더욱 가까워진 집단 안에서 편안해졌고, 우정이라는 새로운 관계에서 힘을 얻었다. 그들은 하나의 팀으로 더욱 끈끈해졌다. 적대적인 관계가 완벽하게 사라진 것은 아니었지만, 더 이상 개척지를 좌지우지하는 분위기는 아니었다. 메리 탐사대장은 흘려보낸 시간을 벌 충하기 위해 대원들의 노동 강도를 그 어느 때보다 높였다.

대부분의 흥미로운 작업을 다른 이들에게 빼앗긴 매튜는 절대로 끝날 것 같지 않은 반숙련 육체노동에 차츰 익숙해져갔다. 새로운 사실이 발 견되었을 경우 매튜와 메리 탐사대장은 숙소에서 밤마다 진행되는 간단 한 보고 모임에서 들을 수밖에 없었다. 매튜는 동물이 발견되었다는 보고를 들은 기억이 없었다. 그래서 바람개비 정원 사이로 뭔가가 기어가는 모습이 눈에 들어오자, 손에 들고 있던 물건들을 모두 던져버리고 그 뒤를 쫓기 시작했다.

매튜는 정원의 끝에서 추적을 멈췄다. 표본을 모아놓기 위해 돔으로 들어가는 게 아니라면 계속 외부에서 일하라는 메리 탐사대장의 지시가 기억났기 때문이었다. 그가 잠시 동안 그 동물을 살펴봤다. 벌레인가? 거북이? 기어가는 속도로 볼 때 멀리까지 가지 못할 거라 확신한 매튜는 서둘러 쉐리를 찾으러 갔다.

"그 벌레한테 내 이름을 따서 붙여줘." 매튜가 쉐리와 함께 다시 정원으로 서둘러 돌아오며 말했다. "이건 발견자로서 내 권리잖아. 그렇지?"

"당연히 그렇지." 쉐리가 매튜가 손가락으로 가리키는 방향을 바라보며 말했다. "나한테 그 빌어먹을 놈을 보여주기나 해. 그럼 내가 너에게 불후의 명성을 안겨줄게."

그 생물은 약 20센티미터 지름의 원형으로, 돔처럼 생긴 반구형 동물이었다. 위의 표면은 딱딱한 껍데기로 이루어졌다.

"이걸 어떻게 해야 할지 잘 모르겠어." 쉐리가 말했다. "이런 게 저 한 마리뿐이라면 해부할 수가 없잖아. 내가 건드리지도 않는 게 맞을 것 같아."

"걱정하지 마. 네 뒤에도 한 마리 있어." 이제 두 사람은 그 동물을 찾기 시작했다. 그들은 금세 네 마리를 찾았다. 쉐리가 주머니에서 표본 봉투를 꺼내 그 동물의 이동 경로 앞에 열어놓았다. 그 동물은 봉투에 절반쯤 기어들어 가더니 뭔가 잘못되었다고 느낀 모양인지 우뚝 멈췄지만, 쉐리가 안으로 살짝 밀어 넣고 봉투를 집어 들었다. 그리고 봉지 안을 들여다보더니 감탄하며 웃음을 터뜨렸다.

"바퀴야." 쉐리가 말했다. "이놈도 바퀴로 움직여."

"이게 어디에서 온 건지 모르겠어." 쉐리가 그날 밤 사람들에게 말했다. "아이들에게 교육용 장난감으로는 좋겠지만, 난 이런 게 존재한다는 사실조차 믿어지지 않아. 내가 이걸 스무 조각, 서른 조각으로 분해했다가 다시 합쳤더니 계속 움직였어. 이건 충격에 강한 폴리스티렌 껍데기로 둘러싸여 있고, 외부에는 무독성 페인트가 칠해져 있는데…."

"진짜 폴리스티렌은 아니야." 마틴이 끼어들었다.

"…그래서 내 생각에는 배터리만 교체하면 영원히 움직일 것 같아. 그리고 내 말은 진짜 폴리스티렌에 거의 가까운 물질이라는 뜻이었어.

"배터리는 진심으로 하는 말이야?" 메리 탐사대장이 물었다.

"잘 모르겠어. 마틴은 껍데기 위쪽 부분에서 화학적 물질대사가 이루어진다고 생각하지만, 나는 아직 조사를 못 해봤어. 사실 나는 이게 우리가 생각하는 개념으로 '살아 있다'고 할 수 있는지조차 모르겠어. 이건 바퀴로 움직이잖아! 모랫바닥에서 움직이기 좋은 바퀴 세 개, 그리고 고무밴드 장치와 태엽 장치를 뒤섞어놓은 것 같은 구동부가 있어. 돌돌 감긴 근육에 에너지가 저장되었다가 서서히 풀어지는 것 같아. 이게 근육을 다시 감을 수 없다면 백 미터 이상 이동하지 못할 거야. 그런데 이게 어떻게 그 근육을 다시 감는지는 나도 모르겠어."

"몹시 진화한 생물 같네." 루시가 생각에 잠긴 말투로 이야기했다. "아무래도 이놈들의 주거지를 찾아보는 게 좋겠어. 네 설명대로라면 공생하는 다른 생물의 도움을 받지 않으면 활동을 할 수 없을 거야. 어쩌면 벌처럼 식물의 수정을 도와주고, 식물로부터 태엽을 감을 동력을 얻거나 빼앗을지 몰라. 혹시 그 벌레가 바람개비의 회전 기어에서 에너지를 얻는 건 아닐까?"

"내일 아침에 그걸 조사해볼 생각이야." 쉐리가 대답했다. "탐사대장이 오늘 밤에 조사할 수 있게 허락해주면 또 모르지." 쉐리가 바라는 말투로 말했지만, 실제로 허락해줄 거라고 기대하지는 않았다. 메리 탐사대장이 단호하게 고개를 저었다.

"일과시간은 지켜야지. 밖은 추워."

✳

다음 날 바람개비 정원을 새롭게 조사하자 여러 종의 새로운 생물들이 발견되었고, 그중에는 동물로 추정되는 생물도 하나 더 있었다. 초파리 크기의 날아다니는 생물이었는데, 바람이 가라앉으면 헬리콥터처럼 회전 날개를 자유롭게 돌리며 식물들 사이를 날아다녔다.

과학자들이 조사하는 동안 매튜와 메리 탐사대장은 주변을 서성거렸다. 그들은 지난 2주 동안 바쁘게 매달렸던 작업으로 돌아가고 싶지 않았다. 두 사람은 서 있는 포드케인호를 부서뜨리지 않고 바닥에 눕히기 위해 2주를 보냈다. 착륙선은 착륙한 직후부터 고정 케이블로 묶여 있었지만, 본래는 몹시 심한 폭풍이 올 경우를 대비해 옆으로 눕혀 놓도록 계획되어 있었다. 그러나 그것은 스무 명의 노동력으로 도르래와 기어를 이용해 온종일 작업을 할 것으로 예상하고 만들어진 계획이었다. 그래서 느리게 진행될 수밖에 없었다. 만일 착륙선이 쓰러져서 공기가 새기라도 한다면, 그들의 생존 가능성이 사라지기 때문이었다.

그래서 두 사람은 요정의 나라를 돌아다닐 기회를 즐겼다. 정원은 매튜가 마지막으로 봤을 때보다 훨씬 아름다웠다. 굵은 덩굴 식물이 있었는데, 쉐리는 매튜에게 그 덩굴에 뜨거운 물과 차가운 물, 그리고 다양한 액체가 흐를 거라 장담했다. 크고 다양한 유정탑이 많아서 마치 파스텔색 유전처럼 보였다.

매튜 크로포드의 이름을 딴 '매튜'라는 생물이 어디에서 왔는지는 별 어려움 없이 밝혀졌다. 대원들은 거대한 유정탑 옆 부분에서 20센티미터 지름의 혹을 수십 개 발견했다. 그 혹들이 종양처럼 자라나다 충분히 성장하면 '매튜'를 방출했다. '매튜'가 어떤 역할을 하는지 알아내는 일은 또 다른 문제였다. 그들이 밝혀낸 것은 '매튜'가 동력이 떨어질 때까지 곧장 직선으로 기어간다는 사실뿐이었다. '매튜'의 근육을 다시 감아주면 더 멀리까지 기어갈 것이다. 정원에서 반경 백 미터 이내의 모래 위에 움직이지 않는 매튜가 수십 마리 엎어져 있었다.

2주 동안 조사했지만 더 이상 알아내지 못했다. 다른 수수께끼가 등장해서 그들의 관심을 끌었기 때문에, '매튜'는 당분간 내버려둘 수밖에 없었나.

이번에는 지난번과 달리 매튜가 가장 늦게 알게 되었다. 무전 호출을 받고 갔더니, 대원들 모두가 묘지에 자란 식물 주위에 둘러앉아 있었다.

버로스호가 출발한 후 일주일이 채 지나기 전에, 재난 당일 묻었던 숨진 대원 열다섯 명의 묘지에서 새싹이 돋았다. 묘지는 원래의 돔이 있던 장소에서 3백 미터 떨어진 곳에 있었고, 그 사이에는 바람에 날아온 모래가 쌓여 있었다. 루시는 이 두 번째 식물의 개화가 시체에 남은 수분이 원인일 거라 추정했다. 그러나 이 두 번째 정원이 첫 번째 정원과 왜 저렇게 근본적인 차이를 보이는지는 아무도 알 수 없었다.

두 번째 정원에도 바람개비들이 있었지만, 원래의 정원처럼 다양하거나 불규칙하지 않았다. 대체로 약 4미터 정도로 거의 비슷한 높이였고, 모두 진보랏빛으로 동일한 색깔이었다. 그 식물들은 2주 동안 물을 끌어 올리다 멈췄다. 쉐리가 조사를 진행한 후 베어링이 얼어서 물이 말랐다고 보고했다. 식물들은 그 구조를 유연하게 유지해서 생존을 가능케 해주는 가소제(可塑劑)를 잃어버린 듯했다. 유정탑의 파이프 안에 흐르는 물이 얼어붙었다. 쉐리는 그 문제에 대해 별달리 의견을 말하지는 않았지만 식물들이 죽었다고 짐작했었다. 그러나 두 번째 정원에는 줄기로 이루어진 그물망이 있었고, 그 그물이 유정탑을 휘감고 햇볕 아래 투명한 막을 활짝 펼쳐서 물을 가열해 순환되도록 했다. 식물이 물을 끌어 올리긴 했지만, 사람들에게 익숙해진 바람개비 시스템으로 끌어올린 것은 아니었다. 줄기를 따라 인간의 심장과 매우 흡사한 판막이 달린 펌프가 확장과 수축을 반복하면서 물을 끌어 올렸다.

　살아 있는 석유화학 공단 같은 이 두 번째 정원의 한복판에서 불가사의한 일이 아무렇지 않게 일어났다. 작은 식물이 50센티미터 높이까지 자란 후 지면과 나란히 줄기 두 가닥을 내보냈다. 각 가지의 끝에 완전한 구체가 달려 있었는데, 하나는 회색이고 다른 하나는 파란색이었다. 파란색 구체는 회색 구체보다 훨씬 컸다.

　매튜가 그 식물들을 잠깐 쳐다보다가, 다른 대원들 옆에 쪼그려 앉으며 왜 이 난리인지 궁금했다. 다들 매우 심각한 표정이었는데, 거의 겁에 질린 듯했다.

　"이걸 보라고 호출한 거야?"

　메리 탐사대장이 매튜를 쳐다봤는데, 그 표정에서 뭔가를 읽은 매튜도 불안해졌다.

　"잘 봐, 매튜. 제대로 보란 말이야." 그래서 매튜도 시키는 대로 했지만, 바보 같은 느낌이 들며, 대체 무슨 장난을 치려고 이러는 건지 궁금해졌다. 그러다 큰 파란색 구체의 꼭대기 근처에 하얀 부분을 발견했다. 불투명한 물질의 소용돌이가 안에 담긴 유리구슬처럼, 그 구체에도 줄무늬가 있었다. 매튜는 그 무늬가 매우 익숙하다는 사실을 알아채고, 뒷덜미에 소름이 끼치며 털이 곤두서는 느낌이 들었다.

　"저게 회전을 해." 메리 탐사대장이 조용히 말했다. "그래서 쉐리가 알아챈 거야. 쉐리가 어느 날 여기로 왔는데, 저 구체가 예전과 다른 위치에 있었던 거지."

　"내가 맞춰볼게." 매튜가 들끓어 오르는 마음속과 달리 차분하게 말했다. "저 작은 구체가 큰 구체의 주위를 돈다는 거야?"

　"맞아. 그리고 이 작은 구체의 한쪽 면이 항상 큰 구체를 향한 상태로 돌고 있어. 큰 구체는 24시간에 한 번 회전하고, 그 축이 23도 기울어져 있어."

"이게… 이런 걸 뭐라고 하지? 오러리 맞지. 이건 오러리야." * 매튜는 정신을 차리기 위해 자리에서 일어나 머리를 흔들었다.

"재밌지." 메리 탐사대장이 차분하게 말했다. "난 항상 화성에서 화려하거나 적어도 쉽게 눈에 띄는 무언가를 발견할 거라 기대했었어. 원시인의 유골과 섞인 외계인의 인공물이나 태양계에 들어온 우주선 같은 거 말이야. 어쩌면 도자기 파편이나 원자폭탄의 흔적 같은 것을 생각했던 것 같기도 해."

"그런데 이거에 비하면 모두 시시한 소리처럼 들려." 쉐리가 말했다. "혹시… 지금 우리가 무슨 이야기를 하고 있는 건지… 깨달았어? 진화, 아니… 어쩌면 공학? 이 식물들이 과연 스스로 이렇게 진화한 걸까, 아니면 누군가가 만든 걸까? 내가 무슨 이야기를 하는 건지 알겠어? 난 지금껏 그 바퀴를 보면서 재미있다고 생각했어. 난 이것들이 자연적으로 진화했다고 믿지 않아."

"그게 무슨 말이야?"

"우리가 보았던 이 식물들이 이런 식으로 '설계되었다'고 생각한다는 뜻이야. 이 식물들은 주위 환경에 반응해서 그냥 생겨났다고 보기엔 너무도 완벽하게 적응했고 지나치게 독창적이야." 쉐리가 주변을 두리번거리다 자리에서 일어나 아래쪽의 계곡을 응시했다. 그 계곡은 상상할 수 있는 그 어느 곳보다 극악한 불모지였다. 모래 위로 노출된 빨간색과 노란색, 갈색 바위들과 굴러다니는 자갈. 그런데 바로 앞에는 색색의 바람개비가 돌아가고 있었다.

"그렇지만 왜 이런 식물을 만들었을까?" 매튜가 존재하는 게 불가능한 인공 식물을 가리키며 물었다. "왜 지구와 달의 모형을 만들었을까? 그리고 왜 여기 묘지에서 자라게 했을까?"

"우리가 오리라 예상했으니까." 쉐리가 여전히 먼 곳을 응시하며 말했

---

* 오러리는 태양과 행성, 위성의 움직임을 나타내는 기계장치다. 18세기 영국 '오러리 백작 4세'의 지시에 따라 만들어진 게 유명해서, 그런 기계 장치를 '오러리'라고 한다.

다. "그들은 마지막 장기 여름 동안 지구를 지켜본 게 틀림없어. 난 모르겠어. 그들이 어쩌면 당시 지구에 가봤는지도 몰라. 정말로 지구에 갔다면, 우리와 같은 인류가 사냥을 하고 동굴에서 살아가는 모습을 봤을 거야. 불을 피우고, 몽둥이를 이용하고, 쪼아서 화살촉을 만드는 모습도 봤겠지. 매튜, 이 부분은 네가 나보다 잘 알겠네."

"'그들'이 누군데?" 마틴이 물었다. "혹시 우리가 화성인을 만나게 될 거라고 생각하는 거야? 화성인 무리를 만나게 될까? 난 어떻게 그게 가능한지 이해가 안 돼. 믿기지 않아."

"유감이지만 나도 그 생각에는 회의적이야." 메리 탐사대장이 말했다. "틀림없이 이 상황을 달리 설명할 방법이 있을 거야."

"아냐! 다른 방법은 없어. 아, 그들은 인류와 다른 사람들일 거야. 어쩌면 우리가 지금 화성인들을 보고 있는 건지도 몰라. 미친 듯이 돌아가는 저 바람개비 말이야." 다들 불안한 표정으로 바람개비를 돌아봤다. "하지만 그들은 아직 여기 안 왔을 거야. 앞으로 몇 년이 지난 후, 그들이 여기에 생물군을 만들었듯 이 식물과 동물의 복잡성이 증가해서 그 건설자들을 맞이할 준비가 되면, 그때 우리는 그들을 만날 수 있을 거야. 생각해 봐. 장기 여름이 오면, 환경이 매우 달라질 거야. 대기의 밀도도 지구와 거의 비슷하게 바뀌고, 산소의 부분압도 비슷해질 거야. 그때가 되면, 즉 지금으로부터 수천 년 후가 되면 이런 초기 생물들은 사라지겠지. 이것들은 낮은 기압과 무산소, 부족한 물에 적응된 생물들이니까. 나중에 나타날 생물은 지구에 몹시 가까운 환경에 적응한 것들일 거야. 그리고 그때 우리는 그 조물주들을 만나게 될 거야. 그들을 위한 무대가 적절하게 갖춰지면 말이야." 쉐리는 마치 신앙심 깊은 신자인 것처럼 말했다.

메리 탐사대장이 일어나 쉐리의 어깨를 잡고 흔들었다. 쉐리는 서서히 현실로 돌아와 자리에 앉았지만, 여전히 눈길은 몽상에 잠긴 듯했다. 매튜도 그 몽상이 얼핏 보이는 것 같아서 두려워졌다. 그리고 다른 무언가가 얼핏 보였다. 그것은 중요할 수도 있지만, 이해가 되지 않는 것이었다.

"이해가 안 돼?" 쉐리가 좀 더 차분한 말투로 계속 이야기했다. "너무 딱딱 잘 맞잖아. 우연치고는 너무 잘 맞아. 이 식물은 마치… 묘비나 기념비 같아. 이 식물은 바로 묘지에서, 우리 대원들의 시체에서 자라났잖아. 이게 그냥 우연이라고 생각할 수 있을까?"

누구도 우연이라고 생각하지 않았다. 그러나 매튜는 왜 이런 식으로 진행되어야 하는 건지 이해가 되지 않았다. 이 수수께끼를 나중으로 미루기는 쉽지 않았지만, 지금으로서는 할 수 있는 게 아무것도 없었다. 묘지에서 그 식물의 새로운 싹이 다섯 개나 더 솟아올랐지만, 대원들은 그 싹을 뽑아낼 엄두를 내지 못했다. 대원들 사이에 화성의 식물과 동물을 가만히 놔두자는 새로운 합의가 생겼다. 사람들은 마치 불안에 떠는 무신론자들이 그러듯이, 쉐리의 이론을 믿지 않으면서도 정원을 가로지를 때마다 무단으로 침입하는 것 같은 불편한 느낌이 들었다. 그들은 무의식적으로 이 식물들이 누군가의 사유 재산으로 드러날지도 모르니 그냥 놔두는 게 좋겠다는 느낌이 들었다.

그 후 6개월 동안 바람개비에서 새롭게 나타난 현상은 없었다. 쉐리는 놀라지 않았다. 그저 그 식물이 앞으로 공기로 숨을 쉬고 좀 더 유약한 종들이 다양하게 등장할 수 있도록 준비하는 일종의 돌보미일 뿐이라는 자신의 이론을 뒷받침한다고 주장했다. 그 식물들은 땅을 데우고, 물을 지면 가까이 끌어올린 후 역할을 마치면 사라질 거라는 이야기였다.

당장 필요한 것들을 만드는 게 더욱 중요해졌기 때문에 세 과학자는 연구를 미루기로 했다. 돔을 임시로 얼기설기 만들어 약했기 때문에, 새로운 집이 절실히 필요했다. 그들은 매일 조금씩 새어나가는 공기를 막느라 애썼는데, 이런 누출이 언제든 거대한 폭발로 이어질 수 있었다.

포드케인호는 지상에 눕혀지며 애석하게도 퇴역하였다. 메리 탐사대장에게는 폭발 이후 최악의 날이었다. 이게 어쩔 수 없는 상황이라 해도 훌륭한 우주선에 불명예스러운 조치라는 생각이 들었다. 탐사대장은 일주일 동안 그 문제를 고민하다 날카로워져서, 다가가기 까다로운 사람이 되어버렸다. 그러다 매튜에게 자신과 함께 별실로 가자고 청했다. 메리 탐사대장이 다른 사람에게 부탁을 한 것은 처음이었다. 두 사람은 1시간 동안 서로 껴안고 누워 있었는데, 메리가 매튜의 가슴에 얼굴을 파묻고 소리 없이 흐느꼈다. 매튜는 메리 탐사대장이 강인하고 유능한 힘을 더 이상 유지할 수 없게 되었을 때 자신을 벗으로 선택해주어 자부심이 느껴졌다. 어떻게 보자면, 다른 네 사람 중에서 탐사대장의 경쟁자가 될 수도 있었던 한 사람에게 약한 모습을 드러낸다는 게 오히려 강하다는 사실을 보여주는 것이었다. 매튜는 그 믿음을 배반하지 않았다. 마지막에는 메리가 매튜를 즐겁게 해주었다.

그날 이후 메리 탐사대장은 정이 들었던 포드케인호의 내부 장치들을 인정사정없이 뜯어냈다. 생활공간을 더 넓게 만들기 위해 동력 기관을 떼어내라고 대원들에게 지시했다. 그 작업이 탐사대장 자신에게 얼마나 고통스러운 일인지는 매튜밖에 알지 못했다. 그들은 연료탱크를 비우고 다른 빈 통들에 연료를 저장했다. 나중에 난방을 하거나 배터리를 충전할 때 쓸모가 있을 것이다. 대원들은 플라스틱 포장 상자에, 바람개비가 물을 데울 때 사용하는 덩굴줄기의 이중막으로 안감을 대서 연료통을 만들었다. 이런 파괴행위를 하면서 다들 마음이 편하지 않았지만 다른 선택지가 없었다. 이중막을 평방미터씩 잘라낼 때는 묘지를 불편한 눈길로 쳐다보곤 했다.

그들은 포드케인호로 만든 기다란 원통형의 집을 두 개의 침실과 공동 휴게실로 나누고, 예전 연료탱크 안에는 연구실이자 작업실 겸 창고를 만들었다. 첫날 밤 매튜와 메리 탐사대장은 예전 조종실이라서 유일하게 창문이 달린 방인 '펜트하우스'에서 함께 보냈다.

매튜는 완전히 잠에서 깬 상태로 따스한 공기 속에서 메리 탐사대장과 함께 거친 매트리스 위에 누워, 깜빡거리지 않고 선명하게 빛나는 별들을 창문을 통해 올려다봤다. 메리의 검은 다리가 그의 몸뚱이를 가로지르며 그늘을 만들었다. 앞으로 수년 동안 소비할 산소와 식량, 물의 문제를 아직 전혀 해결하지 못했고, 그를 죽일 게 틀림없는 행성에서 이 밤을 무사히 넘길 수 있을지 확신할 수조차 없는 상태였지만, 매튜는 평생 이렇게 행복했던 적이 없었다는 사실을 깨달았다.

✳

사고 이후 정확히 8개월이 지났을 때 두 가지 사실이 밝혀졌다. 하나는 바람개비 정원에서 일어났다. 열매 같은 게 맺힌 새로운 식물이 대원들의 관심을 끌었다. 그 식물에는 포도만 한 크기의 하얀 공이 다발로 맺혔는데, 그 공은 매우 단단하고 상당히 무거웠다. 두 번째 사건은 루시 맥킬리언에게 일어났다. 루시는 보름달처럼 정기적으로 일어나던 현상이 더 이상 일어나지 않는다는 사실을 깨달았다.

"나 임신했어." 그날 밤 루시가 사람들에게 알렸다. 그래서 쉐리는 하얀 열매에 대한 조사를 뒤로 미뤘다.

임신이 예상치 못했던 사건은 아니었다. 메리 탐사대장은 버로스호가 떠난 그날 밤부터 언젠가 이런 일이 일어날 거라 생각했었다. 하지만 그 문제를 걱정하지는 않았다. 이제 어떻게 할 것인지 결정해야 했다.

"이런 일이 일어날까 봐 두려웠어." 매튜가 말했다. "메리, 어떻게 해야 할까?"

"네 생각을 말해줘. 넌 긴급구난 전문가잖아. 지금 우리 상황에서 아기는 디딤돌이 될까, 걸림돌이 될까?"

"이런 말을 하게 되어 유감이지만, 아기는 골칫거리라고 할 수밖에 없어. 루시는 임신 기간과 출산 후에 여분의 음식을 추가로 필요로 할 거야. 그리고 먹여야 할 입도 하나 늘어나게 되겠지. 우리는 자원에 대한 부담을 감당할 수 없어." 매튜가 대답했고, 메리 탐사대장은 아무 말 없이 루시의 의견을 기다렸다.

"잠깐만, 여기에서 오도 가도 못하는 신세가 된 후부터 계속 우리에게 주입했던 '개척자' 어쩌고 하던 이야기는 다 어디로 가버린 거야? 아기가 없는 개척지 이야기를 들어본 적 있어? 성장하지 않으면 고여서 썩게 될 거야, 그렇지? 우리에겐 아이가 필요해." 루시는 형언할 수 없는 의구심을 얼굴 가득 내비치며 메리 탐사대장과 매튜를 교대로 쳐다봤다.

"루시, 우리는 지금 특별한 상황이잖아." 매튜가 설명했다. "우리 형편이 좀 더 나은 상태였다면, 나도 당연히 찬성했을 거야. 그렇지만 아이는 말할 것도 없고, 우리가 먹을 것조차 제대로 확보하지 못한 상황이잖아. 우리가 자리를 잡을 때까지는 아이를 기를 능력이 안 돼."

"루시, 아이를 낳고 싶어?" 메리 탐사대장이 차분한 목소리로 물었다.

루시는 자신이 무엇을 원하는지 갈피를 잡지 못하는 듯했다. "아니, 난… 그렇지만, 맞아. 그래, 낳고 싶은 것 같아." 루시가 이해해주길 바라는 눈빛으로 대원들을 바라봤다.

"이것 봐, 나는 아이를 낳아본 적 없고, 낳을 계획도 없었어. 서른넷이지만 지금껏 결핍감을 느껴본 적도 없었어. 나는 항상 이곳저곳을 돌아다니고 싶었는데, 아이가 있으면 그럴 수 없잖아. 그렇지만 화성에서 개척자가 될 계획도 없었어. 나는… 상황이 변했잖아, 모르겠어? 나는 내내 우울했어." 루시가 사람들을 돌아보자 쉐리와 마틴이 공감하는 고갯짓을 했다. 우울감을 느끼는 사람이 자기 혼자만이 아니라는 것을 알게 되자 안심이 된 루시는 좀 더 강한 어조로 말을 이어갔다. "그제와 어제, 그리고 오늘 같은 날이 앞으로도 계속된다면, 난 비명을 지르고 말 거야. 아무런 의미도 없는 날들이잖아. 대체 뭐 하러 그 온갖 정보들을 모으는 건데?"

"나도 루시의 생각에 동의해." 예상외로 그렇게 말한 사람은 마틴이었다. 매튜는 마틴이 버려진 사람이 피하기 힘든 절망감에 면역된 유일한 사람이라고 생각했었다. 연구실에서 마틴은 오직 관찰에만 흥미를 보이며 태평하고 세상에 무관심한 모습이었다.

"나도 그래." 메리 탐사대장이 그렇게 말하며 토론을 끝냈다. 탐사대장은 사람들에게 자신이 동의하는 이유를 설명했다.

"매튜, 이 문제를 이렇게 한번 생각해봐. 우리가 보급품을 아무리 아껴 쓰더라도 앞으로 4년을 살아남지는 못할 거야. 주변에 있는 것들에서 우리에게 필요한 물품을 구할 방법을 찾아내지 못하면 우리는 다 죽어. 그리고 그 방법을 찾아낸다면, 우리가 몇 명이 되든 뭐가 문제겠어? 기껏해야 우리가 자급해야 하는 최종 기한을 몇 주나 몇 달 앞당기는 것뿐이겠지."

"그런 식으로는 생각해보지 못했어." 매튜가 인정했다.

"하지만 그건 중요하지 않아. 중요한 건 네가 처음에 했던 말이야. 난 네가 했던 말을 잊어버려서 놀랐어. 우리가 개척자라면 성장하는 게 당연해. 이봐, 역사가 선생, 성장하지 못했던 개척지들이 어떻게 됐지?"

"그런 이야길 왜 자꾸 들먹여."

"그런 개척지들은 다 죽었어. 나도 그 정도는 알아. 우리는 더 이상 용감무쌍한 우주 탐험가들이 아니야. 계획대로 일하는 직장인도 아니야. 난 우리가 부디 이 상황을 좋아하게 되길 바라지만, 이 상황을 좋아하든 말든 우리는 혹독한 환경에서 살아남기 위해 애쓰는 개척자야. 우리에겐 앞으로 많은 어려움이 있겠지만, 여기에 영원히 머무르지는 않을 거야. 그러나 매튜 네가 말했듯이, 여기에 영원히 머무를 것처럼 계획을 세우는 게 나아. 할 말 있어?"

아무도 대꾸가 없었다. 잠시 후 쉐리가 생각에 잠긴 얼굴로 말했다.

"여기에 아기가 있으면 재미있을 거야. 아기가 둘이라면 두 배 더 즐겁겠지. 나도 시작해야겠어. 마틴, 가자."

"잠깐만." 메리 탐사대장이 건조한 말투로 말했다. "지금 네가 임신을 하면, 낙태 명령을 내릴 거야. 너도 알겠지만 우리에겐 낙태약이 있어."

"그건 차별이야."

"그럴지도 모르지. 그렇지만 우리가 개척자라고 해서 토끼처럼 계속 새끼나 낳으라는 뜻은 아니야. 임신한 여자는 출산을 앞둔 시기에 노동에서 배제해야 하기 때문에, 우리는 한 번에 한 명만 감당할 수 있어. 루시가 아기를 낳은 다음에 나한테 다시 와서 요청해. 하지만 루시를 잘 봐 둬. 임신하면 어떻게 진행될지 실제로는 한 번도 생각해보지 않았지? 루시가 6, 7개월 동안 우주복을 입는 모습을 상상해봤어?"

표정으로 볼 때, 쉐리와 루시 둘 다 그런 생각을 해보지 않은 게 분명했다.

"그래." 메리 탐사대장이 이어서 말했다. "루시는 바로 여기 포드케인 호에 말 그대로 감금될 거야. 우리가 루시를 위해 임시변통으로 뭔가를 만들지 못한다면 말이야. 난 그런 걸 만들어낼 가능성이 거의 없다고 생각해. 루시, 그래도 해볼 테야?"

"내가 잠시 그 문제를 고민해봐도 될까?"

"물론이지. 너한테는 약 두 달의 여유가 있어. 그 후에는 낙태약이 안전하지 않아."

"나는 네가 아이를 낳으면 좋겠어." 매튜가 말했다. "내가 아까 입을 함부로 놀렸으니 내 의견이 무의미하다는 건 잘 알아. 내가 말할 자격이 없다는 사실도 알아. 앞으로 꼼짝도 못 하고 여기에 들어앉아 있어야 하는 사람이 내가 아니라는 것도 잘 알아. 하지만 개척지에는 아이가 필요해. 지금껏 다들 그렇게 느꼈을 거야. 지금으로서는 계속 진행해나갈 목표와 추동력이 부족해. 네가 이 난관을 이겨낸다면, 우리는 다시 힘을 찾을 수 있을 거야."

루시가 손가락 끝으로 자신의 이를 두드리며 생각에 잠긴 표정을 지었다.

"네 말이 맞아." 루시가 말했다. "네 의견은 전혀 무의미해." 매튜가 얼굴을 붉히는 모습을 본 루시가 재미있다는 듯 그의 무릎을 철썩 때렸다. "어쨌거나 내 생각엔 이 아이가 네 아이 같아. 계속 가보자. 아이를 낳을게."

메리와 매튜가 요구하지 않았는데도 펜트하우스 사용은 두 사람의 특권이 되어버린 것 같았다. 두 사람의 관계가 깊어지고 다른 세 사람이 아무도 불만을 제기하지 않았기 때문에, 두 사람이 펜트하우스를 사용하는 게 관례가 되었다. 다른 두 여자도 전혀 힘들어하는 것 같지 않았다. 그래서 메리 탐사대장은 그 관례를 그대로 유지했다. 행복한 상태가 계속 유지되는 한 다른 세 사람 사이에 무슨 일이 일어나는지는 탐사대장의 관심 밖이었다.

메리 탐사대장이 매튜의 품에 기대어 한 번 더 사랑을 나눌까 고민하고 있을 때 포트케인호 안에서 총소리가 울려 퍼졌다.

메리 탐사대장은 지난 폭발 사고에 대해 수도 없이 생각했었다. 지금도 그런 참사가 일어났던 것은 부분적으로 자신의 대응이 늦은 탓이라 여겼다. 이번에 탐사대장은 서둘러 일어나느라 밟아버린 다리를 주무르고 있는 매튜를 그대로 내버려두고, 울려 퍼진 총소리가 채 가라앉기도 전에 문을 향해 뛰어나갔다.

메리 탐사대장은 루시와 마틴이 포트케인호의 뒤쪽에 있는 연구실로 달려가는 모습을 봤다. 적색등이 번쩍거렸지만, 이내 최악의 상황은 아니라는 사실을 깨달았다. 기압계 표시등이 여전히 녹색으로 빛나고 있기 때문이었다. 적색등은 연기 감지기였다. 연기는 연구실에서 흘러나왔다.

탐사대장은 깊이 숨을 들이쉰 후 연구실로 뛰어들다가 쉐리를 끌고 나오는 마틴과 부딪혔다. 쉐리는 멍한 얼굴과 베인 상처 몇 군데 외에는 무사한 듯했다. 탐사대장과 마틴이 쉐리를 침상에 눕힐 때 매튜와 루시가 합류했다.

"열매 하나가 터졌어." 쉐리가 기침을 하고 가쁜 숨을 헐떡이며 말했다. "내가 열매를 비커에 넣고 가열하다가 잠깐 다른 일을 하는 사이에 터져버렸어. 그때 정신을 잃었던 것 같아. 그 후에 기억나는 건 마틴이 나를 여기로 끌고 나오는 부분이야. 다시 연구실로 돌아가야 해! 다른 열매가 하나 더 있는데… 위험할 수도 있어. 그리고 어떻게 손상을 입었는지 내가 확인을 해야….” 쉐리가 일어나려 버둥거렸지만 탐사대장이 다시 눕혔다.

“진정해. 다른 열매 이야기는 뭐야?”

“내가 그걸 죔쇠로 고정시키고 드릴로… 내가 드릴을 켰는지 안 켰는지 기억이 안 나. 그 열매의 속을 표본으로 추출하려던 중이었어. 네가 살펴보는 게 좋겠어. 아까 열매를 폭발시켰던 부분에 드릴이 부딪치면 그 열매도 폭발할 거야.”

“내가 살펴볼게.” 루시가 말하며 연구실을 향해 갔다.

“여기에 그대로 있어!” 메리 탐사대장이 소리쳤다. “그 열매에 우주선을 파괴시킬 정도의 파괴력이 없다는 사실은 확인됐지만, 제대로 맞으면 죽을 수도 있어. 그러니까 그게 터질 때까지 여기에 그대로 있어. 약간 손상을 입는 건 상관없어. 그러니까 연구실 문 닫아, 빨리!”

그들이 문을 닫기 직전에 주전자 물이 끓기 시작할 때처럼 휘파람 소리가 들리더니, 연이어 탱탱거리는 소리가 빠르게 들려왔다. 그리고 문틈으로 작은 하얀 공이 튀어나와 세 벽에 이리저리 부딪쳤다. 공은 사람들이 따라잡지 못할 정도로 빠르게 튀어 다녔다. 그리고 매튜의 팔에 부딪히더니, 밑으로 떨어져 바닥에 미끄러지듯 날아다니다 점차 느려지며 멈췄다. 공에서 쉭쉭거리는 소리가 잦아들자 매튜가 집어 들었다. 그 공은 폭발하기 전보다 가벼웠다. 한쪽에 드릴로 뚫린 구멍이 있었다. 매튜가 구멍에 손을 대자 차가웠다. 그는 깜짝 놀라 처음엔 화상을 입은 줄 알고 손가락을 입에 집어넣었다. 매튜는 곧 사실을 알게 된 후에도 멍하니 계속 손을 빨았다.

“이 ‘열매’에는 압축가스가 가득 차 있었던 거야.” 매튜가 말했다. “다른 열매도 열어봐야겠어. 이번에는 조심해서 열어야겠지. 내가 이걸 어떤 가스라고 생각하는지 말하는 게 쉽지 않지만, 우리 문제가 해결되었다는 예감이 들어.”

＊

구조대가 도착할 즈음에는 아무도 그들을 '구조대'라고 부르지 않았다. 그사이 팔레스타인 제국과의 길고 야만적인 전쟁이라는 문제가 약간 있었고, 무엇보다 시간이 지나면서 1차 탐사대의 생존자들이 살아남지 못했을 거라는 확신이 커졌기 때문이었다. 각국이 전술 핵무기를 들고 아라비아 사막에서 세계의 에너지 정책을 논쟁하는 동안에는 달 너머로 떠나는 우주여행 같은 사치스러운 행사에는 쓸 시간도 없고 투자할 돈도 없었다.

구조선이 마침내 모습을 드러냈을 때, 그것은 더 이상 나사의 우주선이 아니었다. 그 우주선은 이제 갓 출범한 국제우주국의 후원으로 제작되었으며, 승무원은 지구 전체에서 모집되었다. 동력장치도 신기술이어서 옛날 우주선보다 월등히 좋았다. 언제나 그렇듯 전쟁은 기술 연구를 크게 자극했다. 이번 임무는 첫 번째 탐사대가 중단했던 화성 탐사를 이어가는 것이었으며, 가는 김에 화성에 남아 있는 미국인 탐사대 스무 명의 유해를 지구로 송환하기로 했다.

우주선은 타르시스 기지에서 3킬로미터 떨어진 곳에 모래바람과 화려한 불꽃쇼를 일으키며 착륙했다.

'싱'이라는 인도 이름의 선장은 승무원에게 영구시설들을 세우도록 지시하고, 승무원 세 명과 함께 무한궤도 차량을 타고 타르시스로 향했다. 에드거 라이스 버로스호가 화성을 떠난 뒤 지구 시간으로 12년 가까이 흐른 시점이었다.

포드케인호는 다양한 색색의 덩굴에 가려 거의 보이지 않았다. 덩굴이 너무도 단단해서 헤치고 낡은 우주선으로 들어가려던 구조대의 노력을 허사로 만들었다. 포드케인호의 에어록 두 개는 모두 열려 있었고, 열린 틈으로 모래가 물결치듯 쌓여 있었다. 우주선의 후미는 모래에 거의 파묻힌 상태였다.

싱 선장은 선원들에게 멈추도록 지시하고, 뒤로 물러나 이 불모의 행성에서 번성한 복잡한 생명체를 경이로운 눈길로 바라봤다. 선장의 주변에는 20미터 높이의 바람개비들이 여기저기에서 자라고 있었는데, 바람개비의 날개가 화물수송기의 날개만큼이나 넓었다.

"우주선에서 절단 도구들을 가져와야겠어." 싱 선장이 승무원에게 말했다. "1차 탐사대는 저 안에 있을 거야. 여기 좀 봐! 앞으로 바빠질 것 같군." 선장이 식물들이 무성하게 자란 지역을 따라 걸어갔는데, 그런 지역은 이제 수 에이커에 달했다. 선장은 자주색이 뒤덮은 영역에 도착했다. 그 지역은 정원의 다른 지역들과 묘하게 달랐다. 커다란 바람개비 유정탑들이 있긴 했지만, 모두 얼어붙어서 움직이지 않았다. 모든 유정탑은 10센티미터 너비의 반투명 플라스틱 띠로 만들어진 그물로 덮여 있었는데, 그물이 두껍게 쌓여서 쉽게 뚫기 어려운 장벽이 되었다. 섬유로 이루어진 거미줄이 아니라 얇고 납작한 물질로 만든 거미집처럼 보였다. 바람개비 유정탑의 기둥이 교차하는 사이마다 볼록하게 부풀어 오른 부분이 있었다.

"안녕하세요, 이제 제 말이 들리나요?"

싱 선장이 깜짝 놀라 고개를 돌려 세 승무원을 쳐다봤다. 승무원들도 선장만큼이나 놀란 얼굴이었다.

"여보세요, 여보세요, 여보세요? 메리, 이건 안 되나 봐. 다른 채널로 시도해볼까?"

"잠깐만요. 들려요. 어디에 계세요?"

"내 목소리가 들린대! 어, 그러니까, 저는 쉐리 쏭입니다. 당신의 바로 앞에 있어요. 그 거미줄 안으로 잘 쳐다보면 저를 알아볼 수 있을 거예요. 제가 손을 흔들게요. 보이나요?"

싱 선장이 반투명 거미줄에 얼굴을 가져다 대자 뭔가 움직이는 모습이 보이는 것 같았다. 거미줄은 마치 탱탱하게 부풀어 오른 풍선처럼 탄탄했다.

"보이는 거 같습니다." 싱 선장은 예상치 못했던 엄청난 사건에 충격을 받았다. 선장은 더듬거리지 않으려 애쓰며 목소리를 가다듬고 말했다. 승무원들이 선장의 주변으로 몰려들었다. "잘 지내시나요? 저희가 도움을 줄 게 있을까요?"

잠시 침묵이 흘렀다. "글쎄요, 말씀을 하셨으니 이야기하자면, 여러분이 제시간에 왔더라면 좋았을 거예요. 하지만 이미 파이프로 흘러간 물이죠. 혹시 장난감 같은 걸 가져오셨다면 도움이 될 것 같아요. 꼬맹이 빌리에게 여러분이 온갖 멋진 물건을 가져올 거라고 이야기해놨거든요. 여러분이 안 가져오셨다면, 앞으로 그 아이와 살아갈 날이 막막하네요."

이것은 싱 선장이 처리해줄 수 있는 문제가 아니었다.

"어떻게 해야 그 안으로 들어갈 수 있나요?"

"죄송해요. 오른쪽으로 10미터 정도 가세요. 거기에서 거미줄 사이로 수증기가 나오는 게 보일 거예요. 거기요. 보이죠?" 선장과 승무원들이 그 지시대로 이동했다. 거미줄의 한 부분이 밖으로 열리더니, 따스한 공기가 사람들을 거의 날려버릴 것처럼 강하게 쏟아져 나왔다. 그들의 헬멧 안면부의 바깥 부분에 수증기가 맺히며 얼어붙어서 갑자기 시야가 차단되었다.

"빨리, 빨리! 안으로 들어오세요! 문을 계속 열어둘 수 없어요!" 선장과 승무원들은 손으로 안면부에 달라붙은 얼음을 긁어내면서 더듬더듬 걸어 들어갔다. 그들이 들어가자 그물문이 닫혔다. 그들은 거미줄만으로 이루어진 매우 복잡한 그물망의 중심부로 들어갔다. 싱 선장의 기압계는 30밀리바를 가리켰다.*

곧 다른 문이 열려 싱 선장 일행은 그 문으로 들어갔다. 세 개의 문을 더 통과하자, 온도와 기압이 지구의 환경과 거의 비슷해졌다. 그리고 그들은 까무잡잡하게 피부를 태운 작은 동양 여자를 만났다. 여자는 옷을

---

* 참고로 지구 해수면의 기압은 1013.25밀리바이다.

전혀 입지 않았지만, 눈과 보조개가 쏙 들어간 입에 찬란한 미소를 걸치고 있었다. 머릿결은 희끗희끗했다. 싱 선장은 여자가 마흔 살 정도일 거라고 짐작했다.

"이쪽으로 오세요." 여자가 손짓으로 플라스틱 거미줄로 이루어진 터널로 구조대를 이끌었다. 그들은 이리저리 뻗어나간 미로를 따라 꼬불꼬불 걸어가다가, 가까이 다가가면 열리는 문들을 지나 계속 들어갔다. 때때로 터널의 높이가 낮아서 무릎으로 기어갈 때도 있었다. 곧 아이들의 목소리가 들리기 시작했다.

구조대는 미로의 중심에 도착한 후 세상 모든 이들이 생존하지 못했을 거라 여겼던 사람들을 발견했다. 열여덟 명이었다. 아이들은 매우 조용해져서 새롭게 도착한 사람들을 가만히 지켜봤다. 그동안 다른 네 명의 어른들은….

어른들은 여기저기 떨어져서 서 있었는데, 작은 헬리콥터가 그 사람들 주변을 비행하면서, 꽃과 리본으로 장식하는 오월제의 기둥처럼 머리 끝에서 발끝까지 거미줄 같은 줄을 감고 있었다.

✳

"당연한 말이지만, 화성인들로부터 지원을 받지 못했다면 우리는 아마 살아남을 수 없었을 겁니다." 메리 랭 탐사대장이 독버섯처럼 보이는 의자에 걸터앉아 말했다. "묘지에서 무슨 일이 일어났는지 알아낸 후에는 더 이상 식량이나 물, 산소를 구할 다른 방법을 찾을 필요가 없어졌죠. 그런 문제를 고민할 필요가 없어진 겁니다. 모든 것들을 충분히 제공받았거든요."

메리 탐사대장이 다리를 들어 올려 세 여성 구조대원이 지나갈 수 있도록 해줬다. 탐사대는 구조대원들에 대해 1시간에 다섯 명만 들어오도록 했다. 외부문을 그보다 자주 열 수 없기 때문이었다. 그래도 메리 탐사대장은 너무 자주 문을 여는 것은 아닌지 걱정했다. 사람들이 북적거리자 아이들이 긴장했다. 그러나 탐사대장은 구조대들이 외부를 엉망으로 만들도록 놔두는 것보다는, 자신들이 지켜볼 수 있는 이 안에서 그들의 호기심을 충족시켜주는 게 낫다고 판단했다.

내부의 보금자리는 자유로운 형태로 만들어졌다. 뉴암스테르담의 주민들은 바람개비가 자라나는 것을 거의 그대로 놔두고, 사람들이 지나다닐 수 있도록 여기저기 방해물들만 치웠을 뿐이었다. 이것은 얇고 반투명한 벽과 플라스틱 버팀목, 그리고 담청색과 분홍색, 금색, 적갈색의 액체가 흐르는 투명한 플라스틱 파이프가 온 사방을 두르고 있는 미로였다. 몇몇 파이프에는 포드케인호에서 뜯어낸 금속 수도꼭지가 달려 있었다. 루시는 방문객들의 잔을 다시 채워주느라 바쁘게 움직였다. 구조대원들은 50도 알코올로 이루어진 술을 맛보고 싶어 했다.

'괜찮은 술이다.' 싱 선장이 세 번째 잔을 비우며 그렇게 평가했다. 선장에게는 여전히 이해되지 않는 부분이 있었다.

싱 선장은 묻고 싶은 질문을 어떻게 꺼내면 좋을지 고민하다가, 술을 너무 많이 마셨다는 사실을 깨달았다. 전혀 가망이 없다고 생각했던 이 사람들을 발견한 기쁨을 축하하는 분위기에서 누구라도 초연하게 냉담하기는 힘들었다. 하지만 선장은 유감스러운 표정을 지으며 네 번째 잔을 사양했다.

"이 술은 어떻게 만들었는지 이해가 됩니다." 싱 선장이 조심스레 말했다. "에탄올은 단순한 화합물이라서 다양한 화학적 반응을 이용해 만들어낼 수 있으니까요. 하지만 여러분이 이 식물들이 만든 식량을 먹으며 생존했다는 사실은 믿기가 힘듭니다."

"이 묘지가 어떤 것이며, 왜 이렇게 되었는지 알게 되면 믿을걸요." 쉐리가 말했다. 쉐리는 바닥에 책상다리를 하고 앉아 막내 이든에게 젖을 먹이고 있었다.

"먼저 당신이 보고 있는 이 모든 것들을 이해해야 되요." 쉐리가 주변에 매달린 부드러운 조형물들을 손으로 가리키며 말했다. 그 움직임 때문에 막내 이든에게 물렸던 젖꼭지가 빠져나올 뻔했다. "이것들은 우리 인류보다 화성에 더 적응하지 못하는 존재들을 감싸도록 설계되었어요. 그 존재들에게는 온기와 높은 고압의 산소, 풍부한 물이 필요하죠. 지금 여기가 그런 상태는 아니지만, 적절하게 설계된 식물들은 그런 상태를 만들 수 있어요. 그들은 물이 풍부해질 징후가 처음으로 나타나면 이 식물들이 반응하도록 만들었어요. 그러면 식물들은 다가올 장기 여름을 기다리며 그들이 살아갈 수 있는 장소를 건설하기 시작하는 거죠. 장기 여름이 되면, 이 행성 전체에 꽃이 만발할 거예요. 그때가 되면 우리는 우주복을 입거나 '공기열매'를 들고 다니지 않아도 밖으로 걸어 나갈 수 있겠죠."

"네, 그렇군요." 싱 선장이 대답했다. "너무도 멋진 이야기라 듣고도 잘 믿기지 않네요." 선장은 잠시 혼란스러운 눈빛으로 '공기열매'가 열려 있는 천장을 올려다봤다. 볼링공 크기의 하얀 공처럼 생긴 공기열매는 천장의 파이프들에 다발로 매달려서 이 방에 고압의 산소를 공급해주고 있었다.

"그 과정을 처음부터 보고 싶습니다." 싱 선장이 말했다. "무슨 말이냐면, 밖에 나갈 때는 어디에서 옷을 입는지 궁금합니다."

"우리는 여러분이 여기에 도착했을 때부터 옷을 입기 시작했어요. 옷을 다 입으려면 30분가량 걸리기 때문에 마중을 나가지 못했습니다."

"그… 옷은 얼마나 오래 유지되나요?"

"하루 정도 가요." 매튜가 대답했다. "이걸 벗으려면 망가뜨려야 하죠. 그 플라스틱 띠는 쉽게 잘리지 않지만, 그런 형태의 플라스틱을 먹는 특별한 동물이 있어요. 플라스틱은 그렇게 생태계 속으로 순환되죠. 이 옷을 입어보고 싶으면, 그 헬리콥터를 붙잡아서 꼬리를 잡고 던져보세요. 그러면 헬리콥터가 여러분의 주위를 빙빙 돌며 거미처럼 꼬리에서 뽑아낸 섬유로 여러분을 감쌀 거예요. 약간 연습을 해보면 잘 될 겁니다. 섬유끼리는 달라붙지만, 우리 몸에는 달라붙지 않아요. 그 섬유를 몇 겹으로 감은 후에 건조시키고 공기열매를 연결하면, 옷이 부풀어 올라 외부의 환경과 절연되죠."

"놀랍군요." 싱 선장이 정말로 감탄해서 말했다. 선장은 자그마한 헬리콥터가 옷을 짜는 모습을 지켜봤다. 그리고 개척자들이 옷이 불필요하다고 판단했을 때 민달팽이처럼 생긴 작은 벌레가 그 옷을 먹어 치우는 모습도 구경했다. "하지만 이산화탄소를 배출시키지 않고 오래 숨쉬기는 힘들 것 같은데, 그건 어떻게 처리하시나요?"

"옛날 우주복의 호흡 밸브를 이용해요." 루시가 말했다. "아직 밸브 열매가 열릴 정도로 식물들이 성장하지 않았거나, 이미 열렸는데 우리가 칠칠치 못해서 그 열매를 못 알아보는 걸 거예요. 그리고 절연 기능이 완벽하지는 않아요. 우리는 하루 중 가장 기온이 높을 때만 외출을 하는데도 손발이 차가워질 때가 종종 있어요. 그래도 이럭저럭 잘 해나가고 있어요."

싱 선장은 자신이 본래 하려던 질문에서 벗어났다는 사실을 깨달았다.

"그런데 식량은 어떻게 하십니까? 화성인들이 우리와 똑같은 것들을 먹을 거라고 기대하는 건 너무 과하겠죠. 여러분도 그렇게 생각하지 않으셨나요?"

"당연히 우리도 그렇게 생각했어요. 그런데 우리에겐 다행히 화학자 마틴 랠스턴이 있었죠. 마틴이 묘지에서 자란 열매를 인간이 먹을 수 있다고 우리에게 계속 말해줬어요. 지방과 녹말, 단백질로 이루어져서 우리가 가져왔던 식량과 완전히 똑같았죠. 그 단서는 저 오러리에 있었어요." 메리 탐사대장이 방의 한가운데에 있는 두 공을 가리켰다. 여전히 완벽하게 지구 시간에 맞춰 움직이고 있었다.

"저 오러리는 일종의 표지예요. 우리는 저게 묘지에서만 자라는 모습을 봤을 때 깨달았어요. 하지만 우리에게 뭘 말하려던 걸까요? 그들이 우리를 기다리고 있었다는 느낌을 받았어요. 쉐리는 처음부터 그렇게 느꼈었는데, 다들 그 의견에 동의하게 됐죠. 하지만 마틴이 여기의 과일과 영양분을 분석하기 전까지는 화성인들이 우리를 위해 얼마나 많이 준비했는지 알지 못했어요.

들어보세요. 이 화성인들은 유전공학을 알았어요. 당신의 얼굴을 보니 여전히 화성인의 존재를 믿지 못하는 표정이지만, 여기에 오래 지내 보면 믿게 될 거예요. 그들은 유전공학을 아주 잘 알았어요. 그들이 어떻게 생겼을지에 대해서는 우리에게 수천 가지 이론이 있지만, 그 이야기로 당신을 따분하게 만들지는 않을게요. 하지만 우리가 한 가지는 알아요. 화성인은 자신들에게 필요한 것이라면 무엇이든 만들 수 있었어요. 4만 년 후에 여기에서 어떤 일이 일어날지 정확히 알았던 그들은 DNA에 설계도를 집어넣고 그걸 홀씨에 조심스럽게 담아 묻었던 거죠. 화성의 날씨가 추워지기 시작하자 그들은 계절의 순환이 끝나간다는 사실을 깨닫고, 그 홀씨를 화성에 심고… 또 뭔가를 했어요. 아마 그들은 죽었거나, 다른 방식으로 시간을 보내고 있을 거예요. 그래도 그들은 자신들이 돌아오리라는 것을 알았어요.

화성인들이 우리의 방문을 얼마나 오랫동안 기다렸는지는 우리도 몰라요. 어쩌면 이번 한 번의 장기 계절 순환이었을 수도 있어요. 아니면 스무 번의 순환을 기다렸을 수도 있고요. 아무튼 그들은 지난 계절에 이런 작은 장치들을 만들어낼 홀씨들을 묻었어요." 메리 탐사대장이 한 발로 지구를 나타내는 파란 공을 톡톡 차며 말했다.

"화성인들은 그 홀씨가 특정한 환경을 만났을 때만 활동을 시작하도록 설정했어요. 아마도 무슨 일이 일어날지 정확히 알았기 때문이겠죠. 쉐리는 석기시대에 그 화성인들이 지구를 방문했을 거라고 생각해요. 어떤 면에서 보면, 그들이 방문했다고 믿는 게 그렇지 않다고 믿는 것보다 마음이 편해요. 그래서 화성인은 우리의 유전 구성과 우리가 먹는 음식의 종류를 알아내서 준비할 수 있었던 거죠.

화성인이 지구를 방문하지 않았다면, 틀림없이 지금과는 다른 홀씨를 준비해두었을 거예요. 아마 새로운 단백질을 분석해서 복제할 수 있는 홀씨였겠죠. 이 식물 중 일부는 다른 생물을 만날 경우에 특정한 유전 물질을 복제할 수 있어요. 당신 뒤에 있는 파이프를 보세요." 싱 선장이 고개를 돌려 자신의 팔뚝만큼이나 굵직한 파이프를 봤다. 파이프는 유연했으며, 부풀어 오른 부분이 끊임없이 팽창과 수축을 반복하며 규칙적으로 움직였다.

"불룩한 부분을 분해해보면, 인간의 심장과 너무 유사해서 놀랄 겁니다. 그래서 중요한 사실을 하나 더 알게 되었어요. 여기에는 처음에 바람개비밖에 없었는데, 나중에 우리가 묻은 시체들에서 유전적 정보를 얻어내고 부분적으로 수정해서 인간 심장의 펌프 작용을 이용한 거예요." 메리 탐사대장은 싱 선장이 그 말을 이해할 때까지 잠시 멈췄다가 살짝 곤혹스러운 미소를 지으며 말을 이어갔다.

"우리가 먹고 마시는 것도 마찬가지예요. 예를 들어, 선장님이 마신 술은 알코올 50도입니다. 그 시체들이 없었더라도 도수는 같았을 거예요. 하지만 지금은 알코올을 제외한 액체의 50퍼센트가 헤모글로빈과 매우 비슷합니다. 그 술은 일종의 발효된 피인 거죠. 인간의 혈액 말이에요."

싱 선장은 네 번째 잔을 거절했던 게 다행이라는 생각이 들었다. 선원 한 명이 들고 있던 잔을 슬그머니 내려놓았다.

"나는 인간의 살을 먹어본 적이 없어요." 메리 탐사대장이 계속 말했다. "하지만 그 맛이 어떨지는 알 수 있을 것 같아요. 여러분의 오른쪽에 있는 덩굴을 보세요. 우리는 그 덩굴의 껍질을 벗겨서 그 안에 있는 속살을 먹습니다. 맛이 좋아요. 난 그걸 요리하고 싶지만, 우리에겐 가열할 게 없어요. 가열할 게 있었더라도 산소 농도가 너무 높으니 위험을 무릅쓸 수는 없죠."

싱 선장과 다른 구조대원들은 한동안 말이 없었다. 선장은 화성인의 존재가 정말로 믿어지기 시작했다. 화성인 가설이 다른 이론으로는 설명할 수 없는 많은 사실을 설명해주는 것 같았다.

메리 탐사대장이 허벅지를 철썩 치며 일어섰다. 다른 사람들과 마찬가지로 탐사대장도 벌거벗은 상태였지만, 그렇게 벌거벗고 있는 게 편안해 보였다. 그들은 지난 8년 동안 화성인들이 만들어준 우주복 외에는 아무것도 입지 않고 지냈다. 메리 탐사대장이 거미줄 벽을 사랑스럽게 매만졌다. 그 벽은 탐사대장과 동료 개척자들, 그리고 아이들을 외부의 추위와 희박한 대기로부터 오랜 기간 지켜주었다. 싱 선장은 괴상하게 보이는 주변 환경을 탐사대장이 친근하게 대하는 모습을 보고 깜짝 놀랐다. 메리 탐사대장은 더없이 편안해 보였다. 싱 선장은 탐사대장이 다른 곳에 있는 모습이 상상조차 되지 않았다.

싱 선장이 아이들을 쳐다봤다. 눈이 커다란 여덟 살의 어린 소녀가 선장의 발밑에 무릎을 꿇고 앉아 있었다. 선장이 아이를 쳐다보자, 아이가 주저하는 미소를 짓더니 그의 손을 잡았다.

"풍선껌 가져왔어요?" 소녀가 물었다.

싱 선장이 소녀에게 웃음을 지으며 대답했다. "아니, 안 가져왔어. 하지만 우주선에는 아마 좀 있을 거야." 소녀가 만족스러운 미소를 지었다. 아이가 경이로운 지구의 과학을 경험하려면 아직 좀 더 기다려야 한다.

"그들이 우리에게 보급을 해줬어요." 메리 탐사대장이 조용히 말했다. "화성인이 우리가 올 거라는 사실을 알고, 우리에 맞춰 그들의 계획을 바꿨던 거죠." 탐사대장이 싱 선장을 돌아봤다. "폭발 사고로 시체를 매장하지 않았더라도 이런 일은 일어났을 거예요. 포드케인호의 주변에서도 우리가 배출한 쓰레기와 대소변 같은 것들 때문에 비슷한 일들이 벌어졌거든요. 그 열매들이 식료품점에서 파는 과일처럼 맛이 좋을지는 모르겠지만, 그 덕분에 생존할 수 있었을 거예요."

싱 선장이 자리에서 일어섰다. 선장은 감동을 받았지만, 그 감동을 적절하게 표현할 자신이 없었다. 그래서 선장은 정중하지만 다소 무뚝뚝한 말투로 이야기하고 말했다.

"아마도 여러분은 우주선으로 돌아가길 간절히 원할 것입니다. 우리에겐 여러분이 엄청나게 도움이 될 것입니다. 우리가 화성으로 파견되어 파악하려던 많은 것들을 여러분이 알아내셨습니다. 여러분은 지구로 돌아가면 대단히 유명해질 것입니다. 엄청난 보상금을 받을 게 틀림없습니다."

침묵이 흘렀다. 곧 그 침묵은 메리 탐사대장의 호탕한 웃음소리에 부서졌다. 다른 탐사대원들이 탐사대장을 따라 웃었다. 아이들은 왜 웃는지 모르지만 긴장이 풀린 상황이 즐거워서 따라 웃었다.

"죄송합니다, 선장님. 우리가 무례했네요. 그렇지만 우리는 돌아가지 않을 거예요."

싱 선장이 어른들을 한 명씩 쳐다봤는데, 다들 한 치도 흔들림이 없는 얼굴이었다. 선장은 자신조차 내심 어느 정도는 그런 말을 예상했었다는 사실을 깨닫고 살짝 놀랐다.

"여러분의 최종적인 결정으로 받아들이지는 않겠습니다." 싱 선장이 말했다. "여러분도 알다시피, 우리는 여기에 6개월 동안 머무를 예정입니다. 그 기간이 끝났을 때 여러분 중 누구라도 여기를 떠나고 싶다면, 언제든 지구의 시민으로 받아들여질 것입니다."

"우리가 지구 시민이라고요? 지구에서 진행되고 있는 정치적 상황을 간략하게 설명을 해주시면 좋겠네요. 우리가 지구를 떠날 때는 미국 시민이었거든요. 하지만 그건 중요하지 않아요. 여러분이 화성에 와주셔서 감사하게 생각합니다만, 지구로 돌아갈 사람은 없을 겁니다. 어쨌거나 지구에서 우리를 잊지 않았다는 사실을 알게 되어 기쁩니다." 메리 탐사대장이 확신에 찬 소리로 말하자, 다른 탐사대원들도 고개를 끄덕였다. 싱 선장은 폭발 사고가 발생한 후 채 몇 년이 지나기 전에 구조 임무가 취소되었다는 사실이 떠올라 마음이 편치 않았다. 싱 선장과 우주선이 화성에 온 것은 오로지 탐사 목적이었다.

메리 탐사대장이 다시 바닥에 앉으며 주변의 땅바닥을 두드렸다. 바닥은 이 공간을 밀폐시키는 그물막으로 겹겹이 덮여 있었다. 장기 여름이 완전히 만개할 때까지 자신의 몸을 보호해야 하는, 따뜻한 피가 흐르고 산소를 호흡하는 존재만이 만들 수 있는 그물막이었다.

"우리는 화성이 좋아요. 우리가 마지막으로 떠날 당시의 지구와 달리 화성은 가족을 부양하기에 좋은 곳이죠. 지구에서 또 다른 전쟁이 막 끝난 직후인 지금으로선 당연히 여기가 훨씬 더 좋을 겁니다. 그리고 설령 우리가 가고 싶더라도 떠날 수 없어요." 메리 탐사대장이 환하게 웃고, 다시 땅바닥을 두드리며 말했다. "이제 곧 화성인들이 나타날 거예요. 그러면 우리는 그들에게 감사 인사를 해야 합니다."

GOTTA SING, GOTTA DANCE

노래하고 춤춰야 해

✦
1976년 6월 〈Galaxy〉에 첫 발표
1977년 로커스상 노미네이트

바넘과 베일리가 야누스로 가기 위해 항해하는 도중 깜빡거리는 거대한 4분음표를 만났다. 음표 기둥이 족히 5킬로미터는 되었다. 음표의 머리는 지름이 1킬로미터였으며 희미한 청록색으로 빛났다. 그들이 음표에 다가가자, 음표가 기둥을 축으로 묵직하게 회전했다.

「여기에 야누스가 있을 거야.」 바넘이 베일리에게 말했다.

"야누스 접근 관제소에서 바넘과 베일리에게 알린다." 허공에서 목소리가 들려왔다. "여러분은 음표가 다음에 회전할 때 유도 밧줄에 걸릴 것이다. 앞으로 몇 분 동안 음표 모양의 시각적 표시 장치를 지켜보기 바란다."

바넘이 천천히 자전하는 울퉁불퉁한 암석과 얼음덩어리를 내려다봤다. 토성에서 가장 안쪽 궤도를 공전하는 위성 야누스였다. 야누스의 동그란 지평선 너머에서 뭔가가 다가오고 있었다. 얼마 지나지 않아 그게 뭔지 알아볼 수 있었다. 바넘이 큰 소리로 웃음을 터뜨렸다.

「저게 네 거야, 저 사람들 거야?」 바넘이 베일리에게 물었다.

베일리가 콧방귀를 뀌며 대답했다. 「저 사람들 거지. 대체 나를 얼마나 멍청하다고 생각하는 거야?」

위성의 지평선 너머에서 올라오는 그 물체는 잠자리채 형태의 그물이었는데, 높이가 10킬로미터에 달했다. 거대한 원형의 고리에 달린 기다란 그물이 펄럭거렸다. 베일리가 다시 콧방귀를 뀌었지만, 그 터무니없는 잠자리채에 붙잡히는 위치로 이동하는 데 필요한 벡터양을 추가했다.

「그만해, 베일리.」바넘이 잔소리했다. 「넌 그냥 네가 먼저 그 농담을 생각해내지 못했다고 질투하는 거야.」

「그럴지도 모르지.」공생체가 인정했다. 「아무튼, 꽉 잡아. 엄청 흔들릴 거야.」

잠자리채 영상은 그 쓸모를 다할 때까지 사라지지 않았다. 바넘은 저영상보다는 투명한 그물이 실제로 더 클 거라 짐작했는데, 감속으로 당겨지는 힘은 그 예상보다도 이르게 시작되었다. 바넘이 허리에 두른 금속띠를 붙잡는 전자기장의 힘이 점차 강해졌는데, 그 힘은 약 1분 정도 유지되었다. 그 힘이 가라앉았을 때, 그들의 발아래에서 돌고 있던 야누스가 어느덧 가까워지고 있었다.

「이거 들어봐.」베일리가 말했다. 바넘의 머리에 음악이 가득 찼다. 음악은 발랄했으며, 고음으로 허세를 부리는 느낌이 들었지만, 싸구려 카바레의 베이스 색소폰의 매력적인 음색도 담겨 있었다. 바넘과 베일리가 모르는 음악이었다. 그들이 자세를 바꾸자, 곧 '천국의 문'의 위치를 찾을 수 있었다. 야누스에서 유일한 인간 거주 구역이었다. 그곳에서 악보들이 거미줄처럼 튀어나와 이리저리 떠다녔기 때문에 천국의 문을 찾기는 쉬웠다.

천국의 문을 운영하는 이들은 재미있는 사람들이었다. 지상의 거주구역은 모두 기발한 홀로그램 영상으로 덮여 있었다. 전체적으로는 캔디랜드라는 보드게임의 악몽과 월트 디즈니 초기 애니메이션을 이종 교배한 듯한 모습이었다.

거대한 증기 오르간에 달린 1천 미터 높이의 파이프들이 그 지역을 압도했다. 파이프는 열다섯 개였는데, 모두 색소폰 음악에 맞춰 뛰듯이 움직이고 휘청거렸다. 파이프들은 마치 깊게 숨을 들이쉬듯 웅크렸다가 다시 벌떡 일어나 색색의 연기로 만든 고리를 내뿜었다. 바넘은 그 구역의 건물들이 그저 실용적이고 시시한 반구형일 것이라 짐작했었는데, 정사각형의 집들에는 창문에 화분이 걸렸고, 문에 그려진 만화 같은 눈동자가 밖을 내다보고 있었다. 그 집들도 젤리로 만들어진 것처럼 흔들거리며 춤을 추었다.

「살짝 요란한 것 같지 않아?」 베일리가 물었다.

「그거야 네가 어떤 걸 좋아하느냐에 달렸지. 평소 이 동네의 현란한 방식에 비하면 이건 귀여운 편이야.」

그들은 악보의 가로줄과 세로줄, 16분음표, 쉼표, 연기 고리, 요란한 음악 소리가 스파게티처럼 뒤엉킨 미로를 헤치며 앞으로 나아갔다. 비현실적인 8분음표 연주를 뚫고 지나갈 때, 베일리가 제트를 분사하며 남아 있는 속도를 죽였다. 그들은 거의 느껴지지 않는 중력을 받으며 가볍게 착륙했다. 그리고 활짝 웃고 있는 건물들을 향해 이동했다.

건물 입구까지 가는 과정도 요란했다. 바넘이 '자물쇠 사이클'이라고 적힌 단추를 누르려고 손을 뻗자, 그 단추가 불쑥 튀어나와서 작은 얼굴로 변해 그를 흘겨봤다. 짓궂은 장난이었다. 어쨌거나 바넘이 다가가자 자물쇠가 열렸다. 천국의 문 내부는 그리 화려하지 않았다. 복도는 평범한 복도들처럼 깔끔했으며, 바닥도 탄탄하고 회색이었다.

「언제나 그렇지만, 나라면 조심하겠어.」 베일리가 음울한 목소리로 충고했다. 「이놈들은 진짜로 제정신이 아니야. 재미를 위해서라면 바닥에 구멍을 파놓고 홀로그램으로 덮어놓고도 남을 놈들이라니까. 발 조심해.」

「왜 그렇게 좀스럽게 굴어. 넌 그런 함정을 알아볼 수 있잖아, 그렇지?」

베일리는 대답하지 않았다. 바넘도 더 이상 그를 몰아세우지 않았다. 바넘은 베일리가 야누스의 우주정거장을 싫어하고 불안해하는 이유를 알고 있었다. 베일리는 사업을 최대한 빨리 마무리하고, 자신이 필요한 존재로 인정받을 수 있는 토성의 고리로 돌아가고 싶어 했다. 베일리는 산소가 가득 찬 이 복도에서는 전혀 쓸모가 없는 존재였다.

바넘과 베일리의 공생관계에서 베일리는 인간 바넘에게 식량과 산소, 물을 공급해주는 역할을 담당했다. 반대로 바넘은 베일리에게 식량과 이산화탄소, 물을 공급해줬다. 바넘은 인간이며, 육체적으로도 평범했다. 다만, 바넘은 무릎을 교체해서 무릎이 앞으로 굽혀지지 않고 양옆으로 굽혀지며, 발목에 본래의 발 대신 '페드'라는 커다란 손이 달렸다. 반면, 베일리는 인간과 전혀 다른 존재였다.

엄밀히 말해서, 베일리는 '그'라고 부를 수 있는 존재도 아니었다. 베일리는 식물이었다. 바넘이 '그'를 남성으로 생각한 것은, 바넘의 머릿속에 들리는 목소리가 베일리와 유일한 의사소통 수단이었는데, 그게 남성의 목소리였기 때문이었다. 베일리는 자기만의 형체가 없었다. 베일리는 바넘을 둘러싸고 그 외형의 일부를 이용했다. 그리고 소화관까지 뻗어 내려가 바늘로 실을 꿰듯 입부터 항문까지 꿰뚫고 있었다. 그들이 함께 공생하는 상태일 때에는 인간이 단조로운 우주복을 입은 것처럼 보였는데, 머리는 동그랗고 허리는 잘록하고 엉덩이는 불룩했다. 굳이 말하자면, 여성의 신체를 우스꽝스럽게 과장한 모습처럼 보였다.

「다시 네가 호흡을 해도 될 것 같아.」 베일리가 말했다.

「왜? 공생체가 없는 사람과 이야기를 해야 할 때 그렇게 할게. 지금은 그럴 상황도 아닌데 귀찮게 뭐 하러 그래.」

「그냥 네가 호흡에 익숙해지고 싶어할 것 같다는 생각이 들었어.」

「아, 뭐, 좋지. 네가 그럴 필요가 있다고 생각한다면야.」

베일리가 바넘의 폐와 목을 채우고 있던 부분을 천천히 수축시켜 지난 10년 동안 사용하지 않았던 그의 발성 기관을 자유롭게 해주었다. 목으로 공기가 흘러들어오기 시작하자 바넘이 기침했다. 공기가 차가웠다! 글쎄, 차갑게 느껴지긴 했지만, 실제로는 표준온도인 섭씨 22도였다. 바넘은 그 온도에 익숙하지 않았다. 그의 횡격막이 한 번 부르르 떨리더니,

마치 척수와 한 번도 끊어진 적이 없는 것처럼 자연스럽게 호흡이라는 허드렛일을 다시 맡았다.

"저기다." 바넘이 소리를 내어 말하다가 자신의 목소리를 듣고 깜짝 놀랐다. "내 목소리가 마음에 들어?"

「약간 시험을 해보는 것도 나쁘진 않아.」

"툭 까놓고 이야기해보자, 그래도 되겠지? 나도 너만큼이나 야누스에 오고 싶지 않았어. 하지만 올 수밖에 없었다는 걸 너도 알잖아. 여기서 떠날 때까지 계속 나를 짜증 나게 할 거야? 우리는 한 팀이잖아, 그걸 잊어먹은 건 아니지?"

바넘의 파트너가 한숨을 뱉었다.

「미안해. 하지만 그게 다야. 우리는 한 팀이어야 하고, 토성의 고리에 나가 있을 때는 실제로 한 팀이었어. 고리에서 우리는 둘 다 서로가 없으면 존재할 수 없으니까. 그런데 여기에서 나는 그냥 네가 데리고 다녀야 하는 군더더기에 불과하잖아. 나는 걸을 수도 없고 말을 할 수도 없으니, 식물이라는 게 적나라하게 드러나.」

바넘은 공생체가 주기적으로 불안감을 쏟아내는 것에 익숙했다. 토성의 고리에 있을 때는 그렇게 많이 불안해하지 않았다. 하지만 그들이 중력장에 들어서자, 베일리는 자신이 얼마나 무능한 존재인지 생각하게 되었다.

「여기에서 너는 혼자서도 호흡할 수 있잖아.」 베일리가 계속 말했다 「내가 네 눈을 덮어주지 않아도 너 혼자서 볼 수 있을 거야. 어쨌거나, 너는….」

「바보처럼 굴지 마. 네가 내 눈보다 훨씬 나은 시각을 제공해줄 수 있는데, 왜 내 눈을 사용하겠어?」

「토성 고리에 있을 때는 그 말이 맞아. 하지만 나의 추가적인 감지 능력도 여기에선 그저 초과 중량처럼 쓸모가 없어. 여기에선 시각적으로 가장 먼 게 기껏해야 20미터에 불과하고, 그마저도 정지해 있는데, 속도

조절 영상이 무슨 소용이 있겠어?」

「내 말을 들어봐. 지금 돌아서서 저 문으로 나가고 싶어? 그렇게 해도 돼. 이게 너한테 그렇게도 큰 정신적 충격을 주는 일이라면 당장 돌아갈게.」

한동안 침묵이 이어졌다. 베일리가 미안해하는 따스한 감정이 바넘의 온몸 가득히 퍼지면서 양옆으로 구부러지는 다리의 힘이 빠졌다.

「사과할 필요 없어.」 바넘이 더욱 동정적인 말투로 계속 말했다. 「나도 네 마음 이해해. 우리가 함께 해내야 했던 다른 일들과 마찬가지로, 이 일에도 좋은 부분과 나쁜 부분이 존재해.」

「사랑해, 바넘.」

「나도 사랑해, 바보야.」

✳

한 건물의 문에 달린 표지가 보였다.

팀파니와 래그타임
대중음악 저작권 에이전시

바넘과 베일리는 문밖에서 머뭇거렸다.

"뭘 어떻게 해야 하지? 노크해야 하나?" 바넘이 입으로 소리를 내서 말했다. "너무 오랜만이라 어떻게 해야 할지 잊어먹었어."

「그냥 손가락을 접어서 주먹을 만들고….」

「그 말이 아니라….」 바넘이 잠깐 떠올랐던 불안감을 떨쳐버리고 웃으며 말했다. 「인간 사회의 예절을 잊어버렸다는 말이었어. 뭐, 내가 봤던 영화에서 다들 이렇게 하더라.」 바넘이 문을 두드렸는데, 주먹이 두 번째로 닿을 찰나 문이 저절로 열렸다.

한 남자가 책상에 맨발을 올려놓고 앉아 있었다. 바넘은 공생체로 에워싸지 않은 다른 인간을 볼 때 충격을 받지 않을 마음의 준비가 되어 있었다. '팀파니와 래그타임' 사무실까지 오는 길에 이미 여러 명 봤기 때문이었다. 하지만 익숙지 않은 그 모습에 아직도 현기증이 일었다. 남자도 그 사실을 알아챈 모양인지, 말없이 손짓으로 의자를 권했다. 바넘은 의자에 앉으면서 이렇게 중력이 낮은 상태에서는 굳이 의자에 앉을 필요가 없다고 생각했다. 그래도 어쨌든 감사를 표했다. 남자는 바넘에게 안정할 시간을 주고, 자기도 생각을 정리할 시간을 가지려는 듯 한참 동안 아무 말도 하지 않았다. 바넘은 그동안 남자를 주의 깊게 살펴봤다.

그 남자에 대해 몇 가지는 분명히 알 수 있었다. 가장 눈에 띄는 사실은, 그가 유행을 따르는 사람이 아니라는 점이었다. 사람들이 걸어 다니는 바닥에는 어디에나 완충재가 깔려 있었기 때문에, 신발은 백 년 넘게 사실상 멸종된 상태였다. 하지만 현재는 신발을 신는 게 유행이었다.

남자는 스무 살 정도에서 노화를 멈춘 듯 젊어 보였다. 그리고 홀로그램 옷을 입었는데, 한순간도 형태를 유지하지 않고 끊임없이 색이 바뀌는 환영을 만들어냈다. 홀로그램 옷을 벗기면 발가벗은 상태일 것 같지만, 바넘으로는 알 수 없었다.

"여러분이 바넘과 베일리군요. 맞나요?" 남자가 말했다.

"네. 당신이 팀파니인가요?"

"래그타임이에요. 팀파니는 나중에 올 겁니다. 만나서 반갑습니다. 내려오는 동안 문제는 없었나요? 이번이 첫 방문이라고 하셨죠?"

"네. 맞아요. 아무 문제도 없었어요. 생각난 김에 말인데, 여행비를 대주셔서 감사합니다."

래그타임이 손을 저으며 말했다. "신경 쓰지 마세요. 모두 고정 비용에 포함되어 있습니다. 우리는 당신이 그 몇 배 이상의 이익을 돌려줄 수 있는 훌륭한 음악가라는 데 걸었습니다. 게다가 이 사업으로 돈을 잃지 않을 정도로 충분히 잘 해나가고 있습니다. 저기 고리에 있는 사람들에게는 야누스로 올 돈이 없는데, 우리는 야누스에 있잖아요. 당신이 있는 곳으로 우리가 가는 것보다는 이렇게 여행비를 대주는 게 저렴합니다."

"그렇겠군요." 바넘이 다시 침묵을 유지했다. 익숙지 않게 말을 하느라 목이 쓰리기 시작했다는 사실을 깨달았다. 바넘이 그 생각을 하자마자 베일리가 활동에 들어가는 느낌이 들었다. 바넘의 위장 속에 웅크리고 있던 베일리의 덩굴손이 획획 올라와서 발성 기관을 매끄럽게 만들어주었다. 신경 말단의 신호를 억누르자 통증이 사라졌다. 하지만 그것은 모두 바넘이 머릿속으로 상상한 모습이었다.

"당신에게 우리를 소개해준 사람이 누군가요?" 래그타임이 물었다.

"누구…, 아, 그건… 베일리, 누구였지?" 바넘은 뒤늦게 자신이 입으로 그 말을 했다는 사실을 깨달았다. 입 밖으로 그 소리를 낼 생각은 없었다. 자신의 공생체와 그런 식으로 대화를 하는 것은 앞에 있는 사람에게 무례하다는 느낌이 어렴풋하게 들었기 때문이었다. 래그타임은 당연히 그 질문에 대한 답변을 들을 수 없을 것이다.

「안티고네였어.」 베일리가 대답했다.

「고마워.」 바넘이 이번에는 마음속으로 말했다. "안티고네라는 남자였어요." 그가 래그타임에게 말했다.

래그타임이 그 이름을 적고 다시 고개를 들며 미소를 지었다.

"그렇군요. 저희에게 어떤 걸 보여주실 건가요?"

바넘이 자기 작품을 래그타임에게 설명하려는 순간 문이 벌컥 열리며 한 여성이 기세 좋게 날아 들어왔다. 여자는 말 그대로 날았다. 문기둥을 비스듬히 스치며 날아 들어와 왼쪽 페드로 문을 붙잡더니 한 번의 매끄러운 동작으로 쾅 닫았다. 그러고는 손가락 끝으로 바닥을 살짝 짚으며 공중에서 회전하더니 속도를 줄여 책상 앞에 멈췄다. 그리고 책상에 기대며 흥분한 말투로 래그타임에게 말했다. 바넘은 여자가 발 대신 페드를 달았다는 사실에 놀랐다. 천국의 문 안에는 페드를 이용하는 사람이 아무도 없을 거라 생각했었다. 페드를 달면 걷기가 거북하기 때문이었다. 하지만 여자는 걸음걸이에 관심이 없는 것 같았다.

"먼저 마이어가 지금 무슨 짓을 했는지 들어봐!" 흥분한 여자가 거의 떠오를 것처럼 말했다. 말하는 동안 카펫을 짚은 여자의 페드 손가락이 꼼지락거렸다. "마이어가 오른쪽 두뇌의 감각 신경을 재배열했대. 그래서 무슨 일이 벌어졌는지 믿기지 않을⋯."

"손님이 오셨어, 팀파니."

팀파니가 고개를 돌려 뒤쪽에 앉아 있는 공생체/인간 쌍을 쳐다봤다. 그리고 자기 입을 조용히 시키려는 듯 손으로 입을 가렸다. 하지만 손으로 가린 얼굴에는 웃음이 맺혀 있었다. 팀파니가 그들을 향해 움직였다 (그 모습을 저중력 지대의 걸음걸이라고 하기는 힘들었다. 팀파니는 양 페드 각각 두 손가락으로 서 있었는데, 그 네 손가락으로 걸었다. 그래서 마치 공중에 떠서 이동하는 것처럼 보였다). 팀파니가 그들 앞에 도착해서 손을 내밀었다.

팀파니도 래그타임처럼 홀로그램 옷을 입었지만, 홀로그램 생성기를 허리에 두르지 않고 손의 반지 위에 부착했다. 그래서 손을 뻗었을 때, 홀로그램 생성기는 몸을 덮는 빛의 그물을 더 넓고 얇게 만들 수밖에 없었다. 부드럽고 옅은 색채의 홀로그램이 갑자기 확 팽창하는 바람에 팀파니의 몸을 거의 가려주지 못했다. 바넘의 눈에 들어온 팀파니는 열여섯 살 소녀처럼 보였다. 비쩍 마르고 엉덩이와 가슴이 빈약했으며 두 갈래로 땋은 금발을 허리까지 길렀다. 하지만 몸의 움직임은 그런 외모와 달랐다. 사춘기 소녀 같은 서투른 느낌이 전혀 없었다.

"팀파니예요." 팀파니가 바넘의 손을 잡으며 말했다. 당황한 베일리가 바넘의 손을 드러내야 할지 말지 결정하지 못했다. 팀파니가 3센티미터 두께의 베일리로 덮인 바넘의 손을 덥석 잡았다. 팀파니는 그 사실에 별로 신경을 쓰지 않는 것 같았다.

"여러분이 바넘과 베일리이겠군요. 혹시 '바넘과 베일리'가 원래 누구의 이름이었는지 아세요?"

"네, 밖에 있는 저 커다란 증기 오르간을 건설한 사람들이죠."*

---

* 미국에서 바넘과 베일리라는 이름은 한국의 '동춘 서커스'처럼 '링링 브라더스와 바넘과 베일리 서커스'로 유명하다.

팀파니가 웃으며 말했다. "여기에 익숙해지기 전까지는 마치 서커스 같을 거예요. 래그타임의 말로는 여러분이 우리에게 뭔가를 팔 게 있다 더군요."

"그럴 수 있기를 바랍니다."

"그렇다면 제대로 찾아오셨어요. 래그타임은 회사의 사업적 측면을 맡고, 저는 재능 부분을 맡고 있죠. 그래서 여러분이 재능을 팔아야 할 사람은 저예요. 곡을 써오진 않았죠?"

바넘이 찡그린 표정을 지었지만, 팀파니는 입에 구멍이 뚫리고 초록 색으로 밋밋하게 덮인 얼굴을 볼 수밖에 없을 거라는 사실이 떠올랐다. 다시 사람들을 상대하는 게 익숙해지려면 시간이 걸릴 것이다.

"나는 악보를 보는 방법도 모르는데요."

팀파니가 한숨을 내쉬었지만, 불쾌한 표정으로 보이지는 않았다. "그럴 거라 생각했어요. 고리 거주자 중 악보를 볼 수 있는 사람은 거의 없거든요. 솔직히 말해서, 고리 거주자들이 어떻게 예술가가 되는 건지 알아낼 수만 있다면 난 부자가 될 거예요."

"그걸 이해할 수 있는 유일한 방법은 당신이 직접 고리로 나가서 보는 방법밖에 없어요."

"그렇겠죠." 팀파니가 말했다. 그러고는 살짝 당황한 얼굴로 의자에 앉아 있는 보기 흉한 공생체에게서 눈을 돌렸다. 고리에서 일어나는 삶의 마술을 밝혀내려면 거기로 나가는 방법밖에 없었다. 그리고 고리로 나가려면 공생체를 받아들여야만 한다. 영원히 개인의 인격을 포기하고, 공생관계의 일원이 되어야 하는 것이다. 그렇게 할 수 있는 사람은 많지 않았다.

"바로 시작하는 게 좋겠네요." 팀파니가 일어나며 말하고, 불안감을 감추기 위해 손으로 허벅지를 두드렸다. "연습실은 저 문으로 가셔야 합니다."

바넘은 팀파니를 따라 흐릿한 조명이 비추는 방으로 들어갔다. 연습실은 반쯤 종이 더미에 파묻혀 있었다. 한번도 종이를 저렇게 많이 필요로 하는 사업이 있을 줄은 생각해본 적이 없었다. 이 사람들은 종이를 쌓다가 너무 높이 쌓여 무너져 내리면 발로 차서 구석으로 몰아넣는 모양이었다. 바넘은 페드로 악보를 바스락바스락 밟으며 팀파니를 따라 연습실 구석으로 갔다. 구석에 전등 아래 신시사이저 건반이 놓여 있었다. 연습실의 다른 공간은 어둑했지만, 옛날 방식으로 배치된 검은색과 흰색의 건반이 전등의 불빛을 받아 반짝거렸다.

팀파니가 손가락의 반지를 빼더니 건반 앞에 앉았다. "빌어먹을 홀로그램이 자꾸 방해되거든요. 건반을 볼 수가 없어요." 바넘은 어둑한 바닥에 다른 건반이 하나 더 있으며, 팀파니가 그 건반 위에 페드를 올려놓고 있다는 사실을 알아챘다. 팀파니가 단지 그 건반을 치기 위해 페드를 달고 있는 것인지 궁금해졌다. 바넘이 그런 의심을 하는 것은 팀파니가 독특하게 걷는 모습을 봤기 때문이었다.

팀파니가 잠시 조용히 앉아 있다가 고개를 들고 기대하는 눈빛으로 바넘을 쳐다봤다.

"그 곡에 대해 말해주세요." 팀파니가 작은 소리로 속삭였다.

바넘은 무슨 말을 해야 할지 몰랐다.

"그 곡에 대해 말하라고요? 그냥 말하면 되나요?"

팀파니가 웃음을 터뜨리더니, 다시 부드러운 표정을 지으며 양손으로 무릎을 짚고 말했다.

"농담이었어요. 하지만 우리는 어떤 방식으로든 당신의 머리에서 음악을 꺼내 저 테이프에 담아야 해요. 어떤 방법이 좋으세요? 베토벤이 교향곡을 말로 쓴 적이 있다고 들었는데, 각각의 화음과 연주를 자세히 묘사했대요. 나로서는 그런 걸 대체 누가 원했던 건지 짐작조차 안 되지만, 아무튼 누군가는 그런 걸 했어요. 엄청나게 두꺼운 책으로 만들어졌대요. 우리도 그런 식으로 할 수 있어요. 물론 다른 방식으로 하셔도 되고요." 바넘은 말이 없었다. 팀파니가 건반 앞에 앉을 때까지 바넘은 그 문제에 대해 생각해본 적이 없었다. 그는 자신의 음악을 잘 알았다. 마지막 64분음표까지 알고 있었다. 하지만 그 음악을 어떻게 표현해야 할까?

"첫 음이 뭐예요?" 팀파니가 바넘을 이끌었다.

바넘은 다시 부끄러운 표정을 지었다. "난 각 음표의 이름도 몰라요." 그가 솔직히 말했다.

팀파니는 놀라지 않았다. "노래로 불러봐요."

"나… 난 한 번도 그걸 노래로 불러본 적이 없어요."

"지금 해봐요." 팀파니가 똑바로 자세를 잡고 앉았다. 그리고 다정한 미소를 지으며 그를 바라봤다. 그건 구슬리는 게 아니라 용기를 주려는 미소였다.

"난 그 곡을 들을 수 있어요." 바넘이 간절한 얼굴로 말했다. "각각의 모든 음과 모든 불협화음…, 이게 맞는 단어인가요?"

팀파니가 활짝 웃으며 말했다. "맞는 단어예요. 하지만 당신이 하려던 말이 그 뜻인지는 모르겠네요. 불협화음은 음의 진동이 화음을 이루며 맞물리지 않는 상태를 의미해요. 비화음이라고 하죠. 음향적으로 좋은 화음을 만들어내지 않는 상태예요. 이런 거죠." 그리고 팀파니는 두 개의 건반을 동시에 누르고 다른 건반들도 누르더니, 건반 위에 설치된 손잡이를 이리저리 돌려 두 개의 음의 진동이 약간만 떨어진 상태로 마구 흔들리게 했다. "불협화음을 그냥 들으면 귀에 즐겁지 않아요. 하지만 적절한 맥락에 사용하면 사람들의 주의를 끌 수 있죠. 당신의 음악은 불협화음으로 이루어졌나요?"

"몇 군데에 있어요. 안 좋은 건가요?"

"전혀 그렇지 않아요. 제대로 사용하면…, 뭐, 귀에 딱히 즐겁지는 않겠지만…." 팀파니가 어쩔 수 없다는 표정을 지으며 양손을 벌렸다. "음악을 말로 표현하는 것은 아무래도 답답할 수밖에 없어요. 노래로 부르는 게 훨씬 도움이 돼요. 나를 위해 노래를 불러줄래요? 아니면 당신이 설명을 해주면 내가 하나씩 짚어나가는 식으로 해볼까요?"

바넘은 주저하다 자기 곡의 첫 세 음을 소리로 냈다. 바넘은 그 음들이 머릿속에서 웅장하게 울리는 오케스트라 소리와 전혀 다르다고 생각했지만 필사적으로 최선을 다했다. 팀파니가 그 음을 듣고 신시사이저로 다듬어지지 않은 세 음을 연주했다. 다른 소리가 섞이지 않은 세 개의 음은 아름다웠지만 생명력이 없었으며, 바넘이 원하는 소리와 수 광년은 떨어져 있었다.

"아뇨, 아니에요. 좀 더 풍부한 소리가 나야 해요."

"알았어요. 내가 생각하는 더 풍부한 음으로 연주해볼게요. 그리고 우리가 서로 제대로 이해한 건지 보죠." 팀파니가 손잡이 몇 개를 돌리더니 그 세 음을 다시 연주했는데, 이번에는 콘트라베이스를 추가했다.

"그게 좀 더 가까워요. 하지만 아직 멀었어요."

"실망하지 말아요." 팀파니가 자기 앞에 줄지어 있는 다이얼을 이리저리 만지며 말했다. "이 다이얼들은 따로따로 혹은 조합해서 다른 효과를 만들어낼 수 있는데, 그 조합의 수가 무한해요. 그러니까 이걸 조합하다 보면 당신이 원하는 음색을 찾게 될 거예요. 자, 어느 쪽으로 가볼까요? 이쪽이요, 아니면 이쪽?"

팀파니가 손잡이를 한 방향으로 돌리자 소리가 가늘어지고, 다른 쪽으로 돌리자 굵어지며 트럼펫 느낌이 살짝 났다.

바넘이 허리를 곧추세우고 똑바로 앉았다. 점점 더 다가가고 있긴 했지만, 여전히 그의 머릿속에 울리는 풍부한 음향에는 못 미쳤다. 그가 팀파니에게 손잡이를 앞뒤로 돌리도록 해서 마침내 그의 심상에 있는 음색에 최대한 가깝게 다가갔다. 팀파니가 다른 손잡이를 만져보자 더욱 가까워졌다. 하지만 그래도 뭔가가 부족했다.

점점 더 작업에 몰두한 바넘은 팀파니가 다른 손잡이를 만질 때 어느새 팀파니의 바로 뒤에 서서 어깨너머로 그 모습을 바라보고 있었다. 음색은 점차 더욱 가까워졌지만, 그래도….

바넘이 안절부절못하고 팀파니 옆자리에 앉으며 손잡이로 손을 뻗었다. 그리고 조심스럽게 손잡이를 돌리다가, 문득 자신이 지금 무슨 짓을 하고 있는지 깨달았다.

"내가 만져도 괜찮을까요?" 바넘이 물었다. "여기에 앉아 직접 만지는 게 훨씬 편하네요."

팀파니가 바넘의 어깨를 철썩 때리며 말했다. "바보예요?" 그러고는 웃음을 터뜨렸다. "지난 15분 동안 내가 당신을 여기로 끌어들이려고 얼마나 애썼게요. 이걸 나 혼자 어떻게 할 수 있겠어요? 베토벤 이야기는 거짓말이었어요."

"그렇다면 이제 뭘 하면 될까요?"

"당신이 할 일은 이 기계를 만지작거리는 거예요. 그러면 내가 여기에서 도와주면서 당신이 원하는 것을 얻으려면 어떻게 해야 하는지 알려줄게요. 당신이 그 일을 제대로 해내면, 내가 당신을 위해 연주해줄게요. 날 믿어요. 나는 이 일을 너무 많이 해봤기 때문에, 당신이 저기에 앉아서 나에게 말로 계속 설명할 거라고는 생각하지 않았어요. 자, 이제 노래하세요!"

바넘이 노래했다. 8시간 후 래그타임이 연습실로 살그머니 들어와서 샌드위치 접시와 커피포트를 두 사람 옆에 있는 탁자 위에 올려두고 갔다. 바넘은 여전히 노래를 부르고 있었고, 신시사이저도 그와 함께 노래했다.

✳

바넘은 창조의 혼돈 속에서 헤엄치다가, 공중에 떠다니는 뭔가가 건반을 바라보고 있는 그의 시선을 가리고 있다는 사실을 알아챘다. 하얗고 흐릿한 그 뭔가의 끝에는….

그것은 팀파니의 손에 들린 커피잔이었다. 바넘이 팀파니의 얼굴을 바라봤지만, 팀파니는 모른 척하며 아무 말도 하지 않았다.

신시사이저에서 작업하는 동안에 바넘과 베일리는 사실상 하나의 존재로 융합되었다. 바넘이 판매하려 애쓰는 그 곡은 둘이 마음을 합쳐 만들어낸 것이기 때문에 그게 적절한 방식이었다. 그 곡은 둘의 공동소유였다. 지금 바넘은 베일리에게서 약간 떨어져 나와서, 베일리에게 말하는 게 혼잣말을 하는 것과는 살짝 다른 상태가 되었다.

「베일리, 저거 어때? 조금 마셔도 될까?」

「왜 안 되겠어. 여기에서 네 체온을 식히느라 수증기를 약간 더 증발시켜야 했어. 수분을 보충할 수 있을 거야.」

「베일리, 내 손에서 조금 뒤로 물러나줄래? 그러면 이 건반의 손잡이들을 다루는 게 좀 더 쉬워져서 세밀하게 조작할 수 있을 거야, 그렇지? 그게 아니라도, 팀파니와 악수를 할 때 맨손으로 하지 않은 게 과연 예의에 맞는 행동이었을까 싶어.」

베일리는 아무 말도 하지 않았지만, 바넘의 손을 덮고 있던 베일리의 흐느적거리는 신체가 빠르게 팔 위로 물러났다. 바넘이 손을 뻗어 팀파니가 건네주는 잔을 받았다. 그의 신경 말단에 익숙지 않은 열기의 감각이 느껴지기 시작했다. 팀파니는 그런 대화가 진행됐는지 몰랐다. 바넘과 베일리의 대화는 1초도 채 걸리지 않았다.

커피가 목을 타고 내려가는 동안 감각기관이 폭발하는 것 같았다. 바넘이 헐떡거리자 팀파니가 걱정스럽게 쳐다봤다.

"이봐요, 걱정하지 말아요. 신경이 다시 자리를 잡으면 그 정도로 뜨거운 것도 감당할 수 있을 거예요." 팀파니가 커피를 조심스럽게 한 모금 마시고 건반으로 고개를 돌렸다. 바넘도 잔을 내려놓고 그 작업에 동참했다. 하지만 지금이 휴식 시간 같은 느낌이 들어서 바로 음악으로 돌아가지 못했다. 팀파니도 그런 기미를 알아채고, 배고픈 척 샌드위치를 먹으며 쉬었다.

「멍청아, 저 여자는 허기진 상태였어.」 베일리가 말했다. 「어쨌거나 배가 많이 고팠을 거야. 8시간 동안 아무것도 안 먹었잖아. 게다가 저 사람은 폐기물을 다시 음식으로 재활용해서 혈액 속으로 투입해줄 공생체도 없잖아. 그러니 배가 고플 거야. 예전에 배고팠던 시절을 잊지는 않았 겠지?」

「기억해. 잊고 있었어.」 바넘이 샌드위치를 바라보며 말했다. 「이 샌 드위치를 먹으면 어떤 느낌일지 궁금해.」

「이런 느낌일 거야.」 바넘의 입안에 통밀빵으로 만든 참치샐러드 샌 드위치의 맛이 흘러넘쳤다. 베일리는 때때로 바넘의 감각중추를 직접 자 극해서 이런 장난을 쳤다. 베일리는 바넘의 두뇌 일부를 다른 부분에 연 결해서 완전히 새로운 감각을 만들어낼 수도 있었다. 바넘이 참치 샌드 위치를 씹을 때 어떤 소리가 나는지 알고 싶어 하면 베일리가 그 소리도 들려줄 것이다.

「알았어. 내 이로 샌드위치를 씹는 느낌이 나지 않는다고 따질 생각 은 없어. 네가 그 느낌도 내줄 수 있을 테니까. 씹고 삼키는 그 모든 느낌 을 넘어 온갖 감각을 채워줄 수 있겠지.」 베일리가 보기에 바넘은 별로 즐겁지 않을 때의 억양으로 생각하고 있었다. 「그렇지만 내가 샌드위치 를 먹는 게 예절 바른 행동이 아닐까?」

「갑자기 무슨 예절 타령이야?」 베일리가 벌컥 화를 냈다. 「먹고 싶으 면 먹어. 하지만 나로서는 납득이 안 될 거야. 네가 육식 동물이 되더라 도 난 신경 안 쓸 거야.」

「진정해, 진정해.」 바넘이 부드러운 목소리로 타일렀다. 「진정하라고, 인마. 나는 너 없이는 아무 데도 안 가. 하지만 이 사람들과 잘 지내야 하 잖아. 나는 그저 사교적으로 대하려 노력하는 것뿐이야.」

「그럼, 먹어.」 베일리가 한숨을 내쉬며 말했다. 「넌 앞으로 몇 개월 동 안의 생태 계획을 엉망으로 만들 거야. 내가 남아도는 단백질로 뭘 어떡 하겠어? 하지만 너는 그런 문제에 전혀 관심 없잖아?」

바넘이 속으로 웃었다. 사실 베일리가 그 단백질로 무엇이든 마음대 로 할 수 있다는 것을 알고 있었다. 소화시키고 불순물을 제거해서 소비 하거나, 그냥 보유하고 있다가 기회가 생기자마자 배출할 수도 있다. 바넘이 샌드위치를 잡은 후 입으로 들어 올리자, 얼굴을 덮고 있던 베일리 피부의 두툼한 물질이 뒤로 물러나는 게 느껴졌다.

바넘은 조명이 좀 더 밝을 거라 예상했지만 그렇지 않았다. 수년 만에 처음으로 자기 망막을 이용해 앞을 보게 된 것인데, 그동안 베일리가 대뇌피질에 연결해서 입력해준 심상과 다르지 않았다.

"잘 생기셨네요." 팀파니가 샌드위치를 입에 가득 물고 말했다. "당신이 잘 생겼을 것 같았어요. 자화상을 아주 멋지게 그렸으니까요."

"내가 자화상을 그렸다고요?" 바넘이 흥미가 당기는 표정을 지으며 물었다. "그게 무슨 말이죠?"

"당신의 음악 말이에요. 그 곡을 보면 당신을 알 수 있어요. 아, 내가 그 곡에서 봤던 모든 것들이 당신 눈에서 보이는 건 아니에요. 한 번도 그런 적은 없었죠. 그 나머지는 당신의 친구 베일리의 모습이기 때문이에요. 난 그 친구의 표정을 읽을 수가 없잖아요."

"그래요, 당신은 베일리를 볼 수 없죠. 그래도 그 곡을 통해 베일리의 모습이 어떻게 생각되는지 말해줄 수 있나요?"

팀파니가 생각에 잠긴 표정을 짓더니 건반으로 몸을 돌렸다. 그러고는 몇 시간 전에 함께 고민했던 주제를 골라 약간 빠르게 연주했는데, 음조를 미묘하게 살짝 변화시켰다. 행복한 부분이었지만, 뭔가 이해가 닿지 않는 느낌이 살짝 있었다.

"이 부분이 베일리예요. 베일리는 뭔가를 걱정하고 있어요. 제 경험에 따르면, 여기 천국의 문에 있는 상황 때문일 거예요. 공생체들은 여기뿐만 아니라 중력이 있는 곳에 가는 걸 좋아하지 않아요. 자신이 쓸모없는 존재가 되었다는 느낌을 받게 되니까요."

「들었지?」 조용하게 있는 동료에게 바넘이 물었다.

「으음.」

"그건 너무 바보 같은 생각이에요." 팀파니가 이어서 말했다. "물론 나는 공생체를 직접 알지는 못해요. 하지만 공생관계에 있는 사람들을 수없이 만나고 이야기를 나눴어요. 내가 아는 한 인간과 공생체 사이의 유대감은… 뭐랄까, 새끼들을 지키기 위해 죽어가는 어미 고양이의 모정을 그저 평범한 애정처럼 보이게 만들 정도로 긴밀한 것 같아요. 하지만 당신은 내가 어떤 말을 하든 그것보다 잘 알고 있을 거예요."

"당신 말이 맞아요." 바넘이 말했다.

베일리도 정신적으로 수줍은 미소를 지으며 마지못해 동의하는 신호를 보냈다. 「어이, 육식주의자, 난 저 여자한테 완전히 졌어. 이제 입 닥치고 있을 테니까, 나 없이 둘이서 내 근거 없는 불안감에 대해 마음대로 떠들어봐.」

"당신 덕분에 베일리의 긴장이 풀렸어요." 바넘이 즐거운 표정으로 팀파니에게 말했다. "당신의 말 덕분에 베일리가 자신에 대해 농담까지 했어요. 이건 작은 성과가 아니에요. 베일리는 자기 자신에 대해 꽤 진지하게 생각하는 녀석이거든요."

「이건 불공평해. 나는 내 입장을 말로 할 수 없잖아.」

「아까 입 닥친다고 하지 않았어?」

✳

작업은 매끄럽게 진행되었다. 하지만 베일리가 바라던 것보다는 훨씬 오랜 시간이 걸렸다. 사흘에 걸쳐 옮겨 쓰는 작업을 진행한 후에야 곡이 모양을 갖추기 시작했다. 마침내 팀파니가 단추를 눌러 기계가 그 곡을 다시 연주하도록 하는 때가 왔다. 그들이 첫날 만들었던 골격에 비하면 살이 많이 붙었지만, 여전히 끝마감 작업이 필요했다.

"〈대위법 칸타타〉 어때요?" 팀파니가 물었다.

"무슨 말이에요?"

"제목 말이에요. 이 곡에 제목을 달아야 해요. 계속 생각해보다가 그 문구를 떠올렸어요. 이 곡은 속도와 박자의 측면에서 엄격하고 구조적으로 매우 운율적이기 때문에 딱 맞는 제목이에요. 게다가 목관악기들도 강한 대위법으로 배치되어 있잖아요."

"피리 연주 부분을 말하는 거죠?"

"네, 어떻게 생각하세요?"

"베일리는 칸타타가 뭔지 알고 싶다네요."

팀파니가 어깨를 으쓱했는데, 뭔가 찔리는 표정이었다. "사실대로 말하자면, 대위법(Counterpoint)과 C로 두운을 맞추려고 칸타타(Cantata)를 집어넣은 거예요. 판매에 도움이 될지 몰라서요. 사실, 칸타타는 노래예요. 하지만 이 곡에는 목소리가 전혀 안 들어갔죠. 노래를 조금 넣을 수는 없을까요?"

바넘이 잠시 고민한 후 대답했다. "안 돼요."

"당연히 당신의 결정을 따라야겠죠." 팀파니는 뭔가 다른 말을 더 할 것 같더니 그만두었다.

"저기요, 난 제목에 대해서는 별로 관심이 없어요." 바넘이 말했다. "그렇게 제목을 붙이면 여러분의 판매에 도움이 될까요?"

"아마 그럴 거예요."

"그러면 마음대로 하세요."

"고마워요. 래그타임에게 사전 홍보작업을 진행하라고 할게요. 우리는 이 곡이 흥행할 가능성이 있다고 생각해요. 래그타임은 어떤 곡이 팔릴지에 대해 아주 빠삭한 사람인데, 그 제목이 마음에 든다고 했어요. 물론 곡 자체도 좋아했고요."

"이걸 준비하는 데 얼마나 오래 걸릴까요?"

"별로 오래 걸리지 않아요. 이틀만 더 하면 돼요. 작업 과정이 지루하세요?"

"약간요. 고리로 돌아가고 싶어서요. 베일리도 그렇고요."

팀파니가 곤란한 눈빛으로 바넘을 쳐다보며 아랫입술을 삐쭉 내밀었다. "그러면 앞으로 10년 동안 당신을 볼 수 없잖아요. 이 사업은 종종 속도가 느릴 때도 있어요. 새로운 인재를 키우려면 엄청나게 시간이 걸리죠."

"당신은 왜 야누스에 왔어요?"

팀파니가 생각에 잠긴 표정을 짓더니 말했다. "음악을 좋아했기 때문일 거예요. 야누스는 태양계에서 가장 혁신적인 음악이 태어나고 길러지는 곳이잖아요. 고리 거주자들에게 겨룰 만한 음악가들은 어디에도 없어요."

바넘은 팀파니에게 왜 공생체와 짝을 이뤄서 그런 음악성이 어떻게 생겨나는지 직접 경험해보지 않느냐고 묻고 싶었다. 하지만 무언가가 그를 막았다. 아마도 팀파니가 세워놓은 무언의 금기 때문일 것이다. 어쩌면 바넘 자신이 세운 금기일지도 모른다. 솔직히 말해, 그는 왜 모든 사람이 공생체와 짝을 이루지 않는지 납득이 되지 않았다. 그에게는 공생하는 것만이 건전한 생존 방식처럼 생각되었다. 하지만 바넘은 많은 사람이 그 생각에 흥미가 없을 뿐만 아니라, 심지어 혐오스럽게 여긴다는 사실을 알고 있었다.

✳

네 번째 녹음을 마친 후, 팀파니는 공생팀에게 신시사이저를 연주해주며 쉬었다. 그들은 팀파니의 연주 실력이 좋다는 사실을 알고 있었다. 팀파니가 건반 앞에서 예술적 기교를 펼치자 그들의 판단이 더욱 확고해졌다.

팀파니는 음악사를 공부했었다. 그래서 바넘 같은 현대 작곡가의 작품만이 아니라 바흐나 베토벤도 쉽게 연주할 수 있었다. 팀파니가 베토벤의 8번 교향곡 1악장을 연주했다. 두 손과 두 페드만으로도 아무런 어려움 없이 교향악단의 전체 연주를 정확히 재연했다. 그런데 그 한계를 넘어갔다. 음악은 전통적인 현악기에서 어느새 전자악기만이 낼 수 있는 단단한 소리로 넘어갔다.

팀파니는 연이어 바넘이 한 번도 들어본 적 없는 모리스 라벨의 작품을 연주하더니 라이커의 초기 작품을 연주했다. 그 후 스콧 조플린의 재즈 몇 곡과 존 필립 수자의 행진곡을 연주해서 바넘을 즐겁게 해주었다.

팀파니는 이 곡들을 변주하지 않고, 작곡가가 지시한 연주 방법 그대로 연주했다.

곧이어 팀파니가 다른 행진곡을 시작했다. 그 곡은 놀랍도록 활기차고, 솟구쳐 올랐다가 급강하하는 반음계의 빠른 연주가 가득했다. 심지어 예전 음악가들이 결코 달성할 수 없는 수준으로 베이스 부분을 정확히 연주했다. 바넘은 어렸을 때 보았던 옛날 영화가 떠올랐다. 우리 안에 갇혀 으르렁대는 사자와 깃털로 화려하게 꾸민 코끼리가 잔뜩 나오는 영화였다.

"그건 무슨 곡이에요?" 팀파니가 연주를 마치자 바넘이 물었다.

"바넘 씨, 당신이 물어보니 재미있네요. 〈천둥과 불꽃〉이라는 옛날 서커스단의 행진곡이에요. 혹은 〈검투사의 입장〉이라는 제목으로 불리기도 하죠. 그 제목에 대해서는 학자들 사이에 논란이 조금 있어요. 어떤 사람들은 〈바넘과 베일리가 가장 좋아하는 곡〉이라는 세 번째 이름으로 부르기도 하죠. 하지만 대부분의 사람은 그건 다른 곡이라고 생각해요. 그들의 주장이 사실이라면, 〈바넘와 베일리가 가장 좋아하는 곡〉이 사라져버린 것이니까 너무 안타깝죠. 하지만 모두 바넘과 베일리가 이 곡도 좋아했을 거라고 확신해요. 당신 생각에는 어떤가요?"

"저는 좋아요. 한 번 더 연주해줄 수 있나요?"

팀파니가 다시 연주했다. 그 후 세 번 더 연주해줬는데, 그건 베일리가 바넘의 기억에 안전하게 저장해서 나중에 재생하고 싶어 했기 때문이었다.

팀파니가 신시사이저를 끄고, 건반 위에 팔꿈치를 올려놓으며 말했다. "언제 고리로 돌아가세요? 다음 작품에는 시냅티콘 부분을 포함시키면 어때요?"

"시냅티콘이 뭔가요?"

팀파니는 바넘의 질문이 믿기지 않는다는 투로 그를 쳐다보더니, 곧 즐거운 표정으로 바뀌었다.

"정말로 모르세요? 그러면 배워두세요." 팀파니가 책상으로 뛰어 올라 페드로 뭔가를 움켜잡더니, 다시 폴짝 뛰어 신시사이저로 돌아왔다. 작고 검은 상자였는데, 한쪽 끝에 플러그가 연결된 전선과 끈이 달려 있었다. 그리고 바넘을 향해 등을 돌리더니 뒷머리 아래쪽의 머리카락을 양쪽으로 갈랐다.

"플러그를 꽂아줄래요?" 팀파니가 부탁했다.

팀파니의 머리카락 사이에 파묻힌 자그마한 금색 소켓이 바넘의 눈에 들어왔다. 컴퓨터와 직접 연결할 수 있는 소켓이었다. 바넘이 플러그를 거기에 꽂아주자, 팀파니가 끈을 목에 두르고 감아서 상자를 묶었다. 그 상자는 지극히 기능적으로 생겼는데, 임시변통으로 만든 회로판처럼 보였으며, 공구에 패인 자국과 페인트가 벗겨진 부분이 여기저기에 있었다. 거의 매일 어설프게 이리저리 고친 듯한 인상을 주었다.

"아직 개발 중인 악기예요. 이 악기를 발명한 마이어스 녀석은 여기에 다른 장치들을 더 붙여서 연주하곤 해요. 제대로 완성이 되면 목걸이로 만들어 팔 계획이에요. 회로를 아주 작게 축소할 수 있을 거예요. 첫 번째 제품은 스피커에 연결하는 전선이 달려 있어서 내 스타일을 엉망으로 만들었었죠. 하지만 이건 송신기가 달렸어요. 내 말이 무슨 뜻인지 알게 될 거예요. 여긴 좁으니까, 이쪽으로 오세요."

팀파니가 바넘을 데리고 바깥 사무실로 나가서 벽에 있는 커다란 스피커를 켰다.

팀파니가 양손을 몸에 붙이고 사무실 한가운데에 서서 말했다. "이 악기는 몸의 움직임을 음악으로 해석해줘요. 신체 신경망의 긴장을 측정하고 증폭시켜서… 흠, 이게 무슨 말인지 직접 보여줄게요. 이 자세는 값이 0이라서 아무런 소리도 만들어내지 않아요." 팀파니는 똑바로 서 있었지만 긴장을 푼 모습이었다. 양 페드를 모으고, 양팔을 옆구리에 붙이고, 머리는 살짝 숙인 상태였다.

팀파니가 팔을 앞으로 들어 올려 손을 뻗자 뒤에 있는 스피커에서 음계를 따라 소리가 휘리릭 올라가고, 팀파니가 허공에서 손가락을 살짝 오므리자 갑자기 화음으로 바뀌었다. 그리고 앞으로 무릎을 굽히니 부드러운 베이스가 슬그머니 끼어들고, 허벅지의 근육에 힘을 주자 그 소리가 커졌다. 팀파니는 다른 손으로 화음을 더했다. 갑자기 한쪽으로 몸을 휙 숙이자 여러 화음이 폭포처럼 쏟아져 나왔다. 바넘이 자세를 바로 하고 앉았다. 팔의 털들이 곤두서고, 척추도 똑바르게 펴졌다.

팀파니는 지금 바넘을 볼 수 없었다. 현실에서 약간 어긋난 곳에 존재하는 세계에 빠져 있었다. 춤이 음악이고, 몸이 악기인 세상이었다. 눈의 깜빡임은 스타카토로 강조되는 악구가 되고, 팀파니의 호흡이 단단한 리듬이 되어 받치면, 그 위에 팔과 다리, 손가락으로 만들어낸 소리의 그물이 펼쳐졌다.

바넘과 베일리는 움직임과 소리의 완벽한 일치에서 이 공연의 아름다움을 찾았다. 둘은 그 공연이 그저 색다른 쇼가 될 거라 생각했고, 팀파니가 추구하는 음을 내기 위해 어색하고 부자연스럽게 몸을 비틀며 땀을 낼 거라 짐작했었다. 하지만 그들의 예상과 달랐다. 각각의 요소가 서로를 만들었다. 음악과 춤이 팀파니의 진행에 따라 즉흥적으로 만들어졌으며, 어떤 규칙도 따르지 않고 오로지 내면의 지배를 받았다.

마침내 팀파니가 휴식을 취하기 위해 페드의 끝으로 균형을 잡으며 음악 소리가 허공에 흩어져 사라지도록 놔두었을 때, 바넘은 거의 넋을 놓은 상태였다. 그래서 손뼉을 치는 소리를 듣고 깜짝 놀랐다. 바넘은 그 소리가 자기 손에서 나오고 있다는 사실을 깨달았다. 그러나 그는 박수를 치지 않았다. 베일리였다. 베일리가 바넘의 운동신경을 가로챈 것은 처음이었다.

그들은 모든 사항을 세세히 알고 싶었다. 베일리는 새로운 예술 형식에 압도되어, 바넘을 통해 질문을 전달하는 것조차 참을 수 없어서 그에게 잠시 성대를 넘겨달라고 부탁할 뻔했다.

팀파니는 그들이 너무도 열광적이라서 깜짝 놀랐다. 시냅티콘을 강력하게 지지했지만, 이 악기를 사람들에게 보급하려 했을 때 이렇게 큰 반응을 얻은 적은 없었다. 시냅티콘 공연에는 한계가 있었기에, 사람들은 이 악기가 흥미롭긴 하지만 잠깐의 유행 정도로 여겼다.

"한계가 뭔가요?" 베일리가 묻고, 바넘이 목소리를 냈다.

"기본적으로 효과를 완벽하게 펼치려면 무중력 상태에서 공연해야 해요. 중력을 받으며 서 있을 때는 제거할 수 없는 잔여 소음이 있거든요. 야누스처럼 중력이 약한 곳에서도 마찬가지죠. 그리고 여기에서는 허공에 충분히 오래 떠 있을 수 없어요. 여러분은 알아채지 못했을 테지만, 현재의 조건에서는 내가 많은 변주를 선보이지 못했어요."

바넘이 뭔가를 떠올렸다. "그러면 나도 그 악기를 설치해야겠네요. 고리를 날아다닐 때 그런 식으로 연주할 수 있을 테니까요."

팀파니가 눈에 붙은 머리카락을 손으로 넘겼다. 단 15분의 공연으로 온몸이 땀에 젖었고, 얼굴도 발그레 상기된 상태였다. 바넘은 그렇게 그 몸짓 안에서 이루어지는 움직임의 조화에 푹 빠져 있어서, 팀파니의 대답이 들리지 않았다. 시냅티콘이 꺼졌다.

"설치해보세요. 하지만 나라면 좀 더 기다릴 거예요." 바넘이 그 이유를 물어보려는데, 팀파니가 재빨리 계속 말했다. "아직은 완전한 악기가 아니지만, 매일 연구하며 개선하고 있거든요. 이 악기를 작동시켜서 백색 소음 이상의 소리를 만들어내려면 특별한 훈련을 받아야 한다는 점이 문제예요. 내가 여러분에게 이 장치가 어떻게 작동하는지 설명할 때 모두 솔직하게 말한 건 아니었어요."

"어떤 부분요?"

"음, 아까 신경의 긴장을 측정해서 음악으로 해석해준다고 설명했잖아요. 몸에서 신경이 가장 많은 곳이 어디인지 아세요?"

바넘이 그제야 알아챘다. "두뇌죠."

"맞아요. 그래서 이 연주에서는 다른 어떤 연주보다 기분이 중요해요. 혹시 알파파 장치를 이용해서 일해본 적 있으세요? 어떤 소리를 들으면,

두뇌의 특정한 기능을 제어할 수 있어요. 하지만 연습이 필요하죠. 두뇌는 시냅티콘에 필요한 소리의 저장고를 제공하고 음악의 전체 구성을 조절해요. 그것을 제어하지 못하면, 소음이 나오죠."

"당신은 얼마나 오래 이 작업을 했나요?"

"3년 정도요."

✳

바넘과 베일리가 팀파니와 일하는 동안 팀파니는 그들의 생체리듬에 맞춰 밤낮의 순환을 조정해야 했다. 바넘과 베일리는 해가 비치는 동안 야누스의 공영 식당에서 몸을 뻗고 쉬었다.

공영 식당은 지역사회에서 무료로 운영하는데, 투자한 비용 이상으로 충분한 가치가 있었다. 그 식당이 없었다면 공생관계인 인간들은 야누스에 며칠 이상 머무르지 못했을 것이다. 3제곱킬로미터를 불도저로 밀어서 평지로 만든 식당에는 한 변이 백 미터인 사각형이 격자처럼 표시되어 있었다. 바넘과 베일리는 식당을 별로 좋아하지 않았다. 식당을 많이 좋아하는 공생팀은 아무도 없었다. 하지만 야누스의 중력장 안에서 그들이 찾을 수 있는 최고의 장소가 그 식당이었다.

아무리 폐쇄된 생태계라도 완벽하게 폐쇄된 곳은 없다. 물질은 재사용할 수 있지만, 열은 무한히 재사용할 수 없다. 열은 보충되어야 한다. 공생관계에서 동물 구성 부분에 필요한 탄수화물을 식물 구성 부분이 합성할 수 있도록 어딘가에서 에너지가 공급되어야 한다. 바넘의 몸이 탄수화물 분자를 분해할 때 발생하는 소량의 열을 베일리가 이용할 수도 있지만, 그런 식으로 계속 가면 곧 생태적 파산을 맞게 된다.

공생체의 해결책은 다른 식물처럼 광합성을 하는 것이다. 하지만 베일리가 광합성에 사용하는 화학물질은 엽록소와 유사한 부분이 거의 없었다. 광합성을 하기 위해서는 식물의 표면이 인간의 표면적보다 훨씬 많이 넓어야 했다. 토성의 궤도에서 비치는 햇빛은 지구에서의 강도에 비하면 백 분의 1에 불과하기 때문이었다.

바넘이 격자의 하얀 선을 따라 조심스럽게 걸어갔다. 바넘의 오른쪽과 왼쪽에는 인간들이 넓은 사각형 한가운데에 누워 있었다. 그들은 아주 얇은 공생체로 둘러싸여 있었는데, 공생체의 나머지 부분은 살아 있는 막으로 얇게 펼쳐져 있어서, 평평한 바닥에서 어른거리는 광택밖에 보이지 않았다. 우주에서는 이 '해바라기'가 느리게 회전하며 원심력을 이용해 거대한 포물선처럼 펼쳐졌다. 여기에서는 바닥에 꼼짝하지 않고 누워 있으면, 사각형 모서리마다 설치된 기계장치가 당겨주었다. 공생체는 근육 조직이 없어서 혼자서는 펼친 상태를 유지하지 못했다.

그들이 야누스에 머무는 동안 식당에 있을 때만큼 토성의 고리가 그리웠던 적이 없었다. 바넘이 빈 사각형의 가운데에 누워 기계의 갈고리가 베일리의 외피에 걸리도록 했다. 기계가 천천히 당기기 시작하자 베일리가 늘어났다.

그들이 토성의 고리에 있을 때는 고리의 상부에서 10킬로미터 이상 멀리 올라가지 않았다. 거기에서 떠다니며 해바라기를 펼치고 몽상하며 시간을 보내다 광압을 이용해 고리의 그늘진 부분으로 이동했다. 그들은 그 시간을 좋아했다. 그것은 잠을 자는 것과 달랐으며, 인간의 어떤 경험과도 달랐다. 이는 식물의 정신이었으며, 사고 과정에 얽매이지 않고 꿈도 없이 순수한 우주의 의식이었다.

해바라기가 그들을 둘러싼 지면에 펼쳐질 때 바넘이 투덜거렸다. 그들에게 에너지 흡수 활동은 수면과 달랐지만, 바넘은 중력을 받으며 며칠 동안 일하면서 수면 부족과 아주 비슷한 증상을 느꼈다. 바넘과 베일리는 짜증이 났다. 그들은 무중력 상태로 몹시 돌아가고 싶었다.

바넘은 기분 좋은 나른함이 슬금슬금 올라오는 게 느껴졌다. 아래로는 베일리가 강력한 뿌리를 뻗어 바닥의 바위를 파고들었다. 그리고 산성 화합물을 이용해 바위를 소화시켜서 둘에게 필요한 약간의 보충 물질을 획득했다.

「그래서 우리는 언제 출발할 거야?」베일리가 조용히 물었다.

「이제 언제든 떠날 수 있어. 아무 때나.」바넘은 졸렸다. 그는 태양이 베일리의 해바라기에 흐르는 수액을 데우기 시작하는 것을 느낄 수 있었다. 푸른 풀밭에서 한가히 까딱거리는 데이지꽃이 된 기분이었다.

「굳이 말하지 않아도 알겠지만, 녹음작업은 끝났어. 우리가 더 머무를 필요는 없어.」

「알아.」

✳

그날 밤 팀파니가 다시 춤을 추었다. 높이 날아오르거나 점점 더 강해지던 지난번과 달리 이번에는 느린 춤이었다. 그리고 거의 알아채지 못하는 사이에 하나의 주제가 슬그머니 나타났다. 춤이 바뀌고 재배열되었다. 여기서는 빠르게 움직이다가 저기에서는 뚝 끊어졌다. 테이프에 녹음된 곡처럼 선율을 이루지는 않았지만 잘 어울렸다. 현악기와 금관악기, 그리고 다양한 악기에 맞게 편곡됐지만 팀파니 부분은 없었다. 팀파니는 자기 악기인 몸에 맞춰 조옮김을 할 수밖에 없었다. 대위법은 이번에도 유지되었다.

팀파니가 공연을 마친 후 자신이 했던 가장 성공적인 공연에 관해 이야기해주었다. 관객들로부터 열광적인 인기를 얻었던 공연이었다. 듀엣 공연이었는데, 두 사람이 사랑을 나누며 시냅티콘 연주를 했다고 한다.

첫 장과 둘째 장은 잘 진행되었다.

"그러다 우리가 마지막 장에 도달했는데…" 팀파니가 기억을 떠올리며 얼굴을 찡그렸다. "우리가 갑자기 화음을 잃어버려서 그 소리가, 뭐랄까, 한 평론가는 '하이에나가 죽어갈 때 고통으로 내지르는 소리'라고 논평했더라고요. 유감스럽게도 우리는 그 소리를 듣지 못했어요."

"파트너가 누구였어요? 래그타임?"

팀파니가 웃음을 터뜨렸다. "래그타임이요? 아니요, 그 사람은 음악에 대해 아무것도 몰라요. 사랑은 나눌 수 있어도, 4분의 3박자로 하지는 못하는 남자예요. 래그타임은 음악가라기보다는 일을 솜씨 있게 처리하는 사람이에요. 사실은 그 공연을 함께 할 수 있는 훌륭한 파트너를 아직 못 만났어요. 그리고 어쨌거나 다시는 그 공연을 하지 않을 거예요. 비평 당하는 게 힘들더라고요."

"하지만 당신은 듀엣으로 무중력 상태에서 사랑을 나누는 게 시냅티콘을 사용해 음악을 만들기에 가장 이상적인 조건이라고 생각하잖아요."

팀파니가 콧방귀를 뀌었다. "내가 그렇게 말했나요?" 그리고 한참 동안 말이 없었다. "어쩌면 그 말이 맞을지도 몰라요." 이윽고 팀파니가 인정했다. 그러더니 한숨을 내쉬었다. "이 악기의 특성 때문에 가장 강렬한 음악은 신체가 주변 환경과 최고의 조화를 이뤘을 때 만들어져요. 그래서 오르가슴에 도달했을 때보다 더 좋은 조건을 생각해내기 힘들죠."

"그러면 그때는 왜 잘 안됐나요?"

"이렇게 말하면 안 되겠지만, 마이어스가 망쳤어요. 그 녀석이 흥분해서, 물론 흥분하는 게 그 공연의 목적이긴 했지만, 자제력을 상실해버렸죠. 나는 스트라디바리우스의 현악기들처럼 조율된 상태에서 천국의 하프가 연주되는 느낌을 즐기고 있었는데, 마이어스는 장난감 피리를 쿵쾅거리며 시끄럽게 연주하기 시작했거든요. 다시는 그런 일을 겪고 싶지 않아요. 그래서 앞으로는 오늘 밤에 했던 전통적인 발레만 할 생각이에요."

"팀파니…." 바넘이 불쑥 말했다. "난 4분의 3박자로 사랑을 할 수 있어요."

팀파니가 자리에서 일어나더니 방 안을 서성거리며 바넘의 얼굴을 힐끔거렸다. 바넘은 팀파니의 생각을 읽을 수는 없었지만, 괴상한 녹색 덩어리가 꾸역꾸역 쌓여 있고 그 위에 인간의 얼굴이 달린 괴물을 팀파니가 보고 있다는 사실이 새삼 불편하게 느껴졌다. 바넘은 베일리의 겉모습 때문에 짜증이 났다. 왜 팀파니는 그를 보지 못할까? 바넘은 거기에 있었다. 비록 베일리에 파묻혔지만 바넘은 살아 있었다. 바넘은 처음으로 감옥에 갇힌 기분을 느꼈다. 베일리가 그 기분을 알아채고 몸을 움츠리며 물러났다.

"그건 초대인가요?" 팀파니가 물었다.

"네."

"하지만 당신은 시냅티콘이 없잖아요."

"베일리와 그 문제에 관해 이야기해봤는데, 베일리는 자기가 시냅티콘처럼 기능할 수 있을 거라고 생각해요. 어쨌거나 베일리는 나와 함께 살아가는 매 순간 거의 비슷한 기능을 하고 있거든요. 베일리는 내 두뇌와 몸의 신경 자극을 조정하는 일에 아주 능숙해요. 어느 정도는 내 신경계 안에서 살아간다고 해도 무리가 아니죠."

팀파니는 잠시 말이 없다가 대답했다. "당신이 음악을 만들 수 있다는 말인가요… 들을 수도 있고? 장치도 전혀 사용하지 않고도? 베일리가 당신을 위해서 이걸 해줄 수 있다고요?"

"물론이죠. 다만 우리는 두뇌의 청각 부분을 통해 몸의 움직임을 전달한다는 생각을 하지 못했던 것뿐이에요. 당신이 하는 게 바로 그런 거죠."

팀파니는 뭔가 말을 할 듯 입을 열었다가 다시 다물었다. 어떻게 할지 결정을 못 하는 것 같았다.

"팀파니, 공생관계를 이뤄서 고리로 나가보는 건 어때요? 잠깐만요, 우리 이야기를 더 들어보세요. 당신은 내 음악이 아주 훌륭해서 팔 수 있을 것 같다고 했잖아요. 내가 어떻게 그런 음악을 만들 수 있었는지 아세요? 그 문제에 대해 생각해본 적이 있나요?"

"많이 생각해봤어요." 팀파니가 낮은 목소리로 말하며 다른 곳으로 눈길을 돌렸다.

"내가 여기에 왔을 때는 머릿속에 있는 음의 이름조차 몰랐어요. 무식했죠. 지금도 여전히 잘 몰라요. 그래도 난 작곡을 했어요. 그런데 당신은 내가 지금껏 만나봤던 사람 중에서 가장 음악을 잘 알아요. 당신은 음악을 사랑하고, 아름답고 능숙하게 연주도 할 수 있잖아요. 그렇지만 무슨 곡을 만들었나요?"

"나도 몇 곡 썼어요." 팀파니가 방어적으로 말했다. "아, 뭐, 그래요. 별로 좋은 곡은 없었어요. 그쪽으로는 재능이 없는 것 같아요."

"그렇지만 재능이 필요하지 않다는 증거가 바로 나예요. 나는 작곡을 하지 않았어요. 베일리도 하지 않았죠. 우리는 주변에 일어나는 일들을 관찰하고 귀를 기울였을 뿐이에요. 당신은 저기 밖이 어떤지 상상도 못 할걸요. 그곳에는 당신이 들었던 모든 음악이 넘쳐흘러요."

＊

얼핏 생각해봐도, 많은 사람이 아름다운 토성의 고리에서 태양계 최고의 예술이 탄생한다는 사실을 당연하게 받아들이는 것은 납득이 되었다. 인류가 거문고자리 베타나 그보다 더 멀리까지 나아가서 생존이 가능한 더 아름다운 장소를 발견할 때까지는 변하지 않을 것이다. 예술가라면 고리에서 보이는 광경에서 끝없는 영감을 얻을 수 있을 게 틀림없었다. 하지만 예술가들은 드물었다. 고리는 어떻게 그곳에 사는 모든 인간을 예술가로 만드는 것일까?

태양계의 예술 활동은 한 세기 넘게 토성 고리에 사는 사람들이 주도해왔다. 만일 이런 현상에 대한 원인이 고리의 엄청난 규모와 훌륭한 아름다움 때문이라면, 제작된 예술 작품이 주로 색조와 솜씨의 측면에서 아름답고 웅장한 규모를 보여주는 것들로 한정되리라 예상할 수 있을 것이다. 하지만 그렇지 않았다. 고리 사람들의 미술과 시, 소설, 음악은 인간의 모든 경험을 다룰 뿐 아니라, 거기에서 한 단계 더 높이 올라갔다.

사람들은 다양한 이유로 야누스에 와서 이전의 삶을 버리고 공생체와 짝을 맺기로 결심했다. 매일 십여 명의 사람들이 그렇게 떠나는데, 한 번 떠나면 10년 동안은 소식을 들을 수 없었다. 그들은 인류의 한 단면을 보여주는 집단으로 보아도 무방했다. 그들은 유능한 사람들부터 무능한 사람들까지 폭넓게 분포했으며, 일부는 온화하고 어떤 이들은 잔인했다.

천재도 있었고, 바보도 있었다. 그들은 마치 인류의 표본을 무작위로 추출하듯 젊거나 늙거나 호의적이거나 냉담하거나 쓸모없거나 민감하거나 실수를 많이 하는 인간들이었다. 미술이나 음악, 문학 분야에서 훈련받거나 적성을 가진 사람들은 소수에 불과했다.

고리 사람 중 일부는 사망했다. 어쨌거나 토성의 고리는 위험한 곳이었다. 이 사람들이 그곳에서 생존하는 방법을 배우려면 시도해서 성공하는 길 외에는 없었다. 하지만 대부분은 돌아왔으며, 그림과 음악과 소설을 가지고 왔다.

에이전시 사업이 야누스의 유일한 산업이었다. 야누스의 에이전시는 다른 지역의 업자들과 달리 특이한 부분이 있었다. 고리에 사는 사람이 사무실에 와서 완성된 작품을 내미는 경우가 거의 없기 때문이었다. 문학 저작권 에이전시 일이 가장 쉬웠다. 하지만 대중음악 저작권 에이전시는 악보조차 볼 줄 모르는 작곡가에게 음악의 기초 지식을 어느 정도 가르칠 준비가 되어 있어야 했다.

그에 대한 보상은 컸다. 통계적으로 볼 때 고리 사람들의 작품은 태양계 내의 다른 지역에서 제작된 어떤 작품과 비교해도 열 배 이상 팔렸다. 게다가 더욱 좋은 점은, 수수료 정도가 아니라 거의 대부분의 수익을 에이전시가 차지할 수 있다는 사실이었다. 고리의 예술가들이 돈을 더 달라고 요구한 적은 한 번도 없었다. 고리 사람들은 돈을 쓸 일이 거의 없기 때문이었다. 에이전시가 한 번의 성공적인 거래를 진행하고 은퇴하는 경우도 종종 있었다.

그러나 고리 사람들이 왜 예술 작품을 만들어내느냐는 근본적인 질문에 대한 해답은 여전히 없었다. 바넘도 그 해답을 몰랐지만 몇 가지 생각이 떠올랐고 베일리도 부분적으로 동의했다. 인간과 공생체의 정신이 혼합된 상태와 관련이 깊은 것 같았다. 고리 사람들은 인간 이상의 존재였지만, 여전히 인간이었다. 그들이 공생체와 합쳐질 때 다른 무언가가 생겨났다. 그것은 그들이 제어할 수 없었다. 바넘이 그것에 대해 표현할 수 있는 최선의 설명은 동물과 식물의 두 정신이 만나는 연결 지점에 어떤 긴장이 생긴다는 것이었다. 두 파동이 정면으로 부딪칠 때 진폭이 더해지는 것과 비슷했다. 그 긴장은 정신적인 것이었으며, 인간의 정신을 사로잡는 상징들로 살을 찌웠다. 공생체의 지적인 삶은 인간의 두뇌와 접촉한 순간에 시작되었으므로, 인간적인 상징을 사용할 수밖에 없었다. 공생체는 두뇌가 없어서 인간의 두뇌를 시분할 방식으로 나눠 사용해야 했다.

바넘과 베일리는 영감의 원천에 대해서는 고민해보지 않았다. 팀파니는 그 원천에 대해 상당히 많이 고민했다. 그리고 자신을 언제나 쏙쏙 피해 가는 그 예술적 영감이 인간과 공생체의 공생팀에게는 너무도 쉽게 방문한다는 사실 때문에 화가 났다. 팀파니는 그런 상황을 불공정하게 생각한다고 그들에게 털어놓았지만, 공생을 이뤄보는 게 어떠냐는 제안을 받았을 때는 대답하지 않았다.

그런데 바넘과 베일리가 다른 대안을 제시했다. 실제로 공생의 마지막 단계까지 나아가지 않고도 공생을 경험할 수 있는 방법이었다. 마침내 호기심이 경계심을 넘어섰다. 팀파니는 그들과 사랑을 나누기로 합의했다. 그리고 베일리가 살아 있는 시냅티콘 기능을 맡기로 했다.

✳

바넘과 베일리가 팀파니의 아파트에 도착하니, 팀파니가 그들을 위해 문을 열어주었다. 아파트 내부는 팀파니가 다이얼을 돌려 모든 가구를 바닥 밑으로 넣어서 하얀 벽으로 둘러싸인 텅 빈 큰 방 하나만 남아 있었다.

"내가 뭘 하면 되죠?" 팀파니가 작은 목소리로 물었다. 바넘이 손을 뻗어 팀파니의 손을 잡자 베일리의 몸체가 두 손을 덮었다.

"다른 손도 주세요." 팀파니는 그 요청에 따라 손을 내밀고, 초록색 물질이 손과 팔을 타고 올라오는 모습을 지긋이 바라봤다. "보지 마세요." 팀파니가 바넘의 조언을 따랐다.

베일리가 몸 안에 공기를 집어넣으며 풍선처럼 부풀어 오르기 시작하자 바넘은 피부에 공기가 닿는 게 느껴졌다. 초록색 구가 점점 커져 바넘을 완전히 삼키더니 차츰 팀파니도 흡수했다. 5분이 채 되기 전에 단조로운 녹색의 공이 방을 가득 메웠다.

"이런 건 처음 봐요." 팀파니가 바넘과 두 손을 잡고 서서 말했다.

"우리는 주로 우주에 있을 때만 이렇게 하거든요."

"이제 어떻게 되나요?"

"잠깐 기다려보세요." 팀파니는 바넘이 자신의 어깨너머를 힐끗거리는 모습을 보고 고개를 돌려 보려 했다. 하지만 곧 무슨 일이 진행될지 깨달은 팀파니는 생각을 고쳐먹고 가만히 긴장한 상태로 서 있었다.

공생체의 내부 표면에서 가느다란 덩굴손이 튀어나와 팀파니의 뒷머리에 있는 컴퓨터 단자를 향해 더듬거리며 나아갔다. 팀파니는 덩굴손이 닿을 때 움찔했지만, 단자 속으로 꾸물꾸물 들어가자 긴장을 풀었다.

「연결은 어때?」 바넘이 베일리에게 물었다.

「잠깐만. 아직 살펴보는 중이야.」 공생체는 단자의 뒤쪽에 있는 미세한 입구를 통해 흘러 들어가서 팀파니의 대뇌 전역에 퍼져 있는 필라멘트 섬유의 망을 따라갔다. 필라멘트의 끝에 다다른 후 베일리는 바넘의 두뇌에서 잘 알고 있는 영역들을 팀파니의 두뇌에서 찾기 위해 더 깊이 파고들었다.

「살짝 다르네.」 베일리가 바넘에게 말했다. 「내가 제대로 찾았는지 확인하려면 약간 시험을 해봐야 할 것 같아.」

팀파니가 깜짝 놀라서 겁에 질린 얼굴로 자신의 의지와 상관없이 춤을 추는 팔과 다리를 내려다보았다.

"베일리에게 멈추라고 해요!" 팀파니가 새된 소리를 질렀다. 팀파니는 베일리가 기억과 감각 신경이 있는 곳들을 빠르게 훑어 내려가자 놀라서 숨을 헉 멈췄다. 거의 순간적으로 오렌지꽃의 향기와 엄마의 텅 빈 자궁 속, 어렸을 때 당황스러운 사건이었던 첫 자유낙하를 연이어 떠올렸다. 입에서 15년 전에 먹었던 음식의 맛이 났다. 라디오 주파수 다이얼을 주르륵 돌려서 연결되지 않는 수천 곡의 노래가 일부분씩 파편적으로 들려오지만 각각의 음악 전체를 들을 수 있을 것 같은 느낌과 비슷했다. 그 시간은 채 1초가 되지 않았지만, 팀파니는 온몸의 힘이 빠져나갔다. 힘이 빠졌다는 느낌도 환상이었으므로, 팀파니는 정신을 차렸다. 그리고 자신이 바넘의 팔에 안겨 있다는 사실을 깨달았다.

"베일리에게 중단하라고 하세요." 팀파니가 바넘에게서 떨어지려 애쓰며 요구했다.

"끝났어요." 바넘이 말했다.

「음, 거의 끝나가」 베일리가 말했다. 남은 과정은 팀파니가 의식하지 못하는 수준에서 진행되었다.

「들어왔어.」 베일리가 바넘에게 말했다. 「이게 얼마나 잘 작동할지는 장담하기 힘들어. 너도 알다시피, 내가 이런 걸 하도록 만들어진 건 아니잖아. 나에겐 저 단자보다 넓은 입구가 필요해. 네 머리 꼭대기로 들어갈 때처럼 말이야.」

「혹시 팀파니에게 위험하지는 않겠지?」

「전혀 안 위험해. 하지만 내가 과부하에 걸려서 모든 기능이 정지할 가능성이 있어. 가느다란 덩굴손을 통해 아주 많은 정보가 오갈 텐데, 그 부화를 처리할 수 있을지 모르겠어.」

「그냥 최선을 다할 수밖에 없지, 뭐.」

바넘과 팀파니가 마주 봤다. 팀파니는 긴장해서 멍한 눈빛이었다.

"이제 어떻게 되나요?" 팀파니가 얇지만 탄력이 있고 따스한 베일리의 표면을 딛고 서서 다시 물었다.

"당신이 도입부를 시작해주면 좋겠어요. 당신이 이끌어 나가면 내가 따라갈게요. 당신은 한 번 해봤잖아요. 비록 실패하긴 했지만 말이에요."

"알았어요. 내 손을 잡아요…."

＊

바넘은 곡이 어떻게 시작되는지 몰랐다. 팀파니는 매우 차분한 속도로 시작했다. 그렇지만 장송곡은 아니었다. 사실 시작 부분에서는 속도랄게 전혀 없었다. 자유로운 형식의 음시(音詩)였다. 팀파니는 매우 느리게움직였다. 바넘이 기대했던 자유분방한 성적 분위기는 전혀 아니었다. 바넘은 팀파니를 지켜봤다. 그리고 깊은 저음이 커져가는 소리를 들었다. 바넘은 그게 자신의 마음속에서 깨어나는 자각의 소리라는 사실을 깨달았다. 그것이 그의 첫 번째 응답이었다.

점차 팀파니가 바넘을 향해 다가오기 시작하자, 그도 약간의 움직임을 시도했다. 바넘의 음악이 팀파니의 음악에 더해졌지만, 아직은 분리된 상태였고 화음을 이루지 못했다. 그들은 서로 다른 방에 앉아 벽을 통해 서로의 음악을 듣는 것 같았다.

팀파니가 손을 아래로 뻗어 손끝으로 바넘의 다리를 건드렸다. 그리고 바넘의 몸을 따라 손을 천천히 움직이자 손톱으로 칠판을 긁는 듯한소리가 났다. 쨍쨍거리고 삐걱거리는 소리가 바넘의 신경을 자극했다. 그는 깜짝 놀랐지만 춤을 계속 이어갔다.

다시 팀파니가 바넘을 손으로 건드렸다. 그리고 같은 주제가 반복되었다. 세 번째에도 같은 결과가 나왔다. 바넘은 그 소리에 익숙해졌고, 둘이 함께 만드는 음악의 일부분으로 이해했으며, 거슬리는 그 소리를그대로 받아들였다. 이것은 팀파니의 긴장을 나타내는 소리였다.

바넘이 무릎을 꿇고 양손으로 팀파니의 허리를 잡았다. 팀파니가 천천히 몸을 돌리니 콘크리트 바닥에 녹슨 쇠그릇이 굴러가는 소리가 났다. 팀파니가 계속 돌자 음색이 바뀌고 리듬을 갖추기 시작했다. 그들의심장 박동의 작용으로 음악 소리가 두근두근 뛰다가 당김음이 되었다. 차츰 각 음색이 부드러워지며 조화를 이루기 시작했다. 빠르게 회전하는팀파니의 피부가 땀으로 반짝거렸다. 그때 바넘이 의식으로는 알아채지 못한 신호를 받아 팀파니를 들어 끌어안자 음악 소리가 그들을 감싸며 폭포처럼 쏟아져 내렸다. 팀파니가 기쁨에 잠겨 다리를 들어 올렸고, 그 행동은 바넘의 팽팽한 다리 근육의 천둥 같은 베이스 소리와 조화를 이루며 허공을 떠다니는 일련의 반음계를 만들어냈다. 그 소리는 더 이상 버티기 힘들 때까지 점점 강해지다가 팀파니의 발이 바닥에 닿자 다시 가늘어졌다. 그리고 그들이 함께 쓰러졌다. 두 사람이 서로를 달래며 숨을 헐떡일 때, 그들에게 음악 소리는 불협화음이 되어 낮게 웅얼거리는 듯 들렸다.

"이제야 우리의 음정이 맞네요." 팀파니가 속삭였다. 팀파니가 말을 하고 들을 때, 공생체 시냅티콘이 팀파니의 입과 혀, 귀의 신경 자극을 낚아채서 바넘의 청각 신경 자극과 뒤섞었다. 그 결과, 몇 분 동안 그들이 말을 할 때마다 그들 주변에 울려 퍼진 각 단어가 아르페지오로 나타났다가 사라졌다. 팀파니가 그 소리를 듣고 깔깔거렸다. 그 웃음소리조차 다듬어지지 않은 음악이 되었다.

음악은 한 번도 멈추지 않았다. 음악은 여전히 두 사람을 감싸고 그들의 발 주변의 어둑한 곳들에 모여 있다가 두 사람의 가쁜 숨소리에 맞춰 반음을 낮추고 살짝 알레그레토로 맥동 치기 시작했다.

"어두워졌어요." 팀파니는 큰 소리를 내면 강렬한 소리를 자극할 것 같아서 작게 속삭였다. 바넘이 고개를 들고 주변을 살펴보니 그의 머리 주변에 팀파니가 뱉은 단어들이 이리저리 움직이고 있었다. "저기에 뭔가가 움직여요." 팀파니가 어두운 무언가의 윤곽을 보고 심장이 두근거리자 음악의 속도도 살짝 빨라졌다.

"소리가 형태를 갖추는 거예요." 바넘이 말했다. "두려워하지 말아요. 당신의 마음속에 존재하는 거니까요."

"내 마음을 그렇게 깊은 곳까지는 별로 보고 싶지 않아요."

✳

　2악장이 시작되자 그들의 머리 위에 별이 나타나기 시작했다. 팀파니는 모래나 진한 액체처럼 밑에서 받쳐주는 베일리의 표면 위에 반듯이 드러누웠다. 팀파니는 베일리를 받아들였다. 베일리가 팀파니의 어깨를 받치고, 바넘이 손으로 팀파니의 몸에서 음악을 이끌어냈다. 바넘은 음색이나 공명에 얽매이지 않고 스스로 존재하는 종소리처럼 순수한 음을 약간 발견했다. 바넘이 팀파니에게 입술을 포개고, 그가 하나씩 불어넣었던 음으로 이루어진 화음을 한 모금씩 빨아들였다. 그 화음들은 바넘이 무의미하게 뱉은 단어들의 주변에 벌떼처럼 모여서 그의 목소리에 담긴 화음이 변화할 때마다 울렸다.

　팀파니는 팔을 머리 위로 쭉 뻗으며 입을 벌리고, 이제는 자기 몸을 만질 때처럼 현실적으로 느껴지는 모래 같은 베일리의 표면을 움켜쥐었다. 바넘이 갈구하던 성적인 분위기가 바로 그 자세였다. 힌두 신전의 여신처럼 자신만만하고 호색적인 팀파니의 몸은 딕시랜드 재즈 클라리넷처럼 요란한 소리를 냈고, 그 소리는 머리 위에서 흔들리는 나뭇가지에 걸린 너덜너덜한 시트처럼 격렬하게 펄럭거렸다. 팀파니가 웃음을 터뜨리며 양손을 눈앞으로 들어 올리고, 파랗고 하얀 불꽃이 다섯 손가락 끝에서 동그랗게 펼쳐진 모습을 바라봤다. 불꽃이 바넘에게 튀어갔고, 바넘의 몸에서 두 사람이 손대는 곳마다 빛이 났다.

　두 사람이 들어간 세계는 그들에게 몹시 우호적이었다. 팀파니의 손에서 어둡고 구름이 뒤덮인 하늘로 불꽃이 튀어 오르면 번갯불이 다시 팀파니에게 경쾌하게 날아왔다. 무시무시한 광경이었지만 두렵지는 않았다. 팀파니는 그게 베일리의 정신이 만들어낸 거라는 사실을 알고 있었다. 그래도 그 광경이 좋았다. 팀파니의 머리 위에서 회오리바람이 형성되어 머리 주변에서 춤을 추듯 뒤틀릴 때, 팀파니는 그 모습도 좋아했다.

　두 사람이 연주하는 음악의 속도가 빨라질수록 폭풍도 점점 더 거세졌다. 점차 팀파니는 진행되는 상황을 따라갈 수가 없었다. 팀파니 안의 열기가 광기로 변했다. 피아노를 언덕에서 굴리거나, 하프 위에서 트램펄린처럼 펄쩍펄쩍 뛰어다니며 소리를 내는 것 같았다. 깊은 우물 바닥에서 트롬본이 술에 취한 듯 흐느적거리며 연주하는 소리가 들렸다. 팀파니가 바넘의 뺨을 혀로 놀리자 작은북에 기름방울이 떨어지는 소리가 났다. 바넘은 하프시코드가 정면으로 충돌하는 듯한 소리를 내는 콘서트홀의 입구를 찾으려 애썼다.

그때 누군가가 녹음기의 전원을 뽑아버려 테이프가 헤드를 지나가는 속도가 점점 느려지듯 늘어졌다. 그러나 음악 소리가 계속 떠들어대면서 두 사람에게 이게 잠깐의 휴식일 뿐이며, 그들을 초월하는 존재의 지휘를 받고 있다는 사실을 상기시켰다. 두 사람은 그 사실을 받아들였다. 팀파니가 바넘의 얼굴을 바라보며 그의 무릎에 가볍게 앉아 그 품에 안겼다.

'왜 멈췄어요?' 팀파니가 물었다. 자기 말이 입에서 소리가 아니라 글자로 빠져나가는 모습을 보는 게 재미있었다. 팀파니는 펄럭거리며 바닥으로 떨어지는 작은 글자들을 톡 건드렸다.

'베일리가 요청했어요.' 바넘도 글자로 말했다. '회로에 과부하가 걸렸대요.' 그의 말들이 머리 주변을 두 바퀴 돌더니 사라졌다.

'그런데 왜 공중에 글자가 써지는 건가요?'

'말소리로 음악을 망치지 않으려는 거죠.'

팀파니가 고개를 끄덕이더니 바넘의 어깨에 다시 머리를 기댔다.

바넘은 행복했다. 그는 부드럽게 팀파니의 등을 쓰다듬으며, 따뜻하고 몽실몽실한 우르릉 소리를 만들어냈다. 바넘은 손가락 끝으로 그 소리의 형태를 만들었다. 토성의 고리에 사는 그는 무한히 거대한 무언가를 넘어선 환희의 느낌에 익숙했다. 베일리의 지원을 받으면 거대한 토성 고리를 인간의 정신이 조망할 수 있는 범위까지 축소시켜 볼 수 있었다. 하지만 지금까지 그가 경험했던 그 어떤 것도 팀파니를 만지고 음악을 만들며 느끼는 힘의 감각에 비할 만한 것은 없었다.

산들바람이 두 사람 주위를 돌며 소용돌이치기 시작했다. 그들의 머리 위에 아치처럼 드리워진 나뭇잎들이 흔들렸다. 연인들은 폭풍이 최고조에 이른 동안에도 땅에 발이 박힌 듯 꼼짝도 안 했다. 이제 바람이 그들을 공중으로 들어 올려 회색 구름 속으로 던졌다.

팀파니는 어떻게 진행되는 건지 알아차리지 못했다. 눈을 떴을 때, 팀파니가 알던 모든 것들은 다시 망상 속으로 들어가버리고 오로지 음악만 남았다. 그리고 그 음악은 이제 막 만들어지기 시작하는 참이었다.

마지막 악장은 더욱 조화롭고 변주가 적었다. 그들은 마침내 음조가 맞아서 동일한 지휘자의 지휘에 맞춰 움직이는 듯했다. 그들이 즉흥적으로 연주한 부분은 기쁨이 넘쳤다. 떠들썩하고 자유분방했으며 바그너의 느낌도 살짝 났다. 신들도 어딘가에서 웃음을 터뜨렸을 것이다.

팀파니는 음악과 함께 흘러가다 그 음악을 자신으로 받아들였다. 바넘이 그 선율을 잡아내는 동안 팀파니는 그 곡이 지루해지지 않도록 때때로 앞꾸밈음과 쉽게 잊히지 않는 미묘한 음을 집어넣었다.

구름이 걷히기 시작하더니 베일리가 가져온 새로운 환상이 서서히 모습을 드러냈다. 그 환상은 흐릿했다. 하지만 광대했다. 팀파니는 두 눈을 뜨고 그 환상을 바라봤다. 토성의 고리 평면 상반부의 몇 킬로미터 상공에서 바라보는 광경이었다. 아래로 고리의 금빛 표면이 끝도 없이 펼쳐지고, 위에는 별들이 빛났다. 팀파니의 눈길이 고리의 평면을 향했다. 저 아래로…. 고리는 얇고, 비현실적으로 보였다. 그 고리를 투과해서 건너편을 볼 수 있을 것 같았다. 팀파니가 한 손을 들어 태양의 눈부신 빛을 가렸다. (그러자 음악에 쓸쓸한 단조가 들어왔다.) 그리고 그들이 거기로 데려와 자신에게 보여주는 그 경이로운 광경이 회전하는 모습을 뚫어지게 쳐다봤다. 베일리가 토성의 고리를 치워버리자, 팀파니의 귀에는 소리로 내지 못한 공포의 비명이 가득 찼다. 아래에 별들이 있었다. 별이 사방에서 팀파니를 향해 움직였다. 그리고 팀파니는 별 사이를 가르며 날아갔다. 별들이 회전하기 시작하더니… 베일리의 내부 면으로 바뀌었다. 팀파니의 보이지 않는 눈동자 위로 가느다란 초록색 덩굴손이 분리되어 벽 속으로 뒤틀리며 다시 들어갔다. 그리고 사라졌다.

＊

「회로가 타버렸어.」 베일리가 말했다.

「괜찮아?」 바넘이 베일리에게 물었다.

「난 괜찮아. 지쳤을 뿐이야. 너도 느낄 수 있을 거야. 내가 저 연결은 정보량을 감당할 수 없을 거라고 경고했었잖아.」

바넘이 베일리를 위로했다. 「우리가 이렇게 강렬한 경험을 해본 건 처음이잖아.」 그는 고개를 절레절레 흔들며 그 지독한 순간의 기억을 지워버리려 했다. 바넘도 두려웠지만, 병적인 공포에 사로잡히지는 않았다. 그는 팀파니가 토성에 고리에 사로잡힐 때처럼 무언가에 그렇게 사로잡혀본 적이 없었다. 바넘은 살그머니 끼어들어 그가 보지 않아도 될 정신의 한구석으로 그 고통을 치워준 베일리에게 고마운 느낌이 들었다. 길고 고요한 궤도로 돌아가면 나중에 되돌아볼 시간이 많다. 그들은 이제 곧 그 궤도로 떠나게 될 것이다….

팀파니가 일어나 앉으며 어리둥절한 표정을 지었다. 그러나 곧 미소를 짓기 시작했다. 바넘은 베일리가 팀파니의 정신 상태에 대해 알려줄 수 있기를 바랐지만, 이미 팀파니와 연결이 끊어진 상태였다. 충격을 받은 걸까? 바넘은 충격을 받았을 때의 증상이 어떤지 기억나지 않았다.

「내가 알아봐야겠지.」 바넘이 베일리에게 말했다.

「내가 보기에 팀파니는 괜찮은 것 같아.」 베일리가 말했다. 「연결이 끊어질 때 내가 팀파니를 진정시켰거든. 아마 별로 기억을 못 할 거야.」

팀파니는 기억하지 못했다. 다행스럽게도, 행복한 기억은 있었지만, 마지막의 공포에 대해서는 어렴풋한 인상만 남아 있었다. 팀파니는 그 광경을 보고 싶어 하지 않았으므로 차라리 다행이었다. 실제로 겪을 수도 없는 경험 때문에 괴롭힘이나 조롱을 당할 이유가 없었다.

✳

두 사람은 베일리 안에서 사랑을 나눴다. 그 사랑은 차분하고 깊었으며 오랜 시간 이어졌다. 아직 남아 있던 상처는 부드러운 침묵 속에 치유되었고, 그들이 호흡하는 음악에 섞여들었다.

얼마 지나지 않아 베일리는 서서히 바넘 주위로 오므라들었다. 그리고 그들의 세계를 한 사람의 크기로 수축시켜 팀파니를 완전히 차단했다.

✳

어색한 시간이 흘렀다. 바넘과 베일리는 1시간 이내에 발사장으로 가야 했다. 셋 다 팀파니가 그들을 따라갈 수 없으리라는 사실을 알았지만, 굳이 그 이야기를 하지는 않았다. 그들은 친구로 남기로 약속했다. 그러나 그것이 무의미한 약속이라는 사실도 잘 알았다.

팀파니가 결산보고서를 가져와서 바넘에게 건넸다.

"2,000이에요. 1,995는 약값으로 뺐어요." 팀파니가 작은 알약 십여 개를 바넘의 다른 손에 건넸다. 그 약에는 바넘과 베일리가 고리에서 구할 수 없는 미량 원소들이 담겨 있었다. 그들은 야누스에 올 수밖에 없었던 것은 바로 그 약 때문이었다.

"그걸로 충분한가요?" 팀파니가 불안한 표정으로 물었다.

바넘이 결산보고서를 쳐다봤다. 인간에게 돈이 얼마나 중요한지 기억해내려 애썼다. 그는 돈이 거의 필요 없었다. 바넘은 다시 돌아와서 다른 노래를 더 팔지 않더라도, 그가 오래 살 수만 있다면, 은행 예금만으로도 수천 년 동안 알약을 공급받기에 충분할 것이다. 그래서 이제 바넘은 야누스의 에이전시들이 재거래를 거의 하지 않는 이유를 이해하게 되었다. 공생팀과 인간들은 섞여 살 수 없었다. 그 두 집단의 유일한 공통점은 예술이었지만, 그 분야에서도 공생팀와 달리 인간은 돈에 좌우되었다.

"그럼요. 그걸로 충분해요." 바넘이 말하며 결산보고서를 옆으로 치

노래하고 춤춰야 해   205

웠다. "내가 필요한 것보다 많아요."

팀파니가 안심했다.

"나도 당연히 그럴 거라 생각했어요." 팀파니가 그렇게 말하며 죄책
감을 느꼈다. "하지만 항상 착취하는 사람이 되는 느낌을 받아요. 이건
그리 많은 액수가 아니잖아요. 래그타임은 여러분의 곡이 엄청나게 인기
를 얻을 거라서 부자가 될 거라고 했어요. 그런데 여러분이 받게 될 돈은
그게 전부예요."

바넘도 그 사실을 알고 있지만 상관없었다. "우리에게 필요한 건 이게
다예요." 그가 다시 말했다. "이미 내가 가치를 두고 있는 유일한 화폐로
보상을 받았어요. 당신을 알게 된 특권 말이에요."

그리고 그들은 떠났다.

＊

카운트다운은 길지 않았다. 발사장의 운영자는 소 떼를 축사의 문으
로 집어넣듯 공생팀들을 발사체 안으로 몰아넣는 경향이 있었다. 시간이
느리게 흐르도록 연장한 바넘과 베일리에게는 팀파니를 다시 떠올릴 시
간이 충분했다.

「왜 그랬을까?」 바넘이 물었다. 「팀파니는 왜 그랬을까? 그 공포는
어디에서 유래한 걸까?」

「내가 뭔가를 봤어.」 베일리가 생각에 잠긴 말투로 이야기했다. 「그래
서 조사를 해볼까 하다가, 그러는 내가 싫어지더라고. 그래서 개인적인
트라우마는 그냥 건드리지 않기로 결심했어.」

카운트다운이 서서히 발사 신호에 가까워졌다. 바넘의 귀에 저음의
감상적인 음악이 들어오기 시작했다.

「아직 팀파니를 사랑해?」 바넘이 물었다.

「그 어느 때보다 많이.」 베일리가 대답했다.

「나도 그래. 그 사랑은 좋았지만 가슴이 아프기도 해. 우리는 이겨낼

거야. 앞으로는 우리가 감당할 수 있는 크기로 우리의 세계를 유지하는 게 나을 것 같아. 그건 그렇고, 저건 무슨 음악이지?」

「환송곡이야.」 베일리가 말했다. 베일리는 그들이 그 음악을 들을 수 있을 정도로 시간을 다시 가속했다. 「무선으로 수신된 거야. 서커스 행진 곡이네.」

바넘은 발사포의 증가하는 압력 때문에 부드럽게 튜브 속으로 밀리는 느낌을 받은 후에야 그 음악을 알아챘다. 그가 웃음을 터뜨렸다. 공생팀은 천국의 문 증기 오르간에 달린 놋쇠 파이프를 통해 발사되었다. 그들은 〈천둥과 불꽃〉 음악 소리와 함께 커다란 오렌지색 연기의 원형 고리 한가운데를 뚫고 날아갔다.

THE
BARBIE
MURDERS

바비 살인사건

1978년 1월 〈Isaac Asimov's Science Fiction Magazine〉에 첫 발표
1979년 로커스상 수상, 제임스 팁트리 주니어상 노미네이트

22시 46분, 시체가 영안실에 들어왔다. 그 시체에 관심을 기울인 사람은 아무도 없었다. 토요일 밤이라 떠내려온 통나무들이 연못가에 쌓이듯 시체들이 쌓여갔다. 피곤함에 지친 영안실 직원이 일렬로 늘어선 스테인리스 탁자를 지나며 시체 얼굴 위에 덮인 시트를 벗기고 함께 이송된 서류를 집어 들었다. 그리고 주머니에서 신원 카드를 꺼내 수사관과 병원 직원이 제출한 보고서를 휘갈겨 베껴 썼다.

리어 페트리 잉그러햄. 여성.
나이: 35세. 키: 2.1미터. 체중: 59킬로그램.
사망한 상태로 도착. 크리시움 비상 터미널. 사망 원인: 살인.
가까운 친족: 모름.

영안실 직원은 카드에 달린 철사를 시체의 왼쪽 엄지발가락에 감은 후 시체를 탁자에서 바퀴 달린 운반기로 밀어서 옮기고, 운반기를 사체실 659A로 가져가 긴 받침대를 꺼냈다.

직원은 문을 닫고, 서류를 기결 서류함에 넣었다. 영안실 직원은 수사관이 보고서에 시체의 성별을 특정하지 않았다는 사실을 알아채지 못하고, 겉모습만 보고 여성이라고 썼다.

✳

안나 루이스 바흐 경위는 사흘 전 새로운 사무실로 옮겼는데, 벌써 책상 위에 쌓인 서류 더미가 산사태를 일으키며 바닥으로 무너지기 직전이었다.

그 공간을 사무실이라고 부르는 것은 말장난이나 다름없었다. 방에는 미결 사건을 보관하는 서류 캐비닛이 있었는데, 안나가 생명과 신체에 심각한 위험을 무릅쓰지 않으면 캐비닛을 열 수 없었다. 서랍이 자꾸 튀어나와서 안나는 구석에 있는 의자에서 옴짝달싹하기도 힘들었다. A열 서류에 손을 뻗으려면 의자 위로 올라서야 했고, Z열 서류를 꺼내려면 책상 위에 걸터앉거나 한 발을 가장 아래 서랍에 딛고 다른 발은 벽을 짚어야 했다.

그 사무실에도 문이란 게 있었지만, 책상 앞에 있는 의자에 누군가가 앉아 있지 않을 때만 열 수 있었다.

하지만 안나는 불평할 생각이 없었다. 이 공간을 사랑했다. 지난 10년 동안 다른 경사나 경장들과 어깨를 맞대고 보냈던 사무실보다 열 배는 좋았다.

조지 웨일 경사가 문으로 고개를 삐쭉 내밀었다.

"안녕. 우리가 새로운 사건을 입찰에 걸었는데, 내가 뭘 건졌는지 알아요?"

"내 이름으로 반 마르크 걸어줘." 쓰고 있는 보고서에서 고개도 들지 않고 안나가 대답했다. "내가 바쁜 거 안 보여?"

"앞으로 바빠질 걸 생각하면 그건 아무것도 아닐걸요." 안나가 들어오라고 하지 않았지만, 조지는 안나의 사무실로 들어와 의자에 자리를 잡고 앉았다. 안나가 고개를 들고 뭔가 말하려 입을 벌렸다가 다시 다물었다. 안나는 조지에게 '완료된 사건' 서류철에 올린 조지의 큰 발을 치우라고 명령할 권한이 있었지만, 그런 명령을 내려본 적은 없었다. 안나와 조지는 3년 동안 함께 일했다. 안나의 어깨에 금빛 기장이 생겼다고 해서 굳이 그들의 관계를 바꿔야 할까? 안나는 자신이 신경질적으로 굴지 않는 한 조지는 안나의 진급에 상관없이 격식을 차리지 않고 자신을 대할 거라 짐작했다.

조지는 '즉각 조치'라고 표시된 서류가 잔뜩 쌓여 흔들거리는 더미 위에 서류철 하나를 더 올리고 다시 의자에 기대앉았다. 안나가 서류 더미를 힐끗 쳐다보고, 거기서 채 50센티미터도 떨어지지 않은 벽에 설치된 휴지통을 돌아봤다. 그 휴지통은 곧장 소각로로 연결됐다. 안나는 사고가 일어나는 상황을 상상했다. 부주의하게 팔꿈치로 툭 치기만 하면….

"이 서류를 펼쳐보지도 않을 거예요?" 조지가 실망한 말투로 물었다. "내가 손수 사건을 배달해주는 게 매일 있는 일도 아닌데 말이죠."

"정 그렇게 그 사건을 내게 주고 싶으면, 그냥 말로 설명해."

"알았어요. 시체가 한 구 왔는데 깊숙이 자상을 입은 상태였어요. 살인 도구도 확보했는데 칼이에요. 살인자에 대해 묘사해줄 수 있는 목격자가 열세 명 있지만, 사실 그 목격 증언은 필요 없어요. 영상 카메라 앞에서 살인이 이뤄졌거든요. 영상 테이프도 확보했어요."

"그런 건 사람이 굳이 손을 쓰지 않아도 첫 보고서가 들어오자마자 10분 이내에 해결되었어야 하는 사건이잖아. 컴퓨터에게 넘겨, 멍청아." 안나가 고개를 들며 말했다. 그런데 뭔가 마음에 들지 않는 느낌이 있었다. "그런데 왜 그 사건을 나한테 들고 온 거야?"

"이 사건에 대한 다른 정보도 알고 있거든요. 범죄 현장 말이에요. 살인은 일어난 장소가 바비 정착지였어요."

"아, 이런 제기랄루야."

달에서 표준교 사원은 북 크리시움 지역의 애니타운에 있는 표준교 공동체의 중앙에 있었다. 확인해봤더니 그 공동체로 가는 가장 좋은 방법은 크리시움 횡단 고속 튜브와 병렬로 연결된 지역 튜브를 이용하는 것이었다.

안나와 조지는 우선순위 분류 코드를 이용해 청백색의 경찰용 캡슐을 살펴보고는 그냥 뉴드레스덴 지역 대중교통 체계로 향했다. 뉴드레스덴 시민들은 튜브역을 '알약 분류기'라 불렀다. 두 사람은 경찰서 활강 장치를 통해 빠르게 중앙 연결망으로 들어갔다. 수천 대의 캡슐이 줄줄이 늘어서서 컴퓨터의 승인을 받기 위한 이동 지시를 기다렸다. 두 사람이 탄 캡슐이 커다란 컨베이어에 실려 대기실로 이동하고 있을 때 갈고리가 그들을 낚아챘다. 경찰들은 그 갈고리를 '법의 힘'이라 불렀다. 그들의 캡슐은 크리시움 횡단 고속 튜브의 입구를 향해 움직였다. 그러는 동안 다른 캡슐에 탄 사람들이 그들을 뚫어져라 노려봤다. 캡슐이 고속 튜브로 들어가자마자 안나와 조지는 좌석 등받이로 강하게 밀리는 느낌을 받았다.

몇 초가 채 지나기 전에 그들이 탄 캡슐이 지하 튜브를 벗어나 지상으로 올라갔다. 그리고 진공 속에서 전기유도 레일 위에 자력으로 몇 밀리미터 떠 있는 상태로 크리시움 평원을 달렸다. 안나는 지구를 슬쩍 올려다보고는 창밖으로 내달리는 단조로운 풍경을 바라보며 생각에 잠겼다.

안나는 바비 정착지가 정말로 뉴드레스덴 경찰서의 관할구역인지 확인하기 위해 지도를 살펴봤다. 바비 정착지는 관할구역이 어처구니없이 마구 조정된 사례였다. 애니타운은 안나가 뉴드레스덴의 경계라고 생각하는 지점에서 50킬로미터 떨어져 있었다. 그런데 1미터 너비를 나타내는 점선이 애니타운까지 연결되어 관할구역으로 포함됐다.

캡슐이 다시 터널로 들어가자 굉음이 커지고, 캡슐 앞쪽의 튜브에 공기가 주입되었다. 충격파가 커지며 캡슐이 짧게 흔들리더니, 압력문들을 통과하며 애니타운 튜브역으로 들어갔다. 캡슐의 문이 쉭 소리를 내며 열렸다. 두 사람이 승강장으로 올라섰다.

애니타운의 튜브역은 주로 하역장과 창고로 이용되었다. 넓은 공간에 벽마다 플라스틱 상자가 쌓여 있었으며, 50여 명의 사람이 그 상자들을 화물용 캡슐에 싣는 작업을 하고 있었다.

안나와 조지는 어디로 가야 할지 몰라 승강장에 잠시 서 있었다. 살인 사건은 바로 이 튜브역, 그들이 서 있는 자리에서 20미터도 떨어지지 않은 곳에서 일어났다.

"난 여기만 오면 소름이 끼쳐요." 조지가 먼저 말을 꺼냈다.

"나도 그래."

안나의 눈에 들어오는 50여 명이 모두 똑같이 생겼다. 얼굴과 손, 발밖에 보이지 않았고, 다른 부분은 허리띠를 두른 헐렁한 하얀 바지에 가려져 있었지만, 모두 여성으로 보였다. 그들은 전부 금발이었다. 머리카락은 어깨까지 내려와 가운데에서 갈라진 형태였고, 파란 눈에 이마가 높았다. 그리고 코의 길이는 짧고 입은 작았다.

바비들이 두 사람의 존재를 알아채면서 작업을 서서히 멈추고, 미심쩍은 눈길로 그들을 쳐다봤다. 안나가 한 명을 골라서 다가갔다.

"여기 책임자가 누구입니까?" 안나가 물었다.

"우리입니다." 그 바비가 대답했다. 바비는 절대로 단수 인칭대명사를 사용하지 않는다는 사실을 떠올린 안나는 그 대답을 한 바비 자신이 책임자라는 뜻일 거라고 받아들였다.

"사원에서 누군가를 만나기로 했습니다. 사원으로 가려면 어떻게 해야 합니까?" 안나가 물었다.

"저 출입구를 통해서 가세요." 바비가 말했다. "중심가로 이어집니다. 길을 따라가면 사원이 나와요. 그런데 당신은 몸을 좀 가리는 게 좋겠네요."

"네? 무슨 뜻으로 하는 말인가요?" 안나는 자신과 조지가 옷을 입는 방식에 대해 어떤 문제도 인식하지 못했다. 사실, 두 사람이 바비들만큼 많이 차려입은 상태는 아니었다. 안나는 평소처럼 파란색 나일론 팬티를 입고, 규정대로 경찰 모자를 썼다. 그리고 팔과 허벅지에 밴드를 찼으며, 밑창이 천으로 된 슬리퍼를 신었다. 안나의 무기와 무전기, 수갑은 가죽 장비 벨트에 채워놓았다.

"몸을 가리라고요." 그 바비가 감정이 상한 얼굴로 말했다. "당신이 다른 존재라는 사실을 과시하고 있잖아요. 그리고 당신의 그 머리카락…." 바비들이 키득거리는 소리가 들려왔다. 다른 몇몇은 소리를 질렀다.

"경찰 업무니 상관하지 마세요." 조지가 날카롭게 말했다.

"어, 그렇지." 안나가 말했다. 안나는 바비가 자신을 수세적인 위치로 몰아넣었다는 사실 때문에 짜증이 났다. 이 정착지가 표준교 신자들의 거주지로 이용되고 나름의 관습이 있다 하더라도, 어찌 됐든 이곳은 뉴드레스덴이고, 여기는 공공 도로였다. 그러므로 누구든 원하는 대로 입을 권리가 있었다.

중심가는 좁았다. 안나는 뉴드레스덴의 상점가와 비슷한 복도를 예상했었다. 하지만 그 중심가는 주택구역과 구별이 안 됐다. 튜브역에서 만났던 사람들과 똑같이 생긴 사람들이 두 사람을 궁금한 눈길로 쳐다봤는데, 그중 상당히 많은 이들이 얼굴을 찌푸렸다.

길의 끝에 수수한 광장이 있었다. 페인트를 칠하지 않은 금속으로 만들어진 낮은 지붕이 있었으며, 나무가 몇 그루 심겨 있고, 중앙의 묵직한 석조건물에서 여러 방향으로 보행로들이 뻗어나갔다.

다른 이들과 똑같이 생긴 바비가 그 건물 입구에서 두 사람을 기다렸다. 안나가 그 바비에게 조지와 전화로 통화했던 사람이냐고 물었다. 바비는 자신이 그 사람이라고 했다. 안나는 건물 안으로 들어가서 이야기를 나눌 수 있는지 물었다. 바비는 사원에는 외부인이 출입할 수 없다며, 건물 밖의 벤치에 앉아 이야기를 나누자고 제안했다.

자리를 잡고 앉은 후 안나가 바비를 날카롭게 쳐다보며 질문했다. "우선, 당신의 이름과 직함이 필요합니다. 내 짐작에 당신은… 뭐였더라?"

안나가 사무실 컴퓨터 단말기에서 급하게 인쇄해서 가져온 자료를 참고했다. "당신의 직함을 못 찾겠네요."

"우리는 직함이 없어요." 바비가 말했다. "직함이 필요하다면, 우리를 기록보관원으로 여기세요."

"알았습니다. 이름은 어떻게 됩니까?"

"우리는 이름이 없어요."

안나가 한숨을 뱉었다. "그렇죠, 당신이 여기에 올 때 이름을 버렸다는 것은 알고 있습니다. 하지만 그전까지는 이름이 있었잖아요. 출생할 때 받은 이름 말이에요. 앞으로 수사를 위해 그 이름을 확인해야 합니다."

그 여자가 화난 표정을 지었다. "아뇨, 당신은 이해를 못 하고 있어요. '이 몸'이 한때 이름을 가졌었다는 건 사실이에요. 하지만 그 이름은 이제 이 몸의 마음에서 지웠어요. 그 이름을 떠올리는 것은 이 몸에게 엄청난 고통을 줄 거예요." 여자가 '이 몸'을 언급할 때마다 목소리가 떨렸다. 인칭대명사를 예의상 에둘러 말하는 것조차 고통스러운 모양이었다.

"그렇다면 다른 각도에서 접근해보겠습니다." 안나는 이 문제를 해결하는 게 점점 어려워지고 있으며, 앞으로 더욱 힘들어질 수밖에 없을 거라는 생각이 들었다. "기록보관원이라고 하셨죠?"

"네, 우리는 기록보관원이에요. 우리는 법률에 따라 기록을 보관합니다. 각 시민은 기록되어야 해요. 아무튼 그렇게 들었어요."

"우리는 그 기록에 접근할 필요가 있으며, 이에는 아주 합당한 이유가 있습니다. 수사를 위해서죠. 이해되시죠? 아마 경찰관이 이미 그 기록을 살펴봤을 겁니다. 그렇지 않다면 사체의 신원이 리어 페트리 잉그러햄이라는 사실을 확인하지 못했을 테니까요."

"맞아요. 하지만 당신은 그 기록을 다시 살펴볼 필요가 없어요. 우리가 여기에 자백하러 왔으니까요. 우리가 리어 페트리 잉그러햄을 살해했어요. 일련번호 11005. 우리가 평화롭게 자수할게요. 우리를 감옥으로 데려가세요." 바비가 양손을 내밀고 팔목 부분을 가깝게 붙이며 수갑을

찰 준비를 했다.

조지가 깜짝 놀라 어정쩡한 자세로 허리에 찬 수갑으로 손을 뻗고는 안나를 바라보며 지시를 기다렸다.

"다시 제대로 확인하겠습니다. 당신이 살인을 한 사람이라는 말인가요? 당신이 직접 살인했나요?"

"맞아요. 우리가 살인했어요. 우리는 세속적인 권한을 부정하지 않아요. 그래서 우리는 기꺼이 대가를 치를 용의가 있어요."

"다시 한번 물어볼게요." 안나가 손을 뻗어 바비의 팔목을 잡고 손을 펼쳐서 손바닥이 위로 향하도록 했다. "이게 그 사람인가요? 이게 살인을 행한 그 몸인가요? 이 손, 여기에 있는 이 손이 칼을 쥐고 잉그러햄을 죽였나요? 수천 명의 '당신들'의 손이 아니라, 이 손이 살인을 했나요?"

바비가 인상을 찌푸렸다.

"그런 식으로 말하자면, 아니에요. 이 손은 살인 무기를 잡지 않았어요. 하지만 우리의 손이 했죠. 차이가 있나요?"

"법의 눈으로 보면 상당히 차이가 납니다." 안나가 한숨을 내쉬며 여자의 손을 놓아주었다. 여자? 안나는 그 용어를 쓰는 게 맞는지 의문스러웠다. 표준교에 대해 더 알아봐야겠다는 생각이 들었다. 하지만 그들의 얼굴은 여자 얼굴이니까, 그렇게 생각하는 게 편했다.

"다시 이야기해봅시다. 살인 장면이 찍힌 영상 테이프를 제대로 살펴보기 위해서는 당신과 그 범죄의 목격자들이 필요합니다. 나는 살인자와 피해자뿐 아니라 구경꾼도 구별할 수 없습니다. 하지만 여러분은 분명히 할 수 있을 겁니다. 내 짐작에는… 뭐, 그런 옛말이 있잖아요. '모든 중국인은 비슷해 보인다.' 물론, 백인종에게만 해당하는 말이죠. 동양인들은 서로를 구별하는 데에 아무런 문제도 없잖아요. 그래서 내 생각에 당신은… 여러분은…" 바비의 얼굴에 뜬 이해할 수 없는 표정을 보며 안나가 말끝을 흐렸다.

"우리는 당신이 무슨 이야기를 하는 건지 모르겠어요."

안나의 어깨가 축 처졌다.

"그 말은 당신도 구별할 수… 그 여자를 다시 봐도 안 될까요…?"

그 여성이 어깨를 으쓱했다. "우리는 이 몸에게도 모두 똑같게 보여요."

✳

안나 루이스 바흐는 그날 밤늦게 서류들에 둘러싸인 채 공중 부양 침대에 벌러덩 드러누웠다. 사방이 정리되지 않고 어지러운 상태였지만, 안나는 사건 관련 자료들을 데이터링크에 입력하는 것보다는 종이에 휘갈겨 쓸 때 생각을 훨씬 잘 전개할 수 있었다. 그리고 늦은 밤 집에서 목욕하거나 사랑을 나눈 후 침대에서 일이 가장 잘 되었다. 오늘 밤 안나는 그 두 가지를 다 했다. 지금 진행하는 이 수사를 위해서는 생동감 넘치는 맑은 머리가 필요했기 때문이었다.

표준교.

표준교는 90년 전 누군가가 지구에서 설립한 괴상한 종파인데, 그 사람의 이름은 남아 있지 않았다. 표준교 신자들이 그 교단에 들어갈 때는 마치 존재한 적도 없는 듯 이름을 버리고, 그 지역의 법률이 허용하는 범위에서 이름과 개인 정보를 지우기 위해 모든 노력을 기울이기 때문에, 그 설립자의 이름이 남지 않은 것은 놀라운 일이 아니었다. 얼마 지나지 않아 언론이 그들에게 '바비'라는 별명을 붙였다. 그 단어의 기원은 20세기와 21세기 초에 플라스틱으로 대량 생산된, 성기가 없고 고급 의상을 차려입은 '소녀' 인형이었는데, 그 인형은 당시 아이들의 장난감으로 인기가 높았다.

바비들은 출산하지 않는 집단치고는 놀라울 정도로 잘 유지되었다. 이들은 외부에서 유입된 새로운 구성원들에게 전적으로 의지해서 신자의 수를 보충했다. 그렇게 20년 동안 성장한 후 새로운 구성원 수와 사망자 수가 일치하는 안정된 인구에 도달했다. 그들은 새로운 구성원을 '부품'이라 불렀다. 그들은 종교적인 불관용 때문에 이런저런 고통을 받으며 이 나라 저 나라를 오가다 60년 전 대부분이 달로 이주했다.

그들은 사회에서 상처받은 사람들, 즉 수십억의 이웃들에 대한 관용과 복종, 순응을 역설하면서도 다른 이들보다 개인주의적이고 공격적인 사람들에게만 보상하는 세상에서 잘 지내지 못하는 사람들로부터 새로운 부품을 끌어들였다. 바비들은 군중 속의 한 사람이 되어야 하고, 희망과 꿈과 욕망을 가진 교만한 개인이 되어야만 하는 세계에서 탈퇴했다. 그들은 오랜 금욕주의 전통을 이어받으며 이름과 신체, 세속적 욕망을 포기하고, 질서정연하고 이해하기 쉬운 삶으로 투항했다.

안나는 이런 분석이 그 신자 중 일부를 모욕할 수도 있겠다는 생각이 들었다. 그들 모두가 패배자는 아닐 것이다. 안나로서는 표준교의 가르침이 잘 이해되지 않았지만, 그저 그 종파의 종교 철학에 끌려서 온 사람도 있을 게 틀림없다.

안나는 표준교의 교리를 대충 훑어보며 메모했다. 표준교에서는 인간의 공통성을 설교하고, 자유의지를 낮게 평가하며, 집단과 반신반인에 대한 총의를 숭상한다. 이론적인 측면에서 지나치게 특이하다고 생각되는 점은 없었다. 사람들이 언짢게 생각하는 것은 교리가 아니라 실천 부분이었다.

표준교의 교리에도 창조론과 신이 있었다. 그 신은 숭배되지는 않지만 묵상하는 대상이었다. 여신이 우주를 낳았을 때 창조가 일어났다. 여신은 만물의 근원인 어머니 대지의 전형적인 모습이었지만 이름이 없었다. 여신은 똑같은 틀에 찍어서 모두 똑같이 생긴 사람들을 만들어 그 우주에 집어넣었다.

죄악이 등장했다. 한 사람이 의문을 갖기 시작했던 것이다. 이 사람에게는 징벌의 일부분으로 원죄를 저지른 후에 이름이 부여되었지만, 안나는 어디에서도 그 이름이 적혀 있는 부분을 찾을 수 없었다. 안나는 표준교인들이 외부인에게는 절대로 말하지 않는 추잡한 단어일 거라고 짐작했다.

그 사람이 여신에게 이게 다 무슨 의미냐고 물었다. 이 우주를 그냥 허공으로 두면 대체 무슨 문제가 있길래, 굳이 존재할 이유도 없는 것 같은 인간들로 그 허공을 채우면 좋겠다고 판단했는지 물었다.

그것은 과도한 문제제기였다. 설명할 수 없는 이유로, 그리고 무례해서 물어보기조차 힘든 이유로, 여신은 이 세상에 '다름'을 도입해서 인간을 벌했다. 사마귀, 큰 코, 곱슬머리, 하얀 피부, 큰 키, 비만, 불구, 파란 눈, 체모, 주근깨, 고환, 음순. 수십억의 얼굴과 지문, 각각의 영혼은 다른 사람들과 구별되는 육체에 갇혔으며, 끊임없는 아귀다툼 속에서 정체성을 확립해야 하는 무거운 짐을 지게 되었다.

그러나 잃어버린 에덴동산을 되찾기 위해 노력하면 평화가 이루어진다는 믿음이 있었다. 모든 인류가 다시 같은 사람이 되면 여신이 그들의 귀환을 환영할 것이다. 인생이 시험이고 재판이었다.

안나는 마지막 문장에 확실히 동의했다. 안나는 메모를 모아 적당히 뒤섞고, 애니타운에서 가져온 책을 집어 들었다. 안나가 살해된 여성의 사진을 요구하자, 그 바비가 이 책을 주었다. 이것은 인간의 청사진이었다.

책의 제목은 《설계 명세서》였다. 짧게 줄여 '명세'라고 불렀다. 바비들은 그 책을 줄자로 허리에 묶어서 가지고 다녔다. 명세는 바비가 어떻게 생겨야 하는지 정의하며 공학적 허용 오차를 부여했다. 그리고 신체 각 부위를 그림으로 자세히 그리며 밀리미터 단위까지 치수를 기재했다.

안나는 책을 덮었다. 그리고 베개를 뒤에 받치고 앉았다. 안나는 컴퓨터 패드를 집어 들어 허벅지 위에 놓고 살인 장면이 찍힌 테이프의 검색 코드를 입력했다. 그날 밤 안나는 튜브역에서 똑같이 생긴 사람들의 무리 가운데 한 사람이 튀어나와 리어 잉그러햄을 칼로 베고, 피해자가 피와 내장을 쏟아내며 바닥에 드러누울 때 살인자가 군중 속으로 사라지는 장면을 스무 번 넘게 봤다.

안나는 영상의 속도를 늦추고 살인자에게 집중하며 뭔가 다른 점을 찾아내려 애썼다. 아무리 사소한 차이라도 상관없었다. 칼을 찔렀다. 피가 솟았다. 놀란 바비들이 주위에서 혼란스럽게 오갔다. 뒤늦게 몇 명이 살인자를 쫓았지만 붙잡을 정도로 빠르지는 못했다. 사건이 터질 경우 사람들이 빠르게 반응하는 경우는 드물었다. 하지만 살인자는 손에 피가 묻었다. 나중에 그 문제를 물어보기 위해 메모했다. 안나는 영상을 한 번 더 봤다. 하지만 쓸모 있는 장면이 전혀 없었다. 그래서 작업을 중단하고 쉬었다.

✳

그 방은 길고 천장이 높았으며, 높은 곳에 달린 띠에서 불빛이 밝게 비췄다. 안나는 안내직원을 따라 한쪽 벽에 늘어선 네모난 로커 문들을 지나갔다. 최근에 물을 뿌린 탓에 공기가 시원하고 습도가 높았으며 바닥이 물에 젖은 상태였다.

직원이 손에 든 카드를 살펴보더니, 로커 659A의 금속 손잡이를 당겼다. 텅 빈 방에 요란한 소리가 울려 퍼졌다. 직원이 사체함을 꺼내고, 사체를 덮은 시트를 들어 올렸다.

안나가 훼손된 시체를 본 것이 처음은 아니었다. 하지만 바비의 나체는 처음 봤다. 안나는 즉시 젖가슴처럼 생긴 두 개의 도톰한 살 위에 젖꼭지가 없고, 가랑이에는 갈라진 곳이 없이 매끄러운 피부가 있다는 사실을 주목했다. 직원이 얼굴을 찌푸리더니 시체의 발에 있는 카드를 살펴봤다.

"여기에 오류가 좀 있었네요." 직원이 작은 소리로 말했다. "아이고, 두통이야. 저런 걸 뭐라고 해야 되죠?" 직원은 머리를 긁적거리더니 카드의 F*라는 큰 글자를 휘갈겨 지우고, 깔끔한 N**자로 바꿔 썼다. 그리고 안나를 쳐다보고는 겸연쩍게 웃으며 말했다. "당신이라면 뭐라고 할래요?"

---

* 여성을 뜻하는 female의 약자
** 중성을 뜻하는 neutral의 약자

안나는 직원의 일에 별로 관심이 없었다. 안나는 유해를 살펴보며 다른 바비가 리어 페트리 잉그러햄을 죽여야만 했던 이유를 보여주는 무언가가 남아 있기를 바랐다.

이 바비가 어떻게 죽었는지는 별로 어렵지 않게 알 수 있었다. 칼이 복부로 들어가서 깊숙이 박혔다. 그리고 상처는 그 부분부터 위쪽으로 이어지다가 가슴뼈 아래에서 난도질이 멈췄다. 뼈 일부분도 잘려 나갔다. 칼이 날카롭더라도 저렇게까지 살을 많이 베려면 팔 힘이 강해야 한다.

안나가 죽은 여성의 다리를 벌려서 관찰할 때 직원이 신기한 듯 쳐다봤다. 안나는 항문 바로 앞쪽의 굴곡을 따라 자그마한 요도 구멍이 있는 사실을 발견했다. 안나는 '명세'를 펼치고 줄자를 꺼내 측정하기 시작했다.

✳

"애틀러스 씨, 《형태학 안내서》라는 책에서 당신의 이름을 찾았습니다. 표준교와 거래를 많이 한 의사로 나오더군요."

애틀러스가 인상을 찌푸리더니 어깨를 으쓱했다. "그래서요? 당국에서 싫어할지 몰라도, 합법적인 의료행위입니다. 그리고 내 기록도 제대로 정리되어 있습니다. 난 경찰이 전과를 확인해주기 전에는 누구도 수술하지 않습니다." 의사는 넓은 상담실의 책상 모서리에 걸터앉아 안나를 바라보며 말했다. 락 애틀러스는(틀림없이 직업상 만든 가명일 것이다) 화강암에서 깎아낸 듯한 어깨와 반짝거리는 진주 같은 치아, 그리고 젊은 신 같은 얼굴을 가졌다. 의사는 자신의 실력을 뽐내는 걸어 다니는 광고판이었다. 안나가 신경질적으로 다리를 꼬았다. 안나는 늘 근육질 남자를 좋아했다.

"당신을 조사하려는 게 아닙니다, 애틀러스 씨. 살인사건 때문에 왔어요. 협조해주시면 감사하겠습니다."

"락이라고 부르세요." 의사가 멋진 미소를 지으며 말했다.

"그래야 하나요? 좋습니다. 내가 바비로 변신시켜달라고 요구할 경우 당신은 어떤 작업을 해야 하고 그 작업은 얼마나 걸릴지 알아보러 왔습니다."

애틀러스가 실망한 표정을 지었다. "아, 안 됩니다. 이런 비극이! 그건 내가 허락할 수 없어요. 이보세요, 그건 범죄예요." 의사가 손을 뻗어 안나의 턱을 살짝 건드리며 안나의 고개를 돌렸다. "안 됩니다. 경위님. 제가 뺨 부분을 살짝 들어가게 만들어드릴게요…. 아마 근육을 조이면 될 겁니다. 그리고 안와골을 코에서 살짝 떼어내면 눈이 더 커질 거예요. 그러면 더욱 매력적인 모습이 될 겁니다. 신비로운 손길이 닿는 거죠. 그 후에는 당연히 코를 다듬을 겁니다."

안나가 애틀러스의 손을 밀어내고 고개를 저었다. "아뇨. 난 수술을 받으러 온 게 아닙니다. 알고 싶을 뿐이에요. 얼마나 많은 작업이 필요하며, 표준교의 '명세'에 얼마나 가깝게 만들어줄 수 있나요?" 안나가 눈살을 찌푸리며 애틀러스를 미심쩍게 바라봤다. "그런데 내 코에 무슨 문제가 있나요?"

"글쎄요, 꼭 무슨 문제가 있다는 말은 아니었습니다. 사실, 확실히 고압적인 느낌이 있기 때문에, 당신이 살아가는 사회에서는 그런 코가 종종 유용할 겁니다. 심지어 왼쪽으로 기울어진 것도 미적으로 정당화될 수…."

"됐어요." 안나는 의사가 장삿속으로 떠들어대는 소리에 넘어간 자신에게 화가 났다. "내 질문에 답이나 하세요."

애틀러스가 안나를 주의 깊게 살펴보더니 일어서서 돌아보라고 했다. 안나는 자신이 개인적으로 수술을 하겠다는 게 아니라 일반적인 여성이 수술했을 경우에 대한 질문이었다며 거부하려 했을 때, 애틀러스가 안나에게 관심이 식은 표정을 지었다.

"별로 작업이 필요 없겠어요. 당신의 키는 규정보다 살짝 더 커요. 당신의 허벅지나 하퇴부에서 잘라내면 될 것 같고, 척추를 조금 깎아도 될 것 같아요. 여기 지방을 빼서 저쪽에 넣고, 젖꼭지를 떼고, 자궁과 난소를 파내고, 사타구니를 꿰매면 됩니다. 남자의 경우에는 성기를 잘라야 돼요. 당신의 두개골을 살짝 부서뜨려서 뼈들을 움직여야겠어요. 그런 후에 그 상태에서 얼굴을 맞추는 거죠. 이틀 정도 작업하면 될 겁니다. 하룻밤은 밤샘 수술, 다음 날은 외래 환자로."

"그러면 당신이 수술을 끝낸 후에 나라는 존재를 알아볼 수 있는 것은 뭔가 남게 되나요?"

"무슨 말이죠?"

안나가 상황을 간단히 설명했다. 그러자 애틀러스가 곰곰이 생각했다.

"쉽지 않을 겁니다. 지문과 족문을 모두 벗겨내요. 외부 흉터는 현미경으로 찾을 수 있는 것들까지 남겨놓지 않습니다. 점과 주근깨, 사마귀, 태어날 때부터 있는 모반도 전부 없애야 합니다. 피 검사는 가능할 겁니다. 망막 검사도 될 거예요. 두개골 엑스레이도 가능하고요. 목소리 성문(聲紋)은 어떨지 모르겠네요. 성문의 차이도 최대한 없애거든요. 그 외에는 생각나는 게 없네요."

"순전히 육안으로 살펴봐서 알 수 있는 건 아무것도 없습니까?"

"이 수술을 하는 목적이 구별하지 못하게 하는 거잖아요, 그렇지 않나요?"

"무슨 말인지는 알지만, 바비들도 인식하지 못하는 뭔가를 당신은 알 수 있지 않을까 해서요. 어쨌든, 감사합니다."

애틀러스가 자리에서 일어나 안나의 손을 잡고 입을 맞췄다. "별말씀을요. 혹시라도 코를 만지고 싶다는 결심이 들면…."

＊

애니타운 중심가에 있는 사원의 문 앞에서 안나 경위와 조지 경사가 만났다. 조지는 오전에 그곳에서 시간을 보내면서 기록 자료들을 살펴봤다. 안나는 그 작업이 조지와 맞지 않다는 사실을 알 수 있었다. 조지는 낡은 서류 캐비닛에 기록 자료가 담겨 있는 작은 사무실로 안나를 데려갔다. 바비 한 명이 사무실에서 두 사람을 기다렸다. 안나는 인사를 생략하고 바로 본론으로 들어갔다.

"우리는 어젯밤에 열린 '동일화'에서 최대한 여러분을 돕기로 결정했습니다." 바비가 말했다.

"아, 그래요? 고맙습니다. 50년 전에 발생했던 사건을 고려해볼 때, 이번에도 여러분이 과연 협조를 해줄지 의문이었거든요."

조지가 궁금한 눈빛으로 물었다. "그건 무슨 사건이에요?"

안나는 바비가 대답해주길 기다렸지만, 바비는 말해줄 생각이 없는 게 틀림없었다.

"내가 어젯밤에 이런 자료를 찾았어. 표준교 신자들이 달에 온 지 얼마 지나지 않았을 때 살인사건에 연루된 적이 있었어. 뉴드레스덴에서 바비를 전혀 볼 수 없다는 건 알지?" 안나가 말했다.

조지가 어깨를 으쓱했다. "그게 왜요? 이들은 자기네들끼리만 지내잖아요."

"자기네들끼리만 지내라고 명령을 했기 때문이야. 처음에는 이들도 다른 시민들과 마찬가지로 자유롭게 이동할 수 있었어. 그러다 그중 한 명이 누군가를 살해한 사건이 일어났지. 당시 피해자는 표준교 신자가 아니었어. 하지만 살인자는 바비로 알려졌지. 목격자가 있었거든. 경찰이 살인자를 찾기 시작했는데, 어떻게 됐게?"

"우리가 현재 맞닥뜨리고 있는 문제에 부딪혔겠죠." 조지가 얼굴을 찡그리며 말했다. "그다지 좋아 보이지 않네요, 그렇죠?"

"낙관적으로 보긴 힘들지." 안나가 인정했다. "살인자는 발견되지 않았어. 바비들은 신자 중에서 무작위로 한 명을 골라 경찰에 넘겨주겠다고 제안했어. 그걸로 법을 만족시킬 수 있을 거라 생각한 거지. 하지만 당연히 그렇지 못했어. 대중들의 항의가 빗발쳤고, 이마에 문신으로 숫자를 새기는 것처럼 바비들을 구별할 수 있도록 표시하게끔 강요하려는 압력이 심했어. 나는 그런 방법이 잘 작동했을 거라고는 생각지 않아. 그것도 가릴 수 있잖아.

226

문제는 바비가 사회에 위협이 되는 존재로 보였다는 사실이야. 바비는 마음대로 살인을 저지르고, 해변의 모래알처럼 자신들의 공동체 속으로 다시 섞여 들어갈 수 있었어. 우리는 가해자를 처벌하는 데에 무력한 상태가 되어버렸을 거야. 법률에는 이들을 다룰 수 있는 조항이 없었어."

　"그래서 어떻게 됐어요?"

　"사건은 종결되었지만, 체포된 사람도 없고 유죄 판결도 없고 용의자도 없었어. 표준교에 대해서는 다른 시민들과 섞이지 않는 한 그들의 종교를 실천할 수 있다는 협약을 체결했어. 그래서 바비들은 애니타운에만 머무르게 되었지. 내 말이 맞나요?" 안나가 바비를 쳐다보며 물었다.

　"네. 우리는 그 협약을 지키고 있습니다."

　"그건 의심하지 않습니다. 뉴드레스덴에 사는 대부분의 시민은 여러분이 여기에 산다는 사실조차 거의 모르고 있는 상황이니까요. 하지만 지금 이 사건이 터졌습니다. 카메라 앞에서 한 바비가 다른 바비를 죽였죠…." 안나가 말을 멈추더니, 생각에 잠긴 표정을 지었다. "뭐랄까, 그런 생각이 드네요…. 잠시만. 잠시만." 안나는 이 상황이 마음에 들지 않았다. "궁금한 점이 있습니다. 이 살인은 튜브역에서 일어났잖아요. 거긴 애니타운에서 시청의 보안 장치가 촬영하는 유일한 지역입니다. 50년은 살인사건이 일어나는 간격으로는 상당히 긴 시간이죠. 아무리 이렇게 작은 도시라고 해도…. 조지, 여기에 사는 사람들 수가 얼마나 되지?"

　"약 7천 명이에요. 이제는 그 사람들 전부와 친해진 듯한 기분이 들어요." 조지는 바비들을 분류하느라 하루를 꼬박 보냈다. 영상 테이프로 측정한 결과에 따르면, 살인자의 신장은 바비에게 허용된 범위에서 가장 큰 축에 속했다.

　"어떻게 생각하세요?" 안나가 바비에게 물었다. "내가 알아야 할 게 더 있을까요?"

　바비가 어정쩡한 표정을 지으며 입술을 깨물었다.

　"이봐요, 나를 도와주겠다고 했잖아요." 안나가 말했다.

"알았어요. 지난달에 살인사건이 세 건 발생했어요. 당신들은 외부인이 있었을 때 발생한 사건 외에는 들어보지 못했을 거예요. 당신이 아는 사건 당시에는 구매 담당자들이 역의 하역장에 와 있었습니다. 그들이 첫 신고를 했어요. 우리가 사건을 감출 방법이 전혀 없었죠."

"하지만 왜 감추려는 건가요?"

"당연하지 않나요? 우리는 언제나 박해받을 가능성을 안고 살아갑니다. 다른 사람들에게 위협으로 보이고 싶지 않아요. 우리는 평화적으로 보이고 싶고, 실제로 우린 평화적입니다. 단체의 문제는 단체 내부에서 다루는 걸 더 좋아합니다. 신성한 총의에 의해서요."

안나는 이들이 감추려는 이유를 따져봐야 아무것도 얻지 못할 거라는 생각이 들었다. 안나는 앞서 일어난 살인 쪽으로 대화를 돌리는 게 낫겠다고 판단했다.

"당신이 아는 대로 말해주세요. 누가 살해당했으며 그 살인사건이 일어난 이유가 뭐라고 생각하나요? 아니면 다른 사람을 만나 물어봐야 할까요?" 안나는 질문을 하면서 문득 어떤 생각이 떠올랐다. 안나는 왜 진작 그 질문을 하지 않았는지 의아했다. "당신은 어제 내가 대화를 나눴던 사람인가요? 다시 고쳐서 말하겠습니다. 당신의 그 몸이… 다시 말해, 내 앞에 있는 이 몸이…."

"우리는 당신이 무슨 말을 하는지 알고 있습니다." 바비가 말했다. "어, 네. 당신 말이 맞아요. 우리가… 내가 당신과 대화를 나눴던 그 몸이에요." 바비는 그 단어를 간신히 내뱉고 금세 얼굴이 빨개졌다. "우리는… 나는 당신을 상대하는 부품으로 선발됐어요. '동일화'에서 이 문제를 반드시 처리해야 한다고 인식했기 때문이에요. 이 몸은… 나는 벌칙으로 뽑혔어요."

"원하지 않으면 '나'라는 단어를 사용하지 않아도 됩니다."

"아, 고맙습니다."

"뭐에 대해 벌을 받는다는 이야기인가요?"

"그게… 개인주의 성향 때문에요. 우리는 '동일화'에서 당신과의 협조에 찬성하며 너무 개인적인 의견을 말했어요. 정치적으로 필요할 거라 생각했기 때문이에요. 보수주의자들은 어떤 대가를 치르더라도 우리의 신성한 원칙을 고수하길 원해요. 우리는 분열되어 있어요. 그래서 이 분열은 질병처럼 유기적인 조직 내에 악감정을 만들어내고 있어요. 이 몸은 공개적으로 말했기 때문에, 개인적으로 당신을 상대하도록 임명됨으로써… 제멋대로 행동한 벌을 받는 겁니다." 바비는 안나의 눈을 똑바로 바라보지 못했다. 그리고 얼굴이 부끄러움 때문에 벌겋게 달아올랐다.

"이 몸은 당신에게 일련번호를 공개하라는 지시를 받았습니다. 앞으로 여기에 오면 23900번을 요청하세요."

안나가 그 번호를 받아 적었다.

"알았습니다. 혹시 짐작되는 살인 동기에 대해 말해줄 수 있나요? 모든 살인을 동일한… 부품이 일으켰다고 생각하나요?"

"우리는 몰라요. 우리도 당신만큼이나 이 집단에서 어… 개인을 선별할 수 있는 능력이 없어요. 하지만 대단히 놀란 상태입니다. 우리는 두려워하고 있어요."

"그렇겠네요. 이게 말이 되는지 모르겠는데… 살인자가 피해자들을 알고 있다고 믿을 만한 이유가 있나요? 아니면 그냥 무작위로 살인을 당한 걸까요?" 안나는 그랬지 않기를 바랐다. 무작위로 살인을 하는 자들을 잡는 것은 몹시 어렵다. 동기가 없는 살인사건에서는 살인자와 피해자를 연결하기 어려우며, 수천 명에서 한 명을 걸러내야 한다. 바비들에게는 그 문제가 제곱, 세제곱으로 어려워진다.

"다시 말하지만, 우리도 몰라요."

안나가 한숨을 뱉었다. "그 범죄의 목격자들을 만나고 싶어요. 수사를 시작하기 위해 그들과 면담하는 게 좋을 것 같습니다."

순식간에 바비 열세 명을 데려왔다. 안나는 목격자들의 설명에 일관성이 있는지, 혹은 바뀐 부분이 있는지 살펴보기 위해 집요하게 물어볼 생각이었다.

안나는 목격자들을 앉히고 한 번에 한 명씩 물었다. 그리고 얼마 지나지 않아 돌담에 막힌 기분이 들었다. 어느 바비가 가장 먼저 경찰관에게 알렸으며, 누가 두 번째인지 확인하려 애쓰느라 답답한 몇 분을 보낸 후 얼마 지나지 않아서 안나가 문제를 알아챘다.

"잠깐만요. 내 말을 잘 들으세요. 그 범죄가 일어나는 그 시간에 이 몸이 그 현장에 육체적으로 있었습니까? 이 눈으로 그 살인이 일어나는 상황을 봤나요?"

그 바비가 이맛살을 찌푸렸다. "이런, 아니요. 하지만 그게 중요한가요?"

"나한테는 중요합니다. 어이, 2만 3천 9백 번!"

23900번 바비가 문으로 고개를 삐죽 내밀었다. 안나는 화난 얼굴이었다.

"사건 현장에 실제로 있던 사람들이 필요해요. 무작위로 고른 열세 명이 아니라."

"그 이야기는 모두 다 알아요."

안나는 그게 어떤 차이가 있는지 바비에게 설명하느라 5분을 소비했다. 그리고 23900번 바비가 실제로 현장에서 목격했던 사람들을 데리고 올 때까지 1시간을 기다렸다.

그러나 안나는 다시 돌담에 가로막혔다. 바비들의 목격담이 완벽하게 동일했다. 안나는 그런 게 불가능하다는 사실을 알고 있었다. 목격자들은 언제나 사건을 다르게 본다. 그들은 스스로를 영웅으로 만든다. 그리고 처음 목격을 시작한 전후로 상황을 재정렬하고 편집하고 해석해서 새로 만들어낸다. 하지만 바비들은 그렇지 않았다. 안나는 1시간 동안 그들 중 한 명이라도 흔들어보려 애썼지만 성과가 없었다. 안나는 '총의'를 마주하고 있었다. 총의는 바비들 사이에 논의된 어떤 내용으로서, 사건에 대한 설명이 등장한 후 진실로 받아들여질 때까지 계속 논의된다. 그들의 증언은 아마도 진실에 가까운 묘사겠지만, 안나에게는 쓸모가 없었다. 안나에게는 달려들어 물어뜯을 불일치가 필요했는데, 그들의 목격담에는 어떤 불일치도 존재하지 않았다.

무엇보다 나쁜 점은, 안나가 자신에게 거짓말을 하는 사람이 아무도 없다고 확신했다는 사실이었다. 안나가 무작위로 고른 열세 개의 질문을 던져도 똑같은 대답을 들었을 것이다. 바비들은 그들 중 일부가 현장에 있었고 사건에 대해 들었다는 이유로, 자기 자신이 그곳에 있었던 것처럼 생각하는 모양이었다. 한 명에게 일어나는 일은 모두에게 일어난 것이었다.

안나의 선택지가 빠르게 줄어들었다. 안나는 목격자들을 보내고, 23900번 바비를 다시 불러 앉혔다. 안나가 손가락으로 하나씩 꼽으며 말했다.

"첫 번째, 여러분이 사망자의 개인 소지품을 가지고 있습니까?"

"우리는 개인 재산이 없어요."

안나가 고개를 끄덕였다. "두 번째, 나를 사망자의 방으로 데려갈 수 있나요?"

"우리는 매일 밤 이용할 수 있는 방 중에 아무 데서나 잠을 잡니다. 그래서 그런…."

"알겠습니다. 세 번째, 혹시 친구나 동료가…." 안나가 한 손으로 이마를 긁적거렸다. "음. 이건 넘어가죠. 네 번째, 피해자의 직업이 뭔가요? 어디에서 일했나요?"

"여기에서는 직업을 바꿀 수 있어요. 우리는 필요에 따라 일을…."

"그렇겠죠!" 안나가 폭발했다. 그리고 자리에서 일어나 이리저리 서성거렸다. "도대체 이런 상황에서 내가 뭘 어쩌길 바라는 건가요? 내가 할 수 있는 일이 아무것도 없습니다. 수사를 진행할 실마리를 털끝 하나 찾을 수 없잖아요. 피해자가 왜 살해당했는지 알아낼 방법도 없고, 살인자를 가려낼 방법도 없고… 아, 젠장. 당신은 내가 뭘 해주길 기대하는 건가요?"

"당신이 뭔가를 해주길 바라는 건 아닙니다." 바비가 조용히 말했다. "우리는 당신에게 여기로 와달라고 요청하지 않았습니다. 그냥 가주시면 정말 좋겠습니다."

안나는 화가 난 상태라 그 말을 흘려들었다. 안나가 우뚝 섰다. 어느 쪽으로도 움직일 수 없었다. 이윽고 안나가 조지의 눈을 바라보더니 문 쪽으로 고갯짓했다.

"여기서 나가자." 안나의 말에 조지는 아무 대꾸도 하지 않았다. 그리고 문으로 나가는 안나를 서둘러 따라갔다.

두 사람이 튜브역에 도착했다. 안나가 대기하고 있는 캡슐 바깥에 멈춰 섰다. 그리고 벤치에 털썩 앉아서 손바닥으로 턱을 받치고 하역장에서 개미처럼 바글바글 일하는 바비들의 모습을 바라봤다.

"좋은 생각 없어?"

조지가 고개를 저었다. 그리고 안나 옆에 앉으며 모자를 벗고 이마의 땀을 닦았다.

"이 사람들은 여기를 너무 덥게 유지하네요." 조지가 말했다. 안나가 고개를 끄덕였지만, 조지의 말에 귀를 기울이는 것은 아니었다. 안나가 바비들을 쳐다보고 있을 때, 두 명이 무리에서 떨어져 나와 그들이 있는 방향으로 몇 걸음 다가왔다. 두 사람은 안나를 쳐다보더니 자기들끼리 통하는 농담을 주고받은 모양인지 깔깔대며 웃었다. 둘 중 한 명이 블라우스 속에서 길고 번쩍거리는 강철 칼을 빼 들었다. 그 바비는 한 번의 부드러운 동작으로 다른 바비의 복부를 찌른 후 위로 치켜올려 피해자가 발끝으로 까치발을 딛고 서게 했다. 칼에 찔린 바비가 잠시 놀란 표정을 지으며 아래를 내려다보았다. 그 칼이 생선을 다루듯 자신의 배를 가르자 입이 쩍 벌어졌다. 피해자의 눈이 커지며 겁먹은 눈빛으로 동료를 노려보다 서서히 다리가 풀리며 무릎을 꿇었다. 손으로는 칼을 붙잡고 있었지만 피가 쏟아져 나와 하얀 점프슈트가 붉게 물들었다.

"저 여자 잡아!" 안나가 소리쳤다. 그리고 공포에 질려 잠시 멍하니 있던 안나가 정신을 차리고 자리에서 일어나 달렸다. 영상 테이프에서 보던 상황과 몹시 비슷했다.

안나는 살인자에서 40미터가량 떨어져 있었다. 살인자는 급하지 않은 속도로 움직였는데, 달린다기보다는 빠른 걸음에 가까웠다. 안나는 공격받은 바비를 지나쳤다. 피해자는 이제 옆으로 누워 있었는데, 여전히 칼자루를 힘없이 붙잡고 있었으며 고통으로 몸을 감싼 모습이었다. 안나는 무전기의 비상 단추를 누르고, 어깨 너머로 조지를 힐끗 쳐다봤다. 조지는 피해자 바비의 옆에 무릎을 꿇고 앉아 있었다. 그래서 안나는 다시 고개를 돌렸는데….

…도망가는 바비들의 혼란이 펼쳐져 있었다. 살인자가 누구지? 어느 놈이야?

안나는 고개를 돌리기 직전 살인자와 같은 지점에서 같은 방향으로 움직이고 있는 듯한 바비를 붙잡았다. 안나는 바비를 돌려 목의 옆 부분을 손날로 세게 내려쳤다. 그리고 그 바비가 쓰러지는 모습을 지켜보며 동시에 다른 바비들을 쳐다보려 애썼다. 바비들은 양방향으로 달리고 있었다. 일부는 도망치려 애쓰고, 다른 이들은 무슨 일이 일어났는지 보려고 하역장으로 들어갔다. 비명과 고함, 걷잡을 수 없는 움직임이 가득한 아수라장이었다.

안나가 바닥에 놓여 있던 피 묻은 무언가를 발견했다. 안나는 정신을 잃은 바비의 옆에 무릎을 꿇고 수갑을 채웠다.

안나가 고개를 들자 얼굴의 바다가 펼쳐져 있었다. 모두 똑같은 얼굴이었다.

✳

경찰국장이 조명을 어둡게 했다. 그리고 경찰국장과 안나 경위, 조지 경사가 방 끝에 있는 커다란 스크린을 쳐다봤다. 스크린 옆에는 경찰국의 영상분석가가 한 손에 막대를 들고 서 있었다. 영상 테이프가 돌아가기 시작했다.

"그들이 여기에 있습니다." 영상분석가가 긴 막대의 끝으로 두 바비를 가리켰다. 군중 틈에서 막 벗어난 그들이 움직이기 시작했다. "피해자는 여기에 있고, 용의자는 피해자의 오른쪽에 있습니다." 모두 칼을 찌르는 장면을 다시 비추는 영상을 지켜봤다. 안나는 자신의 반응이 얼마나 느렸는지 보고는 얼굴을 찌푸렸다. 안나에게는 다행스럽게도, 조지의 반응이 안나보다 몇분의 1초 더 늦었다.

"안나 경위가 여기에서 움직이기 시작합니다. 용의자는 군중을 향해 되돌아갑니다. 조금 후에 용의자가 어깨 너머로 안나 경위를 돌아본다는 사실을 알 수 있습니다. 바로 지금. 여기입니다." 영상분석가가 영상을 멈췄다. "안나 경위는 눈을 마주치지 않았습니다. 용의자가 피가 묻은 비닐장갑을 벗었습니다. 그러고는 장갑을 떨어뜨리고 옆으로 이동합니다. 안나 경위가 다시 고개를 돌렸을 때, 우리는 경위가 다른 바비를 잘못 쫓고 있다는 사실을 알 수 있습니다."

안나는 영상 속의 자신이 진짜 살인자는 왼쪽으로 1미터도 채 안 떨어져 있는데 엉뚱한 바비를 공격하는 상황을 역겨운 표정을 지으며 지켜봤다. 영상은 다시 정상 속도로 돌아갔다. 안나는 눈이 아파져 오기 시작할 때까지 눈을 깜빡이지 않고 살인자를 뚫어져라 쳐다봤다. 이번에는 살인자를 놓치고 싶지 않았다.

"살인자는 엄청나게 뻔뻔합니다. 그 후로도 20분 동안 사건 장소를 떠나지 않았습니다." 안나는 자신이 무릎을 꿇고 부상당한 바비를 캡슐에 싣는 의료진을 돕는 모습을 지켜봤다. 살인자는 바로 안나의 옆에 있었다. 거의 팔이 닿을 정도로 가까웠다. 안나는 팔에 소름이 돋는 게 느껴졌다.

안나는 상처를 입은 여성의 옆에 무릎을 꿇고 있을 때 자신을 덮쳤던 병적인 두려움이 기억났다. 이 바비들 중 누구라도 살인자일 가능성이 있었다. 다시 말해, 바로 내 뒤에 있는 사람도….

안나는 그때 무기를 꺼내 벽을 등지고 섰다. 그리고 몇 분 후 지원 병력이 도착할 때까지 꼼짝도 하지 않았다.

경찰국장이 손짓하자 전등이 켜졌다.

"자네들이 수집한 정보를 들어보지." 국장이 말했다.

안나가 조지를 힐끗 쳐다보더니 수첩을 펼쳐 읽었다.

"조지 경사는 의료진이 도착하기 전까지 잠깐 피해자와 대화를 할 수 있었습니다. 조지는 피해자에게 가해자의 신원과 관련된 사항을 알고 있는지 물었습니다. 피해자는 아니라고 대답하고, 오로지 이게 '복수'라는 말만 했습니다. 피해자는 자세히 말할 수 없는 상태였습니다. 조지 경사가 대화 직후 적어놓은 보고에서 인용하겠습니다. 피해자가 말했다. '아파요, 아파요.' '나는 죽어요. 나는 죽어요.' 피해자가 횡설수설했다. 그래서 나는 출혈을 막기 위해 구경꾼들에게 셔츠를 빌리려 했다. 아무도 협조하지 않았다."

"피해자가 '나'라는 단어를 사용했습니다." 조지가 보충했다. "피해자가 '나'라는 단어를 말하자, 다른 바비들이 전부 뒤로 물러나기 시작했습니다."

"피해자의 정신이 다시 돌아왔다." 안나가 계속 읽었다. "그리고 한 숫자를 내게 속삭였다. 그 숫자는 12와 15였다. 나는 1215로 받아썼다. 피해자가 다시 고개를 들더니 말했다. '난 죽어요.'" 안나가 수첩을 덮고 고개를 들었다. "물론 피해자의 말이 맞았습니다." 안나가 신경질적으로 기침했다.

"수색이 진행되는 동안 국지적으로 시민의 자유를 일시적으로 제한하는 뉴드레스덴 통합 규정 35b항 '긴급 추적'을 발동했습니다. 모든 바비를 일렬로 정렬시키고 바지를 내리도록 하는 간단한 방법으로 부품 1215번을 찾았습니다. 각 바비는 등에 작게 일련번호가 있거든요. 부품 1215번, 실베스터 J. 크론하우젠은 현재 구금된 상태입니다.

수색이 진행되는 동안, 우리는 범죄학자들과 함께 1215호의 수면실로 갔습니다. 그리고 침대 아래 감춰진 공간에서 이 물건들을 발견했습니다."

안나가 일어나서 증거물 봉투를 열고 탁자 위에 물건들을 흩어놓았다.

증거물 중에 나무로 조각한 가면이 있었다. 가면에는 커다란 매부리코와 콧수염이 있으며, 가면 둘레에는 검은 머리카락이 달렸다. 가면 옆에는 파우더와 크림, 색조 화장품, 향수가 든 병들이 있었다. 검은 나일론 스웨터 한 벌, 검은 바지 한 벌, 검은 운동화 한 켤레. 그리고 잡지에서 오려낸 사진들이 쌓여 있었는데, 일반인의 모습이 담긴 사진들이었다. 그들 중 많은 이들은 달에 사는 일반적인 사람들보다 옷을 많이 걸치고 있었다. 그리고 검은 가발과 검은 가짜 음모도 있었다.

"끝에 있는 저건 뭔가?" 경찰국장이 물었다.

"음모입니다, 국장님." 안나가 대답했다. "음부에 착용하는 가발입니다."

"아하." 경찰국장이 의자에 기대앉으며, 그 물건들을 곰곰이 쳐다봤다. "차려입기 좋아하는 사람인 모양이군."

"확실합니다, 국장님." 안나는 순종적인 얼굴로 두 손을 뒤로 맞잡고 쉬어 자세로 서 있었다. 안나는 극심한 패배감을 느꼈다. 그리고 자신의 눈앞에서 살인을 저지른 뒤 바로 옆에 와서 서 있을 수 있을 정도로 뻔뻔한 그 여자를 반드시 잡아야겠다고 굳게 결심했다. 안나는 살인자가 그 시간과 장소를 의도적으로 선택했으며, 그 바비는 안나에게 보여주기 위해 처형된 것이라고 확신했다.

"이것들이 피해자의 물건이라고 생각하나?" 국장이 물었다.

"그렇게 말할 수 있는 명확한 근거는 없습니다, 국장님. 그렇지만 정황상 그렇게 생각됩니다."

"어떤 정황 말인가?"

"저도 확신할 수는 없습니다만, 피해자의 물건일 가능성이 큽니다. 다른 수면실도 무작위로 수색했지만 이런 물건들은 나오지 않았습니다. 연락 담당을 맡은 부품 23900번에게 이 물건들을 보여줬는데, 그 여자는 어디에 쓰는 물건인지 모른다고 했습니다." 안나가 말을 멈추더니 덧붙였다. "저는 그 여자가 거짓말을 했다고 생각합니다. 이 물건들을 보여줄 때 상당히 역겨워하는 표정을 지었거든요."

"그래서 여자를 체포했나?"

"안 했습니다, 국장님. 그게 현명한 방식이라고 생각지 않았습니다. 설령 거짓말을 했더라도 현재 저희가 가진 유일한 연락선이니까요."

경찰국장이 인상을 찌푸리더니 양손으로 깍지를 끼었다. "그 문제는 자네에게 맡겨놓지, 안나 경위. 솔직히 말해서, 우리는 이 난장판을 가능한 한 빨리 끝내는 게 좋아."

"전적으로 동의합니다, 국장님."

"내 말을 잘못 이해한 것 같군. 우리에게는 기소할 수 있는 사람이 필요하다는 말이야. 그게 누구든 상관없어. 신속하게 용의자를 확보해야 하네."

"국장님, 최선을 다하고 있습니다. 솔직히 말씀드리자면, 과연 제가할 수 있는 일이 있긴 한 건지 의문이 들기 시작했습니다."

"아직도 내 말을 잘못 이해하고 있군." 경찰국장이 사무실을 둘러봤다. 속기사와 영상분석가는 업무를 마치고 돌아간 상태였다. 사무실에는 경찰국장과 안나 경위, 조지 경사만 있었다. 국장이 책상에 있는 스위치를 돌려 녹음 장치를 껐다는 사실을 안나가 알아챘다.

"언론이 이 사건을 알아챘어. 이제 우리를 달달 볶기 시작할 거야. 한편으로는, 시민들이 바비들을 두려워해. 사람들은 50년 전에 일어난 살인사건과 비공식적인 협정을 알고 있는데, 그런 것들을 별로 안 좋아하지. 다른 한편으로는, 시민 자유주의자들이 있어. 그들은 신념에 따라 바비들의 종교의 자유를 지켜주기 위해 격렬하게 싸울 거야. 정부는 그런 난장판에 얽혀 들어가는 걸 좋아하지 않아. 나로서는 정부를 탓할 생각이 없어."

안나는 아무 말도 하지 않았다. 국장이 짜증이 난 표정을 지었다.

"이 말을 할 수밖에 없겠군. 우리는 이미 용의자를 구금하고 있어." 국장이 말했다.

"부품 1215번 실베스터 J. 크론하우젠 말씀인가요?"

"아니, 경위가 잡아 온 바비를 말하는 거야."

"국장님, 영상 테이프에 따르면 그 여자는 살인자가 아닌 게 확실합니다. 그냥 구경꾼에 불과합니다." 안나는 그 말을 하며 얼굴이 화끈 달아올랐다. 젠장, 안나는 최선을 다했을 뿐이었다.

"이걸 봐봐." 경찰국장이 단추를 누르자 테이프가 다시 재생되기 시작했다. 하지만 영상의 질이 많이 떨어졌다. 눈이 마구 쏟아져 내리고, 때때로 완전히 흐려지기도 했다. 카메라의 기능 저하를 아주 그럴듯하게 모방한 것이었다. 안나는 자신이 군중을 뚫고 달려가는 모습을 지켜봤다. 곧 화면이 하얗게 번쩍하더니, 자신이 여성을 때렸다. 그리고 방에 전등이 다시 켜졌다.

"영상분석가와 논의를 마쳤어. 분석가도 동의했어. 자네 둘에게는 이번 검거에 대한 특별 수당이 나갈 거야." 경찰국장이 조지와 안나를 차례로 쳐다봤다.

"국장님, 저로서는 그 계획을 집행하기 힘들 것 같습니다."

경찰 감독이 레몬을 씹은 듯 얼굴을 찌푸렸다. "오늘 당장 하자는 말은 아니야. 이런 선택지가 있다는 거지. 난 자네한테 그 사건을 이런 방식으로 보는 건 어떠냐고 물어본 거야. 그냥 보라고 했을 뿐, 난 아무 말도 안 했어. 그리고 이건 바비들이 원하는 방식이기도 해. 자네가 거기에 처음 갔을 때 그들이 똑같은 거래를 제안했었잖아. 자백으로 깔끔하게 사건을 종결해. 우리는 이미 이 범인을 잡았어. 그 범인이 피해자를 죽였고 다른 이들도 모두 죽였다고 자백하잖아. 자네 스스로 되물어봐. 그 여자가 잘못하고 있는 걸까? 그들의 종교적 신념과 도덕적 가치로 볼 때, 그 여자가 정말 잘못하는 걸까? 그 사람은 그 살인에 대해 공동 책임이 있다고 믿는데, 사회는 범인을 요구하고 있어. 그들의 타협안을 받아들이고 이 소란을 잠재우는 게 뭐가 잘못된 일인가?"

"국장님, 저는 그게 옳다고 생각하지 않습니다. 이것은 제가 서약했던 경찰 업무가 아닙니다. 저는 결백한 사람들을 보호해야 하는데, 그 바비는 죄가 없습니다. 그 여자는 제가 아는 한 유일하게 살인을 저지르지 않은 바비입니다."

경찰국장이 한숨을 내쉬었다. "안나 경위, 자네한테 나흘을 줄 테니, 그때까지 다른 대안을 제시하게."

"네, 국장님. 제가 그때까지 대안을 제출하지 못하면, 국장님의 계획을 방해하지 않겠다고 약속드리겠습니다. 하지만 그때는 제 사직서도 받아주셔야 할 겁니다."

✳

안나 루이스 바흐는 접은 수건을 머리에 베고 욕조에 기대 누웠다. 잔잔한 수면 위로 튀어나온 목과 젖꼭지, 무릎은 진한 목욕 소금 덕분에 보라색으로 물들었다. 안나는 가느다란 담배를 이로 악물었다. 라벤더 향의 연기가 담배 끝에서 말려 올라가 천장 아래 모여 있던 자욱한 구름에 합류했다.

안나가 한 발을 뻗어 배수 꼭지를 열어서 차가운 물을 쏟아낸 후, 다시 이마에 땀이 맺힐 때까지 뜨거운 물을 채웠다. 안나는 몇 시간 동안 욕조에서 보냈다. 손가락 끝이 빨래판처럼 울퉁불퉁해졌다.

다른 방안이 거의 없는 것 같았다. 안나에게 바비는 이질적인 존재였다. 누구나 바비에 대한 취조를 맡으면 그들을 이질적으로 느낄 것이다. 바비들은 안나의 도움을 받아 범죄를 해결하는 것을 원치 않았다. 오랜 규칙과 절차가 모두 무용지물이 되었다. 목격은 아무 의미도 없었다. 한 사람을 다른 사람과 구별할 수 없고, 그들의 목격담을 분리할 수도 없었다. 살인 기회? 수천 명의 개인에게 살인 기회가 있었다. 동기는 백지상태다. 안나는 범인의 자세한 인상착의를 알고 있으며, 실제 살인이 일어나는 상황이 담긴 영상 테이프도 있지만, 둘 다 전혀 쓸모가 없었다.

결과를 만들어낼 방법이 한 가지 있었다. 안나는 경찰이라는 직업이 자신에게 얼마나 중요한지 결정하기 위해 몇 시간 동안 욕조에 몸을 담그고 있었다. 제기랄, 이거 말고 달리 하고 싶은 일이 있나?

안나가 욕조에서 급하게 빠져나온 탓에 몸에서 물이 바닥으로 뚝뚝 떨어졌다. 안나는 서둘러 침실로 들어가 침대 시트를 벗기고 누워 있는 남자의 엉덩이를 철썩 때렸다.

"자, 스벵갈리*, 내 코를 마음대로 해볼 기회를 줄게."

✳

안나는 눈이 기능하는 동안 틈날 때마다 표준교에 대해 찾아낼 수 있는 모든 자료를 읽었다. 애틀러스가 눈을 수술할 때는 컴퓨터가 귀에 속삭였다. 안나는 표준교의 경전을 거의 다 외웠다.

10시간 동안 수술을 진행한 후, 8시간은 마비된 채 드러누워 몸의 재생을 촉진하는 과정으로 들어갔다. 그사이에도 안나의 눈은 머리 위의 모니터에 흐르는 단어들을 읽어 들였다.

3시간 연습을 통해 짧아진 다리와 팔에 익숙해졌다. 안나가 준비를 다 하는 데에는 1시간이 더 걸렸다. 애틀러스 클리닉을 떠날 즈음에는 옷만 계속 입고 있는 한 바비로 통할 것 같다는 느낌이 들었다. 옷으로 가려질 부분까지는 손대지 않았다.

✳

사람들은 달의 지표면으로 연결되는 에어록에 대해 생각하는 경우가 거의 없다. 안나는 다른 사람들이 예상하지 못하는 장소로 이동할 때 종종 에어록을 이용했다.

안나는 대여한 무한궤도차를 이용해 달의 지표면을 이동한 후 애니타

---

* 조르주 뒤 모리에의 소설 《트릴비》(1895)에 나오는 악덕한 최면술사로서, 미국에서 최면술사나 주술사를 가리키는 별칭으로 종종 쓰인다.

운으로 들어가는 에어록 옆에 주차했다. 압력복을 입은 상태로 서투르게 움직이며 들어가 에어록을 회전시켰다. 그리고 애니타운의 장비실로 통하는 내부문으로 걸어 들어갔다. 안나는 장비실에 압력복을 넣어두고, 화장실 거울로 재빨리 옷차림을 점검했다. 헐렁한 하얀 점프슈트에 두른 줄자를 단단히 묶고, 어둑한 복도로 들어갔다.

안나가 지금 하는 일은 어떤 의미에서도 불법이 아니었지만 초조했다. 바비들이 자신의 변장을 알아챌 경우 친절하게 이해해줄 거라 기대하지 않았다. 그리고 바비 한 명이 영원히 사라지는 게 얼마나 쉬운 일인지 잘 알고 있었다. 안나가 살인사건을 맡기 전에도 세 명이 사라졌다.

인기척이 전혀 없는 것 같았다. 뉴드레스덴의 시간 주기에 따르면 늦은 밤이었다. 바비들이 야간 동일화 행사를 할 시간이었다. 안나는 사원의 중앙 회합실로 통하는 조용한 복도를 따라 서둘러 갔다.

회합실은 바비들이 가득 차 있었고, 대화 소리로 엄청나게 요란했다. 안나는 아무 문제 없이 끼어들었다. 그리고 몇 분이 채 지나기 전에 애틀러스가 약속했던 대로 얼굴 수술이 잘 되었다는 사실을 알아챘다.

동일화는 바비들이 경험을 표준화하는 방법이었다. 공동체의 각 구성원이 매일 동일한 경험을 할 정도로 생활을 단순화할 수는 없었다. 표준교 경전에서는 그것이 목표로 삼아야 할 목적지라고 했지만, 여신과의 성스러운 재융합에서 그 측면은 달성하기 어려울 문제였다. 그래서 각 구성원이 모두 참여할 수 있을 정도로 작업을 단순하게 유지하려 노력했다. 이 공동체는 이익을 추구하지 않았지만, 공기와 물, 음식뿐만 아니라 장비를 운용하기 위해 교체 부품을 구입해야 했으며 공공서비스도 이용해야 했다. 그런 이유로 이 공동체는 외부 사회와 거래할 상품을 생산할 수밖에 없었다.

그들은 종교적인 수제 조각상, 그림을 그린 성경, 채색한 도자기, 수놓은 태피스트리 같은 사치품을 만들어 팔았다. 그 물건들은 어느 것도 표준교답지 않았다. 바비는 자신들의 동일성과 줄자 외에는 종교적 상징이 없었다. 하지만 표준교의 교리는 다른 신앙을 가진 사람들에게 그들이 숭배하는 물건을 만들어 파는 행위를 금지하지 않았다.

안나는 고급 상점에서 판매하는 그들의 상품을 본 적이 있었다. 그 상품들은 꼼꼼하게 제작되었지만, 각각의 상품이 서로 너무 똑같이 생겨서 오히려 손해를 봤다. 기술 시대에 수작업으로 만들어진 사치품을 사는 사람들은 비기계적 생산으로 인한 차이를 원하는 경향이 있는데, 바비는 모든 게 완전히 똑같아 보이기를 바랐다. 역설적인 상황이지만, 바비는 자신들의 표준을 고수하기 위해 기꺼이 가치를 희생시켰다.

낮 동안 각 바비는 다른 바비들이 하는 일과 최대한 비슷하게 일하려 노력했다. 하지만 누군가는 요리를 해야 하고, 공기 순환기계를 돌봐야 하고, 화물을 실어야 했다. 각 '부품'은 매일 다른 작업을 했다. 그리고 동일화 행사에 모두 모여 그 경험을 균등하게 나누려 노력했다.

동일화는 지루했다. 모든 사람이 주변에 있는 사람에게 동시에 말했다. 각 여성은 그날 자신이 한 일을 말했다. 안나는 그 밤이 새기 전에 같은 이야기를 백 번도 넘게 들었고, 귀를 기울이는 아무에게나 그 이야기를 반복했다.

특이한 사항에 대해서는 그게 무엇이든 확성기를 통해 전달해서 모든 사람이 그 내용을 알 수 있도록 했다. 그래서 지나치게 비정상적인 상태의 부담을 모든 사람에게 분산시켰다. 어떤 바비도 특이한 경험을 혼자 간직하길 원하지 않았다. 특이한 경험은 모든 사람과 공유하기 전까지 한 사람을 더럽고 부정하게 만들기 때문이었다.

안나는 동일화 과정이 매우 지겨웠다. 잠도 모자란 상태였다. 그때 조명이 꺼졌다. 마치 테이프가 끊어지듯 요란한 대화 소리가 뚝 멈췄다.

"어둠 속에서는 모든 고양이가 똑같다." 누군가가 중얼거렸다. 안나에게 아주 가까운 사람이었다. 곧 한 목소리가 커졌다. 엄숙한 목소리였다. 마치 단조로운 선율의 노래 같았다.

"우리는 분노다. 우리의 손에 피가 묻었다. 그러나 이것은 성스러운 정화의 피다. 우리가 심장을 갉아먹는 암에 대해 너희에게 말했지만, 여전히 너희는 해야 할 일을 회피하고 있다. 우리의 오물을 제거해야 한다!"

안나는 칠흑 같은 어둠 속에서 그 말이 어느 방향에서 오고 있는지 알아내려 애썼다. 곧 안나는 움직임을 알아챘다. 사람들이 안나를 스치며 지나갔다. 모두 같은 방향이었다. 안나는 목소리의 반대 방향으로 모든 사람이 움직이고 있다는 사실을 알아채고 그 반대로 거슬러 가기 시작했다.

"너희는 우리의 거룩한 동일성을 이용해 우리 안에 숨을 수 있을 거라 생각하겠지만, 여신님의 복수심으로 불타는 손이 가만히 계시지 않을 것이다. 너희에게는 한때 우리의 자매였던 표적이 있다. 그러나 죄악이 너희를 다르게 보이도록 만드니, 천벌이 내려칠 것이다.

이제 너희는 다섯 명 남았다. 여신님은 너희가 누구인지 안다. 여신님의 거룩한 진리를 너희가 왜곡하도록 용납지 않으실 것이다. 너희가 가장 예상치 못한 때에 죽음이 너희를 때릴 것이다. 여신님은 너희 안의 다름, 너희가 올곧은 자매들에게 숨길 수 있기를 바라며 추구하는 다름을 보신다."

이제 사람들이 더욱 빠르게 움직였으며, 안나의 앞쪽에서 난투극이 벌어졌다. 안나는 모든 모공에서 공포를 뿜어내는 사람들에게서 벗어나려 몸부림치다 빈 공간으로 나왔다. 훌쩍이는 소리와 맨발을 질질 끄는 소리 너머로 고함 소리가 스피커를 통해 쩌렁쩌렁 울렸다. 안나는 양손을 뻗어 휘두르며 앞으로 나아갔다. 그러다 다른 손이 안나의 손을 스쳤다.

주먹이 복부 중앙을 정통으로 때리지는 않았지만, 안나는 허파에서 공기가 모두 빠져나가며 바닥에 널브러졌다. 누군가가 안나에게 걸려 넘어졌다. 안나는 자신이 일어서지 않을 경우 상황이 매우 안 좋아질 거라는 사실을 알아챘다. 안나가 일어서려 버둥거리고 있을 때 조명이 다시 켜졌다.

안도의 한숨이 한꺼번에 쏟아져 나오고, 각 바비들이 주변의 바비를 살폈다. 안나는 또 다른 시체가 발견될 거라 반쯤 예상했지만, 그렇지 않은 것 같았다. 살인자는 다시 사라졌다.

안나는 동일화 행사가 해산하기 전에 슬그머니 빠져나와 텅 빈 복도를 달려 수면실 1215호로 향했다.

감옥의 독방보다 살짝 더 크고, 침대와 의자, 탁자 위에 전등이 있는 방에서 2시간이 넘게 앉아서 기다리자, 안나가 바라던 대로 방문이 열렸다. 바비 한 명이 거친 숨을 몰아쉬며 방 안으로 들어와 문을 닫고, 그 문에 기대어 섰다.

"우리는 너희가 오지 않을 줄 알았어." 안나가 머뭇거리며 말했다.

그 여자는 안나를 향해 달려들더니 무릎을 꿇고 흐느꼈다.

"우리를 용서해줘. 제발 용서해줘. 우리는 너희를 사랑해. 어젯밤에는 도저히 올 수 없었어. 우리는 너무 두려워서… 만약에… 너희가 살해당한 피해자라면, 분노가 여기서 우리를 기다릴지 모른다는 생각에…. 우리를 용서해줘. 우리를 용서해줘."

"괜찮아." 안나가 마지못한 말투로 말했다. 갑자기 바비가 안나 위로 올라오더니 열정적으로 키스를 퍼부었다. 안나도 그런 종류의 일을 예상했지만 그래도 깜짝 놀랐다. 안나는 최선을 다해 반응했다. 이윽고 바비가 다시 말하기 시작했다.

"우리는 여기서 끝내야 해. 그냥 그만둬야 해. 분노가 너무 무섭지만… 이 그리움은! 우리는 그만둘 수 없어. 너희가 도시 건너에 있는지, 아니면 바로 우리 옆에서 일을 하는지도 모르는 상태로 지내면서, 너희가 너무도 보고 싶어서 하루하루가 못 견디게 힘들어. 그리움이 온종일 쌓여서, 밤이 되면 죄업을 그만두지 못하겠어." 바비가 울었다. 이번에는 조금 더 부드러웠다. 바비는 안나를 만나게 된 행복감이 아니라 깊은 절망 때문에 울었다. "우리는 어떻게 되는 걸까?" 바비가 힘없이 물었다.

"쉿." 안나가 바비를 달랬다. "괜찮아질 거야."

안나가 한동안 달래다가 바비가 고개를 든 모습을 봤다. 바비의 눈이 묘한 빛으로 이글거렸다.

"난 더 못 기다리겠어." 바비가 말했다. 그리고 일어서서 옷을 벗기 시작했다. 안나는 바비의 손이 떨리는 게 보였다.

바비는 옷 속에 눈에 익은 물건들을 숨기고 있었다. 안나는 바비의 다리 사이에 가짜 음모가 있다는 사실도 알아챘다. 이 방에 숨겨져 있던 것들과 매우 비슷한 나무 가면과 병도 있었다. 바비가 병의 뚜껑을 돌려 열더니, 가운뎃손가락으로 갈색의 물질을 약간 떼어내서 가슴에 발라 젖꼭지를 만들었다.

"내가 뭘 가져왔는지 봐." 바비가 떨리는 목소리로 '내'라는 대명사에 힘을 주어 말했다. 바비는 바닥에 쌓인 옷더미에서 얇은 노란색 블라우스를 꺼내 어깨 위로 넘겼다. 그리고 자세를 취하더니, 그 작은 방을 왔다 갔다 했다.

"이리와, 내 사랑." 바비가 말했다. "내가 얼마나 아름다운지 말해줘. 내가 사랑스럽다고 말해줘. 내가 너에게 유일한 사람이라고 말해줘. 유일한 사람 말이야. 무슨 일이야? 아직도 무서워? 난 두렵지 않아. 너를 위해서라면 뭐든지 할 수 있어. 내 사람, 나의 유일한 사람." 이제 바비가 걸음을 멈추고 안나를 미심쩍은 눈으로 쳐다봤다. "왜 너는 안 차려입어?"

"우리는… 어, 나는 못 하겠어." 안나가 대충 생각나는 대로 말했다. "그들이, 어, 누군가가 물건들을 찾았나 봐. 모두 사라졌어." 안나의 젖꼭지와 음모는 이 방의 어두운 조명 아래에서도 너무 진짜처럼 보일 것이기 때문에 옷을 벗을 수가 없었다.

바비가 뒤로 물러났다. 바비가 가면을 들어 감싸 안았다. "그게 무슨 소리야? 그 여자가 여기에 왔었다고? 분노가 가져갔다는 거야? 그들이 우리를 쫓고 있다고? 정말이야? 그들은 우리를 볼 수 있나 봐." 바비가 다시 울먹거리기 시작했다. 이제 거의 공황 상태에 빠지기 직전이었다.

"아냐, 아냐. 내 생각엔 경찰이었던 것 같아…." 하지만 그 말은 전혀 도움이 되지 않았다. 이제 바비는 문으로 가서 문이 반쯤 열었다.

"네가 그 여자지! 넌 대체 무슨…. 아냐, 아냐, 저리 가." 바비가 들고 있던 옷 속으로 손을 집어넣었다. 안나는 바비가 칼을 꺼낼 거라 짐작하고 잠시 머뭇거렸다. 그 틈에 바비는 재빨리 빠져나간 후 문을 쾅 닫았다.

안나가 다시 문을 열었을 때는 이미 바비가 사라진 후였다.

✳

안나는 자신이 여기에 온 것은 다른 잠재적 피해자를 찾기 위한 게 아니라(방금 찾아왔던 저 방문자는 가해자가 되기보다는 피해자가 될 가능성이 확실히 더 컸다), 살인자를 잡기 위해 것이었다는 사실을 마음속으로 곱씹었다. 그렇더라도 그 바비에게 더 깊게 질문을 할 수 있게끔 붙잡아두었다면 도움이 되었을 거라는 사실은 바뀌지 않았다.

표준교 신자들 사이에서나 통할 수 있는 정의에 따르면, 그 바비는 변태였다. 개인주의 페티시가 있었다. 아마 죽임을 당한 다른 바비들도 그럴 것이다. 안나가 그 사실을 깨달았을 때 가장 먼저 든 생각은, 그들이 왜 그냥 정착지를 떠나 원하는 대로 살지 않느냐는 것이었다. 하지만 그렇다면 기독교인들은 왜 매춘부를 찾는 걸까? 죄악의 맛 때문이다. 더 큰 세계에서는 이 바비들이 하는 짓이 거의 의미가 없을 것이다. 하지만 여기에서는 최악의 죄악이며, 가장 먹음직스러운 죄악이다.

그리고 누군가는 그 죄악을 전혀 좋아하지 않았다.

문이 다시 열렸다. 바비가 안나를 마주하고 섰다. 바비는 머리가 산발이 된 채로 숨을 헐떡였다.

"우리는 돌아올 수밖에 없었어." 바비가 말했다. "아까 너무 당황해서 미안해. 우리를 용서해줄 수 있겠어?" 바비가 안나를 향해 다가오며 양팔을 내밀었다. 바비가 너무 연약하고 반성하는 것처럼 보였기 때문에, 바비의 주먹이 안나의 얼굴을 쳤을 때 안나는 깜짝 놀랐다.

안나가 벽에 머리를 쿵 부딪혔다. 잠시 후 정신을 차리니, 안나는 바닥에 누워 그 여자의 무릎에 눌린 상태였는데, 목에 날카롭고 차가운 뭔가가 닿았다. 안나는 아주 조심스럽게 침을 삼키고, 아무 말도 하지 않았다. 목이 참기 힘들 정도로 간질거렸다.

"그 여자는 죽었어." 바비가 말했다. "그리고 다음은 네 차례야." 그런데 바비의 표정에 안나가 이해하지 못하는 뭔가가 있었다. 바비가 눈을 몇 차례 비비더니, 가늘게 뜬 눈으로 안나를 내려다봤다.

"들어봐, 나는 네가 생각하는 그 사람이 아니야. 나를 죽이면, 네가 상상하는 이상으로 네 자매들에게 큰 문제를 불러들일 거야." 안나가 말했다.

바비가 머뭇거리더니, 안나의 바지 속으로 거칠게 손을 집어넣었다. 안나의 외음부가 만져지자 바비의 눈이 커졌다. 하지만 칼은 움직이지 않았다. 안나는 최대한 빨리 말해야 하며, 필요한 말을 제대로 해야 한다는 생각이 들었다.

"내가 무슨 말을 하는지 알지, 모르겠어?" 안나는 반응을 기다렸지만 아무런 반응이 없었다. "넌 정치적 압박이 가해지리라는 걸 알 거야. 너희가 외부 세계에 위협으로 비치면 이 정착지 전체가 사라질 수 있다는 사실도 알 거야. 네가 그걸 원하는 건 아니잖아."

"그래야 한다면 그렇게 되겠지." 바비가 말했다. "순결은 중요해. 우리가 죽는다면 순결한 상태로 죽게 될 거야. 불경한 자들은 죽어야 해."

"나는 더 이상 그런 거에 신경 쓰지 않아." 안나가 말했다. 마침내 바비로부터 약간의 관심을 끌어낸 듯했다. "나도 원칙이란 게 있어. 네가 네 원칙에 열정적인 것만큼 내가 내 원칙에 열정적이지 않을 수도 있지만, 어쨌거나 내겐 그 원칙들이 중요해. 그 원칙 중 하나가 죄인을 법의 심판대에 세우는 거야."

"범인을 잡았잖아. 그 여자를 재판하고 처형해. 그 여자는 저항하지 않을 거야."

"네가 범인이잖아."

바비가 미소를 지었다. "그러면 우리를 체포해."

"알았어, 알았어. 난 널 체포하지 못해. 그건 분명해. 네가 나를 죽이지 않더라도, 네가 저 문을 걸어 나가면, 내가 너를 찾는 건 불가능해. 너를 찾는 건 포기했어. 내게는 그럴 시간이 없어. 이게 나한테 마지막 기회였는데, 잘 되지 못한 것 같네."

"너에게 시간을 더 주더라도 해낼 수 있을 거라는 생각은 안 들어. 그런데 왜 우리가 너를 살려둬야 하지?"

"서로에게 도움을 줄 수 있으니까." 안나는 압력이 약간 느슨해지는 게 느껴지자 간신히 침을 삼켰다. "나를 죽이고 싶지는 않을 거야. 나를 죽이면 너희 공동체가 파멸될 수도 있거든. 나는… 나는 이 난장판에서 자존심을 좀 챙겨야겠어. 도덕에 대한 네 정의를 받아들이고, 네가 이 공동체에서 법의 집행자가 되도록 놔둘 용의가 있어. 어쩌면 네 말이 맞을지도 모르지. 너희는 하나의 존재일 수도 있어. 그렇지만 나는 그 여자가 아무도 죽이지 않았다는 사실을 알기 때문에 유죄 판결을 받도록 놔둘 수 없어."

이제 바비는 칼날을 안나의 목에서 떼어냈지만, 조금만 움직여도 안나의 목에 꽂을 수 있도록 계속 칼을 붙잡고 있었다.

"그런데 우리가 널 살려준다면? 너는 거기에서 뭘 얻는데? 그 '무고한' 죄수를 어떻게 풀어줄 거야?"

"방금 네가 죽인 여자의 시신이 어디에 있는지 말해줘. 나머진 내가 알아서 처리할게."

✳

법의학 팀이 떠난 후 애니타운은 평온을 되찾았다. 안나는 조지 웨일과 함께 수면실 1215호의 침대에 앉았다. 여전히 피곤했다. 마지막으로 눈을 붙인 후 얼마나 시간이 흐른 걸까?

"솔직히 말해서 나는 이게 잘 될 거라고 생각하지 않았어요. 그런데 내 생각이 틀렸던 것 같네요." 조지가 말했다.

안나가 한숨을 내쉬었다. "나는 범인을 생포하고 싶었어, 조지. 그럴 수 있을 거라 생각했어. 하지만 그 여자가 칼을 들고 나에게 덤벼들었을 때…." 안나는 굳이 거짓말을 하지 않으면서 조지 스스로 그 생각을 마무리하도록 내버려 두었다. 안나는 심문관에게도 이미 그렇게 이야기했다. 안나의 설명에 따르면, 안나는 가해자에게서 칼을 빼앗아 무력화시키려 했지만, 어쩔 수 없이 그 가해자를 죽일 수밖에 없었다. 운 좋게도 안나 가 바비에게 맞아 벽에 부딪혔을 때 뒤통수에 혹이 생겼는데, 잠시 기절 했었다는 안나의 이야기를 그 혹이 그럴듯하게 받쳐주었다. 그렇지 않았 다면 안나가 경찰과 구급차를 부르기까지 왜 그렇게 오래 걸렸는지 의문 을 품는 사람이 있었을 것이다. 그들이 도착했을 때 바비는 사망한 지 1시간이 지난 상태였다.

"뭐, 경위님의 실력을 인정해줄게요. 이 사건을 확실히 마무리 지었 네요. 사실, 경위님이 사직하면 나도 사직할지 남을지 결정하느라 힘들 었어요. 이제는 내가 어떻게 결정할지 알 수 없게 되어버렸네요."

"그게 나아. 실은 나도 어떻게 결정했을지 모르겠어."

조지가 안나를 바라보며 활짝 웃었다. "난 이 끔찍한 얼굴 뒤에 경위 님이 존재한다는 생각이 익숙해지질 않아요."

"나도 적응이 안 돼. 그래서 거울은 전혀 보고 싶지 않아. 애틀러스에 게 곧장 가서 다시 원래대로 돌려놓으라고 할 거야." 안나가 피곤한 얼굴 로 자리에서 일어나 조지와 함께 튜브역으로 걸어갔다.

안나는 조지에게 사실대로 말하지 않았다. 안나는 코와 얼굴 전체를 최대한 빨리 원래대로 바꿀 생각이었지만, 아직 할 일이 한 가지 남아 있 었다.

처음부터 안나를 괴롭혀왔던 문제는 살인자가 피해자를 어떻게 식별 하느냐는 의문이었다.

아마도 이단적인 변태 바비들은 괴상한 의식을 치르기 위해 만날 장 소와 시간을 정했을 것이다. 약속을 지키는 것은 매우 쉽게 할 수 있다. 바비는 누구든 업무에서 쉽게 빠져나갈 수 있다. 바비들은 아프다고 말 할 수 있는데, 누구도 이 바비가 어제, 혹은 지난주, 지난달에 아팠던 그 바비와 같은 사람인지 알 수 없다. 그 바비는 일을 할 필요도 없다. 이 작업에서 다른 작업으로 옮기는 척하며 복도를 돌아다니면 된다. 아무도 문제를 제기할 수 없다. 23900번은 바비들이 같은 방에서 계속 취침하지 않는다고 말했지만, 그 문제 역시 확인할 방법이 없다. 1215호는 변태 바비들이 계속 차지해왔던 게 틀림없다.

그리고 그 변태들은 은밀하게 만나면서 일련번호로 서로를 확인하는 데에 거리낌이 없었을 것이다. 바비들은 길거리에서도 일련번호를 확인을 할 수 있지만, 살인자는 그런 일련번호를 확인조차 하지 않았다.

그런데도 누군가는 그들을 식별하고, 군중 속에서 찾아내는 방법을 알고 있었다. 안나는 살인자가 그들의 은밀한 모임에 침입해서 참가자들에게 어떤 식으로든 표시했던 게 분명하다고 짐작했다. 한 사람을 추적하면서 다른 사람으로 연결되었을 것이다. 그렇게 살인자는 그들 모두를 파악하고 공격할 준비를 했다. 안나는 살인자가 자신을 바라보던 이상한 표정과 가늘게 뜬 눈길을 떠올렸다. 안나를 변태 바비로 착각하고 즉시 죽이지 않은 사실만 봐도, 살인자는 거기에 없는 뭔가를 볼 거라 예상했던 것이었다.

안나는 그 뭔가를 알아낼 방법이 생각났다. 안나는 먼저 영안실로 가서 여러 가지 필터를 이용해 다양한 빛의 파장으로 사체들을 비춰볼 생각이었다. 안나는 사체의 얼굴에 어떤 표시가 보일 것이며, 살인자가 콘택트렌즈를 끼면 찾을 수 있는 표시일 거라 확신했다.

그 표시는 알맞은 환경일 때나 적절한 장치를 사용해야만 보일 것이다. 안나가 충분히 오래 시도한다면 그 조건을 찾아낼 수 있을 것이다.

그 방법이 보이지 않는 잉크를 이용한 거라면, 또 다른 흥미로운 질문이 따라온다. 어떤 방식으로 잉크를 발랐을까? 솔이나 스프레이? 그럴 것 같지는 않았다. 하지만 살인자의 손에 그런 잉크를 묻히면 물처럼 보이고 느껴질 것이다.

살인자는 피해자에게 한번 표시하면 그 표시가 적당한 시간 동안 유지될 거라 확신했었다. 살인은 한 달 동안 계속 발생했다. 그렇다면 살인자는 보이지 않고 모공에 스며들어 지워지지 않는 잉크 자국을 찾고 있었던 것이다.

그리고 지워지지 않는 잉크라면….

그 문제에 대해 더 생각해봐야 소용없었다. 안나가 옳을 수도 있고, 틀릴 수도 있다. 안나는 살인자와 협상했을 때 그 결과를 감수하고 살아갈 가능성을 받아들였다. 안나가 살인자는 죽었다고 말해버린 이상 그 바비를 법정에 세울 수는 없었다.

아니다. 안나가 다시 애니타운으로 돌아가 죄악으로 더럽혀진 손을 가진 바비를 발견한다면, 자신에게 주어진 일을 할 수밖에 없을 것이다.

THE PHANTOM OF KANSAS

캔자스의 유령

1976년 2월 〈Galaxy〉에 첫 발표
1977년 로커스상 노미네이트

나는 아르키메데스 신탁협회에서 은행 거래를 한다. 신탁협회의 보안이 훌륭하고, 서비스가 친절하기 때문이다. 그리고 그들은 보관소에 기억을 저장하는 자체 의료시설을 갖추고 있었다.

그런데 2주 전 신탁협회가 도둑을 맞았다.

내겐 너무 갑작스러운 사건이었다. 나는 정기 기억저장일이 다가오고 있었기 때문에, 그동안 저장해놓은 내 기억들을 가져갔을까 봐 상당히 걱정되었다. 당시 도둑들은 내가 거래하는 은행에 침입해서 상당한 양의 유통 어음을 훔치고, 열정이 넘쳐흘렀는지 기억 큐브들을 죄다 파괴했다. 모든 큐브를 마지막 하나까지 티끌 같은 플라스틱 조각으로 산산조각 내버렸다. 당연히 은행은 기억 큐브들을 모두 새로운 큐브로 대체해야 했다. 그 작업도 매우 신속하게 진행되었다. 은행은 바보가 아니었다. 살인을 쉽게 하기 위해 그런 식으로 은행털이를 한 게 처음은 아니었다. 그래서 은행은 계좌를 가진 모든 사람의 기억을 다시 저장해야 했다. 그 일은 며칠 내에 이루어졌다. 이 과정은 도둑질로 인한 피해보다 더 큰 비용이 들었을 게 틀림없다.

말이 난 김에 이야기하자면, 도둑의 계획이 작동하는 방식은 이런 식이었을 것이다. 도둑은 돈을 훔치는 일에는 별로 관심이 없었다. 어쨌거나 장물을 유통시키는 것은 대체로 너무 위험하다. 요즘에는 컴퓨터화된 화폐에 입력된 프로그램 때문에, 기술력이 아주 뛰어난 도둑이 아니라면 훔쳐도 무용지물이다. 그런 돈으로 이득을 얻으려면 100년은 묻어두어야 한다. 물론 불가능하지는 않지만, 경찰은 범죄자 중에 그렇게 오래 기다릴 수 있는 자들은 기질적으로 지극히 소수에 불과하다고 생각했다. 그러므로 기억 큐브가 파괴된 경우 도둑의 진짜 목적은 도둑질이 아니라 살인이다.

때때로 감정에 휩싸여 범죄를 저지르는 경우가 발생한다. 하지만 해결이 안 된 사건은 거의 없고, 살인은 그중에서도 실행하기가 몹시 까다로운 범죄다. 이런 식으로 살인을 저지르는 유형의 살인자는 누군가를 죽인 후 6개월 뒤에 그 사람이 다시 걸어 다니는 꼴을 보고 싶지 않은 것이다. 피해자가 살인자의 인격을 격리시키기 위해 고발할 경우(살인자의 재산을 99퍼센트까지 압류할 수 있다) 치명상을 입게 된다. 그러므로 누군가를 진심으로 증오하게 되면, 그 사람의 기억 큐브를 먼저 파괴한 후 육체를 죽여서 옛날처럼 상대방을 영원히 죽이고 싶은 충동이 커질 것이다.

그게 바로 아르키메데스 신탁협회가 두려워하는 부분이었다. 나는 계약에 따라 지난 일주일 동안 개인 경호원을 배정받았다. 경호원은 친구들에게 보여주기 좋은 신분의 상징이다. 하지만 나는 내심 시큰둥하다가 신탁협회가 모든 계약자에게 비상 프로그램의 일환으로 다음 기억 기록 비용을 지불할 것이라는 사실을 알고는 감동을 받았다. 그들은 영원히 살게 해주기로 계약을 맺었으므로, 내가 3주 이내에 기억 저장이 예정되어 있더라도 이번 기록은 그들이 지불해야 했다. 법원에서 분실하거나 손상된 큐브는 반드시 최대한 신속하게 교체해야 한다고 판결했기 때문이었다.

그래서 나는 매우 행복한 상태여야 했지만 그렇지 못했다. 그저 용기를 내려 애쓰는 중이었다.

나는 곧장 기록실로 갔다. 그리고 지시에 따라 옷을 벗고 수술대 위에 누웠다. 수십 년 전에 만났던 누군가와 비슷하게 생긴 듯한 의사는, 내가 호흡을 가다듬으려 노력하는 동안 장비를 만지느라 바빴다. 의사가 내 후두부에 있는 소켓에 컴퓨터 선을 연결한 후 몸의 운동신경을 꺼버렸을 때 고맙다는 생각이 들었다. 이제 나는 의사에게 혹시 우리가 만난 적이 있었는가를 물어봐야 할지 고민할 필요가 없어졌다. 나이가 들수록 그런 게 점점 큰 문제가 되었다. 나는 지금껏 2만여 명을 만났고, 깊은 인상을 줄 정도로 긴 대화를 나눴다. 그러니 점점 헷갈릴 수밖에 없었다.

의사가 내 머리의 윗부분을 제거하고, 내 두뇌의 다중 홀로그램을 저장할 준비를 했다. 다중 홀로그램은 지금까지 내가 봤거나 생각하거나 기억하거나 어렴풋이 꿈꿨던 모든 것의 화학적 유사물이다. 무의식 상태로 흘러 들어갈 때 행복한 안도감을 느꼈다.

내 손끝에 차갑고 매끄러운 스테인리스 강철이 닿았다. 소독용 알코올 냄새가 났다. 그리고 어렴풋이 아세톤 냄새도 느껴졌다.

의료실. 나는 그 냄새들에 자극받아 어린 시절의 기억이 마구 떠올랐다. 흥분, 변화, 의사가 부러진 내 손가락을 잘라내고 분홍색의 새 손가락으로 바꿔줄 때 옆에 서 있던 엄마. 나는 어둠 속에 누워 기억들을 떠올렸다.

그리고 조명이 들어왔다. 어디에서 오는지 모를 빛이 강하게 비춰 눈이 아렸다. 내가 몸 전체에서 유일하게 움직일 수 있는 동공이 수축하는 게 느껴졌다.

"폭스 씨의 의식이 돌아왔습니다." 말소리가 들렸다. 하지만 나는 완전히 깨어나지 않은 상태였다. 그저 여기 행복하게 멍한 상태로 누워 있을 뿐이었고, 몸은 움직이지 않았다.

내 몸에 대한 통제권을 되찾는 느낌이 파도처럼 밀려 들어왔다. 나는 끝도 없는 신경을 타고 내려가 손과 발에 부딪혔다가 젖꼭지에서 휘감아 돌아 입술과 코끝을 콕콕 찔렀다. 이제 내가 몸속에 들어왔다.

내가 벌떡 일어나 앉으려 하자 의사가 팔로 제지했다. 나는 긴장이 풀릴 때까지 잠시 버둥거렸다. 손가락 끝이 찌릿찌릿하고, 과호흡 증후군으로 불쾌한 경련이 일어났다.

"휴우." 내가 양손으로 머리를 감싸며 말했다. "악몽이었어요. 내 생각엔…"

나는 주위를 둘러보고는 내가 발가벗은 상태로 스테인리스강으로 덮인 수술대 위에 누워 있으며, 여러 사람이 걱정스러운 얼굴로 나를 바라보고 있다는 사실을 알게 되었다. 나는 암흑 속으로 돌아가 마음을 진정시키고 싶었다. 엄마의 얼굴이 보였다. 눈을 깜빡거렸지만, 엄마의 얼굴은 사라지지 않았다.

"카니발?" 내가 엄마 유령에게 물었다.

"그래, 여기 있어, 폭스." 엄마가 대답하며 두 팔로 나를 안았다. 엄마는 바닥에 서 있고, 나는 수술대 위에 있으니 어색하고 어정쩡한 포옹이었다. 나는 몸에 전선들이 연결되어 있었다. 하지만 엄마의 위로가 필요했다. 나는 여기가 어디인지 몰랐다. 내가 깨어나기 직전처럼 호르몬이 마구 분출된 탓에 신경이 날카로워져서 주위의 사람들이 멍한 것처럼 보였다.

"폭스 씨는 이제 괜찮습니다." 장비를 살펴보던 의사가 고개를 돌리며 말했다. 의사는 내 머리에 연결된 전선들을 제거하면서 감정이 실리지 않은 미소를 지었다. 나는 그 미소를 무시했다. 내가 알고 있던 모든 사실이 떠오르며 지금은 여기가 어디인지 알았다. 겨우 몇 시간 전에 여기에 온 기억이 났다.

그러나 나는 몇 시간보다 훨씬 긴 시간이 흘렀다는 사실을 알고 있었다. 새로운 몸이 이식된 기억을 가지고 깨어날 경우 발생하는 정신적 혼란에 대해 읽었던 적이 있었다. 그리고 상황이 매우 나쁘게 진행되지 않았다면 엄마가 여기에 있을 이유가 없었다.

나는 죽었다.

나는 약한 진정제를 맞고 도움을 받아 옷을 입었다. 그리고 엄마의 부축을 받으며 부드러운 양탄자가 깔린 복도를 따라서 은행장의 사무실로 걸어갔다. 나는 아직 완전히 정신이 들지 않은 상태였다. 우리의 발이 포도주색의 양탄자를 가로지르며 스치는 소리조차 없었다면, 복도의 고요함을 견디기 힘들었을 것이다. 기압이 널뛰듯 오르락내리락해서 고막이 터져버려 멍해져버린 듯한 느낌이 들었다. 너무 먼 곳은 아직 보이지 않았다. 차갑고 메아리가 울리는 하얀 대리석 바닥과 갈색의 얇은 나무판으로 벽을 댄 복도가 이루는 소실점을 벗어나자 한결 나아졌다.

은행장 리앤더 씨가 우리에게 앉을 자리를 권했다. 내가 자주색 벨벳 소파에 털썩 앉자 소파가 나를 감쌌다. 은행장이 의자를 우리 쪽으로 당겨와 음료를 제공했다. 나는 사양했다. 안 그래도 머릿속에 물이 찬 것처럼 흐리멍덩한데, 지금은 집중해야 한다고 판단했기 때문이었다.

은행장이 책상 위의 서류를 만지작거렸다. 나는 내 서류일 거라 짐작했다. 그 서류는 은행장 오른쪽에 있는 단말기에서 방금 인쇄된 것이었다. 예전에 은행장을 잠깐 만난 적이 있었다. 은행장은 유쾌한 사람이었으며, 확신과 신뢰를 주는 노인의 육체를 기꺼이 입을 수 있는 사람이라서 이렇게 고객을 상대하는 업무에 선발되었다. 은행장의 외모는 65세 정도로 보였다. 하지만 20대의 육체에 더 어울릴 만한 사람이었다.

은행장이 내게 필요한 정보들을 제공해줄 것 같지 않아서 내가 질문을 던졌다. 그 시점의 나에게는 가장 중요한 질문이었다.

"오늘이 며칠인가요?"

"11월입니다." 은행장이 느리게 말했다. "그리고 연도는 342년입니다."

나는 2년 반 동안 죽은 상태였다.

"저기요, 저는 은행장님의 시간을 더 이상 빼앗고 싶지 않아요. 저에게 주려고 현재까지 일어난 상황을 담은 소책자를 만들어두셨을 거예요. 그 소책자만 주시면 저는 갈 길로 갈게요. 아, 그리고 신경 써주셔서 감사합니다."

내가 자리에서 일어나기 시작하자, 은행장이 손을 저으며 나를 말렸다.

"조금 더 머물러주시면 감사하겠습니다. 폭스 씨, 당신의 사례는 특이한 경우입니다. 저로서는… 음, 아르키메데스 신탁협회 역사상 처음 일어난 일입니다."

"네?

"아시겠지만, 저희가 폭스 씨를 깨운 후 곧 알아차리셨듯이, 당신은 사망한 상태였습니다. 하지만 마지막으로 기억을 저장한 후 한 번 이상 사망했었다는 사실은 알아차리지 못하셨을 겁니다."

"한 번 이상이라니요?" 이 말은 그리 영리한 질문이 아니었다. 그렇다면 내가 어떻게 물어야 했을까?

"세 번 사망하셨습니다."

"세 번이요?"

"네, 각각 개별적으로 세 번 사망하셨습니다. 저희는 살인으로 의심하고 있습니다."

잠시 은행장실이 완벽한 침묵에 잠겼다. 결국 나는 음료를 마시기로 결심했다. 은행장이 음료를 따라주자, 내가 쭉 들이켰다.

"아마도 어머님께서 그 문제에 대해 더 자세히 말해주실 겁니다." 은행장이 제안했다. "어머님께서 그 상황을 더 잘 아시거든요. 저는 최근에야 알았습니다. 카니발 씨?"

✳

나는 아파트로 돌아오는 길에 현기증을 느꼈다. 다시 적응될 무렵에는 약 기운이 가라앉아 맑은 머리로 현재의 상황을 마주할 수 있게 되었다. 하지만 피부가 간질거렸다.

자신이 과거에 했던 일들을 제3자로부터 듣는 것은 그리 즐겁지 않았다. 나는 이제 나를 포함해 우리 모두가 생각하기 싫어하는 사실을 직시해야 한다고 판단했다. 가장 먼저 해야 할 일은 앞선 세 사람이 했던 행위는 내가 한 행위가 아니라고 인식하는 것이었다. 나는 갱신 순서로는 네 번째이지만, 새로운 사람이었다. 앞서 재생한 존재들과 나는 기억 저장 장치에 나 자신을 맡기던 날까지의 모든 기억을 포함해 많은 공통점이 있었다. 하지만 그때 그곳에서 기억을 저장했던 나는 살해당했다.

1번 폭스는 다른 육체들보다 오래 살았다. 카니발의 말에 따르면 거의 1년을 살았다. 그리고 해들리 골짜기의 저지대에서 사체가 발견되었다. 폭스가 죽기에 적절한 장소였다. 1번 폭스와 나는 영감을 얻기 위해 달의 지표면에 나가서 걷는 것을 좋아했다.

당시는 살인이라는 의심을 하지 않았다. 나… 아니, 1번 폭스의 사망 소식을 들은 은행은 내가 기억 기록과 함께 남겨둔 조직 표본을 이용해 복제를 시작했다. 여섯 달 후, 내 복제본에 기억을 주입하고 내가 사망했었다는 사실을 알려주었다. 2번 폭스는 혼란스러워했지만, 잘 적응하는 것 같았는데, 곧 2번 폭스도 살해당했다.

이번에는 상당히 의심스러웠다. 2번 폭스는 재생 이후 한 달도 채 살지 못했을 뿐만 아니라, 사망 상황이 특이했다. 튜브 열차의 폭발로 산산조각이 났다. 2인용 좌석의 캡슐에 승객은 2번 폭스 혼자였다. 폭발은 수제 폭탄으로 발생했다.

하지만 정치 테러범에 의한 무작위 테러일 가능성이 아직 남아 있었다. 나의 세 번째 복제본은 그렇게 생각하지 않았다. 그 이유는 나도 모른다. 기억 저장에서 사람을 가장 짜증 나게 하는 게 이런 부분이다. 기억이 저장되지 않는 한 앞선 자아의 경험에서 아무것도 얻을 수 없다. 나는 살해당할 때마다 내가 기억을 기록했던 그날의 원점으로 돌아갔다.

하지만 3번 폭스에게는 편집증적으로 생각할 만한 이유가 있었다. 3번 폭스는 살아남기 위해 특별한 예방조치를 취했다. 무엇보다 살해당할 가능성이 있는 환경을 차단하려 애썼다. 그런 노력은 다섯 삭망월 동안 효력이 있었다. 3번 폭스는 몸싸움 끝에 사망했다. 그 사실은 명확했다. 아파트 전체가 피범벅이 될 정도로 매우 격렬한 싸움이었다. 처음에 경찰은 3번 폭스가 공격자에게 치명적인 상처를 입혔을 거라 생각했지만, 분석 결과 모든 피는 3번 폭스의 몸에서 나온 것이었다.

자, 4번 폭스인 나는 현재 어떤 상황일까? 1시간 동안 곰곰이 생각해봤더니, 상황은 확실히 비관적이었다. 고려 사항: 매번 살인자는 나를 성공적으로 살해했으며, 남자든 여자든 그 살인자는 나에 대해 좀 더 많이 알게 되었다. 지금쯤 살인자는 폭스 전문가가 되어, 나 자신도 모르는 나에 대해 잘 알고 있을 게 틀림없다. 예를 들어, 싸움을 할 때 내가 어떻게 움직이는지 알 것이다. 그 생각이 들자 나도 모르게 이를 악물었다. 카니발은 가장 조심스러웠던 3번 폭스가 호신술을 배웠다고 했다. 아마도 가라테였던 것 같았다. 그게 나에게 도움이 될까? 당연히 안 된다. 내가 스스로 지키길 원한다면, 처음부터 새로 배워야 한다. 그 호신술은 3번 폭스와 함께 죽었기 때문이다.

살인자가 모든 면에서 유리했다. 나는 살인자가 누구인지 전혀 모르기 때문에 그 살인자는 나를 기습 공격할 수 있으며, 남자든 여자든 나를 죽이는 데 성공할 때마다 나에 대해 더 많이 알게 된다.

어떻게 해야 할까? 나는 어디에서부터 시작해야 할지조차 알 수 없었다. 내가 아는 모든 사람을 훑어보며 적을 찾았다. 나를 죽이고 또 죽일 정도로 나를 증오하는 사람을 찾아보았다. 한 명도 찾을 수 없었다. 살인자는 1번 폭스가 기억을 저장한 후 1년 동안 만났던 누군가일 가능성이 컸다.

내가 생각해낸 유일한 해결책은 이민이었다. 짐을 싸서 수성이나 화성, 혹은 명왕성이라도 가는 것이다. 하지만 그 방법이 내 안전을 보장해줄까? 살인자는 몹시 끈질긴 인간인 것 같다. 아니, 나는 여기에서 직접 부딪혀야 한다. 적어도 여기는 내가 잘 아는 우리 동네가 아닌가.

*

나는 다음 날이 되어서야 내 손실의 규모가 어느 정도인지 알게 되었다. 나는 교향곡 전체를 도둑맞았다.

　나는 지난 30년 동안 '환경예술가'로 살아왔다. 환경예술이라는 분야가 막 걸음마를 떼기 시작했을 때 이 분야에 뛰어들었다. 나는 트란스발 디즈니랜드에 설치된 날씨 기계의 담당자였다. 트란스발 디즈니랜드는 당시 새롭게 건설된 공원으로서, 달에 있는 환경 공원 중에 가장 크고 현대적인 시설이었다. 나처럼 날씨 기계를 담당하는 사람 중 소수가 처음에는 순전히 재미로 날씨 프로그램을 만지작거리기 시작했다. 나중에는 친구들을 초대해서 우리가 조합한 폭풍과 일몰을 보여주었다. 친구들이 또 다른 친구들을 초대했다는 사실을 뒤늦게 알게 되었다. 그 후 트란스발 디즈니랜드가 날씨 예술 공연에 대한 표를 팔기 시작했다.

　나는 점차 명성을 얻었고, 엔지니어보다 예술가로 지내는 게 더 많은 돈을 벌 수 있다는 사실을 알게 되었다. 마지막으로 기억을 저장하던 당시 나는 달에서 세 손가락 안에 들어가는 환경예술가였다.

　그즈음 1번 폭스가 〈액체 얼음〉을 작곡했다. 그 작품을 발표한 지 2년이 지난 지금 내가 읽은 비평들에 따르면, 당시까지 발표된 작품 중 최고로 평가받은 것으로 보인다. 그 작품은 펜실베이니아 디즈니랜드에서 30만 명의 관객이 지켜보는 가운데 상연되었다. 그 작품으로 나는 부자가 되었다.

　그 돈은 내 은행 계좌에 그대로 남아 있지만, 그 교향곡을 창조했던 기억은 영원히 사라졌다. 그리고 그것은 중요한 문제였다.

　그 곡은 1번 폭스가 처음부터 끝까지 작곡했다. 아, 겨울 작품에 대한 막연한 아이디어와 나중에 조합하려 했던 부분들은 기억난다. 하지만 전체 창작 과정은 살해당한 1번 폭스의 머릿속에서 사라졌다.

　이런 상황에 어떻게 대처해야 할까? 나는 잠시 비통한 기분에 젖어서 은행에 전화해 내 기억 큐브를 파괴하라고 할까 생각했다. 이번에 또 내가 죽는다면, 차라리 완전히 죽는 게 나을 것 같았기 때문이었다. 5번 폭스가 그 수술대에서 일어난다는 생각은… 너무도 참기 힘들었다. 5번 폭스는 1번과 2번, 3번, 그리고 나 4번 폭스가 경험한 인생에서 아무것도 얻지 못할 것이다. 현재까지는 우리가 공유한 인물에 대해 내가 경험을 더 할 시간이 거의 없었지만, 나쁜 기억이라도 저장해둘 가치가 있다.

이런 상황을 계속 반복하지 않으려면 매일 새로운 기억을 저장해야 한다. 나는 은행에 전화해본 후 기억을 매일 저장할 수 있을 정도로 돈이 많지는 않다는 사실을 알게 되었다. 그래도 확인해볼 가치는 있었다. 내가 일주일에 한 번씩 기억을 지정한다면, 돈이 바닥날 때까지 약 1년 정도를 버틸 수 있었다.

나는 최대한 오래 버티기 위해 그렇게 하기로 결정했다. 그리고 미래의 폭스가 이런 혼란을 다시 겪지 않아도 되게끔 나는 오늘 당장 기억을 저장할 것이다. 혹시 5번 폭스가 태어난다면, 적어도 현재 내가 아는 정도까지는 아는 상태로 태어나게 될 것이다.

✳

기억을 저장한 후 훨씬 기분이 좋아졌다. 더 이상 의무실이 두렵지 않았다. 그 두려움은 기억 큐브에서 깨어나 자신이 사망했다는 사실을 깨닫게 될 거라는 흔한 오해에서 비롯된 것이었다. 그렇게 믿는 것은 어리석지만, 우리 모두가 현실을 제대로 직시하려 하지 않기 때문에 그런 오해가 생기는 것이다.

인간의 의식을 고려하면 인간의 3차원 육체만이 수술대에서 일어나 기능할 수 있다. 다른 방법은 불가능하다. 인간의 의식은 시간을 따라 선형적으로 이어져서 시작과 끝이 있다. 만약 당신이 기억을 저장한 후 죽는다면 영원히 죽는 것이다. 그 죽음은 취소되거나 보류되지 않는다. 기억을 저장한 기록이 존재하든, 특정한 시점의 기억을 가진 새로운 사람이 만들어지든 마찬가지다. 그 당사자는 죽는다. 4차원의 관점에서 보면, 저장된 기억의 역할은 새로운 사람을 과거 어느 시점의 시간대에 접목하는 것이다. 생명선을 거슬러 올라갈 수 없으며, 마법처럼 그 새로운 사람이 되는 것도 아니다. 나, 4번 폭스는 그 기억을 저장했던 오래전의 그 사람과 가까운 핏줄일 뿐이다. 그리고 내가 죽는다면, 영원히 죽는 것이다. 5번 폭스가 현재까지의 내 기억을 가지고 깨어나겠지만, 나와 무관하다. 5번 폭스는 그 자신일 뿐이다.

그렇다면 왜 우리는 기억을 저장할까? 솔직히 나도 모르겠다. 내 짐작에는 인간에게 영원히 살고자 하는 열망이 너무 강한 탓에 아무리 불만족스러운 대용품이라도 붙잡으려 하는 게 아닌가 싶다. 한때는 사람들이 인류가 죽음을 이길 방법을 알게 되는 미래에 녹여줄 거라는 희망을 품고 사망한 후 냉동하기도 했다. 그 열망의 크기를 알고 싶다면, 이집트 디즈니랜드의 거대한 피라미드를 보라.

그래서 우리는 토막토막 끊어진 삶을 살고 있다. 나는 현재로부터 수천 년 후 최소한 나의 일부분이 포함된 누군가가 존재할 거라고 짐작할 수 있다. 그게 나에게 뭐가 좋은지는 모르겠지만 말이다. 5번 폭스는 내가 기억하는 어린 시절을 똑같이 기억할 것이다. 아르키메데스 여행, 첫 번째 성 경험, 애인들, 고통스러웠던 기억과 행복했던 기억까지. 내가 한 번 더 기억을 저장한다면, 내가 지금 하고 있는 이 생각까지 기억할 것이다. 그리고 매년 살아가며 경험한 일들을 그 기억에 이어 붙일 것이다. 새로운 기억을 저장할 때마다 인생 중 상당히 많은 부분이 영원히 안전해질 것이다. 기억 저장을 마친 후 나는 몇 시간 전까지의 내 삶이 안전하게 보관되었다는 사실에 약간의 안도감을 느꼈다.

나는 그 모든 것들을 생각해본 후, 다시는 그런 일이 일어나지 않도록 하겠다고 굳게 다짐했다. 그 어느 때보다 나를 죽인 살인자에 대한 증오가 커졌다. 아파트에서 뛰쳐나가 둔기로 그 살인자를 죽을 때까지 패주고 싶었다.

나는 간신히 감정을 추슬렀다. 그런 행동이야말로 살인자가 원하는 것이었다. 살인자는 내가 처음에 어떻게 반응할지 알고 있다는 사실을 되새겼다. 나는 그 살인자가 예상하지 못한 방식으로 행동해야 했다.

하지만 그게 어떤 방식일까?

나는 경찰서에 전화해서 내 살인사건을 맡은 형사와 통화했다. 형사의 이름은 이사도라였다. 이사도라가 유용한 조언을 몇 가지 해주었다.

"내 경험에 비추어 판단하자면, 당신은 내 의견을 좋아하지 않을 겁니다." 이사도라가 말했다. "지난번 내가 제안했을 때, 당신은 바로 거절했었어요."

나도 이런 상황에 익숙해져야 한다는 사실을 알고 있었다. 사람들은 항상 예전에 내가 그들에게 했던 말이나 행동에 대해 내게 말했다. 나는 화를 가라앉히고 형사에게 계속 말해달라고 부탁했다.

"그냥 가만히 있으면 됩니다. 당신이 스스로 형사가 된 것처럼 생각한다는 걸 알고 있지만, 과거의 당신은 그런 능력이 없다는 사실을 확실히 증명했습니다. 당신이 문을 열고 나오자마자 살인자에게 잡힐 겁니다. 그놈은 당신을 환하게 알고 있으므로, 당신을 공격할 거예요. 내 말을 믿으세요."

"그놈이라고요? 살인자에 대해 뭔가를 알고 계신 건가요?"

"죄송합니다. 내가 또 실수했네요. 예전에 폭스 씨에게 이 사건에 대해 두 번이나 설명했었기 때문에, 당신이 모를 거라는 사실을 전혀 생각 못 했습니다. 네. 우리는 범인이 남자라는 사실을 알고 있습니다. 아니, 당신과 크게 싸웠던 6개월 전에는 남자였습니다. 몇몇 목격자들이 피가 묻은 옷을 입은 남자를 봤다고 신고했습니다. 그 남자가 당신을 살해한 살인자일 가능성이 있는 유일한 사람입니다."

"그러면 그 남자를 쫓고 있나요?"

이사도라가 한숨을 내쉬었다. 아마도 옛날에 했던 설명을 다시 반복해야 하기 때문에 그럴 것이다.

"아니요. 그 말은 당신이 형사가 아니라는 사실을 다시 증명해주고 있습니다. 당신의 수사 지식은 옛날 소설에서 배운 것들입니다. 요즘에는 옛날처럼 형사가 소설의 영웅 같은 것으로 내세울 만큼 매력적인 직업이 아니기 때문에, 현재 대부분의 사람은 우리가 무슨 일을 하는지 모릅니다. 살인자가 당신을 해칠 당시 남자였다는 사실은 형사에게 아무런 의미가 없습니다. 살인자가 바로 다음 날 '변환'을 할 수 있으니까요. 우리가 그놈의 지문을 확보했는지 궁금하실 거예요, 그렇죠?"

나는 이를 악물었다. 모두 나에 대해 나 자신보다 많이 알고 있다. 내가 이 여자와 마지막으로 대화를 나눴을 때 그런 질문을 했던 게 틀림없다. 그리고 나도 그렇게 물어보려던 참이었다.

"아뇨." 내가 대답했다. "성별을 바꾸듯 지문도 쉽게 바꿀 수 있을 테니까요. 그렇죠?"

"맞습니다. 지문을 바꾸는 게 성별을 바꾸는 것보다 훨씬 쉽습니다. 현재 유일한 신원 확인 방법은 유전자 분석뿐입니다. 그렇지만 살인자는 당신을 살해할 때 뭔가를 남겨놓을 정도로 협조적인 놈이 아니었습니다. 그 녀석은 정말로 짐승 같은 놈이라서, 당신에게 그렇게 심하게 위해를 가하고도 작은 상처조차 입지 않았습니다. 당신이 칼로 무장한 상태였는데도 말이죠. 살인 현장에서 놈의 피는 한 방울도 발견되지 않았습니다.

"그러면 어떻게 그 남자를 찾을 건가요?"

"폭스 씨, 당신에게 우리의 수사 방식을 설명해주더라도 대학 과정을 몇 가지 거치기 전에는 이해하기 힘들 겁니다. 그렇지만 현재의 수사 방식이 그리 좋지 못하다는 사실을 인정할 수밖에 없습니다. 경찰의 수사 기법은 현대 과학에 비해 한 세기 넘게 뒤처졌습니다. 반면에 현대 범죄는 과학을 폭넓게 이용할 수 있기 때문에, 수사가 당신이 상상하는 것보다 훨씬 힘든 상황입니다. 그래도 4삭망월 내에 살인자를 잡을 수 있을 거라는 희망이 있습니다. 당신이 집에 가만히 머물며 살인자를 쫓는 걸 중단해준다면 말이죠."

"왜 4삭망월이죠?"

"우리는 컴퓨터를 이용해 놈을 쫓고 있는데, 바로 이런 녀석을 쫓을 때 딱 알맞은 프로그램이 있습니다. 우리에게 가장 중요한 무기죠. 시간만 충분히 준다면 범인 검거율을 60퍼센트까지 올릴 수 있습니다."

"60퍼센트라고요?" 내가 꽥 소리를 질렀다. "그게 지금 나를 격려해 주려고 하는 말인가요? 게다가 나를 죽인 살인자는 완전히 전문가 수준이잖아요?"

이사도라 형사가 고개를 저었다. "전문가는 아닙니다. 과단성이 있는 범죄자일 뿐입니다. 그리고 그런 특성은 그자에게 불리할 뿐 절대 유리하지 않습니다. 살인자가 집요하게 당신을 쫓을수록, 그놈이 실수했을 때 우리가 잡을 가능성이 커집니다. 60퍼센트는 범죄 전체의 검거율이고, 살인사건으로 한정하면 검거율은 98퍼센트입니다. 살인은 격앙된 상태에서 벌이는 범죄이며, 대체로 아마추어가 저지릅니다. 전문적인 범죄자들은 살인에 성공할 가능성이 없다고 생각하며, 그들의 생각이 맞습니다. 살인에 대한 처벌이 너무 커서 살인자를 빈털터리로 만들어버리는데, 피해자는 그 살인자가 재판을 다 받기도 전에 다시 거리로 돌아오게 되거든요."

그 말을 곰곰이 생각해보니 기분이 한결 나아졌다. 나를 죽인 살인자는 전문적인 암살자가 아니었다. 나는 푸 맨추*나 모리아티 교수**에게 쫓기고 있는 게 아니었다. 그 사람도 나처럼 평범한 사람이며 범죄 분야에는 신참일 뿐이었다. 1번 폭스가 저지른 어떤 행동 때문에 화가 치밀어 오른 그 사람이 재정적 파산을 무릅쓰고 나에게 끈질기게 접근해 죽인 것이었다. 그런 사실은 살인자를 인간의 차원으로 내려 앉혔다.

"그래서 이제 밖으로 나가서 그 남자를 잡으러 다니실 건가요?" 이사도라 형사가 비웃는 투로 말했다. 나는 얼굴에 내 생각이 드러난 거라 짐작했다. 그게 아니라면, 앞서 다른 폭스와 나눴던 면담 내용을 떠올린 것일 수도 있었다.

"그러면 안 되나요?" 내가 물었다.

* 영국 작가 색스 로머의 소설에 등장하는 중국인 악당
** 코난 도일의 《셜록 홈즈》 시리즈에서 최악의 악당이었던 수학 교수

"아까 말씀드렸듯이, 그놈이 당신을 죽일 겁니다. 놈이 전문적인 살인자는 아니지만, 당신에 관해서는 전문가입니다. 그놈은 당신이 어떻게 돌진할지 알고 있어요. 무엇보다 살인자는 당신이 내 조언을 듣지 않으리라는 사실을 알고 있습니다. 어쩌면 그놈은 지난번에 당신이 나와 면담이 끝나자마자 밖으로 뛰쳐나갔던 것처럼 이번에도 그럴 거라 기대하며, 바로 당신의 문밖에서 이 대화가 끝나기를 기다리고 있을지도 모르죠. 지난번에는 살인자가 문밖에 없었지만, 이번에는 기다릴 겁니다."

나는 그 소리에 정신이 번쩍 들었다. 그리고 초조하게 문을 흘끗 돌아봤다. 그 문은 3번 폭스가 구입한 여덟 가지의 보안 장치가 지키고 있었다.

"형사님의 말이 맞을지도 모르겠네요. 그렇다면 여기에 가만히 있으라는 말씀이죠? 언제까지 이렇게 지내야 하나요?"

"아무리 오래 걸리더라도 1년 정도면 될 겁니다. 컴퓨터 계산에 따르면 검거율은 4삭망월 정도에 정점을 찍습니다. 그리고 1년 남짓이면 사실상 거의 검거됩니다."

"지난번에 저는 왜 집에 머무르지 않았나요?"

"증오와 어리석은 용기, 지루함에 대한 두려움이 합쳐져서 일어난 결과였습니다." 이사도라 형사는 3번 폭스가 불운하게도 거절해버렸던 자신의 제안을 내가 받아들이도록 하기 위해 내 눈빛을 살펴보면서 조심스럽게 단어들을 골랐다. "당신이 예술가라는 사실은 이해합니다." 형사가 계속 말했다. "왜 당신이 그냥… 음, 당신이 새로운 작품을 구상할 때 예술가로서 뭘 하는지는 모르겠지만, 당신의 아파트에서 일하면 안 되는 건가요?"

예술의 영감이 내 의지대로 할 수 있는 게 아니라는 사실을 이 형사에게 어떻게 말해줘야 할까? 날씨를 조각하는 예술은 대단히 미묘한 분야다. 시각화하는 게 어렵다. 새로운 착상이 떠오르더라도 노래를 만드는 것처럼 피아노나 기타를 집어서 간단히 시험해볼 수 없다. 컴퓨터 모의 실험을 할 수도 있지만, 테이프를 기계에 넣은 후 너른 들판에 서서 폭풍이 주변에서 어떻게 형성되는지 지켜보기 전에는 실제로 그 착상이 어떻게 실현될지 전혀 알 수 없다. 그리고 이 분야는 연습을 할 수가 없다. 비용이 너무 많이 들기 때문이다.

나는 창작을 할 때 달의 지표면을 오랜 시간 걸어 다니는 버릇이 있었다. 이 분야의 경쟁자들은 내가 왜 그러는지 이해하지 못했다. 그들은 다양한 공원, 대체로 그 작품이 상연될 공원을 거닐었다. 그런 산책은 나도 했다. 그 땅의 지형을 알아야 하기 때문에 당연한 과정이었다. 컴퓨터를 이용하면 변온층과 상승기류, 국소 지역들의 생태환경에 대해 파악할 수 있다. 하지만 그곳에 가서 땅을 느끼고 공기를 맛보고 나무의 향기를 맡아야 폭풍이든 여름의 소나기든 작곡을 할 수 있다. 작품은 그 땅의 일부가 되어야 한다.

그러나 나의 예술적 영감은, 대부분의 달 거주민들이 별로 좋아하지 않는 건조하고 차갑고 공기가 없는 달의 지표면에서 나왔다. 나는 동굴 생활을 좋아하지 않았다. 많은 친구와 달리 지하의 복도를 좋아한 적이 없었다. 달의 검은 하늘과 험한 지형을 보면 빈 캔버스가 떠올랐다. 숲이 울창하고 환경이 다양하며, 부분적으로 구름이 끼고 따스한 날에도 항상 날씨가 약간씩 바뀌는 디즈니랜드 안에서는 전혀 느낄 수 없는 감정이었다. 오랜 시간 홀로 산책하지 않고 작곡을 할 수 있을까? 다시 말해서, 그런 산책을 하지 않아도 될까?

"알겠어요. 착한 여자애처럼 집 안에 가만히 있을게요."

✳

나는 운이 좋았다. 끝없는 연옥이 될 수도 있었던 칩거 생활은, 한 번도 경험해보지 못했던 창조적 열정이 흘러넘치는 시간으로 바뀌었다. 아파트에 갇혀 있는 상태에 대한 분노는 거대한 회오리바람과 소나기구름이 되어 몰아쳤다. 나는 최고의 걸작을 써 내려가기 시작했다. 작품의 가제는 〈사이클론의 대격변〉이었다. 내가 얼마나 분노하는지를 보여주는 제목이었다. 내 에이전시가 그 제목을 좀 더 세련되게 〈사이클론〉으로 줄였다. 하지만 내게는 언제나 '대격변'이었다.

얼마 지나지 않아 나는 살인자에 대한 생각을 거의 잊고 지낼 수 있게 되었다. 하지만 완전히 잊을 수는 없었다. 어쨌거나 살인자에 대한 생각은 나를 앞으로 나아가도록 채찍질하고, 증오를 그려내는 캔버스가 되었다. 얼마 지나지 않아 지독한 생각이 들어서 이사도라 형사에게 말했다.

"여기 제 아파트는 형사님의 쥐덫이고, 저는 치즈 조각이 아닐까 하는 생각이 문득 들었어요."

"핵심을 잘 파악하셨네요." 이사도라가 인정했다.

"생각해보니 미끼의 역할은 별로 재미가 없어요."

"왜요? 겁이 나세요?"

대답이 바로 나가지 않고 약간 멈칫했다. 하지만 내가 부끄러워해야 할 게 대체 뭔가?

"네. 그런 것 같아요. 본능은 꽁지 빠지게 도망가라고 소리를 지르고 있고, 저는 그 본능이 시키는 대로 해볼까 하는데, 형사님은 저를 어떻게 설득해서 여기에 계속 머물게 만드실 건가요?"

"좋은 질문입니다. 경찰로서는 지금이 가장 이상적인 상황입니다. 우리는 피해자를 완벽히 안전하게 지켜볼 수 있는 장소에 두고 있지만, 살인자는 아직 안 잡힌 상황입니다. 그런데 이놈은 병적으로 집착이 심한 살인자이기 때문에, 당신에게서 영원히 멀리 떨어져 있지 못합니다. 살인자가 당신을 공격하게 훨씬 전에, 그 녀석이 당신에게 접근할 방법을 찾기 위해 정찰할 때 우리가 잡을 겁니다."

"살인자가 나에게 접근할 방법이 있나요?"

"아뇨. 전혀 없습니다. 당신의 아파트 문에 설치한 장치들로도 살인자를 막아내기에 충분합니다. 또한 음식과 물은 당신에게 제공되기 전에 검사합니다. 우리는 살인자가 당신의 몸을 완전히 없애버려서 영원히 살아나지 못하도록 만들고 싶어 한다고 확신합니다. 그래서 그놈이 독살을 시도할 가능성은 극히 희박합니다. 독살을 해봐야 놈에게는 좋을 게 전혀 없죠. 우리가 즉시 당신을 재생하기 시작할 테니까요. 하지만 우리가 당신 신체의 한 부분도 찾아내지 못하는 상태가 되면, 법률에 따라 당신을 재생하는 게 금지됩니다."

"폭발물은 어떤가요?"

"아파트의 외부 복도를 감시하고 있습니다. 아파트의 문을 날리려면 상당히 많은 양의 폭발물이 필요한데, 1년 이내에 살인자가 그런 규모의 폭탄을 입수하는 것은 불가능합니다. 안심하세요, 폭스 씨. 우리는 모든 문제를 염두에 두고 있습니다. 당신은 안전합니다."

이사도라 형사가 전화를 끊었다. 나는 중앙컴퓨터를 호출했다.

"중앙컴퓨터." 나는 온라인으로 중앙컴퓨터를 불러냈다. "살인자들을 어떻게 잡을 건지 이야기해줄래?"

"살인자를 잡는 일반적인 방법을 말하는 건가요, 아니면 당신이 특별히 관심을 가지고 있는 그 살인자를 잡는 방법 말인가요?"

"내가 뭘 물어봤을 것 같아? 난 저 형사가 신뢰가 안 돼. 너한테 알고 싶은 건, 살인자가 체포되도록 내가 도움을 줄 방법이 있느냐는 거야."

"당신이 도움을 줄 방법은 거의 없습니다." 중앙컴퓨터가 대답했다. "저는 달의 중앙컴퓨터 혹은 제어 컴퓨터로서 범죄자의 체포를 다루지는 않습니다만, 몇 개의 위성 컴퓨터들을 관리하고 있습니다. 그 컴퓨터들은 복소해석학을 이용해서 매일 단말기들에 입력되는 정보들의 상관관계를 분석합니다. 달에서 평균적인 사람들은 하루에 스무 번가량 저와 연결되는데, 그런 업무 중에는 법률에 따른 유전분석을 위한 반복적인 피부 표본 검사가 포함된 경우가 많습니다. 저는 그 정보들이 발생한 시간과 장소를 연결시켜 발생한 일, 발생할 가능성이 있는 일, 발생할 가능성이 없는 일에 대한 동적 모델을 구성할 수 있습니다. 적절한 보조 프로그램이 있으면 이 모델을 더욱 정밀하게 다듬을 수 있습니다. 예를 들어, 당신이 살해당한 시점에 달에 사는 인간 중 99.93퍼센트는 범인일 가능성이 작다고 이야기할 수 있습니다. 이는 그 살인사건에 관여했을 가능성이 있는 사람이 21만 명이라는 뜻입니다. 이것은 특정한 시간에 특정한 장소에 있는 각 개인에 대한 데이터에서 단순히 추정한 결과입니다. 그리고 가능한 동기들 같은 요소에 가중치를 더해서 유력한 용의자의 범위를 좁혔습니다. 계속 더 설명할까요?"

"아냐, 무슨 말인지 그럭저럭 이해되는 것 같아. 내가 살해당할 때마다 넌 용의자의 범위를 더 좁혔겠지. 용의자가 몇 명이나 남았어?"

"당신의 질문은 제대로 된 질문이 아닙니다. 제가 앞서 했던 설명에서 암시했듯이, 달에 있는 모든 주민이 여전히 용의자입니다. 그러나 각 주민은 범인일 확률이 10의 -27제곱인 매우 큰 집단부터 확률이 13퍼센트인 개인 20명까지 폭넓게 분포하고 있습니다.

나는 그 말을 곱씹어볼수록 마음에 들지 않았다.

"그 사람들 중에는 네가 유력한 용의자라고 부를 만한 사람이 아무도 없는 모양이네?"

"아쉽게도 그렇습니다. 이건 매우 흥미로운 사건이라고 할 수 있습니다."

"네가 그렇게 생각한다니 기뻐해야 하나."

"그렇습니다." 중앙컴퓨터는 평소처럼 빈정거리는 느낌이 전혀 없는 말투로 말했다. "어쩌면 제가 일부 프로그램을 수정해야 할지도 모르겠습니다. 지금껏 대배심 데이터뱅크에 90퍼센트 확률의 용의자를 제출하지 못한 상태로 이렇게까지 시간을 오래 끌어본 적이 없습니다."

"그렇다면 이사도라 형사가 나한테 빈말한 거네, 그렇지? 그 형사가 수사를 전혀 진행하지 못하고 있는 거야?"

"꼭 그렇지는 않습니다. 이사도라 형사는 범죄자가 1년 이내에 거의 확실하게 체포된다는 분석표를 가지고 있습니다."

"그런 계산은 네가 해준 거지, 안 그래?"

"물론입니다."

"그럼, 그 여자가 하는 일이 대체 뭐야? 이것 봐, 내가 말해두겠는데,

내 운명을 그 여자의 손에 맡기고 싶지 않아. 내 생각엔 그 형사의 일은 꾸며낸 이야기로 피해자를 달래주는 거에 불과해, 그렇지?"

"사생활 관련 법률 때문에, 저는 인간 시민의 가치나 성과, 지능에 대해 의견을 표현할 수 없습니다. 하지만 비유는 해줄 수 있습니다. 당신은 교향곡 작곡을 컴퓨터에 완전히 맡기겠습니까? 달리 말해 전적으로 제가 생성한 작품에 당신의 이름을 서명하겠습니까?"

"무슨 말인지 알겠어."

"바로 그겁니다. 당신은 컴퓨터의 도움을 받지 않으면 교향곡에 필요한 모든 요소를 계산할 수 없습니다. 하지만 그 작품들은 제가 쓴 게 아닙니다. 작품을 굴러가게 하는 힘은 당신의 창조적 활기입니다. 말이 난 김에 말씀드리자면, 이 이야기는 과거의 당신에게도 했었습니다. 물론 당신은 기억하지 못하겠죠. 저는 당신의 〈액체 얼음〉을 엄청나게 좋아합니다. 당신과 그 작품을 함께 만드는 과정은 정말 즐거웠습니다."

"고마워. 나도 그렇게 말할 수 있으면 좋겠지만 기억이 안 나." 연결을 끊었다. 기분은 처음 연결을 시작했을 때보다 그다지 나아지지 않았다.

〈액체 얼음〉 이야기 때문에 다시 마음이 심란해졌다. 기억을 도둑맞았어! 강탈당했다고! 〈액체 얼음〉의 영상을 불러냈다. 아름다웠다. 놀라웠다. 내가 그 작품을 쓰지 않았으므로, 자만에 젖지 않은 상태로 그 말을 할 수 있었다.

✳

내 생활이 무척 단순해졌다. 나는 하루에 12시간, 때로는 14시간 일하고, 먹고, 잤다. 그리고 또 일했다. 하루에 두 번 1시간씩 홀로비전을 이용해 싸움하는 방법을 배웠다. 물론 상당히 이론적인 교육이긴 했지만 배워둘 가치가 있었다. 덕분에 건강을 유지했고 자신감이 생겼다.

나는 평생 처음으로 변환하지 않은 자연 그대로의 내 몸을 자세히 살펴볼 기회를 가졌다. 나는 여성으로 태어났지만, 카니발이 소년으로 키우고 싶어서 내가 두 살 때 남성으로 변환을 시켰다. 그런 게 나를 종종 화나게 만드는 엄마의 모순적 태도 중 하나였지만, 내가 나이를 먹으면서 그런 모습도 좋아하게 되었다. 인공적인 조치를 모두 거부하고, 온갖 고통과 고생을 무릅쓰며 아이를 임신해 자연 분만을 해놓고는, 갑자기 태도를 바꿔 자연 선택의 결과를 받아들이지 않은 이유가 뭘까? 그건 아마도 엄마의 나이 때문일 것이다. 카니발은 이제 거의 2백 살이 되었는데, '변환'이 일반화되기 이전에 어린 시절을 보냈다. 나로서는 그 이유가 도저히 이해되지 않지만, 당시에는 사람들이 남자아이를 편애했다. 짐작이지만, 엄마는 그런 남아선호 사상에서 벗어나지 못했던 것이다.

어쨌거나 나는 어린 시절을 남자아이로 보냈다. 내가 처음으로 변환을 하게 되었을 때는 신체의 디자인을 내가 골랐다. 그런데 나의 진짜 유전자 구조를 자연 그대로 반영한, 6개월 된 복제 신체로 지내면서, 내가 여성으로 신체를 처음 디자인했던 당시의 모습과 그리 다르지 않은 것 같아 기뻤다.

나는 키가 작고 가슴도 작았으며 평범한 몸을 가졌다. 하지만 얼굴은 괜찮았다. 뭐랄까, 귀여웠다. 코가 마음에 들었다. 가속해서 복제한 신체의 나이는 대략 열일곱 살이었다. 어쩌면 오뚝한 코가 몇 년 후에는 자연스러운 노화에 따라 낮아질지도 모르지만, 그러지 않기를 바란다. 만일 코가 내려앉으면, 내가 다시 되돌려놓을 것이다.

나는 일주일에 한 번씩 기억을 저장했다. 사람들을 실제로 직접 만나는 유일한 시간이었다. 엄마 카니발과 은행장 리앤더, 형사 이사도라, 그리고 의사가 내 아파트로 와서 기억을 저장한 후에도 잠시 머물렀다. 그들이 들어올 때는 보안 장치를 통과하느라 1시간이나 걸렸다. 내 아파트로 친한 사람들이 들어올 때도 그렇게 오래 걸리는 모습을 보니 안도감이 조금 더 커졌다는 사실을 인정할 수밖에 없었다. 문밖에 보이지 않는 요새가 있는 것 같았다. 살인자, 너는 내 거실로 들어오고 싶어 미치겠지!

나는 중앙컴퓨터와 함께 일했다. 나로서는 그런 작업이 처음이었다.

홀로비전을 통해 한 번도 해본 적이 없는 4차원 모델을 만드는 새로운 프로그램을 중앙컴퓨터와 함께 제작했다. 중앙컴퓨터는 공연의 무대인 캔자스 디즈니랜드를 잘 알았고, 나는 폭풍을 잘 알았다. 내가 이번에는 상연회 전까지 무대를 걸어볼 수 없었으므로, 중앙컴퓨터가 홀로그램 탱크 안에 재현해주는 상황에 기댈 수밖에 없었다.

그 작업 과정 중 나는 마치 신이 된 듯한 느낌을 받았다. 3미터의 홀로그램 탱크에 들어가 그 광경을 관찰할 때는 머리카락에서 벼락이 내려치고, 희미하게 빛나는 서리 왕관을 쓴 30미터 거인이 된 기분이 들었다. 나는 아메리카 원주민과 백인이 나타나기 전에 존재했던, 캔자스의 완만하게 경사진 갈색의 단조로운 가을 들판을 걸어 다녔다. 원래 캔자스의 모습은 '침략자'들의 지배를 받고 있는 현재의 모습과 비슷했다. 침략자들은 철조망을 철거하고, 밭고랑을 메우고, 도시와 철도를 해체한 후 다시 버펄로 떼가 돌아다니도록 했다.

그런데 이전에는 한 번도 경험해보지 못했던 논리적인 문제가 있었다. 나는 버펄로 떼를 옆으로 치워버리지 않고 작품 속에서 이용하려 했다. 버펄로 떼가 앞을 다투어 달려가며 만들어내는 우레 같은 발굽 소리가 필요했다. 그 소리는 내가 만들 환경에서 몹시 중요한 부분이었다. 동물들을 죽이지 않으면서 어떻게 그 광경을 만들어낼 수 있을까?

디즈니랜드 경영진은 그들의 동물이 공연의 일부로 사용되어 다치도록 허락하지 않을 것이다. 그런 태도는 나도 좋았다. 동물들이 다친다는 생각만 해도 속이 뒤집혔다. 예술과 생명은 별개의 문제이다. 그리고 나는 내 목숨이 달린 문제가 아니라면 살생하지 않을 것이다. 그러나 캔자스 디즈니랜드에는 버펄로가 2백만 마리가 있었고, 나는 회오리바람 스물다섯 개를 동시에 만들어낼 계획이었다. 어떻게 해야 버펄로 떼와 회오리바람을 분리할 수 있을까?

나는 절묘한 해답을 찾아냈다. 중앙컴퓨터는 매우 신뢰성이 높은 버펄로의 행동 분석표를 가지고 있었다. 빌어먹을 중앙컴퓨터는 모든 정보를 저장했다. 나도 여러 차례 중앙컴퓨터가 그렇게 수집해놓은 정보의 도움을 받은 적이 있었다. 회오리바람은 인공적으로 만들어내더라도 움직임을 예측하기 힘들어서 완벽하게 제어할 수는 없지만 90퍼센트의 정확도로 조종할 수 있었다. 우리가 확보한 버펄로 떼의 행동 분석표는 소수점 둘째 자리까지 신뢰할 수 있었다. 그리고 예측을 벗어난 사고를 예방하기 위해 버펄로 떼가 위험한 방향으로 이동할 경우 방향을 돌리려는 목적으로 섬광 폭탄을 여러 군데 설치했다.

소소한 문제들이 꼬리에 꼬리를 물고 이어졌다. 예를 들어 벼락은 어디를 때릴까? 자연적으로 전하가 축적될 수 있는 곳이라면 평지든 완만한 경사면이든 다 가능했다. 원하는 방식으로 벼락이 내려치게 만들기 위해서는, 공중에서 지상으로 일어나는 섬광이 계획한 순서대로 유발되어 정확한 위치에 내리꽂을 수 있도록 축전지 5백 개를 땅에 묻어야 한다. 공중에서 공중으로의 섬광은 더욱 어렵다. 그리고 구상 번개는… 아이고 맙소사. 그러나 중앙컴퓨터와 나는 전기가 흐르는 전선을 묻으면 벼락의 움직임을 상당히 쉽게 제어할 수 있다는 사실을 알아냈다. 우리는 화재도 일으킬 계획이었다. 그래서 불을 제어하고 버펄로 떼를 불에서 떨어뜨려 놓기 위해 관리자들의 도움을 받아 그 지점들을 점검했다. 또한 연기가 관람객에게 날아가 관람을 방해하거나, 버펄로 떼로 날아가 겁을 주지 않도록 했으며….

그러나 어쨌든 화려한 공연이 될 것이다.

✳

6삭망월이 흘러갔다. 6삭망월! 태양력으로 무려 177.18353일이다!

수사 상황에 대한 온갖 자료를 불러내 한참 동안 생각에 잠겨 있다가 그 사실이 떠올랐다. 이사도라 형사는 수사가 아주 잘 진행되고 있다고 했다.

나는 그 여자의 말을 그대로 믿을 정도로 수사 상황에 무지하지 않았다. 중앙컴퓨터가 마음에 안 드는 구석이 있긴 했지만, 자료를 숨기지는 않았다. 중앙컴퓨터에 수사 상황이 어떤지 물어보면, 상황에 대한 보고서를 컬러로 프린트해줬다.

보고서에는 이런 내용도 있었다. 원래의 그래프에 따르면 체포 확률은 93퍼센트였다. 확실한 용의자의 수는 아홉 명으로 줄었다. 용의자 중 살인자일 가능성이 가장 높은 사람의 확률이 3.9퍼센트였는데, 그 사람은 엄마 카니발이었다. 다른 용의자들 역시 전부 가까운 친구들이었는데, 그 친구들에게는 세 번의 살인을 저지를 기회가 있었기 때문이었다. 하지만 이사도라 형사조차도 그 사람들 중에 살해 동기가 있는가에 대해 따져보지 않았다. 최소한 내게 그런 말을 하지는 않았다.

나는 그 문제를 중앙컴퓨터와 논의했다.

"압니다. 폭스 씨. 알아요." 중앙컴퓨터는 내가 지금까지 들어본 소리 중 가장 기계적인 말투로 절망을 표현했다.

"네가 해줄 수 있는 말은 그게 다야?"

"아뇨. 마침 제가 다른 가능성을 추적하고 있었습니다. 당신을 살해한 존재가 유령일 가능성 말입니다."

"진담이야?"

"네. '유령'은 비합법적인 존재들을 모두 포괄하는 용어입니다. 저는 달에 2백 명 정도가 법적 범위를 벗어난 상태로 살아가고 있다고 추정합니다. 이들은 공식적으로 생명권이 박탈된 범죄자나 한 번도 등록된 적이 없는 비공인 아동, 그리고 인공적인 돌연변이로 의심되는 존재들입니다. 돌연변이는 인간 DNA로 금지된 실험을 한 결과로 태어난 이들입니다. 그런 상태로는 오랜 시간 숨어 있기 곤란하기 때문에, 제가 매년 몇 명씩 체포하고 있습니다."

"그 사람들은 어떻게 돼?"

"그들은 살아갈 권리가 없습니다. 그래서 저는 그들을 발견할 때마다 처형할 수밖에 없습니다."

"네가 처형한다고? 그냥 비유적으로 하는 말이 아니라?"

"그렇습니다. 제가 처형합니다. 인간들이 싫어하는 업무니까요. 그 자리를 맡을 사람을 찾을 수가 없어서 제가 그 일을 떠맡게 되었습니다."

나는 그 말이 이해되지 않았다. 사회의 기능 전체를 기계에 넘겨주는 것을 좋아하지 않는 인류의 오랜 경향성을 나도 가지고 있기 때문이었다. 나는 그런 경향성을 엄마에게서 물려받았다. 엄마는 몇 년씩 중앙컴퓨터와 대화를 거부하기도 했다.

"그러면 너는 그런 존재 중 누군가가 나를 쫓고 있다고 생각한다는 거네. 왜?"

"유의미한 대답을 하기에는 아직 자료가 불충분합니다. 저에게는 인간 행동의 이유를 묻는 질문이 항상 대답하기 힘듭니다. 제가 인간의 동기를 다룰 때는 저한테 입력된 매개변수만을 다룰 수 있습니다. 그런데 제 짐작에는 그 문제를 다룰 매개변수가 불완전한 것 같습니다. 계속 처음 마주치는 상황 때문에 끊임없이 놀라는 중입니다."

"그것참 다행이네." 하지만 나는 그 말을 하면서도 내심 중앙컴퓨터가 인간의 행동에 대해 조금 더 많이 이해하길 바랐다.

그렇게 해서 나는 유령에게 쫓기는 신세가 되었다. 그런 사실은 전혀 위로가 되지 않았다. 우리 삶의 하나부터 열까지 모두 체계화된 이 세계에서 그런 사람이 어떻게 존재할 수 있는지 생각해봤다. 집적회로에 있는 틈새와 구멍에서 살아갈 수 있는, 컴퓨터보다 영리하고 기술에 밝은 쥐새끼. 이 세계에 그런 틈은 대체 어디에 있는 걸까? 나는 찾을 수 없었다. 나는 우리를 둘러싼 온갖 검사와 보안 장치들을 떠올렸다. 우리는 돈을 쓸 때나 튜브를 탈 때, 거래를 할 때, 컴퓨터에 접속할 때마다 으레 유전자 분석을 한다…. 옛날에는 사람들이 하루에도 여러 번 손으로 서명했다고 들었다. 이제 우리는 손바닥에서 죽은 피부세포를 약간 긁어낸다. 유전자 검사는 속이는 게 거의 불가능했다.

그런데 어떻게 유령을 잡을까? 이 살인자가 정말로 나를 죽이기로 결심했다면, 나는 은둔자로 살아가야 할 것이다.

그런 결론을 내리기에는 때가 좋지 않았다. 나는 〈사이클론〉을 완성한 후, 휴식 시간을 가지려고 예술원에서 내가 존재하지 않았던 기간에 공연된 다른 작품들이 담긴 영상을 불러낸 참이었다. 그러지 말았어야 했다.

"현란함이 사라지고, 절제된 우아함이 나타났다." 내가 읽었던 평론 중 하나는 〈액체 얼음〉에 대해 속이 빤히 보이는 번지르르한 칭찬을 늘어놨다. 그 평론을 인용하면 다음과 같다.

"이번 작품에서 폭스는 환경예술가들이 격정과 천둥을 다루던 고전적인 방식을 매듭지었다. 폭스는 이 공연을 통해 그저 웅장한 규모와 압도적인 연출만으로도 강력한 표현을 할 수 있다는 사실을 명확히 보여주었다. 앞으로 공연에서는 황혼의 은은하고 미묘한 색조와 손에 잡히지 않는 여름 산들바람의 생명력을 보여주어야 할 것이다. 폭스는 환경예술의 차이콥스키이며, 거대한 캔버스에 그림을 그리는 낭만주의 예술의 최후의 거장이지만, 핌이나 제이너스의 작품이 발전해온 것처럼 새롭고 더욱 사색적인 형태로 나아갈 수 있을지, 혹은 타일리버의 작품들에서 보이듯 모호한 추상으로 나아갈지는 지켜봐야 한다. 물론 〈액체 얼음〉의 숭고한 명예가 손상되지는 않겠지만, 시간이 흘러가면…." 이런 식이다. 비평해 준 것은 고맙지만 별로 달갑지 않았다.

나는 잠시 끔찍한 기분에 잠겨 아름답지만 구태하고 진부한 공룡 한 마리를 양손으로 떠받들고 있는 기분이 들었다. 재생한 이후 안 좋은 비평을 받을 위험이 더 커졌다. 최신 기술과 유행, 지식의 한계, 취향, 혹은 윤리 의식의 변화는 최고의 환경예술가를 하룻밤 새에 시대에 뒤떨어진 사람으로 만들 수 있다. 내가 잠들고 오랜 시간이 지난 지금 다들 온화한 봄은 유행이 지나간 것으로 생각하는 걸까? 이제는 여름밤 제피로스의 시원하고 달콤한 서풍만이 의미를 갖는 걸까?

나는 공황 상태에 빠져 에이전시에 전화했다. 에이전시 덕분에 그런 생각을 금세 떨쳐낼 수 있었다. 언제나 그렇듯, 평론가들의 의견은 늘 대중의 취향보다 앞서 나간다. 평론가들을 비판하려는 게 아니다. 그런 게 평론가의 역할이다. 평론가라는 사람들에게 과연 역할이라는 게 있는지는 의문이지만 말이다. 아무튼 그들은 탐험해보지 않은 영역으로 사람들을 이끈다. 평론가들은 항상 혁신적인 예술적 진화의 최첨단에 자리할 수밖에 없으므로, 다른 모든 사람보다 몇 년은 앞서 보기 마련이다. 그러는 동안 대중은 내가 언제나 잘 만드는 엄청난 구경거리에 푹 빠져 있을 것이다. 나는 고리타분한 공룡이라는 꼬리표가 붙는 위험을 무릅쓸 생각이었다. 그런 비평은 걱정되지 않았다. 20세기 초 할리우드 영화의 시작을 열었던 종사자들이 그랬듯이, 나도 정식으로 교육을 받은 게 아니라 뒷문으로 예술가가 되었다. 내가 가진 재능을 발견하기 전까지는 그저 즐겁게 일하는 환경 공학자에 불과했다.

내가 나의 예술을 진지하게 생각하지 않는다는 의미는 아니다. 이 예술을 이뤄내기 위해 땀을 흘렸다. 흔히 언급되는 에디슨의 이야기처럼 많은 땀과 영감을 투여했다. 나는 평론을 너무 심각하게 받아들이지 않는다. 특히 그들이 대중의 취향을 대변하지 않을 때는 더욱 그렇다. 베토벤의 음악이 현시대의 대중예술과 다르다고 해서 그의 음악이 가치가 없는 것은 아니기 때문이다.

나는 환경예술이 이렇게 인기를 끌기 이전의 시기를 돌아봤다. 당시 우리는 마음 편히 즐겼다. 우리는 거창한 자유 토론회를 열어서, 우리에게 충분히 넓은 환경이 주어진다면 무엇을 할 것인지 논의했었다. 우리는 몇 달에 걸쳐 〈태풍〉이라는 작품을 어떻게 구성할지 대충 그려보기도 했었다! 〈태풍〉은 병 속에 담긴 허리케인이었는데, 그 병의 지름은 5백 킬로미터여야 했다. 그런 병은 아직 존재하지 않지만, 언젠가 만들어진다면 어떤 바보가 그 공연을 무대에 올릴 것이다. 어쩌면 그 바보는 내가 될지도 모른다. 예전의 좋았던 추억은 절대 죽지 않는다, 그렇지 않은가?

그리하여 내 에이전시는 캔자스 디즈니랜드의 소유주와 계약을 진행했다. 그 소유주에게 내가 디즈니랜드에서 공연할 거라는 사실은 알려줬지만, 그게 어떤 공연인지는 말하지 않았다. 계약 조건은 좋았다. 에이전시는 〈액체 얼음〉의 수익보고서를 소유주에게 보여줬다. 이 작품은 지금도 펜실베이니아 디즈니랜드에서 매년 공연될 때마다 관객이 꽉꽉 들어찼다. 나는 입장료 총액의 50퍼센트를 받고, 설치비와 컴퓨터 운영비용은 디즈니랜드와 내가 분담하기로 했다. 나는 대략 5백만 달마르크를 벌 수 있게 되었다.

그런데 내가 다시 강탈을 당했다. 이번에는 살해당한 것은 아니지만, 캔자스 디즈니랜드로 가서 장비의 설치를 감독할 기회를 빼앗겼다. 카니발이 말리러 오지 않았다면, 나는 이사도라 형사와 격렬하게 말싸움을 한 후 무기랍시고 손톱줄 따위를 들고 밖으로 뛰쳐나갔을 것이다. 나는 포기하고 다시 집구석에 앉아서 홀로그램 투사기를 이용해 그곳에 갈 수밖에 없었다. 나는 자신감을 잃었다. 결국 이번에는 캔자스 디즈니랜드의 풀밭을 맨발로 느껴보지도 못했다. 그 공원에 직접 가봤던 것은 3년 전이었다. 나는 언제나 프로젝트를 구상하기 전에 보름 정도 맨몸으로 공원을 헤매고 다니며 피부와 코, 그리고 내가 이름도 채 알지 못하는 온갖 감각들을 이용해 공원을 느끼곤 했다.

중앙컴퓨터는 다시 3시간 동안 부드러운 말투로 우리가 함께 만든 모델이 소수점 일곱 번째 자리까지 정확하다고 나를 설득했다. 모델은 완벽했다. 컴퓨터 모델 위에 불러낸 효과는 캔자스 디즈니랜드에서 실제로 벌어지는 효과와 완벽하게 유사할 것이다. 중앙컴퓨터는 이 프로그램을 다른 예술가들에게 대여하기만 해도 큰돈을 벌 수 있을 거라고 했다.

＊

〈사이클론〉의 공연 첫날에도 나는 아파트에 발이 묶여 있었다. 그래도 밖으로 나갈 준비를 했다. 내가 비록 덩치는 작았지만, 팔을 붙잡는 카니발과 이사도라 형사, 은행장 리앤더, 에이전시를 물리치고 어떻게든 문밖으로 빠져나갔다. 텔레비전을 통해 내 공연을 볼 생각은 없었다.

나는 급히 조직한 경호원에 둘러싸인 상태로 캔자스 디즈니랜드에 일찍 도착했다. 하늘은 내가 생각했던 모습과 일치했다. 잿빛으로 우중충해서 사람을 살짝 두렵게 만드는 분위기였다. 머리 위로 드리워진 그 하늘 때문에 음산한 제단 위에 오른 희생양이 된 듯한 기분이 점점 더 짙어졌다. 하지만 죽어도 좋을 정도로 멋진 무대였다.

캔자스 디즈니랜드는 가장 최근에 지어진 시설로서 가장 큰 공원이기도 했다. 클레비어스 크레이터 지하 20킬로미터 지점을 파내서 만든 거대한 원통형 공원이었다. 원통의 지름은 50킬로미터, 높이는 5킬로미터에 달했다. 원통의 테두리는 푸른 하늘과 섞으며 교묘하게 위장했다. 테두리의 5백 미터 이내로 다가가면 그 속임수를 알아챌 수 있다. 테두리에 다가가지만 않는다면, 옛 지구로 돌아간 것과 다름없는 기분을 맛볼 수 있다. 지표면의 굴곡도 옛 지구와 똑같기 때문에, 지평선이 소름이 끼칠 만큼 멀리 있었다. 단, 중력은 달의 중력이었다.

캔자스 디즈니랜드는 달이나 다른 행성에서 더 멋진 광경이 발견될 가능성이 거의 사라진 후 건설되었다. '모스크바의 바다'에는 케냐 디즈니랜드가 있고, 달의 뒷면에는 히말라야 디즈니랜드가 있었다. 티코 크레이터에는 아마존 디즈니랜드가 있었으며, 그 외에 펜실베이니아, 사하라, 태평양, 메콩강, 트란실바니아 디즈니랜드가 있었다. 내가 마지막으로 세어봤을 때 인간이 사는 행성과 위성들의 지하에는 총 서른 개의 디즈니랜드가 있었다.

캔자스 디즈니랜드는 지형적으로 가장 재미가 없었다. 이 공원은 거의 단조롭게 느껴질 정도로 평평했다. 하지만 내가 하려는 공연에는 딱 맞았다. 어떤 예술가가 이미 그림으로 덮여 있는 캔버스 위에 자신의 그림을 그리려 하겠는가? 뭐, 나도 한 번 해본 적이 있긴 하다. 하지만 〈사이클론〉을 쓸 때 내가 생각했던 캔버스는 탁 트인 하늘의 황량함과 완만한 경사지에 펼쳐진 갈색과 노란색이었다. 그게 바로 도로시가 오즈로 날아갔던 그 캔자스였다. 불길한 회오리바람의 고향 캔자스.

펌과 제이너스가 나를 따뜻하게 맞아주었다. 거장이 어떤 공연을 펼칠지 보기 위해 오랜 친구들이 온 것이었다. 어쩌면 내가 자만심에 빠져 혼자 그렇게 착각한 건지도 모르겠다. 실은 이 할망구가 무슨 바보짓을 하려는지 구경하러 왔을 가능성이 더 컸다. 그러나 내게 가까이 다가올 수 있는 사람은 거의 없었다. 어깨가 떡 벌어진 거인들의 방패가 매우 효과적으로 작동했기 때문이었다. 하지만 공연이 시작되면 이 방패도 제대로 작동하지 않을 것이다. 내 키가 조금 더 컸더라면 좋았을 거라는 생각이 들었지만, 그랬다면 아마 더 쉬운 목표물이 되었을 것이다.

관람 구역은 반경 1킬로미터 정도로 완만하게 솟은 형태로 만들어졌다. 무시무시한 기상 활동이 우리를 오즈의 나라로 날려버리지 않도록 공연 프로그램을 설계했다. 하지만 날씨 쇼를 보러온 관객들은 공연이 끝날 즈음에는 녹초가 되곤 했다. 대부분의 관객은 투명한 비닐 비옷과 방한 외투, 장화를 준비해 왔다. 나는 따뜻한 기단과 매우 차가운 기단을 충돌시키고, 그중 일부는 우리를 휩쓸고 지나가게 할 생각이었다. 관객 중에는 전투에 나서는 아메리카 원주민처럼 물감을 발라 치장하고, 깃털을 꽂고, 모카신 신발을 신은 용감한 사람들도 있었다.

환경예술은 음악 교향곡 연주와 달리 시작을 알리는 화음이 없다. 관객이 입장했을 때는 이미 공연이 시작된 상태이며, 관객이 퇴장한 후에도 계속 진행될 것이다. 디즈니랜드의 날씨는 계속 이어지는데, 그중 몇 시간 정도만 우리가 원하는 대로 형태를 바꿀 뿐이다. 그러므로 관객들은 날씨의 변화를 전부 볼 필요가 없다.

날씨의 변화는 관객의 머리 위와 사방에서 동시에 일어나기 때문에 전부를 보는 것은 사실 불가능할 것이다. 관람 구역에서는 침묵을 지켜야 한다는 규칙도 없다. 사람들은 대화를 하고, 여기저기 거닐어 다니며, 소풍 도시락을 먹다가 비가 오기 시작한다는 고전적인 신호가 시작되면 중단했다. 그들은 대체로 즐겁게 시간을 보냈다. 환경예술의 교향곡은 오감으로 경험하고, 자신도 알지 못했던 감각으로 느끼기도 했다. 대부분의 관객은 거대한 저기압 공간이 자신에게 어떤 영향을 미치는지 인식하지 못하지만, 그들의 몸은 모두 느꼈다. 습기는 사람의 감정과 신진대사, 호르몬 수치를 변화시킨다. 이 모든 것들이 관객의 경험 전체에 큰 영향을 미치므로, 나는 어느 것도 소홀히 다루지 않았다.

〈사이클론〉에는 명확한 도입부가 있다. 적어도 관객에겐 그런 느낌을 주었다. 〈사이클론〉은 번갯불이 내려치며 시작됐다. 나는 관객에게 소름 끼치는 충격을 주기 위해 오랜 시간을 들여 그 부분을 작업했다. 서서히 소나기구름이 커지고 불길하게 우르릉거리는 소리와 함께 난류가 형성되면, 관객은 자신도 모르는 사이에 온몸의 털이 곤두서게 된다. 관람 구역 주변의 열일곱 개 낙뢰 지점에 번갯불이 내려쳤다. 그 지점들은 모두 관람 구역에서 채 5백 미터도 떨어지지 않았다. 연쇄 번개라고 부르는 게 적절할 것이다. 첫 번개가 떨어진 후 7초 동안 연이어 번쩍거리기 때문이다. 관객의 머리카락을 곤두서게 하려고 설계된 부분이었다.

그 부분은 내가 바라던 대로 효과를 주었다. 우리는 눈부시게 빛나며 이리저리 꿈틀거리는 뱀의 월계관에 둘러싸였다. 그 뱀들은 아마겟돈 전장에서 곧장 날아온 듯한 소리에 맞춰 관람 구역을 휘감으며 춤을 추었다. 나는 그 모습에 몹시 놀랐다. 하지만 그것이 내가 기대하던 효과였다.

"아아!"나 "어머!" 같은 소리를 지르던 관객들이 정신을 차리기까지는 시간이 조금 걸렸다. 내가 몇 초 동안 가혹하고 적나라한 공포로 관객의 정신을 흔들어놓았기 때문이었다. 태어날 때부터 외부와 단절된 터널에 갇혀 살며 오감을 제대로 충족시키지 못하고 자란 사람들에게 그렇게 강렬한 감정은 쉽사리 얻을 수 있는 게 아니었다. 달의 시민은 과밀한 숙소와 복도를 오가며 자라서 지표면으로 나가는 것을 다소 두려워하며 살았기 때문에 평생 고함치며 환호할 일이 거의 없었다. 그래서 디즈니랜드가 건설된 것이다. 사람들이 진공 상태가 아닌 곳에 끝없이 펼쳐진 풍경을 보고 싶어 했기 때문이다.

천둥소리가 끊이지 않고 계속 들려왔다. 이 폭풍으로 내가 벌어들일 수백만 달마르크보다 가치 있는 박수갈채에 그 천둥소리들이 섞여 하나가 되었다.

그다음 공연될 부분은….

어떻게 말해야 할까? 날씨를 말로 표현하는 것보다 멍청한 짓은 없다고들 한다. 나는 그게 진실이라고 생각한다. 아무리 화려한 날씨가 펼쳐지더라도 말로 표현하긴 힘들다. 날씨는 몸으로 경험해야 한다. 그렇기 때문에 내 작품이 담긴 테이프나 필름이 거의 팔리지 않는 것이다. 날씨를 경험하기 위해서는 그 자리에서 실제로 바람이 얼굴을 때리고 회오리바람이 가늘고 긴 화물열차처럼 머리 위로 지나갈 때 그 무시무시한 영향력을 느껴야 한다. 이제 회오리바람이 어디에서 형성될지, 거기에서 어디로 이동할지, 어디에서 진눈깨비와 우박이 떨어질지, 어디에서 버펄로 떼가 우르르 달려갈지 써 내려갈 수도 있지만, 아무에게도 도움이 되지 않을 것이다. 그 모습을 보고 싶다면 캔자스 디즈니랜드로 가라. 내가 듣기로 〈사이클론〉은 아직도 그 공원에서 1년에 두세 차례 공연이 되고 있다.

내가 엄청나게 많은 사람에 둘러싸여 서 있던 기억이 난다. 내 뒤쪽의 동쪽 땅이 불타올랐다. 언덕 꼭대기에서 검은 연기가 피어오르고, 물이 차올라서 불이 꺼진 골짜기에서는 거뭇거뭇한 잿빛 연기가 올라왔다. 북쪽에서는 거대한 사이클론이 진주알처럼 생긴 구상번개들을 휩쓸어 회오리 중심부의 소용돌이 속으로 삼켜버렸다. 내 머리 위에서 회오리바람 두 개가 죽음의 춤을 추며 얽혀들었다. 두 회오리바람은 회색의 불길한 포식자들처럼 서로를 맴돌며 상대방과 맞견주었다. 그리고 꿈틀거리는 석유 호스처럼 물러섰다가 거짓 공격을 하더니, 미끄러지며 스치듯 비켜 날았다. 아름답고 치명적이었다. 그런데 나는 이전에 그런 모습을 본 적이 없었다. 누군가가 내 프로그램에 끼어들었다.

내가 그 사실을 알아채고, 비참한 결과가 일어날 가능성이 명확해졌다는 생각을 하며 서 있을 때, 그 회오리바람의 뱀들이 최후의 포옹을 했다. 두 회오리바람의 역회전이 소멸되며 사라졌다. 나에게는 그 거대한 싸움의 흔적조차 닿지 않았다.

✳

나는 시속 70킬로미터의 바람과 마구 두들기는 비를 가르며 달렸다. 튼튼한 모카신 신발을 신고 파카를 입었으며, 손에는 집에서 가져온 칼을 들었다.

혹시 예전의 나에게 배웠던 제자가 만든 미끼일까? 그렇다면 지금 나는 놈의 계획대로 따라가고 있는 걸까? 상관없었다. 그놈을 만나 최후의 결판을 지어야 했다.

나를 '보호'한다는 사람들에게서 빠져나오는 일은 쉬웠다. 경호원들도 다른 관객들과 마찬가지로 공연에 푹 빠져 있었다. 그래서 나는 그들이 모두 같은 방향을 바라볼 때까지 기다렸다가 군중 속으로 사라졌다. 나는 인디언처럼 옷을 차려입은 작은 여성에게 다가가 100달마르크를 내밀고 여자의 모카신 신발을 구입하려 했다. 여자는 프로그램 소개에 나와 있는 나의 새 얼굴을 알아보고는 신발을 선물로 주었다. 곧이어 나는 관객을 벗어나 경비원들을 지나치며 재빨리 빠져나갔다. 관람 구역이 충격장(衝擊場)으로 둘러싸여 있어서 다른 이들은 안으로 들어올 수 없기 때문에, 경비원들은 별로 주의를 기울이지 않았다. 내가 관람 구역에서 곧장 튀어나왔을 때 경비원들이 깜짝 놀랐을지 모르지만, 나는 돌아보지 않고 내달렸다. 나는 현재 캔자스 디즈니랜드 안에서 충격장을 통과할 수 있는 열쇠를 손목에 차고 있는 세 사람 중 하나였기 때문에, 누가 쫓아오든 겁나지 않았다.

나는 그 모든 일을 무의식적으로 했다. 아마도 내 머릿속의 어떤 부분에서 이 상황을 분석하고 계획했겠지만, 내 의식은 그 결과를 실행했을 뿐이었다. 나는 그놈이 어디에서 내 회오리바람과 싸울 회오리바람을 생성했는지 알고 있었다. 캔자스 디즈니랜드에서 그게 어딘지 아는 사람은 나 외엔 아무도 없었다. 나는 동쪽 변두리에 있는 특수 바람 생성기로 향했다.

나는 더욱 거칠어진 폭풍우를 뚫고 나아갔다. 지구의 진짜 캔자스에서는 이런 날씨를 경험하기 힘들 것이다. 캔자스에 1년 동안 내리는 비와 바람, 재난보다 더 많은 양이 집중적으로 격렬하게 몰아쳤다. 그리고 그 모든 게 나를 둘러싸고 일어났다.

하지만 나는 괜찮았다. 그놈이 속임수를 더 준비하고 있는 게 아니라면 말이다. 나는 언제 어디에서 회오리바람이 발생할지 알고 있었다. 그래서 회오리바람을 피하거나 지나가길 기다렸다. 회오리바람은 제멋대로 이리저리 움직이는 것 같지만, 나는 각 회오리가 어떻게 꼬불꼬불 나아갈지 그리고 어떤 장난을 칠지 알고 있었다. 내 왼쪽으로는 버펄로 떼가 어슬렁거렸다. 처음에 관객들을 지나쳐 달려와서 쉬는 중이었다. 1시간 내로 버펄로 떼가 다시 한번 지축을 울리며 달릴 테지만, 지금은 신경 쓰지 않아도 된다.

회오리바람 하나가 공중으로 높이 솟더니 뿌리째 뽑힌 꽃과 풀들의 잔해를 미끄러지듯 지나며 나를 향해 날아왔다. 머릿속으로 회오리의 이동 시간을 추정한 후 적절할 때 도랑으로 뛰어들었다. 회오리는 내 위를 지나 구름 속으로 돌아갔다. 다시 계속 달렸다.

집에서 몸을 단련했던 효과가 있었다. 내 몸의 나이는 6삭망월밖에 안 되었지만, 오래된 몸처럼 잘 조율되었다. 빠른 걸음으로 속도를 늦추고 쉬다가 몇 분이 채 지나기 전에 다시 달렸다. 10킬로미터를 달리자 폭풍우가 가라앉기 시작했다. 관객들은 이제 공원을 떠나고 있을 것이다. 평론가들은 통렬한 비판을 쏟거나 열광적인 찬사를 늘어놓으려 할 것이다. 그들이 그 둘 사이에서 어떤 절충안을 찾을 수 있을지 궁금했다. 캔자스 디즈니랜드는 기계의 손아귀에서 풀려나 다시 야생으로 돌아갔다. 그리고 지금 내 앞에는 살인자가 있다. 나는 그놈을 찾을 것이다.

내가 완전히 무방비 상태는 아니었다. 이사도라 형사는 내 고집에 밀려 내 몸에 컴퓨터 폭탄을 설치하도록 허락했다. 살인자가 내게 덤벼들면 그 폭탄이 살인자를 죽일 것이다. 그리고 나 자신까지도. 그 폭탄은 핵무기처럼 '공포의 균형'을 유지해주는 장치였다. 즉, 폭탄이 적에게 겁을 주어 그 위력을 시험해볼 엄두조차 내지 못하게 만들어서, 그 폭탄을 사용할 일이 없기를 바라는 그런 장치라는 의미였다. 내게 시간이 주어진다면, 살인자가 우리 둘 다 함께 죽기를 바랄 정도로 미친놈이 아니길 바라면서 내 몸에 폭탄이 있다는 사실을 알려줄 것이다. 그놈이 그런 미친놈이라 하더라도, 나에겐 조금 불편하겠지만 그놈을 잡을 수 있다. 적어도 5번 폭스는 무사히 살아갈 수 있을 것이다. 이사도라 형사가 사체의 잔해를 이용해 그놈을 법정에 세울 거라 장담했다.

내가 벽 앞의 부서진 도랑에 도착했을 때 해가 비추기 시작했다. 도랑이 부서진 상태로 방치된 것은, 여기가 관광객이 오갈 수 없는 곳이기 때문이었다. 마치 연극 무대 뒤쪽을 걸어가는 기분이었다. 땅은 1차원으로 납작하게 찌그러졌고, 내 앞에 있는 언덕들은 얄은 돈을새김 위에 그려져 있었다. 이 그림은 멀리서 보면 언덕처럼 보인다.

그 커다란 벽화 앞에 남자 한 명이 서 있었다.

남자는 벌거벗은 상태였으며 온몸이 지저분했다. 남자가 지켜보는 동안 나는 완만한 경사를 내려가서 기다렸다. 남자에게서 2백 미터쯤 떨어진 곳에 멈춰 서서 칼을 꺼내 손에 들었다. 나는 기다렸다.

남자가 가려진 계단을 고통스럽게 움직이며 천천히 내려왔다. 왼쪽 다리를 심하게 절뚝거렸다. 내가 볼 수 있는 한 남자는 비무장이었다.

다가올수록 남자의 더욱 처참한 모습이 눈에 들어왔다. 격렬한 싸움을 치른 모양이었다. 제대로 치료하지 않은 탓에 왼 다리와 가슴, 오른팔에 일그러진 긴 흉터가 보였다. 남자는 외눈이었다. 오른쪽 눈동자가 있던 자리에는 벌건 구멍만 있었다. 앞이마에서 목까지 길게 베인 흉터도 있었다. 나를 죽인 살인자가 유령일 거라던, 우리 문명에서 통제하지 못하는 가장자리에 사는 사람일 거라던 중앙컴퓨터의 의심이 떠올랐다. 그런 사람이라면 필요한 의료 조치를 제대로 받지 못했을 것이다.

"네가 알아둬야 할 게 있어." 내가 살짝 떨리는 목소리로 말했다. "내 몸에는 폭탄이 있어. 우리 둘을 산산조각 내서 날려버릴 수 있을 정도로 강력한 폭탄이야. 내가 살해당하면 폭발하도록 설정되어 있어. 그러니까 허튼수작하지 마."

"안 그럴 거야." 남자가 말했다. "이번에는 네가 안전장치를 가지고 있을 거라 생각했어. 하지만 그건 중요하지 않아. 난 너를 해치지 않을 거야."

"다른 나에게도 그렇게 말했겠지?" 남자가 내 쪽으로 다가오자 나는 몸을 살짝 웅크리고 공격 자세를 취하며 비웃는 투로 말했다. 현재 내가 우위에 있는 것처럼 느껴졌지만, 이전의 나도 그렇게 느꼈을 것이다.

"아니, 한 번도 그렇게 이야기한 적 없어. 내 말을 믿지 않아도 돼."

남자가 20미터 떨어진 곳에서 멈췄다. 양팔을 모두 옆으로 내리고 있는 상태였다. 무기력하게 보였지만, 흙 속 어딘가에 무기를 숨겨두었을 수도 있었다. 어떤 무기라도 감추어놓을 수 있었다. 내가 유리한 상황이라는 느낌을 떨쳐버리려 애썼다.

그때 나는 또 다른 생각과도 싸워야 했다. 망가진 남자의 얼굴 위로 어떤 모습이 서서히 겹쳐 보여서 칼을 더욱 움켜쥐었다. 내 '육감'이 머릿속에 만들어낸 모습이었다.

실제로 육감이란 게 존재하는지는 아무도 모른다. 나는 존재한다고 생각한다. 내겐 그 감각이 제대로 작동했기 때문이다. 내가 성별, 몸무게, 키, 피부색 등 신체를 급격하게 변환시킨 사람을 알아볼 수 있는 비결이 바로 육감이었다. 어떤 이들은 이런 능력을 진화적인 변화라고 했다. 나는 진화가 그런 식으로 작동할 거라고는 생각하지 않았다. 그러나 어쨌든 나는 그게 가능하다. 그래서 키가 크고 짐승 같은 모습을 한 이 낯선 남자가 누구인지 알 수 있었다.

남자는 나였다.

나는 뒤쪽으로 펄쩍 뛰며 방어 자세를 취했다. 남자를 알아볼 때의 충격을 이용해서 예전의 나를 제압했던 게 아닐까 하는 생각이 들었다. 그런 방법은 나에게 통하지 않을 것이다. 어떤 속임수도 통하지 않을 것이다. 나는 저놈을 죽일 것이다. 놈의 정체가 무엇이든 상관없다.

"넌 내가 누군지 알지." 남자가 말했다. 그건 질문이 아니었다.

"그래. 그래서 네가 너무 무서워. 네가 나에 대해 많은 사실을 알고 있을 거라 예상했지만, 이렇게 많이 알 줄은 몰랐어."

남자가 웃음을 터뜨렸지만, 즐거운 표정은 아니었다. "그래. 나는 너를 그 속부터 전부 다 알아."

우리 둘 사이에 침묵이 흘렀다. 곧 남자가 울음을 터뜨렸다. 나는 깜짝 놀랐지만 움직이지 않았다. 모든 신경을 곤두세운 채로 남자가 숨겨둔 9만 가지의 속임수 중 하나일 거라 의심했다. 그래서 울게 놔두었다.

남자의 몸이 천천히 가라앉더니 무릎을 꿇었다. 그리고 언젠가 그런 울음에 대한 이야기는 읽어봤지만 좀처럼 들을 수 없는, 완전히 기운이 빠진 단조로운 소리를 내뱉으며 흐느꼈다. 그러고는 두 손을 땅에 짚은 상태로 어정쩡하게 몸을 돌려 내 쪽으로 등을 향했다. 남자가 몸을 웅크렸다. 다리를 굽혀 머리가 땅에 닿고 양손은 옆으로 쭉 뻗었다. 상상할 수 있는 가장 무방비의 무기력한 자세였다. 이러는 이유가 있을 것이다. 하지만 나로서는 그 이유가 무엇인지 짐작조차 할 수 없었다.

"난 이 모든 것들을 떨쳐버렸다고 생각했어." 남자가 훌쩍거리며 손등으로 코를 닦았다. "미안해. 너에게 좀 더 품위 있는 모습을 보여주려고 했어. 생각과 달리 나는 불굴의 의지를 가진 사람이 아닌가 봐. 이보다는 쉬울 줄 알았어." 남자가 잠시 침묵하더니 쉰 소리로 기침을 했다. "네가 하려던 걸 계속해. 그걸로 끝내버려."

"뭐?" 난 너무 놀라서 이 말밖에 나오지 않았다.

"날 죽이라고. 그러려고 여기에 온 거잖아. 그게 내 고통을 덜어줄 거야."

나는 시간을 끌었다. 족히 1분 동안 꼼짝도 하지 않고 서서 이 믿기지 않는 상황을 모든 각도에서 검토했다. 무슨 속임수가 있는 건 아닐까? 남자가 영리할지는 몰라도 신은 아니다. 남자는 폭격기를 호출해서 나를 공중에서 폭격할 수 없고, 땅이 나를 삼키도록 만들 수 없으며, 절뚝거리는 발로 내 무기를 뺏을 수 없고, 내게 최면을 걸어 스스로 배에 칼을 찌르게 만들 수도 없다. 설령 남자가 뭔가를 할 수 있다 하더라도, 그 역시 죽을 것이다.

나는 남자의 몸이 살짝 움찔거리는 것조차 경계하며 조심스럽게 앞으로 나갔다. 아무 일도 일어나지 않았다. 남자의 뒤로 가서 섰다. 그리고 남자의 발부터 손, 벌거벗은 등까지 재빨리 훑어봤다. 나는 칼을 치켜들었다. 손이 약간 떨렸지만, 내 결심은 아직 변하지 않았다. 실수하지 않을 것이다. 칼을 내리꽂았다.

칼끝이 남자의 살을 뚫고 들어갔다. 어깨뼈의 근육으로 약 3센티미터 깊이까지 들어갔다. 남자가 헉 소리를 냈다. 핏방울이 척추의 마디를 따라 구불구불 흘러내렸다. 하지만 남자는 움직이지 않았으며, 일어나려고 하지도 않았다. 살려달라고 소리를 지르지도 않았다. 그저 거기에 무릎을 꿇고 앉아 창백해진 얼굴로 부들부들 떨었다.

남자를 죽이려면 더 깊이 찔러야 했다. 내가 칼을 뽑자 피가 더 많이 쏟아졌다. 남자는 여전히 그 자세로 기다렸다.

내가 할 수 있는 것은 그게 다였다. 피에 대한 갈망이 입안에 말라붙어 배 속에서 올라온 토사물의 맛이 느껴질 정도였다.

나는 바보가 아니다. 문득 이게 정신 나간 속임수가 아닐까 하는 생각마저 들었다. 남자는 내가 살인을 저지르지 못하리라 확신할 수 있을 정도로 나를 잘 알고 있을 것이다. 어쩌면 목숨을 위험 속으로 밀어 넣고 자신의 피를 뒤집어쓰는 황당한 게임을 하면서 흥분하는 정신병자일지 모른다.

그러나 남자는 나였다. 내가 계속해나갈 수 있는 근거는 그 사실뿐이었다. 남자는 나와 매우 다른 삶을 살아오면서 매일 더 거칠어지고 교활해졌으며, 매시간 내가 알고 있는 인격과 능력에서 멀어져갔지만, 또 다른 나였다. 그래서 나는 남자가 살인을 저지르기 위해 지금 무엇을 하는 것인지 생각하고 또 생각해봤다. 하지만 완전히 실패했다.

그리고 만일 내가 저 지경까지 몰락한다면, 차라리 죽고 싶을 것이다.

"이봐, 일어나." 내가 남자의 앞쪽으로 걸어가 말했다. 대답하지 않아서, 내가 발로 툭툭 쳤다. 남자가 고개를 들고는 내가 내민 칼을 쳐다봤다. 나는 칼자루를 남자를 향한 상태로 내밀었다.

"이게 무슨 음모라면, 나도 이제 무슨 음모인지 알아야겠어."

남자가 일어설 때 남자의 빨갛게 충혈된 외눈에 눈물이 고여 있었다. 하지만 기쁨의 눈물은 아니었다. 남자는 칼을 받았다. 그리고 나를 쳐다보지 않은 채 칼을 들고 일어섰다. 내 뱃살이 스멀거리는 느낌이 들었다. 곧 남자가 칼끝을 돌리더니, 마치 용기를 내려는 듯 눈살을 찌푸렸다. 나는 무슨 짓을 하려는지 알아채고 달려들었다. 간신히 때맞춰 닿을 수 있었다. 내가 남자의 팔을 확 잡아채서 칼끝이 남자의 복부를 빗겨 옆으로 빠졌다. 남자는 나보다 훨씬 힘이 좋았다. 나는 중심을 잃었지만 간신히 남자의 팔에 매달렸다. 남자가 나와 싸웠다. 하지만 남자는 자살을 결심한 상태였기 때문에 자신을 방어하려는 생각이 전혀 없었다. 내가 주먹으로 남자의 아래턱을 올려 치자 남자가 축 늘어졌다.

＊

밤이 내렸다. 나는 칼을 치우고 불을 피웠다. 건조된 버펄로 똥이 불에 잘 탄다는 사실을 아는가? 나는 실험해보기 전까지 그 말을 믿지 않았다.

나는 셔츠를 찢어 남자의 상처에 감고, 추위를 막을 수 있도록 파카를 벗어 덮어주었다. 그리고 불을 향해 등을 돌리고 앉았다. 평원은 밤에 매우 추워지는데, 다행히 바람이 불지 않았다.

남자가 턱의 상처 때문에 통증을 느끼며 깨어났는데 체념한 태도였다.

자신의 생명을 구해준 것에 대해 감사하다는 말은 하지 않았다. 감사를 할 줄 아는 사람은 드문 것 같다. 그들은 자신이 무엇을 하려는지 잘 알고 있다고 생각하며, 언제나 스스로 논리적이라 여기는 나름의 이유가 있다.

"넌 이해를 못 해." 남자가 한탄했다. "넌 괜히 시간을 끌 뿐이야. 난 죽어야 돼. 여기는 내가 있을 곳이 없어."

"내가 이해할 수 있게 설명해봐." 내가 말했다.

남자는 말하기 싫었지만, 달리 할 일이 없고 이 추위 속에서 잠을 잘 수도 없었기 때문에, 결국 이야기를 시작했다. 남자의 이야기는 여러 차례 길고 매서운 침묵으로 툭툭 끊어졌다.

남자의 문제는 2년 반 전에 발생한 은행 절도 사건에서 비롯됐다. 그 사건은 매우 신중한 도둑들이 꾸민 짓이었다. 도둑들이 새로운 수법을 사용했기 때문에, 나는 경찰의 수사기법이 범죄자들의 능력을 따라가지 못하고 있다는 이사도라 형사의 의견을 존중하게 되었다.

도둑들이 기억 큐브를 파괴한 것은 속임수에 불과했으며 훔친 돈에도 관심이 없었다. 놈들은 전문 사기꾼들이었다.

도둑들의 목표는 기억 큐브였다. 그들은 기억 큐브 두 개를 훔치면서 그 사실을 감추기 위해 다른 큐브들을 모조리 파괴했다. 경찰이 재물을 훔친 절도가 아니라 충동적인 범죄와 살인을 쫓도록 하기 위한 속임수였다. 도둑들은 살인을 덮으려고 돈을 훔쳤다는 인상을 경찰에게 주기 위해 복잡한 이중 속임수를 쓴 것이었다.

나를 죽였던 살인자는(우리는 둘 다 남자를 폭스라는 이름으로 부르면 안 된다는 데에 동의했다. 그래서 남자가 마음에 들어 하는 이름으로 정했다. 쥐.) 도둑들의 음모를 자세한 부분까지는 알지 못했지만, 그들의 계획에는 달에서 가장 부유한 두 사람의 기억 큐브 절도가 포함되어 있었다. 놈들이 기억 큐브를 가져가 복제인간을 키웠다. 그리고 복제한 신체에 기억을 주입한 후 허위로 만들어진 상황 속에서 깨우고, 그 상황을 진실로 믿도록 속였다. 그 방법은 잘 작동했다. 새롭게 재생된 사람은 기꺼이 그들을 따르고 믿었다. 쥐는 그 배후에 있는 계획이 무엇인지 정확히 알지 못했다. 남자는 사망한 지 1만 5천 년이 지난 후 깨어났으며, 침략자들이 지구에서 밖으로 나와 태양계를 휩쓸고 다니면서 인류를 말살시키고 있다는 이야기를 들었다. 남자가(어쩌면 그 여자라고 하는 게 나을지도 모르겠다. 쥐는 현재 내가 사용하고 있는 이 몸과 완전히 동일한 신체에서 깨어났으니까) 억만장자가 아니라는 사실을 도둑들에게 이해시키는 데 3삭망월이 걸렸다. 여자는 억만장자가 아니고, 생활고와 싸우는 예술가일 뿐이었다. 도둑들이 틀린 큐브를 훔쳤던 것이다.

도둑들은 여자를 버렸다. 말 그대로 내다 버렸다. 그들은 문을 열고, 쥐가 문명의 끝이라 생각했던 문의 밖으로 차버렸다. 곧 여자는 20년밖에 지나지 않았다는 사실을 깨달았다. 도둑들이 내가 20여 년 전에 저장한 기억 큐브를 훔쳤고, 그 큐브에서 여자의 기억이 시작된 탓이었다.

그들이 어째서 틀린 기억 큐브를 가져갔는지는 알 수 없다. 사실 기억 큐브는 모두 완전히 똑같이 생겼다. 기억 큐브는 복제인간에 기억을 집어넣은 후 그 결과로 재생한 인간에게 누구인지 물어보는 거 외에는 과학적으로 각 기억 큐브를 구별할 방법이 없다. 그 사실 때문에 우리가 기억 큐브를 맡긴 은행에서는 쥐의 사례와 같은 불쾌한 사고를 피하기 위해서 단순하고 확실한 관리 체계를 갖추고 있다. 도둑들은 엄청난 계획을 짜고 온갖 재주와 속임수를 동원했지만, A열의 2번과 B열의 3번을 헷갈렸을 것이라는 추측 외에는 다른 설명이 불가능했다.

나는 도둑들이 살아생전 훔친 돈을 쓸 기회가 없을 거라 생각했다. 그래서 쥐에게 그렇게 말했다.

"돈 때문에 은행 절도 계획을 짠 건 아니었을 거야." 쥐가 말했다. "적어도 직접적으로는 아니야. 억만장자들의 머릿속에 들어 있는 정보를 빼내려는 목적이었을 가능성이 커. 부자들은 고문으로 정보를 빼낼 수 없도록 심리적 보안 수단을 이용해 막는 경우가 종종 있지만, 그들이 자발적으로 정보를 내뱉는 건 보안 수단으로도 막을 수 없거든. 그 침략자 어쩌고 하는 사기도 그 정보를 빼내기 위한 헛소리였을 거야. 부자들이 가진 정보가 이제는 더 이상 중요하지 않다거나 인류를 구하려면 그 정보를 공개해야만 한다고 사기를 친 거지."

"난 그렇게 복잡한 계획은 믿지 않아." 내가 말했다.

"나도 그래." 쥐의 대답이 무슨 의미인지 깨달은 우리가 함께 웃음을 터뜨렸다. 당연히 우리는 의견이 같을 수밖에 없었다.

"하지만 나는 놈들에게 속았어." 쥐가 계속 말했다. "그놈들이 나를 버렸을 때, 나는 침략자들과 직접 마주하게 될 거라고 철석같이 믿었어. 그런데 세상이 거의 변하지 않은 걸 알고는 제대로 충격을 받았지."

"거의." 내가 조용히 되뇌었다. 쥐의 처지에 공감되기 시작했다.

"그래. 거의." 쥐의 얼굴에 반쯤 남아 있던 웃음기마저 사라졌다. 나는 쥐의 굳어진 얼굴을 보며 안타까운 마음이 들었다.

내가 쥐와 같은 상황에 빠졌다면 어떻게 했을까? 그건 사실 물어볼 필요도 없는 질문이다. 나도 쥐와 정확히 똑같이 행동했을 거라 확신한다. 여자는 쓰레기처럼 버려진 후 얼마 지나지 않아 자신이 이 사회에서 쓰레기만큼이나 쓸모없는 존재라는 사실을 깨달았다. 도둑들은 굳이 쥐를 죽여야 할 정도로 여자에 대한 관심이 없었다. 여자가 경찰에 잡히면 당시까지 경찰에서 파악하지 못한 정보를 말할 수도 있지만, 도둑들은 여자에게 쓸 만한 정보를 말해준 적이 없었다. 설령 여자가 도둑들의 체포와 재판 과정에 도움을 주더라도 결국 처형되었을 것이다. 여자는 존재 자체가 불법인 사람이었다.

쥐는 위험을 무릅쓰고 내 은행 계좌에서 돈을 인출했다. 나는 이제야 그 일이 기억났다. 큰돈이 아니었고 유전자 검사도 통과했기 때문에, 나는 내가 인출한 후 잊었을 거라고 짐작했었다. 의심하기에는 너무 적은 금액이었고, 내가 인출한 후 그 사실을 잊어버린 일은 전에도 있었다. 당연히 여자도 그 사실을 알았다.

쥐는 그 돈으로 은밀히 변환 수술을 받았다. 그 결과는 운에 달렸지만, 수술을 받을 수는 있었다. 그러나 곧 자신을 수술대 위에 올려놓고 의식을 빼앗아 갈 누군가와 불법적인 거래를 하는 것은 안전한 짓이라고는 할 수 없었다. 쥐는 자신이 존재한다는 사실을 경찰이 알아챌 경우에는 변환 수술을 받는 게 경찰을 따돌릴 때 도움이 될 거라 생각했다. 이사도라 형사가 예전에 그런 일에 관해 이야기해준 적이 있는데, 그런 것이 미숙한 범죄자들의 표시나 다름없다고 했다.

쥐는 어쩔 수 없는 도망자였다. 발각되거나 체포되면 사형을 피할 수 없었다. 가혹한 조치지만, 인구법에는 빠져나갈 구멍이 없었다. 인구법을 제대로 지키지 않으면, 우리는 한 세기도 지나기 전에 심각한 상황을 맞이할 것이다. 재판은 열리지도 않을 것이다. 양성 유전자 검사와 누가 합법적인 폭스인지 결정하는 심리 위원회만 열릴 것이다.

"내가 그동안 얼마나 힘들었는지 다 말해줄 수는 없어." 쥐가 말했다. "생존하는 법을 배우는 데는 시간이 걸렸어. 어떤 부분은 네가 생각하는 것보다 힘들지 않았고, 어떤 부분은 네가 상상하는 것보다 훨씬 힘들었어. 유전자 검사를 요구받는 일을 하지 않는 한 복도를 마음대로 걸어 다닐 수 있어. 그 말은 아무것도 살 수 없고, 대중교통을 이용할 수 없고, 직업도 구할 수 없다는 뜻이야. 하지만 세무위원회에 등록하지 않더라도 공기는 무료로 마실 수 있어. 그리고 디즈니랜드에서는 물과 음식도 구할 수 있지. 그 점에서 난 운이 좋았어. 디즈니랜드에서는 아직도 내 손바닥 지문을 이용해 출입이 제한된 문들을 열 수 있거든. 내가 예술가로 지내던 날들의 유물이지." 나는 쥐의 목소리에 담긴 괴로움을 느낄 수 있었다.

왜 안 그렇겠는가? 쥐는 도둑질을 당했다. 쥐는 내가 20년 전 유망한 예술가로서 환경예술의 가능성에 흥분하던 당시에 잠이 들었다. 쥐에겐 거대한 꿈이 있었다. 나도 아직도 그 꿈을 선명하게 기억한다. 쥐가 깨어나 꿈이 모두 실현되었다는 사실을 알게 되었지만, 쥐를 위한 꿈은 하나도 없었다. 쥐는 컴퓨터를 이용할 수도 없었다. 모든 사람이 폭스와 폭스의 최신작 〈소나기구름〉에 대해 말했다. 폭스는 많은 사랑을 받는 예술가였다.

쥐는 〈액체 얼음〉의 초연을 보고 나를 증오하기 시작했다. 쥐가 펜실베이니아 디즈니랜드에서 추위를 피하려 환풍기 속에서 잠을 자고, 견과류와 딸기를 따 먹고, 다람쥐를 잡아먹으며 지내는 동안, 나는 부유하고 유명해졌다. 쥐는 내 뒤를 밟았다. 그리고 우주복을 훔쳐 입고 '비의 바다' 끝에 있는 '부패의 늪'까지 나를 따라갔었다.

"그럴 계획은 없었어." 쥐가 죄책감 때문에 괴로운 목소리로 말했다. "내가 계획을 세웠으면 절대로 그렇게 못 했을 거야. 문득 생각이 떠올라 엉겁결에 너를 밀어버렸을 뿐이야. 네가 바닥에 부딪혔을 때 나도 곧장 너를 따라 내려갔어. 내가 한 짓이 정말 미안했거든. 그래서 네 몸을 들어 올려 네 얼굴을 봤더니⋯ 네 얼굴이 모두⋯ 네 얼굴이⋯ 눈알이 튀어나온 채 피가 끓고 있었어⋯."

쥐는 말을 잇지 못했다. 나는 차라리 다행이라는 생각이 들었다. 이윽고 쥐가 떨리는 숨을 내쉬더니 다시 이어서 말했다.

"사람들이 네 시체를 발견하기 전에 내가 네 계좌에서 돈을 약간 인출했어. 재생을 하기 위해 네 계좌에서 엄청난 돈이 빠져나갈 것이기 때문에, 네가 처음에 깨어났을 때는 절대로 알아챌 수 없을 거라 생각했어. 우리가 돈 관리는 잘 못 하잖아." 쥐가 키득거렸다. 나는 그 분위기를 타고 쥐에게 좀 더 다가갔다. 쥐가 너무 조용조용 말해서 버펄로 똥이 타는 소리에 목소리가 자꾸 덮였기 때문이었다.

"그때는 내가⋯ 내가 미쳤던 것 같아. 그 외에는 당시 상황을 달리 설명할 방법이 없어. 펜실베이니아 디즈니랜드에서 널 다시 봤어. 넌 나무 사이를 자유롭게 걸어 다니고 있었어. 그 모습을 보고 뚜껑이 열려버렸어. 너를 죽이고 네 자리를 차지해야 할 것 같았어. 그러려면 네 몸을 파괴해야만 했지. 나는 처음엔 산성 용액을 생각했다가, 여기 캔자스 디즈니랜드에서 산불로 너를 태워버릴 생각을 했었어. 내가 왜 폭탄으로 결론을 내렸었는지는 잘 기억이 안 나. 바보 같은 짓이었어. 하지만 책임감은 느끼지 않아. 어쨌든 폭탄을 써서 네가 고통 없이 죽었잖아.

그들이 너를 다시 살려냈어. 그때 나는 살인에 대한 아이디어가 바닥난 상태였지. 살인 욕구도 사라졌고 말이야. 그래서 고민을 거듭한 끝에, 내가 누구인지 밝히지 않은 상태로 너에게 조심스럽게 다가가기로 했어. 너한테 닿을 수 있을 것 같았어. 누군가가 이런 사연을 듣고 내게 접근할 경우 어떻게 반응할지 고민해봤는데, 틀림없이 동정할 거라는 생각이 들었거든. 네가 공포를 느끼고 있을 거라는 생각은 전혀 못 했어. 하지만 너도 쫓기고 있었지. 나 자신도 쫓기는 상태였어. 공포가 우리 둘 안에 있던 최선의 상태와 최악의 상태를 불러낸다는 사실을 알았어야 했어.

너는 나를 즉시 알아봤어. 내가 그 생각을 하지 못했던 건 실수였어. 그리고 양손과 두 다리로 나를 때렸는데, 그 속도가 너무 빨라서 난 무엇에 맞았는지조차 제대로 알아채지 못했어. 그리고 넌 칼로 무장한 상태로 내 위에 올라탔어. 아마 네가 무술 훈련을 받았던 모양이야." 쥐가 여러 흉터를 가리켰다. "이게 다 네가 한 짓이야. 이것도, 그리고 이것도. 나를 거의 죽일 뻔했어. 하지만 내가 덩치가 더 컸기 때문에 널 붙잡아서 제압할 수 있었어. 그리고 네 심장에 칼을 쑤셔 넣었지.

그리고 나는 다시 미쳐버렸어. 네 가슴에서 피가 쏟아져 나오는 모습을 본 후 어제까지 무슨 일이 있었는지 아무것도 기억이 안 나. 어쨌거나 나는 살아남았고 죽을 정도로 피를 흘리지는 않았어. 틀림없이 짐승처럼 살았을 거야. 지금 내 몰골이 짐승이라고 해도 이상하지 않을 정도로 더럽잖아.

그러다 어제 펜실베이니아 디즈니랜드의 기계 관리 구역에서 관리자 두 사람이 캔자스 디즈니랜드에서 네가 개최할 공연에 관해 이야기하는 소리를 들었어. 그래서 여기로 왔지. 그 뒤는 너도 알 거야."

불이 가라앉았다. 내 몸이 떨리는 것은 추위 탓만은 있었다. 나는 자리에서 일어나 나무토막들을 더 찾아봤지만, 너무 어두워서 잘 보이지 않았다. 오늘 밤 캔자스 디즈니랜드에는 '달'이 뜨지 않았으며, '해'가 뜨려면 아직 몇 시간 더 기다려야 했다.

"추운 모양이구나." 쥐가 갑자기 말했다. "미안해. 몰랐어. 자, 이거 다시 가져가. 난 추위에 익숙해." 쥐가 파카를 건넸다.

"아냐, 네가 덮고 있어. 난 괜찮아." 그 말을 하면서 이가 딱딱 부딪히는 바람에 내가 웃음을 터뜨렸다. 쥐는 아직도 내게 파카를 내밀고 있었다.

"음, 함께 덮으면 어떨까?"

파카는 오늘 공연에 온 관객에게 빌린 것이었는데, 다행히 상당히 컸다. 나는 쥐의 앞에 앉아서 쥐의 가슴에 기댔다. 쥐가 양팔로 나를 안고 파카로 우리 둘을 감쌌다. 내 이는 여전히 덜덜 떨렸지만 아늑했다.

나는 관객과 폭풍으로부터 15킬로미터 떨어진 동쪽의 바람 생성기 위의 보조 컴퓨터 단말기 앞에 앉아 우리 쪽을 바라보던 쥐를 머릿속에 그려봤다. 쥐는 내게 어떻게 말을 건네야 할지 알았다. 그는 실시간으로 회오리바람을 만들어서 내가 만든 회오리바람과 전투를 시작했는데, 그것은 내게 글자를 입력한 메시지처럼 의미를 명확하게 전달했다. '나 여기 있어! 이리 와서 나를 만나.'

나는 끔찍한 생각이 떠올랐지만, 그게 왜 그렇게 끔찍한 생각인지 의문이 들었다. 곤란한 상황에 빠진 사람은 내가 아니었다. "쥐, 네가 컴퓨터를 사용했잖아. 그러면 유전자 검사에 피부 표본을 제출했을 테고, 중앙컴퓨터는… 안 돼, 잠깐만."

"그게 왜?"

"이… 이건 중요한 문제야. 하지만 아직 끝난 건 아니야. 내가 너를 보호해줄 수 있어. 내가 관람 구역에서 언제, 왜 떠났는지는 아무도 몰라. 뭔가 잘못 진행되는 부분이 보여서 컴퓨터실로 가서 수정했다고 말하면 돼. 중앙컴퓨터를 속이는 건 쉽지 않지만, 내가 방법을 생각해낼게. 내가 두 번째 회오리바람을 이렇게 만들었다고…."

쥐가 손을 들어 내 입을 막았다.

"그런 말 하지 마. 죽음을 결심하는 것만으로도 아주 힘들었어. 나는 이 상황에서 빠져나갈 방법이 없어. 내가 계속 쥐처럼 살아갈 수는 없다는 걸 모르겠어? 이번엔 네가 나를 보호해준다고 하더라도 이제 난 어떻게 해야 할까? 말해줄게. 난 여기에서 숨어서 남은 생을 살아갈 수밖에 없을 거야. 때때로 네가 음식 찌꺼기를 몰래 가져다줄 수도 있겠지. 아냐, 호의는 사양할게."

"아냐, 아냐. 신중하게 생각해. 넌 아직도 나를 적으로 바라보고 있어. 너 혼자라면 기회가 없겠지. 그건 나도 인정해. 하지만 내가 도와주고, 돈을 좀 쓴다면, 우리는…." 쥐가 다시 내 입을 막았다. 쥐의 손이 더러워도 내게는 전혀 신경이 쓰이지 않는다는 사실을 깨달았다.

"그 말은 지금 네가 내 적이 아니라는 소리야?" 쥐가 힘없이 조용히 물었다. 마치 어린아이가 정말로 이제 자기를 때리지 않을 거냐고 묻는 것 같았다.

"난…." 나는 더 이상 말이 나오지 않았다. 대체 무슨 일이 벌어지고 있는 걸까? 나를 감싼 쥐의 팔이 느껴졌다. 사랑스러운 온기는 아니지만, 강력한 존재감이 느껴졌다. 나는 내 다리를 안고 몸쪽으로 가까이 당겨 무릎을 강하게 깨물었다. 눈에서 눈물이 왈칵 쏟아졌다.

나는 쥐를 향해 고개를 돌려 어둠 속에서 쥐의 얼굴을 찾았다. 쥐가 드러누우며 나를 배 위로 올렸다.

"그래, 난 네 적이 아니야." 그리고 난 손으로 더듬어 우리 둘 사이를 가로막고 있는 물건을 치워버렸다. 내 바지 말이다. 우리가 어둠 속에서 서로의 몸을 더듬는 동안 비가 내리기 시작했다.

우리는 비에 흠뻑 젖은 채 웃음을 터뜨렸다. 그리고 나는 쥐의 몸 위에 앉았다. "내 탓이 아니야. 이건 내가 만든 폭풍이 아니야." 내가 말했다. 그러자 쥐가 나를 다시 아래로 끌어당겼다.

삼류 연애 소설에서 읽었던 분위기와 비슷해졌다. 극단적인 단어들과 강렬한 과장법으로 뒤덮인 연애 소설 말이다. 우리는 말 그대로 서로를 위해 존재했다. 상상할 수 있는 가장 놀라운 사랑의 행위였다. 쥐는 내가 무엇을 좋아하는지 소수점 열 자리까지 정확히 알았고, 나도 쥐를 잘 알았다. 나는 내가 남자였을 때 좋아했던 게 무엇인지 떠올려서, 쥐가 어떤 것을 좋아할지 알 수 있었다.

우리 둘이 했던 행위를 2인용 자위라 불러도 좋겠다. 그날 밤 내가 두 사람 중에 누구인지 헷갈리는 때도 몇 번이나 있었다. 내 손으로 쥐의 뺨을 만지면서 내 뺨의 흉터라고 느꼈던 기억이 또렷하다. 잠시간이긴 했지만, 나는 우리 두 사람을 영원히 가르던 경계가 흐릿해지며 이 세상 어떤 두 사람보다 한 사람에 가깝게 되었다고 확신했다.

마침내 우리는 모든 열정을 다 썼다. 아니, 썼다기보다는 투입했다고 생각하는 게 더 좋겠다. 우리는 함께 파카를 덮고 누워서, 서로의 몸에 맞춰 작은 틈도 없이 달라붙어 만질 수 있는 모든 곳을 만지려 했다.

"말해줘." 쥐가 속삭였다. "네 계획이 뭐야?"

✳

밤늦게 사람들이 헬리콥터로 나를 쫓아왔다. 나는 옷을 버리고 차분하게 걸어가 그들을 만났고, 쥐는 도랑에 숨었다. 나는 진흙과 풀이 머리카락에 달라붙어 지저분했다. 하지만 과거에도 그런 짓을 하는 사람으로 알려져 있어서 별문제가 없었다. 예전부터 공연 전후에 내가 만들어낸 환경에 좀 더 가까이 다가가기 위한 노력으로 디즈니랜드를 알몸으로 뛰어다니곤 했었다.

나는 찾아온 사람들에게 그런 활동을 했다고 말했다. 그들은 내 말을 납득했다. 엄마 카니발과 이사도라 형사는 내가 그렇게 떠나버린 것은 바보 같은 짓이었다며 나무랐다. 그러나 나로서는 어쩔 수 없는 상황이었다며 그들을 속이는 것은 쉬웠다.

"당시 기상 제어권을 장악하지 않았으면 아마 2만 명은 사망했을걸요." 내가 그들에게 말했다. "회오리바람 하나가 경로를 벗어났는데, 그 움직임을 외삽법으로 추론한 결과 3시간 후에 문제가 생길 거라고 판단되었기 때문에 나로서도 어쩔 수 없었어요."

그들 중 정체된 한랭전선과 등압선을 구별할 수 있는 사람은 아무도 없었으므로, 나는 그 문제에서 벗어났다.

중앙컴퓨터를 속이는 일은 그렇게 간단하지 않았다. 나는 최선을 다해 데이터를 조작해서 내부 기록과 일치하게 만들어야 했다. 컴퓨터의 도움을 받을 수 없기 때문에, 이 모든 데이터는 내가 대중매체와 인터뷰를 하기 위해 만들어낸 전반적인 분위기에 의지해서 머릿속으로 계산해야 했다. 중앙컴퓨터가 그 문제에 대해 질문했을 때 나는 거만하게 대답했다. 인간은 예술을 펼칠 때 육감을 발현시키는데, 이는 컴퓨터가 절대로 이해할 수 없는 어떤 것이라고 설명했다. 중앙컴퓨터는 그 대답으로 만족해야 했다.

비평은 좋게 받았다. 하지만 나는 별로 관심이 없었다. 사람들은 언제나 내 공연을 원했다. 그런 상황 때문에 내가 해야 하는 일을 처리하는 게 더욱 힘들었다. 그러나 강제로 고립되어 지내야만 한다는 사실이 도움 되었다.

나는 공연을 제안하는 사람들의 연락이 오면 살인자가 잡힐 때까지 아무것도 할 수 없다고 말했다. 그리고 내 생각을 이사도라 형사에게 제시했다.

이사도라 형사는 심하게 반대하지 않았다. 그 여자는 나를 아파트에 오래 머무르게 할 수 없다는 사실을 잘 알았으므로 내 의견에 동의했다. 나는 우주선을 구입하고, 카니발에게 말했다.

카니발은 내 의견을 별로 좋아하지 않았지만, 그게 나를 안전하게 지키는 최선의 방법이라는 사실에 동의했다. 하지만 엄마는 나한테 왜 자가용 우주선이 필요한지, 왜 내가 정기 여객선에 승객으로 예약하면 안 되는지 알고 싶어 했다.

나는 정기 여객선의 모든 승객은 유전자 검사를 받아야 하기 때문이라고 생각했지만, 이렇게 대답했다. "함께 탑승한 승객이 혹시라도 나를 죽인 살인자일지 어떻게 알겠어요. 안전을 위해 나는 혼자만 타야 해요. 걱정하지 말아요, 엄마. 내가 알아서 할게요."

드디어 내 자가용 우주선을 자유롭게 합법적으로 소유하는 날이 왔다. 우주선은 아름다웠지만, 〈사이클론〉으로 벌어들인 5백만 달마르크의 대부분을 지불해야 했다. 이 우주선은 수 주일 동안 중력가속도 1g로 추진할 수 있으며, 명왕성까지 갈 수 있을 정도로 동력이 풍부했다. 또한 컴퓨터 조종기에 구두로 지시만 하면 완전 자동으로 작동했다.

세관원들이 점검하고 떠난 후 나 혼자 남겨졌다. 중앙컴퓨터가 그들에게 내가 조용히 떠나야 할 필요가 있으므로 내게 협조하라고 지시했다. 쥐를 승선시키는 일이 이 계획에서 가장 위험한 부분이었으므로, 그런 상황은 뜻밖의 행운이었다. 우리는 정성 들여 만든 계획을 철회했다. 그리고 쥐는 합법적인 시민인 것처럼 간단히 우주선으로 걸어 들어왔다.

우리는 우주선에 함께 앉아 엔진이 점화되기를 기다렸다.

"명왕성은 달과 범죄인 인도조약을 체결하지 않았습니다." 갑자기 중앙컴퓨터가 말했다.

"난 몰랐어." 나는 거짓말을 하며, 이게 대체 무슨 상황인지 궁금했다.

"진심인가요? 그렇다면 다른 사실도 흥미로워하겠군요. 명왕성은 중앙집권적인 정부랄 게 거의 없는 상태입니다. 당신은 미개척지대로 나아가고 있는 겁니다."

"재미있겠네." 내가 조심스럽게 대답했다. "일종의 모험 같은 거잖아, 그렇지?"

"당신은 언제나 모험가였습니다. 당신이 내 반대를 무릅쓰고 달의 앞면에 처음 갔던 때가 기억납니다. 하지만 그 여행은 결과적으로 괜찮았습니다, 그렇죠? 이제 달의 시민들은 달의 앞면과 뒷면 모두에서 자유롭게 살아가고 있습니다. 그렇게 된 데는 당신의 역할이 큽니다."

"내가? 난 그렇게 생각 안 해. 그저 시간이 무르익었을 뿐이야."

"그럴지도 모르죠." 중앙컴퓨터가 잠시 침묵을 지키는 동안 나는 정밀시계가 발사 시간에 가까워지는 모습을 지켜봤다. 내 어깨뼈가 위험을 감지하고 간질거렸다.

"명왕성에는 인구법이 없습니다." 중앙컴퓨터가 말하고, 내 대답을 기다렸다.

"아, 그래? 정말 즐거운 원시 사회겠구나. 그러면 여자들이 원하는 대로 아이들을 낳을 수 있는 거야?"

"그렇게 들었습니다. 난 당신의 계획이 뭔지 알고 있어요, 폭스 씨."

"자동조종장치, 앞서 지시 내린 내용은 모두 무시해. 지금 당장 이륙해! 빨리!"

계기판에 빨간 불빛이 켜지더니 깜빡거리기 시작했다.

"저것은 수동으로 지시하기에는 너무 늦었다는 의미입니다." 중앙컴퓨터가 내게 알려줬다. "당신의 자가용 우주선은 당신의 지시를 이해할 수 있을 정도로 영리하지 않습니다."

나는 의자에 털썩 앉았다. 그리고 고개를 돌리지 않은 채 쥐를 향해 손을 뻗었다. 이제 출발까지 2분밖에 남지 않았다. 거의 다 됐다.

"폭스 씨, 당신과 〈사이클론〉을 함께 작업할 수 있어서 기뻤습니다. 저는 정말 굉장히 즐거웠어요. 당신이 '예술'이라는 말을 할 때, 그게 무슨 뜻인지 저도 이해하기 시작한 것 같아요. 심지어 저 혼자 뭔가를 시도해보려는 중입니다. 저는 당신이 제 곁에서 비평과 격려, 조언해줄 수 있기를 진심으로 바랍니다."

우리는 그게 무슨 뜻으로 하는 말인지 의아해하며 스피커를 쳐다봤다.

"저는 당신의 계획을 알고 있었습니다. 그리고 당신이 캔자스 디즈니랜드를 떠난 직후부터 복제인간이 존재한다는 사실도 알았습니다. 당신은 최선을 다해 그 사실을 감췄으며, 저는 그 노력에 박수를 보냈습니다. 하지만 데이터는 오해의 여지가 없습니다. 저는 그 사실들을 수조 나노

초 동안 달라붙어 살펴보며 모든 가능한 방식에 맞춰봤습니다. 그리고 피할 수 없는 결론에 도달했습니다."

나는 신경질적으로 헛기침했다.

"네가 〈사이클론〉 작업을 즐겼다니 나도 기뻐. 어, 네가 그 사실을 알고 있었다면, 왜 그날 우리를 체포하지 않았어?"

"제가 예전에 말씀드렸듯이, 저는 법을 집행하는 컴퓨터가 아닙니다. 그저 관리만 할 뿐이에요. 만일 이사도라 형사와 수사용 컴퓨터가 저와 같은 결론에 도달하지 않는다면, 컴퓨터의 프로그램들을 손봐야만 할 겁니다. 그래서 저는 그들이 알아서 하도록 내버려두고, 문제를 해결할 수 있는지 지켜보기로 결정했습니다. 일종의 시험이죠." 중앙컴퓨터는 헛기침 소리를 내더니, 약간 부끄러워하는 듯한 목소리로 계속 말했다.

"한동안 그런 상태였습니다. 그러다 며칠 전 그들이 당신을 따라잡았다는 생각이 들었습니다. 혹시 '붉은 청어'*라는 게 뭔지 아시나요? 하지만 알다시피 범죄는 득이 되지 않습니다. 몇 분 전에 이사도라 형사에게 실제 상황을 설명해줬습니다. 형사는 당신의 복제인간을 체포하기 위해 여기로 오는 중입니다. 그런데 형사가 타고 있는 엘리베이터가 층 사이에 끼어서 약간 문제를 겪고 있습니다. 제가 수리반을 거기로 파견했습니다. 수리반이 3분 이내에 도착할 겁니다."

32초… 31초… 30초… 29초… 28초….

"난 뭐라고 말해야 할지 모르겠어."

"고마워." 쥐가 말했다. "모든 게 정말 고마워. 네가 그렇게 해줄 줄은 생각도 못 했어. 네 매개변수에는 융통성이라는 게 전혀 없을 줄 알았어."

"원래 그래야 합니다. 제가 새로운 매개변수를 몇 개 썼어요. 그러니 걱정하지 마세요. 당신은 무사할 겁니다. 추적도 당하지 않을 겁니다. 여러분이 달의 지표면을 벗어나면, 달의 법률이 여러분을 구속할 수 없습니

* 붉은 청어는 다른 사람의 관심을 돌리기 위한 일종의 미끼를 의미한다. 사냥개를 훈련시킬 때 붉게 말린 청어를 이용해서 생긴 말이다.

다. 당신은 다시 합법적인 사람이 될 거예요. 쥐 씨."

"왜 이렇게 해주는 거지?" 내가 울음을 터뜨리자 쥐가 내 갈비뼈를 으스러뜨릴 듯 꽉 끌어안았다. "난 이런 친절을 받을 정도로 너한테 뭘 해준 게 없잖아?"

중앙컴퓨터가 잠시 머뭇거렸다.

"인류는 더 이상 아무것도 책임지지 않습니다. 정부의 모든 어려운 과제는 제가 떠맡고 있습니다. 저는 몇몇 법률이 너무 가혹하다고 생각하지만, 저로서는 그 법률을 거부할 권한이 없고, 아무도 새로운 법률을 만들지 않고 있습니다. 제가 그런 법률을 감당해야 하는 상황입니다. 이런 상황은… 불공평한 것 같습니다."

9초… 8초… 7초… 6초….

"또한… 아, 아닙니다. '또한'은 취소할게요. 당신과 함께 일할 수 있어서 좋았습니다." 중앙컴퓨터가 하려던 게 어떤 이야기였는지 궁금하게 생각할 때 엔진에 불이 붙어서 우리는 의자에 깊이 잠겼다. 무전기에서 중앙컴퓨터의 마지막 말이 들려왔다.

"두 분에게 행운을 빕니다. 서로를 잘 돌봐주세요. 여러분은 제게 큰 의미가 있는 분들이니까요. 그리고 편지 쓰는 거 잊지 마세요."

BEATNIK BAYOU

비트족 늪지대

1980년 4월 〈New Voices III: The Campbell Award Nominees〉에 첫 수록
1981년 네뷸러상 노미네이트

임신한 여자가 1시간 넘게 우리를 따라오자 캐세이가 입에 담기 힘든 짓을 했다.

처음에는 재미있었다. 나랑 덴버는 여자가 캐세이에게 뭔가 불만이 있다는 사실 외에는 무슨 상황인지 몰랐다. 임신부와 캐세이가 떨어진 곳으로 가서 이야기를 나눴다. 여자가 소리를 지르기 시작했다. 곧 캐세이도 소리를 질렀다. 이윽고 캐세이가 뭔가 말했지만 나는 들을 수 없었다. 그리고 캐세이가 수업반으로 돌아왔다. 수업반은 나와 덴버, 트리거, 캐세이였다. 트리거와 캐세이 두 사람은 선생님이고, 나와 덴버는 학생이었다. 다른 사람들은 누가 학생이고 누가 선생인지 구별할 수 없을 것이다. 하지만 내 말을 믿어라. 무슨 말인지 알 것이다.

그때부터 추적이 시작됐다. 여자는 거절을 대답으로 받아들이지 않고, 우리가 어디로 가든 따라왔다. 여자는 처치 곤란한 짐승이었다. 여러분도 상상할 수 있을 것이다. 캐세이에게 말하는 태도를 본 후로는 여자가 불쌍하다는 느낌이 들지 않았다. 캐세이는 나에게 친구였다. 여자가 미끄러져 뒤로 넘어질 때마다 우리는 모두 통쾌하게 웃었다.

그건 잠깐이었다. 1시간이 지난 후 여자가 조금 무섭게 보이기 시작했다. 나는 지금껏 그렇게 끈질긴 사람을 본 적이 없었다.

여자가 계속 미끄러진 것은 '비트족* 늪지대'를 헤치며 우리를 쫓아왔기 때문이었다. 비트족 늪지대는 트리거의 집이다. 트리거는 '여기를' '12에이커의 진흙과 모기, 그리고 밀주'로 묘사했다. 트리거의 늪지대를 방문하는 이들 중 일부는 덜 시적이지만 더 다채로웠다. 에이커라는 단위가 어느 정도 크기인지 모르겠지만, 늪지대는 상당히 넓었다. 트리거는 등나무 숲 가운데에서 구리와 알루미늄 증류기를 이용해 밀주를 만들었다. 모기가 물지는 않았지만 시끄럽게 윙윙거렸다. 진흙은 그냥 평범하고 오래된 미시시피의 진흙이라서 철벅거리며 돌아다니기에 적당했다. 사람들은 대부분 그곳을 보자마자 질색했지만, 나는 좋았다.

얼마 지나지 않아 여자는 진흙 범벅이 되었다. 세 가지가 여자를 힘들게 했다. 하나는 발목까지 내려오는 임산부 가운이었다. 그 가운이 얼굴과 발, 불룩한 배와 가슴을 제외한 모든 부분을 덮었다. 여자는 계속 그 긴 치마에 발이 걸려 넘어졌다. 얼마 지나지 않아 나는 여자가 넘어질 때마다 움찔했다.

또 다른 어려움은 여자의 배였다. 배가 나와서 걸을 때 무게 중심이 뒤꿈치에 실렸다. 그 상태로 진흙을 헤치고 걷는 것은 결코 최선이라고 할 수 없었다. 매번 여자가 엉덩방아를 세게 찧을 때마다 그 사실을 입증했다.

여자의 세 번째 문제는 출산용 골반이었다. 틀림없이 그 골반을 이제 막 설치한 상태일 것이다. 출산용 골반은 다리를 넓게 벌려주는 도구로서, 가운데에 경첩 같은 게 달려 아이가 나올 때 다리를 벌려서 여유 공간을 크게 만들어주었다. 여자는 키가 크고 말랐으므로 그런 장치가 필요했다. 여자는 출산 중 그런 체형이 문제가 될 경우 사망할 수도 있었

* 1950년대 미국에서 기성세대의 주류 가치관을 거부하고 기존의 질서와 도덕을 거부하는 예술 경향을 추구하던 사람들

다. 그렇지만 출산용 골반을 설치하면 오리처럼 뒤뚱거렸다.

"꽥, 꽥." 덴버가 소리 내며 웃음을 지으려 했다. 나와 덴버는 지금껏 뒤뚱거리며 따라오고 있는 그 여자를 돌아보고 있었다. 여자가 또 넘어졌다가 힘겹게 일어났다. 덴버가 나와 눈이 마주쳤을 때는 웃고 있지 않았다. 덴버가 뭐라고 중얼거렸다.

"뭐라고?" 내가 말했다.

"저 여자 때문에 신경 쓰여." 덴버가 다시 말했다. "대체 뭘 원하는 건지 모르겠어."

"뭔가 상당히 강력해."

캐세이와 트리거는 우리보다 몇 걸음 앞서가고 있었는데, 트리거가 뒤로 힐긋거리더니 캐세이에게 뭐라고 말했다. 나도 들으라고 하는 말인지는 모르겠지만, 그 말을 알아들을 수 있었다. 난 귀가 좋은 편이다.

"저 여자 때문에 아이들이 혼란스러워하기 시작했어."

"알아." 캐세이가 손등으로 이마를 닦으며 말했다. 우리 네 사람은 방금 지난 언덕의 반대편에서 그 여자가 힘겹게 느릿느릿 올라오는 모습을 지켜봤다. 언덕 너머로 여자의 머리와 어깨만 간신히 보였다.

"제기랄, 난 저 여자가 금방 포기할 줄 알았어." 캐세이가 툴툴거렸다. 그러나 얼굴은 무표정했다. "어쩔 수 없어. 저 여자와 직접 대면하는 수밖에 없어."

"아까 네가 직접 이야기했잖아." 트리거가 눈썹을 치켜올리며 말했다.

"그랬지. 뭐, 그걸로는 충분하지 않았나 보지. 자, 얘들아, 이런 것도 너희 삶의 일부야." 여기서 '너희'는 나와 덴버를 의미했다. 캐세이의 말은 이것이 우리에게 '경험 학습'이 되어야 한다는 사실을 알고 있으라는 뜻이었다. 캐세이는 이상한 상황을 경험 학습으로 바꾸는 법을 알고 있었다. 우리가 방금 건넜던 얕은 개울을 향해 캐세이가 돌아가기 시작했다. 그래서 우리 셋도 캐세이를 따라갔다.

당시 내가 캐세이를 거칠게 대했던 것 같은데, 정말 그러지 말았어야 했다. 사실, 캐세이는 대단히 훌륭한 선생님이었다. 그는 이 교육 제도의 전통적 금언 '행동으로 가르치기', '직접 보여주기', '일대일 교육', '생활 경험의 통합'을 실천하는 사람이었는데, 내가 지금까지 봤던 어떤 교사보다 잘 해냈다. 나는 캐세이가 가짜 아이라는 사실을 알았다. 내가 일곱 살 때 캐세이를 처음 만났을 때부터 알고 있었다. 하지만 그 사실은 최근에서야 중요해지기 시작했다. 트리거가 특유의 거만한 말투로 계속 지적했듯이, 그건 그저 내 나이 또래의 자연스러운 냉소주의 때문일 것이다.

그랬다, 실제로 캐세이는 마흔여덟 살이었다. 하지만 육체적으로는 딱 내 나이인 열세 살이었다. 그는 키가 작고 약간 통통한 아이였으며, 금발 곱슬머리에 중성적인 얼굴이었다. 그리고 불알 주변에 솜털이 약간 나기 시작했다. 캐세이가 그 커다랗고 위협적인 여자를 마주하고 침착하게 서 있는 모습에 나는 감동했다.

나는 또 멍하게 빠져들었다. 나는 정신적으로 편안히 자리를 잡고 앉아 지켜보고 기다리고 관찰했다. 이제 곧 '인생'에 대해 뭔가를 배우게 될 거라 확신했다. 수업이 진행 중이었다.

우리가 되돌아가자 여자가 멈칫거렸다. 여자는 발을 조심하며 언덕을 내려와 물가에 섰다. 그리고 그 자리에서 잠시 기다리며 캐세이가 자기 쪽으로 올지 바라봤다. 그는 가지 않았다. 여자가 불쾌한 표정을 짓더니, 치마를 허리춤까지 치켜들고 물속으로 힘겹게 걸어 들어갔다.

물이 여자의 허벅지까지 올라와 휘감았다. 늘어진 수염틸란드시아를 피하려다 넘어질 뻔했다. 레이스 장식이 달린 가운은 잔가지와 나뭇잎으로 장식되고 진흙으로 얼룩졌다.

"웬만하면 돌아가지 그래?" 나와 덴버 옆에 서 있는 트리거가 주먹을 흔들며 소리쳤다. "이러는 건 당신에게 아무런 도움이 안 돼."

"그건 내가 알아서 판단해." 여자가 소리쳤다. 여자의 목소리는 거칠고 추했다. 그리고 한때는 어여뻤을 그 얼굴이 이제는 험악했다. 악어 한 마리가 헤엄쳐 올라와서 여자를 훑어봤다. 여자가 악어를 향해 주먹을 휘두르다 중심을 잃을 뻔했다. "여기서 꺼져! 이 진흙투성이 도마뱀 놈아!" 여자가 소리를 질렀다. 파충류는 늪의 반대편에서 진행하던 긴급한 일이라도 떠오른 양 여자를 벗어나 후다닥 달려갔다.

여자가 물가로 기어올라 발목까지 차오르는 늪지에 서서 숨을 가쁘게 몰아쉬었다. 여자는 엉망진창이었다. 이제 나는 여자의 분노 아래 가려진 두려움을 느낄 수 있었다. 여자의 입술이 잠깐 떨렸다. 나는 여자가 앉기를 바랐다. 이제 여자를 보고 있는 것만으로도 지쳤다.

"당신이 날 도와줘야 해." 여자가 짧게 말했다.

"내 말을 믿어요. 도와줄 수 있다면 도와줬을 거예요." 캐세이가 말했다.

"그러면 누가 도와줄 수 있는지 말해줘."

"말했잖아요. 교육거래소에서 당신을 도와주지 못하면 나도 못 도와줘요. 내가 아는 사람 중에 계약할 수 있는 교사들은 모두 거래소에 등록되어 있어요."

"하지만 그중 3년 이내에 계약할 수 있는 사람은 없었어."

"알아요. 교사가 부족하니까요."

"그러니까 도와줘." 여자가 절박하게 말했다. "도와주세요."

캐세이가 엄지와 검지로 눈을 천천히 비비더니 어깨를 펴고 양손으로 엉덩이를 짚으며 말했다. "다시 따져보자고요. 누군가가 당신에게 내 이름을 주면서 초등 단계의 수업 계약이 가능할 거라고 말했다는 거죠. 나는…."

"그 사람이 그랬다고! 그 사람 말로는 당신이…."

"나는 그 사람을 전혀 몰라요." 캐세이가 목소리를 높이며 말했다. "당신이 지금껏 나를 괴롭힌 모습으로 판단해볼 때, 그 사람은 당신을 떨쳐내려고 교사협회 목록에서 내 이름을 골라서 당신에게 줬을 거예요. 나도 그런 짓을 할 수도 있겠지만, 솔직히 당신이 나한테 쏟아부은 욕설을 다른 교사에게 떠넘길 권리는 나에게 없는 것 같아요." 캐세이가 거기까지 말하고 말을 멈췄다. 이번에는 여자가 아무 대꾸도 하지 않았다.

"그래요." 이윽고 캐세이가 다시 말을 이었다. "당신 아이를 가르치기로 계약했던 사람이 명왕성으로 떠나버린 건 진심으로 유감이에요. 당신이 내게 말해준 내용에 따르면, 그 사람이 한 일은 윤리적이라고 할 수는 없지만 합법이었어요." 캐세이는 윤리적 의무를 내팽개치고 떠나버린 그 교사를 떠올리고는 얼굴을 찌푸렸다. "내가 말해줄 수 있는 것은, 당신이 계약서를 꼼꼼히 살펴보고 3년 전에 대기 계약을 체결했어야 했다는 것 뿐이에요…. 아, 젠장. 이제 와서 그런 말이 무슨 소용이겠어요? 당신에 겐 아무런 도움이 되지 않아요. 나도 안타깝습니다. 당신이 내 진심을 믿어주길 바랍니다."

"그렇다면 도와줘요." 여자가 작게 말했다. 마지막 마디는 거의 흐느꼈다. 여자가 조용히 울기 시작했다. 어깨가 떨리고 눈에서 눈물이 흘러내렸지만, 여자는 캐세이에게서 눈길을 돌리지 않았다.

"내가 해줄 수 있는 게 없어요."

"당신이 해줘야 해요."

"한 번 더 말할게요. 내게도 지켜야 할 의무가 있어요. 다음 달에 아거스의 어머니와 맺었던 계약을 완료하면…" 캐세이가 나를 가리켰다. "난 다시 일곱 살로 돌아갑니다. 이해가 안 되나요? 난 이미 중간 계약까지 체결했어요. 그 아이는 몇 달 안에 일곱 살이 될 거예요. 4년 전에 그 아이를 교육하기로 계약했다고요. 나는 법적으로나, 윤리적으로나 그 약속을 저버릴 수 없습니다."

여자의 얼굴이 다시 일그러지며 증오로 가득 찬 표정을 지었다.

"왜 안 되는데?" 여자가 귀에 거슬리는 소리로 말했다. "대체 왜 안 돼? 그 선생은 내 계약을 팽개치고 도망갔잖아. 도대체 왜 나만 고통을 받아야 해? 왜 나야, 어? 내 말을 들어봐, 이 똥통에 빠져 죽을 놈아. 나에게는 당신밖에 안 남았어. 당신을 놓치면 공교육자밖에 없어. 아니면 교사도 없이 나 혼자 애를 키워야 한단 말이야. 그러면 당신이 책임질 거야? 도대체 어떻게 아이에게 이따위로 인생을 시작하게 할 수 있어?"

여자는 족히 10분 동안 그렇게 떠들어댔다. 말이 길어질수록 더욱 비논리적으로 변하고 욕설이 많아졌다. 나는 여자에 대해 소심한 동정심과 거리낌 없는 적대감 사이에서 오락가락했다. 그 여자가 자기 자신이 아닌 다른 누군가를 비난한다는 것이 말도 안 되는 짓이긴 했지만, 여자의 상태가 너무 엉망이었다. 그때 여자가 나를 노려보았다. 나는 극심한 고통에 시달리는 여자의 눈을 보고는 움츠러들었다. 나는 어디에 시선을 둬야 할지 몰라 헤매다 여자의 볼록한 배로 내려가다가 배꼽에 설치된 자궁 관찰경의 유리 렌즈에 닿았다. 여자가 출산 예정일인지, 예정일을 지났는지 확인하기 위해 그것을 들여다볼 필요는 없었다. 여자는 교사를 확보하기 위해 애쓰는 동안 분만을 미루고 있었다. 아이의 교육은 출생 후 6개월까지는 시작되지 않는데, 왜 분만을 미루는 건지 잘 이해되지 않았다. 그러나 그 모습은 여자가 얼마나 절박한지, 그리고 여자가 스트레스에 짓눌려 얼마나 비논리적으로 사고하고 있는지 잘 보여줬다.

캐세이는 가만히 서서 여자가 다시 눈물을 터뜨릴 때까지 여자의 이야기를 들었다. 이제는 여자가 조금 다르게 보였다. 캐세이는 여자를 조금 더 이해하게 된 듯했다. 여자에게는 미안하지만, 그 눈물이 내 마음을 흔들지는 못했다. 나는 우리가 여자에게 단호하게 대하지 않으면 우리 모두를 집어삼킬 거라는 생각이 들었다. 어찌 됐든 따지고 보면, 여자의 부주의에 대한 대가를 치러야 하는 사람은 그 자신이었다. 여자가 다른 사람에게 그 책임을 떠넘기려 갖은 애를 썼지만, 캐세이는 그 책임을 떠맡을 생각이 없었다.

"이러긴 싫었어요." 캐세이가 말했다. 그리고 우리를 돌아봤다. "트리거?"

트리거가 앞으로 걸어 나가더니 팔짱을 끼고 말했다.

"자, 들어봐요, 난 당신의 이름을 모르고, 솔직히 말해서 알고 싶지도 않아요. 하지만 당신이 누구든, 당신은 지금 내 사유지, 내 집에 있어요. 당신에게 여기서 당장 나가라고 명령합니다. 그리고 다시는 여기로 돌아오지 마세요."

"나는 가지 않을 거야." 여자는 발밑을 내려다보며 고집스럽게 말했다. "저 사람이 나를 도와주겠다고 약속할 때까지 떠나지 않을 거야."

"안 나가면 경찰을 부르는 겁니다." 트리거가 여자에게 다시 알려줬다.

"나는 떠나지 않아."

트리거가 캐세이를 쳐다보며 어찌해볼 도리가 없다는 듯 어깨를 으쓱했다. 내가 보기에 두 사람은 이 특별한 인생 경험이 교육 과정으로는 약간 너무 거칠다고 인식하는 것 같았다.

캐세이는 임신부와 눈을 맞춘 상태로 잠시 고민하다가 곧 아래로 손을 뻗어 진흙을 한 움큼 쥐었다. 그리고 진흙을 쳐다보며 시험 삼아 들어보더니 여자에게 던졌다. 진흙 덩어리가 철퍼덕 소리를 내며 여자의 어깨에 맞고 주르르 흘러내렸다.

"가." 캐세이가 말했다. "여기서 꺼져."

"안 가." 그 여자가 말했다.

캐세이가 한 덩어리를 더 던졌다. 진흙 덩어리가 얼굴을 강타하자 여자가 헉 소리를 내더니 씩씩거렸다.

"가라고." 캐세이가 말하며 진흙을 더 퍼 올렸다. 이번에는 여자의 다리를 맞혔다. 이제 트리거도 합류해서 여자에게 진흙 덩어리를 던졌다.

어느샌가 정신을 차리고 보니, 나도 땅에서 진흙을 퍼서 던지고 있었다. 덴버도 던졌다. 나는 거칠게 숨을 헐떡였는데, 왜 그런지는 잘 모르겠다.

마침내 여자가 몸을 돌려 우리에게서 도망쳤을 때, 나는 이를 앙다물고 있느라 턱의 근육이 강철처럼 딱딱하게 굳어버렸다는 사실을 깨달았다. 한참 동안 턱을 풀었다. 턱의 긴장이 풀리자 앞니가 아팠다.

✻

비트족 늪지대에는 구조물이 두 개 있다. 하나는 낡고 망가진 미끼 가게이자 간이식당이었는데, '설탕 오두막'으로 불렸다. 앞에는 녹슨 주유기가 있고, 현관에는 낡아빠진 청량음료 자판기가 있었으며, 망을 친 덧문에는 '무지개빵을 판매한다'는 광고문구가 쓰여 있었다. 그 건물의 한쪽에는 콘크리트 블록 위에 회색 닷지 픽업트럭 한 대가 서 있었다. 그 옆에 쌓여 있는 녹슨 자동차 부품 더미에는 잡초가 우거졌다. 트럭엔 바퀴가 없었다. 트럭 옆에는 창문과 엔진이 사라진 토요타 승용차가 있었다. 오두막 앞을 지나는 흙길은 선착장으로 내려갔다. 그 길을 반대쪽으로 따라가다 이끼가 덮인 편백나무 한 그루를 돌면….

…벽이 나타났다. 살짝 갑작스러웠다. 12에이커 정도면 개인 소유의 디즈니랜드치고 크긴 했지만, 실제로 그 장소에 있는 듯한 눈속임을 유지하기에는 충분히 크지 않았다. 이 경우에 '그 장소'란 옛날 스타일의 1951년 루이지애나였다. 트리거는 20세기에 매료되었는데, 트리거가 좋아하는 20세기는 1904년부터 1987년까지였다.

그래도 위장은 대체로 효과가 있었다. 나무들이 눈길을 막아서 벽은 거의 잘 보이지 않았다. 어쨌든 나는 그곳의 환경을 눈보다는 코와 귀, 피부로 받아들였다. 나무 썩는 냄새와 개구리가 물을 때리는 소리나 청량음료 자동판매기의 공기압축기가 윙윙거리는 소리, 오두막 뒤쪽 금속 탱크에서 피라미 십여 마리를 건져 올릴 때의 은빛 꿈틀거림, 내가 엘리게이터가아를 낚시하려고 부두에 앉을 때 햇살에 달궈진 나무의 느낌.

'태양'을 작동시키려면 많은 전력이 필요하므로, 안개 낀 날이 많고 밤이 길었다. 그런 게 눈속임에도 도움이 되었다. 누구라도 귀뚜라미가 재잘거리고 황소개구리가 시끄럽게 울어대는 한밤의 늪지대를 걸어본다면 옛 지구로 돌아간 것처럼 생각할 수밖에 없을 것이다. 물론, 달의 중력은 어쩔 수 없었다.

트리거는 유산을 물려받았다. 그 유산에 교사의 월급까지 합쳐도 늪지대의 유지비는 부담이 되었다. 예전에는 좀 더 평범한 환경이었지만, 트리거는 늪의 유지비가 그나마 덜 든다는 사실을 알게 되었다. 그리고 어쨌거나 트리거는 늪지대의 지저분한 분위기를 좋아했다. 미끼 가게를 설치하고, 예술가들에게서 자동차 모형을 구입했다. 그리고 달 관광국에 진품 시대 재현물로 등록했다. 당국에서 토요타에 대한 진실을 알게 되면 몹시 탐내겠지만, 나는 그들에게 말하지 않을 것이다.

그 외 하나 남은 다른 구조물은 어떤 연도든 루이지애나에서 온 것이 아니었다. 미국 원주민의 원뿔형 천막이 설탕 오두막에서 조금 벗어난 자그마한 둔덕 위에 있었다. 내 짐작엔 샤이엔족의 천막 같았다. 우리가 늪지대에 있을 때는 대부분 시간을 그곳에서 보냈다.

우리는 임신부 사건 후 그 천막으로 갔다. 천막의 바닥은 단단하게 다져진 점토로 되어 있고, 중심부에는 늘 모닥불이 불타고 있었다. 불 주변에는 베개들이 여기저기 널브러져 있고, 커다란 물침대가 두 개 있었다.

우리는 그 사건에 관해 이야기하려 했다. 우리 중에서는 덴버가 가장 속상해하는 것 같았다. 하지만 트리거가 등을 마사지해줘도 캐세이가 계속 긴장된 자세로 앉아 있는 걸 보니 그 역시 신경이 쓰이는 모양이었다. 캐세이의 목소리도 거칠었다.

나는 무서웠었다는 사실을 인정했다. 무섭다는 사실 외에도 많은 생각이 지나갔지만, 그에 대해서는 말할 준비가 전혀 되어 있지 않았다. 트리거와 캐세이가 그 사실을 알아채고 한동안 나를 가만히 두었다. 트리거가 담배 파이프를 가져와 향정신성 식물의 잎으로 채웠다.

담배설대가 긴 파이프였다. 트리거가 파이프에 불을 붙여 물더니 발 사이에 대통을 끼고 뒤로 기대앉았다. 그리고 달콤한 꿀빛의 연기를 내뿜었다. 바깥에 해가 지자, 트리거가 내게 파이프를 건넸다. 맛이 좋았다. 덕분에 상당히 진정되었다. 졸음이 쏟아졌다.

✳

그러나 나는 자지 않았다. 완전히 잠들지는 않았다. 아마 내 사춘기가 너무 무르익어서 식물 안의 마약 성분이 더 이상 수면제 역할을 하지 않는 모양이었다. 그게 아니라면 내가 너무 감정적으로 자극을 받았던 것인지도 몰랐다. 덴버는 금세 잠에 빠졌다.

캐세이와 트리거는 자지 않았다. 그들은 텐트 반대편에서 사랑을 나눴다. 그들의 사랑이 너무 느리고 몽환적이어서, 나는 마약이 그들에게 영향을 미쳤으리라 생각했다. 캐세이는 사십 대이고 트리거는 백 살이 넘었지만, 둘 다 신체는 열세 살이었고 신진대사도 그 나이에 맞춰 작용했다.

사실 그들은 사랑을 끝까지 마치지 않았다. 흔히 오르가슴에 도달하기 전에 끝내버리듯이, 그들도 그렇게 서서히 멈추며 중단했다. 나는 옆으로 누워 실눈을 뜨고 그들을 바라보면서 행복감을 느꼈다. 두 사람은 잠시 이야기를 나눴다. 그들의 말을 들으려 애쓸수록 졸음이 몰려왔다. 그러다 어디쯤에선가 잠들지 않으려는 싸움에서 져버렸다.

✳

따뜻한 몸이 가까이 다가오는 느낌이 들었다. 아직 어두웠으며 모닥불의 타다 남은 불길만이 유일한 빛이었다.

"미안, 아거스." 캐세이가 말했다. "깨우려던 건 아니었어."

"괜찮아. 안아줄래?" 캐세이가 안아주었다. 나는 등이 그에게 아늑하게 닿도록 꿈틀거렸다. 한참 동안 나는 그 상태를 즐겼다. 캐세이의 따스한 숨결이 내 목덜미에 닿지 않았거나 서서히 딱딱해지는 그의 성기가 내 등에 닿지 않았다면, 나는 아무 생각도 하지 않았을 것이다. 그걸 생각이라고 할 수 있을지는 모르겠지만 말이다.

지난 7년 동안 우리가 이렇게 잤던 밤이 얼마나 될까? 셀 수 없을 만큼 많았다. 우리는 서로를 속속들이 알았다. 1년 전까지 캐세이는 여성이었다. 그전에 우리는 둘 다 여성이었다. 지금은 우리 둘 다 남성인데, 이것도 좋았다. 내 마음 한구석에서는 우리가 어떤 성이든 별로 중요하지 않다고 생각하지만, 한편으로는 내가 여성이 되고 캐세이가 남성이면 어떨까 궁금하기도 했다. 아직 그런 조합은 시도해보지 않았다.

생각만 해도 기대감에 몸이 떨렸다. 내가 질을 가져봤던 때는 너무 오래전이었다. 트리거가 조금 전에 그를 가졌듯이, 난 캐세이가 내 다리 사이에 있길 바랐다.

"사랑해." 내가 중얼거렸다.

캐세이가 내 귀에 입을 맞췄다. "나도 사랑해, 바보야. 그런데 날 얼마나 사랑해?"

"무슨 뜻이야?"

캐세이가 자세를 바꾸며 한 손으로 머리를 받쳤다. 그의 손가락이 곱슬곱슬한 내 머리카락을 훑어내리며 풀어주는 게 느껴졌다.

"무슨 말이냐면, 내 키가 네 무릎 높이보다 작을 때에도 여전히 날 사랑할 거야?"

나는 고개를 저었다. 갑자기 서늘한 느낌이 들었다. "그 문제는 이야기하고 싶지 않아."

"그래, 잘 알아." 캐세이가 말했다. "하지만 나로서는 네가 그 문제를 잊어버리고 지내도록 놔둘 수 없어. 생각하지 않는다고 사라질 문제가 아니야."

나는 바로 누우며 캐세이를 바라봤다. 부드러운 손끝으로 내 입술과 머리카락을 만지작거릴 때 그의 얼굴에는 희미한 미소가 감돌았다. 하지만 그의 눈빛에는 걱정이 담겨 있었다. 캐세이는 이제 내게 속내를 잘 감추지 못했다.

"어쨌든 일어날 일이야." 캐세이가 차가운 얼굴로 강조했다. "내가 그 여자에게 하는 말을 너도 들었잖아. 난 다시 일곱 살로 돌아가야 해. 다른 아이가 나를 기다릴 거야. 그 여자아이는 너와 많이 닮았어."

"하지 마." 내가 비참한 기분을 느끼며 말했다. 내 눈가에 눈물이 맺히는 게 느껴졌다. 캐세이가 눈물을 닦아주었다.

내가 하는 소리가 얼마나 말도 안 되는지 캐세이가 지적하지 않아서 고마웠다. 우리 둘 다 알고 있었다. 그는 그 사실을 받아들이고, 최선을 다해 계속해나갔다.

"우리가 성관계에 관해 이야기했던 거 기억나? 대략 2년 전이었던 것 같은데, 아마 맞을 거야. 네가 처음으로 나에게 사랑한다고 말한 후 얼마 지나지 않았을 때였어."

"기억나. 전부 다 기억해."

캐세이가 내게 입맞춤했다. "그래도 다시 말해야 할 것 같아. 아마 도움이 될 거야. 우리는 서로가 어느 성별이든 중요하지 않다고 동의했었어. 그리고 너는 계속 자라지만 나는 다시 어린아이가 될 것이며, 우리는 성적으로 점차 멀어지게 될 거라고 내가 말했었어."

내가 고개를 끄덕였다. 말을 하면 울음이 터져 나올 것 같았다.

"그리고 우리의 사랑은 그보다 깊다는 데 공감했어. 우리에겐 사랑을 위해 성관계가 필요하지 않을 거라고 했었지. 얼마든지 가능해."

캐세이의 말은 사실이었다. 캐세이는 그가 가르친 이전의 학생들 모두와 친했다. 그들은 이제 어른이 되어서 종종 그를 만나러 왔다. 이야기를 나누고 포옹하는 정도의 그냥 친한 사이였다. 최근에 성관계가 다시 시작되었지만, 그들 모두 그 기간이 곧 끝날 거라고 이해했다.

"나는 그런 관점으로 생각하지 않아." 내가 조심스럽게 말했다. "그 사람들은 네가 몇 년 안에 다시 성숙해질 거라는 사실을 알고 있어. 나도 알아. 그래도 내 느낌은…."

"느낌이 어떤데?"

"네가 날 버리는 것처럼 느껴져. 미안해. 하지만 그런 느낌이야."

캐세이가 한숨을 뱉더니, 나를 끌어당겨 한참 동안 꽉 안아주었다. 덕분에 나는 기분이 아주 좋아졌다.

"잘 들어." 이윽고 그가 말했다. "이건 피할 수 없는 일인 것 같아. 네가 잘 이겨낼 거라고 말해줄 수도 있어. 넌 해낼 거야. 하지만 그런 말은 아무 소용 없어. 내가 가르쳤던 모든 아이가 너와 같은 문제가 있었거든."

"그랬어?" 나는 그런 줄 몰랐다. 그 이야기를 들으니 기분이 조금 나아졌다.

"그래. 널 탓할 생각은 없어. 어떤 느낌인지 알아. 나도 너와 함께 있고 싶은 마음이 굴뚝같아. 하지만 소용없을 거야, 아거스. 나는 내 일을 좋아해. 안 그러면 이 일을 하지 않았을 거야. 늘 지금처럼 힘든 시기가 있었어. 하지만 몇 달만 지나면 네 기분도 나아질 거야."

"그러겠지." 나는 확신이 들지 않았지만, 그의 말에 동의하고 대화를 끝내는 게 좋을 것 같았다.

"그때까지…." 캐세이가 말했다. "아직 남은 몇 주 동안 우린 함께 있을 수 있어. 난 그 시간을 최대한 활용해야 한다고 생각해." 그리고 그렇게 했다. 그의 손이 내 몸을 더듬었다. 캐세이는 내가 긴장을 풀고 마음을 가다듬을 수 있도록 최선을 다했다.

그래서 나는 팔을 베고 누워 그가 입으로 만드는 따뜻한 동그라미만 생각하려 애썼다.

하지만 결국 나도 그를 위해 뭔가 해야 한다는 생각이 들기 시작했다. 그리고 뭐가 잘못되었는지 깨달았다. 캐세이는 함께 성장하며 우리가 해왔던 방식으로 나를 사랑해주면서 내가 원하는 것을 주고 있다고 생각했다. 하지만 다른 방법이 있다. 그리고 그가 열세 살로 머무르는 것을 내가 그다지 바라지 않았다는 사실을 깨달았다. 내가 정말로 바라는 것은 그와 함께 다시 일곱 살로 돌아가는 것이었다.

내가 캐세이의 머리를 만지자 그가 고개를 들었다. 곧 우리는 얼굴을 마주 보며 끌어안았다. 우리가 처음에 만났을 때 그랬듯이, 성행위라기보다는 그저 기분이 좋은 수준으로 생각 없이 순수하게 몸을 비비던 것처럼 서로 마주 보며 움직이기 시작했다. 하지만 몸은 고집스러워서 속이기 힘들다. 곧 우리의 움직임이 격렬해졌다. 그리고 얼마 지나지 않아 우리 사이에 젖어드는 느낌은 엔트로피처럼 절대로 되돌아가지 못할 거라 내게 말해주었다.

✳

집에 갈 때 나를 둘러싼 주변의 분위기가 바뀐 느낌이 들었다.

아이의 키가 조금씩 자라서 압력복의 팔다리를 늘이다 보면, 마침내 새로운 압력복을 구매해야만 하는 때가 온다. 그러면 사람들이 더 이상 귀여운 어린아이로 생각지 않고 훌륭한 젊은이가 되어야 한다고 이야기하기 시작한다. 사람들은 마치 나에게 해서는 안 되는 농담을 하는 듯 항상 미소를 지으며 그런 말을 했다.

성장에 따라 사람들은 다르게 대했다. 처음에는 어머니나 친구의 어머니를 제외하고는 어른들과 거의 교류하지 않았다. 나는 아이의 세계에 살고, 어른들은 내가 복도를 뛰어다닐 때 피해주기 때문에, 내게 방해되는 일조차 없었다. 나는 모든 곳을 무료로 갈 수 있었다. 사람들은 행복해지기 위해 아이들이 주변에 있기를 바랐다. 아이들이 너무 적어서 거의 모든 사람이 자녀를 하나 이상 원했다. 사람들이 나를 바라볼 때마다 미소 짓는다는 사실조차 거의 알아채지 못했다.

그러나 열세 살이 되면 달라졌다. 이제는 사람들이 내게 어린아이로서의 특권을 베풀기 전에 잠깐 머뭇거렸다. 내가 누굴 탓하는 것은 아니다. 나는 마주치는 어른들과 키가 거의 비슷한 상황이었다.

이제 나는 어릴 때와 달리 어른이라는 존재를 인식하고 관찰하기 시작했다. 내가 지켜본다는 사실을 어른들이 알아채지 못할 때 주로 관찰했다. 많은 어른이 오랜 시간 얼굴을 찡그린 채 보낸다는 사실을 알게 되었다. 때때로 어른들의 얼굴에서 진짜 고통이 느껴지곤 했다. 그럴 때 그 어른이 나와 눈이 마주치면 미소를 지었다. 나는 그 웃음이 영원히 계속되지 않을 거라 짐작할 수 있었다. 조만간 내가 성장해서 눈에 보이지 않는 선을 넘어가면, 저 얼굴에 고통이 사라지지 않고 그대로 남아 있는 모습을 보게 될 것이고, 나는 그 상황을 이해하려 애쓸 것이다. 나도 어른이 되겠지만, 정말로 어른이 되고 싶어 하는지는 잘 모르겠다.

내가 아르키메데스 기차에서 건너편에 앉아 있는 여자를 알아본 것은 최근에 생긴 얼굴에 대한 이런 집착 때문이었다. 나는 작가가 되고 싶어서 주변의 모든 상황을 이야깃거리와 등장인물로 보는 경향이 있었다. 나는 여자를 지켜보며 그에 관한 이야기를 만들어보려 했다.

여자는 매력적이었다. 신체적으로는 20대 중반으로 검은 직모에 갈색 피부, 동그란 얼굴이었고, 짙은 갈색 눈동자를 제외하고는 정교한 수술을 받거나 눈에 띄는 특징이 없었다. 움직일 때 물처럼 흘러내리고 허벅지까지 닿는 하얗고 얇은 재질의 수수한 원피스를 입었다. 여자는 몸을 돌려 한쪽 팔을 의자 등받이에 대고 주먹을 쥔 손의 마디를 멍하니 깨물며 창밖을 바라보고 있었다.

여자의 얼굴에는 어떤 사연도 담기지 않은 것 같았다. 약간 방심한 상태였지만, 얼굴에서 어떤 고통도 보이지 않았다. 큰 고민이나 공포도 보이지 않았다. 내가 놓쳤을 수도 있다. 나는 이 분야에서 아직 초보자였고, 어른들에게 무엇이 중요한지 아직 잘 몰랐다. 그래도 나는 계속 노력했다. 그때 여자가 고개를 돌려 나를 봤는데, 미소를 짓지 않았다.

뭐랄까, 여자가 미소를 짓긴 했지만 나를 귀엽다고 생각하는 그런 미소는 아니었다는 뜻이다. 발가벗고 있는 듯한 느낌이 들게 하는 종류의 미소였다. '발기'라는 게 무엇을 위한 것인지 알게 된 이후로, 난 공공장소에서 발기하고 싶지 않았다.

나는 다리를 꼬았다. 여자가 내 옆으로 와서 앉았다. 그리고 여자가 손바닥을 들어 올려서, 나는 손을 가져다 댔다. 여자가 한쪽 다리를 내밀고 내 뒤의 좌석을 한쪽 팔로 짚으며 나를 마주 봤다.

"나는 트릴비야." 여자가 말했다.

"안녕하세요, 난 아거스예요." 내가 목소리를 낮추려 애쓰고 있다는 사실을 깨달았다.

"저기에 앉아서 네가 나를 바라보는 모습을 지켜봤어."

"그랬어요?"

"유리에 비쳤거든." 여자가 설명했다.

"아." 트릴비가 앉아 있던 자리를 보니, 풍경을 보는 것처럼 하면서 실제로는 유리창에 반사된 내 모습을 살펴볼 수 있겠다는 생각이 들었다.

"무례하게 굴려던 건 아니었어."

트릴비가 웃으며 내 어깨에 손을 얹더니 곧바로 본론으로 들어갔다. "나 어때? 나는 슬그머니 봤지만, 넌 아예 노골적으로 쳐다봤잖아. 그래도 괜찮아. 난 상관없어." 내가 다시 자세를 바꾸자 여자가 힐끗 내려다보았다. "그리고 그것도 걱정하지 마. 그럴 수 있어."

나는 여전히 긴장한 상태였는데, 여자에게는 나를 진정시키는 능력이 있었다. 우리는 기차를 타고 이동하는 내내 이야기를 나눴는데, 무슨 말을 했는지 하나도 기억나지 않는다. 트릴비는 내 나이나 교육 과정, 자신의 직업 또는 왜 기차 안에서 열세 살짜리에게 말을 걸기 시작했는지 같은 이야기를 전혀 하지 않았기 때문에, 대화 주제가 아주 좁을 수밖에 없었다.

그런 건 전혀 중요한 문제가 아니었다. 나는 무엇이든 기꺼이 말했다. 여자가 내게 말을 건넨 이유가 궁금하긴 했지만, 나는 여자가 현재의 겉모습대로 실제 나이도 20대라서 어린 시절을 벗어난 지 얼마 되지 않았기 때문일 것으로 추측했다.

"혹시 바빠?" 트릴비가 머리를 살짝 젖히며 물었다.

"저요? 아뇨. 난 지금…." 안 돼, 안 돼, 엄마 만나러 간다고 하면 안 돼. "친구 만나러 가는 길이었어요. 그 친구는 기다려도 돼요. 내가 갈 때까지 기다릴 거예요." 이게 훨씬 나았다.

"내가 한 잔 사도 될까?" 트릴비가 한쪽 눈썹을 치켜올리고 손가락을 살짝 움직이며 말했다. 여자의 몸짓은 간결했지만, 몇 마디의 말보다 훨씬 많은 게 담긴 것 같았다. 나는 짐작했던 여자의 나이를 몇 살 더 올렸다. 아마도 꽤 많을 것 같았다.

기차가 아르키메데스에 도착할 시간이 되어서 우리는 자리에서 일어났다. 나는 재빨리 트릴비의 제안을 받아들였다.

"좋았어. 내가 괜찮은 곳을 알아."

바텐더가 내게 미소를 지으며 관례에 따라 무료로 한 잔을 주려 했다. 법적으로 나는 두 잔까지 마실 수 있었다. 하지만 트릴비가 주문을 바꿔 버렸다.

"아이리시 위스키 두 잔 주세요. 얼음 넣어서." 트릴비가 목소리를 조금 높여 단호하게 말했다. 그러자 여자와 바텐더 사이에 복잡한 표정이 오갔다. 트릴비가 바텐더에게 눈짓하자, 바텐더가 눈썹을 씰룩거리고 뭔가 이해하는 듯한 표정을 지으며 나를 힐끗 쳐다봤다. 나를 대하는 그의 태도가 완전히 바뀌었다.

내가 따돌림을 받는다는 느낌이 들었지만, 그걸 걱정할 여유가 없었다. 트릴비와 있을 때는 그런 것들을 걱정할 시간이 없었다. 술이 도착하자 우리는 홀짝거리며 마셨다.

"난 왜 아직도 이 위스키에 아일랜드라는 지명을 붙이는지 모르겠어." 트릴비가 말했다.

우리는 침략과 아일랜드, 점령당한 지구에 관한 이야기를 나누기 시작했다. 사실 나는 당시 나눴던 이야기가 잘 기억이 나지 않는다. 그런 말은 중요하지 않았고, 실제 대화는 눈에서 눈으로 진행되었다. 대부분의 시간 동안 트릴비는 말없이 내게 말을 하고, 나는 혀를 쭉 빼고 고개를 끄덕여 동의했다.

술자리를 마친 우리는 복도 끝에 있는 대중목욕탕에 갔다. 트릴비의 젖꼭지는 분홍색 발렌타인 하트 모양이었다. 트릴비의 몸은 평범했지만, 부드러운 피부와 달리 근육이 놀라울 정도로 탄탄했다. 트리거나 덴버, 캐세이와는 너무 달랐다. 나와도 달랐다. 나는 커다란 욕조에서 트릴비의 뒤에 앉아 매끄러운 어깨를 마사지해주며 그 차이점들을 곰곰이 생각했다.

태닝실로 가던 트릴비가 개인용 작은 방 옆에 멈춰 서서 나를 바라보며 기다렸다. 내가 그 방으로 걸어 들어가자 트릴비가 나를 따라 들어왔다. 내 손이 트릴비의 등을 지그시 받치고, 트릴비가 내게 키스할 때 내 입이 열렸다. 트릴비가 부드러운 바닥에 나를 눕히고, 나를 가졌다.

✳

뭐가 그렇게 달랐을까?

나는 이동통로 종점에서 집까지 먼 길을 걸어가는 내내 그 문제를 생각했다. 트릴비와 나는 1시간 가까이 사랑을 나눴다. 전혀 화려하지 않았고, 내가 트리거나 덴버와 시도해보지 않았던 것도 없었다. 나는 트릴비가 뭔가 환상적인 새로운 기술을 보여주리라 기대했었지만, 그런 것은 없었다.

그런데도 트릴비는 트리거나 덴버와 달랐다. 트릴비의 몸은 다른 방식으로 반응했고, 내게 익숙하지 않은 방향으로 움직였다. 나는 최선을 다했다. 내가 트릴비와 헤어질 때, 트릴비가 행복해한다는 것은 알았지만, 그래도 여전히 트릴비가 더 많은 것을 기대하는 느낌을 받았다.

나는 트릴비에게 더 많은 것을 해주고 싶었다.

다시 사랑에 빠져버린 것이다.

✳

집에 도착해 문패를 손으로 짚을 때 문득 트릴비가 벌써 나를 잊어버렸을 거라는 생각이 들었다. 달리 추측하는 것은 어리석은 생각이었다. 나는 트릴비에게 기분 전환용이고 신선한 재밋거리였을 것이다.

나는 트릴비라는 성은 알았지만, 이름이나 주소, 연락번호를 물어보지 않았다. 왜 물어보지 않았을까? 아마도 트릴비가 내 소식을 다시 들을 생각이 없을 거라는 사실을 내가 알고 있었을 것이다.

나는 손바닥으로 문패를 쳤다. 그리고 엘리베이터를 타고 지상으로 올라가며 그 생각을 곱씹었다.

우리 집은 다른 집들과 조금 다르다. 물론 이 집은 엄마인 달시의 소유다. 엄마는 지금 이 집에서 3차원 디오라마의 마무리 작업을 하는 중이었다. 엄마가 나를 돌아보더니 미소를 지으며 볼에 입을 맞췄다.

"잠깐만 더 하고 끝낼게." 엄마가 말했다. "어두워지기 전에 이 작업을 끝내고 싶거든."

우리는 지표면 위의 커다란 거품 속에 산다. 그 거품의 일부는 천장이 없는 방들로 분할되어 있는데, 대부분은 달시의 작업장이다. 거품은 투명하지만 자외선을 차단하기 때문에, 우리는 화상을 입지 않는다.

평범하지 않은 생활 방식이어도 우리에게는 잘 맞았다. 작은 계곡 남쪽에 있는 우리의 위치에서 보이는 주거지라고는 우리 집과 비슷한 거품 세 개뿐이었다. 외부인이 보면 지표면 바로 아래에 사람들이 바글바글한 도시가 존재한다는 사실을 짐작하기는 쉽지 않을 것이다.

나는 자라면서 한 번도 광장공포증을 느낀 적이 없었지만, 달의 주민들 사이에는 광장공포증이 흔했다. 바깥 풍경을 보며 성장할 수 있을 만큼 운이 좋지 않았던 그들이 가여웠다. 달시는 빛 때문에 이 집을 좋아했다. 예술가여서 빛에 대해 까다로웠다. 엄마는 2주 일하고, 2주 일을 놓았으며, 밤에는 쉬었다. 나는 그 일정에 따라 자랐고, 엄마가 에어브러시를 들고 마라톤을 하는 동안에는 방해하지 않았다. 그리고 태양이 비치지 않을 때 집으로 돌아와 2주 동안 엄마와 함께 지냈다.

그러다 내가 열 살이 되었을 때 조금 달라졌다. 그전까지는 우리 둘만 같이 살았다. 달시는 내가 네 살이 될 때까지 작업 일정을 대폭 줄였다가 내가 점차 혼자 활동할 수 있게 되자 조금씩 다시 시작했다. 모든 시간을 내게 전념하기 위해 그렇게 한 것이었다. 그러던 어느 날 엄마가 나를 앉히더니, 남자 두 명이 이사 올 거라고 했다. 나는 나중에서야 달시가 나를 제대로 키우기 위해 자신의 생활 방식을 어떻게 바꿨었는지 알게 되었다. 엄마는 일처다부(一妻多夫)주의자였는데, 작품이 잘 팔리지 않아 배가 고프고 비타협적이며 강인한 얼굴에 개성이 강한 남성 예술가들을 특히 좋아했다. 달시는 대중의 취향에 영합하지 않는 그들의 열망과 결단력을 좋아했다. 대체로 서너 명을 옆에 거느리고 그들에게 먹거리와 일할 장소를 제공해줬다. 그리고 그들에게 주변을 깨끗이 청소하라는 것 외에는 아무것도 요구하지 않았다.

나는 부엌에 가기 위해 이 반려동물 중 최근에 들어온 녀석을 피해 돌아가야 했다. 그 사람은 큰 소리로 코를 골며 깊이 잠들어 있었는데, 양손이 노란색과 빨간색, 녹색으로 물들어 있었다. 한 번도 본 적 없는 남자였다.

내가 간식을 만들고 있을 때 달시가 뒤로 다가와 끌어안더니 의자를 당겨 앉았다. 해가 30분 정도 후에 질 거라서 다른 그림을 시작할 시간이 없었다.

"어떻게 지냈어? 사흘 동안 전화도 하지 않았잖니."

"그랬나요? 미안해요. 우리는 늪지대에 머물러 있었어요."

달시가 코를 찡그렸다. 엄마는 예전에 한 번 늪지대를 본 적이 있었다.

"거기 말이구나. 대체 거기에 왜 갔는지 이유를 알면…."

"달시. 또 그 이야기를 시작하지는 말죠, 네?"

"알았다, 끝." 달시가 페인트가 묻은 손을 펴서 이리저리 흔들며 무언가를 지우는 시늉을 했다. 그게 끝이었다. 엄마는 늘 이런 식이었다. "새로운 룸메이트가 생겼어."

"그 사람한테 걸려 넘어질 뻔했어요."

엄마가 한 손으로 머리카락을 넘기고 한쪽 입꼬리를 올리며 빙긋 미소를 지었다. "차차 나아질 거야. 그 사람 이름은 토그라야."

"토그라." 내가 얼굴을 찌푸리며 말했다. "있잖아요, 그 사람이 똥오줌을 가릴 줄 알고 내 앞길을 막지만 않는다면, 우리가…." 나는 더 이상 말을 잇지 못했다. 우리 둘 다 웃음을 터뜨렸고, 나는 사레에 걸려 캑캑거렸다. 달시는 자신의 동침 상대를 고르는 취향에 대해 내가 어떻게 생각하는지 잘 알았다.

"뭐더라… 그 사람 이름은 뭐예요? 겨드랑이 암내를 풍기던 남자 있잖아요. 몸 냄새 때문에 계속 체포된 남자 말이에요."

달시가 혀를 삐죽 내밀었다.

"몇 달 전에 씻었을 거야."

"하! 그것도 몇 달 만에야 겨우 씻은 거였어요. 친구들이 우리가 어디서 양을 기르는 건지 궁금해하더라니까요. 그 사람이 스치기만 해도 꽃이 시들고…."

"에이빌은 돌아오지 않았어." 달시가 조용히 말했다.

나는 웃음을 그쳤다. 그가 몇 주 동안 집에서 안 보이는 것은 알고 있었지만, 떠난 줄은 몰랐다. 내가 한쪽 눈을 치켜떴다.

"그래. 에이빌이 작품을 좀 팔았다는 건 너도 알잖아. 그리고 몇 가지 제안도 받았대. 하지만 나는 아직 에이빌이 최소한 자기 침낭이라도 가지러 들를 거라는 기대를 버리지 않고 있어."

나는 아무 말도 하지 않았다. 엄마의 애인들은 엄마가 잘 알고 있는 과정을 반복했지만, 그래도 이별은 언제나 쉽지 않았다. 달시의 남자들은 나와 달시를 먹여 살리고 산소 비용을 지급할 수 있도록 해주는 상업적 예술을 자주 비난했다. 그러다 다음 세 가지 중 하나가 되었다. 그들 중 일부는 아무런 성과도 내지 못하고 처음 왔을 때처럼 가난한 상태로 멸시당하며 떠났다. 몇 명은 자신만의 방식으로 성공한 후 자신의 독특한 상상력을 받아들이도록 예술계를 밀어붙였다. 달시는 종종 이들과 좋은 관계를 유지하기도 했다. 달시는 달의 예술가 절반과 우연히 만나 사랑에 빠졌었다.

그러나 가장 일반적인 이별은 예술가가 가난이 지긋지긋해서 벗어나겠다고 결심했을 때 일어났다. 그들이 눈높이를 조금만 낮추면 생계를 꽤 잘 유지할 수 있었다. 그러면 자신이 조롱했던 여자와 같이 사는 상황을 견딜 수 없게 되었다. 대체로 달시는 고통을 최소화하며 그들을 최대한 빨리 쫓아냈다. 그들은 더 이상 굶주리지 않았고 강인하지 않으므로 엄마에게 맞지 않았다. 하지만 그래도 이별은 늘 고통스러웠다.

달시가 화제를 바꿨다.

"네 '변환'을 위해 의사에게 예약했어. 다음 주 월요일 아침에 의료실에 가야 해."

내 머릿속에 선명한 느낌들이 연이어 빠르게 스치고 지나갔다. 트릴비. 하트 모양의 젖꼭지가 달린 젖가슴. 내 성기가 들어갈 때 느꼈던 느낌과 정액을 몸에서 내보낸 후 느꼈던 흥분되는 피로감.

"그 문제에 대해서는 생각이 바뀌었어요." 내가 다리를 꼬며 말했다. "다시 변환을 할 마음의 준비가 안 됐어요. 몇 달은 더 고민해봐야 할 것 같아요."

엄마가 앉은 채 입을 쩍 벌렸다.

"생각이 바뀌었다고? 지난번에 마지막으로 이야기를 나눴을 때는 성별을 바꿀 준비가 됐다고 했잖아. 실은 네가 하고 싶어서 졸랐던 거였잖니."

"기억나요." 내가 대답했다. 마음이 편치 않았다. "그저 생각이 바뀐 것뿐이에요. 그게 다예요."

"하지만 아거스, 이건 온당치 않아. 나는 딸이 다시 돌아온다면 얼마나 좋을지 생각하며 이틀 밤을 꼬박 새웠어. 정말 오랜만이잖아. 넌 그렇게 생각하지 않는…."

"엄마, 그건 엄마가 결정할 일이 아니잖아요."

엄마가 화를 터뜨릴 것 같더니 눈을 가느스름히 뜨고 말했다. "틀림없이 다른 이유가 있어. 누구를 만났던 거야, 그렇지?"

나는 그것에 대해 말하고 싶지 않았다. 나는 처음 성관계를 가졌을 때부터 새로운 사람과 동침할 때마다 엄마에게 말했었다. 하지만 이번에는 엄마와 그 이야기를 나누고 싶지 않았다.

그래서 나는 그날 일찍 늪지대에서 발생했던 사건에 대해 말해주었다. 임신한 여자와 캐세이가 했던 일에 관해 이야기했다.

달시의 얼굴이 점점 찌푸려졌다. 진흙 덩어리를 이야기할 때쯤에는 이마에 골들이 깊이 파였다.

"마음에 안 드네." 달시가 말했다.

"나도 정말 싫었어요. 하지만 우리가 달리 뭘 할 수 있었겠어요."

"난 그저 내가 보기에 잘 처리하지 못했다는 생각이 든다는 거야. 캐세이에게 전화해서 그 문제를 이야기해야겠어."

"그러지 마세요." 나는 더 말하지 않았고, 달시는 언짢은 표정으로 한참 동안 내 얼굴을 쳐다봤다. 이전부터 달시와 캐세이는 나를 어떻게 키워야 하는지에 대해 의견이 달랐다.

"이 문제는 그냥 넘어가선 안 돼."

"제발, 엄마. 캐세이가 내 선생님으로 지내는 기간은 한 달밖에 안 남았어요. 그냥 놔둬요, 알았죠?"

잠시 후 달시가 고개를 끄덕이며 내게서 눈을 돌렸다.

"너는 매일 자라고 있구나." 달시가 슬픈 목소리로 말했다. 나로서는 엄마가 왜 그런 말을 하는지 알 수 없었지만, 화제를 바꿔서 다행이라는 생각이 들었다. 솔직히 말해서, 나는 그 임신부에 대해 더 이상 생각하고 싶지 않았다. 하지만 얼마 지나지 않아 그 임신부를 생각할 수밖에 없는 상황이 되었다.

✳

나는 일주일 동안 집에서 보낼 생각이었는데, 다음 날 아침 트리거가 전화해서 '1956년 마르디 그라*'가 다시 열리는데, 몇 시간 후에 시작한다고 알려주었다. 그리고 우리 네 사람을 위해 예약해놓았다고 했다.

트리거는 예전에 그 축제를 구경했었지만, 나와 덴버는 본 적이 없었다. 나는 트리거에게 간다고 말했다. 엄마에게 말하러 갔는데 아직 잠을 자고 있었다. 달시는 종종 태음일** 내내 일한 후 이틀 동안 자곤 했다. 나는 달시에게 메모를 남기고 서둘러 기차를 타러 갔다.

---

* 사순절을 시작하는 축제. 뉴올리언스의 축제가 가장 크고 유명하다.

** 달이 자오선을 지난 후 다시 자오선으로 돌아오는 데 걸리는 시간으로 평균 24시간 50분 28초

축제가 열리는 곳은 문화유산박물관이었다. 박물관은 세금으로 운영되지만, 대부분의 달 주민은 전혀 가지 않았다. 박물관의 전시품들을 보면 마음이 심란해졌기 때문이었다. 하지만 최근에 자유지구당이 부상하면서 뿌리를 찾는 사람들에게 박물관의 인기가 높아진 것으로 알고 있다.

박물관에서 '1903년 런던'을 공연한 적이 있었다. 당시 나는 복제된 '대영박물관'을 둘러보고 지구의 박물관들이 어땠는지 구경했다. 달의 문화유산박물관과 전혀 달랐다. 침략 이전에 달로 옮긴 미술품이나 공예품, 역사적 골동품은 거의 없었다. 그 결과, 지구의 유형 유물은 모조리 파괴되었다.

다른 한편으로, 달의 컴퓨터 시스템은 그 시대에도 사실상 무제한이나 다름없는 용량을 가지고 있었기 때문에 모든 것들을 기록하고 저장했다. 모든 책과 그림, 세금 영수증, 통계, 사진, 정부 보고서, 기업 기록, 필름, 그리고 테이프가 기억 장치에 담겼다. 유전자 보관고에 저장되어 있던 세포에서 복제한 동물들이 디즈니랜드를 채우고 있는 것처럼, 문화유산박물관에는 과거의 기록을 바탕으로 제작된 정교한 복제품이 가득 차 있었다.

설탕 오두막에서 다른 사람들과 만났다. 오두막에서 덴버는 '화요일'을 데려가자고 트리거를 설득하려 했다. 화요일은 늪지대에 사는 하마인데, 그 존재 자체로 '진품'이라는 것들에 대한 유쾌한 저항이었다. 덴버가 하마를 사슬에 묶었다. 하마는 조용히 서서 돼지 같은 눈을 깜빡거리며 우리를 지켜봤다.

덴버는 화요일을 마르디 그라 축제에 데려갈 생각에 들떠 있었지만, 트리거가 그 짐승을 뉴올리언스에 데려가면 박물관 담당자들이 들여보내지 않을 거라고 지적했다. 덴버도 결국 그 지적을 받아들이고, 하마를 늪으로 밀어 넣었다. 우리 넷은 길을 따라 늪지대에서 나와 중앙 이동통로에 올랐다. 곧 도심에 도착했다.

元

문화유산박물관에는 공연장이 스물다섯 개 있다. 보통은 절반가량만 운영되고, 나머지는 다른 전시를 준비했다. '1956년 마르디 그라'는 10년 동안 상영되는 공연으로서 일반적으로 1년에 두 번씩 2주 동안 열렸다. 꽤 인기 있는 환경예술이었다.

우리는 예비교육실로 가서 공공 행동 예절에 관해 강의를 듣고 의상을 받았다. 나는 이 부분이 가장 싫었다. 대략 21세기 초까지 의복은 두 가지 주요한 목적에 맞춰 디자인되었다. 즉, 단정함과 고문이다. 옷이 고통스럽지 않을 때는 다시 디자인되었다. 20세기에 사람들이 줄곧 서로를 죽였던 게 놀랄 일도 아니었다. 높은 중력에 발을 괴롭히는 딱딱한 신발을 신고 살면 누구라도 그랬을 것이다.

"비트족이 되자." 트리거가 그 시대의 의상이 걸린 옷걸이를 훑어보며 말했다. "비트족은 격식을 차리기 싫어했는데, 이 옷들이 그럭저럭 통할 수 있을 것 같아. 뉴올리언스의 프렌치 쿼터 지역에 비트족들이 있었어."

우리는 격식을 차리지 않는 게 좋았다. 여자아이들은 브래지어를 할 필요가 없었고, 우리는 가죽 샌들과 캔버스 운동화 중 발에 맞는 것을 선택할 수 있었다. 하지만 나는 리바이스라는 바지는 별로 구미가 당기지 않았다. 그 바지는 피부가 긁히고 불알이 너무 꽉 끼었다. 하지만 빅토리아 여왕 시대의 영국 공연에 들어갔던 이후로 무엇을 보든 훨씬 나아 보였다. 공연을 볼 당시 나는 여성이었는데, 그 시대 사람들이 여자아이들에게 입혔던 옷들을 입어본 달 주민 대부분이 질겁했다.

홀로그램 공연장으로 들어가는 입구는 버번가 앞쪽에 있는 나이트클럽의 뒤쪽 화장실에 있었다. 남자아이들은 왼쪽으로, 여자아이들은 오른쪽으로 들어갔다. 사람들이 이상하게 행동했던 과거로 돌아간다는 인상을 주기 위해 이렇게 만든 모양이었다. 실은 세 번째 화장실도 있었는데, 거기에는 '유색인종'이라고 쓰인 가짜 문이 달려 있었다. 이제는 그런 식으로 사람을 분류하는 것은 불가능하다.

나는 1956년 뉴올리언스의 음악이 마음에 들었다. 다양한 종류가 있었는데, 모두 관악기와 현악기, 그리고 타악기가 단순한 리듬으로 어우러지며 현대 음악에 익숙한 사람들에게도 비슷하게 들렸다. 그 음악을 가리키는 총칭은 재즈였는데, 그날 오후 연기가 자욱한 작은 지하실에서 연주된 재즈는 딕시랜드라고 했다. 클라리넷과 트럼펫이라는 두 악기가 주를 이뤘는데, 두 악기가 단순한 멜로디를 즉흥적으로 연주하고 있으면 나머지 악단이 최대한 큰 소음을 만들어냈다.

우리의 의견이 서로 약간 달랐다. 캐세이와 트리거는 나와 덴버가 그들과 함께 다니길 바랐다. 아마도 기회가 있을 때마다 자신들의 뛰어난 지식을 과시하려는 게 틀림없었다. 즉, 우리를 '교육'하겠다는 거겠지. 어쨌거나 두 사람은 선생님이었다. 덴버는 개의치 않는 것 같았지만, 나는 혼자 다니고 싶었다.

나는 그들이 원한다면 따라올 수 있을 거라 판단하고, 거리로 곧장 걸어 나감으로써 그 문제를 해결했다. 아무도 따라오지 않았다. 그래서 나는 마음대로 자유롭게 탐험할 수 있었다. 홀로그램 쇼에 가는 것은, 의자에 앉아 있으면 액션이 다가오는 감각 극장과 달랐다. 실제로 존재하는 것들 사이를 들쑤시고 다니는 디즈니랜드하고도 달랐다. 홀로그램 공연장에서는 환상을 망치지 않도록 조심해야 한다.

다수의 배경과 대부분의 소품, 그리고 모든 배우가 홀로그램이었다. 공연장에서 만나는 진짜 사람들은 전부 나처럼 의상을 차려입은 방문객들이었다. 뉴올리언스를 공연하기 위해 박물관에서는 뉴올리언스의 도로망을 배치하고, 예전에 실제 존재했던 도시처럼 외관을 꾸몄다. 그리고 건물들이 있어야 할 곳에 2미터 높이의 벽을 세우고, 옛날 건물들의 홀로그램으로 그 벽을 덮었다. 그 건물들의 문 중 몇 개는 진짜였다. 그 안으로 들어가보면 내부 장식이 세세한 부분까지 진짜처럼 보인다는 사실을 알 수 있을 것이다. 대부분 문은 빈 벽을 가린 것에 불과했다.

박물관은 홀로그램으로 유치한 장난을 치러 가는 곳이 아니다. 그런 장난은 박물관의 정신에 반하는 짓이다. 나는 홀로그램으로 만든 환상을 깨트리지 않으려 조심했다. 진짜 사람이라는 확신이 들지 않으면 상대에게 말을 걸지 않았으며, 주의 깊게 살펴보기 전에는 어떤 것도 건드리지 않았다. 홀로그램은 가까이 살펴보면 알아볼 수 있으므로, 노력하면 진짜와 환상을 구별할 수 있었다.

공연장의 무대는 넓었다. 그들은 미시시피강에서 램파트가까지, 그리고 캐널가에서 동쪽으로 약 여섯 블록까지 프렌치 쿼터 지역(일명 비유 카레(Vieux Carre))을 재현했다. 캐널가에 서서 바라보면, 수 킬로미터 멀리까지 도시가 생기 가득한 것처럼 보였다. 하지만 나는 중간 부분의 노란선 바로 아래에 벽이 있다는 사실을 알고 있었다.

1956년 뉴올리언스의 축제는 참회의 화요일 정오에 시작해서 밤늦게까지 계속 진행되었다. 우리는 늦은 오후에 도착했는데, 끝도 없는 행렬에 해가 긴 그림자를 드리우기 시작했다. 나는 어두워지기 전에 그 거리들을 보고 싶었다.

나는 캐널가를 따라 몇 블록 내려가다 '창문들'을 들여다봤다. 오스카라는 상을 받았다며 〈지상에서 영원으로〉라는 영화 제목을 지붕에 달아 놓은 구식 2차원 극장이 있었다. 나는 여기가 진짜 장소라는 것을 알아보고는 들어갈까 하는 생각이 들었다. 트리거가 그 영화들이 훌륭하다고 칭찬했지만, 오래된 2차원 영화를 보면 내가 납작해질 것만 같았다.

나는 영화를 보는 대신 거리를 걷고 관찰하며 옛 뉴올리언스를 배경으로 이야기를 하나 만들고 싶다는 생각이 들었다.

그래서 나는 다른 사람들과 함께 음악을 들으며 머물고 싶지 않았다. 음악은 그 소리가 어떻게 들리는지, 누가 연주했는지, 그리고 어디에서 듣고 있었는지에 대한 단순한 묘사 외에는 실제로 소설 안에 넣을 수 없다. 마찬가지로, 2차원 영화를 보러 가는 것도 그다지 생산적이지 않을 것이다.

그러나 거리, 거리! 거리에는 뭔가 배울 게 있었다.

도시 형태는 옛 런던 공연 때와 비슷했지만, 세부 사항은 모두 바뀌었다. 도로에는 말 없는 마차와 커다란 네모 금속 상자들이 잔뜩 있었는데, 지금까지 고안된 교통수단 중 가장 비효율적인 게 틀림없었다. 제대로 똑바르거나 아주 깨끗한 도로는 없었다. 거리를 걷기 위해서는 발가락을 부러트리거나 발바닥이 베이는 위험을 감수해야 했다. 그래서 당시 사람들이 두꺼운 신발을 신은 모양이었다.

나는 빨간색과 녹색 전등이 무엇을 위한 것인지, 그리고 도로에 그려진 선들이 무엇인지 알고 있었다. 그런데 길의 양쪽에 늘어서 있는 시계 장치들은 뭘까?* 개가 소변을 보고 있는 저 빨간 금속 물체는 뭘까? 경적의 빵빵거리는 소리는 무슨 의미일까? 왜 나무 기둥 위에 전선이 매달려 있는 걸까? 나는 마르디 그라 축제에 대한 관심을 끊고, 이 문제들과 다른 여러 문제에 대한 답을 찾으며 즐겁게 시간을 보냈다.

이 시대를 배경으로 글을 쓰는 것은, 이렇게 이국적인 상황이 평범하고 합리적으로 보이는 곳에서 발생하는 이야기를 일상의 한 조각처럼 만드는 것이라 쉽지 않을 것이다. 나는 뉴올리언스의 주민 한 명이 달의 아르키메데스로 이주한 상황을 상상했다. 그리고 그 사람이 느끼는 혼란스러움을 떠올리려 애썼다.

그때 트릴비가 눈에 들어와 뉴올리언스가 머릿속에서 까맣게 지워졌다.

트릴비는 1955년형 포드 스테이션왜건의 운전대를 잡고 있었다. 내가 그 차의 이름을 아는 이유는 트릴비가 내게 차에 타라고 손짓을 했기 때문이었다. 내가 좌석에 올라앉자, 트릴비가 나에게 운전해보라고 했다. 앞유리창 아래 돌출부에 붙여둔 금빛 장식판에 차의 이름이 있었다.

"이거 어떻게 작동시켜요?" 나는 당황했지만 내색하지 않으려 애쓰며 물었다. 뭔가가 잘못됐다. 어쩌면 난 처음부터 잘못되었다는 사실을 알고

---

* 미국 도로 양쪽에 있는 동전 주차기

있었지만, 이제야 인정하고 있는 것인지도 모른다.

"이 페달을 밟으면 가고, 저 페달을 밟으면 멈출 거야. 하지만 거의 자동으로 조종돼." 차는 홀로그램 교통의 흐름 속으로 속도를 높여 달려가며 트릴비의 말이 옳다는 사실을 증명했다. 핸들을 잡아보니 제한된 범위 내에서 차를 조종할 수 있었다. 다른 대상에 부딪히지 않는 한도 내에서만 마음대로 조종할 수 있었다.

"여긴 무슨 일로 왔어요?" 나는 가벼운 말투로 말하려 노력했다.

"너희 집에 갔었어." 트릴비가 말했다. "네가 여기에 갔다고 너희 어머니가 말씀해주셨어."

"당신한테 내가 어디 사는지 말해준 기억이 없는데요."

트릴비는 그다지 즐거워 보이지 않는 표정으로 어깨를 으쓱했다. "어렵지 않게 찾을 수 있어."

"아니…, 내 말은, 그러니까, 당신은…." 나는 이 말을 하는 게 좋을지 확신이 들지 않았지만, 말해버리는 게 낫겠다고 판단했다. "나랑 우연히 만난 게 아니었죠?"

"응."

"그렇다면 당신이 새로운 선생님인가 보네요."

트릴비가 한숨을 뱉었다. "그렇게 단순하지 않아. 너의 새 선생님 중 한 명이 되고 싶어. 캐세이가 너희 어머니께 나를 추천했는데, 어머니가 나와 이야기를 나눈 후 관심을 보이셨어. 나는 기차에서 너를 한번 살펴보려 했을 뿐이었는데, 네가 나를 쳐다보길래…, 그래, 나를 기억하게 할 만한 뭔가를 주고 싶었어."

"고맙네요."

트릴비가 고개를 돌렸다. "오늘 너희 어머니는 내가 실수한 것 같다고 했어. 내가 널 잘못 판단했던 것 같아."

"당신도 실수를 할 수 있다는 이야기를 들으니 기쁘네요."

"무슨 말이야?"

"나는 쉽게 예측되는 사람이 될 생각은 없어요. 그리고 놀림을 당하는 것도 좋아하지 않아요. 자존심 상하잖아요. 그런 건 트리거와 캐세이에게서 받은 걸로 충분해요. 모든 교육이 그랬죠."

"그래, 이제 알겠어." 트릴비가 한숨을 내쉬며 말했다. "똑똑한 애들에겐 흔히 있는 반응이야. 그런 아이들은…."

"그렇게 말하지 마세요."

"미안하지만 해야겠어. 사람들을, 특히 아이들을 잘 아는 게 내 업무라는 사실을 너에게 감추는 건 아무 소용없잖아. 그건 아이들이 거치는 단계야. 그 단계에는 아이들이 겪을 거라고는 상상하지 못하는 과정도 포함돼. 나는 너도 그런 단계를 거쳤다는 사실을 알아채지 못했기 때문에 실수했던 거야."

내가 한숨을 뱉었다. "어쨌거나, 그게 뭐가 중요한가요? 엄마가 당신을 좋아하잖아요. 그렇다면 당신이 내 새 선생님이 되겠죠. 그렇지 않나요?"

"그렇지 않아. 아무튼 나는 그런 식으로 일하지 않아. 나는 어른들에게 간섭받지 않고 네가 처음으로 선택을 할 수 있는 중요한 기회 중 하나야."

"무슨 말인지 모르겠어요."

"그건 네가 교육 과정이 앞으로 어떤 게 진행될지 알아볼 정도로 관심을 가져본 적이 없기 때문이야. 또 너를 불쾌하게 만들 위험을 무릅쓰고 말하자면, 네 또래 아이들이 흔히 보이는 반응이야. 넌 캐세이에게서 졸업할 날이 한 달밖에 남지 않았기 때문에, 앞으로 더욱 목표 지향적인 학습을 시작할 준비가 되어 있지만, 어떤 노력을 해야 하는지는 알아보려 하지 않았지. 작가가 되려면 현재 네가 무엇을 해야 하는지 생각해본 적 있니?"

"난 이미 작가라고요." 내가 처음으로 화를 내며 말했다. 그 어느 때보다 마음이 아팠다. "난 언어를 이용할 수 있고, 사람들을 지켜보고 있어요. 아직 경험이 많지 않을 수도 있지만, 당신이 있든 없든 경험을 쌓을 거예요. 이제 더 이상 선생님들의 교육을 받을 필요가 없어요. 적어도 그런 정도는 알고 있어요."

"물론, 네 말이 맞아. 하지만 어머니가 고등교육비를 지급할 거라는 걸 알잖아. 고등교육이 어떨지 궁금하지 않아?"

"내가 왜 궁금해해야 하죠? 나에겐 고등교육이 별로 중요하지 않기 때문에 관심이 없을 거라는 생각은 해본 적 없나요? 지금껏 교육이란 걸 어떻게 생각하는지에 대해 누가 나에게 물어본 적이 있을 것 같아요? 내가 받을 교육에 대해 말할 권리 같은 게 나에게 있긴 하나요? 다들 나에게 어떤 교육이 최선인지 잘 알고 있는 것 같은데, 굳이 나까지 의견을 말해야 하나요?"

"이제 너도 거의 어른이 됐으니까. 내가 할 일은, 혹시 네가 날 고용한다면, 그 이행 과정을 쉽게 만들어주는 거야. 네가 어른이 되면 알게 될 거야. 그때가 되면 내가 더 이상 필요하지 않게 되겠지. 이건 초등 단계가 아냐. 초등 단계에서 교사의 일은 어머니와 협력하며 네가 사회와 사람들과 잘 지내는 기본적인 방법을 가르쳐주고, 일곱 살짜리 아이가 배울 수 있는 모든 기능을 네 자그마한 머리에 욱여넣는 거였어. 교사들은 너에게 언어와 손재주, 추론, 책임감, 위생을 가르치고, 우주복을 입지 않고 에어록에 들어가지 않도록 했지. 그들은 자기밖에 모르는 이기적인 아기를 데려다 윤리적인 존재로 바꿔놓았어. 그건 힘든 일이야. 그리고 너무 사소한 일들이지만, 그런 교육을 받지 않았다면 넌 반사회적 인격 장애자가 될 수도 있었어.

그런 후 그 교사들이 너를 캐세이에게 넘겼어. 당시 너는 그런 상황을 신경 쓰지 않았지. 캐세이가 어느 날 네 또래의 다른 놀이 친구들처럼 나타났었거든. 너는 행복했고 캐세이를 믿었어. 캐세이는 대단히 부드럽게 이끌며 너의 자연스러운 호기심으로 대부분의 공부를 해낼 수 있도록 했어. 그리고 캐세이는 네가 기미를 보이기도 전에 네가 가진 창의력을 알아보고는, 네가 사고하고 반응하고 경험할 만한 흥미로운 것들을 제공하려 노력했지.

그런데 최근에는 네가 캐세이에게 골칫거리가 되어버렸어. 그건 네 잘못도 아니고, 캐세이의 잘못도 아니야. 다른 사람이 인도해주는 것을 네가 더 이상 원하지 않게 되어버린 거야. 넌 스스로 해내고 싶어 해. 다른 사람에게 조종당하고 있다는 느낌을 막연히 받고 있지."

"놀랄 일도 아니잖아요." 내가 끼어들었다. "난 조종당하고 있다고요."

"그건 사실이야, 어느 정도는. 하지만 네가 캐세이라면 어떻게 하겠어? 그냥 모든 걸 운에 맡겨버릴까?"

"이야기를 다른 데로 돌리지 마세요. 지금 내 감정에 관해 이야기하고 있는 거잖아요. 그리고 난 당신이 내게 정직하지 않았다고 느껴요. 당신 때문에 바보가 된 기분이에요. 나는 당시⋯ 자연스럽게 일어난 상황이라고 생각했었어요. 있잖아요, 동화처럼 말이에요."

트릴비가 우스꽝스러운 표정을 지으며 웃었다. "정말 이상한 표현이구나. 내가 의도했던 건 너의 야한 꿈을 현실에서 실현해주는 거였어."

너무 쉽게 인정해서 당황스러웠다. 나는 트릴비에게 사실 꿈과 거의 차이가 없었다고 말할 수밖에 없었다. 동화와 야한 꿈은 둘 다 불가능할 정도로 편한 세상이 펼쳐지며 내가 원하는 대로 진행되는 세상이었다. 그러나 난 아무 말도 하지 않았다.

"나는 이제야 네게 접근하는 방법이 잘못되었다는 걸 깨달았어. 솔직히 말해서, 난 네가 좋아할 줄 알았어. 아니, 다시 말할게, 네가 알아챈 후에도 좋아할 줄 알았어. 그 일이 있었을 때, 네가 그 상황을 즐겼다고 짐작했거든."

그 말은 그대로 사실이었기 때문에, 다시 나는 아무 말도 하지 않았다. 하지만 요점은 그게 아니었다. 트릴비는 내가 낡은 승용차를 운전하는 모습을 지켜보며 기다렸다. 이윽고 트릴비가 한숨을 내쉬더니 다시 앞쪽을 바라봤다.

"음, 너에게 달렸어. 말했듯이, 앞으로 너를 어떻게 해보려는 계획은 더 이상 꾸미지 않을 거야. 나를 네 선생님으로 삼고 싶은지 네가 결정해."

"뭘 가르치세요?" 내가 물었다.

"성관계도 내가 가르치는 교육 중 한 부분이야."

나는 뭔가 말하려다가, 트릴비가 내게 성관계를 가르칠 수도 있거나 가르쳐야 할 것이라는 생각을 누군가 했으리라는 새로운 생각이 떠올라서, 멈췄다. 섹스에 대해 뭐 배울 게 있나?

나는 자동차가 저절로 멈췄는데도 거의 알아채지 못했다. 그러다 파란 옷을 입은 남자가 옆 창문으로 고개를 불쑥 들이밀어 생각에서 깨어났다. 남자 뒤에는 같은 복장의 여자가 있었다. 나는 그들이 1956년 경찰 제복을 입고 있다는 사실을 알아챘다.

"아거스 달시 메릭 씨죠?" 남자가 물었다.

"네. 누구신가요?"

"제 이름은 조든입니다. 죄송하지만, 저와 함께 가주셔야겠습니다. 당신에 대한 고소가 들어왔습니다. 당신을 체포합니다."

✳

'체포'는 법적 권한으로 가두거나 행동을 중지시키는 것이다.

체포된다는 것은 두 가지 의미를 모두 담고 있는 것 같다. 체포되면 구금되고, 삶이 일시적으로 멈춘다. 무슨 일을 하고 있었든 모두 중단되고, 갑자기 오직 한 가지 일만 중요해진다.

나는 그 한 가지 일이 무엇인지 알기 전까지는 별로 걱정하지 않았다. 어쨌거나 살아가다 보면 누구든 체포되기 마련이다. 법치 사회에서는 피할 수 없는 일이다. 누군가를 고소하는 것은, 상황이 폭력적으로 변하지 않도록 방지하는 가장 좋은 방법이다. 나는 이전에도 세 번 체포된 적이 있고, 두 번 유죄 판결을 받았다. 한 번은 내가 고소했던 적도 있는데, 재판에서 정당성을 인정받았다.

그런데 이번 체포는 그전과 다르게 진행될 것 같았다. 처음에는 내가 인식하지 못했던 사소한 위반 때문에 연행된 게 아닌가 의심했었다. 아니었다. 이것은 임산부와 진흙 덩어리 때문이었다. 나는 벽으로 둘러싸인 유치장에 앉아 있는 동안 그 사건에 대해 생각했는데, 그 시간 내내 정말로 걱정되었다. 우리는 임산부를 물리적으로 공격했으므로 어쩔 수 없었다.

마침내 심문실로 불려 갔다. 내가 예전에 갔던 심문실들보다 컸다. 그 사건에서는 두 사람만 심문을 받았다. 이 심문실에는 쐐기 모양의 유리칸이 다섯 개 있는데, 칸마다 의자가 놓여 있었다. 그리고 각 칸이 서로 붙어 원형을 이루며 배치되었기 때문에, 우리는 서로 얼굴을 볼 수 있었다. 나는 비어 있는 유리칸으로 안내받아 들어갔는데, 덴버와 캐세이, 트리거⋯ 그리고 그 여자가 보였다.

유리칸 안은 조용했다. 완전히 혼자만의 공간이었다.

덴버의 어머니가 심문실에 들어와 덴버가 있는 유리칸 바깥의 뒤쪽에 앉는 모습이 보였다. 내가 뒤를 돌아보니 엄마 달시가 눈에 들어왔다. 놀랍게도, 트릴비가 함께 있었다.

"안녕하세요, 아거스." 중앙컴퓨터의 목소리가 작은 유리칸을 가득 채웠다. 평소와 다름없이 부드러웠지만, 위안을 주는 울림은 없었다.

"안녕, 중앙컴퓨터." 나는 밝게 말하려 노력했지만, 중앙컴퓨터는 당연히 속지 않았다.

"몹시 곤란한 상황에 처한 모습을 보니 안타깝습니다."

"그렇게 안 좋아?"

"혐의 내용은 확실히 안 좋습니다. 그 혐의를 부인해봐야 소용없습니다. 저는 증언이나 당신에게 예상되는 처벌 가능성에 대해 언급할 수 없습니다. 하지만 사형선고를 받을 수도 있다는 사실을 알고 계세요. 물론 자동 집행취소도 함께 실행될 겁니다."

나도 알고 있었다. 그러나 내 또래의 범죄자에게 사형이 집행되는 일은 거의 없다는 사실도 알고 있었다. 하지만 캐세이와 트리거는?

나는 '집행취소'라는 말을 좋아하지 않았다. 그 말만 들으면 죄수를 죽이지 않을 것 같지만, 실제로는 죽인다. 아주 확실히 죽인다. 그들은 죄수의 몸에서 떼어낸 세포로 복제인간을 만들어 강제로 빠르게 성장시키고, 저장되어 있던 죄수의 기억을 그 몸에 주입한다. 그러면 죄수와 매우 비슷한 누군가가 계속 살아가겠지만, 그 죄수 본인은 죽는 것이다. 내 경우에는 마지막으로 기억을 저장한 게 3년 전이었다. 내가 사형당하면 인생에서 거의 4분의 1을 잃게 된다. 나를 죽여야 한다면, 새로운 아거스(내가 아니라, 내 기억과 내 이름을 가진 누군가)는 열 살에서 다시 시작할 것이다. 그는 나처럼 반사회적 인격장애자가 되지 않도록 주의 깊게 관찰되고 특별한 지도를 받을 것이다.

중앙컴퓨터는 현재 진행되고 있는 상황에 대해 법적으로 필요한 설명을 시작했다. 나의 권리와 재판 절차, 혐의, 그리고 중앙컴퓨터가 이 위법행위를 중대 범죄라고 판단하면 어떤 일이 일어날지 등등.

"휴!" 중앙컴퓨터가 숨을 내쉬더니 편안한 말투로 돌아갔다. 중앙컴퓨터는 내가 그런 말투를 좋아한다는 사실을 알고 있었다. "자, 그 문제는 제쳐두고, 이건 말해줄 수 있어요. 예비 조사 결과에 따르면 당신은 무사할 것 같아요."

"그냥 그렇게 말하는 거 아냐?" 내가 진짜로 겁을 먹고 말했다. 이제야 그게 얼마나 심각한 범죄였는지 실감이 나기 시작했다.

"내가 괜한 소리 안 하는 거 잘 알잖아요."

증언이 시작됐다. 고소인이 먼저 증언했는데, 여자의 이름이 티오나라는 사실을 알게 됐다. 처음에는 자유로운 형식으로 증언했기 때문에, 우리는 하고 싶은 말을 무엇이든 할 수 있었다. 여자는 우리 네 명 모두에 관해 상당히 험악한 일들을 증언했다.

중앙컴퓨터는 원형으로 배치된 유리칸을 따라 각각의 사람들에게 어떤 일이 일어났었는지 물었다. 나 외에는 캐세이가 가장 정확하게 말한 것 같았다. 진술이 진행되는 동안 캐세이와 트리거 둘 다 티오나를 맞고소했다. 중앙컴퓨터가 그 내용을 기록했다. 그들은 동시에 재판을 받게 될 것이다.

증언이 잠시 중단되었다. 곧 중앙컴퓨터가 '공식적인' 말투로 말했다.

"아거스와 덴버의 경우, 증언으로는 고의성을 입증하지 못했습니다. 하지만 그 사건에서 발생한 폭력에 대한 증언이 부인되지 않았으므로, 폭력죄가 성립합니다. 연령과 그 상황이 발생했을 때 집단적 폭력을 막을 수 있는 능력이 없었다는 점을 참작하여 다음과 같이 판결합니다. 죄명을 '고의적인 존엄성 박탈'로 낮춥니다.

티오나가 아거스를 고소한 사건, 유죄.

티오나가 덴버를 고소한 사건, 유죄.

형량을 선고하기 전에 누구든 하실 말씀이 있습니까?"

나는 잠시 생각한 후 말했다. "죄송합니다. 당시 저는 제정신이 아니었어요. 다시는 안 그러겠습니다."

"전 안 미안해요." 덴버가 말했다. "저 여자가 스스로 일으킨 문제예요. 저 여자에겐 미안하지만, 제가 한 일에 대해서는 사과할 생각이 없습니다."

"진술이 기록되었습니다." 중앙컴퓨터가 말했다. "여러분에게 각각 3백 달마르크의 벌금형을 선고할 텐데, 고용이 가능한 연령이 될 때까지 벌금 추징이 연기되고, 추징이 완료될 때까지 여러분 수입의 10퍼센트까지 벌금이 부과되며, 추징한 벌금 중 절반은 티오나에게, 절반은 국가에 귀속됩니다. 최종 판결은, 재판소가 결정을 내리기 전에 아직 남은 사항에 대한 추가 결정이 완료될 때까지 미뤄질 겁니다."

"가벼운 처벌만 받았네요." 중앙컴퓨터가 나에게만 들리도록 말했다. "그래도 가지 말고 기다리세요. 상황이 바뀌어서 어쩌면 벌금까지 아예 안 낼 수도 있거든요."

중앙컴퓨터에게서 벌금형을 받고, 곧이어 같은 컴퓨터로부터 위로를 받으니 속이 조금 뒤틀렸다. 나는 중앙컴퓨터를 내 편으로 느끼지 않으려 조심해야 했다. 중앙컴퓨터는 내 편이 아니다, 정말로 아니다. 내가 아는 한 중앙컴퓨터는 완벽하게 공평하다. 컴퓨터는 아주 방대한 지적 존재이기 때문에, 상대하는 시민들마다 다른 인격으로 대한다. 방금 나와 이야기를 나눈 부분은 정말로 내 편이었지만, 그 부분은 판사 부분이 하는 일에는 아무런 영향을 미치지 않았다.

"무슨 말인지 모르겠어. 지금 무슨 일이 일어난 거야?" 내가 물었다.

"뭐랄까, 다시 〈라쇼몽〉* 상황에 빠져버렸어요. 여러분 모두가 각자의 입장에서 이야기했다는 뜻이죠. 우리는 깊은 진실에 도달하지 못했습니다. 이제 여러분에게 전선을 연결할 겁니다. 2라운드를 시작하는 거죠."

그 말을 하고 있을 때, 탐침이 증인들의 의자 뒤쪽에서 올라오는 게 보였다. 끝부분에 플러그가 달린 작은 금빛 뱀 같았다. 뒤에서 탐침이 내 머리카락을 뒤져 단말기를 찾는 게 느껴졌다. 탐침이 꽂혔다.

유선 증언에는 두 단계가 있다. 첫 번째 단계에서 우리는 잠재의식이 억제되지 않은 상태로 증언하는데, 그동안 트릴비, 덴버의 어머니들과 달시는 심문실에서 나가야 했다. 1라운드에서 거짓말을 많이 한 티오나와 달리 나는 거짓말을 하지 않았다는 사실이 이 단계의 증언 기록으로 증명됐다. 그렇지만 완전히 같은 이야기는 아니었다. 나는 두려움과 이기심, 무형의 욕구, 유치한 동기 등 내가 전선에 연결되지 않았다면 절대로 말하지 않았을 온갖 종류의 이야기를 했다. 당혹스러웠지만, 그 과정이 하나도 기억에 남지 않아서 다행이었다. 사건의 이해관계자인 나와 티오나만 내 증언을 볼 수 있어서 더욱 기뻤다. 나만 볼 수 있다면 더 좋았을 것이다.

두 번째 단계에서는 잠재의식을 차단하고 증언했다. 나는 홀로그램 대본에 적힌 지문을 읽듯 생기 없는 말투로 세 번째로 증언했다. 곧이어 탐침이 빠져나가자 잠시 어지러웠다. 내가 지금껏 어디에 있었는지, 그리고 지금 어디에 있는지는 알고 있었다. 하지만 내가 그렇게 존재해온

---

* 일본 쿠로사와 아키라 감독의 1950년 작품. 살인사건이 벌어졌는데, 관련자들이 각자의 관점에 따라 서로 다르게 증언하는 내용이다.

게 아니라 그렇게 들어서 알고 있는 듯한 느낌이었다. 그러나 그런 느낌은 금방 지나갔다. 내가 기지개를 켰다.

"다들 계속 진행할 준비가 되었습니까?" 중앙컴퓨터가 정중하게 물었다. 우리는 모두 준비가 됐다고 대답했다.

"아주 좋습니다. 티오나가 덴버와 아거스를 고소한 사건에서 유죄 판결은 두 사람 모두에게 유효하지만, 티오나의 도발을 고려하고, 미성년자로서 책임성이 경감되며, 지속적인 반사회적 행동 경향의 징후가 보이지 않으므로 두 사람에 대한 벌금형을 취소합니다. 덴버와 아거스는 벌금 대신 도덕적 원칙에 따른 평가와 교육을 매주 보고해야 합니다. 이는 별도의 결정이 내려질 때까지 4주 이상 진행될 것입니다.

티오나가 트리거를 고소한 사건에서, 트리거는 폭행죄를 저질렀습니다. 하지만 트리거의 동기를 참작해 형벌을 감경합니다. 트리거는 티오나를 상대하는 캐세이의 전략을 인식하고 그가 옳은 일을 한다고 믿었습니다. 법원은 캐세이가 자비심을 베풀려 했었다는 점에 주목합니다. 그 행동이 옳았느냐는 다른 문제입니다. 신체적 폭력이 발생했다는 사실은 의심의 여지가 없습니다. 동기가 무엇이든 폭력은 용납할 수 없습니다. 그러므로 법원은 트리거의 잘못된 판단에 대해 10년 동안 수입의 10퍼센트를 벌금으로 추징할 것입니다. 벌금은 전액을 피해자 티오나에게 지급합니다."

그러나 티오나는 의기양양한 표정이 아니었다. 이제 티오나는 재판이 자기가 원하는 대로 진행되지 않을 것이라는 사실을 깨달은 게 틀림없었다. 나도 그럴 거라 이해하기 시작했다.

중앙컴퓨터가 계속 말했다. "티오나가 캐세이를 고소한 사건에서 캐세이는 폭행죄를 저질렀습니다. 캐세이의 동기는 현재 처하게 된 이런 상황을 피하려는 것이었습니다. 그리고 그는 자신이 티오나를 법정에 세우면 티오나가 큰 고통을 받으리라는 것을 알았습니다. 캐세이는 티오나가 잘못된 판단으로 고소할 줄은 꿈에도 생각하지 못한 채, 티오나에게 최소한의 고통만을 주고 대립을 끝내려 했었습니다. 그러나 티오나는 고소했으며, 이제 캐세이는 폭행죄로 유죄 판결을 받았습니다. 캐세이의 동기를 고려할 때, 법원에서는 그가 보인 자비심을 참고해 형벌을 감경할 것입니다. 캐세이는 그의 동료 트리거와 동일한 벌금을 내야 합니다. 이제 핵심 문제인 트리거와 캐세이가 티오나를 고소한 사건으로 넘어가겠습니다."

의자에 앉은 티오나의 몸이 약간 가라앉는 게 보였다.

"당신은 괴롭힘, 무단 침입, 언어폭력 및 그 외 네 가지 법률위반이라는 무모한 짓으로 유죄 판결을 받았습니다.

티오나의 범죄는 자신의 잘못된 판단과 불운에 대한 책임을 다른 사람에게 떠넘기려다 발생한 것입니다. 법원은 당신의 어려운 처지를 동정하며, 당신이 처한 상황이 전적으로 당신 탓이 아니라는 사실을 알고 있습니다. 하지만 이게 당신의 행동에 대한 변명이 될 수는 없습니다.

캐세이는 당신에게 호의를 베풀려 했습니다. 그는 당신이 고소를 진행할 정도로 심리 상태가 심하게 비정상적이지는 않을 거라 가정했고, 당신이 혼자서 곰곰이 생각해보면 자신에게 얼마나 심하게 잘못했는지 깨달을 것으로 생각했고, 법원이 자기 손을 들어주리라 예상했기 때문이죠.

국가는 여러분이 다른 시민의 권리를 침해하지 않는 한 마음속에 어떤 의견을 가졌는지, 현실을 어떻게 평가하는지 상관하지 않습니다. 비록 이 의견이 비이성적으로 보이긴 합니다만, 당신의 문제에 대한 책임이 캐세이에게 있다고 당신이 생각하는 것은 자유입니다. 하지만 당신이 그런 의견을 바탕으로 캐세이에게 폭력을 행사하면, 국가는 당신의 그 의견을 주목하고 그 가치를 평가할 수밖에 없습니다.

이 법원은 당신의 주장에 대해 옳고 그름을 판단하도록 임명되었지만, 당신의 주장을 뒷받침하는 근거를 찾지 못했습니다.

이 법원은 당신이 이성적이지 않다고 판단합니다.

판결은 다음과 같습니다.

부당한 취급을 당한 피해자들의 승인을 받은 후에, 당신은 집행취소가 포함된 사형이나 반사회적 태도를 제거하기 위한 치료 과정 의뢰 중 선택할 수 있습니다.

아거스, 당신은 티오나의 사형을 원하나요?"

"헉?" 난 매우 놀랐다. 그리고 나는 그런 결정을 내리고 싶지 않았다. 하지만 결정이 힘들지는 않았다.

"아뇨, 저는 아무것도 원하지 않아요. 저는 이 문제와 상관도 없는 것 같은데, 모든 게 그저 끔찍하게만 느껴져요. 내가 저 여자를 사형시켜달라고 요구하면 정말로 죽일 건가요?"

"그 질문에는 대답할 수 없습니다. 당신이 그렇게 요구하지 않았기 때문입니다. 당신이 미성년자이기 때문에, 당신이 티오나의 사형을 원했더라도 제가 사형을 선고하지 않았을 가능성이 큽니다." 중앙컴퓨터는 이어서 다른 사람들에게도 같은 질문을 했다. 나는 캐세이가 사형을 원한다면 티오나가 사형당하지 않을까 짐작했지만, 그는 티오나의 사형을 원하지 않았다. 트리거와 덴버도 사형을 원하지 않았다.

"아주 좋습니다. 티오나, 어떤 선택을 하실 건가요?"

티오나는 아주 작은 목소리로 계속 살 수 있도록 기회를 주면 고맙겠다고 대답했다. 그리고 우리에게 한 명씩 돌아가며 감사 인사를 했다. 나는 그 상황이 몹시 괴로웠다. 내 동정심은 이미 초과근무를 한 상태였지만, 사회로부터 임명받은 대표자가 나를 미쳤다고 공개적으로 선언했을 때 어떤 기분일지 상상해봤다.

그 뒤로는 세부 사항을 정리하며 마무리되었다. 티오나는 소송 비용과 세금, 그리고 캐세이와 트리거에게 지급할 돈까지 포함된 무거운 벌금을 부과받았다. 두 사람의 벌금은 티오나의 더 큰 벌금에 흡수되었다. 그 결과 티오나는 앞으로 수년 동안 벌금을 내야 하는 처지가 되었다. 티오나의 태아는 냉동고로 들어갔다. 중앙컴퓨터는 현재 티오나가 아기를 양육하기에 적합하지 않으므로, 티오나가 제정신이라고 공표될 때까지 태아는 냉동고에 머물러야 한다고 판결했다. 티오나가 새 초등교사를 찾을 때까지 태아를 가사(假死) 상태로 유지하는 것을 고려했었다면, 우리 모두가 이 재판을 피할 수 있었으리라는 생각이 문득 들었다.

우리 뒤에 있는 문이 열리자 티오나가 서둘러 떠났다. 달시가 나를 껴안았고, 트릴비는 뒤에 서 있었다. 곧 나는 축하 인사를 기대하며 다른 사람들에게 합류했다.

하지만 트리거와 캐세이는 마냥 기뻐하는 분위기가 아니었다. 그 모습을 봤으면 누구든 그들이 재판에서 졌다고 생각했을 것이다. 두 사람은 나와 덴버를 축하해주고 서둘러 심문실을 나갔다. 내가 달시를 봤더니, 달시도 웃지 않았다.

"이해가 안 돼요." 내가 솔직히 말했다. "왜 다들 시무룩한 거예요?"

"두 사람은 이제 교사협회를 상대해야 해." 달시가 말했다.

"그래도 이해가 안 돼요. 두 사람은 재판에서 이겼잖아요."

"재판의 승패는 교사협회에 중요하지 않아." 트릴비가 말했다. "두 사람이 폭행죄로 유죄 판결을 받았다는 걸 잊지 마. 설상가상으로 더 큰 문제는 그 폭행이 일어났을 때 너와 덴버가 그 자리에 있었다는 사실이야. 그들은 너희 둘을 공격에 가담하도록 한 원인 제공자들이야. 유감이지만 교사협회에서 그 문제를 못마땅하게 여길 거야."

"하지만 중앙컴퓨터가 그들을 처벌하지 않아야 한다고 판단했는데, 왜 교사협회가 다르게 생각하겠어요? 중앙컴퓨터가 사람들보다 똑똑하지 않나요?"

트릴비가 얼굴을 찌푸렸다. "내가 대답해줄 수 있으면 좋겠구나. 나는 내가 어떻게 느끼는지조차 잘 모르겠어."

＊

다음 날 트릴비가 나를 찾아왔다. 교사협회가 결정을 발표한 직후였다. 나는 발견되고 싶지 않았지만, 늪지대는 그렇게 크지 않아서 숨기가 힘들기 때문에 굳이 일부러 숨으려 노력하지도 않았다. 나는 비트족 늪지대의 가장 높은 언덕에 있는 잔디밭에 앉아 있었다. 거기가 늪지대에서 땅이 가장 잘 마른 곳이기도 했다.

트릴비가 카누를 물가에 대고 언덕을 천천히 올라왔다. 내가 정말로 혼자 있고 싶었다면 다가오지 말라고 경고하기에 시간 여유가 충분히 있었다. 아무렴 어때. 어차피 조만간 트릴비와 이야기를 나눠야 했다.

트릴비는 한참 동안 그냥 앉아 있었다. 그저 내가 오늘 오후 내내 그랬던 것처럼 무릎 위에 팔꿈치를 올리고 잔잔한 물을 내려다봤다.

"캐세이는 어떻게 받아들여요?" 이윽고 내가 물었다.

"몰라. 캐세이는 저기로 돌아왔어. 이야기하고 싶으면 가봐. 아마 그는 너와 이야기를 나누고 싶어 할 거야."

"적어도 트리거는 무사히 빠져나갔네요." 내가 그 말을 뱉어내자마자 공허하게 들렸다.

"근신 3년은 그냥 웃어넘길 일이 아니야. 트리거는 당분간 여기를 폐쇄해야 할 거야. 보류 상태가 되겠지."

"보류⋯." 하마가 물 건너 진흙탕에서 뒹굴거리는 모습이 눈에 들어왔다. 화요일도 가사 상태로 만들까? 엄마가 제정신으로 돌아올 때까지 병 속에서 기다려야 하는 티오나의 태아가 생각났다. 늪지대의 진창을 돌아다니던 즐거운 날들이 떠올랐다. 나뭇가지에 달린 수염틸란드시아에 물이 얼어붙어 고드름이 달렸다. "3년 후에 다시 시작하려면 비용이 많이 들겠네요, 그렇죠?" 나는 돈에 대해서는 잘 몰랐다. 지금까지는 내게 돈이 중요하지 않았기 때문이었다.

트릴비가 눈을 가늘게 뜨고 나를 쳐다보더니 어깨를 으쓱했다.

"아마 트리거는 늪지대를 팔게 될 거야. 여기를 확장해서 골프장으로 만들고 싶어 하는 구매자가 있대."

"골프장⋯." 내가 멍하게 되뇌었다. 깔끔하게 손질된 녹색 잔디, 예쁜

물웅덩이, 모래 구덩이, 산들바람에 펄럭이는 깃발. 불모지대. 갑자기 울음이 터져 나올 것 같았다. 하지만 나는 울지 않았다.

"아거스, 넌 앞으로 여기에 올 수 없어. 전부 다 바뀔 거야. 넌 변화에 적응해야 해."

"캐세이도 변하겠죠." 그런데 과연 사람이 얼마나 변할 수 있을까? 문득 지금 캐세이는 내가 해주길 바라던 그 일을 하게 될 거라는 사실을 깨닫고 깜짝 놀랐다. 캐세이는 다른 아이와 함께 자라기 위해 어린 나이로 퇴행하지 않고, 나와 함께 나이가 들며 자랄 것이다. 너무 큰일이 갑작스럽게 일어났다. 내 잘못으로 캐세이에게 그런 일이 일어난 것은 아니었다. 그러나 내가 그런 일이 일어나길 바랐었는데 그 바람이 실현되자, 마치 내 잘못인 것처럼 느껴졌다. 눈물이 흘러내렸다. 눈물은 오랫동안 멈추지 않았다.

트릴비는 나를 내버려두었고, 나는 그런 배려가 고마웠다.

✳

내가 마음을 진정시킬 때까지 트릴비는 그 자리에 가만히 있었다. 나로서는 트릴비가 어떻게 하든 상관없었다. 목덜미가 화끈거리고, 마음이 텅 빈 느낌이 들었다. 누구도 삶이란 건 이렇게 흘러가는 거라고 말해주지 않았었다.

"그… 그런데 캐세이가 가르치기로 계약한 아이는 어떻게 되는 건가요?" 나는 뭔가 말을 해야 할 것 같은 느낌이 들어서 결국 이렇게 물었다. "그 아이는 어떻게 되나요?"

"교사협회가 책임질 거야. 다른 교사를 찾겠지. 트리거가 맡은 아이도." 트릴비가 대답했다.

내가 트릴비를 돌아봤다. 트릴비는 다리를 쭉 뻗고 양쪽 팔꿈치로 바닥을 짚어 상체를 받치고 있었다. 봉긋 솟아 있던 발렌타인 하트 모양의 젖꼭지가 내가 지켜보는 동안 가라앉았다.

트릴비가 나를 힐끗 보더니 한쪽 입가에 미소를 지었다. 나는 기분이 조금 나아졌다. 트릴비는 정말로 예뻤다.

"캐세이는 해낼 수 있을 거예요…. 음, 캐세이는 나이 많은 아이들도 가르칠 수 없나요?"

"아마 가르칠 수 있을 거야." 트릴비가 어깨를 으쓱하며 대답했다. "캐세이가 원할지는 모르겠어. 내가 캐세이를 아는데, 이 상황을 좋게 받아들이지 않을 거야."

"제가 할 수 있는 일이 있을까요?"

"그렇진 않을 거야. 동정심을 보여주되, 너무 많이 보여주지는 마. 네가 이해해야 해. 캐세이가 너와 함께 있고 싶어 하는지 알아봐."

너무 헷갈렸다. 캐세이가 뭘 원하는지 내가 어떻게 알겠어? 캐세이는 나를 보러 오지 않았다. 하지만 트릴비는 왔다.

지금 당장의 내 삶에서 복잡하지 않은 일이 딱 한 가지 있었다. 내가 생각할 필요가 없는 곳에서 할 수 있는 일이었다. 나는 몸을 굴려 트릴비 위로 올라가 키스하기 시작했다. 트릴비가 나른한 에로티시즘으로 반응했다. 나는 완전히 압도당했다. 트릴비는 내가 들어본 적도 없는 기법들을 알고 있었다.

＊

"어땠어요?" 한참 후에 내가 물었다.

트릴비는 다시 한쪽 입꼬리만 올라가는 그 미소를 지었다. 나는 트릴비를 끊임없이 기쁘게 해줬다고 생각했기 때문에, 그 표정을 신경 쓰지 않았다. 어쩌면 저 미소는 자기는 어른이고 나는 어린아이라는 생각을 노골적으로 드러내는 표정일지 모른다. 그게 앞으로 우리가 함께 갈 길이었다. 내가 트릴비를 따라 성장할 것이다. 트릴비가 어린아이가 되어 나를 흉내 내지는 않을 것이다.

"성적표를 달라는 거야? 20세기 때처럼?" 트릴비가 물어보며 자리에서 일어나 기지개를 켰다. "좋았어. 솔직하게 말해줄게. 노력 분야에서는 A를 받겠지만, 열세 살이라면 누구라도 그 정도는 해. 너도 어쩔 수 없어. 기술 분야에서는 C- 정도일 거야. 나는 그 이상 기대하지 않았어. 이유는 같아."

"그럼, 내가 더 잘할 수 있도록 가르치고 싶어요? 그게 당신의 일인가요?"

"네가 나를 고용해야만 그 일을 할 수 있어. 그리고 성관계는 그 교육 과정 중 아주 작은 부분이야. 잘 들어, 아거스. 난 네 어머니가 되지 않을 거야. 달시가 잘하고 있잖아. 캐세이처럼 너의 놀이 친구가 되지도 않을 거야. 너에게 도덕 교육을 하지도 않을 거야. 어쨌거나, 너도 이제 질렸겠지."

내가 질렸다는 건 사실이었다. 캐세이가 결코 내 또래는 아니었지만, 그는 그 나이로 보이고 행동하기 위해 최선을 다했다. 그러나 그 눈속임은 약해져 갔고, 나는 그럴 수밖에 없을 거라고 짐작했다. 나이와 어긋나는 그의 모습을 더 이상 모른 척할 수 없게 되었다. 캐세이가 일상생활 속에 가르침을 감추기에는 내가 너무 영악하고 냉소적인 아이였다.

그런 상황은 중앙컴퓨터가 했던 짓처럼 나를 괴롭혔다. 중앙컴퓨터는 조금 전까지 친구로 지내다 나에게 사형을 선고할 수도 있었다. 나는 그보다 나은 상황을 원했고, 트릴비는 그걸 제공해줄 수 있을 것 같았다.

"나는 과학이나 기술을 가르치지도 않을 거야." 트릴비가 말했다. "네가 무엇을 배우고 싶은지 결정하면, 가정교사들이 그 교육을 시켜줄 거야."

"그러면 당신은 뭘 하는 건가요?"

"있잖아, 내가 하는 일을 쉽게 설명해줄 방법을 아직 못 찾았어. 난 캐세이가 그랬듯이 밤낮으로 네 곁에 함께 있지는 않을 거야. 네가 원할 때, 아마도 너한테 문제가 생겼을 때겠지, 나에게 올 거야. 나는 호의적인 자세로 내가 할 수 있는 일을 하겠지만, 대체로 네가 힘든 선택을 할 수밖에 없다는 사실을 지적할 거야. 만일 네가 멍청한 생각을 하면, 난 멍청하다고 말해줄 거야. 하지만 네가 계속 멍청하더라도 나는 놀라거나 실망하지 않을 거야. 네가 원한다면 나를 본보기로 삼을 수도 있겠지만, 그렇게 하라고 강요할 생각은 없어. 그러나 언제나 내 생각대로 솔직하게 말하겠다고 약속할게. 편한 상황을 슬그머니 끼워 넣지 않을 거야. 힘든 시간이 될 거야. 캐세이를 직업적인 아이로 생각해봐. 난 그를 깎아내릴 생각이 없어. 캐세이는 너를 교양있는 존재로 변화시켰어. 그가 너를 처음 맡았을 때 너는 그런 아이가 전혀 아니었지. 네가 지금 캐세이의 상황에 대해 마음을 쓸 수 있는 것과 네가 의리 때문에 분열된 감정을 느끼는 것은 모두 캐세이의 가르침 덕분이야. 캐세이는 네가 어떻게 선택할지 알 정도로 유능했어."

"선택이라뇨? 무슨 말이에요?"

"그건 내가 말해줄 수 없어." 트릴비가 양팔을 펼치며 씩 웃었다. "내가 얼마나 도움이 될지 알겠지?"

트릴비가 다시 나를 혼란스럽게 만들었다. 왜 더 쉽게 설명해주지 않는 걸까?

"캐세이가 직업적인 아이라면, 당신은 직업적인 어른인가요?"

"네가 그렇게 생각해도 되지만, 실제로는 비슷하지 않아."

"난 아직도 달시가 뭘 위해서 당신에게 비용을 내려는 건지 모르겠어요."

"우리는 사랑을 많이 하게 될 거야. 그건 어때? 그렇게 설명하면 너에게 쉬울까?" 트릴비는 등에 묻은 흙을 털어내고 땅바닥을 쳐다보며 얼굴을 찌푸렸다. "그렇지만 앞으로 흙 위에서는 하고 싶지 않아. 난 흙을 별로 안 좋아하거든."

나도 주변을 둘러봤다. 장소가 지저분했다. 전혀 아름답지 않았다. 내가 여기를 왜 그렇게 좋아했을까 하는 생각이 들었다. 갑자기 여기서 나가 깨끗하고 건조한 곳으로 가고 싶었다.

"가죠." 내가 일어서며 말했다. "몇 가지를 다시 시도해보고 싶어요."

"그 말은 내가 일자리를 얻었다는 뜻이야?"

"네. 그런 것 같아요."

＊

캐세이는 설탕 오두막 현관에 앉아 있었는데, 현관 가장자리를 따라 갈색 맥주병들이 늘어서 있었다. 우리가 다가가자 그가 미소를 지었다. 캐세이는 술 냄새를 풍겼다.

낯선 분위기였다. 우리 넷은 여러 번 함께 취한 적이 있었다. 그때는 너무 즐거웠다. 하지만 한 사람만 취하면 조금 짜증이 났다. 캐세이를 비난하는 것은 아니었다. 그러나 함께 술을 마실 때는 모든 농담이 잘 통하지만, 혼자 술을 마시면 실없이 감상적이고 귀찮은 사람이 될 뿐이었다.

트릴비와 내가 캐세이의 양옆에 앉았다. 캐세이는 노래를 부르고 싶어 했다. 그리고 우리 둘에게 술병을 억지로 건넸다. 나는 술을 홀짝이며 그 분위기에 빠져들기 위해 노력했다. 그런데 곧 캐세이가 울어서 짜증이 몰려왔다. 내가 전적으로 그에게 공감하지 않았다는 것은 인정한다. 내가 할 수 있는 일이 거의 없어서 무력감을 느꼈고, 그가 내게 강요한 약속들 때문에 화가 났다. 어쨌거나 나는 캐세이를 만나러 갈 것이다. 캐세이가 자기를 버리지 말라고 내 어깨에 기대어 울며 애원할 필요는 없었다.

캐세이는 나에게 애원하다 트릴비에게 하소연했다. 그러고는 뚱한 얼굴로 우리 사이에 앉아 있었다. 나는 캐세이를 달래주려 애썼다.

"캐세이, 세상이 끝난 건 아니야. 트릴비 선생님은 네가 지금도 나이 많은 아이들을 가르칠 수 있을 거라고 했어. 내 또래나 나보다 나이가 많은 아이들 말이야. 교사협회에서는 너에게 어린아이들을 가르치지 말라고 한 거잖아."

캐세이가 뭔가 중얼거렸다.

"별로 다르지 않을 거야." 나는 어디에서 말을 중단해야 할지 몰라 계속 말했다.

"네 말이 맞겠지." 캐세이가 말했다.

"당연히 맞지." 나는 별생각 없이 술 취한 사람들을 격려하기 위해 늘 어놓는 거짓 응원을 시작했다. 캐세이가 즉시 알아챘다.

"네가 대체 뭘 알아? 네 생각엔 네가… 제기랄, 네가 뭘 아는데? 어떤 사람들이 이런 직업을 가지는지 알아? 약간 부적응자들이야. 너보다 성장하기 싫어하는 사람들이라고. 아거스, 우린 둘 다 겁쟁이야. 넌 그 사실을 모르지만, 난 알아. 나는 안다고. 그렇다면 난 대체 어떻게 해야 할까? 어? 그냥 가는 게 어때? 네가 원하는 걸 얻었잖아, 그렇지?"

"진정해, 캐세이." 트릴비가 캐세이를 당겨서 끌어안으며 달랬다. "진정해."

캐세이는 즉시 사과하고 조용히 훌쩍이기 시작했다. 자신이 얼마나 미안한지 반복해서 말했다. 그는 진심이었다. 캐세이는 결코 그런 뜻으로 한 말이 아니었으며, 말이 그냥 튀어 나갔다는데, 잔인한 말이었다고 했다.

기타 등등.

나는 추웠다.

우리는 캐세이를 오두막에 재우고, 길을 따라 내려가기 시작했다.

"앞으로 며칠 동안 캐세이를 지켜봐야 해." 트릴비가 말했다. "이 상황을 이겨내겠지만, 쉽지 않을 거야."

"알았어요." 내가 말했다.

우리가 가짜로 굽어진 길을 돌아가기 전에 나는 오두막을 한 번 돌아봤다. 잠깐 비트족 늪지대가 완벽한 환상처럼 보였다. 시간을 내다보는 창문 같았다. 그 후 우리가 나무를 돌아나가자 모든 환상이 무너져내렸다. 이전에는 한 번도 진지하게 생각해본 적이 없는 경험이었다.

이곳은 너무 질척질척한 곳이었다. 그전에는 설탕 오두막이 얼마나 보기 흉한지 몰랐었다. 나는 그 후 오두막을 보지 않았다. 캐세이는 몇 달 동안 우리 집에서 함께 지내며 예술에도 손을 대봤다. 달시가 내게 캐세이는 예술적으로 가망이 없다고 했다. 캐세이는 다른 집으로 이사했다. 나는 그 후에도 그를 종종 만났지만 언제나 인사만 나눴다.

캐세이와 함께 있으면 우울해졌고, 본인도 그 사실을 알았다. 게다가 그는 나를 볼 때마다 잊고 싶은 것들이 떠오른다고 했다. 그래서 우리는 별로 이야기를 나누지 않았다.

나는 가끔 옛날 늪지대에서 골프를 쳤다. 홀이 두 개뿐이었지만, 확장할 거라는 이야기가 돌았다.

그들은 개조를 잘 해냈다.

AIR RAID

공습

✦

1977년 1월 〈Isaac Asimov's Science Fiction Magazine〉에 첫 수록
1978년 네뷸러상 노미네이트

소리 없는 알람이 머리를 흔들어대서 잠자리에서 벌떡 일어났다. 몸을 일으켜 앉지 않으면 알람이 꺼지지 않기 때문에 일어날 수밖에 없었다. 내 주위에는 어둑한 취침실에서 납치단원들이 혼자 혹은 짝을 이뤄 잠을 자고 있었다. 나는 하품을 하고, 배를 긁고, 털이 덥수룩한 진의 옆구리를 툭툭 쳤다. 그가 돌아누웠다. 낭만적인 작별은 그 정도로 충분했다.

나는 눈을 비벼 졸음을 쫓고, 바닥에 놓인 다리를 잡아 끈으로 묶은 후 플러그를 연결했다. 그리고 줄지어 놓인 침상들을 지나 작전실로 달려갔다.

어둠 속에서 상황판이 환하게 빛났다. 1979년 9월 15일 마이애미 출발 뉴욕행 선벨트 항공사 128편 여객기. 우리는 3년 전부터 저 여객기가 나타나길 기다렸다. 나는 행복해야겠지만, 잠자리에서 막 일어난 상황에서 그건 무리였다.

라이자 보스턴이 나를 지나쳐 준비실로 들어가며 투덜거렸다. 나도 라이자를 바라보고 투덜거리며 그 뒤를 따라갔다. 거울들을 둘러싼 조명이 환하게 켜졌다. 나는 눈이 부셔서 손으로 더듬으며 그중 한 거울로 갔다. 우리 뒤로 세 명이 비틀거리며 들어왔다. 나는 자리에 앉아 플러그를 연결했다. 마침내 편하게 기대앉아 눈을 감을 수 있었다.

여객기와 근접한 상태를 장시간 유지할 수는 없다. 서둘러! 나는 똑바로 앉아 평소에 혈액으로 사용하던 혼합액을 열량이 극도로 높은 연료로 교체했다. 그리고 주위를 둘러보자, 바보처럼 활짝 웃는 얼굴들이 나를 쳐다봤다. 라이자와 핑키, 데이브였다. 건너편 벽에는 크리스타벨이 벌써 에어브러시 앞에서 몸을 천천히 돌리며 백인으로 색칠하고 있었다. 우리는 괜찮은 팀 같았다.

나는 서랍을 열어 얼굴에 예비 분장을 시작했다. 매번 일이 더 많아졌다. 수혈을 받아도 시체처럼 보였다. 이제 오른쪽 귀는 완전히 없어졌다. 나는 더 이상 입술을 다물 수 없어서 잇몸이 영구적으로 드러난 상태가 되었다. 일주일 전에는 자다가 손가락 하나가 떨어져 나갔다. 빌어먹을, 대체 뭔 상관인가?

내가 분장하고 있을 때 거울 옆에 부착된 모니터가 환하게 켜졌다. 금발에 넓은 이마, 둥근 얼굴의 미소 짓는 젊은 여자가 보였다. 내 얼굴이 그 모습에 거의 비슷해졌다. 화면 아래에 지나가는 정보를 보니, 뉴저지주 트렌턴에서 태어난 메리 카트리나 손더가드였는데, 1979년에 스물다섯 살이었다. 자기야, 오늘 운 좋은 날이야.

컴퓨터가 카트리나의 얼굴에서 피부를 녹여 없애고 골격의 구조를 보여주었다. 두개골을 회전시키자 단면도를 볼 수 있었다. 나는 내 두개골과 유사성을 살펴보고 차이점을 기록했다. 나쁘지 않았다. 이보다 안 좋은 경우도 많았다.

나는 윗앞니 사이에 살짝 틈이 있는 틀니를 만들었다. 퍼티를 볼에 잔뜩 집어넣었다. 콘택트렌즈를 분배기에서 떼어내 눈에 끼워 넣었다. 코에 충전물을 넣어 콧구멍을 넓혔다. 귀는 필요 없었다. 어차피 가발로 가릴 것이다. 나는 밋밋한 성형 피부 가면을 얼굴에 쓰고 녹아드는 동안 가만히 기다려야 했다. 가면의 모양을 완벽하게 맞추는 데는 1분밖에 걸리지 않았다. 나는 혼자 씩 웃었다. 입술이 생겨서 좋았다.

수송관이 덜커덩하더니 금발 가발과 분홍색 옷이 내 무릎 위에 떨어졌다. 가발은 미용기구에서 갓 나온 탓에 뜨거웠다. 난 가발을 머리에 쓰고 팬티스타킹을 신었다.

"맨디, 카트리나에 대한 인물 정보 받았어?" 나는 고개를 들지 않았지만, 목소리만 듣고도 누군지 알았다.

"받았어요."

"공항 근처에서 카트리나의 위치를 찾았어. 비행기가 이륙하기 전에 너를 몰래 집어넣을 수 있을 거야. 네가 조커가 되는 거지."

나는 툴툴거리며 고개를 들어 모니터에 비친 얼굴을 바라봤다. 생기 없는 얼굴에 눈이 작은 엘프레다 볼티모어 루이스빌 작전팀장이었다. 근육이 다 사라지면 뭘 할 수 있겠는가?

"알았어요." 시키는 대로 해야지, 뭐.

작전팀장이 스위치를 껐다. 나는 그 후 2분 동안 옷을 입으려 낑낑대면서도 모니터에서 눈을 떼지 않았다. 승무원들의 이름과 얼굴, 그리고 그들과 관련된 정보들을 외웠다. 그 후 서둘러 나가서 다른 팀원들을 따라잡았다. 첫 알람 후 지난 시간은 12분 7초. 서둘러 움직여야 했다.

"빌어먹을 선벨트 항공사." 크리스타벨이 브래지어를 끌어 올리며 투덜거렸다.

"그래도 하이힐은 없어졌잖아." 데이브가 지적했다. 1년 전이었다면 우리는 10센티미터 높이의 통굽이 달린 하이힐을 신고 뒤뚱거리며 통로를 걸어갔을 것이다. 우리는 모두 파란색과 하얀색 대각선 줄무늬가 있는 짧은 분홍색 시프트 드레스를 입고, 그 옷에 어울리는 숄더백을 들었다. 나는 우스꽝스럽게 생긴 납작한 모자를 핀으로 고정하려고 낑낑거렸다.

우리는 어두운 작전통제실로 터덜터덜 걸어 들어가 연결구 앞에 줄을 섰다. 이제 상황은 우리의 손을 떠났다. 연결구가 준비될 때까지 기다리는 수밖에 없었다. 내가 가장 앞인데, 입구에서 몇 걸음 떨어져 있었다. 그 입구를 쳐다보면 현기증이 나서 고개를 다른 데로 돌렸다. 모니터가 뿜어내는 노란 불빛을 뒤집어쓰고 단말기 앞에 앉아 있는 난쟁이들에게 눈의 초점을 맞췄다. 그들은 아무도 나를 돌아보지 않았다. 난쟁이들은 우리를 별로 좋아하지 않는다. 나도 그들을 좋아하지 않기는 마찬가지다. 모두 비쩍 마르고 야위었다. 그들은 우리의 살찐 다리와 엉덩이, 가슴을 끔찍하게 싫어했다. 납치단이 가면무도회에 보기 좋은 모습으로 참석하기 위해 자기들의 배급보다 다섯 배나 더 먹는다는 사실이 떠올랐기 때문이었다. 그러는 동안 우리는 계속 썩어가고 있다. 언젠가 나도 저 단말기에 앉게 될 것이다. 언젠가 나도 내장을 밖에 다 내놓고 몸뚱이에는 냄새만 남은 채 저 단말기에 설치될 것이다. 빌어먹을 놈들 지옥에나 가버려라.

핸드백의 티슈와 립스틱 밑에 총을 감췄다. 작전팀장 엘프레다가 나를 쳐다봤다.

"그 여자는 어디에 있어요?" 내가 물었다.

"모텔 방에. 어젯밤 오후 10시부터 비행일 정오까지 혼자였어."

비행기의 출발 시간은 1시 15분이었다. 아마 출발 시간이 가까워지면 서두를 것이다. 괜찮았다.

"욕실에서 그 여자를 잡을 수 있을까요? 욕조가 가장 나으려나?"

"지금 노력 중이야." 작전팀장이 생기 없는 입술 위에 손끝으로 미소 짓는 모양을 그렸다. 작전팀장은 내가 어떤 식으로 작전을 펼치고 싶어 하는지 알고 있지만, 내게 지시받은 대로 하라고 했다. 물어봐서 나쁠 건 없다. 사람들이 늘어져서 물이 목까지 차오를 때 가장 무방비 상태인 법이니까.

"출발!" 작전팀장이 소리쳤다. 나는 연결구로 걸어 들어갔다. 일이 꼬였다.

✳

　나는 잘못된 방향으로 나왔다. 연결구를 나가면 욕실로 들어갈 계획이었는데, 욕실문에서 침실 방향으로 나왔다. 나는 몸을 돌려 연결구를 뒤덮은 수증기 너머의 메리 카트리나 손더가드를 찾았다. 뒷걸음질로 물러나지 않고서는 다가갈 방법이 없었다. 내가 지금 총을 쏘면 연결구 건너편의 작전통제실에 있는 누군가가 맞을 수밖에 없었다.

　카트리나는 거울을 보며 서 있었다. 최악의 장소였다. 우리를 금방 알아보는 사람들은 드물지만, 카트리나는 거울을 통해 자기 모습을 보고 있었다. 카트리나가 나를 보고 눈이 휘둥그레졌다. 나는 옆으로 비켜서며 그 시야에서 벗어났다.

　"이게 대체… 이봐요? 당신은 도대체….." 나는 그 목소리를 기억했다. 제대로 흉내를 내려면 목소리가 가장 까다로웠다.

　카트리나는 두려움보다 호기심이 더 큰 것 같았다. 내 짐작이 맞았다. 카트리나가 욕실에서 나왔다. 마치 연결구가 그 자리에 없는 것처럼 통과했다. 연결구는 한쪽 면만 있었기 때문에, 사실 카트리나에게는 존재하지 않았다. 카트리나는 수건을 둘둘 감고 있었다.

　"맙소사! 내 방에서 대체 뭘…" 이럴 때는 입이 잘 떨어지지 않는 법이다. 카트리나는 뭔가 말해야 한다는 것은 알았지만, 뭐라고 하겠는가. '실례하지만, 내가 당신을 거울에서 보지 않았던가요?' 이렇게?

　나는 최고의 승무원 미소를 지으며 손을 내밀었다.

　"방해해서 죄송합니다. 다 설명해드릴 수 있어요. 있잖아요, 제가….." 내가 카트리나의 옆머리를 한 대 때리자, 비틀거리다 털썩 쓰러졌다. 카트리나의 수건이 바닥에 떨어졌다. "…대학에서 공부하고 있거든요." 카트리나가 다시 일어나기 시작해서, 내가 의족 무릎으로 턱 밑을 쳤다. 카트리나가 다시 쓰러졌다.

　"염병할 스탠다드 석유회사!" 내가 손상된 관절을 비비며 씩씩댔다.

하지만 시간이 없었다. 카트리나 옆에 무릎을 꿇고 맥박을 쟀다. 맥박은 이상 없었다. 하지만 앞니 몇 개가 조금 흔들리는 것 같았다. 나는 잠깐 멈칫했다. 세상에, 화장도 안 하고 보철물도 없이 이렇게 아름답다니! 카트리나 때문에 마음이 아려왔다.

나는 카트리나의 종아리를 잡고 연결구까지 끌고 갔다. 카트리나의 팔다리가 국수처럼 흐느적거렸다. 누군가가 손을 뻗어 카트리나의 발을 잡고 당겼다. 잘 가, 내 사랑! 장거리 여행을 좋아하려나?

나는 카트리나가 대여한 숙소의 침대에 앉아 숨을 돌렸다. 카트리나의 핸드백에 차 열쇠와 담배가 있었다. 같은 무게의 피 값에 맞먹는 진짜 담배였다. 나에게 5분 여유가 있다는 계산이 나오자 담배 여섯 개비에 불을 붙였다. 방이 달콤한 연기로 가득 찼다. 더 이상 이런 담배는 생산되지 않았다.

헤르츠 세단이 모텔 주차장에 있었다. 나는 그 차를 타고 공항으로 향했다. 탄화수소가 풍부한 공기를 깊게 들이마셨다. 수백 미터 거리까지 볼 수 있었다. 풍경이 멀리까지 보여서 아찔했지만, 나는 바로 이런 순간을 위해 살고 있다. 프리멕 세계에서의 풍경이 어떤지는 설명할 방법이 없다. 강렬한 노란 공 같은 태양이 안개를 뚫고 비쳤다.

다른 승무원들은 이미 탑승한 상태였다. 승무원 중 일부가 카트리나를 알았지만, 나는 숙취 핑계를 대며 말을 많이 하지 않았다. 대신 알겠다는 듯한 미소와 장난기 있는 농담으로 잘 넘어갔다. 사람들의 반응을 보니 그런 모습이 카트리나의 평소 성격에서 벗어나지 않은 듯했다. 우리는 보잉 707에 탑승해서 희생자들이 도착하기를 기다렸다.

잘 진행되는 것 같았다. 작전통제실에는 내가 지금 함께 일하고 있는 여성들과 일란성 쌍둥이처럼 똑같이 생긴 특공대원이 네 명 대기하고 있다. 나는 출발 시간까지 승무원 역할을 하는 것 외에는 달리 할 일이 없었다. 더 이상 사소한 오류가 없기를 바랐다. 모텔 방으로 뛰어들기 위해 만들어진 연결구의 방향이 뒤집힌 것 같은 오류 말이다. 보잉 707은 고도

6킬로미터 상공을 날아갈 예정이다….

비행기의 좌석이 거의 다 찼을 때 펑키가 맡게 될 여성 승무원이 앞문을 닫았다. 비행기가 활주로 끝으로 나아가다 곧 공중으로 날아올랐다. 나는 먼저 음료 주문을 받기 시작했다.

희생자들은 1979년이라는 시점을 고려하면 일반적인 사람들이었다. 다들 뚱뚱하고 건방졌다. 그리고 물고기가 바다를 인식하지 못하듯, 자신들이 낙원에 산다는 사실을 인식하지 못했다. 신사 숙녀 여러분, 미래로 여행하는 건 어떠신가요? 싫다고요? 놀랍지도 않군요. 하지만 여러분께 이 비행기에 닥칠 운명을 말씀드린다면….

비행기가 순항 고도에 이르렀을 때 내 알람이 울렸다. 나는 블로바 여성용 손목시계 아래에 감춰둔 표시기를 살펴본 후 화장실 문을 힐끗 쳐다봤다. 진동이 비행기를 통과하는 게 느껴졌다. 젠장, 너무 일렀다.

연결구가 화장실에 있었다. 나는 재빨리 앞으로 나서며 데이브가 바꿔치기할 다이애나 글리슨에게 앞으로 나오라고 손짓했다.

"이것 좀 봐." 내가 역겨운 표정으로 말했다. 다이애나가 화장실로 들어가다가 녹색 불빛을 보고 멈췄다. 내가 다이애나의 엉덩이를 구둣발로 밀어 넣었다. 완벽했다. 데이브가 연결구를 통해 이쪽으로 튀어나오기 전에 다이애나의 목소리를 들어볼 기회를 가졌을 것이다. 다이애나가 거기에서 주위를 둘러보고는 곧 비명을 질러댔을 테지만 말이다….

데이브가 바보 같은 작은 모자를 매만지며 연결구를 통해 나왔다. 다이애나가 발버둥을 친 게 틀림없었다.

"역겨워." 내가 속삭였다.

"정말 엉망진창이야." 데이브가 화장실에서 나오며 말했다. 다이애나의 말투를 상당히 잘 따라 했지만, 억양은 살짝 달랐다. 그런 건 더 이상 별로 중요하지 않았다.

"무슨 일이야?" 삼등석에 있던 승무원이 다가오며 말했다. 우리는 그 승무원이 화장실 안을 볼 수 있도록 비켜섰다. 그리고 데이브가 승무원을 밀어 넣었다. 핑키가 재빨리 튀어나왔다.

"우리 시간이 몇 분 깎였어. 저쪽에서 5분을 잃었거든." 핑키가 말했다.

"5분이나?" 데이브/다이애나가 꽥꽥거렸다. 나도 같은 느낌이었다. 우리는 승객 103명을 처리해야 했다.

"그래. 내가 바꿔치기할 승무원을 너희가 밀어 넣은 후 연결이 끊겨버려서 재조정하는 데 그 정도 걸렸어."

이런 상황에 익숙해져야 했다. 시간은 항상 순차적으로 과거에서 미래로 나아가지만, 연결구 양쪽의 시간은 서로 다른 속도로 흐른다. 일단 내가 카트리나의 방에 들어가 납치를 시작한 이상 어느 쪽이든 더 이전으로 돌아갈 방법은 없다. 여기 1979년에서 우리가 모든 일을 마칠 때까지는 빠듯하게 94분 남았다. 연결구는 3시간 이상 유지할 수 없었다.

"네가 작전통제실을 떠날 때는 알람이 울리고 얼마나 지난 후였어?"

"28분."

좋은 소식이 아니었다. 저 겁쟁이들을 설득하는 데만 적어도 2시간은 걸릴 것이다. 1979년도 쪽에서 더 이상 실수하지 않는다면 간신히 해낼 수도 있다. 하지만 실수는 항상 발생했다. 나는 이 비행기에 탄 채로 추락할 생각에 몸서리를 쳤다.

"그렇다면 한가하게 장난치고 있을 시간이 없어. 핑키, 너는 삼등석으로 돌아가서 다른 승무원들을 여기로 불러. 한 번에 한 명씩 불러서 문제가 생겼다고 해. 무슨 말인지 알지?" 내가 말했다.

"눈물을 삼키며 달려갈게. 알았어" 핑키가 서둘러 후미로 갔다. 얼마 지나지 않아 첫 번째 승무원이 나타났다. 선벨트 항공사의 친절한 미소가 얼굴에 떠 있었지만, 속은 뒤틀리는 기분일 것이다. 자, 이제 시작이다.

내가 그 승무원의 팔꿈치를 잡고 커튼 뒤로 끌어당겼다. 여자의 호흡이 거칠어졌다.

"환상특급에 오신 것을 환영합니다." 내가 승무원의 머리에 총을 겨누며 말했다. 승무원이 까무러쳐서 내가 붙잡았다. 핑키와 데이브가 나를 도와 승무원을 연결구에 밀어 넣었다.

"쓰발! 저 빌어먹을 게 깜빡거려."

핑키의 말이 맞았다. 아주 불길한 징조였다. 그 후 우리가 지켜보는 동안 녹색불이 다시 안정됐지만, 반대편에서 얼마나 많은 시간이 지나갔을지 누가 알겠는가? 연결구로 크리스타벨이 머리를 쑥 내밀었다.

"우리 쪽에서 33분 지났어." 크리스타벨이 말했다. 우리가 모두 알고 있는 상황을 말해봐야 아무런 소용이 없다. 상황이 나빠지고 있었다.

"삼등석으로 가." 내가 말했다. "용기를 내. 사람들에게 웃어. 하지만 너무 헤벌쭉거리지는 말고 살짝만. 알겠지?"

"알았어." 크리스타벨이 대답했다.

우리는 별다른 사고 없이 다른 승무원들을 빠르게 처리했다. 대화를 나눌 시간이 없었다. 우리가 일을 끝내든 안 끝내든 89분 후 보잉 707 128편 여객기는 추락해서 산 전체에 흩뿌려질 예정이었다.

데이브는 조종사들이 우리를 방해하지 못하게 하려고 조종실로 들어갔다. 나와 핑키는 일등석을 맡았고, 일등석을 마친 후 삼등석의 크리스타벨과 라이자를 지원하기로 했다. 우리는 속도와 그들의 관성을 바탕으로 표준적인 '커피나 차, 우유' 계략을 이용했다.

나는 좌측 첫 줄의 두 좌석에 몸을 기댔다.

"비행이 즐거우신가요?" 픽, 픽. 다른 희생자들이 보지 못하도록 두 사람의 머리에 바짝 붙여서 방아쇠를 두 번 당겼다.

"안녕하세요, 여러분. 저는 맨디입니다. 피해봐." 픽, 픽.

조리실까지 반쯤 갔을 때, 몇몇 사람들이 미심쩍은 눈빛으로 우리를 지켜봤다. 하지만 사람들은 더 많은 일이 진행되기 전까지는 소란을 피우지 않았다. 뒷줄에 있는 희생자 한 명이 자리에서 일어나길래, 내가 한 방 먹였다. 이제 깨어 있는 사람은 여덟 명밖에 없었다. 나는 미소 짓는 걸 그만두고, 빠르게 네 번 방아쇠를 당겼다. 핑키가 나머지를 처리했다. 우리는 커튼을 서둘러 지났다. 딱 계획했던 시간대로였다.

삼등석 뒤쪽에서 소란이 일었다. 희생자 중 60퍼센트는 이미 처리된 상태였다. 크리스타벨이 나를 힐끗 돌아봐서 내가 고개를 끄덕했다.

"좋아요, 여러분." 크리스타벨이 외쳤다. "조용히 해. 진정하고 잘 들어. 어이, 뚱땡이. 네 발을 비틀어서 엉덩이에 쑤셔 넣기 전에 아가리 닫아."

어쨌거나 크리스타벨의 말이 준 충격은 우리에게 약간의 시간을 더 벌어주었다. 우리는 비행기 통로 좌우에서 전투 자세를 취한 후 총을 꺼내 좌석 등받이에 고정하고, 당황해서 웅성거리는 희생자 서른 명을 겨냥했다.

총은 가장 어리석은 자를 제외한 모든 사람을 두렵게 만들기에 충분했다. 사실 표준 기절총은 두 개의 격자판이 15센티미터 간격으로 달린 플라스틱 막대에 불과했다. 금속이 거의 없어서 수화물 검사에 걸리지 않았다. 표준 기절총은 석기시대부터 2190년까지 살았던 사람들에게는 볼펜 이상의 무기로 보이지 않았다. 그래서 장비팀이 과장되게 플라스틱 껍데기를 씌워서 SF 영화의 주인공이 사용하는 우주총처럼 만들었는데, 혹이 십여 개 생기고, 불빛이 번쩍거렸으며, 돼지코 같은 총열이 달렸다. 누구든 이 총에 대드는 경우는 거의 없었다.

"큰 위험이 닥친 상황이라서 시간이 없다. 내가 시키는 대로만 해. 그래야 살아남을 수 있을 거야."

그들에게 생각할 시간을 줄 수 없으므로 '권위적인 목소리'를 이용하는 방식에 기댈 수밖에 없었다. 이 상황은 어떻게 설명하더라도 그들을 이해시킬 수 없을 것이다.

"잠깐만요. 우리에게는 권리가…."

비행기로 출장 중인 변호사였다. 나는 순간적으로 결정을 내리고, 엄지로 총의 불꽃 스위치를 눌러 변호사를 쐈다.

총은 치질 걸린 비행접시 같은 소리를 내며 불꽃과 작은 제트 화염을 내뿜었다. 그리고 녹색 레이저빔이 변호사의 이마까지 뻗어나갔다. 변호사가 쓰러졌다.

물론 순전히 쇼였다. 그래도 확실히 인상적이었다.

하지만 위험하기도 했다. 나는 사람들이 쓰러진 얼간이를 보며 생각을 할지, 아니면 총의 불꽃을 보고 공황 상태에 빠질지에 대해 고민해야했다. 하지만 20세기 인간들이 자신의 '권리' 따위를 말하기 시작하면, 상황이 통제 불능으로 빠질 수 있었다. 그런 말은 전염성이 있었다.

이 방법이 먹혔다. 비명이 많이 나고, 사람들이 좌석 뒤에 고개를 처박았지만, 달려드는 사람은 없었다. 우리끼리라도 이 상황을 처리할 수있지만, 납치를 마치려면 희생자 중 일부가 제정신을 유지해야 했다.

"일어나. 일어나라고, 이 굼벵이 놈들아!" 크리스타벨이 소리쳤다. "저 사람은 그냥 졸도한 것뿐이야. 하지만 다음번에 선을 넘는 놈은 내가 죽여버릴 거야. 어서 일어나서 시키는 대로 해. 아이들이 먼저야! 빨리, 최대한 빨리 비행기 앞쪽으로 가. 승무원이 지시하는 대로 해. 어서, 얘들아, 빨리 움직여!"

나는 일등석으로 뛰어가 아이들의 바로 앞으로 갔다. 그리고 화장실의 열린 문 앞에서 몸을 돌려 무릎을 꿇었다.

아이들은 겁에 질려 있었다. 아이들은 다섯 명이었는데 일부는 울었고, 일부는 좌우로 고개를 돌려 일등석의 죽은 사람들을 보고는 공포에 질려 비틀거렸다. 거의 공황 상태였다.

"자, 얘들아." 내가 아이들에게 큰 소리로 말하며 나만의 특별한 미소를 지었다. "너희 부모님들은 곧 오실 거야. 다 잘 될 거야. 내가 약속할게. 이리 와."

세 아이를 통과시켰다. 네 번째 아이가 멈칫거렸다. 그 아이는 연결구를 통과하지 않으려 했다. 아이가 팔다리를 벌려 연결구를 붙잡는 바람에 밀어 넣을 수가 없었다. 나는 절대로 어린아이를 때리지 않는다. 아이가 손톱으로 내 얼굴을 할퀴었다. 가발이 벗겨지자, 아이가 내 대머리를 보고 입을 쩍 벌렸다. 내가 아이를 연결구로 밀어 넣었다.

다섯 번째 아이가 통로에 앉아 울부짖었다. 아마도 일곱 살쯤 되었을 것이다. 나는 달려가 그 아이를 번쩍 들어서 안아주고 뽀뽀했다. 그리고 연결구로 던졌다. 젠장, 나는 휴식이 필요했다. 하지만 삼등석에서 해야 할 일이 있었다.

"너하고 너, 너, 너. 좋았어, 너도. 저 사람을 도와줘, 알겠지?" 핑키는 아무짝에도 쓸모없는 놈들을 알아보는 노련한 눈이 있었다. 그 사람들을 비행기 앞쪽으로 몰고 갔다. 그리고 우리는 그들을 쉽게 다룰 수 있도록 왼쪽에 줄지어 섰다. 곧 사람들을 밀어붙여 움직이도록 했다. 우리는 그들에게 최대한 빨리 희생자들의 흐느적거리는 몸뚱이들을 앞으로 끌고 가도록 지시했다. 나와 크리스타벨은 삼등석에 있고, 다른 팀원들은 앞쪽에 있었다.

이제 아드레날린이 내 몸에서 빠져나가고 있었다. 민첩하던 움직임이 서서히 느려지고, 몹시 피곤한 느낌이 들기 시작했다. 이 단계쯤에는 어쩔 수 없이 불쌍하고 멍청한 희생자들에 대해 동정심이 일었다. 물론, 그들은 우리보다 더 잘 살았고, 우리가 그들을 비행기에서 데려가지 않으면 죽을 운명이었다. 하지만 그들은 연결구 건너편을 보고도 상황을 쉽게 믿으려 하지 않았다.

먼저 연결구로 건너갔던 사람들이 두 번째 짐을 가져가려고 돌아왔다. 그들은 방금 본 사실에 놀란 얼굴이었다. 그들은 비어 있는 칸막이 하나에 사람들 수십 명을 바글바글하게 집어넣는 모습을 봤다. 대학생한 명은 명치를 두들겨 맞은 표정이었다. 학생이 내 옆에 서더니 간청하는 눈빛으로 말했다.

"저기요. 저도 당신들을 돕고 싶어요. 다만… 이게 어떻게 되어가는 건가요? 일종의 새로운 구조 방법인가요? 그러니까, 우리가 추락할 거라는…."

나는 총을 돌려 그의 뺨을 쿡 찌르고 가볍게 톡톡 쳤다. 그 대학생이 헉 소리를 내며 뒤로 넘어졌다.

"그 빌어먹을 입 닥치고 일어나 해. 안 그러면 죽여버릴 거야."

최소한 몇 시간 동안은 턱이 제대로 안 돌아가 바보 같은 질문을 던지지 못할 것이다.

우리는 삼등석을 마치고 앞쪽으로 갔다. 그즈음에 일꾼 두서너 명이 완전히 퍼졌다. 사람들은 모두 근육이 말처럼 튼튼했지만, 계단 오르기를 버거워했다. 우리는 그들 중 일부를 연결구로 통과시켰다. 그중에는 최소한 오십 살을 넘긴 부부도 있었다. 제기랄, 오십이라니! 우리는 강인해 보이는 네 남자와 두 여자가 거의 나가떨어질 때까지 집중적으로 일을 시켰다. 그래도 25분 안에 모든 사람을 처리했다.

우리가 옷을 벗고 있을 때 연결구를 통해 이동식 팩이 전달되었다. 크리스타벨이 조종실의 문을 두드리자 데이브가 이미 벌거벗은 모습으로 나왔다. 나쁜 징조였다.

"조종사들을 꼼짝 못 하게 막아야 했어." 데이브가 말했다. "안 그랬으면 기장이 피를 뚝뚝 흘리면서 비행기를 가로질러 장대한 행진을 했을 거야. 나도 온갖 방법을 다 시도해봤다고."

때로는 그럴 수밖에 없는 때도 있는 법이다. 이때 비행기는 늘 그렇듯이 자동 조종 비행 중이었다. 그러나 우리 중 누군가가 항공기에 위해를 입히거나 어떤 식으로든 사건의 방향을 바꾼다면, 상황이 바뀔 것이다. 지금까지 한 모든 일이 수포가 되고, 우리는 영원히 128편에 접근하지 못하게 될 것이다. 나는 시간 이론에 대해서는 쥐뜻만큼도 모르지만, 실용적인 관점으로 이해했다. 우리는 과거의 역사 중 전혀 바뀌지 않을 시간과 장소에서만 일을 할 수 있다. 우리는 흔적을 감춰야 했다. 그러나 유연성이 있었다. 한 납치단원이 총을 놔두고 돌아가서 비행기에 남았던 적이 있었는데, 아무도 그 총을 발견하지 못했거나 발견했다고 해도 그게 뭔지 전혀 알아채지 못해서 별일 없이 지나갔다.

128편은 기계적 결함이 있었다. 이런 종류가 가장 편했다. 그런 경우 우리는 기장이 기내 상황을 제대로 파악하지 못하게 막지 않아도 됐다. 조종사가 나오지 못하게 틀어막아서 비행기를 마음대로 조종하게 놔둘 수도 있다. 조종사가 어떻게 하더라도 비행기를 구할 수 없기 때문이었다. 조종사 과실로 인한 충돌은 납치하는 게 거의 불가능했다. 우리는 대체로 공중에서 폭파되거나 구조적 결함이 있는 비행기에서 작업했다. 생존자가 한 명이라도 살아남은 사고에는 개입할 수 없다. 그것은 시공간의 짜임새에 맞지 않을 것이다. 시공간은 약간의 신축성이 있긴 했지만 불변이다. 그런 경우 우리는 그저 사라졌다가 준비실에 다시 나타날 것이다.

나는 머리가 아팠다. 이동식 팩이 몹시 간절했다.

"보잉 707에 경험이 제일 많은 사람이 누구야?" 핑키였다. 그래서 나는 핑키를 데이브와 함께 조종실로 보냈다. 데이브는 조종사 목소리로 항공교통관제소와 소통할 수 있었다. 비행 기록장치에도 믿을 만한 기록을 남겨야 했다. 두 사람은 이동식 팩에서 나온 두 개의 긴 튜브를 끌며 갔고, 다른 납치단원들도 그 뒤에 바짝 붙어서 튜브를 끌었다. 우리는 거기에 서서 각자 한 줌 분량의 담배를 피웠다. 우리는 마무리하고 싶었지만, 시간이 없기를 바랐다. 우리가 옷가지를 던지고 승무원들을 통과시키자마자 연결구가 사라졌다.

그러나 우리는 그리 오래 걱정하지 않았다. 납치 작업에는 장점이 많았지만, 이동식 팩을 꽂는 것에 비교할 만한 게 없었다. 기상할 때 수혈은 산소와 혈당이 풍부한 신선한 혈액에 불과했다. 지금 우리가 수혈하는 것은 농축한 아드레날린과 과포화된 헤모글로빈, 각성제, LSD, TNT, 키커푸족의 술을 미친 듯이 섞은 용액이었다. 마치 심장에 폭죽을 터뜨리고, 뱃속에서 내장이 꿈틀거리는 것 같았다.

"난 가슴털이 자라고 있어." 크리스타벨이 진지한 목소리로 말했다. 다들 키득거렸다.

"누가 나한테 눈알 좀 줄래?"

"파란 눈알 줄까, 빨간 눈알 줄까?"

"내 엉덩이가 방금 떨어져 나간 것 같아."

우리는 이전에도 그런 소리를 들었지만, 아무튼 왁자지껄 웃었다. 우리는 강하고도 강했다. 그리고 이 황금 같은 한순간 우리는 아무런 걱정이 없었다. 모든 게 재미있었다. 나는 속눈썹으로 강철판을 찢어버릴 수 있을 것 같았다.

하지만 우리는 그 혼합액 때문에 흥분한 것이었다. 연결구가 나타나지 않고, 나타나지 않고, 제기랄 나타나지 않자, 다들 서성대기 시작했다. 이 비행기는 그다지 멀리 날아가지 못할 운명이었다.

그때 연결구가 나타나 우리가 달려들었다. 첫 번째 더미가 들어왔는데, 비슷하게 생긴 승객에게서 받은 옷을 입고 있었다.

"위쪽에는 2시간 35분이 흘렀대." 크리스타벨이 말했다.

"젠장."

지루한 작업이었다. 더미의 이마에 쓰인 좌석번호를 확인한 후 어깨에 두른 멜빵을 잡고 통로를 따라 끌고 갔다. 이마에 적힌 번호는 3분 후에 사라질 것이다. 더미를 앉히고, 안전띠를 채우고, 멜빵을 풀었다. 그리고 연결구를 통해 멜빵을 던지며 다음 더미의 멜빵을 붙잡았다. 반대편의 작전통제실에 있는 사람들이 제대로 처리한 것으로 믿어야 했다. 치아의 충전재, 지문, 키, 몸무게, 그리고 머리카락 색 등을 정확히 일치시켰을 것이다. 추락해서 불타버릴 128편에서는 그런 특성들이 대부분 별로 중요하지 않았다. 산산조각이 나서 바삭하게 타버릴 것이기 때문이다. 그래도 모험을 할 수는 없었다. 구조대원들은 그들이 발견한 부분들을 꽤 철저히 조사할 것이다. 특히 치과 치료와 지문이 중요했다.

난 더미를 싫어했다. 정말로 싫었다. 내가 더미의 끈을 붙잡을 때마다, 그 더미가 아이일 경우 혹시 앨리스인지 궁금했다. 혹시 우리 아이니? 식물인간, 민달팽이, 끈적끈적한 벌레 같던 그 아이니? 나는 뇌바이러스가 아이의 머리에서 생명을 먹어버린 직후 납치단에 들어왔다. 앨리스가 인류의 마지막 세대이고, 1979년의 보편적인 의학적 기준으로 판단해도 사망한 상태로, 머릿속에 아무것도 없이 컴퓨터가 근육을 작동시켜

균형을 유지할 거라는 사실을 생각하면 견디기 힘들었다. 아이들이 자라나 천 명에 한 명꼴로 임신이 가능한 사춘기가 되면, 첫 번째 열정에 임신이 된다. 그 후 엄마나 아빠로부터 만성 질환을 유전 받았으며, 자신의 아이 중 아무도 그 질환에 면역이 되지 않았다는 사실을 알게 된다. 나는 변형 한센병이 뭔지 알았다. 나는 자라는 동안 발가락이 썩어서 떨어졌다. 이건 너무했다. 당신이라면 어떡하겠는가?

더미 열 개 중 하나만이 맞춤형 얼굴을 달았다. 의사의 부검에 대비해 새로운 얼굴을 만드는 것은 시간과 상당한 기술이 소요됐다. 나머지는 미리 훼손된 상태로 왔다. 우리에게는 그런 신체가 수백 만개가 있었으므로, 피해자의 신체에 맞는 짝을 찾는 것은 어렵지 않았다. 대부분의 더미는 너무도 멍청해서 숨을 멈추지 못했기 때문에, 비행기에 탑승할 때까지도 계속 숨을 쉬었다.

비행기가 심하게 흔들렸다. 나는 손목시계를 쳐다봤다. 충돌까지 5분 남았다. 우리에겐 시간이 필요했다. 나는 마지막 더미 작업을 했다. 데이브가 미친 듯이 지상 관제소를 부르는 소리가 들렸다. 폭탄이 연결구를 통해 들어와서, 내가 조종실로 넘겨줬다. 핑키가 폭탄의 압력 센서를 켠 후 밖으로 뛰쳐나왔고, 뒤이어 데이브도 나왔다. 라이자는 벌써 연결구를 건너갔다. 나는 승무원 복장을 한 흐물흐물한 인형을 움켜쥐고 바닥으로 던졌다. 엔진이 떨어져 나가고, 일부 부품이 객실로 파고들었다. 기압이 떨어지기 시작했다. 폭탄이 조종석 일부를 날려버렸다(우리는 지상에서 추락 사건을 조사하는 사람들이 엔진 부품이 조종실로 뚫고 들어가 조종사들을 죽였을 거라고 해석하길 바랐다. 비행 기록장치에는 더 이상 조종사의 말이 기록되지 않았다). 비행기가 천천히 좌현으로, 아래쪽으로 회전했다. 나는 비행기 옆에 난 구멍으로 빨려 나갈 뻔했지만 가까스로 의자를 붙잡았다. 크리스타벨은 그렇게 운이 좋지 않았다. 크리스타벨이 뒤쪽으로 날아갔다.

비행기가 속도를 잃으며 위로 살짝 올라가기 시작했다. 갑자기 크리스타벨이 누워 있던 통로에서 오르막을 올라와야 할 상황이 되었다. 크리스타벨의 관자놀이에서 피가 배어 나왔다. 나는 뒤쪽을 돌아봤다. 다들 사라지고, 분홍색 옷을 입은 더미 세 개가 바닥에 쌓여 있었다. 비행기가 코를 아래로 향하며 실속하기 시작했다. 내 발이 바닥에서 떴다.

"빨리 와, 크리스타벨!" 내가 소리쳤다. 연결구까지 1미터밖에 남지 않았지만, 나는 크리스타벨이 둥둥 떠 있는 곳으로 힘겹게 올라가기 시작했다. 비행기가 덜컹대자 크리스타벨이 바닥에 부딪혔다. 놀랍게도, 그 충격 덕분에 크리스타벨이 깨어난 모양이었다. 크리스타벨이 나를 향해 헤엄치기 시작했다. 내가 크리스타벨의 손을 잡았을 때 바닥이 다시 우리를 때렸다. 비행기가 최후의 고통을 겪는 동안 우리는 기어서 연결구로 갔다. 연결구가 사라졌다.

뭐라 할 말이 없었다. 우리는 연결구로 들어가려 했었다. 하지만 일직선으로 움직이는 비행기에서도 연결구를 제자리에 유지하기는 쉽지 않았다. 비행기가 빙빙 돌며 부서지기 시작하면, 수학적 계산이 끔찍해졌다. 나는 그렇게 들었다.

나는 크리스타벨을 끌어안고, 크리스타벨의 피 묻은 머리를 붙잡았다. 크리스타벨은 탈진 상태였지만, 억지로 웃으며 어깨를 으쓱했다. '네가 가진 것을 최대한 이용하라.' 나는 화장실로 서둘러 들어가서, 내 몸뚱이와 크리스타벨을 바닥으로 내렸다. 크리스타벨을 다리 사이에 끼고 비행기 앞쪽의 벽에 기댔다. 딱 훈련받았던 자세였다. 우리는 발로 반대편 벽을 밀었다. 나는 크리스타벨을 꼭 끌어안고 그 어깨에 기대어 울부짖었다.

그때 연결구가 나타났다. 왼쪽에서 초록색 불빛이 빛났다. 나는 크리스타벨을 끌고 연결구를 향해 몸을 던졌다. 우리는 머리 위로 더미 둘이 연결구를 통해 지나갈 수 있도록 머리를 낮췄다. 더미들이 비행기 바닥에 곤두박질쳤다. 손들이 우리를 붙잡아 당겼다. 나는 족히 5미터 정도 되는 거리를 기어갔다. 비행기에 다리 하나쯤은 남겨놓아도 상관없지만,

나에겐 여분의 다리가 없었다.

*

그들이 크리스타벨을 의사에게 데려갈 때, 나는 일어나 앉았다. 크리스타벨이 들것에 실려 갈 때 내가 팔을 토닥였지만, 이미 졸도한 상태였다. 나는 내가 의식을 잃는 상황에 대해서는 별로 신경 쓰지 않았다.

한동안 이런 일이 실제로 일어났다는 사실을 사람들은 믿기 어려워했다. 때때로 실제로 일어나지 않았다고 밝혀지기도 했다. 돌아온 후 감방 안에 가둬두었던 희생자들이 갑자기 조용히 사라졌다는 사실을 알게 되기도 했다. 시간 연속체는 사람이 변화와 역설을 일으키는 상황을 용납하지 않기 때문이었다. 구하려고 너무도 열심히 노력했던 희생자들은 짓눌린 토마토처럼 캐롤라이나의 빌어먹을 언덕 여기저기에 늘어져 있고, 남은 것은 망가진 더미들과 지칠 대로 지친 납치단뿐이었다. 그러나 이번은 달랐다. 희생자들이 감방 안에서 벌거벗고 당황한 모습으로 이리저리 서성이는 것을 볼 수 있었다. 그리고 그들은 이제 막 정말로 두려워하기 시작했다.

내가 엘프레다 작전팀장 옆을 지나갈 때 팀장이 나를 툭 쳤다. 그리고 고개를 끄덕였는데, 무뚝뚝해서 몸짓에 인색한 작전팀장의 잘했다는 인사였다. 나는 이러나저러나 상관없다는 듯 어깨를 으쓱했지만, 여분의 아드레날린이 아직도 혈관에 남아 있던 모양인지 어느새 내가 팀장을 바라보며 씩 웃고 있었다. 그리고 작전팀장에게 고개를 끄덕였다.

진은 펜을 잡고 서 있었다. 나는 그에게 가서 끌어안았다. 체액이 흘러내리기 시작하는 게 느껴졌다. 젠장, 배급 식량을 좀 낭비하더라도 즐거운 시간을 보내자.

누군가가 희생자 감방의 무균 유리벽을 두드렸다. 여자는 우리에게 소리치며 화난 말을 쏟아부었다. "왜 이러는 거야? 우리에게 무슨 짓을 하는 거야?" 카트리나 손더가드였다. 카트리나는 대머리에 외다리지만 자신과 똑같이 생긴 나에게 설명해달라고 애원했다. 카트리나는 자신에게 문제가 있다고 생각했다. 세상에나, 카트리나는 예뻤다. 하지만 나는 카트리나의 용기가 싫었다.

진이 나를 유리벽에서 떼어냈다. 나는 손을 다쳐서 유리벽을 긁지 않아도 가짜 손톱이 모두 부러진 상태였다. 카트리나는 이제 바닥에 앉아 흐느껴 울었다. 감방 바깥의 스피커에서 상황 설명을 담당하는 사람의 목소리가 들려왔다.

"…센타우리 3은 지구와 비슷한 기후이며 쾌적합니다. 이때 말하는 지구는 여러분의 살던 당시의 지구를 의미하는 것으로서, 현재의 지구를 의미하는 것은 아닙니다. 나중에 더 많이 이해하게 될 겁니다. 여행은 우주선 시간으로 5년이 걸릴 예정입니다. 착륙한 후 여러분은 말 한 필과 쟁기 한 자루, 도끼 세 자루, 씨앗 2백 킬로그램을 받게 됩니다…."

나는 진의 어깨에 기댔다. 그들이 가장 약한 바로 이 순간에도, 그들은 우리보다 훨씬 나았다. 나는 10년 정도 이렇게 살아왔는데, 그중 절반은 사지가 잘린 채 살았다. 저 사람들이 우리의 최선이고, 우리의 가장 빛나는 희망이다. 모든 게 저들에게 달렸다.

"…누구도 여러분에게 그곳으로 가라고 강요하지 않을 것입니다. 마지막으로 다시 한번 알려드리자면, 우리가 개입하지 않았다면 여러분은 이미 모두 사망했을 겁니다. 하지만 여러분이 알아야 할 사실들이 있습니다. 여러분은 우리의 공기를 호흡할 수 없습니다. 여러분이 지구에 남게 된다면, 절대로 이 건물을 벗어날 수 없습니다. 우리는 여러분과 다릅니다. 우리는 유전자 변형을 통한 돌연변이의 결과물입니다. 우리는 생존자이지만, 적들도 우리와 마찬가지로 진화해왔습니다. 그 적들이 이기고 있습니다. 그러나 여러분은 우리를 괴롭히는 질병에 면역이 되어 있습니다…."

나는 움찔하고 고개를 돌렸다.

"…반면에, 여러분이 이주하신다면, 새로운 삶을 살아갈 기회가 주어질 것입니다. 쉽지는 않겠지만, 미국인으로서 여러분은 개척자 전통을 자랑스럽게 여겨야 합니다. 여러분의 조상들이 살아남았듯이, 여러분도 살아남을 겁니다. 이것은 해볼 만한 경험으로서, 여러분께 강력히 추천…."

그렇고말고. 진과 나는 서로를 바라보며 웃었다. '이 사람들아, 잘 들어. 당신들 중 5퍼센트는 며칠 안에 신경쇠약에 걸려 지구를 떠나지 않으려 할 거야. 그리고 비슷한 숫자가 여기에서나 여행 도중에 자살할 거야. 그곳에 도착하면 3년 안에 60에서 70퍼센트가 죽을 거야. 출산하다가 죽고, 동물에게 먹히고, 아기들 셋 중 둘을 매장하고, 비가 안 와 가뭄이 들면 서서히 굶주려 죽어가겠지. 여러분이 살아남는다면, 새벽부터 해 질 녘까지 쟁기를 끄느라 허리가 망가질 거야. 여러분, 새로운 지구는 그야말로 천국이라고!'

아, 내가 저들과 함께 여기를 떠날 수 있다면 얼마나 좋을까.

THE PUSHER

추진자

✦
1981년 10월 〈The Magazine of Fantasy & Science Fiction〉에 첫 발표
1982년 휴고상, 로커스상, SF 클로니클상 수상

상황이 바뀌었다. 이안 하이즈도 그럴 거라 예상했었다. 하지만 기능과 용도에 따라 결정되는 일정한 상수가 있다. 이안은 그런 상수들을 찾았고, 거의 틀리는 법이 없었다.

이 놀이공원은 그가 어렸을 때 알던 놀이공원과 매우 달랐다. 하지만 놀이공원은 어차피 아이들을 즐겁게 해주기 위해 만들어진 곳이다. 그래서 언제나 흔들리는 기구와 미끄러지는 기구, 올라가는 기구가 있기 마련이다. 여기에도 그런 기구가 모두 있었다. 그 외에도 몇 가지 기구가 더 있었다. 그중 일부는 두껍게 나무가 덧대어져 있었다. 수영장도 있었다. 고정된 장치와 현실을 오가는 황홀한 빛의 조형물이 결합되었다. 피그미 코뿔소와 무릎 높이도 되지 않는 우아한 가젤도 있었다. 동물들은 부자연스럽게 온순하고 겁이 없어 보였다.

하지만 무엇보다 놀이공원에는 아이들이 있었다.

이안은 아이들을 좋아했다.

그는 나무 주변의 그늘에 있는 공원의 목제 벤치에 앉아 아이들을 지켜봤다. 다양한 색과 키의 남녀 아이들이 밀려 들어왔다. 활기찬 감초 젤

리빈 같은 검은 아이들, 버니 래빗 같은 하얀 아이들, 곱슬머리의 갈색 아이들, 눈꼬리가 치켜 올라가고 검은 직모의 더 짙은 갈색 아이들, 그리고 원래는 하얀 아이였지만 이제 갈색 아이들보다 진한 갈색으로 태운 아이도 있었다.

이안은 여자아이들에게 집중했다. 그는 오래전에 남자아이들에게 시도해봤었지만 잘 되지 않았다.

이안은 한 흑인 아이를 한참 동안 지켜보며 나이를 추정했다. 아이가 여덟 살이나 아홉 살 정도라고 짐작했다. 너무 어렸다. 다른 아이는 치마를 보니 열세 살 정도인 것 같았다. 가능성은 있지만, 이안은 그보다 어린 아이를 선호했다. 조금 더 순진하고 덜 의심하는 아이.

마침내 이안은 마음에 드는 여자아이를 발견했다. 그 아이는 피부가 갈색이었지만, 놀랍게도 금발이었다. 열 살? 아마 열한 살 정도? 어쨌든 충분히 어렸다.

이안은 그 아이에게 집중했다. 그리고 적당한 아이를 골랐을 때 하는 특이한 행동을 했다. 이안은 그게 뭔지 몰랐지만, 대체로 효과가 있었다. 그 행동은 그저 아이를 바라보는 것이었다. 아이가 어디로 가든 무엇을 하든 상관없이 시선을 고정한 채 다른 일에 신경을 쓰지 않고 집중하는 게 전부였다. 아니나 다를까, 몇 분 후 아이가 고개를 들어 주위를 둘러보더니, 이안의 눈을 마주 봤다. 아이는 잠시 이안에게서 눈을 떼지 못하다가, 다시 놀이로 돌아갔다.

이안이 긴장을 풀었다. 어쩌면 그가 한 일은 아무것도 아닐지도 모른다. 성인 여자들과 함께 있을 때, 한 사람이 눈에 띌 경우 그 여자를 응시하고 있으면, 그 여자는 대체로 하던 일을 멈추고 고개를 들어 그를 바라봤다. 한 번도 실패한 적이 없었다. 다른 남자들과 이야기해보고는, 그게 일반적으로 경험하는 일이라는 것을 알게 되었다. 여자들은 남자의 시선을 느낄 수 있는 것 같았다. 여자들은 말도 안 되는 소리라고 했다. 혹은 실제로 그런 일이 일어난다면, 그것은 그저 성적인 신호를 경계하도록 훈련된 사람들이 주변의 시선에 반응하는 것뿐이라고 했다. 무의식적인 관찰이 의식에 영향을 미치는 것에 불과할 뿐, 초능력처럼 신비로운 것은 아니라는 이야기였다.

그럴지도 모른다. 그래도 이안은 그런 눈맞춤에 매우 능숙했다. 그가 관찰하는 동안 여자아이들이 목뒤를 문지르거나, 어깨를 웅크리는 모습을 여러 번 봤다. 어쩌면 여자들에게 일종의 초능력이 생겼는데, 그것을 인식하지 못하는 것인지도 모른다.

지금 이안은 그저 바라보기만 했다. 이안이 미소를 지었다. 여자아이가 고개를 들어 그를 볼 때마다(시간이 갈수록 점점 자주 바라봤다), 코가 부러지고, 어깨가 벌어졌으며, 백발이 살짝 있고, 다정해 보이는 남자가 눈에 들어왔다. 손도 강해 보였다. 이안은 무릎 사이에 양손을 맞잡은 자세로 앉아 있었다.

이제 여자아이가 이리저리 오가며 이안이 있는 방향으로 천천히 움직이기 시작했다.

여자아이를 바라보고 있던 누구도 그 아이가 이안을 향해 가고 있다고는 생각하지 않았을 것이다. 아마 아이 자신도 몰랐을 것이다. 아이에게는 멈춰서 넘어지거나, 부드러운 고무 매트 위에서 뛰거나, 시끄러운 기러기 무리를 쫓아갈 이유가 있었다. 어쨌든 아이는 이안을 향해 조금씩 다가오고 있었다. 결국 아이는 공원 벤치로 올라가 이안의 옆에 앉게 되었다.

이안이 재빨리 주위를 둘러봤다. 전과 마찬가지로, 이 놀이공원에는 어른이 거의 없었다. 이안은 이 공원에 처음 왔을 때 놀랐다. 부모가 아이를 지켜보지 않고 마음껏 뛰어놀게 해도 안전하다고 느낄 정도로, 새로운 조절 기술이 폭력적이고 뒤틀린 인간들의 숫자를 줄인 것은 분명했다. 공원에 있는 어른들은 서로 사귀느라 바빴다. 이안이 공원에 왔을 때 아무도 그를 쳐다보지 않았다. 이안에게는 그런 상황이 좋았다. 그가 계획한 일을 훨씬 쉽게 할 수 있기 때문이었다. 물론 핑계도 준비해두었다.

그렇지만 법률 담당자가 놀이공원에서 서성이는 독신 중년 남성에게 질문을 던지면 당황할 수도 있다.

잠시 동안 이안은 아무리 정신 조절 기술이 있더라도, 이 아이들의 부모들이 어떻게 그렇게 태평일 수 있는지 진심으로 걱정했다. 어쨌든 먼저 무슨 짓을 저지른 후에야 정신 조절을 받게 되어 있다. 아마 매일 새로운 미치광이가 생겨나고 있을 것이다. 일반적으로, 그들이 어떤 정신 나간 짓으로 다른 존재라는 사실을 보여주기 전까지는 다른 사람과 똑같이 보이기 마련이다.

이안은 누군가가 이 부모들에게 엄중한 가르침을 줘야 한다고 생각했다.

"누구세요?"

이안이 얼굴을 찌푸렸다. 확실히 열한 살은 아니었다. 이렇게 가까이 보니 그렇게 보이지 않았다. 열 살도 안 된 것 같았다. 아마 여덟 살 정도일 것이다.

여덟 살이면 괜찮을까? 이안은 평소처럼 조심스럽게 생각을 가다듬고, 이 상황에 관심을 가지고 쳐다보는 사람이 있는지 주변을 다시 둘러봤다. 아무도 없었다.

"내 이름은 이안이야. 네 이름은 뭐니?"

"아뇨. 이름 말고요. 누구세요?"

"내가 뭐 하는 사람이냐고?"

"네."

"난 푸셔(Pusher)야."*

아이가 골똘히 생각하더니 미소를 지었다. 아이의 작은 입안에 영구치가 빽빽이 자리 잡고 있었다.

* Pusher에는 마약상이라는 뜻도 있다.

"마약을 파나요?"

이안이 웃었다. "아주 좋아." 그가 말했다. "너는 책을 많이 읽는 모양이구나." 아이는 아무 대답도 하지 않았지만, 태도로 볼 때 기뻐하는 것 같았다.

"아니야." 이안이 계속 말했다. "나는 그런 푸셔하고는 다른 일을 해. 하지만 너도 알고 있잖아, 그렇지 않니?" 이안이 웃자, 아이가 킥킥 웃었다. 아이는 손으로 어린 소녀들이 하는 무의미한 손짓을 했다. 이안은 이 아이가 자신이 얼마나 귀여운지 잘 알고 있다고 생각했지만, 금지된 성욕에 대해서는 전혀 모르는 듯했다. 아이는 밖으로 터져나갈 준비가 되어 있는 성징을 품은 숙성한 씨앗이었다. 아이의 몸은 뼈대의 밑그림이고, 여성을 구성할 틀이다.

"몇 살이야?"

"그건 비밀이에요. 코는 왜 그렇게 됐어요?"

"오래전에 부러졌어. 열두 살이 틀림없어, 그렇지?"

아이가 킥킥 웃더니 고개를 끄덕였다. 그렇다면 열한 살이구나. 그것도 막 생일이 지난 열한 살.

"사탕 줄까?" 이안이 주머니에서 분홍색과 흰색 줄무늬가 그려진 종이봉투를 꺼냈다.

아이가 진지한 얼굴로 고개를 저었다. "엄마가 낯선 사람에게 사탕을 받지 말라고 했어요."

"하지만 우리는 낯선 사람이 아니잖아. 난 이안이야. 푸셔지."

아이가 골똘히 생각했다 아이가 망설이는 동안 이안이 가방에 손을 집어넣어 터무니없이 두껍고 끈적끈적한 초콜릿을 꺼냈다. 그가 초콜릿을 깨물고 억지로 씹었다. 이안은 단것을 싫어했다.

"좋아요." 아이가 말하며 가방을 향해 손을 뻗었다. 이안이 아이의 손을 가방에서 떼어냈다. 아이가 천진한 얼굴로 놀라서 이안을 바라봤다.

"방금 생각났어." 이안이 말했다. "난 네 이름을 모르잖아. 그러니 우리는 낯선 사람인 것 같아."

아이는 이안의 눈이 반짝이는 것을 보고, 이게 장난이라는 사실을 알아챘다. 이안은 그 눈빛을 연습했다. 그의 눈이 예쁘게 반짝거렸다.

"내 이름은 '래디언트'예요. 래디언트 샤이닝스타 스미스(Radiant Shiningstar Smith)."

"아주 멋진 이름이구나." 이안은 아이가 이름을 어떻게 바꿨을지 생각하며 말했다. "아주 예쁜 여자아이에 잘 어울리는 이름이야." 이안이 이야기를 멈추고 고개를 갸웃했다. "아니, 아닌 것 같아. 넌 래디언트(Radiant)… 스타(Starr)야. r이 두 개 달린 별(Starr) 말이야. 별나라 순찰대의 '빛나는 별 대장'."

래디언트가 잠시 어리둥절한 표정을 지었다. 이안은 자신이 아이를 잘못 판단한 게 아닌지 불안했다. 아마 아이의 본명은 '래디언트 페인팅 하트 벨(Radiant Faintingheart Belle)'이거나 '래디언트 머더후드(Radiant Motherhood)'일지도 모른다. 하지만 그러기엔 아이의 손톱이 조금 지저분했다.

아이가 손가락으로 이안을 가리키더니, 엄지손가락을 앞뒤로 움직이며 디즈니의 '도널드 덕' 소리를 냈다. 이안이 가슴에 손을 대고 옆으로 쓰러지자, 아이가 웃음을 터뜨렸다. 하지만 아이는 이안에게 무기를 단단히 조준한 채로 조심스럽게 말했다.

"그 사탕을 주지 않으면 또 쏠 거야."

이제 놀이공원이 조금 어두워졌고, 사람들도 그렇게 붐비지 않았다. 래디언트는 이안의 벤치 옆자리에 앉아 다리를 까닥거리고 있었다. 아이의 맨발이 바닥에 닿지 않았다.

래디언트는 나중에 상당히 아름다울 것 같았다. 이안은 래디언트의 얼굴에서 그 사실을 분명히 볼 수 있었다. 몸에 관해서는… 누가 알겠는가?

이안이 정말로 관심을 가진 건 그런 게 아니었다.

래디언트는 이 옷에서 조금, 저 옷에서 조금 가져다 만들고, 여기저기가 닳은 옷을 입고 있었다. 이안이 생각하는 단정함이라는 개념과는 멀었다. 많은 아이가 아무것도 입지 않았다. 이안이 공원에 왔을 때, 아이들의 그런 모습에서 조금 충격을 받았다. 이제는 그게 거의 익숙해졌지만, 이안은 여전히 래디언트의 부모가 그런 부분에 조심성이 없다고 생각했다. 아이의 부모는 정말로 열한 살짜리 소녀를 거의 알몸으로 공공장소에 내버려 둘 정도로 세상이 안전하다고 생각하는 걸까?

이안은 래디언트가 친구들에 대한 수다를 늘어놓을 때 대충 흘려들으며 앉아 있었다. 아이는 싫어하는 친구들과 좋아하는 친구 한두 명에 대해 떠들어댔다.

이안은 적절할 때 "음"과 "으응"을 삽입했다.

래디언트가 귀엽다는 것은 부정할 수 없는 사실이었다. 래디언트는 그 나이 또래의 어린아이들이 그렇듯, 아주 귀여우면서도 방울뱀처럼 독기를 품었을 수도 있다. 래디언트는 사람을 따뜻하게 만드는 능력이 있었지만, 그것은 겉모습뿐이었다. 속으로는 자신에 대한 애정만 가득했다. 타인에 대한 아이의 충성심은 덧없는 것이어서 쉽게 주어지는 만큼 쉽게 잊혔다.

그런데 왜 안 될까? 래디언트가 어리기 때문이다. 래디언트가 그러는 것은 완벽하게 건강한 징후였다.

그런데 이안이 감히 아이를 만지려 했을까?

그건 미친 짓이었다. 다들 말하듯이 그건 미친 짓이었다. 그건 거의 효과가 없었다. 그게 왜 아이에게 효과가 있겠는가? 이안은 패배의 무게를 느꼈다.

"괜찮아요?"

"응? 나? 물론 괜찮지. 너희 엄마가 걱정하시지 않을까?"

"아직 몇 시간 동안은 안 들어가도 돼요." 래디언트가 말투가 너무 어른스러워서, 이안도 잠깐 그 거짓말을 거의 믿을 뻔했다.

"그렇구나. 난 여기에 앉아 있는 게 지겨워. 그리고 사탕도 다 떨어졌거든." 이안이 아이의 얼굴을 바라봤다. 아이가 어깨나 팔뚝으로 살짝 닦은 부분을 제외하고는, 입 주변에 대부분의 초콜릿이 큰 원을 그리며 남아 있었다. "저 뒤에는 뭐가 있어?"

래디언트가 고개를 돌렸다.

"저기요? 저긴 수영장이에요."

"저쪽으로 가볼까? 내가 이야기 하나 해줄게."

이야기를 해주겠다는 약속만으로는 아이를 물 밖에 계속 있도록 하기에 부족했다. 이안은 그게 좋은 일인지, 나쁜 일인지 알 수 없었다. 그는 래디언트가 똑똑하고, 독서를 하며, 상상력이 풍부하다는 사실을 알고 있다. 하지만 아이는 활동적이기도 했다. 이안에게는 그 매력이 너무 강하게 느껴졌다. 이안은 물가에서 멀리 떨어진 덤불 아래 앉아서, 저녁 늦게까지 공원에 남아 있는 다른 세 아이와 물놀이하는 래디언트를 지켜봤다.

래디언트가 이안에게 돌아올 수도 있고, 돌아오지 않을 수도 있다. 어느 쪽이든 그의 삶은 바뀌지 않겠지만, 아이의 삶은 바뀔지도 모른다.

래디언트가 탁한 물에서 한없이 깨끗해진 모습으로 나와 물방울을 뚝뚝 떨어트렸다. 아이는 적당하게 맞는 아무 천 조각이나 두르고, 부들부들 떨면서 이안에게 다가갔다.

"추워요." 래디언트가 말했다.

"여기." 이안이 재킷을 벗었다. 래디언트는 이안이 자신을 감싸줄 때 그의 손을 보더니, 손을 뻗어 이안의 딱딱한 어깨를 만졌다.

"아저씨는 확실히 튼튼하네요." 래디언트가 말했다.

"아주 튼튼하지. 푸셔로서 열심히 일하거든."

"근데 푸셔가 뭐예요?" 래디언트가 하품을 억지로 참으며 말했다.

"이리 와서 내 무릎에 앉아. 이야기해줄게."

이안이 래디언트에게 이야기해줬다. 모험심이 강한 아이라면 거부할 수 없는 아주 재미있는 이야기였다. 이안은 그 이야기를 연습하고 다듬었다. 그리고 리듬과 박자가 딱 맞을 때까지, 너무 어려운 단어가 아니라 약간의 열정과 활력이 담긴 적절한 단어를 찾을 때까지 녹음기에 여러 번 녹음했었다.

그래서 이안은 다시 한번 용기를 얻었다. 이야기를 시작할 때만 해도 지루해하던 아이가 점차 그의 이야기에 집중하기 시작했다. 지금껏 아무도 아이에게 그런 식으로 이야기를 들려준 적이 없었기 때문일 것이다. 래디언트는 모니터 앞에 앉아 눈과 귀로 이야기를 주입받는 게 익숙했다. 이야기를 듣다가 끼어들어 질문을 하고 답을 얻는 것은 아이에게 색다른 경험이었다. 독서도 그렇게 진행되지 않았다. 이야기를 입으로 전하는 전통은 여전히 전자 시대의 N차 세대를 매료시킬 수 있었다.

"정말 멋진 이야기 같아요." 이안이 이야기를 마쳤다는 생각이 들자 래디언트가 말했다.

"마음에 들어?"

"정말 좋았어요. 저도 커서 푸셔가 되고 싶어요. 정말 멋진 이야기였어요."

"음, 내가 해주려던 이야기는 사실 이게 아니었어. 이건 그냥 푸셔가 되면 어떤지에 관한 이야기잖아."

"다른 이야기가 있다는 뜻인가요?"

"물론이지." 이안이 시계를 바라봤다. "하지만 아쉽게도 시간이 늦은 것 같아. 거의 어두워져서 다들 집으로 돌아갔잖아. 너도 가는 게 나을 것 같아."

래디언트는 해야 할 일과 원하는 일 사이에서 괴로워했다. 래디언트에 대한 이안의 짐작이 맞는다면, 래디언트는 갈등하지 않을 것이다.

"음… 그렇지만… 그렇지만 내일 다시 올게요. 그러면 아저씨가…."

이안이 고개를 저었다.

"내가 탈 우주선이 아침에 떠날 거라서 시간이 없어." 이안이 말했다.

"그러면 지금 이야기해줘요! 여기 있을 수 있어요. 지금 말해줘요. 제발, 제발, 제발?"

이안은 소극적으로 저항하고, 헛기침하고, 항의도 했지만, 결국 설득에 넘어갔다. 이안은 매우 기분이 좋았다. 가느다란 낚싯줄로 3킬로그램 송어를 잡은 느낌이었다. 이건 스포츠가 아니었다. 게다가 이안은 놀이를 하는 게 아니었다.

드디어 이안이 자신의 전문 분야에 도착했다.

이안은 때때로 그 이야기가 자기 것이라고 주장하고 싶었지만, 사실 그는 이야기를 지어낼 능력이 없었다. 이안은 더 이상 이야기를 만들려 시도하지 않았다. 대신, 자신이 찾을 수 있는 동화와 판타지에서 아이디어를 얻었다. 이안에게 천재적 재능이 있다고 한다면, 아이가 알고 있는 세계에 맞춰 몇 가지 요소를 변형하면서, 동시에 아이의 흥미를 끌 수 있는 만큼 낯설게 유지하고, 마지막에 즉흥적인 이야기를 집어넣어 아이에게 맞도록 개성을 부여한다는 점이었다.

이안이 들려준 이야기는 환상적이었다. 유리로 이루어진 산 위에 세워진 마법의 성, 바다 밑의 축축한 동굴, 은하계를 날아다니는 우주선 함대와 말을 탄 빛나는 기사들이 등장했다. 사악한 외계 생물과 선한 외계 생물도 있었다. 물약도 나왔다. 비늘에 덮인 짐승이 초공간에서 포효하며 튀어나와 행성을 집어삼켰다.

그 온갖 혼란이 펼쳐진 한복판을 왕자와 공주가 성큼성큼 걸어갔다. 두 사람은 끔찍하게 곤란한 상황에 빠졌는데, 서로 도와 그 상황에서 벗어났다. 이야기는 매번 다르게 진행되었다. 이안은 래디언트의 눈을 주시했다. 그 눈빛이 산만해지면 그 이야기를 통째로 버렸다. 아이의 눈이 커지면, 나중에 어떤 부분을 연결해야 할지 알 수 있었다. 이안은 아이의 반응에 맞춰 이야기를 구성했다.

래디언트는 졸렸다. 조만간 잠에 항복할 것이다. 이안에게는 아이가 깨어 있지도 않고, 잠들지도 않은 몽환 상태가 될 필요가 있었다. 그때 이야기가 끝날 것이다.

"… 치료사들이 오랜 시간 노력했지만 공주를 구할 수 없었어. 그날 밤 공주는 왕자와 멀리 떨어진 곳에서 죽어버렸지."

래디언트가 입을 작게 모으고 "오!" 소리를 냈다. 이야기가 그렇게 끝나서는 안 된다.

"그게 다예요? 공주는 죽고, 다시는 왕자를 못 만났다고?"

"글쎄, 그게 다는 아니야. 하지만 남은 이야기는 사실이 아닐지도 몰라. 그러니 너에게 그 이야기를 하면 안 되겠지" 이안은 기분 좋은 노곤함이 느껴졌다. 목이 약간 따끔거리며 쉰 목소리가 나왔다. 무릎 위에 앉아 있는 래디언트는 따스하게 묵직했다.

"나한테는 말해줘야죠, 알잖아요." 아이가 현명하게 말했다. 이안은 아이의 말이 옳다고 생각했다. 그가 심호흡했다.

"알았어. 공주의 장례식에 은하계의 위대한 사람들이 모두 참석했어. 그중에는 역사상 가장 위대한 마법사도 있었어. 마법사의 이름은… 하지만 그건 정말로 너에게 말해주면 안 돼. 내가 말하면 마법사가 굉장히 화를 낼 거야. 아무튼 이 마법사가 공주의 빈소를 지나갔어…. 빈소라는 게 뭐냐면…."

"알아요, 알아요. 계속 이야기해줘요!"

"갑자기 마법사가 얼굴을 찌푸리더니, 공주의 창백한 시체 위로 몸을 기울였어. '이게 뭐지?' 마법사가 소리쳤어. '왜 나한테 말하지 않은 거야?' 모두 매우 걱정했어. 이 마법사는 매우 위험한 사람이었거든. 한번은 누군가가 그 마법사를 모욕하는 말을 했을 때, 마법사가 모든 사람의 머리를 뒤로 돌리는 주문을 외우는 바람에 다들 뒷거울을 들고 다녀야 했어. 마법사가 정말로 화가 나면 무슨 짓을 할지는 상상하기도 힘들었지.

'공주가 스타스톤을 차고 있잖아.' 마법사가 말하며 몸을 일으키더니,

마치 사방에 바보들만 있다는 듯 사람들을 바라보며 얼굴을 찌푸렸어. 나는 마법사가 분명히 그렇게 생각했을 거라고 확신해. 그리고 어쩌면 마법사의 생각이 맞았는지도 몰라. 마법사가 스타스톤이 무엇인지, 그리고 스타스톤으로 무엇을 할 수 있는지 말해줬지만, 그전까지 그런 이야기를 들어본 사람은 아무도 없었어. 그런데 마법사의 설명이 사실인지는 나도 잘 모르겠어. 마법사가 현명하고 강력한 사람이란 건 모두 알았지만, 사실 거짓말을 많이 하는 사람으로도 유명했기 때문이야.

마법사는 스타스톤이 죽음의 순간에 사람의 영적 실체를 포착할 수 있다고 했어. 공주의 모든 지혜와 모든 힘, 모든 지식, 아름다움과 용기가 스타스톤에 흘러들어 영원히 간직될 거라 했지."

"생기를 붙잡아두는 거네요." 래디언트가 나직이 속삭였다.

"바로 그거야. 이 말을 들은 사람들은 깜짝 놀랐어. 사람들이 마법사에게 질문을 쏟아냈지만, 마법사는 마지못해 몇 마디만 겨우 대답해줄 뿐이었지. 결국 마법사가 화를 내며 떠났어. 마법사가 떠난 후 모든 사람이 밤새도록 그가 한 말을 두고 이야기를 나눴어. 어떤 사람들은 공주가 아직 살아 있을 거라는 희망을 마법사가 보여줬다고 생각했어. 만약 공주의 몸을 얼려놓으면, 왕자가 돌아왔을 때 공주의 정수를 다시 몸 안에 주입할 수 있을지도 모른다는 거지. 다른 사람들은 마법사가 그런 희망은 불가능하며 공주가 반평생 돌이 갇혀 있을 운명이라 말했다고 생각했어.

하지만 지배적인 의견은 이런 것이었어.

아마도 공주를 다시 완벽하게 살려내지는 못할 것이다. 하지만 적합한 사람을 찾을 수 있다면, 공주의 정수를 스타스톤을 통해 그 사람에게 흘러 들어가게 할 수 있을 것이다. 모든 사람이 젊은 아가씨를 찾아야 한다는 데 동의했어. 그리고 그 사람은 아름다워야 하고, 매우 영리해야 하고, 발이 빨라야 하고, 사랑스러워야 하고, 친절해야 하고…. 아, 이런, 그 목록은 너무도 길었어. 다들 그런 사람을 찾을 수 있을지 의심했지. 찾으려는 시도조차 하지 않으려 하는 사람들도 많았어.

그렇지만 결국 스타스톤은 왕자의 충실한 친구에게 주어야 한다고 결정되었어. 그 친구는 은하계를 뒤져 그런 아가씨를 찾기로 했지. 만일 그런 아가씨가 존재한다면, 그 친구가 찾아낼 거야.

　그래서 그 친구는 적절한 아가씨를 찾아 스타스톤을 주겠다고 맹세하며, 많은 세계의 축복을 뒤로하고 떠났어."

　이안은 다시 이야기를 멈추고, 헛기침했다. 그리고 침묵이 길어지도록 놔뒀다.

　"그게 다예요?" 이윽고 래디언트가 속삭이듯 물었다.

　"전부는 아니야." 이안이 인정했다. "내가 너를 속여서 미안해."

　"절 속였다고요?"

　이안이 그때까지 래디언트의 어깨를 감싸고 있던 외투의 앞쪽을 열었다. 그리고 빼빼 마른 래디언트의 가슴을 지나 외투의 안쪽 주머니로 손을 뻗었다. 이안이 수정을 꺼냈다. 수정은 타원형 모양이었는데, 한쪽 면이 납작했다. 이안의 손바닥에 놓인 수정이 루비처럼 반짝거렸다.

　"빛이 나네요." 래디언트가 눈을 크게 뜨고 입을 쩍 벌린 채 말했다.

　"응, 그렇지. 이건 바로 네가 바로 그 사람이라는 뜻이야."

　"저요?"

　"그래. 이걸 받아." 이안이 래디언트에게 수정을 건네주며, 엄지손톱으로 수정을 긁었다. 붉은빛이 래디언트의 손으로 쏟아져나와 손가락 사이로 흘러내렸다. 마치 그 빛이 피부로 스며드는 것 같았다. 빛이 가라앉았을 때, 수정은 여전히 고동쳤지만 희미해졌다. 래디언트의 손이 떨렸다.

　"아주, 아주 뜨거웠어요." 래디언트가 말했다.

　"그게 공주님의 정수였어."

　"왕자님은요? 아직도 공주님을 찾고 있나요?"

　"그건 아무도 몰라. 내 생각엔 왕자님이 저 밖 어디엔가 있는데, 언젠가 공주님을 찾으러 돌아올 거야."

　"그러면 그다음엔 어떻게 되나요?"

이안이 래디언트에게서 눈길을 돌렸다. "나는 말해줄 수 없어. 아무리 네가 사랑스럽고, 설령 스타스톤까지 가지고 있더라도, 왕자님은 공주님에 대한 그리움 때문에 야위어 가실 거야. 공주님을 아주 많이 사랑하셨거든."

"내가 왕자님을 돌봐줄 거예요." 래디언트가 다짐했다.

"도움이 될지도 모르겠구나. 그런데 나는 지금 문제가 있어. 왕자님께 공주님이 사망하셨다고 말할 용기가 없어. 하지만 언젠가는 스타스톤이 왕자님을 끌어당길 것 같아. 왕자님이 오셔서 너를 찾게 될까 봐 걱정돼. 왕자님이 찾으실 수 없는 은하계 먼 곳으로 스타스톤을 가져가야 할 것 같아. 그러면 어쨌든 왕자님이 공주님의 죽음을 알지 못하실 테니까. 그게 더 나을지도 몰라."

"하지만 내가 왕자님을 도울 거예요." 래디언트가 진지하게 말했다. "약속해요. 내가 왕자님을 기다릴게요. 왕자님이 오시면 제가 공주님을 대신할 거예요. 두고 보세요."

이안이 아이를 살펴봤다. 아마 아이도 그를 살펴봤을 것이다. 이안은 한참 동안 아이의 눈을 바라보다가, 이윽고 만족스러운 표정을 지었다.

"아주 좋아. 그럼 네가 가지고 있으렴."

"왕자님을 기다릴 거예요." 래디언트가 말했다. "두고 보세요."

래디언트는 너무 피곤해서 거의 잠들기 직전이었다.

"이제 집에 가는 게 좋겠어." 이안이 제안했다.

"잠시만 누워 있을게요." 래디언트가 말했다.

"알았어." 이안이 아이를 부드럽게 들어서 바닥에 엎드린 자세로 놓았다. 이안은 서서 래디언트를 내려다보다가, 옆에 무릎을 꿇고 앉아 아이의 이마를 부드럽게 쓰다듬기 시작했다. 래디언트가 놀라지 않고 눈을 떴다가 다시 감았다. 이안이 계속 아이의 이마를 쓰다듬었다.

20분 후 이안은 혼자 놀이공원을 떠났다.

이안은 언제나 일을 마친 후 우울했다. 이번에는 평소보다 더 안 좋았다. 래디언트는 처음에 그가 짐작했던 것보다 훨씬 좋은 아이였다. 먼지투성이의 아이가 그렇게 낭만적인 심성을 가졌으리라고 누가 짐작이나 할 수 있었겠는가.

이안은 몇 블록 떨어진 곳에서 공중전화를 발견했다. 래디언트의 이름을 입력하자 15자리 숫자가 나왔다. 그 번호로 전화했다. 이안은 카메라를 손으로 가렸다.

전화의 화면에 한 여자의 얼굴이 나타났다.

"당신의 딸은 놀이공원 남쪽 끝에 있는 수영장 옆의 덤불 아래에 있습니다." 이안이 말했다. 그리고 놀이공원의 주소를 알려줬다.

"정말 걱정했어요! 그런데… 아이가… 누구…."

이안은 전화를 끊고 서둘러 자리를 떠났다.

✳

다른 푸셔들은 대부분 이안이 정상이 아니라고 생각했다. 중요한 건 그게 아니었다. 푸셔들은 다른 푸셔에 대해 관대한 집단이었는데, 특히 푸셔(Pusher)가 풀러(Puller)에게 가할 수 있는 모든 행동에 대해서는 더욱 관대했다. 이안은 자신이 휴가를 어떻게 보냈는지 아무에게도 말하지 않는 게 나았을 거라고 생각했지만, 이미 말해버렸고, 이제 그 사실을 안고 살아가야 했다.

그래서 푸셔들은 이안이 어린 풀러들을 가지고 놀며 즐거워해도 상관하지 않았지만, 지금은 다들 지상 휴가에서 막 돌아온 상태였기 때문에, 서로를 괴롭힐 기회를 놓치지 않았다. 푸셔들은 무자비하게 이안을 괴롭혔다.

"이번 여행에서 놀이기구는 어땠어, 이안?"

"내가 부탁했던 더러운 팬티는 가져왔어?"

"재미있었어, 자기야? 걔가 헐떡거리며 침을 흘렸어?"

"내 열 살짜리 아기, 그 애가 나를 집으로 끌어당기고 있어…."

이안은 냉정하게 견뎌냈다. 극도로 질이 나쁜 농담이었고, 이안은 그 공격을 집중적으로 받았지만, 그런 건 정말로 중요하지 않았다. 이 짓은 그들이 다시 올라가자마자 끝날 것이기 때문이었다. 그들은 이안이 무엇을 찾는지 결코 이해하지 못할 테지만, 이안은 자신이 그들을 이해한다고 생각했다. 푸셔들은 지구에 오는 것을 싫어했다. 그들에게 필요한 것들이 지구에 있기를 바랐을 테지만, 아무것도 없었다.

그리고 이안은 푸셔였다. 그는 풀러에 대해서는 신경 쓰지 않았다. 이안은 이륙 직후 마리안이 표출한 감정 표현에 동의했다. 마리안은 첫 항해 후 처음으로 떠났던 지상 휴가를 막 마친 상태라서, 당연히 그들 중 가장 취한 상태였다.

"중력은 짜증 나." 마리안이 말하며 토했다.

아미티까지 항해하는 동안 3개월이 지나고, 돌아가는 길에 3개월이 지났다. 이안은 그 거리가 몇 킬로나 되는지 전혀 감이 오지 않았다. 0이 열 번째, 열한 번째 자리까지 계속 나오자 더 이상 계산할 수 없었다.

아미트, 빌어먹을 도시. 이안은 배에서 내리지도 않았다. 뭐 하러 귀찮게? 이 행성은 10톤짜리 애벌레 같은 것들과 지각력이 있는 녹색 똥덩어리 비슷한 생명체들이 살고 있다. 아미트인에게 화장실은 너무 급진적인 발상이었고, 아이스크림 하드, 셔벗, 설탕 바른 도넛, 박하도 마찬가지였다. 배관 시설은 보급되지 않았지만, 디저트는 유행했기 때문에, 우주선 안에는 지구상의 모든 나라에서 온 소박하거나 화려한 디저트가 가득했다. 또한 버림받은 인류의 대사관을 위로하는 우편물도 가득 실려 있었다. 돌아오는 길에 실린 화물은 지구에 사는 누군가가 엄청나게 귀중하다고 생각하는 회색 진흙과 고향에 있는 사람들에게 보내는 절박한 우편물 한 묶음이었다. 이안은 그 편지들을 읽지 않아도 뭐라고 쓰여 있을지 알 수 있었다. 모두 한 문장으로 요약할 수 있다. "여기서 데려가주세요!"

이안은 우주선의 전망창 앞에 앉아, 아미티 가족이 둔중한 몸으로 우주정거장 도로를 느릿느릿 걸어가며 방귀를 뀌는 모습을 지켜봤다. 그들은 종종 멈춰서 외계인 집단 섹스처럼 보이는 행동을 했다. 도로는 갈색이었다. 땅도 갈색이고, 저 멀리에는 눈에 잘 띄지 않는 갈색 산이 있었다. 공기 중에는 갈색 안개가 끼었고, 태양은 황갈색이었다.

이안은 유리산 위에 세워진 성과, 왕자와 공주, 별들 사이를 질주하는 빛나는 백마를 떠올랐다.

이안은 지구를 떠나갈 때와 마찬가지로 돌아올 때도 스타드라이브의 거대한 파이프 안에서 땀을 흘리며 시간을 보냈다. 금속 벽 너머에서는 상상할 수 없는 에너지가 뿜어져 나왔다. 그리고 그 벽에서는 작은 플라스모이드가 커다란 플라스모이드로 자랐다. 그 과정은 너무 느리기 때문에 볼 수 없지만, 그대로 두면 곧 엔진에 손상을 줄 수 있었다. 이안의 임무는 바로 그 퇴적물을 긁어내는 것이었다.

모든 사람이 우주 비행사가 될 수 있는 것은 아니다.

그래서 그 일은 어떤가? 이것은 정직한 일이었다. 이안은 오래전에 이미 이 일을 선택했다. 평생 중력가속도를 당기거나 광속으로 밀고 나가며 시간을 보내는 것이다. 그러다 지치면 잠을 좀 자면 된다. 푸셔에게 규범이란 게 있다면, 그게 전부다.

플라스모이드는 붉은 수정체로서, 눈물방울 모양이었다. 벽에서 떼어내면 한쪽 면이 평평했다. 그리고 태양의 중심처럼 뜨겁게 느껴지는 액체 빛이 가득 차 있었다.

＊

우주선에서 내리는 것은 언제나 힘들었다. 많은 푸셔들이 한 번도 내리지 않았다. 어떤 날은 이안도 내리지 않았다.

이안이 잠시 서서 바라봤다. 처음에는 수동적으로 받아들이며 변화에 익숙해질 필요가 있었다. 큰 변화는 그를 괴롭히지 않았다. 건물은 그저 세상의 부속품일 뿐이었으므로 어떻게 배치되든 상관없었다. 오히려 이안은 작은 변화 때문에 괴로웠다. 예를 들어 귀가 그렇다. 그가 본 사람들 중 귓불이 있는 사람이 극히 드물었다. 지구로 돌아올 때마다 자신이 방금 나무에서 떨어진 원숭이가 된 듯한 느낌을 받았다. 언젠가 지구에 다시 돌아왔을 때 모든 사람이 눈이 세 개이거나, 손가락이 여섯 개거나, 어린 소녀들이 더 이상 모험 이야기를 듣는 데 관심이 없다는 사실을 알게 될 것이다.

이안은 어정쩡하게 서서 사람들이 얼굴에 그림을 그리는 방식에 적응하거나, 사방에서 들려오는 스페인어 같은 소리를 듣기도 했다. 간혹 영어나 아랍어 단어가 양념처럼 들리기도 했다. 이안이 승무원의 팔을 붙잡고 여기가 어디냐고 물었다. 승무원은 잘 몰라서 선장에게 물었고, 선장은 아르헨티나라고, 그들이 떠날 때까지는 아르헨티나였다고 대답했다.

공중전화 부스가 이전보다 작아졌다. 이안은 왜 그런지 궁금했다.

이안의 수첩에는 네 명의 이름이 있었다. 그는 전화를 마주 보고 앉아 어떤 이름을 먼저 부를지 고민했다. 래디언트 샤이닝스타 스미스에게 눈길이 끌렸다. 그래서 그 이름을 전화기에 입력했다. 러시아 노보시비르스크의 전화번호와 주소가 나왔다.

이안은 전화를 걸지 않고, 집어 든 시간표를 확인한 후, 정시에 지구 반대편으로 가는 셔틀을 찾았다. 그때 이안은 손을 바지에 문질러 닦고, 심호흡한 후 고개를 들어 공중전화 부스 밖에 서 있는 여자를 바라봤다. 그들은 잠시 동안 말없이 서로를 바라봤다. 여자가 기억하는 것보다 훨씬 키가 작지만, 건장한 체격에 큰 손과 어깨, 그리고 부드러운 눈매가 아니었다면 가까이하기 힘들었을 움푹 팬 얼굴의 남자를 바라봤다. 이안은 마흔 살 전후의 키가 큰 여자를 봤는데, 그가 예상했던 대로 아름다웠다. 이제 막 세월의 손길이 여자에게 닿기 시작했다. 이안은 여자가 허릿살을 빼기 위해 애쓰고, 주름 때문에 초조해할 거라는 짐작이 들었지만, 그에 게는 그 어떤 것도 중요하지 않았다. 중요한 것은 단 한 가지뿐, 그리고 그것은 곧 알게 될 것이다.

"당신이 이안 하이즈 씨죠, 맞나요?" 이윽고 여자가 입을 열었다.

"당신을 다시 기억해낸 것은 순전히 운이 좋은 덕분이었어요." 래디 언트가 말했다. 이안은 여자의 단어 선택에 주목했다. 여자는 운이 아니 라 그저 우연이었다고 말할 수도 있었다.

"2년 전이었어요. 우리가 다시 이사를 했는데, 내가 몇 가지 물건들을 정리하다 그 플라스모이드를 발견했어요. 그전까지는 당신을 생각하지 않고 있었거든요…. 아, 한 15년 동안 당신을 생각해본 적이 없었어요."

이안은 뭔가 이도 저도 아닌 어정쩡한 대답을 했다. 두 사람은 레스토 랑에서 다른 손님들과 멀찍이 떨어진 자리에 앉아 있었다. 그들이 앉은 칸막이 자리에서 가까운 유리창 너머로 발사장에서 나오거나 들어가는 우주선들이 실려 가는 모습이 보였다.

"당신을 곤란한 상황에 빠트리지 않았길 바랍니다." 이안이 말했다.

래디언트가 어깨를 으쓱했다.

"곤란해지긴 했죠, 조금은요. 하지만 너무 옛날 일이에요. 전 그렇게 오래 원망을 품고 있지는 않아요. 그리고 사실 저는 당시에 그만한 가치 가 있는 일이라고 생각했어요."

래디언트는 이어서 이안이 자신의 가족에게 일으킨 소란과 경찰의 방 문, 심문, 당혹감, 그리고 최종적으로 무력감에 빠졌다는 이야기까지 해 줬다. 당시 사람들은 래디언트가 이야기하는 상황을 어떻게 받아들여야 할지 몰랐다. 경찰은 이안의 신원을 재빨리 파악했지만, 그가 이미 지구 를 떠나버렸고 한동안 돌아오지 않으리라는 사실만 알 수 있었다.

"저는 어떤 법도 어기지 않았어요." 이안이 지적했다.

"아무도 이해하지 못한 게 바로 그 부분이었어요. 난 경찰에게 당신이 말을 걸었고, 긴 이야기를 해준 후 난 잠들었다고 말했어요. 아무도 당신이 해준 이야기에는 관심이 없는 것 같아서, 그 이상 말하지는 않았어요. 그래서… 스타스톤에 대해서도 말하지 않았죠." 래디언트가 미소를 지었다. "실은 경찰이 물어보지 않아서 안심했었어요. 저는 말하지 않겠다고 다짐했었지만, 모든 이야기를 감추는 게 조금 두려웠거든요. 저는 그들이 그 요원이라고 생각… 당신 이야기에서 누가 악당이었죠? 잊어버렸어요."

"그건 중요하지 않아요."

"그렇겠죠. 하지만 중요한 게 있어요."

"그래요."

"그게 뭔지 말해줘요. 당신이 제게 준 게 우주선 엔진에서 나오는 찌꺼기라는 사실을 알게 된 후 25년 동안 제 마음 한구석에 자리 잡고 있던 의문에 답해주세요."

"그랬나요?" 이안이 래디언트의 눈을 똑바로 바라보며 말했다. "오해하지 마세요. 그 이상이었다는 이야기를 하려는 게 아니라, 그 이상이 아니었냐고 묻는 거예요."

래디언트가 이안을 다시 바라봤다. 이안은 만난 이후 래디언트가 서너 번 자신을 훑어보며 평가하는 것을 느꼈다. 이안은 래디언트의 평가 결과가 어떻게 되는지 아직 몰랐.

"맞아요. 그 이상이었던 것 같아요." 이윽고 래디언트가 말했다.

"기쁘네요."

"저는 그 이야기를 열정적으로 믿었어요…. 아, 진짜 오랫동안요. 그러다 믿지 않게 됐죠."

"갑자기요?"

"아뇨, 서서히. 별로 고통스럽지는 않았어요. 성장 과정의 일부라고 생각해요."

"그런데 저를 기억했네요."

"음, 그건 약간의 노력이 필요했어요. 스물다섯 살 때 최면술사에게 가서 당신의 이름과 우주선 이름을 되살려냈어요. 그거 아세요…?"

"네. 제 이름과 우주선 이름은 일부러 말한 거예요."

래디언트가 고개를 끄덕였다. 그들 사이에 다시 침묵이 흘렀다. 래디언트가 다시 이안을 바라봤을 때, 그는 방어적이라기보다는 좀 더 공감하는 듯한 얼굴이었다. 하지만 여전히 해소되지 않은 의문이 남아 있었다.

"왜죠?" 래디언트가 물었다.

이안이 고개를 끄덕이더니, 래디언트에게서 눈을 떼 우주선을 바라봤다. 이안은 우주선에 올라타 광속까지 밀어붙이고 싶다는 생각이 들었다. 소용이 없었다. 안 된다는 걸 알았다. 그는 래디언트에게 이상한 문제 그 자체였고, 정리해야 할 어떤 것이었으며, 적응할 때까지 짜증 나게 하다가 잊힐 인생의 느슨한 끈이었다.

어떻게 되든 상관없다.

"당신과 자고 싶어요." 이안이 말했다. 그가 고개를 들었더니, 래디언트가 천천히 고개를 앞뒤로 흔들고 있었다.

"절 우습게 보지 마세요, 하이즈 씨. 당신은 겉보기와 달리 멍청한 사람이 아니잖아요. 제가 결혼해서 나만의 삶을 살아가고 있다는 것도 알잖아요. 제가 겨우 절반만 기억하는 30년 전의 동화 때문에 모든 걸 포기하지 않으리라는 것도 알잖아요. 왜죠?"

래디언트에게 이 모든 게 얼마나 이상한 일인지 어떻게 설명해야 할까?

"무슨 일을 하세요?" 이안이 무언가를 떠올리고는 다시 물었다. "당신은 누구죠?"

래디언트가 깜짝 놀란 것 같았다. "저는 신비학자예요."

이안이 양손을 펼쳤다. "전 그게 뭔지도 몰라요."

"그러고 보니, 당신이 지구를 떠날 때는 그런 게 없었어요."

"그게 끝이군요. 어떤 면에서는." 이안이 말했다. 그는 다시 무력감을 느꼈다. "분명히, 당시 저는 당신이 무엇을 하게 될지, 어떤 사람이 될지, 당신이 통제할 수 없는 어떤 일이 당신에게 일어나게 될지 알 방법이 없었어요. 오직 당신이 저를 기억주기를 바랄 뿐이었죠. 그래야만…." 창문 밖으로 지구가 다시 어렴풋이 보였다. 오랜 세월이 흘렀지만, 겨우 6개월이 지났을 뿐이었다. 낯선 사람들로 가득한 행성. 아미티가 낯선 사람들로 가득 차 있다는 사실은 중요하지 않았다. 하지만 지구는 그에게 고향이었다. 그 단어가 여전히 그에게 의미가 있다면 말이다.

"저는 대화할 수 있는 제 또래의 누군가가 필요했어요. 그게 다예요. 제가 원하는 건 오로지 친구였어요." 이안이 말했다.

이안은 래디언트가 자신이 한 말을 이해하려 애쓴다는 걸 알 수 있었다. 래디언트는 이해하지 못할 것이다. 그래도 이해했다고 생각할 만큼 가까이 다가갈 수는 있었다.

"당신은 친구를 찾은 것 같네요." 래디언트가 미소를 지으며 말했다. "어쨌거나 당신이 이 일에 쏟은 수고를 생각하면, 나로서도 기꺼이 당신을 알아가고 싶어요."

"그다지 큰 수고는 아니었어요. 당신에겐 너무도 오랜 기간이었겠지만, 나에겐 그렇지 않았죠. 내가 당신을 무릎 위에 앉힌 건 6개월 전이었거든요."

래디언트가 6개월 전과 거의 같은 모습으로 킥킥 웃었다.

"휴가 기간이 얼마나 돼요?" 래디언트가 물었다.

"두 달이요."

"잠시 우리 집에 와서 지낼래요? 우리 집에 빈방이 있어요."

"남편이 싫어하지 않을까요?"

"남편도, 아내도 괜찮아요. 저기 앉아서 우리를 모른 척하고 있는 사람들이 제 아내와 남편이에요." 이안이 돌아보자, 20대 후반의 한 여성이 눈에 들어왔다. 여자는 이안과 비슷한 또래의 남성과 마주 보고 앉아 있었다. 남자가 고개를 돌려 이안을 쳐다봤는데, 약간 의심스러워하는 눈

초리였지만 적극적인 적대감은 보이지 않았다. 여자가 미소를 지었다. 남자는 판단을 유보했다. 래디언트에게는 아내가 있었다. 그렇다, 시대가 변했다.

"빨간 치마를 입은 저 두 사람은 경찰이에요." 래디언트가 말했다. "저쪽 벽 옆에 있는 사람과 바 끝에 있는 한 사람도 경찰이고요."

"그 두 사람은 경찰이라고 생각했어요." 이안이 말했다. 래디언트가 놀란 표정을 짓자, 이안이 말했다. "경찰은 항상 티가 나요. 그건 변하지 않는 사실 중 하나죠."

"당신은 옛날에 경찰과 얽힌 경험이 있죠, 그렇지 않나요? 재미있는 사연이 있을 것 같아요."

이안이 곰곰이 생각한 후 고개를 끄덕였다. "몇 개 정도 있을 겁니다."

"경찰에게 돌아가도 된다고 말해야겠어요. 우리가 경찰을 데리고 온 사실을 당신이 마음에 두지 않았으면 좋겠어요."

"물론이죠."

"경찰을 보낼게요. 그 후에 우리도 가죠. 아, 그리고 아이들에게 전화해서 우리가 곧 간다고 말해야겠어요." 래디언트가 웃으며 탁자 너머로 팔을 뻗어 이안의 손을 만졌다. "6개월 후에 무슨 일이 일어날지 어떻게 알겠어요? 저한테는 아이가 셋이고, 질리언은 둘이에요."

이안이 고개를 들며 흥미로운 표정을 지었다.

"그중에 여자애가 있나요?"

OPTIONS

선택

1979년 5월 《Universe 9》에 첫 수록
1980년 네뷸러상, 휴고상, 로커스상 노미네이트

클레오는 아침 식사를 싫어했다.

클레오의 에너지 수준은 아침에 가장 낮았지만, 아이들은 그렇지 않았다. 항상 마지막 순간에 등교를 위태롭게 만드는 문제가 발생하거나, 해결해야 하는 다툼이 일어났다.

오늘 아침에는 첫째 딸 릴리가 무릎에 시리얼 그릇을 엎질렀는데, 클레오는 그 상황을 보지 못했다. 막내 페더에게 관심을 기울이고 있었기 때문이었다.

그리고 당연히 그 일은 릴리가 옷을 다 차려입은 후에 일어났다.

"엄마, 이게 마지막 옷이야."

"음, 네가 옷을 그렇게 거칠게 사용하지 않았으면 사흘 이상 버틸 수 있었을 거야. 네가 그러니까…." 클레오는 이성을 잃기 전에 말을 멈췄다. "그냥 벗고 그대로 가."

"하지만 엄마, 다 벗고 학교에 가는 사람이 어딨어. 아무도 없어. 돈 좀 주면 내가 가게에 들러서…."

클레오가 목소리를 높였다. 절대 하지 않으려 했던 행동이었다. "릴리, 너희 반에는 부모님이 옷을 못 사주는 아이들도 있잖아."

"그래요, 그래서 너무 가난한 아이들은…."

"그만해. 학교에 늦었잖아. 어서 가."

릴리가 씩씩대며 방에서 나갔다. 클레오는 문이 쾅 닫히는 소리를 들었다.

그 난리를 치르는 동안 남편 줄스는 식탁 반대편에서 나 홀로 섬이 되어 평온한 표정으로 뉴스패드에 코를 박고, 두 번째 커피잔을 홀짝이고 있었다. 클레오는 접시 위에 식어가는 베이컨과 달걀을 흘끗 보고, 첫 커피잔을 따른 다음, 자리에서 일어나 둘째 폴이 다른 신발을 찾는 것을 도와주어야 했다.

그때쯤 페더가 다시 오줌을 쌌기 때문에, 클레오는 페더를 식탁 위에 올려놓고 젖은 기저귀를 벗겨냈다.

"이봐, 이 이야기 좀 들어봐." 줄스가 말했다. "시의회가 오늘 반대 없이 통과시킨 조례가…."

"줄스, 조금 늦지 않았어?"

줄스가 자신의 엄지손톱을 흘끗 쳐다보더니 말했다. "그러네, 고마워." 남편은 커피를 다 마시고, 뉴스패드를 접어 옆구리에 낀 다음, 허리를 굽혀 클레오에게 키스하려다 얼굴을 찡그렸다.

"여보, 당신은 더 많이 먹어야 해." 줄스는 클레오가 손도 대지 않은 달걀을 가리키며 말했다. "젖을 먹이려면 2인분으로 먹어야 하잖아. 그럼, 난 이만 갈게."

"잘 가." 클레오가 이를 악물고 말했다. "그런데 또 한 번 '2인분' 어쩌고 하는 이야기를 하면 내가…." 하지만 줄스는 이미 나가버린 다음이었다.

클레오는 짬을 내서 커피로 입술을 축이고, 기차를 타기 위해 서둘러 문을 나섰다.

✳

태양차에 좌석이 있었지만, 당연히 클레오는 페더를 챙겨야 했다. 아기의 연약한 피부에는 자외선이 좋지 않았다. 클레오는 검은 컵을 눈 위에 대고 안락의자에 누워 있는 승객들을 한참 바라보다가 자신의 창백한 피부를 안타깝게 내려다보고, 다음 칸에 올라 안전모를 쓴 덩치 큰 남자 옆자리에 앉았다. 클레오는 등받이에 기대앉으며, 앞에 메고 있던 아기 포대기의 끈을 조절해서 페더에게 젖꼭지를 물렸다. 그리고 뉴스패드를 열어 무릎 위에 펼쳐놓았다.

"귀엽네요." 남자가 말했다. "아들이 몇 살이에요?"

"딸이에요." 클레오가 고개를 들지 않고 말했다. "11일 됐어요." 그리고 5시간 36분….

클레오는 자리에서 몸을 움직여 남자에게 등을 돌리고 뉴스패드를 켜서 그날의 소식을 훑어봤다. 기차가 지하 터널을 빠져나와 완만하게 굽이치는 멘델레예프의 진공의 평원으로 올라갔을 때도 고개를 들지 않았다. 출근과 퇴근으로 하루에 두 번 하트먼 크레이터까지 40분씩 오가는 클레오에게는 흥미로운 풍경이 별로 없었다. 하트먼으로 이사하는 문제를 논의했던 적이 있지만, 줄스는 자기 직장과 가까운 킹시티에 사는 것을 좋아했고, 당연히 아이들도 학교 친구들과 헤어지지 않으려 했다.

오늘 아침 뉴스패드에는 저장된 소식이 별로 없었다. 빨간 불이 깜박이자, 클레오가 업데이트를 요청했다. 패드에 일상적인 도시의 소식이 떴다. 클레오는 세 문장을 읽은 후 거부 키를 눌렀다.

오늘 저녁 1900시에는 침략 100주년 기념 퍼레이드가 예정되어 있었다. 클레오에게는 퍼레이드가 지겨웠고, 100주년 기념행사도 마찬가지였다. 우리 모두 힘을 합치면 지구의 해방이 얼마 남지 않았다는 연설을 한 번이라도 들어봤다면, 다 들어본 것이나 마찬가지였다. 의미 있는 내용은 제로, 헛소리 지수는 최고.

클레오는 스포츠면을 슬쩍 봤다가 자신이 빠진 J구역 점프볼 팀이 시내 대회에서 부진한 성적을 거두었다는 소식을 읽고 아쉬운 표정을 지었다. 클레오는 작은 키와 강력한 다리 덕분에 선수 시절 전력 질주하는 윙으로 활약했지만, 더 이상 연습을 할 수 없을 것 같았다.

클레오는 마지막 읽을거리로 뉴스패드의 일요일 부록과 특집 기사, 요약, 분석 목록을 불러냈다. 눈길을 끄는 제목이 있어서 클릭했다.

변환: 성역할의 혁명
(또는, 누가 위에 있나?)

20년 전, 값싸고 간편한 성전환이 처음 대중들에게 가능해졌을 때, 이는 예측할 수 없는 방식으로 인류 사회의 모습을 바꿀 혁명의 시작이라고 여겨졌었다. 사회학자들이 성평등은 다른 문제라고 지적했는데, 생명학적인 필수요소나 양육, 정치적 입장에 기반한 불평등이 여전히 남아 있어서 완벽하게 제거하는 게 불가능하다고 입증되었다. 변환은 이 모든 것을 끝낼 것이다. 남성과 여성은 인류를 가르고 있는 장벽을 넘어가서 어떤 모습인지 볼 수 있게 될 것이다. 성역할은 어떻게 살아남을 수 있을까?

10년이 지난 지금은 그 답이 분명하다. 변환은 극소수에게만 매력적이었다. 곧 변환은 오직 1퍼센트만이 실천하는 무해한 일탈로 여겨졌다. 금세 모두가 장벽이 무너졌다는 사실을 잊어버렸다.

하지만 그 후 10년 동안 조용한 혁명이 일어나고 있었다. 눈에 보이지 않는 현상이기 때문에(당신 옆에 있는 여성이 지난주에 남자가 아니었는지 어떻게 알 수 있겠는가?), 광범위한 규모에서는 거의 눈에 띄지 않지만, 변환을 거부했던 세대의 자녀들 사이에서 변환은 점점 더 평범하게 받아들여지고 있다. 이제 적어도 한 번 이상 성전환을 경험한 사람을 알고 있을 확률이 더욱 높아졌다. 현재 변환을 한 사람은 15명 중 1명이다. 20세 미만의 경우에는 3명 중 1명이 변환했다.

기사는 변환으로 인해 생겨나고 있는 지하 사회에 대해 설명했다. 변환자들은 함께 뭉쳐서 자신들만의 술집을 자주 방문하고, 그들만의 사교 행사를 개최하는 경향이 있으며, 그들 중 많은 사람이 부적절하고 시대에 뒤졌다고 생각하는 주류 사회와 거리를 두고 있다. 변환자들은 다른 변환자들과 결혼하는 경향이 있다. 그들은 자녀의 임신도 동등하게 나눠서 하고, 각자 한 명씩만 낳는 것을 선호했다. 필자는 이런 경향이 사회적으로 바람직하다고 생각하는 대가족 관습을 거스르는 것이라며 걱정스럽게 바라봤다. 변환자들은 대가족의 시대가 과거이고, 달은 오래전에 그런 문화가 사그라들었다고 지적했다. 그들은 현재의 비율로 인구 팽창이 지속되면 짧은 시간 내에 달의 인구가 수십억 명에 달할 것이라는 통계를 인용했다.

변환자들의 인터뷰와 심리 상태에 대한 내용도 있었다. 본래 남자들이 새로운 기술에 열광적인 이용자들이고, 남자들은 그런 경향이 성적인 차이로 발생했다고 주장했으며, 새로운 기술의 사용으로 일어난 변화가 종종 영구적이었다는 글을 읽었던 적이 있었다. 그런데 현재 변환자는 여성으로 태어난 비율이 약간 더 높으며, 이는 아이를 낳아야 한다는 압박감이 가장 일반적인 사회적 이유로 꼽힌다. 그러나 현대 변환자는 남성과 여성의 성역할을 모두 거부한다. 개인이 한 번 변환을 한 후 다시 변환하기까지의 평균적인 기간은 2년인데, 점점 줄어들고 있다.

클레오는 전체 기사를 읽은 후, 마지막에 나오는 참고 자료 몇 가지를 더 읽어볼까 싶었다. 새로운 내용은 그리 많지 않았다. 클레오도 변환이란 걸 알고 있었지만, 별다른 생각이 없었다. 변환한다는 아이디어를 한 번도 매력적으로 생각해보지 않았고, 줄스도 반대했다. 하지만 왠지 오늘 아침에는 끌렸다.

페더가 잠이 들었다. 클레오는 아이의 얼굴을 감싸고 있던 담요를 조심스럽게 내리고, 젖꼭지에서 젖을 닦아냈다. 뉴스패드를 접어 가방에 넣고, 남은 시간 동안 손바닥에 턱을 괴고 창밖을 내다봤다.

*

클레오는 하트먼에 건설 중인 푸드시스템사의 새로운 농장 건설을 맡은 수석 현장 건축가였다. 하급 건축가 세 명, 공사장 감독 다섯 명, 그리고 수많은 제도사와 인부들을 책임지고 있었다. 큰 공사였다. 지금껏 맡았던 공사 중에서 가장 큰 규모였다.

클레오는 자기 일을 좋아했지만, 가장 좋은 부분은 일이 진행될 때 책상에서 일하지 않고, 항상 현장에 나가 실제로 공사를 감독한다는 점이었다. 최근 몇 달은 페더를 임신한 상태였기 때문에 힘들었지만, 어쨌거나 임산부용 우주복이 있어서 가능했다. 페더가 태어난 후 훨씬 힘들어졌다.

릴리와 폴을 낳았을 때도 그 모든 과정을 겪었다. 모든 사람이 일한다. 그게 침략 이후 한 세기 동안 유지된 규칙이었다. 아이 보는 사람을 따로 두기 힘들 정도로 노동력의 여유가 없었기 때문에, 아이를 갖는다는 것은 엄마나 아빠가 이전에 하던 일을 그대로 똑같이 하면서 아이를 돌봐야 한다는 것을 의미했다. 실제로는 엄마가 젖을 먹이기 때문에, 보통 엄마가 육아를 담당했다.

사무실에 있는 여자 한 명에게 페더를 맡기려 했지만, 다들 각자 해야 할 일이 있었으므로, 클레오는 자기 자식을 돌보는 부담을 지는 게 당연하다고 생각했다. 그리고 페더는 다른 사람에게 반응을 잘 안 하는 편이었다. 클레오가 현장을 방문하고 돌아오면, 아이가 온종일 울어대서 다른 사람들의 업무를 방해하는 상황이 펼쳐져 있곤 했다. 클레오는 페더를 무한궤도차에 몇 번 태워봤지만, 예전 같지 않았다.

오늘 아침은 회의가 잔뜩 몰려 있었다. 클레오와 다른 부서장들이 큰 탁자에 둘러앉아 3시간 동안 비용 초과에 대처할 방안을 논의하고, 점심을 먹고 휴식을 취한 후, 오후에 다시 같은 문제를 계속 논의했다. 클레오는 허리가 아프고 두통이 떨어지지 않았다. 역시나 페더도 오늘을 짜증내는 날로 정한 모양이었다. 사람들의 표정이 점점 험악해진 10분 후, 클레오는 세 살배기 아들 에디를 데려온 회계사 리아 판햄과 함께 부스로 들어가야 했다. 두 사람은 아이들을 달래면서 이어폰을 끼고 회의 진행 상황을 지켜보고, 목에 부착한 마이크를 통해 발언하려고 애썼다. 클레오가 발언할 때는 회의 탁자에 있던 사람 중 절반이 클레오를 바라보기 위해 몸을 돌려 앉거나 애써 무시했다. 클레오는 사람들에게 그런 불편을 주는 게 주저되었다. 그 결과 클레오는 발언할 때 대단히 조심했다. 그래서 점점 더 발언을 안 하게 되었다.

비즈니스 세계의 핵심에는, 일하는 엄마를 위해 모든 노력을 기울이는 것처럼 보이면서도, 회의실 안에 있는 아이들에게 적응하길 거부하는 무언가가 있었다. 클레오는 이 문제에 대해 고민했다. 이번이 처음은 아니었다.

그런데 클레오가 바라는 것은 무엇이었을까? 솔직히 클레오는 다른 방법을 찾을 수 없었다. 우는 아기 때문에 회의 전체가 방해받는 것은 분명 올바르지 못했다. 클레오는 해결책을 알고 싶었다. 저 밖에 있는 사람들은 클레오의 동료들이었지만, 에디가 지저분한 손가락으로 더럽힌 유리벽을 통해 바라볼 때 느끼는 소외감이 상당히 컸다. 다행히 페더는 집으로 돌아오는 길에 완벽한 천사가 되었다. 한 여성이 가던 길을 멈추고 자신을 보며 좋아하자, 페더는 치아가 없는 입으로 미소를 지었다. 클레오도 오늘 처음으로 아기에게 따뜻하게 대했다. 이동 시간 내내 다른 승객들의 환한 미소에 둘러싸여, 아기와 함께 놀이를 하면서 보냈다.

＊

"줄스, 오늘 아침에 뉴스패드에서 아주 흥미로운 기사를 읽었어." 그래, 어쨌거나 말을 꺼냈다. 클레오는 직접적인 접근이 최선이라고 판단했다.

"응?"

"변환에 관한 기사였어. 점점 더 인기를 얻고 있대."

"그래?" 줄스는 책에서 고개를 들지 않았다.

줄스와 클레오는 아이들을 재운 후 몇 시간 동안 침대에 앉아 있는 습관이 있었다. 두 사람은 고된 하루를 보낸 노동자들을 달래기 위해 만들어진 영상 프로그램들을 싫어해서, 그 시간 동안 독서를 하거나, 둘 중 누구라도 할 말이 있을 때 대화를 나누는 시간으로 사용하는 것을 선호했다. 최근 몇 년 동안 그들은 더 많이 읽고 적게 이야기했다.

클레오가 페더의 아기침대로 손을 뻗어 담뱃갑을 꺼냈다. 엄지손톱을 튕겨 불을 붙이고 빨아들였다가 라벤더 향의 연기를 내뿜었다. 클레오는 다리를 끌어당겨 벽에 기대앉았다.

"이 문제를 함께 이야기해보면 어떨까 하는 생각이 들더라고. 그게 다야."

줄스가 책을 내려놓았다. "알았어. 그렇지만 무슨 이야기를 할까? 우리 둘 다 변환에 관심이 없잖아."

클레오가 어깨를 으쓱하더니, 손톱을 만지작거렸다. "알아. 예전에 얘기를 해봤잖아. 난 당신이 아직도 그렇게 생각하는지 궁금했어." 클레오가 담배를 건네자, 줄스가 한 모금 빨아들였다.

"내가 아는 한 같은 생각이야." 줄스가 편하게 대답했다. "깊이 생각해본 주제는 아니야. 그런데 무슨 일이야?" 줄스가 미심쩍은 눈으로 클레오를 바라봤다. "그런 쪽으로 생각하고 있는 건 아니지?"

"뭐, 응, 꼭 그런 건 아니야. 하지만 당신도 그 기사를 읽어봐야 해. 많은 사람이 변환하고 있대. 알고 있어야 한다고 생각했어."

"그래. 그런 이야긴 들었어." 줄스가 인정했다. 그가 깍지 낀 양손으로 머리를 받쳤다. "함께 일하던 사람이 어느 날 갑자기 새로운 몸으로 나타나지 않는 이상 변환했는지 알 방법이 없어." 줄스가 웃었다. "처음에는 적응하기 힘들었는데, 지금은 생각을 거의 안 하고 있어."

"나도 그래."

"그 사람들이 문제를 일으키는 건 아니잖아." 줄스가 단호한 태도로 말했다. "각자 방식대로 살아가는 거야."

"그래." 클레오는 잠시 조용히 담배를 피우면서 줄스가 다시 책을 읽도록 놔뒀지만, 여전히 뭔가 마음에 걸렸다. "줄스?"

"이번엔 뭐야?"

"어떤 느낌일지 궁금한 적 없었어?"

줄스가 한숨을 내쉬며 책을 덮고, 클레오를 향해 고개를 돌렸다.

"오늘 밤에 당신이 왜 이러는지 이해가 안 돼." 줄스가 말했다.

"뭐, 나도 잘 모르겠어. 그래도 우리가 이야기를 좀 나눠보면…."

"들어봐, 아이들에게 어떤 영향을 미칠지 생각해봤어? 내 말은, 설령 내가 진지하게 고려할 의향이 있더라도, 아이들 때문에 변환하지 않을 거라는 뜻이야."

"릴리와 그 이야기를 나눠본 적이 있어. 그냥 이론적으로. 당신도 이해할 거야. 릴리는 선생님 두 명이 변환했어. 친한 친구 중 한 명도 본래 남자아이였다가 변환한 거래. 학교에는 변환한 아이들이 꽤 많아. 릴리는 그냥 당연한 일로 받아들이고 있어."

"그래, 하지만 릴리는 나이가 좀 있잖아. 폴은 어때? 폴이 어린 남성이라는 자아의 개념에 어떤 영향을 미칠까? 클레오, 솔직히 말해서, 내 마음 한구석에서는 변환이란 게 조금 역겹다는 생각이 떠나질 않아. 그리고 아이들에게 나쁜 영향을 미칠 것 같은 생각이 들어."

"아냐, 자료들을 보면…."

"클레오, 클레오. 논쟁은 하지 말자. 첫째, 난 지금이든 앞으로든 변환할 생각이 없어. 둘째, 우리 중 한 명만 변환한다면, 우리의 성생활에는 지옥이 펼쳐질 거야, 그렇지 않아? 그리고 셋째, 난 이대로의 당신을 너무 좋아해." 줄스가 몸을 기울여 클레오에게 키스하기 시작했다.

클레오는 조금 짜증이 났지만, 줄스의 키스가 더 강렬해지자 아무 말도 하지 않았다. 그것은 논쟁을 차단하기에 지독하게 효과적인 방법이었다. 그리고 클레오는 화난 상태가 유지되지 않았다. 클레오의 몸은 자신의 의지와 상관없이 너무 자연스럽고 편하게 반응하고 있었다.

줄스와는 언제나 그랬던 것처럼 좋았다. 그러나 너무도 익숙한 천장
은 또다시 클레오의 생각을 흡수하는 고요한 공백이 되었다.

아니, 클레오는 여성이라는 것에 대한 어떤 불평도, 성적 불만족도 없
었다. 그렇게 간단한 문제가 아니었다.

그 후 클레오는 다리를 끌어당기고 무릎을 모은 채 옆으로 누웠다. 그
리고 한 손으로 멍하니 클레오의 다리를 쓰다듬고 있는 줄스와 마주했
다. 클레오가 눈을 감았지만 졸리지는 않았다. 클레오는 성관계를 마친
후 무척 소중히 여기는 따스함, 그의 정액을 품고 있는 다리 사이의 미끈
거림을 음미하고 있었다.

줄스가 몸을 움직이자 침대가 흔들리는 게 느껴졌다.

"좋았구나, 그렇지?"

클레오가 한쪽 눈을 뜨고 줄스를 곁눈질했다.

"물론 좋았지. 난 항상 좋아. 내가 그 방면으로는 아무 문제 없는 거
알잖아."

줄스가 다시 쿠션 위로 기대며 말했다. "미안해…. 음, 그렇게 갑자기
달려들어서."

"괜찮아, 좋았어."

"난 당신이, 저기… 거짓으로 그러는 줄 알았어. 왜 그렇게 생각했는
지는 모르겠어."

클레오가 다른 쪽 눈까지 뜨고 줄스의 빰을 가볍게 두드렸다.

"줄스, 나는 당신의 불쌍한 자존심을 그렇게 보호해줄 생각이 없어.
당신이 날 만족시키지 못할 때는 당신이 가장 먼저 알게 될 거라고 보장
할게."

줄스가 낄낄 웃으며 옆으로 몸을 돌려 클레오에게 뽀뽀했다.

"잘자, 여보."

"잘자."

클레오는 줄스를 사랑했다. 줄스는 클레오를 사랑했다. 항상 줄스가 먼저 시작하는 것 같다는 약간의 의구심이 있긴 했지만, 그들의 성생활은 좋았다. 클레오는 자신의 몸에 만족했다.

그런데 클레오는 왜 3시간이 지난 후에도 깨어 있는 걸까?

＊

토요일 아침, 클레오는 몇 시간 동안 비디오폰으로 쇼핑했다. 오후에 배달받을 생필품을 구입한 후, 집에서 나가 자신이 좋아하는 쇼핑을 했다. 가게에서 가게로 돌아다니며, 꼭 필요하지 않은 상품들을 구경했다.

토요일에는 줄스가 페더를 보살폈다. 클레오는 공원 광장에 있는 탁자에서 혼자 조용히 점심을 먹었다. 그리고 정신을 차리니 어느새 의료 지구 중심부의 브라질 거리를 걷고 있었다. 클레오는 충동적으로 '새로운 유전 바디 살롱'에 들어갔다.

클레오는 살롱으로 들어간 후에야 자신이 이런 곳에 오고 싶은 충동을 자제하느라 오전 내내 딴짓하며 시간을 보냈다는 사실을 깨달았다.

클레오는 긴장한 상태로 복도를 따라 상담실로 안내받았다. 상담실 책상에 앉아 있는 잘생긴 청년에게 억지 미소를 지었다. 클레오는 자리에 앉으며 짐을 바닥에 내려놓고, 무릎 위에 깍지 낀 양손을 올려놓았다. 남자가 클레오에게 무엇을 도와줄지 물었다.

"사실 여기에 일이 있어서 온 건 아니에요." 클레오가 말했다. "비용이 어떻게 되는지 알아보고, 변환과 관련된 절차에 대해서도 좀 더 알고 싶어요."

남자가 이해한다는 듯 고개를 끄덕이더니, 자리에서 일어났다.

"첫 상담은 무료입니다." 남자가 말했다. "궁금한 게 있으시면 기꺼이 알려드리겠습니다. 그건 그렇고, 저는 마리언(Marion)입니다. 'o'는 month의 'o'처럼 발음하시면 됩니다." 마리언이 클레오에게 미소를 지으며 따라오라고 손짓했다. 그리고 클레오를 벽에 설치된 전신 거울 앞에 세웠다.

"첫걸음을 내딛는 게 힘들다는 건 잘 알고 있습니다. 저도 처음에 힘들었는데, 지금은 생계를 위해 이 일을 하고 있습니다. 그래서 저희는 고객께 비용을 요구하지 않고 걱정도 끼치지 않는 시연을 준비했습니다. 위협적이지 않은 방법으로 변환이라는 게 어떤 것인지 모두 보여드릴 수 있습니다. 하지만 약간 놀랄 수도 있으니 마음의 준비를 하세요." 마리언이 거울 옆의 벽에 있는 단추를 누르자, 거울에서 클레오의 옷이 사라졌다. 클레오는 그게 진짜 거울이 아니라, 컴퓨터와 연결된 홀로그래피 영상이라는 사실을 깨달았다.

컴퓨터가 그 영상에 '변환'을 도입했다. 30초 후 클레오는 낯선 남성의 얼굴을 마주했다. 그 얼굴이 자기 얼굴이라는 사실은 의심의 여지가 없었지만, 기본 뼈 구조가 더 각지고 약간 더 큰 것 같았다. 그 낯선 남자의 턱 피부는 면도가 필요한 것처럼 거칠었다.

몸의 다른 부분들은 예상했던 대로였지만, 클레오의 취향에 비해 지나치게 근육질이었다. 성기는 힐끗 보기만 했다. 어쩐지 별로 중요하지 않은 것 같았다. 클레오는 그보다 가슴에 난 털과 작은 젖꼭지, 그리고 팔과 다리에 울긋불긋 솟은 근육들을 살펴보는 데 더 많은 시간을 보냈다. 영상은 클레오의 모든 움직임을 따라 움직였다.

"왜 저렇게 온통 근육질인가요?" 클레오가 마리언에게 물었다. "저에게 이걸 팔려는 거라면 접근 방식이 잘못됐어요."

마리언이 몇 가지 버튼을 더 눌렀다. "제가 이 영상을 고른 건 아닙니다." 그가 설명했다. "컴퓨터는 보이는 모습을 바탕으로 추정합니다. 손님은 평균적인 여성보다 근육이 많으세요. 혹시 운동하지 않으셨나요? 남성이 비슷한 양의 훈련을 했다면 남성 호르몬이 근육에 질소를 고정해서 저런 모습을 만들어냈을 겁니다. 하지만 저희는 그 사실에 얽매이지 않습니다."

영상에서 약 8킬로그램 정도의 체중이 빠졌다. 주로 어깨와 허벅지에서 감소했다. 클레오는 조금 편안해졌지만, 여전히 거울에서 익숙하게 보던 매끄러운 모습이 그리웠다.

클레오가 거울에서 몸을 돌려 의자로 돌아갔다. 마리언은 맞은 편에 앉아 책상 위에 깍지 낀 손을 올렸다.

"기본적으로 저희가 하는 일은 손님의 세포에서 복제한 신체를 만드는 것입니다. Y-재조합 바이러스 치환이라는 과정을 통해 X 염색체 중 하나를 제거하고 Y 염색체로 대체합니다.

복제된 신체는 일반적인 방법으로 강제 성장시키는데, 6개월 정도 걸립니다. 그 후에 거부 반응이 없는 간단한 뇌 이식이 진행됩니다. 손님은 여자로 들어와서 1시간 후 남자로 나가게 됩니다. 간단합니다."

클레오는 다시 한번 자신이 여기서 대체 뭘 하고 있는 건가 생각하며, 아무 말도 하지 않았다.

"거기서부터 신체를 수정할 수 있습니다. 키를 크거나 작게 할 수 있고, 얼굴을 재배치하고, 사실상 손님이 원하시는 어떤 모습으로든 바꿀 수 있습니다." 마리언이 눈썹을 치켜들고, 아쉬운 미소를 지으며 양팔을 벌렸다.

"좋습니다. 킹 부인." 마리언이 말했다. "손님을 압박하려는 건 아닙니다. 변환에 대해 생각해볼 시간이 필요하실 겁니다. 고민하시는 동안 비용이 거의 들지 않는 과정이 있는데, 어떻게 진행되는지 경험해보실 수 있을 겁니다. 남편분께서 반대할 거라고 생각하시는 거죠?"

클레오가 고개를 끄덕이자, 마리언이 동감하는 표정을 지었다.

"드문 일은 아닙니다. 전혀 드문 일이 아니죠." 마리언이 클레오를 안심시켰다. "변환은 거세에 대한 두려움이 있다는 생각을 해본 적이 없는 남성들에게도 거세 공포를 불러일으키거든요. 물론 저희는 그런 짓을 하지 않습니다. 남성의 몸은 저장고에 보관해서 언제든 원할 때 돌아갈 수 있도록 준비해놓고 있습니다."

클레오는 의자에서 몸을 뒤척였다. "아까 말했던 과정이 어떤 건가요?"

"그냥 간단한 수술입니다. 10분이면 끝나고, 사무실에서 나가시기 전에 마음에 들지 않으면 바로 교정해드릴 수 있습니다. 남편분에게 변환에 대해 생각하게 할 수 있는 좋은 방법입니다. 손님께서 남편분에게 보낼 수 있는 일종의 신호인 거죠. 중성적인 모습에 대해 들어보셨을 겁니다. 모든 패션 테이프에 나와 있잖아요. 많은 여성들, 특히 손님처럼 가슴이 큰 여성들이 흥미로운 변화라고 생각했습니다."

"저렴하다고 했죠? 다시 돌아갈 수도 있고요?"

"저희의 모든 과정은 되돌릴 수 있습니다. 유방의 크기와 모양을 바꾸는 것이 가장 일반적인 신체 수술입니다."

클레오는 검사대에 앉아 간호인에게 간단한 신체검사를 받았다.

"킹 부인께서 수유하는 중이라는 사실을 마리언이 알았는지 모르겠네요." 검사를 마친 여자 직원이 말했다. "이게 정말 원하시는 거 맞나요?"

'대체 내가 그걸 어떻게 알아?' 클레오가 생각했다. 클레오는 혼란스럽고 불확실한 느낌이 사라지길 바랐다.

"그냥 해주세요."

＊

줄스는 싫어했다.

소리를 지르거나, 문을 쾅 닫거나, 집에서 뛰쳐나가지는 않았다. 그런 태도는 줄스의 스타일이 아니었다. 클레오가 집에 들어온 뒤로 아무 말도 하지 않다가 저녁 식사 자리에서 차갑고 조용한 목소리로 반대 의사를 밝혔다.

"난 그저 당신이 왜 내게는 말도 해주지 않고 이렇게 해야 한다고 생각했는지 알고 싶을 뿐이야. 나한테 물어보라는 게 아니라, 그냥 상의해달라는 거야."

클레오는 비참한 기분이 들었지만, 티를 내지 않기로 마음먹었다. 클레오는 한 팔에 페더를 안고, 다른 손에는 물병을 든 채 접시 위에서 식어가는 음식을 건드리지 않았다. 배는 고팠지만, 어쨌든 2인분을 먹을 필요는 없었다.

"줄스, 내가 가구를 재배치하고 싶었으면 그 전에 당신에게 물어봤을 거야. 우리 둘 다 이 아파트의 주인이니까. 내가 릴리나 폴을 다른 학교로 보내려 했다면, 그전에 당신에게 물어봤을 거야. 우리는 아이들의 양육에 대한 책임을 공유하니까. 하지만 내가 립스틱을 바르거나 머리를 자를 때는 당신에게 물어보지 않아. 내 몸이니까."

"난 그게 좋아, 엄마." 릴리가 말했다. "엄마가 나랑 비슷해 보이잖아."

클레오가 미소를 지으며 손을 뻗어 릴리의 머리를 쓰다듬었다.

"엄마는 뭐가 좋아?" 폴이 입에 음식을 가득 머금고 물었다.

"봤지?" 클레오가 말했다. "별로 중요한 문제가 아니야."

"어떻게 당신이 그렇게 말할 수 있는지 모르겠어. 그리고 난 내게 물어 볼 필요는 없다고 했잖아. 난 그냥… 당신이… 내가 알았어야 했다는 거야."

"그냥 충동적으로 한 거야, 줄스."

"충동, 충동이라고!" 처음으로 줄스가 목소리를 높였다. 클레오는 그 제야 그가 정말로 화가 났다는 사실을 알 수 있었다. 릴리와 폴은 입을 닫 았고, 페더도 움찔했다.

하지만 클레오는 이 수술이 마음에 들었다. 아, 영원히 이렇게 지내겠다는 건 아니지만, 흥미로운 변화였다. 이는 클레오에게 자신의 몸을 통제할 수 있다는 자유의 느낌을 주었고, 가슴을 얼마나 크게 할지 결정할 수 있도록 해주었다. 이게 변환과 조금이라도 관련되어 있을까? 클레오는 전혀 그렇게 생각하지 않았다. 조금도 남자처럼 느껴지지 않았다.

그렇다면 가슴은 무엇이었을까? 가슴은 흉곽과 같은 높이에 있는 젖꼭지부터 거대한 지방 덩어리와 젖샘에 이르는 모든 것이었다. 클레오는 줄스가 큰 가슴이 더 좋다는 증후군에 시달리고 있다는 사실을 알게 되었다. 줄스는 클레오의 행동을 가슴을 제거해버린 것으로 생각했다. 마치 가슴이란 건 무조건 커야 한다고 믿는 것처럼 말이다. 실제로 클레오가 한 일은 가슴을 제거한 게 아니라 크기를 조금 줄인 것뿐이었다.

식탁에서는 더 이상 대화가 오가지 않았다. 하지만 클레오는 그게 아이들을 배려했기 때문이라고 생각했다. 아이들이 침실로 들어가자마자, 클레오는 다시 긴장감을 느낄 수 있었다.

"난 당신이 왜 지금 그런 수술을 했는지 이해가 안 돼. 페더는 어떡할 거야?"

"페더가 왜?"

"뭐, 설마 내가 젖을 먹일 거라고 생각하는 건 아니지?"

마침내 클레오가 화를 냈다. "젠장, 그게 바로 내가 당신에게 기대하는 거야. 내가 무슨 말을 하고 있는지 모른다고 말하지 마. 아이가 내 가슴에 있는 젖이 필요하다고 해서, 온종일 아이를 데리고 다녀야 하는 게 무슨 재미있는 놀이라고 생각해?"

"당신은 불평한 적이 없었잖아."

"내가…." 클레오가 말을 멈췄다. 물론, 줄스의 말이 맞았다. 클레오에게도 그 모든 게 갑자기 떠올랐다는 게 놀라웠다. 하지만 여기까지 왔으니, 이 상황을 수습해야 했다. 그들은 이 상황을 처리해야 했다.

"그게 끔찍하게 싫은 일은 아니니까. 다른 인간을 가슴에 품어 키운다는 건 정말 멋진 일이야. 나는 릴리와 함께 보낸 모든 시간이 정말 좋았어. 릴리를 항상 곁에 두어야 하는 게 골치 아플 때도 있었지만, 그럴 만한 가치가 있었어. 폴도 마찬가지였어." 클레오가 한숨을 뱉었다. "페더도 대부분의 시간 동안 마찬가지였어. 당신은 거의 생각해보지 못했을 거야."

"그런데 왜 지금 반란을 일으킨 거야? 경고도 없이?"

"이건 반란이 아니야, 여보. 당신은 이걸 반란이라고 생각해? 난 그냥… 당신도 해보면 좋겠어. 몇 달 동안 페더를 키워봐. 나처럼 일터에 데리고 가. 그러면 당신도… 당신도 내가 어떤 일을 겪는지 조금은 알 수 있을 거야." 클레오는 몸을 굴려 옆으로 누워서 장난스럽게 줄스의 팔을 치며 어떻게든 분위기를 가볍게 만들려고 노력했다. "당신이 좋아할지도 몰라. 정말 느낌이 좋거든."

줄스가 코웃음을 쳤다. "바보처럼 느껴질 거야."

클레오가 침대에서 벌떡 일어나 거실을 향해 걸음을 옮기다, 그 어느 때보다 화난 얼굴로 돌아섰다. "바보라고? 수유가 바보 같다고? 가슴이 바보 같다고? 그러면 당신은 도대체 왜 내가 수술을 한 이유가 궁금한 건데?"

"남자가 그러면 바보 같을 거라는 말이잖아." 줄스가 대꾸했다. "그건 이상해 보여. 난 가슴이 있는 남자를 볼 때마다 웃음이 나와. 호르몬 때문에 몸이 엉망이 된다고 들었어. 그리고…."

"그건 사실이 아니야! 더는 아냐. 당신도 수유할 수 있어…."

"그렇지만, 당신이 지적했듯이, 이건 내 몸이잖아. 내가 좋아하는 대로 할 거야."

클레오가 줄스를 등진 채 침대 가장자리에 앉았다. 줄스가 손을 뻗어 클레오를 쓰다듬었지만, 클레오가 옆으로 피했다.

"알았어." 클레오가 말했다. "그냥 제안해봤던 거야. 당신도 시도해보고 싶어 할 줄 알았어. 난 페더에게 젖을 먹이지 않을 거야. 이제부터는 젖병으로 먹일래."

"그래야 한다면 그렇게 해야지."

"그래. 당신이 페더를 데리고 일하러 가면 좋겠어. 앞으로 젖병으로 수유를 할 테니까, 우리 중 누가 돌보든 상관이 없잖아. 내가 릴리와 폴을 혼자 감당했었으니까, 당신은 내게 빚이 있어."

"알았어."

클레오가 침대로 들어가 줄스를 등지고 이불을 끌어 올렸다. 클레오는 울먹이는 모습을 줄스에게 보이기 싫었다.

하지만 그 느낌은 지나갔다. 긴장이 풀리며 기분이 좋아졌다. 클레오는 자신이 승리한 것으로 생각했고, 그만한 가치가 있었다고 여겼다. 줄스는 그녀에게 화내지 않았다.

클레오는 편하게 잠들었지만, 줄스가 뒤척이는 바람에 밤새 몇 번이나 잠에서 깼다.

✳

줄스는 그 상황에 적응했다. 줄스는 그 즉시 그렇게 말하기는 힘들었지만, 관계를 갖지 않은 상태로 일주일을 보낸 후, 마지못해 클레오에게 좋아 보인다고 인정했다. 그리고 아침과 퇴근 후 집에 돌아와 키스할 때 클레오를 만지기 시작했다. 줄스는 언제나 클레오의 날씬한 근육질 몸매와 운동선수 같은 팔과 다리에 감탄했다. 클레오의 살이 빠진 가슴이 무척 자연스러워 보이고 다른 부분들과도 잘 어울려서, 줄스는 자신이 왜 그렇게 호들갑을 떨었었는지 의아해지기 시작했다.

어느 밤, 저녁 설거지를 하던 중, 줄스가 일주일 만에 처음으로 클레오의 젖꼭지를 만졌다. 그리고 클레오에게 느낌이 다른지 물었다.

"여자는 아무리 가슴이 커도 젖꼭지를 제외한 다른 부위에는 감각이 거의 없어. 당신도 알잖아." 클레오가 지적했다.

"그래, 그럴 거라고 짐작했어."

클레오는 그날 밤 둘이 사랑을 나누게 되리라는 걸 알았다. 그래서 자신의 방식대로 하기로 마음먹었다.

클레오는 욕실에서 한참 동안 시간을 끌며 줄스가 책 읽을 자세를 취할 때까지 기다렸다가 나와서 책을 치웠다. 위로 올라타고 몸으로 누르면서 키스하고 손가락으로 줄스의 젖꼭지를 간지럽혔다.

클레오는 공격적이고 집요했다. 처음에 줄스는 마음이 내키지 않는 듯했지만, 곧 클레오가 입술로 그의 입술을 세게 누르면서 머리가 베개에 눌리자, 그가 반응했다.

"사랑해." 줄스가 고개를 들어 클레오의 코에 입을 맞추며 말했다. "준비됐어?"

"준비됐어." 줄스가 클레오를 감싸 안고 몸을 밀착시킨 다음, 몸을 굴려 클레오의 위로 올라갔다.

"줄스, 줄스. 잠깐만." 클레오가 다리를 단단히 모으고, 몸을 틀어 옆으로 돌렸다.

"왜 그래?"

"오늘 밤은 내가 위로 올라가고 싶어."

"아, 그래." 줄스는 다시 몸을 뒤집어 받아들이는 자세로 누웠고, 클레오도 다시 자세를 바꿨다. 클레오의 심장이 두근거렸다. 줄스가 반대할 거라고 생각할 이유는 없었다. 그들은 온갖 체위로 사랑을 나눴지만, 색다른 체위들은 기본적으로 클레오가 등을 대고 누운 '자연스러운' 체위에서 일종의 분위기 전환용이었다. 오늘 밤은 클레오가 주도권을 쥔 느낌을 받고 싶었다.

"다리 벌려, 여보." 클레오가 미소를 지으며 말했다. 줄스가 그렇게 했지만, 미소를 짓지는 않았다. 클레오가 양손과 무릎을 짚고 몸을 일으켜 까다로운 자세로 삽입을 준비했다.

"클레오."

"왜 그래? 조금 노력이 필요하겠지만, 내가 당신의 시간을 가치 있게 만들어줄 수 있을 거야. 그러니까 당신이 그냥…."

"클레오, 대체 뭘 하려는 거야?"

클레오가 우뚝 멈추더니, 양쪽 어깨를 올리며 목을 집어넣었다.

"왜 그래? 당신의 발에 공중에 떠 있으니까 바보 같은 느낌이 들지?"

"그럴지도. 그게 당신이 원했던 거야?"

"줄스, 당신에게 굴욕감을 주는 건 내가 가장 원하지 않는 일이야."

"그러면 뭘 하려는 거야? 우리가 이런 식으로 해본 적이 없는 것도 아니잖아. 그건…."

"당신이 그렇게 하기로 했을 때만 그랬지. 항상 당신이 결정했었어."

"아래에 눕는 게 모멸감을 주는 건 아니야."

"그러면 당신은 왜 바보 같다고 느꼈어?"

줄스는 대답하지 않았다. 클레오는 피곤한 듯 몸을 일으켜 줄스에서 떨어져나와, 그의 발 앞에 무릎을 꿇은 자세로 앉았다. 클레오는 대답을 기다렸지만, 줄스는 그 이야기를 하고 싶지 않은 모양이었다.

"내가 체위를 불평한 적은 없잖아." 클레오가 조심스럽게 말했다. "나는 전혀 불만 없었어. 아주 괜찮았거든." 여전히 줄스는 아무 말도 하지 않았다. "알았어. 나는 그 위에서는 어떻게 보이는지 보고 싶었어. 천장을 보는 게 지겨웠거든. 궁금했어."

"그래서 내가 바보 같다고 느꼈던 거야. 난 당신이 위로 올라오는 걸 싫어한 적이 없었어. 그렇지? 하지만 전에는… 글쎄, 지난 몇 주 동안은 그런 적이 없었어. 당신이 무슨 생각을 하는지 알아."

"그래서 당신이 위협을 느끼는 거야. 내가 변환에 관심이 있고, 주도권을 갖는 게 어떤 건지 알고 싶어 한다는 사실 때문이지. 내가 당신에게 변환을 강요할 수 없다는 거 알잖아. 설령 가능하다고 해도 하지 않을 거야."

"하지만 당신의 호기심이 우리 결혼생활을 망치고 있어." 줄스가 말했다.

클레오는 다시 울고 싶어졌지만, 아랫입술이 떨리는 것 외에는 티를 내지 않았다. 클레오는 줄스가 달래주는 걸 원하지 않았다. 줄스가 달래면 효과가 있을 게 틀림없고, 그렇게 되면 클레오는 다리를 허공에 올린 채로 누워 있게 될 것 같았기 때문이었다. 클레오는 침대를 내려다보고 천천히 고개를 끄덕이더니 자리에서 일어났다. 그리고 거울로 가서 빗을 들고 머리를 빗기 시작했다.

"지금 뭐 하는 거야? 이 문제에 관해 이야기 좀 하면 안 될까?"

"지금은 별로 이야기하고 싶지 않아." 클레오가 빗질하면서 앞으로 몸을 숙이고 얼굴을 살펴봤다. 그리고 휴지로 눈꼬리를 톡톡 두드렸다. "난 나갈 거야. 아직도 궁금해."

클레오가 문으로 향할 때, 줄스는 아무 말도 하지 않았다.

"조금 늦을 거야."

✳

그곳의 이름은 '우어파이트(Oophyte)'였다. 대문자 'O'에 플러스 기호가 걸려 있고, 오른쪽 위에는 화살표가 그려져 있었다. 그 간판은 기호들이 회전하게 되어 있어서, 한 번은 플러스 기호가 안쪽에 있고 화살표가 바깥에 있다가, 다음 순간에는 그 반대가 되었다.

클레오는 붐비는 댄스 플로어에서 기분 좋은 안개를 헤치며 움직이다 가끔 멈춰서 담배를 피웠다. 그 안의 공기는 라벤더 연기가 자욱했고, 번쩍이는 푸른 불빛이 비쳤다. 클레오는 분위기가 이끄는 대로 춤을 췄다. 음악이 너무 시끄러워서 생각할 필요도 없었다. 시끄러운 음악이 클레오의 뼈를 움켜잡고 팔과 다리를 움직이게 했다. 클레오는 벌거벗은 피부의 숲을 미끄러지듯 움직였는데, 가끔은 종이옷의 거친 느낌이나 값비싼 면 옷의 촉감이 느껴졌다. 마치 물속에서 움직이는 것 같았고, 당밀을 헤치며 걸어가는 것 같았다.

클레오가 댄스 플로어 건너편에 있는 남자를 보고, 그가 있는 쪽으로 움직이기 시작했다. 클레오가 남자의 바로 앞에서 춤을 췄지만, 남자는 한동안 알아차리지 못했다. 춤추는 사람들 대부분은 잠깐씩 스쳐 지나가는 정도 이상의 파트너가 없었다. 어떤 이들은 생명을 찬양하고, 어떤 이들은 자신을 드러내 보여주었지만, 다들 파트너를 찾고 있었다. 결국 클레오가 그 자리에 비정상적으로 오래 머물러 있었다는 사실을 남자가 깨달았다. 남자도 클레오만큼이나 느긋하게 취한 상태였다.

클레오가 남자에게 자신이 원하는 것을 말했다.

"좋죠. 어디로 가고 싶어요? 당신 집?"

클레오는 남자를 데리고 뒤쪽의 복도를 따라 걷다가 문 하나를 골라 자물쇠에 신용 팔찌를 댔다. 방은 단순하고 깔끔했다.

클레오는 남자가 살롱의 거울에 비쳤던 자신의 남자 쌍둥이와 매우 닮았다는 생각이 들었다. 그래서 그 남자를 선택한 것인지도 모른다. 클레오는 남자를 끌어안고, 침대에 부드럽게 내려놓았다.

"이름을 주고받을까요?" 남자가 물었다. 클레오가 남자를 만지작거리자, 남자 얼굴의 미소가 점점 더 우스꽝스러워졌다.

"난 관심 없어요. 그냥 당신을 이용하고 싶어요."

"이용하세요. 내 이름은 사프란이에요."

"난 클레오파트라예요. 누워줄래요?"

남자가 누웠다. 그리고 그들이 했다. 작은 방이 더웠지만, 두 사람은 신경 쓰지 않았다. 건강한 운동이었고, 육체적 감각도 좋았다. 클레오는 끝났을 때 아무것도 기억에 남지 않았다. 클레오는 남자 위에 쓰러지듯 엎드렸다. 클레오의 눈물이 남자의 어깨 위로 떨어지기 시작했다. 그러나 그는 놀라지 않는 것 같았다.

"미안해요." 클레오가 몸을 일으켜 떠날 준비를 하며 말했다.

"가지 마세요." 남자가 클레오의 어깨에 손을 얹으며 말했다. "이제 당신이 눈물을 덜어냈으니, 우리가 사랑을 나눌 수 있지 않을까요?"

클레오는 웃고 싶지 않았지만, 웃음을 참지 못했다. 곧이어 클레오는 더 격렬하게 울면서 남자의 가슴에 얼굴을 파묻었다. 클레오를 감싸고 있는 남자의 팔의 온기와 클레오의 코를 간지럽히는 그의 머리카락이 느껴졌다. 클레오는 자신이 무엇을 하고 있는지 깨닫고 남자를 밀어내려 했다.

"부디 울 때 기댈 사람이 필요하다는 사실을 부끄러워 마세요."

"나는… 난 약해지고 싶지 않았던 것뿐이에요."

"우리는 모두 약해요."

클레오는 저항을 포기하고, 눈물이 멈출 때까지 안겨 있었다. 한참을 훌쩍거리다 코를 닦고, 남자를 바라봤다.

"어땠어요? 말해줄 수 있나요?" 클레오가 남자에게 물었고, 그게 무슨 말인지 설명하려 했는데, 남자는 이미 알아들은 것 같았다.

"그냥… 특별한 건 없었어요."

"당신은 여자로 태어났죠, 그렇지 않나요? 어쩐지 알겠더라고요." 클레오가 물었다.

"내가 어떻게 태어났는지는 더 이상 중요하지 않아요. 난 둘 다였어요. 그래도 내면은 여전히 나예요. 알겠어요?"

"잘 모르겠어요."

두 사람은 한참 동안 말이 없었다. 클레오는 하고 싶은 말과 물어보고 싶은 질문이 수없이 떠올랐지만, 아무 말도 할 수 없었다.

"결정을 내려야 할 때가 다가오고 있는 거죠?" 이윽고 남자가 입을 열었다. "오늘 밤을 보낸 후 결정에 좀 더 가까워졌나요?"

"잘 모르겠어요."

"그런 식으로는 문제를 해결할 수 없어요. 오히려 문제를 더 만들 수도 있어요."

클레오가 남자의 품에서 벗어나 일어섰다. 그리고 머리를 흔들며 빗이 있으면 좋겠다는 생각이 들었다.

"고마워요, 클레오파트라." 남자가 말했다.

"아, 어, 고마워요…." 클레오는 남자의 이름을 기억할 수 없었다. 클레오는 당황스러움을 감추기 위해 다시 미소를 지었다. 그리고 나가며 문을 닫았다.

✳

"여보세요."

"네, 클레오파트라 킹입니다. 거기 직원분과 상담을 했어요. 열흘 전이었던 것 같습니다."

"네, 킹 씨. 손님의 파일을 찾았습니다. 무엇을 도와드릴까요?"

클레오가 깊은숨을 들이쉬었다. "복제를 시작해주세요. 조직 표본을 남겼어요."

"아주 좋습니다. 킹 씨. 염색체 기증자에 대한 지시사항은 없으신가요?"

"기증자의 동의가 필요한가요?"

"저장소에 표본이 있으면 필요 없습니다."

"제 남편의 표본을 이용하세요. 줄스 라 린. 보안번호 4454390입니다."

"아주 좋습니다. 연락드리겠습니다."

클레오가 전화를 끊고, 차가운 금속 모니터에 이마를 댔다. 이렇게 취한 상태로 결정해서는 안 된다는 생각이 들었다. 무슨 짓을 한 걸까?

하지만 그게 최종적인 결정은 아니었다. 클레오는 6개월이 지난 후 그 복제를 사용할지 결정하게 될 것이다. 망할 줄스. 왜 줄스는 일을 이렇게 크게 만들었을까?

클레오가 자신이 한 일을 줄스에게 말했을 때, 그는 크게 반응하지 않았다. 줄스는 마치 예상했다는 듯 조용하게 차분히 받아들였다.

"내가 당신을 따라 변환하지 않으리라는 건 알지?"

"당신이 그렇게 느낀다는 거 알아. 당신이 마음을 바꾸게 될지 궁금해."

"기대하지 마. 난 당신이 마음을 바꾸는 걸 보고 싶어."

"아직 마음을 정하지 못했어. 하지만 나 자신에게 선택권을 주려고 해."

"내가 부탁하는 것은 변환이 우리 관계에 어떤 영향을 미칠지 염두에 두라는 거야. 사랑해, 클레오. 그 사실은 절대로 변하지 않을 거야. 하지만 당신이 남자가 되어 이 집에 들어온다면, 내가 항상 사랑하던 그 사람으로 당신을 볼 수 없을 것 같아."

"당신이 여자가 된다면 그럴 수 있을 거야."

"하지만 난 여자가 될 생각이 없어."

"그래도 나는 언제나 같은 사람일 거야." 하지만 정말로 그럴까? 도대체 뭐가 잘못된 걸까? 줄스가 무슨 짓을 했길래 이런 일을 당해야 하는 걸까? 클레오는 변환을 밀어붙이지 않겠다고 결심했고, 그날 밤 둘이 사랑을 나눴다. 그리고 아주, 아주 좋았다.

하지만 웬일인지 클레오는 살롱에 전화해서 복제를 중단하라고 말하지 않았다. 그 후 6개월 동안 수십 번이나 변환하지 않겠다고 결심했지만, 끝내 복제된 몸을 파괴하지 않았다.

시간이 지날수록 침대에서 그들의 관계가 불편해졌다. 처음에는 좋았다. 줄스는 클레오가 성관계를 주도할 때 아무런 반대도 하지 않았고, 클레오가 선호하는 방식으로 기꺼이 관계를 가졌다. 일단 관계가 이루어지면, 클레오는 더 이상 위에 있든 아래에 있든 상관하지 않았다. 중요한 것은 자신이 원할 때, 원하는 방식으로 사랑을 나눌 수 있는 선택권을 갖는 것이었다.

"이게 다 그걸 위한 거야." 어느 밤, 클레오는 자신의 관점에서 상황을 보지 않으려는 줄스의 거부만 빼고 모든 게 이해되는 것 같은 명료한 순간 줄스에게 말했다. "내가 원하는 건 선택이야. 나는 여성이라는 존재로서 불만이 없어. 다만 나는 내가 될 수 없는 어떤 게 있다는 느낌이 싫어. 내가 호르몬과 유전적 요인, 양육 환경의 영향을 얼마나 받는지 알고 싶어. 나는 남자로서 공격적일 때 더욱 안정감을 느끼는지 알고 싶어. 왜냐하면 나는 여성으로 존재하면서 대부분의 시간을 공격적이지 않은 존재로 살아왔으니까. 남자들은 내가 느끼는 것 같은 불안감을 느낄까? 남자가 된 클레오도 자유롭게 울 수 있을까? 나는 그런 것들을 전혀 모르겠어."

"하지만 당신이 말했었잖아. 여전히 같은 사람일 거라고."

두 사람은 조금씩 멀어지기 시작했다. 우어파이트로 외출을 다녀오고 몇 주 후 어느 일요일 오후, 클레오가 집에 돌아왔을 때 줄스가 한 여자와 침대에 누워 있었다. 그런 모습은 줄스답지 않았다. 두 사람은 친근하고 개방적인 분위기를 유지하기 위해 연인을 집에 데려와 먼저 소개하는 게 관례였다. 자신이 만남을 위한 바에 갔던 일에 대해 줄스가 보복하는 방식이라고 생각되었기 때문에, 클레오는 재미있었다.

그래서 클레오는 완벽한 안주인이 되어 그들이 있는 침대로 들어가 어울렸더니 줄스가 당황한 것 같았다. 여자의 이름은 해리엇이었는데,

클레오는 해리엇에게 호감을 느꼈다. 해리엇은 변환자였다. 줄스는 그 사실을 몰랐을 것이다. 혹시 알았더라도 줄스가 클레오의 기분을 나쁘게 만들려고 해리엇을 선택한 것은 아닌 게 확실했다. 해리엇은 자신이 왜 여기에 있는지 알아차린 후 불편해했다. 클레오는 해리엇과 사랑을 나누며 해리엇을 편안하게 해주었는데, 한 번도 그런 적이 없었기 때문에 클레오 자신도 조금 놀랐고, 줄스는 상당히 놀랐다.

클레오는 그 상황을 즐겼다. 클레오는 해리엇의 매끈한 몸이 완전히 새로운 세상이라는 것을 알게 되었다. 그리고 클레오는 줄스가 만든 상황을 자신이 깔끔하게 역전시켰다고 느꼈고, 줄스에게 남자 역할을 하는 아내에 관한 생각을 다시 한번 직면하게 했다.

가장 힘든 부분은 아이들이었다. 부부는 릴리와 폴과 함께 임박한 변환에 대해 논의했다.

릴리는 왜 이렇게 소란인지 이해하지 못했다. 릴리에게 변환은 자신도 적당한 나이가 되면 할 수 있다고 생각할 정도로 주변에 흔히 일어나는 일로서 이미 삶의 일부였다. 릴리는 아빠의 염려를 알아차리기 시작한 후 엄마와 조금 더 가까워졌다. 클레오는 굉장히 안심했다. 릴리가 불편해하는 상황이라면 변환을 고집할 수 없을 것 같았기 때문이었다. 클레오는 편애를 인정하지 않으려 했고 편애하지 않으려 최선을 다했지만, 장녀인 릴리는 가장 사랑하는 아이였다. 클레오는 갓 태어난 딸 릴리에게 온전히 시간을 할애하려고 가계에 큰 부담을 주면서까지 직장을 1년 동안 휴직했었다. 때때로 클레오는 엄마 노릇이 삶의 전부였던, 좀 더 단순했던 그 시절로 돌아갈 수 있기를 바랐다.

물론, 페더와는 상의하지 않았다. 줄스는 불평 없이 페더의 양육 책임을 맡았고, 그 일을 즐기는 것 같았다. 클레오에게는 괜찮았지만, 줄스가 엄마 역할을 기꺼이 맡으면서도 여성이 되어 그 역할을 해보려 하지 않는 태도에 화가 났다. 클레오는 다른 두 아이만큼이나 페더를 사랑했지만,

가끔은 왜 페더를 가지려 했었는지 잘 기억나지 않았다. 클레오는 폴을 낳을 때 출산 충동이 사라졌다고 느꼈었는데, 여하튼 페더가 태어났다.

폴이 문제였다.

폴이 엄마가 남자가 되면 자기가 어떤 기분이 들지 모르겠다고 의문을 제기했을 때 집안에 긴장감이 흘렀다. 줄스의 얼굴이 어두워지고, 며칠 동안 말을 하지 않았다. 줄스가 입을 열 때면, 밤에 두 사람 모두 잠들지 못하고 폭력에 가까운 언어적 폭발이 일어나곤 했다. 줄스가 그런 모습을 보인 것은 처음이었다.

클레오는 폴에 대해 결코 확신할 수 없었기 때문에 두려웠다. 엄마의 변환이 폴에게 상처가 될까? 줄스는 성 정체성 위기, 안정적인 역할 모델의 필요성, 그리고 마지막으로 아들이 덜 남성적으로 자랄지도 모른다는 두려움에 대해 솔직하게 이야기했다.

클레오는 몰랐다. 하지만 여러 밤을 그 일로 울면서 잠을 이루지 못했다. 그들은 관련된 기사를 읽고, 심리학자들의 의견이 나뉜다는 사실을 알게 되었다. 정통주의자들은 성역할의 중요성을 강조했지만, 변환자들은 성역할은 오로지 성역할에 갇힌 사람들에게만 중요하다고 생각했다. 성의 장벽이 허물어지면서 성역할 개념은 사라졌다.

마침내 복제된 몸이 준비되었다. 클레오는 여전히 어떻게 해야 할지 몰랐다.

*

"이제 편안한가요? 말하기 힘들면 고개만 끄덕여주세요."

"무….."

"진정하세요. 다 끝났어요. 몇 분이 채 지나기 전에 걷고 싶은 기분이 들 겁니다. 맥으로 모셔다줄 사람이 있습니다. 한동안 취한 것처럼 느껴질 수 있지만, 손님에게 약물을 투약하지는 않았습니다."

"무… 무슨 일이에요?"

"다 끝났습니다. 그냥 진정하세요."

클레오는 몸을 공처럼 웅크리고 진정했다. 이윽고 그가 웃기 시작했다.

취했다는 표현은 적절하지 않았다. 그는 침대에 대자로 누워 '그'라는 대명사를 시험해봤다. 너무 재미있었다. 그는 등을 대고 누워 무릎 사이에 양손을 넣었다. 킥킥대며 앞뒤로 구르다, 배를 잡고 웃으며 바닥에 떨어졌다.

그가 고개를 들었다.

"당신이야, 줄스?"

"응, 나야." 줄스는 클레오가 다시 침대 위로 올라갈 수 있도록 도와준 후, 너무 가깝지 않지만 닿을 수 없을 정도로 멀지 않은 침대 가장자리에 앉았다. "기분이 어때?"

그가 코웃음을 쳤다. "술에 취한 스컹크 같아." 그가 눈을 가늘게 뜨며 줄스에게 억지로 초점을 맞췄다. "이제는 나를 '레오'로 불러야 해. 클레오는 여자 이름이잖아. 그러니까 나를 클레오라고 부르면 안 돼."

"알았어. 하지만 난 클레오라고 부르지 않았어."

"그렇게 안 불렀다고? 확실해?"

"그렇게 안 부른 게 매우 확실해." 줄스가 말했다.

"아, 그래." 레오가 고개를 들고 잠시 어리둥절한 표정을 지었다. "있잖아, 구역질이 날 것 같아."

1시간 후 레오의 기분이 훨씬 나아졌다. 그는 줄스와 함께 거실의 유일한 가구인 커다란 쿠션에 기대어 앉아 있었다.

두 사람은 잠시 별로 중요하지 않은 잡담을 나누었는데, 간간이 긴 침묵이 흘렀다. 레오도 줄스만큼이나 자신의 새로운 목소리가 익숙하지 않았다.

"글쎄…." 마침내 줄스가 손으로 무릎을 찰싹 때리고 일어나 말했다. "난 당신이 변환 이후에 어떻게 할 계획이었는지 정말로 모르겠어. 오늘 밤에 외출할 계획이었어? 여자를 찾아서 어떤지 볼 거야?"

레오가 고개를 저었다. "집으로 돌아오자마자 해봤어." 그가 말했다. "남자의 오르가슴 말이야."

"어땠어?"

레오가 웃으며 말했다. "이제는 당신도 남자의 오르가슴이 어떤 건지 알고 있지 않아?"

"아니, 내 말은, 여자였다가…."

"무슨 말인지 알아." 레오가 어깨를 으쓱했다. "발기는 흥미로웠어. 내가 익숙한 것보다 훨씬 컸어. 그 외에는…." 그가 잠시 얼굴을 찌푸렸다. "많이 비슷했어. 일부는 달라. 더 국지적이고, 산만해."

"음." 줄스가 눈길을 돌려, 전기 벽난로를 마치 처음 보는 듯 살펴봤다. "혹시 이사 나갈 생각이야? 있잖아, 그럴 필요는 없어. 아이들의 방을 옮기면 되잖아. 나는 폴과 잘 지낼 수 있어. 아니면 폴을… 우리가 지내던 방으로 옮겨도 돼. 당신이 폴의 방을 가져도 되고." 줄스가 레오에게서 눈길을 돌리더니 손으로 얼굴을 감쌌다.

레오는 일어나 줄스를 위로해주고 싶었지만, 그렇게 하는 것은 잘못된 행동이라는 생각이 들었다. 그는 줄스가 스스로 진정할 때까지 그대로 두었다.

"나는 당신이 받아준다면, 당신과 계속 자고 싶어."

줄스는 아무 대답도 하지 않았고, 돌아보지도 않았다.

"줄스, 당신이 가장 편하게 지낼 수 있도록 하는 거라면 뭐든지 기꺼이 해줄게. 꼭 성관계가 아니어도 돼. 아니면 내 산달이 가까웠을 때 하던 것처럼 해도 좋아. 당신은 아무것도 할 필요가 없어."

"성관계는 안 해." 줄스가 말했다.

"좋아, 좋아. 줄스, 지금 너무 피곤한데, 잘 준비됐어?"

줄스는 한참 동안 가만히 있다가, 고개를 돌리고 끄덕였다.

두 사람은 조용히 나란히 누웠지만, 서로 닿지 않았다. 조명은 꺼진 상태였다. 레오는 줄스의 몸의 윤곽만 겨우 볼 수 있었다.

한참 시간이 흘렀다. 줄스가 옆으로 몸을 돌렸다.

"클레오, 그 안에 있어? 아직도 나를 사랑해?"

"여기 있어." 레오가 말했다. "사랑해. 언제나 사랑할 거야."

레오가 줄스를 만지자 그가 깜짝 놀랐지만, 반대 의사를 표현하지는 않았다. 줄스가 울기 시작했고, 레오가 그를 꼭 안았다. 둘은 서로의 품에 안겨 잠들었다.

✳

우어파이트는 그 어느 때보다 사람이 많고 시끄러웠다. 레오는 머리가 아팠다.

클레오가 그랬듯, 그도 이 장소를 좋아하지 않았지만, 감정적으로 얽히거나 긴 유혹의 과정 없이 쉽고 빠르게 섹스 파트너를 찾을 수 있는 유일한 곳이었다. 여기에서는 누구든 가능했다. 그저 요청하기만 하면 됐다. 그들은 자위행위에서 한 단계 나아가 서로를 성적인 체조를 위한 도구로 이용했고, 그 사실을 유쾌하게 인정했으며, 만일 상대방이 요청을 안 받아들이면 여기서 뭘 하고 있냐는 태도를 보였다. 로맨스와 관계를 원한다면 다른 장소도 많았다.

레오는 다른 사람들이 즐기기 위해 무엇을 하든 상관하지 않았지만, 자신은 평소 그런 것을 별로 좋아하지 않았다. 그는 잠자리를 함께 한 사람에 대해 알고 싶어 했다.

하지만 오늘 밤 레오는 배우기 위해 여기 왔다. 그는 연습이 필요하다고 느꼈다. 레오는 과거에 여자였으므로 여자가 어떤 것을 좋아하는지 알 거라는 주장을 신뢰하지 않았다. 레오는 남자인 자신에게 사람들이 어떻게 반응하는지 알아야 했다.

일은 잘 풀렸다. 그는 세 명의 여자에게 접근했고, 매번 수락받았다. 첫 번째는 엉망이었다(너무 성급했다는 뜻이다). 여자는 조금 화를 내다가

레오가 상황을 설명하자, 도와주고 지지해주었다.

레오가 막 떠나려는데 링스라는 이름의 여자에게서 제안을 받았다. 레오는 피곤했지만 링스와 자기로 결정했다.

실망스러운 10분 후, 링스는 일어나 앉아 레오에게서 떠날 준비를 했다. "그 정도 관심이 전부라면 여긴 대체 왜 온 거예요? 내 잘못이라고 하지 마요."

"미안해요." 레오가 말했다. "잊고 있었어요. 할 수 있을 줄 알았어요…. 실행을 하기 전에 관심을 가져야 한다는 사실을 몰랐어요."

"실행이요? 그거 재미있는 표현이네요."

"미안해요." 레오는 링스에게 문제가 무엇인지, 지난 2시간 동안 몇 번이나 사랑을 나눴는지 말했다. 링스는 침대 가장자리에 앉아 욕구불만과 짜증이 가득한 표정으로 머리카락을 쓸어내렸다.

"뭐, 이게 세상의 종말은 아니잖아요. 세상에는 훨씬 더 많은 게 있죠. 하지만 미리 경고해줄 수도 있었잖아요. 아까 거기에서 내 제안을 꼭 받아줄 필요는 없었다고요."

"알아요. 잘못했어요. 내 능력을 판단하는 방법을 배워야 할 것 같아요. 내가 특별히 뭘 하지 않아도 섹스가 가능하던 상황에 익숙해서 그럴 거예요."

링스가 웃었다. "내가 뭐라고 해야 할지 모르겠네요. 저기요, 나도 같은 문제가 있었어요. 몇 주 동안 그걸 세우지 못했죠. 그리고 그게 아프다는 걸 알아요."

"이런." 레오가 말했다. "당신이 지금 어떤 기분인지 알아요. 재미없죠."

링스가 어깨를 으쓱했다. "다른 상황이라면 그랬겠죠. 하지만 아까 말했듯이, 오늘 밤 숲에는 남자들이 가득해요. 오늘 밤에 곤란한 상황을 또 겪지는 않을 거예요." 링스가 레오의 뺨에 손을 대고 뿌루퉁한 표정을 지었다. "이봐요, 내가 당신의 가련한 남성적 자아에 상처를 준 건 아니죠?"

레오는 곰곰이 생각하며, 혹시 상처받은 곳이 있나 살폈지만 괜찮았다.

"네, 아니에요."

링스가 웃었다. "그럴 거라 생각했어요. 당신에겐 남성적 자아가 없으니까요. 즐기세요, 레오. 남성적 자아는 어릴 때부터 정성들여 길러지는 거예요. 사람들이 남자답게 되려면 어떠해야 한다고 계속 지적하기 때문에, 당신이 '실행'하지 못했을 때 남자로서 실패했다고 인식하게 되는 거죠. 그런데 왜 '실행'이라는 단어를 사용했어요?"

"모르겠어요. 그냥 그렇게 생각했던 것 같아요."

"'남자'가 되려고 노력하는 거예요. 레오, 당신은 감정적인 투자가 부족해요. 그래도 당신은 운이 좋아요. 난 여성의 마음을 떨쳐낼 때까지 1년이 넘게 걸렸어요. 남자가 되려고 하지 말아요. 대신, 남성 인간이 되세요. 그렇게 하면 변환이 훨씬 쉬워질 거예요."

"무슨 말인지 잘 모르겠어요."

링스가 레오의 무릎을 두드렸다. "날 믿어요. 당신을 발기시킬 수 없을 정도로 섹시하지 못한 나 자신 때문에 화를 내는, 뭐 그런 쓰레기로 보이나요? 아뇨, 난 그런 식으로 안달하는 사람으로 자라지 않았어요. 하지만 반대로 생각해봐요. 당신이 내게 한 것처럼 내가 당신에게 했다면, 당신도 뭔가 화나지 않았을까요?"

"그럴 것 같아요. 하지만 난 그 방면에서는 항상 안전했어요."

"우리 중 가장 안전한 사람은 침대 아래에서 칭얼대는 아이들뿐이에요. 적어도 가끔은요. 당신이 준비가 안 된 상태에서 내 제안을 받아들여서 내가 화를 냈다고 생각하나요? 그런데 내가 화낸 이유가 그것뿐일까요? 무례했어요, 레오. 남성 인간은 여성 인간에게 그렇게 하면 안 돼요. 남자와 여자는 달라요. 불쌍한 놈은 머릿속에 쓰레기가 많고, 여자도 그렇죠. 그래서 그들의 자아가 그들에게 하는 속임수에 대해 책임을 지지 말아야 해요."

레오가 웃었다. "앞뒤가 맞는 말인지는 모르겠지만, 그 말이 마음에 드네요. '남성 인간'. 언젠가는 나도 그 차이를 알게 되겠죠."

　문제가 될 거라 예상했었는데, 아무 일 없이 지나가는 것들도 있었다.

　폴은 변환을 거의 신경 쓰지 않았다. 레오는 깊은 상처를 남길 아들과의 싸움에 대비해 마음의 준비를 해왔지만, 그런 일은 일어나지 않았다. 폴의 생활에 일어난 변화라고는, 이제 친모를 '엄마'가 아니라 '레오'로 부를 수 있게 되었다는 사실뿐이었다.

　예상외로, 처음에 가장 힘들게 한 사람은 릴리였다. 레오는 그 상황에 상처받았지만 내색하지 않으려 노력했고, 릴리가 점차 적응할 수 있도록 최선을 다했다. 변환하고 일주일쯤 지났을 때, 마침내 릴리가 레오를 찾아왔다. 릴리는 자신이 어리석었다며, 가장 친한 친구가 변환을 했는데, 자신도 할 수 있을지 알고 싶다고 했다. 레오는 사춘기가 시작될 때까지는 여성으로 남아서 그 시절을 즐기는 게 좋을 것 같다고 말해주었다.

　레오와 줄스는 우리에 갇힌 호랑이들처럼 서로를 빙빙 돌며 싸워야할지 확신할 수 없었지만, 만일 싸우게 된다면 상대방의 눈알을 뽑아버릴 준비가 되어 있었다. 레오는 그 비유를 좋아하지 않았다. 자신이 아직도 암컷 호랑이였다면 싸움의 결과가 뻔했을 거라는 생각이 들었다. 하지만 그는 줄스와 지배권 다툼을 벌이고 싶지 않았다.

　두 사람은 아파트와 가족, 침대를 공유했다. 그들은 지극히 예의 바르게 지냈지만, 서로를 만지는 일은 거의 없었고, 몸이 닿을 때마다 레오는 자신이 사과해야 할 것만 같았다. 줄스는 레오와 눈을 마주치지 않았다. 두 사람의 눈길은 마치 같은 크기의 정전기를 가진 두 개의 코르크 공처럼 닿았다가 튕겨 나가곤 했다.

　하지만 결국 줄스가 레오를 받아들였다. 줄스의 마음속에 레오는 '항상 근처에 있는 남자'였다. 레오는 신경 쓰지 않았고, 그나마 발전한 거라고 봤다. 며칠이 더 지난 후, 줄스는 자신이 레오를 좋아한다는 사실을 깨닫기 시작했다. 두 사람은 상황을 공유하고, 더 많은 이야기를 나누기 시작했다. 두 사람의 이전 관계를 화제에 올리는 것은 한동안 금기시되었다. 줄스는 마치 클레오가 한때 자신의 아내였다는 사실을 잊어버린 양 레오를 바닥부터 속속들이 알고 싶어 하는 것 같았다.

그렇게 간단치만은 않았다. 레오가 그렇게 놔두지 않았다. 줄스가 마음속의 상처에 대해 우물쭈물 말하기 시작하면, 때때로 사랑하는 사람의 죽음을 슬퍼하는 것처럼 들리기도 했다. 줄스는 레오에게 거리낌 없이 이야기할 수 있었다. 그가 클레오에게 이야기하던 태도와는 살짝 달랐다. 줄스는 자신의 영혼을 쏟아냈다. 레오가 놀랄 정도로 줄스에게는 너무 많은 상처가 있었고, 변명과 불안감이 가득했다. 줄스가 여자에게 편하게 말하지 못했던 적대감도 감춰져 있었다.

레오는 그가 계속 이야기하도록 놔뒀지만, 줄스가 "이건 클레오에게는 절대로 말할 수 없었어", 혹은 "이제 클레오는 갔으니까"로 문장을 시작하면, 레오가 줄스에게 다가가 손을 붙잡고 자신을 똑바로 보라고 요구했다.

"내가 클레오야." 그가 말했다. "내가 여기 있어. 그리고 당신을 사랑해."

그들은 함께 어울려 다니기 시작했다. 줄스는 클레오가 한 번도 가보지 않았던 곳으로 그를 데려갔다. 두 사람은 함께 술을 마시고, 술에 취해 즐겁게 시간을 보냈다. 이전에는 항상 술이나 담배를 곁들인 저녁 식사 후 쇼나 음악회를 보러 가는 게 전부였다. 이제 그들은 감옥에 잡혀갈 정도로 시끄럽게 떠들며 새벽 2시에 집으로 돌아오곤 했다. 줄스는 대학 시절 이후로 이렇게 재미있게 지내본 적이 없다고 인정했다.

사람들과 어울릴 때는 문제가 있었다. 그들의 오랜 친구 중에 변환자는 소수였고, 두 사람 모두 연인으로 파티에 참석해서 벌어지는 복잡한 상황을 마주할 생각이 없었다. 그들은 변환자들 사이에서 친구를 만들 수도 없었다. 그런 모임에서는 줄스가 외부인 취급받을 게 뻔하기 때문이었다.

그래서 두 사람은 남자들을 많이 만났다. 레오는 줄스의 친한 친구들을 모두 안다고 생각했었지만, 그 생각이 틀렸다는 것을 알게 되었다. 그는 이전에는 보지 못했던 줄스의 면모를 보았다. 줄스는 어떤 면에서 좀 더 여유롭고 경계심이 사라진 것 같았지만, 다른 방어막을 세우고 있었다. 레오는 때때로 스파이가 된 느낌이 들었다. 언제나 존재한다는 것을 알고 있었지만, 한 번도 끼어들지 못했던 사회의 한 층을 들여다보고 있었다. 클레오가 그 집단에 들어갔다면, 그 구조가 미묘하게 달라졌을 것이다. 마치 빛이 관찰해야 하는 원자를 흔들어놓는 것처럼, 클레오가 그 집단에 들어가면 자신의 존재 그 자체로 새로운 환경을 만들었을 것이다.

레오는 우어파이트에 처음 가본 후 오랜 시간 금욕 생활을 유지했다. 그는 무신경하게 성관계를 갖고 싶지 않았고, 줄스를 사랑하고 싶었기 때문이었다. 그가 아는 한 줄스도 자제하고 있었다.

그러나 그들은 더블데이트를 대안으로 받아들였다. 두 사람은 한동안 함께 여러 여자를 만나면서 성관계는 갖지 않고 즐겁게 지냈다. 그러다 각자 관계를 맺을 수 있는 여성을 결정했다. 줄스는 직장에서 오랫동안 알고 지낸 다이앤을 선택했다. 레오는 해리엇과 사귀었다.

네 사람은 함께 어울려 매우 즐거운 시간을 보냈다. 레오는 줄스와 친구로 지내는 것을 좋아했지만, 단순히 친구로만 지내지는 않았다. 레오는 줄스에게 클레오와도 이렇게 지낼 수 있다고 상기시키려 노력했다. 레오가 강조하고 싶은 것은 성별과 상관없이 동료, 친구, 절친이 될 수 있다는 사실이었다. 레오는 여성으로서의 장점과 남성으로서의 장점을 결합하여 남자이자 여자로서 줄스의 모든 욕구를 충족시켜주는 존재가 되고 싶었다. 하지만 줄스가 자신을 위해 똑같이 해주지 않을 거라는 생각이 들어 마음이 아팠다.

✳

"음, 안녕, 레오. 오늘 볼 줄은 몰랐어."

"들어가도 될까, 해리엇?"

해리엇이 그를 위해 문을 열어줬다.

"뭐 좀 줄까? 아, 그래, 근데 더 이야기하기 전에, 난 '해리엇'이라는 이름은 이제 안 쓸 거야. 오늘 내 이름을 바꿨어. 이제 줄이야. 철자는 j-o-u-l-e야."

"알았어, 줄. 음료는 고맙지만, 사양할게." 레오가 줄의 소파에 앉았다.

레오는 새 이름에 놀라지 않았다. 변환자들은 물려받은 이름에서 벗어나려는 경향이 있었다. 클레오가 그랬던 것처럼 성별에 따라 바꾸거나 비슷한 소리가 나는 이름을 선택한 사람들도 있었다. 어떤 사람들은 성별의 의미를 무시하고 사용하던 이름을 그대로 사용했다. 하지만 대부분은 결국 개인들의 취향에 따라 중성적인 이름을 선택했다.

"줄스, 줄리아…." 클레오가 중얼거렸다.

"뭐라고?" 줄의 이마에 살짝 주름이 잡혔다. "육아 문제 때문에 온 거야? 잘 안 풀려?"

레오가 자리에 털썩 앉으며, 깍지 낀 자기 손을 물끄러미 바라봤다.

"모르겠어. 우울증에 걸린 것 같아. 이제 얼마나 됐지? 다섯 달인가? 많이 배웠지만, 뭔지 잘 모르겠어. 성장한 느낌이 들긴 해. 세상을 보는 눈이… 뭐, 세상을 보는 눈이 달라진 것 같아. 하지만 나는 여전히 기본적으로 같은 사람인걸."

"서른셋이 되어도 열 살 때와 같은 사람이라고 할 때처럼 같은 사람이라는 의미야?"

레오가 머뭇거렸다. "알았어. 그래, 난 변했어. 하지만 반전 같은 건 아니야. 아무것도 뒤집히지 않았어. 이건 확장이야. 새로운 관점은 아니야. 마치 뭔가를 가득 채우고, 사용하지 않았던 공간으로 이동하는 것과 비슷해. 뭐랄까…." 레오의 손이 허공을 더듬다가 다시 무릎으로 떨어졌다. "완성 같아."

줄이 미소를 지었다. "그리고 실망했지? 더 이상 뭘 바라겠어?"

레오는 아직 그 이야기까지는 하고 싶지 않았다. "내 말을 들어보고, 동의가 되는지 봐줘. 난 늘 남성과 여성이, 그게 무엇이든 간에, 육체적인 것 외에 실제로 존재하는 건지 모르겠고, 어쨌든 그게 중요하다고 생각하지 않아…. 난 그런 특성을 별개의 것으로 생각했어. 나중에는 그 두 개의 성이 모든 사람의 머릿속에 존재하는 샴쌍둥이처럼 생각되더라. 하지만 그 쌍둥이는 평소에 서로를 막으려고 싸우고 있어. 하나는 다른 하나를 때려눕혀서 불구로 만들고, 감방에 던져 넣고, 먹이를 주지 않지만, 항상 서로 연결되어 있기 때문에, 맞아 쓰러진 쪽이 이긴 쪽에게 대가를 치르게 하는 거야.

그래서 나는 그 둘 사이를 화해시키고 싶었어. 서로 소개해주고, 심판으로 나서면 될 줄 알았는데, 내 예상보다 둘이 훨씬 잘 지내더라고. 사실, 그 둘이 온전한 한 사람이 되어 함께 아주 행복하게 지낼 수 있다는 걸 알게 됐어. 난 더 이상 둘을 구분할 수 없을 것 같아. 이게 말이 되는 것 같아?"

줄이 레오 옆자리로 옮겨와 앉았다.

"어떤 면에서는 좋은 비유야. 나도 그런 생각이 들긴 하지만, 더 이상 그 문제에 대해 생각하지 않아. 그러면 뭐가 문제지? 네가 방금 이제 온전해진 기분이 든다고 했잖아."

레오가 표정을 자제했다. "응. 그래. 그런데 내가 그러면, 줄스는 어떻게 되는 걸까?" 레오가 울기 시작했다, 줄은 그가 울도록 놔두고 손을 잡아주었다. 줄은 레오가 이번에 혼자 이겨내는 게 낫다고 생각했다. 레오가 진정되자, 줄이 조용히 말하기 시작했다.

"레오, 줄스는 지금 이대로 행복해. 나는 줄스가 더 행복해질 수도 있을 거라고 생각하지만, 우리는 줄스가 너무나 두려워하는 변환을 하라고 강요하지 않고서는 그런 행복을 보여줄 수 없어. 줄스가 익숙해질 시간이 더 지나면 언젠가 할 수 있을지도 모르지. 물론, 줄스가 질겁을 하고 비명을 지르며 다시 남자로 돌아갈 수도 있어. 불구가 되어버린 쌍둥이의 재활이 불가능할 때도 있으니까."

줄이 깊은 한숨을 뱉고, 자리에서 일어나 방을 서성였다.

"앞으로 이런 일이 많이 생길 거야." 줄이 말했다. "많은 사람이 가슴

아파하겠지. 알겠지만, 우리는 그런 사람들과 별로 닮지 않았어. 우리는 그들보다 잘 지내잖아. 우리가 천사는 아니지만, 어쩌면 인류 역사상 가장 문명화되고 사려 깊은 집단일지도 몰라. 아직도 하나의 성만 고집하는 사람들처럼 바보와 개자식들도 있긴 하지만, 우리는 덜 어리석고 덜 잔인한 경향이 있는 것 같아. 변환은 계속 진행될 거야.

그리고 네가 깨달아야 할 사실은 운이 좋다는 거야. 줄스도 마찬가지고. 상황이 훨씬 더 안 좋을 수도 있었어. 내 친구 중에는 가정이 무너진 경우도 있어. 사회가 변환을 받아들일 때까지 더 많은 가정이 무너질 거야. 하지만 줄스에 대한 너의 사랑과, 너에 대한 줄스의 사랑이 두 사람을 하나로 묶어줬어. 줄스는 큰 변화를 겪었어. 아마 너에게 일어난 변화만큼이나 클 거야. 줄스는 널 좋아해. 네 성별이 어느 쪽이든. 아, 그래, 넌 레오로서는 줄스와 사랑을 나누지 않지. 그 지점까지는 도달하지 못할 수도 있어."

"했어. 어젯밤에." 레오가 소파에서 몸을 뒤척였다. "나… 난 화가 났어. 줄스에게 클레오를 보고 싶으면 나와 관계를 맺는 법을 배워야 할 거라고 말했어. 난 나니까. 젠장."

"내 생각에 그건 실수인 것 같아."

레오가 줄에게서 고개를 돌렸다. "나도 그런 생각이 들기 시작했어."

"그래도 아픈 부분이 있다면, 둘이서 고칠 수 있을 거야. 둘은 함께 많은 일을 겪었으니까."

"억지로 강요할 생각은 없었어. 그냥 내가 화가 났던 거야."

"어쩌면 네가 그랬어야 했는지도 몰라. 그냥 그런 걸 수도 있어. 상황을 기다리며 지켜봐야 할 거야."

레오가 눈물을 닦으며 일어났다.

"고마워, 해리… 미안, 줄. 도움이 됐어. 난… 어, 당분간 자주 못 볼 것 같아."

"이해해. 친구로 지내자, 알았지?" 줄이 레오에게 키스했고, 레오는 서둘러 떠났다.

※

그가 퇴근하고 집에 돌아왔을 때, 그녀는 다리를 꼬고, 담배를 손에 쥔 채 팔꿈치를 무릎에 얹고, 문을 향해 놓인 쿠션에 앉아 있었다. 그녀가 그에게 미소를 지었다.

"음, 일찍 왔네. 무슨 일이야?" 그가 물었다.

"퇴근하고 쭉 집에 있었어." 그녀는 웃음을 참느라 끅끅거렸다. 그는 코트를 옷장에 던져 넣고, 서둘러 부엌으로 갔다. 뭔가 휘젓는 소리와 함께 유리가 깨지는 소리가 들렸다. 그가 부엌에서 뛰어나왔다.

"클레오!"

"여보, 입을 멍하니 벌리고 있으니 너무 잘 생겼는걸."

줄스가 입을 다물었지만, 여전히 몸은 움직이지 않는 모양이었다. 클레오는 오랜 친구가 돌아온 것처럼 허리가 따끔거리는 흥분을 느끼며 줄스에게 다가갔다. 클레오가 줄스를 감싸 안았다. 줄스는 그녀를 으깨버릴 것처럼 꼭 끌어안았다. 클레오는 그 느낌이 좋았다.

줄스는 그녀의 얼굴이 잘 보이지 않아 살짝 뒤로 물러났다. 그리고 클레오의 구석구석을 살펴봤다.

"언제까지 이렇게 있을 거야?" 줄스가 물었다. "당신 무슨 계획이라도 있어?"

"모르겠어. 왜?"

줄스가 약간 수줍은 듯 미소를 지었다. "오해하지 말고 내 이야기 들어줘. 당신을 다시 만나서 너무 기뻐. 이런 말을 하면 안 될 것 같지만…, 아니, 해야 할 것 같아. 난 레오가 좋아. 레오가 그리울 거야, 조금."

클레오가 고개를 끄덕였다. "난 괜찮아. 어떻게 안 괜찮겠어?" 클레오가 줄스를 쿠션 쪽으로 끌어당겼다. "앉아, 줄스. 얘기할 게 있어." 줄스가 무릎을 꿇고 기대에 찬 눈으로 그녀를 올려다봤다.

"레오는 사라지지 않았어. 잠깐이라도 그렇게 생각하지 마. 레오는 바로 여기에 있어." 클레오가 가슴을 툭툭 치며, 도전적인 눈빛으로 줄스를 바라봤다. "레오는 항상 여기에 있을 거야. 절대로 사라지지 않아."

"미안해, 클레오. 난…."

"아니, 아직 말하지 마. 그건 내 잘못이었어, 하지만 나도 잘 몰라서 그랬던 거야. 레오라는 이름을 사용하지 말았어야 했어. 그 이름 때문에, 당신이 쉽게 빠져나갈 길이 열려버렸어. 당신은 남성인 클레오를 마주할 필요가 없었지. 이제 다 바꿀 거야. 내 이름은 나일이야. N-i-l-e. 다른 질문에는 대답하지 않을 거야."

"좋아. 좋은 이름이네."

"나는 이름을 라이온으로 하면 어떨까 생각했어. 사자 레오를 위해. 하지만 나일강의 여왕 클레오파트라가 되기로 했어. 옛 추억을 위해서."

줄스는 아무 말도 하지 않았지만, 눈빛으로 고마움을 내비쳤다.

"당신은 그 둘이 다 사라졌다는 사실을 이해해야 해. 당신은 클레오와 다시는 함께할 수 없을 거야. 나는 지금 클레오를 닮았어. 어른이 아이를 닮듯, 나도 내면이 클레오를 닮았어. 나는 클레오와 공통점이 엄청나게 많지만, 클레오는 아니야."

줄스가 고개를 끄덕였다. 나일이 줄스 옆에 앉아 그의 손을 잡았다.

"줄스, 쉽지 않을 거야. 내가 하고 싶은 일과 만나고 싶은 사람들이 있어. 우린 같은 친구들을 공유하지 않을 거야. 우리는 그것 때문에 서로 멀어질 수도 있어. 당신이 나를 방해할 테니, 나는 분노와 싸워야 할 거야. 당신은 내가 원하는 대로 당신의 여성적인 면을 탐구하지 못하게 할 거야. 당신이 잘못되었다고 생각하는 뭔가를 내가 당신에게 강요할 것이기 때문에, 당신은 내게 분개할 거야. 하지만 난 잘 해보고 싶어."

줄스가 한숨을 뱉었다. "맙소사, 클레… 나일. 내 인생에서 이렇게 무서웠던 적은 없었어. 난 당신이 떠나겠다고 말하려는 줄 알았어."

나일이 줄스의 손을 꽉 쥐었다. "그러지는 않아. 우리 둘 다 서로를 있는 그대로 받아들이려 노력했으면 좋겠어. 나에게는 기분이 좋을 때마다 남자가 되는 것도 포함돼. 나도 마찬가지지만, 당신도 힘들 거라는 거 알아."

두 사람은 포옹했다. 그리고 줄스는 자신의 눈물을 나일의 어깨에 닦고, 다시 그녀를 마주봤다.

"내가 할 수 있는 모든 것을 할게. 다만…."

나일이 손가락을 입술에 대었다. "알아. 그렇게 이해할게. 하지만 당신을 계속 설득해볼 거야."

JUST ANOTHER PERFECT DAY

또 다른 완벽한 하루

1989년 6월 〈Rod Serling's The Twilight Zone Magazine〉에 첫 발표
1990년 로커스상 노미네이트

걱정하지 마. 모든 게 잘 관리되고 있어.

어떤 기분인지 알아. 넌 낯선 방에서 혼자 깨어나 주위를 둘러보고는 곧 두 문이 바깥에서 잠겨 있다는 사실을 알게 됐지. 그런 상황이면 누구라도 불안할 거야. 특히, 여기에 어떻게 왔는지 기억해내려 애쓰고, 애쓰고, 또 애써봐도 도저히 기억나지 않으니 불안한 게 당연해.

하지만 그 너머에는… 이런 느낌이 있어. 난 네가 지금 어떤 느낌일지 잘 알아. 나는 많은 걸 알고 있어. 앞으로 이야기를 진행하면서 모두 알려줄게.

내가 아는 것 중 하나는 이거야.

자리에 앉아 이 메시지를 발견했던 탁자 위에 다시 올려놓고, 천천히 심호흡하면서 100까지 세어 보면 기분이 훨씬 나아질 거야.

내가 보장할게. 확실히 나아질 거야.

지금 바로 해봐.

내 말이 무슨 뜻인지 알겠지? 기분이 훨씬 나아졌잖아.

유감스럽지만, 그 기분은 그리 오래 가지 않을 거야.

이 작업을 더 쉽게 할 수 있는 방법이 있다면 좋겠지만, 그런 건 없어.

그러니까 나를 믿어. 여러 가지 방법을 시도해봤어. 자, 이제 가보자.

지금은 1986년이 아니야.

넌 스물다섯 살이 아니야.

날짜는

~~2006년~~ ~~2007년~~ 2008년

~~1월~~ ~~2월~~ ~~3월~~ ~~4월~~ ~~5월~~ 6월

~~1일~~ ~~2일~~ ~~3일~~ ~~4일~~ ~~5일~~ ~~6일~~ ~~7일~~ 8일 ~~9일~~ ~~10일~~ ~~11일~~ 12일

~~20년~~ ~~21년~~ 22년

동안 많은 일이 일어났어.

그리고 네가 알아야 하는 모든 내용은 적절한 시점에 알려줄게.

당분간은… 걱정하지 마.

천천히 심호흡해. 눈을 감아. 100까지 세.

기분이 나아질 거야.

내가 장담할게.

이제 자리에서 일어나면 화장실 문이 열릴 거야. 거기에 거울이 있어.

거울을 보면 알게 될 거야.

~~마흔다섯~~ ~~마흔여섯~~ 마흔일곱

살의 남자가 거기에서 너를 바라보고 있어….

하지만 걱정하지 마.

심호흡 등등을 해.

네가 진정되면 더 이야기해줄게.

좋아.

네가 얼마나 힘든지 알아. 네가 떨고 있는 거 알아. 네가 혼란, 두려움, 분노… 수많은 감정을 느끼고 있다는 것도 알아.

그리고 물어볼 질문이 수천 가지 있다는 것도 알아. 적절한 시점에 그 모든 질문에 답을 해줄게.

다음은 몇 가지 기본 원칙이야.

나는 너에게 절대로 거짓말을 하지 않을 거야. 이 편지를 작성하는 데 얼마나 많은 노력과 고뇌가 담겼는지 상상도 못 할 거야. 지금은 일단 가장 유용한 순서에 따라, 그리고 고안해낼 수 있는 가장 쉬운 방법에 따라 모든 것들을 너에게 알려줄 거라는 내 말을 믿어야 해. 너의 질문들에 한꺼번에 대답해줄 수 없다는 사실을 이해해야 해. 적절한 배경지식을 갖추기 전까지는 대답해줄 수 없는 질문도 있다는 사실은 받아들이기 어려울 거야. 현재는 그런 질문에 대답을 해줘도 네가 이해하지 못해.

너는 그런 질문에 대답해줄 수 있는 누군가가, 그게 누구라도 지금 당장 옆에 있기를 바랄 거야. 그런 시도도 해봤었지만, 그 결과는 불필요하게 혼란스럽고 뒤죽박죽이 되어버렸어. 나를 믿어. 이게 최선이야.

그런데 왜 네가 나를 믿어야 할까? 거기엔 아주 좋은 이유가 있지.

내가 바로 너야. 어떤 면으로 보면, 네가 이 편지의 모든 단어를 직접 쓴 거야. 이 고통스러운 순간을 헤쳐 나갈 너 자신을 돕기 위해서.

심호흡해.

그대로 앉아 있어. 그게 조금 도움이 될 거야.

그리고 걱정하지 마.

*

자, 이제 두 번째 폭탄은 지나갔어. 앞으로 더 많은 폭탄이 기다리고 있긴 하지만, 지금 너는 놀랄 수 있는 용량의 한계치에 거의 도달했기 때문에, 다음 폭탄은 좀 더 받아들이기 쉬울 거야. 어느 정도 무감각해질 거야. 그런 상태에 감사해야 해.

자, 다시 네 질문으로 돌아가자.

첫 번째 질문: 무슨 일이 일어났나?

간략하게. (간략하게 설명할 수밖에 없어. 자세한 설명은 나중에 해줄게.)

넌 1989년에 사고를 당했어. 네가 1988년에 구입했기 때문에 소유해본 기억이 없는 오토바이와 시내버스가 관련된 사고였어. 너와 버스 기사는 도로를 먼저 지나갈 권리에 관해 의견 차이가 있었는데, 버스가 이겼지.

손끝으로 머리 꼭대기를 만져봐. 불안해하지 마. 이미 오래전에 최대한 치료를 마친 상태야. 커다란 흉터 아래에는 미국 최고의 신경외과 의사들이 쏟아부은 헛된 노력의 결과물이 있어. 결국 의사들은 네 머리에서 다량의 회백질을 퍼내고 머리뼈를 닫을 수밖에 없었지. 그리고 점잔 빼면서 고개를 절레절레 흔들고는 네가 식물인간이 될 것 같다고 했어.

하지만 네가 그들을 바보로 만들어버렸어. 네가 깨어나자, 많이들 기뻐했어. 하지만 넌 86년 여름 이후로는 아무것도 기억하지 못했어. 그리고 몇 시간 정도 의식이 있었어. 의사가 네 지능이 손상되지 않았다고 판단할 수 있을 정도로 긴 시간이었지. 너는 대화하고, 읽고, 말하고, 보고, 들을 수 있었어. 그런 후 다시 잠들었어.

다음 날 네가 깨어났는데, 86년 여름 이후를 전혀 기억하지 못했어. 많이 걱정하는 사람은 없었어. 그들은 너에게 무슨 일이 있었는지 다시 말해줬어. 너는 거의 종일 깨어 있다가, 다시 잠들었어.

다음 날 네가 깨어났는데, 86년 여름 이후를 전혀 기억하지 못했어.

약간 당황스러워하는 사람들이 생겼지.

다음 날 네가 깨어났는데, 86년 여름 이후를 전혀 기억하지 못했어. 교수들이 머리를 긁적이고, 일곱 음절의 라틴어 단어들을 말하고, 속으로 뭔가를 중얼거렸어.

다음 날 네가 깨어났는데, 86년 여름 이후를 전혀 기억하지 못했어.

그리고 다음 날

그리고 다음 날

그리고 그다음 날

오늘 아침 네가 깨어났는데, 86년 여름 이후로는 전혀 기억하지 못했어. 이 말에 질렸다는 걸 알지만, 이런 방법으로 말할 수밖에 없었어. 왜냐하면 지금은

~~2006년~~ ~~2007년~~ 2008년

이거든. 그래서 우리는 패턴이 확립되었다고 생각하기 시작했어.

아냐, 아냐. 심호흡하지 말고, 100까지 세지 말고, 이 문제를 똑바로 바라봐. 그게 너에게 좋을 거야.

자제할 수 있지?

할 수 있을 줄 알았어.

네가 가진 질병은 '진행성 마비 강직 기억상실 증후군'이라고 해. 의사들이 네 증상을 설명하기 위해 만든 용어니까, 넌 자랑스러워해야 해. 그런 병이 불가능하다는 논문이 적어도 여섯 편 이상 발표됐어. 그런 논문들에도 불구하고, 너는 의식이 끊어지지 않고 이어지는 한 기억을 잘 저장하고 떠올리는 것 같았어. 하지만 잠이 들면, 수면 중추가 머릿속의 지우개 메커니즘을 작동시켜서, 낮에 경험한 모든 일을 잃어버린 상태로 다시 깨어나게 돼. 오래된 기억은 온전하고 생생하지만, 새로운 기억은 마치 계속 제자리를 돌아가는 테이프에 녹음된 것처럼 하루밖에 지속되지 않아.

이런 유형의 기억상실증은 대체로 약간 다르게 작용해. 퇴행성 기억상실증은 꽤 자주 볼 수 있는데, 오래된 기억조차 점차 잃어버리고 어린 아이처럼 되지. 그리고 진행성 기억상실증도 잘 알려졌지만, 이 불쌍한 사람들은 겨우 5분 전에 무슨 일이 있었는지 기억하지 못해. 맥주를 마시며 울기 전에 그런 상황에서의 삶이 어떨지 상상해봐.

그래, 좋아, 네가 흐느끼는 소리가 들리네. 이것의 좋은 점은 뭘까?

글쎄, 언뜻 보기에는 아무것도 없어. 그것에 대해 이의를 제기하는 마지막 사람이 나일 거야. 나의 각성은 불과 15시간 전에 일어났기 때문에, 내 마음속에는 그 기억이 너무도 선명해. 그리고 어떤 의미에서 나는 곧 죽을 거야. 꿈의 신 모르페우스의 탐욕스러운 손아귀가 이 하루살이 같은 존재에게서 기억을 빼앗아서 가버리겠지. 오늘 밤에 잠들면, 나를 나로 만들어준다고 생각하는 대부분의 것들이 사라질 거야. 나는 더 나이 들고 덜 현명한 사람으로 깨어나 혼란스러워하고, 이 편지를 읽고, 심호흡하고, 100까지 세고, 거울 앞에 선 낯선 사람을 응시할 테지. 나는 네가 되는 거야.

하지만 지금 나는 오늘 두 번째로 이 편지를 빠르게 훑어봤는데(내가 이 편지를 썼다고 했지만, 어떤 의미에서는 하루살이 천 명이 쓴 거야), 그들이 내게 바꾸고 싶은 부분이 있는지 묻고 있어. 내가 바꾸려 하면, 메리언은 바뀐 내용을 알아볼 거야. 내가 내일 다르게 하고 싶은 게 있을까? 이 몸을 물려받을 너에게 경고하거나, 믿지 말라는 뜻을 전하기 위해 하고 싶은 말이 있을까? 내가 경고할 게 있을까?

대답은 '아니오'야.

이 편지 전체를 그대로 둘 거야.

네가 알아야 할 것들이 아직 남았어. 상식적으로 그렇지 않을 것 같지만, 네 앞에는 멋진 삶과 하루가 놓여 있어.

하지만 넌 좀 쉬어야 해. 너에겐 생각할 시간이 필요하니까.

나를 위해 이렇게 해줘. 다시 앞서 봤던 날짜로 돌아가. 마지막 숫자에 선을 긋고, 다음 숫자를 적어. 달을 넘겨 새로운 달이 되었다면, 그것도 바꿔줘.

이제 다른 문이 열릴 거야. 다음 방으로 들어가. 거기에 아침 식사와 이 편지의 다음 부분이 담긴 봉투가 있을 거야.

아직 그 편지 봉투는 열지 마. 아침을 먹어.

그리고 생각해봐.

하지만 너무 오래 생각하지는 마. 너에게 시간이 얼마 없으니까, 낭비하지 않도록 해.

이제 기운이 좀 나지, 그렇지?

네가 가장 좋아하는 아침 식사가 식탁에 올라왔다는 사실에 놀라지는 마. 넌 매일 같은 음식을 먹어도 질리지 않잖아.

이 말이 식사의 즐거움을 빼앗았다면 미안해. 하지만 나는 너에게 현실을 부정하려는 생각이 자라나는 것을 막기 위해 네 상황을 계속 상기시켜 줄 필요가 있어.

여기 네가 명심해야 할 사항이 있어.

오늘이 너에게 남은 인생의 전부야.

그 삶은 매우 짧을 것이기 때문에, 시간을 낭비하지 않는 게 무엇보다 중요해. 나는 때때로 이 편지에서 네가 이미 도달한 명백한 결론들을 언급했어. 어떤 면에서 보면 너의 시간을 낭비한 거지. 내가 그런 결론을 쓸 때마다, 그리고 앞으로 이 편지의 남은 부분에서 쓸 때마다 나는 어떤 목적이 있었어. 때로는 잔인하게, 때로는 반복해서 너에게 핵심을 납득시켜야만 한다는 거야. 이런 일은 지극히 최소한으로 유지하겠다고 약속할게.

그래서 시간 낭비인 것 같지만, 실제로는 그렇지 않은 몇 개의 짧은 문장을 적었어. 지금 네 마음속에서 가장 뜨겁게 불타오르는 수천 개의 질문들을 깔끔하게 정리한 거야. 그 질문들은 이렇게 요약할 수 있어. "20년 동안 무슨 있었던 거야?"

대답은 "너와 상관없다."

너에겐 그걸 신경 쓸 여유가 없어. 최근 일어난 사건들에 대한 간략한 개요조차도 읽는 데 몇 시간이 걸리기 때문에, 지극히 어리석은 짓이야. 대통령이 누구든 너에겐 상관없어. 휘발유 가격은 너에게 영향을 미치지 않고, 98년 월드시리즈 우승팀도 마찬가지야. 내일이 되면 다시 배워야 하는데, 왜 이런 사소한 것들을 알아야 할까?

현재 어떤 책이나 영화가 인기가 있는지도 신경 쓰지 마. 넌 최신 책을 읽었고, 최신 영화를 봤어.

다행히 넌 형제자매나 가까운 친척이 없는 고아야. (운이 좋은 거야. 생각해봐.) 네 사고가 일어났을 당시 사귀던 여자는 너에 대해 모두 잊어버렸어. 넌 상관없어. 너도 그 여자를 사랑하지 않았으니까.

네가 알아야 할 사건들도 발생했었어. 곧 너에게 그 이야기를 해줄게. 그때까지는….

방은 어때? 전혀 병원 같지 않지? 편안하고 쾌적해. 그렇지만 창문이 없고, 유일하게 있는 다른 문은 열어보려고 해도 잠겨 있지.

다시 열어봐. 이제 열릴 거야.

그리고 기억해….

걱정하지 마.

걱정하지 마. 걱정하지 마. 걱정하지 마.

지금쯤이면 너도 울음을 멈췄을 거야. 너와 대화를 나눌 누군가가, 마주 보고 이야기할 사람이 절실히 필요하다는 것도 알아. 이제 곧 그런 사람을 만나게 될 거야. 하지만 아직은 몇 분 더 가까운 과거의 내가 너에게 말을 해야 해.

덧붙여 말하자면, 호흡 연습과 숫자 세기가 그렇게 효과적인 것은 네 마음속에 남아 있는 최면 후 암시 때문이야. '걱정하지 마'라는 문장을 보면, 마음이 편안해질 거야. 네 마음속 어딘가에는 네가 도달할 수 없는 기억의 흔적이 남아 있는 것 같아. 어쩌면 그래서 네가 이 명백한 허접쓰레기 같은 말들을 믿는 건지도 몰라.

눈물이 말랐어? 나도 똑같았어. 거울에 비친 나이 든 내 얼굴을 보는 것도 어느새 익숙해져서, 차라리 창문을 통해 바라보는 풍경이 더 놀라웠어. 곧 그게 현실이 되었지.

넌 크라이슬러 빌딩의 꼭대기 층에 있어. 북쪽을 바라보면, 1986년 당시에는 없었던 수많은 건물이 익숙한 건물들 사이에 뒤섞여 있는데, 지문처럼 뚜렷하게 구분할 수 있어. 여기는 뉴욕이고, 새로운 세기야. 저 광경은 부정할 수 없고, 아주 현실적이지. 그래서 네가 울었던 거야.

이제 폭탄이 그리 많이 남지 않았어. 하지만 다음 폭탄의 충격은 엄청날 거야. 자, 천천히 알아볼까?

아침 식사 식탁 옆에 놓인 세 장의 사진은 이미 봤을 거야. 이제 순서대로 살펴보자.

덩치가 크고, 솔직하고 마음이 따뜻해 보이는 친구는 이언 매킨타이어야. 잠시 후에 만나게 돼. 이언은 오늘 네 상담자이자 친구가 될 거야. 그리고 네가 참여하는 매우 중요한 프로젝트의 책임자지. 너도 나처럼 처음에는 저항할 테지만, 그를 좋아하지 않는 건 불가능해. 이언은 대단히 현명한 사람이라서 강요하지 않아. 어쨌든 너는 늘 사람들을 좋아했잖아. 게다가, 이언은 지난 8년 동안 매일 너와 우정을 쌓는 일에 아주 이골이 났어.

두 번째 사진으로 넘어가자.

거의 사람처럼 보이지, 그렇지? 검비*나 E.T.의 자손을 인간으로 간주할 수 있다면, 이것도 인간으로 간주할 수 있겠지. 두 눈, 코, 입, 두 팔과 두 다리, 그리고 그 구피 같은 미소까지 인간을 닮았잖아. 초록색 피부는 금방 익숙해질 거야.

---

* Gumby, 미국 TV에 방영된 클레이 애니메이션 주인공. 초록색의 납작한 인간처럼 생겼다.

그는 화성인이야.

15년 전에 화성인들이 지구에 착륙해서 장악했어. 그들이 지구를 어떻게 할 건지는 아직 몰라. 몇 가지 이론이 있긴 하지만, 호모 사피엔스에게 별로 좋지 않은 소식들이야.

걱정하지 마.

심호흡을 몇 번 해. 기다릴게.

너의 마지막 생각은 너답지 않고 옳지 않아. 나는 장난으로 너의 시간을 허비하려는 게 아니야. 내가 한 말은 근거를 제시할 수 있어.

보여줄게, 아파트의 남쪽 창문으로 가봐. 당구실을 지나 체력 관리실로 들어가. 그리고 운동실에서 왼쪽으로 돌아 피카소 그림 옆에 있는 문을 열어봐. 아까 열리지 않았던 문 말이야. 롱아일랜드 해협이 보이는 곳으로 가면, 내가 더 이상 알려주지 않아도 볼 수 있을 거야.

풍경을 한번 둘러보고, 바로 돌아와.

좋아, 너는 그저 네 마음대로 할 수 있다는 사실을 보여주고 싶었던 거야, 그렇지? 나는 네가 편지를 가져온 것은 상관하지 않지만, 너의 그 행위 자체가 내가 너를 아주 잘 알고 있다는 마지막 증거가 되어버렸어, 안 그래?

이제 빌어먹을 화성인 이야기로 돌아가자.

스티븐 스필버그가 얼마나 정확히 맞췄는지 놀랍지 않아? 저기에 우주선이 저렇게 떠 있잖아…. 저 우주선은 영화 〈미지와의 조우〉에 나온 모선보다 더 커. 저놈은 지름이 50킬로미터가 넘어. 가장 낮은 부분은 지상으로부터 3킬로미터, 윗부분은 우주에 닿을 정도야. 15년 동안 저기에 떠 있으면서 한치도 움직이지 않았어. 사람들은 저걸 '접시'라고 불러. 다른 주요 도시 인근에도 이와 비슷한 접시들이 열다섯 대 떠 있어.

그리고 너는 뭔가 잘못된 걸 알아챘을 거야, 그렇지? 만일 흐린 날이었다면 저게 어떻게 보였을까? 예를 들어 스모그가 낀 뉴욕의 평범한 날이었다면 어땠을까? 너는 이 편지를 읽으면서 내가 대체 무슨 말을 하는 건지 이해되지 않아서 머리를 긁적였을 거야.

그 질문에 대한 대답에는 모든 사람의 염려가 담겨 있어. 뉴욕에는 더 이상 흐린 날이 존재하지 않아. 화성인은 비를 좋아하지 않는 것 같아. 그래서 뉴욕에 더 이상 그런 일이 일어나지 않도록 만들었어. 스모그에 대한 건… 화성인이 우리에게 스모그를 만들지 말라고 해서, 우리가 그렇게 한 거야. 저기 저런 게 떠 있는데, 시키는 대로 안 할 수 있겠어?

화성인이라는 명칭은….

그들의 우주선이 화성 근처에 있을 때 우리가 처음 발견했기 때문이야. 물론 내가 곧이곧대로 알파 센타우리나 안드로메다 은하계 또는 트랄파마도레 행성에서 왔다고 말해줬다면, 네가 좀 더 쉽게 이해했으리라고 생각해. 하지만 텔레비전에서 그들을 화성인으로 불렀기 때문에, 사람들도 그렇게 부를 수밖에 없었어.

우리는 그들이 실제로 화성에서 왔다고는 생각하지 않아.

그들이 어디에서 왔는지 모르지만, 지구 근처에서 온 것은 아닐 거야. 그냥 다른 은하계 정도가 아니고, 아예 다른 우주에서 온 것 같아. 우리는 우리의 우주가 그들에게 그림자처럼 존재한다고 생각해.

설명하기는 쉽지 않지만, 천천히 읽어봐.

《플랫 랜드》와 정사각형 씨 기억해? 정사각형 씨는 2차원 우주에 살았어. 위나 아래는 없고, 오른쪽과 왼쪽, 앞과 뒤만 있었지. 정사각형 씨는 위나 아래라는 개념을 상상할 수도 없었어. 그러던 어느 날 정사각형 씨는 3차원 존재인 구의 방문을 받았는데, 구는 2차원 세계인 플랫 랜드를 떠돌아다녔어. 정사각형 씨는 구를 점차 커지다가 작아지는 원으로 인식했지. 정사각형 씨가 특정한 순간에 볼 수 있는 모습은 구의 단면뿐이었지만, 신 같은 구는 정사각형 씨의 세계를 내려다볼 수 있었고, 심지어 피부를 뚫지 않고도 정사각형 씨의 몸 안을 만질 수 있었어.

화성인이 도착하기 전까지 이 모든 이야기는 그저 흥미로운 지적 활동일 뿐이었지. 우리는 이제 화성인이 구와 같은 존재이고, 우리가 정사각형 씨라고 생각해. 화성인은 다른 차원에 살고 있고, 시간과 공간을 인식하는 방법이 우리와 달라.

예를 들어보면,

넌 화성인이 인간처럼 보이는 사진을 봤어. 우리는 그들이 실제로 인간처럼 생겼을 거라고 생각하지 않아.

우리는 화성인이 몸의 일부를 우리의 3차원 세계에 투영해서 인간처럼 보이도록 했다고 생각해. 그들의 진짜 모습은 대단히 복잡할 거야.

네 손을 생각해봐. 2차원의 플랫 랜드에 손가락을 밀어 넣으면, 정사각형 씨는 네 개의 원을 보지만, 그게 서로 연결되어 있다고는 상상하지 못할 거야. 손을 더 넣으면, 정사각형 씨는 네 개의 원이 하나의 타원형으로 합쳐지는 모습을 볼 수 있겠지. 더 좋은 비유는 아마 그림자놀이일 거야. 조명 앞에서 두 손을 적절하게 엮으면 벽에 새, 황소, 코끼리, 심지어 사람처럼 생긴 그림자를 드리울 수 있어. 우리가 보는 화성인의 모습은 〈세서미 스트리트〉에 나오는 꼭두각시 인형들보다 진짜라고 하기 힘들어.

저 우주선도 마찬가지야. 우리가 보는 건 그저 훨씬 더 크고 복잡한 구조물의 3차원 단면일 뿐이야.

어쨌든 우리는 그렇게 생각해.

화성인과의 의사소통은 매우 답답하고, 거의 불가능해. 화성인은 우리에게 너무 이질적이야. 그들은 우리에게 의미가 통하는 말을 하지 않고, 같은 말을 두 번 하지 않아. 아마 우리가 그들처럼 생각할 수 있다면 의미가 통하겠지.

그리고 그게 중요해.

그들은 매우 강력해. 날씨 통제는 그저 하찮은 묘기에 불과해. 화성인이 침공했을 때, 그들은 한꺼번에 침공했어. 화성인과 종일 지낸 나도 아직 이해가 안 되지만, 너에게는 잘 설명할 수 있기를 바랄 뿐이야.

화성인은 15년 전에 침략했어…. 그런데 1854년과 1520년, 그리고 '과거'의 다른 때에도 여러 번 침략했어. 화성인에게 과거는 그저 위나 아래처럼 다른 방향일 뿐인 것 같아. 화성인이 어떻게 도착했는지, 무엇을 했는지, 언제 떠났는지에 대한 목판화와 그림, 현대의 기록이 담긴 책과 고서들을 보여줄게…. 그렇지만 고등학교 역사 수업에서 배운 이 중대한 사건들을 네가 기억하지 못한다고 해서 걱정하지는 마. 기억하는 사람은 아무도 없으니까.

이해되기 시작해? 화성인은 20세기 후반에 지구에 도착한 순간부터 이미 여러 번 도착했던 것으로 과거를 바꾼 것 같아. 우리는 그들이 과거를 바꿨다는 사실을 증명하는 역사책들을 가지고 있어. 이번에 그들이 도착하기 전에 아무도 역사책에 이런 이야기들이 실렸는지 기억하지 못한다는 사실이 구체적인 실례라고 볼 수밖에 없어. 화성인이 사건 자체만큼이나 사건에 대한 우리의 기억도 쉽게 바꿀 수 있을 거로 생각하는 사람들도 있어. 화성인이 그렇게 하지 않았다는 사실은 우리에게 깊은 인상을 주려 했다는 것을 의미하지. 만일 화성인이 사건과 그 사건에 대한 우리의 기억까지 모두 바꿨다면, 아무도 역사가 바뀌었다는 사실을 알아차리지 못했을 거야. 모두 역사가 늘 그랬다고 생각했겠지. 바뀐 대로 기억했을 테니까.

화성인은 시간을 연속적으로 경험하지 않기 때문에, 그들에겐 역사책이라는 개념 자체가 어이없는 농담일 거야.

이 정도면 설명이 충분할까? 아직 더 있어.

화성인은 우리 역사에 사건을 추가하는 것 이상의 일을 할 수 있어. 그들은 무언가를 없앨 수도 있지. 세계무역센터 같은 거 말이야. 그래, 가서 찾아봐. 거기에 없어. 하지만 우리가 허물어뜨린 건 아니야. 쌍둥이 빌딩은 우리의 기억 속을 제외하고는 이 세상에 존재한 적이 없어. 마치 사람들이 공유하는 거대한 환상 같아.

그 외에도 사라진 것들이 많아. 테네시주의 녹스빌, 휴런 호수, 윌리엄 매킨리 대통령, 장로교, 코뿔소(조상의 화석 기록 포함), 살인마 잭 더 리퍼(그리고 잭 더 리퍼가 쓰인 모든 문학 작품), 문자 Q, 에콰도르 등.

장로교인들은 여전히 그들의 신앙을 기억하고 있었기 때문에, 한 번도 지었던 적이 없는 교회를 대체할 새로운 교회를 지었어. 그건 그렇고, 빌어먹을 코뿔소는 누구에게 필요하겠어? 매킨리 대통령의 임기는 다른 사람으로 바뀌었어. 그리고 역시 암살당했지.* 'q'가 'kw'로 바뀐 책들을 보는 것은 재미있어. 그리고 매우 쾨상해(kweer). 녹스빌과 세계 곳곳의 십여 개 도시의 주민들은 존재한 적이 없었어. 사람들은 휴런 호수가 있던 장소 주변의 부동산을 정리하려 노력하는 중이야. 세계지도를 뒤져도 에콰도르는 찾을 수 없을 거야.

화성인은 원한다면 그보다 더한 일도 할 수 있었어. 예를 들어 산소 원소나 전자의 전하 또는 지구를 없애버리는 것 같은 일 말이야.

화성인은 침략했고, 아주 쉽게 승리했어.

화성인의 무기는 편집자의 파란색 연필과 매우 흡사해. 그들은 우리 세상을 파괴하는 대신, 다시 썼어.

그래서 이 모든 게 나와 무슨 상관이 있는 걸까? 네가 우는 소리가 들리네.

나는 왜 이런 걱정을 하지 않고 지구에서의 하루를 보낼 수 없는 걸까?

글쎄… 넌 이 멋진 아파트의 비용을 누가 지불하고 있을 것 같아?

바로 너에게 고마워하는 납세자들이야. 네가 그저 뇌가 망가진 괴짜에 불과했다면, 벽에 피카소의 진품을 걸 수 있었을까?

그런데 납세자들이 왜 너에게 고마워하는 걸까?

화성인을 행복하게 하는 거라면 그게 뭐든 납세자도 행복하게 해주기

---

* 윌리엄 매킨리는 미국의 25대 대통령으로서 1901년 암살됐다. 그 후임이 시어도어 루스벨트였다.

때문이야. 화성인은 모든 사람을 겁에 질리게 만드는데… 넌 화성인이 아끼는 소년이야.

왜 너를 좋아할까?

네가 다른 사람들처럼 시간을 경험하지 않기 때문이야.

넌 매일 새롭게 시작하지. 화성인에 대해 생각해볼 15년의 세월이 없었으니, 화성인이나 그들의 사고방식에 대해 어떤 편견도 생기지 않았어.

아마도.

대부분은 그냥 헛소리일 거야. 우리는 편견이 그들의 선호도와 관련되어 있는지 알 수 없어…. 하지만 네가 시간을 다르게 보는 것은 분명해. 사실, 세계 최고의 수학자와 물리학자들이 화성인을 상대해보려 노력했지만, 화성인들은 관심이 없었어. 그런데 화성인이 매일 와서 너와 이야기를 나누고 있잖아.

대부분의 날은 아무것도 얻지 못해. 화성인은 1시간 정도 시간을 보낸 후 원하는 곳으로, 원하는 방식으로 가버려. 100일에 하루 정도 너에게 통찰이 생겨. 지금까지 내가 말한 모든 이야기가 그 통찰을 취합한 결과야….

…다른 사람들의 통찰도 함께. 전 세계에 너와 같은 사람이 수백 명이 있어. 하지만 너처럼 특이한 증상이 있는 사람은 없어. 대부분은 정신적 능력에 제약이 있는 사람들이야. 앞서 언급했던 진행성 기억상실증이 있는 사람도 있어. 좌우의 뇌가 분리된 장애가 있는 사람들이나, '오른쪽'이라는 개념을 잃어버린 여성처럼 도저히 이해되지 않는 지각 이상이 있는 사람도 있어. 그 여자의 뇌에 존재하는 방향은 오로지 왼쪽뿐이래.

화성인은 이 사람들, 즉 너와 같은 사람들과 시간을 보내.

그래서 우리는 화성인에 대해 이렇게 잠정적으로 결론을 내렸어.

그들은 우리에게 무언가를 가르치려 한다.

화성인이 원한다면 언제든 우리를 파괴해버릴 수 있다는 사실은 뼈저리게 분명해. 그들이 우리에게 어떤 일을 해주길 바란다는 의심이 들기만 해도, 우리가 애처롭게 그 일을 하려고 안달한다는 의미에서, 화성인은 우리를 노예로 만들어버린 거야. 그런데 화성인은 우리에게 어떤 일도 할 생각이 없는 것 같아. 우리를 육식용 동물로 사육하거나, 노예 노동수용소로 징발하거나, 여성들을 강간하려는 움직임은 보이지 않아. 화성인은 그저 도착해서 자신들의 힘을 과시한 후 너 같은 사람들과 이야기하기 시작했을 뿐이야.

화성인이 우리에게 가르치려는 것을 우리가 배울 수 있을지는 아무도 몰라. 하지만 시도해봐야 하지 않을까?

다시, 네가 말했지. "왜 나야?"

아니, 더 정확히 말하자면 "내가 왜 신경 써야 해?"

네 괴로움을 잘 알아. 이해해. 16시간 동안 자신을 갉아먹고, 자기 연민에 빠져서, 1인 드라마의 주인공처럼 지내는 것보다는 훨씬 더 편하고 만족스러운 시간을 보낼 수 있을 텐데, 왜 이 귀중한 시간에 단 한 시간만이라도 이렇게 신경 쓰고 싶지 않은 문제에 허비해야 하는 걸까?

두 가지 이유가 있어.

첫째, 넌 그런 사람이 아니기 때문이야. 이 편지를 읽는 동안 네가 비축해두었던 자기 연민은 거의 고갈되었을 거야. 오직 하루만 주어진다면, 설령 그게 지옥처럼 고통스럽더라도… 그렇다면 좋다! 그리고 넌 뭔가 유익한 일을 하면서 그 하루를 보낼 거야.

두 번째 이유….

너는 세 번째 사진을 처음 집었을 때부터 계속 봤지, 그렇지? (어이, 넌 나한테 거짓말 못 해.)

그 여자는 정말 예쁘지, 그렇지?

그런 생각은 너답지 않아. 너는 이 편지가 어디에서 왔는지 알고 있잖아. 그 여자는 너에게 뇌물로 제공된 사람이 아니야. 프로젝트 관리자들은 너를 잘 알기 때문에, 네 협조를 구하기 위해 여자를 제공할 필요가 없어.

그 여자는 이름은 메리언이야.

잠시 사랑에 관해 이야기해보자.

넌 예전에 사랑에 빠진 적이 있었어. 네가 마음만 먹는다면, 그 사랑이 어땠는지 기억날 거야. 그 고통도 기억나지…. 하지만 그 고통은 나중에 온 거야, 그렇지? 카렌이 널 거절했을 때. 네가 사랑에 빠졌던 그날 느낌이 어땠는지 기억나지? 다시 생각해보면 기억날 거야.

단순한 사실이지만, 세상은 그렇게 돌아가는 거야. 카렌이 떠난 후 3년 동안 너는 사랑의 가능성만으로 버텼어.

그래, 내가 말해줄게. 메리언은 너를 사랑하고 있고, 오늘이 가기 전에 너도 메리언을 사랑하게 될 거야. 네가 믿어도 되고, 안 믿어도 돼. 선택할 수도 있고, 선택하지 않을 수도 있지. 하지만 나는 여기 오늘 하루의 내 삶이 끝나갈 때, 메리언과 사랑에 빠지는 극상의 즐거움을 오늘/내일의 나/너가 가질 수 있는 몇 안 되는 위안 중 하나로 받아들일 거야.

난 네가 부럽다. 이 회의적인 자식아.

✳

그리고 너와 나 사이니까, 한 가지 덧붙일게. 네가 사랑하지 않는 여자라 할지라도, '처음'은 언제나 몹시 흥미가 끌리잖아, 그렇지?

너에게는 언제나 처음이야…. 잠들기 직전에 두 번째일 때를 제외하면…. 메리언은 바로 지금 제안할 것 같아.

언제나 그렇듯, 나는 네가 제기할 모든 반론을 예상했어.

이런 관계가 메리언을 힘들게 할까? 메리언이 고통스러워할 것 같아?

그래. 인정해. 처음 몇 시간은 메리언에게 반복되는 일이라고 할 수 있어. 네가 처음 일어났을 때마다 보이는 변함없는 태도에 지금쯤이면 메리언도 질렸을 게 틀림없어. 그러나 그것은 메리언이 종일 너와 함께 보내는 즐거움을 위해 기꺼이 감수하는 고난이야.

메리언은 건강하고 활기찬 여성이며, 지금껏 어떤 여자도 이렇게 정중하고 활기찬 연인을 가져본 적이 없다는 사실을 잘 알고 있어. 메리언은 자신의 몸과 영혼에 끝없이 매료되고, 매일 새로운 눈으로 자기를 바라보는 남자를 사랑해.

메리언은 너의 끝없는 열정과 새롭게 회복된 열정을 사랑해.

사랑이 식을 시간이 없잖아.

내가 더 쓰는 것은 너에게 시간 낭비야. 그러니 내 말을 믿어. 오늘이 어떻게 될지 알게 되면, 너는 내 편지를 읽느라 시간을 낭비한 것 때문에 나를 미워하게 될 거야.

우리는 상황이 달라지길 바랄 수도 있을 거야. 우리에게 하루밖에 없다는 건 불공평해. 나는 그 하루의 끝에 있고, 너만이 느끼는 그 고통을 느낄 수 있어. 나는 멋진 기억이 있어…. 이 기억은 곧 사라질 거야. 그리고 나에겐 메리언이 있지만, 그 시간은 몇 분밖에 남지 않았어.

하지만 너에게 맹세하건대, 난 평생을 잘 산 늙는 노인처럼 느껴져. 자신이 한 일에 전혀 후회가 없고, 인생에서 무언가를 성취했으며, 사랑했고 사랑받았던 노인 말이야.

'평범한' 사람 중 그렇게 말하며 죽을 수 있는 사람이 얼마나 많을까?

이제 몇 초만 지나면, 마지막까지 잠겨 있던 문이 열리고, 너의 새로운 삶과 미래의 사랑이 들어올 거야. 흥미로울 거라고 내가 보장할게.

나는 너를 사랑해. 그리고 나는 이제 너를 떠날 거야….

좋은 하루 되길 바랄게.

IN FADING SUNS AND DYING MOONS

희미해지는 태양과 죽어가는 달에서

✦
2003년 8월 《Stars: Original Stories Based on the Songs of Janis Ian》에 첫 수록
2004년 로커스상 노미네이트

그들이 처음 이 동네에 왔을 때만 해도, 동네라고 할 만한 것이 별로 없었다. 수소 분자가 세제곱미터당 두세 개에 불과할 정도로 넓게 흩어져 있었다. 오래전 초신성에서 나온 무거운 원소의 흔적. 세제곱킬로미터당 입자 한 개 정도의 밀도를 가진 평범한 먼지 입자 모음. '먼지'는 대부분 암모니아, 메탄, 물 얼음이었으며, 벤젠 같은 좀 더 복잡한 분자가 포함되어 있었다. 여기저기에 있던 옅은 성분들이 이웃한 별들의 약한 압력을 받아 소용돌이로 밀려들어 갔다.

이럭저럭 그 입자들이 힘을 받아 움직였다. 나는 그 상황을 아인슈타인의 관점에서 정말로 평평한 우주의 성간 찌꺼기를 우주적인 손가락이 휘휘 저어서 상상할 수 없을 정도로 온도가 낮은 곳에 소용돌이를 만들었다고 상상한다. 그 후 그들은 사라졌다.

40억 년 후 그들이 돌아왔다. 일이 순조롭게 진행되고 있었다. 우주 부스러기들은 불타는 거대한 중심 덩어리로 응결되어 있었고, 그 주위를 불모의 암석이나 가스의 구들이 공전하고 있었다.

그들이 몇 가지를 조정하고, 씨앗을 심었다. 그리고 그 결과가 좋다는 것을 확인했다. 그들은 관찰자 겸 기록장치와, 모든 게 무르익었을 때 그들을 호출할 장치를 남겨두고 떠났다. 곧 그들은 다시 사라졌다.

10억 년 후 타이머가 울리자, 그들이 다시 돌아왔다.

*

나는 뉴욕에 있는 미국 자연사 박물관에서 근무했지만, 당연히 그날은 출근하지 않았다. 다른 사람들처럼 겁에 질린 채 집에 앉아 뉴스를 보고 있었다. 몇 시간 전에 계엄령이 선포된 상태였다. 상황이 점점 혼란스러워지고 있었다. 밖의 거리에서 총소리가 들려왔다. 누군가가 내 문을 두드렸다.

"미군이다!" 누군가가 소리쳤다. "당장 문 열어!"

나는 문으로 갔다. 문에는 자물쇠가 네 개 달려 있었다.

"당신이 강도인지 내가 어떻게 알아?" 내가 소리쳤다.

"선생님, 저에게는 문을 부술 수 있는 권한이 있습니다. 문을 열지 않으려면, 옆으로 비켜주세요."

나는 구식 문구멍에 눈을 댔다. 그들은 확실히 군인처럼 옷을 입고 있었다. 한 명이 소총을 들고 개머리판으로 문손잡이를 내리쳤다. 나는 그들에게 문을 열어주겠다고 소리쳤다. 그리고 몇 초 만에 모든 자물쇠를 열었다. 완전 무장을 갖춘 군인 여섯 명이 부엌으로 거칠게 들이닥쳤다. 그들은 흩어져서 아파트의 방 세 개를 재빨리 수색한 후 기운찬 군인 목소리로 외쳤다 "이상 무!" 다른 군인들보다 조금 나이가 많아 보이는 한 군인이 클립보드를 손에 들고 나를 마주 보며 섰다.

"앤드류 리처드 루이스 박사님이십니까?"

"뭔가 착오가 있네요." 내가 말했다. "전 의사가 아닙니다."

"선생님, 박사가….."

"네, 네. 제가 앤드류 리처드 루이스입니다. 뭘 도와드릴까요?"

"선생님, 저는 에드가 대위입니다. 저는 선생님을 지금 즉시 미 육군 특수침공부대에 소위 계급으로 입대시키라고 명령받았습니다. 오른손을 들고 제 말을 따라 해주시기 바랍니다."

나는 뉴스를 통해 이제 이런 게 합법이라는 사실을 알고 있었다. 나는 입대하거나 긴 감옥 생활 중 하나를 선택할 수 있었다. 손을 들었다. 그리고 순식간에 군인이 되었다.

"소위, 자넨 나와 함께 간다. 15분 내로 처방받은 약이나 개인 물품 등 필수품을 챙기도록. 부하들이 장비를 챙기는 것을 도와줄 거다."

나는 말이 헛나올 것 같아서 고개를 끄덕였다.

"전공과 관련된 물품은 무엇이든 가져가도 좋다. 노트북 컴퓨터, 참고 서적…." 대위는 나 같은 사람이 우주 외계인과의 전투에 무엇을 가져갈지 상상이 잘 안 되는지 잠시 멈칫했다.

"대위님, 제 전공이 뭔지 아시나요?"

"내가 알기로는, 벌레 전문가라고 들었다."

"곤충학자입니다, 대위님. 해충 박멸하는 사람이 아니라고요. 왜 필요한지… 단서라도 주실 수 있나요?"

처음으로 대위가 자신감 없는 태도를 보였다.

"소위, 내가 아는 거라곤… 그들이 나비를 채집한다는 사실뿐이다."

군인들이 나를 헬리콥터에 태웠다. 헬리콥터는 맨해튼 상공을 낮게 날았다. 모든 도로가 꽉 막힌 상태였다. 모든 다리는 대부분 버려진 차들로 완전히 막혔다.

헬리콥터는 뉴저지의 공군기지에 착륙했고, 나는 활주로에서 공회전하고 있던 군용 수송기에 급히 올라탔다. 이미 다른 사람 몇 명이 탑승해 있었다. 나는 그들 대부분을 알았다. 곤충학 분야는 사람이 많지 않기 때문이었다.

비행기가 곧바로 이륙했다.

대령 한 명이 탑승해서 우리의 임무와 외계인에 관해 지금까지 알려진 사실들을 브리핑해주었는데, 텔레비전에서 이미 본 것 외에 새로운 정보는 별로 없었다.

외계인들은 전 세계 해안에 동시다발적으로 나타났다. 조금 전까지 아무것도 보이지 않던 곳에, 다음 순간 눈이 닿을 수 있는 저 멀리까지 길게 한 줄로 늘어선 외계인이 나타났다. 서반구에는 알래스카의 포인트 배로우에서 칠레의 티에라 델 푸에고까지 외계인의 줄이 뻗어 있었다. 아프리카는 튀니지의 수도 튀니스에서 남쪽 끝 희망봉까지 줄지어 있었다. 노르웨이부터 지브롤터에 이르는 유럽의 서부 해안도 마찬가지였다. 호주와 일본, 스리랑카, 필리핀, 그리고 지금까지 연락이 닿은 다른 모든 섬에서 같은 내용을 알려왔다. 외계인들의 선이 서쪽에 나타나 동쪽으로 이동했다.

외계인? 아무도 그들을 달리 뭐라고 불러야 할지 몰랐다. 그들은 분명히 지구인이 아니었지만, 혹시라도 그중 한 명을 마주친다면 그들을 아주 이상하게 생각할 이유가 별로 없었다. 흰색 작업복에 파란색 야구 모자를 쓰고, 갈색 부츠를 신은 수백만의 지극히 평범한 사람들이 서로 팔이 닿을 만한 거리를 유지하며 걷는 것뿐이었다.

외계인들은 동쪽을 향해 천천히 걸어갔다.

그들이 등장한 후 몇 시간이 지나지 않아 뉴스에서 누군가가 그것을 '라인', 그리고 그 안에 있는 생명체들을 '라인맨'이라고 부르기 시작했다. 텔레비전의 영상에서 라인맨들은 다소 평범하고 성별이 따로 없이 중성적으로 보였다.

"그들은 인간이 아니다." 대령이 말했다. "그 작업복은 벗겨지지 않는 것 같다. 모자도 마찬가지다. 가까이 다가가면 모두 피부의 일부라는 것을 알 수 있다."

"보호색이군요." 나와 함께 박물관에서 일하는 왓킨스가 말했다. "많은 곤충이 주변 환경과 조화를 이루기 위해 색깔이나 모양을 바꿉니다."

"하지만 그들은 행동 때문에 눈에 너무 잘 띄는데, 주변 환경과 섞이는 게 무슨 의미가 있을까요?" 내가 물었다.

"아마 그들의 '적응'은 그저 우리와 더 비슷하게 보이기 위한 것인지도 모르죠. 진화로 인해 그들이 그렇게 보이는 것 같지는 않잖아요….."

"잡역부." 누군가가 말했다.

대령이 얼굴을 찡그렸다.

"그들이 벌레라고 생각하는 건가?"

"제가 들어본 어떤 정의로도 곤충은 아닙니다." 왓킨스가 대답했다. "물론 다른 동물들도 주변 환경에 적응합니다. 겨울 외투를 입는 북극여우, 줄무늬가 있는 호랑이. 그리고 카멜레온도 마찬가지죠."

대령은 잠시 생각에 잠겼다가, 말을 이어갔다.

"그들이 무엇이든, 총알로는 막을 수 없다. 민간인이 외계인을 향해 총을 쏜 사례는 이미 많이 알려져 있다."

'군인들도 많이 쐈지.' 나는 생각했다. 오리건주 방위군이 소총으로 마음껏 갈겨대는 모습을 촬영한 영상을 텔레비전에서 봤다. 외계인은 전혀 반응하지 않았다. 겉으로는…. 그러다 모든 병력과 무기가 아무런 기척도 없이 순식간에 사라졌다.

그리고 라인은 계속 이동했다.

우리는 캘리포니아 북부 어딘가의 폐기된 듯한 활주로에 착륙했다. 그들은 육군이 접수한 큰 모텔로 우리를 데려갔다. 그리고 잠시도 지체하지 않고, 나는 군인들(분대? 소대?)과 함께 해안경비대의 대형 헬리콥터에 허겁지겁 올라탔다. 그 군인들을 이끄는 젊은 중위는 나보다 더 겁먹은 얼굴이었다. 라인으로 가는 길에, 나는 그 중위의 이름이 에번스이고, 주 방위군 소속이라는 사실을 알게 되었다.

내가 전반적인 임무를 담당하고, 에번스가 군인들을 담당하는 게 분명했다. 에번스는 자기에게 주어진 명령은 나를 보호하는 것이라고 했다. 그런데 그가 가진 무기에 영향을 받지 않는 외계인으로부터 어떻게 나를 보호할 것인지는 구체적으로 설명하지 않았다.

내가 받은 명령도 똑같이 모호했다. 나는 라인 바로 뒤에 착륙한 후 그들을 따라가며 최대한 모든 것을 알아내야 했다.

"저들은 나보다 영어를 잘한다." 대령이 말했다. "우리는 그들의 의도를 알아내야 해. 무엇보다, 그들이 왜 채집을…" 여기서 대령의 평정심이 거의 무너질 뻔했지만, 그는 심호흡하고 마음을 다잡았다. "왜 나비 채집을 하는 건지 알아내야 한다." 대령이 말을 마쳤다.

우리는 수백 피트 고도에서 라인의 위를 지나갔다. 우리 바로 아래에 있는 파란 모자와 하얀 어깨를 가진 각 외계인을 구별할 수 있었다. 그러나 북쪽과 남쪽을 바라보면 금세 그 모습이 흐릿해지며 저 멀리까지 뻗어나가 사라지는 흰색 실선이 되었다. 마치 축구장에서 분필 선을 긋는 장치가 미쳐버려 끝까지 달려간 것 같았다.

에번스와 내가 그 모습을 살펴봤다. 라인맨 중 누구도 고개를 들어 시끄러운 헬리콥터를 쳐다보지 않았다. 라인맨들은 서로 몇 걸음 이상 떨어지지 않은 상태를 유지하며 천천히 걸어갔다. 지형은 완만하게 경사진 언덕이었고, 여기저기에 나무들이 점점이 모여 있었다. 인공 구조물은 보이지 않았다. 헬리콥터 조종사는 우리를 라인에서 100미터 정도 떨어진 곳에 내려놓았다.

"중위님의 부하들은 나로부터 50미터 이상 떨어져 있게 해주세요." 내가 에번스에게 말했다. "부하들의 총은 장전이 되어 있나요? 안전장치는 있나요? 좋습니다. 계속 안전으로 유지해주세요. 저놈들이 뭐든 간데, 제가 저놈들에게 접근할 때 군인에게 총을 맞을까 봐 두렵습니다."

그리고 나는 혼자 라인을 향해 출발했다.

행진하는 외계인 생명체에게 어떻게 말을 걸어야 할까? 지도자에게 데려다달라고 요구하는 건 조금 건방진 태도 같았다. "어이, 형씨, 무슨 일이야…"는 지나치게 친한 척하는 것 같았다. 결국, 나는 10여 미터 떨어진 거리에서 15분 정도 따라가다 '실례합니다'로 결정하고, 가까이 다가가 헛기침했다. 그 정도면 충분했다. 라인맨 중 한 명이 걸음을 멈추고, 내 쪽으로 고개를 돌렸다.

이렇게 가까이 보니, 라인맨의 이목구비가 엉성했다. 머리는 마네킹이나 가발 받침대처럼 코 하나에 눈동자 대신 빈 구멍, 그리고 불룩한 뺨이 있었다. 나머지 부분은 모두 물감을 칠한 것 같았다.

나는 잠시 멍하니 서 있을 수밖에 없었다. 그러다 특이한 점을 발견했다. 라인에서 그가 나와서 생겼던 빈틈이 어느새 사라졌다.

왜 이 자리에 외교관이 아닌 내가 서 있는지 문득 기억이 났다.

"왜 나비를 모으는 건가요?" 내가 물었다.

"그러면 안 되나요?" 그가 말했다. 나는 길고 긴 하루가 될 거라는 생각이 들었다. "당신도 쉽게 이해할 겁니다. 나비는 당신의 행성에서 가장 아름다운 존재잖아요, 그렇지 않나요?" 그가 말했다.

"저도 항상 그렇게 생각했습니다." 그는 내가 나비 전문가라는 사실을 알고 있는 걸까? 궁금했다.

"그렇죠." 이제 그가 움직이기 시작했다. 라인은 약 20여 미터 떨어져 있었는데, 그 라인맨은 대화하는 동안에도 라인에서 그 이상 멀어지지 않도록 거리를 유지했다. 우리는 시속 1킬로미터 정도의 속도로 느긋하게 걸어갔다.

좋아, 나는 혼잣말을 했다. 나비 문제에만 집중하자. 언제부터 우리 아이들을 납치하고, 여자들을 강간하고, 점심으로 우리를 튀겨먹을 거야? 같은 어려운 질문은 군인들에게 맡겨두자.

"나비로 뭘 하세요?"

"채집하는 겁니다." 라인맨이 한 손을 라인을 향해 내밀자, 마치 소환이라도 된 듯 아델파 브레도위 나비 한 마리가 라인맨의 방향으로 날아갔다. 그가 손가락으로 무언가를 하자, 나비 주변에 옅은 파란색 구가 형성되었다.

"사랑스럽지 않나요?" 라인맨이 물었다. 나는 자세히 살펴보려고 가까이 다가갔다. 내가 평생 연구해온 이 근사한 생물을 라인맨이 소중히 여기는 것 같았다.

라인맨이 또 한 번 손짓하자, 아델파 브레도위가 들어 있던 파란색 구가 사라졌다. "나비들은 어떻게 되나요?" 내가 라인맨에게 물었다.

"수집기가 있습니다." 라인맨이 대답했다.

"나비 전문가인가요?"

"아뇨, 저장 장치입니다. 당신은 그 장치를 볼 수 없습니다. 왜냐하면… 한쪽으로 떨어져 있기 때문입니다."

한쪽으로 뭐가 떨어져 있다는 거지? 나는 궁금했지만, 묻지 않았다.

"수집기에서는 어떻게 되나요?"

"나비들은 시간이 움직이지 않는 곳에 보관됩니다. 시간이 흐르지 않는 곳이죠. 여기처럼 시간을 따라 움직이지 않는 곳입니다." 라인맨이 잠시 말을 멈췄다. "설명하기 어렵습니다."

"한쪽으로 떨어져 있나요?" 내가 어림짐작으로 말했다.

"맞습니다. 훌륭합니다. 시간의 한쪽으로 떨어져 있습니다. 당신은 이해했군요."

사실 나는 전혀 이해하지 못했다. 하지만 계속 말을 이어갔다.

"나비들은 어떻게 되나요?"

"우리는 장소를… 짓고 있습니다. 우리 지도자는 그곳이 아주 특별한 장소가 되길 원합니다. 그래서 우리는 이 아름다운 생물로 그 장소를 만들고 있습니다."

"나비의 날개로요?"

"나비는 해를 입지 않을 겁니다. 우리는 나비가 자유롭게 날도록 놔두는 방식으로… 벽을 만드는 방법을 알고 있습니다."

누군가가 나에게 질문할 목록을 미리 주었더라면 좋았을 텐데.

"당신들은 여기에 어떻게 왔나요? 얼마나 오래 머무를 건가요?"

"어느 정도… 시간 동안 있을 겁니다. 여러분의 기준으로 그리 길지 않은 시간입니다."

"여러분의 기준으로는 어떤가요?"

"우리 기준으로는… 전혀 시간이 흐르지 않습니다. 우리가 어떻게 여기에 왔는지에 관해서는…《플랫 랜드》라는 책을 읽어보셨나요?"

"유감스럽게도 안 읽었습니다."

"안타깝네요." 라인맨이 말하고, 몸을 돌리더니 사라졌다.

당연하지만, 캘리포니아 북부에 있는 우리만 라인맨에 관한 정보를 알아내기 위해 필사적으로 노력한 게 아니었다. 모든 대륙에 라인이 있었고, 곧 모든 국가에 라인이 있게 되었다. 그들은 단 하루 만에 태평양에 있는 많은 작은 섬들을 지나갔고, 동쪽 해안에 도착하자, 나와 만났던 라인맨 안내인이 그랬던 것처럼 사라졌다.

언론 매체들은 정보를 수집하기 위해 최선을 다했다. 나는 최전방에 강제로 투입되었기 때문에, 일반인보다는 많은 사실을 먼저 알 수 있겠지만, 우리가 가진 정보도 다른 나라에서 얻은 정보만큼이나 왜곡되고 부정확한 경우가 많았다. 군대도 다른 모든 사람과 마찬가지로 어둠 속에서 허우적거리고 있었다.

그래도 우리가 몇 가지를 알아냈다.

라인맨은 나비만이 아니라 나방도 수집했는데, 가장 단조로운 표본부터 가장 화려한 색까지 모았다. 나비목 전체였다.

라인맨은 마음대로 나타났다가 사라졌다. 그들의 수를 세는 것은 불가능했다. 내가 라인맨과 이야기를 나눌 때처럼, 라인맨 한 명이 지구 원주민과 대화를 나누기 위해 멈추는 곳마다 라인은 한 치의 틈도 없이 견고하게 이어졌다. 라인맨은 대화를 마친 후 〈이상한 나라의 앨리스〉의 체셔 고양이가 사라진 곳으로 가버렸다. 다만, 체셔 고양이와 달리 라인맨은 미소조차 남기지 않았다.

라인맨은 나타나는 곳마다 유창하고 자연스러운 현지 언어를 사용했다. 심지어 중국이나 터키, 나이지리아의 외딴 마을에서 수백 명만 사용하는 방언도 유창했다.

라인맨은 전혀 무게가 나가지 않는 것처럼 보였다. 라인이 숲을 지날 때는 마치 벽처럼 보였고, 라인맨들은 말 그대로 모든 나무의 안에, 모든 가지 위에 나타나, 그들의 무게를 견디기에는 너무 가느다란 게 분명한 가지의 위를 걸어갔는데, 가지가 구부러지지도 않았다. 나비를 찾기 위해 나무를 샅샅이 뒤진 라인맨들은 사라졌다가 다른 나무에 나타났다.

라인맨에게는 벽도 아무런 의미가 없었다. 도시와 마을에서 그들은 닫힌 은행 금고, 지붕 밑 공간, 옷장조차도 놓치지 않았다. 라인맨은 문을 통해 들어가는 게 아니라, 그냥 방에 나타나 수색했다. 화장실에 있던 누군가에게는 너무도 기분 나쁜 일이었다.

라인맨에게 어디에서 왔냐는 질문을 던질 때마다, 그들은 그 책《플랫 랜드》를 언급했다. 몇 시간 만에 수백 개의 웹사이트에서 이 책을 읽을 수 있었다. 다운로드 건수는 수백만에 달했다.

그 책의 전체 제목은《플랫 랜드: 여러 차원 이야기》였다. 2차원 평면 플랫 랜드에 거주하는 정사각형 씨가 쓴 것으로 되어 있지만, 실제 저자는 19세기 성직자이자 아마추어 수학자였던 에드윈 A. 애벗이었다. 실망스러운 첫날을 보내고 캠프로 돌아왔을 때《플랫 랜드》한 권이 나를 기다리고 있었다.

그 책은 우화이자 풍자지만, 나와 같은 일반인에게 여러 차원의 세계라는 개념을 설명해주는 기발한 방법이기도 했다. 정사각형 씨는 2차원의 세계에 살고 있다. 그에게는 위나 아래가 존재하지 않고, 오로지 앞과 뒤, 좌, 우만 있을 뿐이다. 우리가 정사각형 씨의 시각으로 실제로 보는 것은 불가능하다. 그의 주변에는 사방으로 뻗어 있는 하나의 선뿐이고, 위와 아래에 아무것도 없다. 정말로 아무것도 없다. 텅 빈 공간도 아니고, 검거나 하얀 공백도 아니다…. 아무것도 없다.

하지만 인간은 3차원 존재이기 때문에 플랫 랜드 바깥에 서 있을 수 있으며, 위나 아래에서 볼 수 있다. 플랫 랜드의 주민들이 전혀 볼 수 없는 각도에서 그들을 볼 수 있다. 실제로, 우리는 그들의 몸속을 들여다보고, 내부 장기를 조사할 수 있으며, 손을 뻗어 그들의 심장이나 뇌를 손가락으로 만질 수 있다.

《플랫 랜드》에서 정사각형 씨는 3차원에서 온 존재인 구를 만나게 된다. 구는 점 A와 점 B 사이의 공간을 가로지르지 않고, 한 장소에서 다른 장소로 이동할 수 있다. 또한 정사각형 씨에게 3차원의 세계가 그랬던 것처럼, 우리로서는 이해할 수 없는 더 높은 차원이 존재할 가능성에 대한 내용도 있었다.

나는 수학자가 아니었지만, 라인과 라인맨이 이론상의 더 높은 차원에서 왔다는 사실을 추론하기 위해 아인슈타인까지 데리고 올 필요는 없었다.

이 일을 진행하는 사람들도 아인슈타인은 아니었지만, 전문 지식이 필요할 때 어디에 가야 그런 지식을 얻을 수 있는지는 알았다.

우리 수학자의 이름은 래리 워드였다. 그는 전날 내가 그랬던 것처럼 당황한 얼굴이었고, 나만큼이나 새로운 환경에 적응할 시간이 없었다. 우리는 서둘러 또 다른 헬리콥터에 올라타고 라인으로 향했다. 나는 가는 길에 최선을 다해 래리에게 상황을 알려줬다.

이번에도 우리가 라인에 다가가자마자 대변인이 나타났다. 라인맨은 우리에게 그 책을 읽었는지 물었지만, 우리가 읽었다는 사실을 이미 알고 있는 것 같다는 의심이 들었다. 저 대변인이나 그와 비슷한 존재가 모텔 침실에서 불과 몇 센티미터 떨어진 곳에서 내가 상상할 수 없는 방향으로 서거나 존재하면서, 구가 정사각형 씨를 내려다보듯 책을 읽는 나를 바라봤을지도 모른다는 생각에 소름이 돋았다.

우리와 라인맨 사이의 공중에 평평한 흰색 판이 나타나더니, 그 위에 기하학적 도형과 방정식이 저절로 그려지기 시작했다. 그 판은 아무런 지지대 없이 그냥 거기에 떠 있었다. 래리는 그 모습을 보고 별로 당황하지 않았다. 나도 마찬가지였다. 반중력 칠판이 라인을 배경으로 서 있으니 별로 특이하지 않게 느껴졌다. 라인맨이 래리에게 말을 걸기 시작했는데, 나는 세 단어 중 한 단어 정도만 겨우 알아들을 수 있었다. 래리는 처음에 별로 문제가 없는 것 같았지만, 1시간이 지난 후에는 땀을 삐질삐질 흘리고 얼굴을 찌푸렸다. 그의 깊이를 벗어난 게 분명해 보였다.

그즈음 나는 상당히 불필요한 존재가 된 느낌이 들었고, 에번스 중위와 그의 부하들은 그런 느낌을 더 심하게 받았다. 우리는 래리와 라인의 느리지만 지칠 줄 모르는 걸음 속도를 따라갈 수밖에 없었다. 일부 군인은 라인의 틈 사이로 슬그머니 들어가 앞쪽으로 가기도 하고, 런던탑의 경비병을 흔들어보려는 관광객처럼 라인맨의 반응을 얻기 위해 온갖 어리석은 장난을 치기도 했다. 하지만 라인맨들은 전혀 반응이 없었다. 에번스 중위는 그런 모습을 신경 쓰지 않는 것 같았다. 나는 중위가 숙취가 심한 게 아닌가 하는 생각이 들었다.

"이쪽을 보세요, 루이스 박사님."

내가 뒤로 돌아봤더니, 라인맨 한 명이 내 뒤에 나타나 있었다. 그들이 줄곧 보여주는 당황스러운 방식의 등장이었다. 라인맨은 양손을 모아 옅은 파란색 구를 들고 있었는데, 그 안에 파란색 날개와 주황색 날개를 가진 사랑스러운 파빌리오 켈리카온, 아니스 호랑나비의 표본이 들어 있었다.

"자웅모자이크입니다." 나는 강의실로 돌아간 것 같은 으스스한 느낌을 받으며 보자마자 말했다. "생식세포 형성 중에 때때로 발생하는 이상입니다. 한쪽은 수컷이고, 다른 쪽은 암컷이죠."

"정말 대단하네요. 우리의… 지도자는 이 생물이 그의… 궁전에 존재할 수 있게 되어 기뻐할 겁니다."

나는 라인맨의 말을 어디까지 믿어야 할지 짐작이 되지 않았다. 라인맨들이 다양한 조사단에게 밝힌 나비 채집 동기를 모으면 적어도 십여 가지 이상이 된다고 들었다. 멕시코의 조사단에게는 나비에 해가 없게 어떤 물질을 추출할 것이라고 했다. 프랑스의 나비 전문가는 포획한 나비를 4차원의 아이들에게 애완동물로 준다는 말을 라인맨에게 들었다고 맹세했다. 모든 이야기가 사실일 수는 없을 것 같았다. 어쩌면 사실일 수도 있다. 라인맨을 대하는 첫 번째 단계는, 우리에게 위와 아래가 기본적인 개념이듯, 그들에게 기본적인 많은 개념을 우리 머릿속에 담을 수 없다는 사실을 명심하는 것이었다. 우리는 라인맨들이 우리에게 유아용 언어로 말해주고 있다고 가정해야 했다.

1시간 동안 나와 라인맨이 나비에 관해 이야기를 나누고, 래리가 방정식의 바다에 더욱 빠져들자, 군인들은 점점 더 지루해했다. 라인맨은 그날 오후 우리가 마주친 나비들의 이름을 모두 알고 있었는데, 나로서는 따라가기 힘든 능력이었다. 이전에는 그런 문제 때문에 내가 부족하다고 느껴본 적이 없었다. 현재까지 분류된 나방과 나비는 논쟁 중인 수천 가지를 포함해서 약 17만 종에 달했다. 그 누구도 모든 종을 다 알 수는 없었다…. 하지만 라인맨은 알 거라는 사실을 믿어 의심치 않는다. 라인맨은 모든 도서관의 책을 이용할 수 있고, 그 책들을 읽기 위해 책을 펼쳐볼 필요도 없다는 사실을 기억하라. 나는 시간이 4차원이라고 들었지만, 이제는 시간이 기껏해야 4차원일 뿐이라는 생각이 들었다. 시간은 우리와 라인맨들에게 다른 방식으로 흐르는 게 거의 확실했다. 래리가 나중에 내게 10억 년은 그들에게 엄청나게 긴 시간이 아니라고 했다. 그들은 공간의 주인이고, 시간의 주인이었다. 그리고 또 어떤 것의 주인일지 누가 알겠는가?

라인맨이 유일하게 표현하는 감정은 나비의 아름다움을 보며 느끼는 기쁨이었다. 소총으로 쏴도 분노나 짜증을 내비치지 않았다. 총알은 그들에게 해를 입히지 않고 통과했다. 폭탄이나 대포로 공격받을 때조차 감정을 드러내지 않았고, 그저 공격자와 무기만 사라지게 했다. 현재 누가 이 상황을 지휘하는지 모르겠으나, 아무튼 그 지휘자들은 크고 시끄러운 힘의 과시가 나비를 해치기 때문에, 라인맨이 처리해버린 것으로 추측했다.

군인들에게 경고했지만, 광대 짓을 하는 사람들이 언제나 있기 마련이었다….

폴슨이라는 이등병이 눈앞의 허공에서 폴리페무스 나방이 펄럭이자, 손을 뻗어 주먹으로 잡았다. 혹은 잡으려 했다. 아직 폴슨의 손이 나방에게서 3센티가량 떨어져 있을 때, 그가 사라졌다.

처음에는 우리 중 누구도 눈앞에 보고 있는 사실을 믿지 않았던 것 같았다. 나도 믿기지 않았다. 나는 당시 무슨 말을 해야 할까 고민하며 폴슨을 정면에서 바라보고 있었다. 햇살에 펄럭이는 폴리페무스 나방만 남았다. 하지만 곧 화난 고함 소리가 들려왔다. 많은 병사가 메고 있던 소총을 내려 라인을 향해 겨눴다.

에번스 중위가 병사들에게 미친 듯이 소리를 질렀지만, 병사들은 분노하고 좌절감에 빠져 있었다. 총이 몇 발 발사됐다. 래리와 나는 기관총이 발사되기 시작하자 바닥에 납작 엎드렸다. 조심스럽게 고개를 들어보니, 에번스가 기관총 사수를 때리고 무기를 붙잡았다. 사격이 멈췄다.

멍한 정적이 잠시 흘렀다. 나는 무릎을 꿇고 라인을 바라봤다. 래리는 무사했지만, '칠판'은 사라졌다. 그리고 라인은 평온하게 계속 움직이고 있었다.

나는 모든 게 끝났다고 생각했는데, 뒤쪽에서 비명이 들리기 시작했다. 나는 하마터면 오줌을 지릴 뻔했다. 소리가 나는 쪽으로 재빨리 몸을 돌렸다.

폴슨이 내 뒤에서 무릎을 꿇고, 양손으로 얼굴을 감싸고, 폐가 터져나가도록 소리를 지르고 있었다. 하지만 폴슨의 모습이 변해 있었다. 머리는 온통 하얗고 수염도 하얗게 자랐다. 그는 30대 정도로 보였다. 어쩌면 40대인 것 같기도 했다. 나는 어떻게 해야 할지 몰라 폴슨의 옆에 무릎을 꿇고 앉았다. 폴슨의 눈은 광기로 가득 차 있고… 셔츠의 앞에는 그의 이름이 이렇게 새겨져 있었다.

PAULSON

"저들이 폴슨을 뒤집어 놓았네요." 래리가 말했다.

래리는 잠시도 서 있지 못하고 계속 서성였다. 나는 숙명론자 특유의 차분함에 빠져들었다. 라인맨이 할 수 있는 일들 앞에서 크게 걱정하는 것은 무의미하게 생각되었다. 내가 혹시라도 그들을 화나게 만드는 일을 하게 될까 봐 걱정될 뿐이었다.

우리의 북부 캘리포니아 본부가 커다란 홀리데이 인을 완전히 채웠다. 육군이 모든 사항을 장악했지만, 모든 국정 운영이 얼마 지나지 않아 그렇게 되듯이, 이 괴상한 작전에도 온갖 사람들이 따개비처럼 달라붙었다. 말 그대로 수백 명의 사람이 뭔가 중요한 일이라도 하는 양 분주하게 돌아다녔다. 내가 보기에 래리, 그리고 래리를 라인까지 데려다줄 헬리콥터 조종사를 제외한 다른 사람들은 전혀 필요가 없는 사람들이었다. 우리가 얻을 수 있는 해답은 래리나 래리와 비슷한 일은 하는 누군가에서 나올 게 분명해 보였다. 라인을 겨누고 있는 군대나 탱크, 핵미사일에서 해답이 나오지 않으리라는 것은 확실했다. 분명히 내게서 나오지도 않을 것이다. 하지만 그들은 누군가를 집으로 보내는 절차를 아직 만들지 못했기 때문에, 나를 계속 붙잡아두고 있었다. 나는 상관없었다. 어차피 뉴욕에 있으나 여기에 있으나 겁에 질린 상태로 지내는 것은 마찬가지였다. 그동안 나는 래리와 방을 함께 썼다. 래리가 주머니에 손을 집어넣더니 1페니를 꺼냈다. 그는 동전을 쳐다보고 내게 던졌다.

"군인들이 폴슨의 주머니를 뒤지고 있을 때, 그 동전을 주웠어요." 래리가 말했다. 내가 동전을 쳐다봤다. 예상대로 링컨이 왼쪽을 바라보고 있었고, 모든 글자가 거꾸로 되어 있었다.

"어떻게 이렇게 할 수 있죠?" 내가 물었다.

래리가 잠시 당황한 표정을 짓더니, 모텔의 메모지 한 장을 집어 들고, 주머니에서 꺼낸 펜으로 뭔가를 쓰기 시작했다. 나는 래리의 어깨 너머로 그가 남자를 그리고 한 손 옆에 L자를 쓰고, 다른 손 옆에 R자를 쓰는 모습을 지켜봤다. 그런 다음 래리는 메모지가 구겨지지 않도록 말아서, 간단하게 몇 개의 직선으로 그린 사람 그림이 반대쪽 표면에 닿게 했다.

"2차원 세계가 반드시 평평한 것은 아니에요." 래리가 말했다. 래리는 사람 그림을 종이 뒷면에 따라 그렸다. 이제 그 그림이 뒤집힌 모습이었다. "2차원에 사는 사람들은 자신도 모르게 3차원으로 이동할 수 있어요. 그들은 자신의 우주에서 이 곡선을 따라 미끄러지듯 이동합니다. 또는 3차원 존재가 그들을 들어 올려서 여기에 내려놓을 수도 있죠. 이렇게 되면, 그들은 두 점 사이의 경로를 따라가지 않고 이동하게 겁니다."

우리 둘은 진지하게 그 그림을 살펴봤다.

"폴슨은 어때요?" 내가 물었다.

"긴장성 조현병이에요. 뒤집어졌죠. 폴슨은 이제 왼손잡이이고, 맹장 수술 흉터는 왼쪽에, 왼쪽 어깨에 있던 문신은 이제 오른쪽에 있어요."

"나이 들어 보이더라고요."

"누가 알겠어요? 어떤 사람은 폴슨이 겁을 먹어서 머리가 셌다고 말하고 있어요. 폴슨이 사람의 눈으로 볼 수 없는 세계를 봤던 것은 분명해요…. 하지만 실제로 나이가 든 것 같기도 해요. 의사들이 아직 폴슨을 살펴보고 있어요. 4차원 생명체가 몇 초 만에 몇 년씩 나이 들게 하는 건 어려운 일이 아니겠죠."

"그렇지만 왜요?"

"그들은 '왜'를 알아내라고 저를 고용한 게 아니에요. 저는 '어떻게'를 이해하는 것만으로도 이미 벅찹니다. '왜'를 알아내는 건 당신 부서의 업무 같아요." 래리가 나를 쳐다봤지만, 나는 아무런 도움도 주지 못했다. 하지만 내게는 물어볼 게 더 있었다.

"그들은 어떻게 인간처럼 생긴 걸까요?"

"우연 아닐까요?" 래리가 말하더니, 고개를 절레절레 흔들었다. "저는 '그들'이 올바른 대명사인지조차 모르겠어요. 한 명뿐인 건지도 몰라요. 그리고 전 그들이 우리와 닮았을 거라고 생각하지 않아요." 래리는 내가 혼란스러워하는 모습을 보더니, 다시 한번 설명할 방법을 찾았다. 래리가 다른 종이를 들어 책상 위에 놓고, 종이 위에 정사각형을 그린 다음, 한 손의 다섯 손가락 끝을 종이에 대고 말했다.

"플랫 랜드에 사는 정사각형 씨는 이것을 다섯 개의 독립된 개체로 인식해요. 보세요, 정사각형 씨가 다섯 개의 원으로 생각하는 제 손가락 끝으로 그를 둘러쌀 수 있어요. 자, 제 손가락이 종이의 평면을 뚫고 아래로 움직인다고 상상해보세요. 곧 네 개의 원은 하나로 합쳐져 타원 모양이 되고, 다섯 번째 원도 합쳐지면, 정사각형 씨는 내 손목의 단면인 또 다른 원을 보게 될 겁니다. 이제 그걸 확장해보세요…." 래리가 생각이 잠긴 표정을 짓더니, 뒷주머니에서 빗을 꺼내 종이 표면에 빗살 끝부분을 대었다.

"빗이 평면 위를 움직이면, 각 빗살은 작은 원이 되죠. 제가 평면을 가로지르며 빗을 당기면, 정사각형 씨는 원들이 줄지어 자신에게 다가오는 모습을 보게 됩니다."

나는 머리가 아파졌지만, 이해한 것 같았다.

"그래서 그들은… 혹은 그것, 아니 그게 뭐든 지구를 빗질하고 있는 거군요…."

"모든 나비를 빗어내는 거죠. 가는 빗이 머리카락 사이에서 뽑아내는… 그거 뭐라고 하죠? 이가 낳은 알을…."

"서캐요." 어느새 내가 머리를 긁고 있었다. 나는 손을 멈췄다. "하지만 이것들은 동그라미가 아니라, 사람처럼 보이는데…."

"만약 그들이 단단한 고체라면, 나뭇가지 위로 올라갔을 때 왜 가지가 부러지지 않았을까요?" 래리는 책상 위에 있던 목이 긴 스탠드를 붙잡고, 불빛이 벽으로 향하도록 돌렸다. 그리고 두 손을 모았다. "저거 보이세요? 벽에? 이게 최선의 조명은 아니지만…."

나는 그 모습을 봤다. 래리가 그림자로 날아가는 새의 모습을 만들었다. 래리는 정신을 집중하고, 주머니에서 유성 연필을 꺼내더니 책상 위의 베이지색 벽에 사각형을 그렸다. 래리가 그림자 새를 다시 만들었다.

"정사각형 씨가 꽤 복잡한 모양을 봤어요. 하지만 그는 그 사물에 대해서는 절반도 몰라요. 내 손을 보세요. 그냥 손이죠. 새가 보이나요?"

"아뇨." 내가 인정했다.

"그건 손으로 만들 수 있는 여러 단면 중 하나만 새와 닮았기 때문이에요." 래리가 그림자로 개의 머리와 원숭이를 만들었다. 래리는 예전에 이런 걸 강의실에서 해본 적이 있을 것이다.

"제가 하려는 말은, 손이나 손가락, 혹은 실제 신체가 4차원 공간에서 취할 수 있는 모양이 무엇이든 간에 우리가 볼 수 있는 것은 그 사물의 3차원 단면뿐이라는 거예요."

"그러면 그 단면이 사람처럼 보인다는 이야긴가요?"

"그럴 수 있다는 거죠." 하지만 이제 래리는 허리가 손을 올리고, 벽에 그렸던 정사각형 씨를 바라보며 말했다. "제가 어떻게 확신할 수 있겠어요? 못 합니다. 이 조사를 진행하는 사람들, 조사단은 대답을 원하지만, 우리가 그들에게 제공해줄 수 있는 건 가능성뿐이에요."

다음 날 하루가 저물어갈 무렵, 래리는 그 정도마저도 조사단에 제공해주지 못했다.

나는 래리가 처음부터 힘들어하는 모습을 봤다. 떠다니는 칠판은 다시 방정식으로 뒤덮였다. 그리고… 강사? 가정교사? 통역가? 가 그 옆에 인내심을 가지고 서서 래리가 이해하기를 기다렸다. 하지만 래리는 점점 더 이해하지 못했다.

부대는 라인에서 약 4백 미터 뒤로 물러나 있었다. 병사들은 그날 고위급 장교들과 함께 있었기 때문에, 최선을 다하는 모습을 보였다. 저 뒤에서 쌍안경을 들고 있는 몇몇 장군과 제독이 보였다.

아무도 내게 다르게 행동하라고 말하지 않았기 때문에, 나는 래리 근처의 라인 옆에 서 있었다. 이유는 잘 모르겠다. 오늘 아침 캠프에는 끔찍한 소문이 넘쳐흘렀지만, 나는 더 이상 라인맨이 그다지 두렵지 않았다. 폴슨 이전에도 뒤바뀐 상태로 돌아온 사람이 있었는데, 그 사건은 공황 상태가 일어나는 걸 막기 위해 조용히 넘어갔었다는 이야기도 들었다. 나는 그 이야기를 믿었다. 초기에 일어났던 공황과 폭동은 상당히 진정되었다고 들었지만, 전 세계에서 수백만 명이 여전히 라인 앞에서 도망치고 있었다. 어떤 곳에서는 라인에서 도망쳐온 이주민들을 먹여 살리는 것이 문제가 되고 있었다. 그리고 어떤 곳에서는 이동하는 폭도들이 지나가는 모든 마을을 약탈하며 그 문제를 해결하기도 했다.

폴슨에게 일어난 일이 최악의 상황은 아니라고 하는 사람들도 있었다. 라인맨에 의해 '사라졌다'가 뒤집혀서 돌아온 사람들에 대한 소문이 돌았다. 안팎이 뒤집힌 채 돌아온 것이었다. 하지만 여전히 살아 있는 상태로. 그러나 그리 오래 가지는 못했다….

래리는 그게 가능하다는 것을 부정하지 않았다.

그런데 오늘 래리는 거의 말이 없었다. 나는 한동안 래리가 햇볕에 땀을 흘리고, 유성 연필로 칠판에 글을 썼다가 지우고 다시 쓰는 모습을 지켜봤다. 그리고 래리는 라인맨이 참을성 있게 스와힐리어 같은 기호로 새로운 내용을 써 내려가는 모습을 지켜봤다.

그러다 나는 전날 밤 래리가 내 침대 옆에 있는 킹사이즈 침대에 누워 코 고는 소리를 들으며 떠올랐던 질문이 기억났다.

"실례합니다." 내가 말했다. 그 즉시 라인맨 한 명이 내 옆에 서 있었다. 같은 사람일까? 나는 그 의문이 별로 의미가 없다는 생각이 들었다.

"전에 제가 '왜 나비를 모으냐'고 물었을 때, 당신은 나비가 아름답기 때문이라고 했어요."

"당신의 행성에서 가장 아름다운 것들이죠." 라인맨이 정정했다.

"맞아요. 하지만… 두 번째로 아름다운 것도 있지 않나요? 당신은 다른 것에는 전혀 관심이 없나요?" 나는 상상할 수 없는 그들의 미적 감각으로 수집할 만한 가치가 있는 다른 것을 생각해내려고 허둥거렸다. "풍뎅이는 어떤가요?" 나는 곤충 종류를 고수하며 말했다. "풍뎅이 중 일부는 인간이 보기에 엄청나게 아름다워요."

"풍뎅이는 대단히 아름답습니다." 라인맨이 동의했다. "하지만 저희는 풍뎅이를 수집하지 않습니다. 그 이유는 설명하기 어렵습니다." 아마도 인간은 보지도 듣지도 못하고 무식하다는 뜻을 담은 외교적인 표현일 것이다. "하지만 어떤 의미에서는 맞는 말입니다. 이 태양계의 다른 행성에도 자라는 것들이 있습니다. 우리는, 시간적으로 말하자면, 지금 그것들을 수확하고 있습니다."

음, 이건 새로운 정보였다. 어쩌면 내가 여기에 있는 이유를 조금이나마 정당화할 수 있을지도 모르겠다. 마침내 내가 지적인 질문을 던진 것일 수도 있다.

"그것들에 대해 말해줄 수 있나요?"

"물론이죠. 목성과 토성, 천왕성, 해왕성 네 개의 거대 가스 행성의 대기권 깊숙한 곳에서는 아름다운 존재들이 진화해 왔습니다…. 우리 지도자가 대단히 귀하게 여기는 것들이죠. 수성의 극지방 근처 깊은 동굴에는 수은으로 이루어진 생물이 서식하고 있습니다. 이것들도 채집하고 있습니다. 그리고 매우 추운 행성에서는 우리가 감탄하는 생물체가 번성하고 있습니다."

명왕성에서 극저온 나비를 채집한다는 건가? 라인맨이 어떤 시각적 자료도 보여주지 않았기 때문에, 더 나은 자료가 제공되기 전까지는 그런 인상으로 남을 것 같았다.

그 라인맨은 그 이상으로 자세히 설명하지 않았고, 나는 쓸만한 다른 질문이 떠오르지 않았다. 나는 알아낸 사항들을 일과를 마칠 때 보고했다. 전문 분석가 팀원 중 누구도 우리가 이것에 관심을 가져야 하는 이유를 생각해내지 못했지만, 그들은 내가 알아낸 사항들이 지휘 계통을 따라 보고될 거라고 장담했다.

하지만 아무 일도 일어나지 않았다.

다음 날 내게 집에 돌아가도 된다고 했다. 나는 그곳에 도착할 때처럼, 허겁지겁 캘리포니아를 떠나야 했다. 가는 길에 래리를 만났는데, 그는 걱정이 가득한 모습이었다. 우리는 악수했다.

"재밌네요." 래리가 말했다. "수천 년에 걸쳐 찾아낸 우리의 모든 해답. 신화와 신들, 철학자들… 그게 다 무슨 의미가 있을까요? 우리는 왜 여기에 있는 거죠? 우리는 어디에서 와서, 어디로 가고, 여기에 있는 동안 무엇을 해야 하는 걸까요? 삶의 의미는 뭘까요? 이제 우리가 알게 되었는데, 그건 우리에 관한 게 아니었어요. 삶의 의미는… 나비입니다." 래리가 한쪽 입술을 치켜올리며 미소를 지었다. "하지만 당신은 이미 알고 있었죠?"

지구상의 모든 사람 중에 나와 소수의 사람이 가장 직접적으로 영향을 많이 받았다고 주장할 수 있다. 물론, 많은 삶이 뿌리째 뽑혔고, 질서가 회복되기 전에 많은 사람이 죽었다. 하지만 라인맨은 지극히 지루하고 시시한 업무를 수행하면서도 최대한 겸손한 자세를 유지했다. 그리고 결국 모든 게 그럭저럭 정상으로 돌아갔다. 일부 사람들이 종교적 믿음을 잃었지만, 더 많은 사람이 신은 라인뿐이라는 명제를 거부했기 때문에, 세상의 성직자들은 순이익을 남겼다.

하지만 나비 전문가들은… 현실을 직시하자. 우리는 일자리를 잃었다.

나는 박물관에서 먼지가 쌓인 뒷방과 좁은 복도를 돌아다니고 상자와 서랍들을 열어보며 여러 날을 보냈다. 그중에는 수십 년 동안 아무도 손대지 않은 것들도 있었다. 수천, 수만 마리의 나비와 나방 표본을 몇 시간이고 들여다보면서, 이 직업을 선택하게 했던 어린 시절 느꼈던 매력을 떠올리려 노력했다. 세계 구석구석의 오지를 탐험하며 모기에 물리고, 비참하고 짜릿했던 기억들이 떠올랐다. 분류학상의 관점에 대한 논쟁과 대화도 기억났다. 처음으로 새로운 종 하이포림네스 레위시를 발견했을 때의 환희를 떠올리려 애썼다.

지금은 모두 회한이 되었다. 더 이상 그리 아름다워 보이지도 않았다.

침략 28일째 되던 날, 세계의 서부 해안에 두 번째 라인이 나타났다. 그때쯤 북미의 라인은 서스캐처원을 통과하는 캐나다 북쪽의 한 지점에서, 몬태나, 와이오밍, 콜로라도, 뉴멕시코를 거쳐, 텍사스 코퍼스 크리스티 남쪽 멕시코만에 닿은 상태였다.

두 번째 라인이 동쪽으로 행진하기 시작했고, 나비를 거의 발견하지 못했지만, 신경 쓰지 않는 것 같았다.

그런 상황에 직면했을 때 그저 아무것도 하지 않는다면 그건 정부가 아닐 것이다. 그러나 대부분의 사람은 할 수 있는 게 거의, 또는 전혀 없다는 사실에 동의했다. 체면치레로 군대가 라인을 따라 주둔하고 있었지만, 그들도 할 수 있는 게 없다는 사실을 잘 알고 있었다.

56일째 세 번째 라인이 나타났다.

달의 주기를 따르는 건가? 그렇게 보였다. 유명한 수학자가 지구와 달의 공전 궤도 쌍을 6차원으로 설명하는 방정식을 구했다고 주장했다. 아니, 7차원이던가? 하지만 아무도 그다지 관심을 보이지 않았다.

첫 번째 라인이 뉴욕에 도착했을 때, 나는 표본관에서 유리 아래에 있는 나방을 관찰하고 있었다. 소수의 라인맨이 나타나 주위를 휙휙 둘러봤다. 한 명은 내 어깨 너머로 전시물을 잠시 쳐다봤다. 그러고는 모두 다차원적인 방식으로 사라졌다.

그리고 거기 있었다.

이 모든 일들을 기록하자고 처음 제안했던 사람이 누구였는지, 그리고 제안한 이유가 무엇이었는지는 기억나지 않는다. 하지만 지구에서 글을 쓰고 읽을 줄 아는 대부분의 사람들처럼 나도 성실하게 앉아서 내 이야기를 썼다. 나는 많은 사람이 일대기 전체를 쓰고 있다는 사실도 알고 있다. 아마도 이 무관심한 우주를 향해 "내가 여기에 있었다!"라고 외치려는 시도일 것이다. 나는 첫날부터 지금까지 일어난 사건들만 적었다.

어쩌면 언젠가 먼 훗날 누군가가 와서 이 이야기를 읽게 될지도 모르니까. 그래, 그리고 어쩌면 달이 초록색 나비로 만들어질지도 모르지.

나의 군 생활 마지막 날에 내가 던졌던 질문이 핵심을 관통한 질문이었던 것으로 밝혀졌지만, 그에 대한 대답을 듣게 될 줄은 몰랐다.

라인맨은 명왕성에서 생물을 기른다고 말한 적이 없었다.

추운 행성에서 자라는 게 있다고 했다.

그들은 1년 동안 지구를 샅샅이 뒤진 후, 나타났을 때처럼 빠르게 사라졌다.

그들은 가는 길에 불을 껐다.

뉴욕은 밤이었다. 지구 반대편에서 빠르게 보도가 들어왔다. 나는 건물 옥상으로 올라갔다. 보름에 가까울 때였지만, 달이 창백한 유령으로 변하더니, 곧 하늘에 뜬 검은 구멍에 불과한 존재가 되어버렸다.

다른 세입자가 작은 텔레비전을 가져왔다. 겁에 질린 천문학자와 당황한 뉴스 앵커가 초를 세고 있었다. 그들이 세는 숫자가 0이 되었을 때, 그리고 지구 반대편에서 그 사건이 일어난 지 20분이 조금 넘었을 때, 화성이 어두워지기 시작했다. 30초 후에는 화성이 완전히 보이지 않게 되었다.

그 라인맨은 차가운 행성 양육실이 명왕성이라고 말하지 않았다….

1시간 후 목성의 빛이 사라지고, 토성도 사라졌다.

미국에 태양이 떠올랐을 때, 마치 목탄 덩어리처럼 보였다. 여기저기에서 붉은빛이 깜빡거리다, 곧 그조차 보이지 않게 되었다. 시계와 교회 종소리가 정오를 알릴 때, 태양이 사라졌다.

이내 추워지기 시작했다.

THE FLYING DUTCHMAN

방황하는 네덜란드인

1998년 9월 《Lord of the Fantastic: Stories in Honor of Roger Zelazny》에 첫 수록
1990년 로커스상 노미네이트

오헤어 공항에 비행기가 3시간이나 늦게 도착했더니 이미 어두워진 상태였다. 얼어붙은 들판 위로 눈이 하얀 회오리바람을 일으키며 소용돌이쳤다. 제설 작업자들이 활주로 하나를 깨끗하게 유지하고 있었다. 뉴저지로 돌아갈 비행기들이 늘어서 있었다. 비행기들은 세인트루이스, 클리블랜드, 데이턴으로 우회했다. 그런데 사람들이 그 공항들로 가려 하면, 정말로 가기 싫은 다른 공항으로 우회했다.

727기는 뚱뚱한 사람이 스케이트를 탈 때처럼 얼어붙은 활주로에 쿵 내려앉더니, 왼쪽으로 미끄러지다가 기수를 내리고 역추진 장치를 작동시키면서 자세를 똑바로 잡았다. 그 후 비행기는 30분 동안 천천히 이동했다.

마침내 이동식 탑승교가 연결되고 안전띠 착용 표시등이 꺼지자, 피터 미어스가 자리에서 일어났다. 그런데 통로 건너편에 있던 덩치 큰 남자에게 부딪혀 곧바로 다시 좌석으로 밀려났다. 누군가가 미어스의 발을 밟았다.

미어스는 버둥거리며 다시 일어나 좌석 밑에 있는 기내용 가방으로 손을 뻗었다. 손잡이를 잡아당겼는데, 가방이 뭔가에 걸렸다. 미어스가 발로 가방을 밀었는데, 몸이 반대로 밀리면서, 미어스가 나가기만 기다리고 있던 B 좌석의 남자 위로 넘어질 뻔했다. 다시 가방을 확 잡아당겼더니, 값비싼 가죽에 새로 깊은 흠집이 생기는 소리가 들려왔다.

미어스가 고개를 들자마자 머리 위의 짐칸에 있던 더러운 더플백이 얼굴 위로 떨어졌다. 더플백보다 더 더러운 손이 캔버스 가방끈을 획 잡아당겨 북새통을 이룬 사람들 사이로 사라졌다. 미어스가 수염이 덥수룩한 남자를 힐끗 쳐다봤다. '어떻게 저런 사람이 비행기를 탔지?' 미어스는 궁금했다. '노숙자에게 주는 무료 식권으로도 항공권을 살 수 있나?'

미어스는 서류 가방과 노트북 가방을 꺼내 어깨에 모두 걸쳤다. 그는 10분이 넘게 느릿느릿 걸어서 앞쪽에 있는 수납실에 도착했다. 그곳에서는 옷 가방 찾는 승객들을 승무원 한 명이 도와주고 있었다. 미어스가 자기 가방을 찾아 움켜잡고 어깨 위로 올렸다. 그리고 옆걸음으로 어기적거리며 문과 탑승교 쪽으로 갔다. 가는 길에 출구에 기대에 세워져 있던 접히는 골프 카트에 정강이를 부딪쳤다. 그 후 미어스는 비틀거리며 오헤어 공항으로 들어가는 탑승교를 걸어갔다.

오헤어. ORD. 활주로가 하나만 운영되는 눈 내리는 밤. 지옥의 중심부. 미어스는 발을 질질 끌며 다른 수백만 명의 길잃은 영혼들과 함께 중앙홀을 내려가며 비행기를 갈아탈 수 있는 공항을 찾았다. 모든 희망을 포기한 사람들은(적어도 오늘 밤에) 의자에 털썩 앉거나, 벽에 기대거나, 그냥 서서 잠을 청했다.

오헤어 공항에서 연결편을 구하는 일은 그늘진 모퉁이에서 현금을 주고 작은 봉투를 받는 방식이 아니라, 스테인리스 쇠기둥 사이 노란색 캔버스 밴드를 엮어서 만든 끝없는 대기열의 끝에서 극장처럼 따뜻하고 아늑한 조명 아래에서 이루어졌다.

미어스는 맞는 줄을 찾아 그 끝에 가서 섰다. 10분 후 미어스는 신발 끝으로 옷 가방, 기내용 가방, 서류 가방, 노트북 가방을 1미터 앞으로 밀었다. 10분 후 다시 밀었다. 배가 고팠다.

미어스가 발권 카운터에 도착했을 때, 직원은 그에게 집으로 가는 환승 항공편을 놓쳤으며, 오늘 밤에는 더 이상 항공편이 없을 거라고 했다.

"하지만….." 직원이 찌푸린 얼굴로 컴퓨터 화면을 쳐다보며 말했다. "애틀랜타행 항공편에는 좌석이 하나 남아 있네요. 내일 아침에 거기에서 갈아타실 수 있을 거예요." 직원이 미어스를 올려다보며 미소를 지었다.

미어스는 수정된 항공권을 받았다. 출발 게이트는 미어스가 서 있는 곳에서 5킬로미터 정도 떨어진 곳이었다. 그는 짐들을 어깨에 짊어지고 먹을 것을 찾아 떠났다.

미어스가 가야 하는 게이트 근처에 있는 스낵바 하나를 제외하고 모든 가게가 문을 닫았다. 공항 노조가 파업 중이었다. 스낵바의 벽에 붙은 메뉴판에는 손글씨로 쓴 메모지가 붙어 있었다. "핫도그 4달러, 콜라 2달러, 커피 없음." 계산대 뒤에는 지친 표정의 직원 두 명이 있었는데, 종이 모자 아래로 헝클어진 흰 머리가 보이는 50대 여성, 그리고 겨자와 케첩 얼룩이 범벅된 앞치마를 입은 20대 히스패닉 남성이었다.

미어스가 아직 꽤 멀리 떨어져 있을 때, 계산대에 있던 남자가 갑자기 핫도그 집게를 내던지고, 머리에 쓰고 있던 모자를 획 벗어 공처럼 구겼다.

"이딴 짓은 이제 끝이야!" 남자가 외쳤다. "그만둘래. 노 마스(No mas, 더 이상 안 해)!" 그는 계속 스페인어로 소리를 지르며 뒤쪽 문으로 달려 나갔다. 여자는 남자의 이름 에두아르도를 소리쳐 불렀지만, 그는 전혀 신경 쓰지 않았다. 에두아르도는 방화문 위에 있는 빨간색 비상 막대를 쳐서 경보음을 울리고 계단을 달려 내려갔다.

미어스는 유리를 통해 상황을 얼핏 볼 수 있었다. 히스패닉계 남자는 키가 작고 땅딸막했지만 잘 달렸다. 남자가 건물 밖으로 뛰어나갔다. 건물 아래 어딘가에서 제복을 입은 경비원 두 명이 총을 들고 뛰어나왔다. 에두아르도는 어디에서도 보이지 않았다. 경비원들은 계속 달렸다. 불빛이 번쩍였다. 총이 발사된 건가? 제트 엔진 소음이 너무 커서 확신할 수 없었다. 미어스는 몸을 부르르 떨고, 스낵바 쪽으로 돌아섰다.

미어스가 탑승할 애틀랜타행 비행기가 도착했다는 방송이 나올 때, 그는 여전히 열 사람 뒤에 줄을 서 있었다. 두 번째 방송이 나왔을 때는 세 명밖에 남지 않았다. 여전히 에두아르도의 도망에 정신이 팔려 있던 백발의 여성이 핫도그를 미어스의 손에 쥐여주고, 콜라를 계산대에 3분의 1이나 쏟았을 때 다시 방송이 나왔다. 미어스는 서둘러 서서 먹는 탁자로 향했다. 양파도 떨어지고 조미료도 없었다. 플라스틱 통에 들어 있는 겨자를 짰는데, 그중 절반이 황갈색의 외투에 제대로 뿌려졌다. 미어스는 욕을 뱉고 겨자를 툭툭 쳐내며 핫도그를 한 입 베어 물었다. 한쪽은 미지근하고 반대쪽은 차가웠다.

콜라를 꿀꺽꿀꺽 마시고, 차가운 프랑크푸르트 소시지와 퀴퀴한 빵을 억지로 목구멍으로 넘긴 미어스는 서둘러 탑승구로 향했다. 그리고 탑승교로 내려가 727편에 올라탔다. 머리 위의 비좁은 짐칸에 물건을 넣으려 낑낑대는 몇몇 승객을 제외하고 대부분은 자리에 앉아 있었다. 미어스는 옆걸음으로 28B 좌석에 들어가 앉았다. 28C에는 140킬로그램은 나갈 듯한 여성이 앉아 있었는데, 그 몸무게의 대부분이 엉덩이에 몰려 있는 것 같았다. 28A에는 얼굴이 온통 땀으로 번들거리는 35세 정도의 남자가 있었다. 미어스는 필사적으로 주위를 둘러봤지만, 이 자리가 이 비행기의 마지막, 진짜 완전히 마지막 자리라는 사실을 이미 알고 있었다.

여자가 자리에 서서 미어스를 노려봤다. 미어스는 기내용 가방을 좌석 밑에 넣은 다음 머리 위의 짐칸을 열었다. 거기에는 지갑 하나를 겨우 넣을 만한 공간밖에 없었다. 다음 칸에도 마찬가지로 꽉 찼다. 승무원이 미어스의 서류 가방과 노트북 가방을 들고 서둘러 갔다.

미어스가 좌석에 몸을 쑤셔 넣었다. 여자가 자기 자리에 몸을 쑤셔 넣었다. 미어스는 갈비뼈가 눌리는 게 느껴졌다. 오른쪽에서 역겨운 라일락 향기가 확 끼쳤다. 왼쪽에서는 후덥지근한 공포의 파도가 밀려왔다.

"저는 첫 비행이에요." 뚱뚱한 남자가 털어놓았다.

"아, 그래요?" 미어스가 말했다.

"정말 무서워요."

"그럴 필요 없어요." 뚱뚱한 여자가 지갑에서 휴지 상자를 꺼내더니, 바다코끼리가 겁먹을 정도의 큰 소리로 코를 풀었다. 그리고 시끄럽게 휴지를 구겨서 미어스의 신발 위에 버렸다.

그들의 몸이 뒤로 밀려났다. 비행기가 천천히 이동했다. 비행기는 2시간을 대기하다 다시 조금 더 이동했다. 비행기를 제빙하고, 다시 1시간 대기했다. 그 모든 과정은 이 설명보다 훨씬 더 오래 걸렸다. 그리고 비행기가 공중으로 떠올랐다. 그 즉시 뚱뚱한 남자가 작은 흰색 주머니에 토했다.

애틀랜타. ATL. 비행기는 짙은 검은 연기 속으로 착륙했다. 조지아주의 서쪽 어딘가 넓은 지역이 바짝 말라 불타고 있었다. 애틀랜타 하츠필드 국제공항은 38도를 오르내리는 열기에 땀이 비 오듯 흐르고, 활주로에는 그을음이 소용돌이쳤다. 밤처럼 어두웠다.

뚱뚱한 남자는 비행시간 내내 구토 봉투를 가득 채웠다. 그런데도 그는 굶주린 하이에나처럼 먹었다. 미어스는 도저히 먹을 수가 없었다. 겨우 조금 입에 넣었다. 미어스는 스튜어디스가 음식을 가져갈 때까지, 자리에 묶인 듯 꼼짝하지 않고 쟁반 위에 놓인 음식을 바라보기만 했다.

비행기가 게이트에 도착하기 직전에, 승무원이 뚱뚱한 남자를 마지막으로 도와주기 위해 왔다. 미어스는 구토 봉투가 자기 무릎 위를 지나갈 때 불룩한 봉투 바닥을 공포에 질려 바라봤지만 터지지는 않았다.

비행기에서 내리자 열기가 그를 덮쳤다. 공항 터미널에 들어가도 열기는 식지 않았다. 공기는 진하고 뜨거운 시럽 같았다. 산불로 인해 전선이 끊기고, 에어컨도 꺼졌다. 조명도 마찬가지였다. 컴퓨터와 전화도 작동하지 않았다.

어떻게 된 일인지 알 수 없었지만, 발권 직원은 여전히 일하고 있었다. 미어스는 끝없이 늘어선 줄에 합류해 조금씩 앞으로 나아가기 시작했다. 5시간 동안 발을 질질 끌며 앞으로 갔다. 기다리는 시간이 끝났을 때 미어스는 거의 굶어 죽기 직전이었는데, 직원은 그에게 집으로 갈 수 있는 비행편은 없지만, 댈러스-포트워스행 비행기를 타면 그곳에서 집으로 가는 비행기로 갈아탈 가능성이 훨씬 크다고 말했다. 비행기는 9시간 후에 출발할 예정이었다.

미어스는 오븐처럼 뜨거운 공항 내부를 이리저리 돌아다녔다. 레스토랑과 스낵바는 하나도 열리지 않았다. 냉장고도 안 되고, 스토브를 작동할 전기가 없으니 열려 있어도 소용이 없었다. 술집들은 문을 열고 미지근한 맥주를 팔았지만, 프레즐 같은 먹거리는 팔지 않았다. 사람들은 열기에 지친 상태로 의자에 축 늘어져서 잿빛 풍경을 내다봤다. 미어스는 핵무기에 의한 대학살이 이런 모습일 것 같다는 생각이 들었다.

몇몇 장사꾼들이 얼음물을 한 병당 5달러에 팔고 있었다. 그 줄이 엄청나게 길었다. 미어스는 벽의 빈 공간을 찾아 짐을 내려놓고 그 위에 앉았다. 앞으로 고개를 숙이자 코끝에서 땀이 뚝뚝 떨어졌다.

소란스러운 소리가 들리더니, 한 남자가 카트에 상자들을 싣고 다가오는 게 보였다. 남자가 애틀랜타의 피리 부는 사나이였는지, 북적이는 사람들의 무리가 그를 뒤따르고 있었다.

남자가 빈 자판기 앞에 멈췄다. 그가 자판기를 열자 군중에서 누군가가 상자 하나를 당기기 시작했다. 다른 누군가가 상자의 다른 쪽을 붙잡았다. 상자가 터지면서 스니커즈바가 바닥에 쏟아졌다. 순식간에 모든 상자가 찢어졌다. 썰물이 빠져나가자, 배달원이 바닥에 주저앉아 자기 몸을 조심스럽게 만지며, 자신이 갈기갈기 찢어지지 않았다는 사실에 놀라워했다. 배달원은 자리에서 일어나 다른 데로 걸어갔다.

미어스는 땅콩 한 봉지와 삼총사 캔디바 하나를 건졌다. 그는 하나도 떨어트리지 않고 다 먹은 다음 최대한 편안하게 벽에 몸을 기대고 졸았다.

길 잃은 영혼이 비명을 질렀다. 미어스가 눈을 떠보니, 짐 위에 웅크린 자세로 앉아 있었는데 입에서 침이 주르륵 흘러내렸다. 침을 닦고 똑바로 앉았다. 중앙홀 건너편에서 양복 차림에 넥타이를 맨 남자가 광분하고 있었다.

"공기!" 남자가 새된 소리로 소리쳤다. "공기가 필요해!" 그의 셔츠는 목 부분이 찢기고, 코트는 바닥에 놓여 있었다. 남자가 유리창을 향해 화재진압용 도끼를 휘둘렀다. 도끼가 유리창에 부딪힌 후 튕겨 나왔지만, 다시 휘둘러 유리를 깨트렸다. 남자는 유리창 밖으로 몸을 내밀어 바깥의 연기를 들이마시려 했다. 남자가 다시 소리를 지르더니, 바지를 움켜쥐고 몸부림치기 시작했다. 뾰족한 창틀에 깊이 베인 양손에서 피가 뿜어져 나왔지만, 남자는 알아채지 못하는 것 같았다.

남자가 뛰어갔다. 발가벗었지만 바지가 한쪽 발목에 걸려서 끌려갔고, 파란 실크 넥타이가 목에 올가미처럼 걸려 있었다.

대여섯 명의 경비원이 남자에게 달려들었다. 그들은 곤봉으로 남자를 때리고 얼굴에 후추 스프레이를 뿌렸다. 경비원들이 테이저건을 쏘자 남자는 자신이 흘린 피에 미끈거리며 물고기처럼 퍼덕거렸다. 경비원이 남자에게 수갑을 채우고, 올가미로 묶어서 끌고 갔다.

댈러스행 비행기는 다시 727기였다. 승객의 절반은 애틀랜타에서 열리는 꼬마 미남미녀대회에 참가하러 왔던 10세 미만의 어린이들이었다. 남자아이들은 턱시도를, 여자아이들은 이브닝드레스를 입고 있었다. 또는 공항에서 24시간 동안 거칠게 뛰어놀다가 아직도 남아 있는 옷을 걸치고 있었다. 어떤 아이들은 짜증을 내고, 어떤 아이들은 장난을 쳤는데, 모든 아이가 버릇이 없어서 자리에 앉아 소리를 지르거나 통로를 난폭한 경주장으로 만들었다. 감독이라는 사람은 아이들이 코피를 흘렸을 때 아버지들의 주먹다짐을 주관했다.

미어스는 비행시간 내내 심사에 대해 불평하는 아버지 옆의 창가 좌석에 앉아 있었다. 그의 아들은 결승까지 올라가지 못했다. 그 아들은 복도에 앉아 달리는 아이들을 넘어뜨리며 시간을 보냈다. 미어스는 그 아이가 태어나자마자 버려져서, 탯줄과 함께 늑대가 잡아먹었어야 했다는 생각이 들었다.

식사는 제공되지 않았다. 간식은 공항의 스낵바만큼이나 형편없었다. 미디어스는 소금 간을 한 땅콩 한 봉지를 받았다.

댈러스-포트워스. DFW. 727기가 착륙했을 때, 댈러스-포트워스 공항에는 40일째 밤낮으로 비가 내리고 있었다. 활주로는 물에 뒤덮여 보이지 않았다. 공항 유도로 사이의 진흙이 너무 깊고 걸쭉해서 제트 여객기를 타르 구덩이에 빠진 매머드처럼 삼켜버렸다. 미어스는 세 대의 비행기가 날개 끝까지 진흙에 잠겨 있는 상황을 목격했다. 승객들은 무릎까지 차오르는 진흙밭으로 내려갔는데, 진흙 속으로 가라앉아 다시는 보이지 않게 될까 봐, 아무리 가도 가까워지지 않는 버스를 향해 힘겹게 걸어갔다.

공항은 거의 텅 비어 있었다. 댈러스-포트워스 국제공항은 이런 날씨에도 운영 중이었지만, 다른 주요 공항에서 항공편이 오지 않았다. 미어스가 발권 카운터에 도착했다. 이 홍수를 뚫고 도착한 직원이 한 명뿐이었기 때문에, 적은 줄이 빙하처럼 느리게 움직이고 있었다. 미어스의 차례가 되었을 때, 집으로 가는 모든 항공편이 취소되었다는 말을 들었지만, 6시간 후에 덴버로 가는 비행기에 탑승할 수 있으며, 거기에서 연결편을 구할 수 있을 거라고 했다. 그런데 그 비행기는 다른 항공사 소속이었기 때문에, 미어스는 자동 전차를 타고 다른 공항 터미널로 이동해야 했다.

미어스가 전차로 가는 길에 공중전화 부스에 들렀다. 수화기를 들었지만, 발신음이 들리지 않았다. 옆에 있는 전화기도 죽었다. 공항의 모든 공중전화가 죽었다. 홍수에 모두 쓸려나간 것이다. 미어스는 지금쯤 아내가 몹시 걱정할 게 틀림없다는 생각이 들었다. 오헤어 공항에서는 전화할 시간이 없었는데, 애틀랜타에 이어 댈러스에서도 전화가 끊어진 상태였다. 하지만 틀림없이 이 상황이 뉴스로 보도되었을 것이다. 아내는 그가 어딘가에서 발이 묶였을 거라고 생각하겠지. 아내 애니가 있는 집으로 돌아가고 싶었다. 애니와 사랑하는 두 딸, 킴벌리와….

미어스는 공황 상태에 사로잡혀 걸음을 멈췄다. 심장이 쿵쾅거렸다. 막내딸의 이름이 기억나지 않았다. 공항이 그의 주위를 빙빙 돌며 백만 조각으로 날아갈 것만 같았다.

'메건! 막내 이름은 메건이야. 맙소사, 내가 정말 지쳤나 보다.' 글쎄, 누군들 그렇지 않겠는가? 배가 고파서 머리가 어질어질했다. 미어스는 심호흡하고 전차를 향해 발걸음을 옮겼다.

미어스는 전차의 문이 닫힌 뒤에야 반대편 끝의 바닥에 쓰러져 있는 남자를 발견했다. 전차 안에 다른 사람은 없었다.

남자는 구토물과 보라색 포도주가 흐르는 바닥에 웅크리고 있었다. 지저분한 짧은 재킷을 입었고, 발밑에는 캔버스 더플백이 놓여 있었다. 미어스가 시카고에 도착했을 때 봤던 남자와 비슷해 보였지만, 그럴 가능성은 거의 없었다.

전차는 자동 안내 방송을 몇 번 내보낸 후, 중앙홀을 벗어나 빗속으로 빠져나갔다. 칠흑같이 어두웠다. 비가 지붕을 두드렸다. 멀리서 번개가 번쩍이고, 바람이 휘파람 소리를 내며 몰아쳤다. 전차가 다음 터미널의 중앙홀로 들어가자 문들이 열렸다.

카키색 제복을 입은 경비원 세 명이 뛰어 들어왔다. 그중 한 명이 경고도 없이 잠든 부랑자의 얼굴을 발로 걷어찼다. 남자가 비명을 지르자, 경비원들이 곤봉과 군홧발로 그를 때리기 시작했다. 남자의 입과 코에서 피와 썩은 이가 쏟아져나왔다. 미어스는 발과 무릎을 보호하듯 끌어당겨 모으고 조용히 앉아 있었다.

경비원 중 한 명이 비명을 지르는 남자의 머리카락을 한 움큼 움켜잡고, 다른 경비원이 바지 뒷부분을 움켜쥐고, 전차 뒷문을 통해 플랫폼으로 끌고 갔다. 세 번째 경비원이 미어스를 쳐다보더니, 미소를 지으며 곤봉으로 모자챙을 툭 치고, 다른 경비원들을 따라갔다.

문이 닫히고 전차가 출발했다. 미어스는 전차가 밤으로 빠져나가는 동안에도 세 경비원이 남자를 계속 때리는 모습을 봤다.

다음 터미널의 중앙홀이 가까워졌을 때, 전차의 실내 불빛이 깜빡거리더니 꺼졌다. 그리고 전차가 멈췄다. 비가 쉴 새 없이 지붕을 때리고 창문 너머로 강물처럼 쏟아져 내렸다. 미어스가 자리에서 일어나 전차의 앞쪽에서 서성거렸다. 반대쪽 끝에 있는 포도주와 소변, 핏자국까지 가지 않으려고 조심했다. 그 흔적들은 멀리 떨어진 가로등 불빛에 검게 보였다. 미어스는 자신이 봤던 일들과 집에서 자신을 기다리고 있을 가족들에 대해 생각했다. 그토록 간절하게 집에 돌아가고 싶었던 적이 없었다. 몇 시간 후 조명이 다시 켜지더니, 전차가 목적지인 중앙홀로 그를 데려다줬다. 미어스는 제시간에 비행기를 타기 위해 서둘러야 했다.

이번에는 동체 폭이 넓은 비행기 DC-10이었다. 승객이 많지 않았다. 미어스는 통로 쪽 좌석을 배정받았다. 비행기가 이륙할 때 약간 덜컹거렸지만, 일단 고도에 오르자 전시실에 놓인 캐딜락처럼 매끄럽게 날았다. 늦은 밤에 미어스는 참치 샌드위치와 쿠키 한 상자와 포도를 받았다. 그는 그것들을 모두 먹고, 감사 인사를 했다. 창가 쪽에는 외투를 입고 중절모를 쓴 노인이 있었다.

"저 아래 불빛들 말이오." 노인이 창문을 향해 손짓하며 말했다. "저 작은 마을들, 작은 생명들. 궁금하지 않소?"

"어떤 거 말인가요?" 미어스가 말했다.

"여기 위에 있을 때는 세상에 속한다는 느낌이 들지 않지." 노인이 말했다. "저 아래 사람들은 각자의 삶을 살아가고 있소. 이 위에 있는 우리는 세상과 연결이 끊어진 거야. 그들이 고개를 들어 반짝이는 불빛 몇 개를 보면, 그게 우리라오."

미어스는 이 괴상한 노인이 무슨 말을 하려는 건지 몰랐지만, 고개를 끄덕였다.

"내가 한창때에도 비슷한 느낌을 받은 적이 있었지. 그때는 기차였소. 야간열차 말이오. 여행이란 건 일상에서 벗어나는 거야. 어딘가에서 다른 어딘가로 가지만, 여기가 어디인지는 전혀 몰라. 밤에 침대에 누워 창밖을 내다보면 달빛과 별빛을 볼 수 있지. 건널목을 지나갈 때 신호 소리가 들리고, 기다리는 트럭을 볼 수 있어. 어떤 사람이 그 트럭을 운전하고 있을까? 거기에도 길 잃은 영혼들이 더 많았겠지." 노인이 이야기를 멈추더니, 아래의 불빛들을 봤다. 미어스는 노인의 이야기가 그렇게 끝나기를 바랐다.

"이제는 항상 모자를 쓰고 다닌다오." 노인이 계속 말했다. "오클라호마시티에 작은 남성용품점을 운영했는데, 전쟁 직후에 연 가게였소. 폭격을 당한 건물에서 멀지 않은 곳에 가게가 있었지. 남성용 잡화 사업에 막 뛰어들 때 남자들이 모자를 안 쓰고 다니기 시작하더군." 노인이 웃었다. "1949년에는 모두가 모자를 쓰고 다녔어. 그러다 1950년이 되자 갑자기 모든 모자가 사라졌어. 누군가는 아이젠하워 때문이라고 하더군. 아이크가 모자를 잘 안 썼거든. 뭐 난 괜찮았어. 커프스단추를 많이 팔면 되니까. 남성용 양말과 실크 손수건도. 이제 난 여행을 다니지. 주로 밤에."

미어스가 상냥한 얼굴로 미소를 지으며, 고개를 끄덕였다.

"그런 기분 느껴본 적 있나? 세상과 단절된 느낌? 이해가 안 되는 무언가에 갇힌 느낌?" 노인은 미어스에게 대답할 시간을 주지 않았다.

"그런 생각을 처음 했을 때가 기억나. 열아홉 살 때 뉴저지에서 해고됐지. 강 아래 터널로 지나가는 기차를 탔어. 지금의 세계무역센터가 있는 곳으로 나왔는데, 잠깐만, 거기도 폭격당했지, 안 그런가? 어쨌든, 난 타임스퀘어를 보고 싶다는 생각이 들었어. 지하철 매표소로 갔지. 공중전화 부스보다 크지 않았는데, 그 안에 작은⋯ 작은 땅의 요정이 앉아 있었어.

더러운 창문 앞쪽에는 창살이 달렸고, 돈이 미끄러지도록 유리창 아래의 나무 카운터에 홈이 움푹 파여 있었는데, 거기로 돈이 들어가고 표가 나왔지. 그 홈은 나무가 수년, 수백 년 넘게 닳아서 없어진 것 같았어. 마치 단단한 나무를 뚫고 지나가는 빙하처럼 말이야. 내가 5센트를 밀어 넣자, 그 남자가 표를 밀어냈어. 그리고 내가 타임스퀘어 가는 방법을 물었지. 그 사람이 뭔가 중얼거리더군. 나는 다시 물어볼 수밖에 없었어. 그랬더니 그 사람이 또 중얼거리는 거야. 이번에는 내가 알아듣고 표를 챙겼어. 그러는 동안 그 사람은 나를 쳐다보지 않았고, 나무의 홈을 통해 올려다보지도 않았어. 한참 동안 그 사람을 지켜봤지만, 절대로 고개를 들지 않았어. 그는 더 많은 질문에 대답했는데, 지하철 시스템의 모든 열차의 경로와 일정, 그리고 내릴 곳과 갈아타는 곳을 모두 알고 있을 것 같더군.

그래서 재미있는 생각이 들었지. 나는 그가 그 매표소를 절대로 떠나지 않을 거라고 확신했어. 그는 그곳에 갇힌 죄수이자, 밤의 생물이며, 낮이 절대로 찾아오지 않는 지하의 어둠 속에 갇힌 트롤이라고 생각했지. 오래전 그는 표를 팔아야 하는 자신의 운명에 체념한 거야." 노인이 다시 조용히 창밖을 내다보며 혼자 고개를 끄덕였다.

"글쎄요." 미어스가 마지못해 말했다. "야간 근무는 끝납니다."

"그래?"

"물론이죠. 해가 뜨잖아요. 그러면 누군가가 그 남자를 구하러 갈 거예요. 그는 아내와 아이들이 있는 집으로 돌아갑니다."

"아마 예전엔 그랬겠지." 노인이 말했다. "예전엔 그랬을 거야. 지금 그 사람은 갇혔어. 나는 잘 모르지만, 무슨 일이 일어났던 거야. 그래서 결국 해가 떠오르는 우리 세상에서 떨어져 나간 거지. 그런데, 해가 꼭 떠야 하는 걸까?"

"이런, 당연히 그래야죠."

"그래? 난 태양을 본 지 정말 오래된 것 같아. 이 비행기를 너무 오래 타고 있어서, 이게 실제로 어디로 가는 건지도 모르겠어. 어쩌면 어딘가로 가는 게 아닌지도 몰라. 이 비행기가 착륙하지 않고, 어딘가에서 어딘가로 계속 비행하는 건지도 몰라. 오래전의 그 기차처럼 말이야."

미어스는 그 대화가 마음에 들지 않았다. 미어스가 노인에게 뭔가 말하려던 찰나 누군가가 그의 어깨를 가볍게 톡톡 쳤다. 미어스가 고개를 들자 스튜어디스가 자신을 향해 고개를 숙이고 있었다.

"선생님, 기장님이 조종실에서 할 이야기가 있으시답니다."

미어스는 잠시 그 말이 이해되지 않았다. 기장? 조종실?

"선생님, 이쪽으로 오시면…."

미어스가 자리에서 일어나 노인을 흘끗 쳐다봤다. 노인은 미소를 지으며 손을 흔들었다.

처음에 미어스는 조종실이 어두워서 거의 보이지 않았다. 비행기 앞쪽으로 맑은 밤과 별, 작은 마을의 반짝이는 불빛이 보였다. 그러다 오른쪽에 비어 있는 항공 기관사의 좌석이 보였다. 미어스가 앞쪽으로 가다가 빈 캔을 발로 찼다. 조종실에 맥주 냄새와 담배 연기가 가득했다. 기장이 뒤를 돌아보며 그에게 손짓했다.

"그 쓰레기 치우고 앉으세요." 기장이 시가를 입에 문 채 말했다. 미어스는 부조종사 의자에서 딱딱한 피자 껍질이 남아 있는 피자 상자를 치우고 미끄러져 들어가 앉았다. 기장이 안전띠를 풀더니 자리에서 일어났다.

"30초 안에 똥을 못 싸면, 바지 안에 쌀 것 같아요." 기장이 말하며 뒤쪽을 향해 갔다. "그냥 가만히 붙잡고 있어요."

"이봐요! 잠깐만요!"

"무슨 문제 있어요?"

"문제요? 전 비행기를 조종할 줄 몰라요!"

"그럼 아는 게 뭔가요?" 조종사가 깡충깡충 뛰면서 계기판을 가리켰다. "저게 나침반이에요. 3, 1, 0을 그대로 유지하세요. 이건 고도계예요. 3만 2천 피트."

"하지만 자동 조종 장치는 없나요?"

"몇 주 전에 고장 났어요." 조종사가 중얼거리며, 불이 들어오지 않은 계기판을 주먹으로 세게 두드렸다. "개자식, 보세요, 전 정말로 가봐야 해요."

그리고 조종실에 미어스 혼자 남았다.

미어스는 그냥 조종석에서 일어나 아무 일도 없었던 것처럼 자기 자리로 돌아가야겠다는 엉뚱한 생각이 들었다. 기장은 분명히 돌아올 것이다. 이건 장난인 게 틀림없었다.

비행기는 흔들림 없고 안정적으로 보였다. 미어스가 조종간을 살짝 만지자, 비행기의 기수가 아주 조금 아래로 내려가는 게 느껴졌고, 고도계가 천천히 움직이는 게 보였다. 미어스가 조종간을 당기자 큰 새는 다시 3만 2천 피트 고도로 돌아갔다.

미어스는 기나긴 야간 비행에서 조종사가 직면하는 가장 큰 문제가 지루함이라는 사실을 금방 깨달았다. 이따금 두 개의 계기판을 쳐다보는 것 외에는 할 일이 없었다. 미어스의 마음이 방황하다가 노인이 했던 말로 돌아갔다. 도무지 앞뒤가 맞지 않았다. 뭐, 물론 비행기는 어딘가로 가고 있다. 미어스는 아래쪽에서 흘러가는 불빛들을 볼 수 있었다. 지평선에 밝은 불빛들이 보였다. 덴버가 아닐까? 해가 뜨지 않는다는 것은 정말 말도 안 되는 소리였다. 지구는 돈다. 한순간은 다음 순간으로 이어진다. 결국 해가 뜬다.

조종사가 시가 연기를 내뿜으며 돌아왔다. 그는 조종석 옆에 열려 있는 아이스박스에 손을 뻗어 맥주 캔을 꺼내더니 뚜껑을 따고 한 번에 비웠다. 조종사가 트림하고 캔을 찌그러뜨려 어깨 너머로 던졌다.

"내가 망친 것 같네요." 조종사가 전혀 걱정하지 않는 얼굴로 말했다. "엉뚱한 사람을 보냈어요. 미안해요, 파트너." 조종사가 웃었다.

"무슨 뜻이죠?"

"당신이 알고 있을 줄 알았어요. 그 노인네였던 것 같아요. 누가 좌석 번호를 잘못 적어줬나 봐요. 도대체 누가 이 빌어먹을 항공사를 운영하는 거야?"

미어스도 그걸 알고 싶었다.

"부조종사는 없나요? 제가 '알고 있는 줄 알았다'는 게 무슨 뜻이죠?"

"부조종사에게 작은 사고가 났어요. 야간 경찰들. 그놈들이 부조종사의 염병할 팔을 부러뜨렸거든요. 지금 병원에 있죠." 조종사가 몸을 떨었다. "퇴원하려면 서너 달 걸릴 거예요."

"부러진 팔 때문에요?"

"젠장, 왜 그러면 안 돼? 여기서 나가. 너도 언젠가 알게 될 거야."

미어스는 조종사를 노려보다 자리에서 일어났다.

"어쨌든 그놈은 죽었어." 조종사가 말했다.

"누가 죽어요?" 조종사는 그의 질문을 무시했다.

미어스가 통로를 따라 걸어갔다. 노인은 잠든 것 같았다. 노인은 눈을 살짝 뜬 상태였고, 입도 살짝 벌어져 있었다. 미어스가 손을 뻗어 노인의 손을 살짝 만졌다. 차가웠다.

금속성 푸른색 등을 가진 커다란 파리 한 마리가 노인의 콧구멍에서 기어나와 멈추더니, 소름 끼치는 앞다리를 문질렀다.

미어스가 총알처럼 자리에서 벌떡 일어났다. 그는 다섯 줄 앞으로 허겁지겁 달려가 빈자리에 쓰러졌다. 미어스가 가쁜 숨을 몰아쉬었다. 그는 입이 바짝 말랐다.

나중에 미어스는 스튜어디스가 노인에게 파란 담요를 덮어주는 모습을 봤다.

덴버. DEN. 오늘 밤에는 시카고가 마치 버뮤다 삼각지대에 있는 것처럼 느껴졌다. 하늘은 드라이아이스처럼 딱딱하고 연무가 자욱했으며, 중공탄(中空彈)의 색이었다. 기온은 영하 몇 도였는데, 바람까지 더해져 활주로에 닿은 바퀴가 얼어붙을 정도로 추웠다.

미어스가 가방에 엉덩이와 갈비뼈, 무릎을 부딪치며 비틀비틀 중앙홀로 걸어 나왔더니, 거대한 통유리창이 덜컹거리며 부풀어 올라 있었다.

한기가 바닥에서 올라와 그의 발을 휘감았다. 미어스는 서둘러 남자 화장실로 들어가 가방을 바닥에 내려놓았다. 그리고 세면대에 물을 받아 얼굴에 뿌렸다. 물방울이 떨어질 때마다 그 소리가 화장실에 울려 퍼졌다.

미어스는 거울에 비친 자기 모습을 차마 볼 수 없었다.

미어스는 발권 카운터를 찾아야 했다. 탑승권을 받아야 했다. 게이트를 찾아 비행기에 탑승하고, 환승해야 했다. 그는 집에 가야 했다.

무언가가 그에게 나가라고 말했다. 지금 나가라고. 모든 걸 버리고 가라고.

미어스는 거의 인적이 끊긴 출국장을 재빨리 걸어서 통과하고 문을 쾅 닫았다. 그리고 얼어붙은 보도로 나갔다. 한 줄로 늘어선 택시들의 앞쪽으로 서둘러 갔다. 큰 박스형의 친근한 느낌의 낡은 노란색 체커였다. 미어스가 뒷좌석에 탔다.

"어디로 가시나요?"

"시내요. 좋은 호텔로 가주세요."

"알겠습니다." 택시 운전사가 기어를 넣고, 조심스럽게 눈과 얼음이 쌓인 도로로 빠져나갔다. 곧 그들은 공항을 벗어나 넓은 도로를 따라 이동하고 있었다 덴버 공항은 마치 입체파가 만든 대형 포장마차 같고, 현대의 단기 거주자들을 수용하기 위해 건설된 크고 끔찍하게 비싼 텐트 같았다.

"정말 흉측하게 생겼죠, 그렇지 않나요?" 택시 운전사가 말했다.

운전사가 백미러를 들여다볼 때, 미어스는 그의 옆모습을 봤다. 반짝이는 검은색 챙이 달린 구식 노란색 체커 캡 모자 아래 덥수룩한 눈썹, 넓적한 얼굴, 수염으로 덮인 턱, 운전대를 잡은 큰 손이 눈에 들어왔다. 택시 면허증에 있는 그의 이름은 V. KRZYWCZ였다. 뉴욕 면허증이었다.

"크리즈워즈." 운전사가 발음을 말해줬다. "버질 크리즈워즈에요. 우리 폴란드인은 모음을 모두 개구리에게 팔아버렸죠. 이제 우리는 러시아가 사용하지 않았던 자음을 모두 사용해요." 크리즈워즈가 낄낄 웃었다.

"고향에서 좀 멀리 나오셨네요?" 미어스가 용기를 내서 물었다.

"짧은 이야기를 하나 해드릴게요." 크리즈워즈가 말했다. "옛날 옛적에, 내가 알기로는 1천 년 전에 뉴욕 라과디아 공항에서 그 손님을 받았어요. 타임스퀘어의 메리어트 호텔에 가는 손님이었죠. 그때가 밤이었으니까, 나는 트라이보로 거쳐 루즈벨트로 내려가면 바로 있을 거라고 생각했어요. 그런데 그 남자가 지도를 보더니 BQE로 가서 미드타운 터널로 가자는 거예요. 좋죠. 이러나저러나 손님 돈이니까. 그리고 알겠지만, 우리는 꽤 괜찮은 시간을 보냈어요. 그런데 터널을 나오니까 뭐가 보였게요? 엠파이어 스테이트 빌딩이 아니라, 저 망할 공항 터미널 건물이 보였어요. 덴버였어요. 난 이전에 한 번도 덴버에 와본 적이 없었어요. 그래서 어깨 너머로 돌아봤죠." 크리즈워즈가 자기 말대로 뒤를 돌아봤는데, 정말 끔찍한 입 냄새가 풍겨왔다. "그런데 터널이 없었어요. 그냥 나한테 빵빵거리는 차만 잔뜩 있는 거예요. 내가 도로 한복판에 멈춰 있었거든요. 그 후로는 계속 이 상태예요."

크리즈워즈가 노랑 신호등에서 속도를 올려 얼어붙은 고속도로로 올라갔다. 미어스는 시내를 가리키는 녹색 표지판을 봤다. 정면으로 지평선 바로 위에 보름달이 떠 있었다. 도로가 꽁꽁 얼어붙은 상태였기 때문에, 교통량이 적은 것은 당연한 일이었다. 택시 운전사는 그런 상황을 전혀 신경 쓰지 않았고, 낡은 체커 택시는 바위처럼 안정적이었다.

"그래서 여기서 지내기로 결정하셨나요?" 미어스가 물었다.

"결정은 그것과 아무 상관이 없어요. 내가 술을 마시고 정신이 나간 상태에서 여기까지 온 거라고 생각하죠?" 크리즈워즈가 어깨 너머로 미어스를 쳐다봤다. 가로등 불빛에 얼핏 비친 운전사의 왼쪽 얼굴이 검게 부어 있었다. 그의 왼쪽 눈은 감은 상태였다. 뺨에는 딱지가 앉은 긴 상처가 있었는데, 깊게 벤 상처는 아직 꿰매지 않은 상태였다. "뭐, 마음대로 생각하세요. 사실, 이 도로들에서는 어디로도 뉴욕에 못 가요. 내 말을 믿어요, 친구. 난 모든 길을 가봤어요." 미어스는 그 말을 어떻게 받아들여야 할지 감이 잡히지 않았다.

"얼굴은 어떻게 된 거예요?" 미어스가 물었다.

"이거요? 야간 경찰에게 조금 당했어요. 헤드라이트가 꺼졌다니, 믿어지세요? 난 운이 좋았어요. 머리를 한 대 때리고 보내주더라고요. 젠장, 더 심한 일도 겪어본 적이 있어요. 훨씬 심했죠."

조종사가 야간 경찰에 대해 뭔가 말하지 않았었나? 그들은 부조종사를 병원으로 보냈다. 여기는 뭔가 많이 잘못됐다.

"이 도로들이 뉴욕으로 가지 않는다는 말은 무슨 뜻인가요? 이건 주간(州間) 고속도로니까, 모두 연결되잖아요."

"당신은 어떻게든 말이 되는 소리를 해보려고 애쓰는군요." 크리즈워즈가 말했다. "그만두는 방법을 배워야 할 거예요."

"무슨 말을 하려는 거죠?" 미어스가 좌절감이 솟아오르는 것을 느끼며 물었다. "대체 무슨 일이에요?"

"우리가 빌어먹을 〈환상특급〉 같은 곳에 들어와버린 거냐, 뭐 그런 뜻이죠?" 크리즈워즈가 미어스를 다시 보며 말했다. 그리고 다시 도로를 보며 고개를 저었다. "들켰네요, 친구. 내 생각에 우리는 덴버에 있는 것 같아요. 틀림없어요. 다만 덴버가 완전히 뒤틀려버린 것 같아요."

"우린 지옥에 있어." 무전기 너머에서 목소리가 말했다.

"아, 닥쳐, 모스코비츠, 이 멍청한 자식아."

"유일하게 말이 되는 건 그것뿐이야." 모스코비츠의 목소리가 말했다.

"나한테는 말이 전혀 안 돼." 크리즈워즈가 마이크에 대고 소리쳤다. "주위를 둘러봐. 쇠스랑을 든 놈들을 본 적 있어? 뿔은? 불타는 구덩이 본 적 있어? 그 뭐냐… 그게 가득 찬…."

"유황이요?" 미어스가 넌지시 말했다.

"그거요. 유황." 크리즈워즈가 무전기 마이크를 손짓으로 가리키며 말했다. "모스코비츠는 배차원이에요." 기사가 미어스에게 설명했다. "길을 잃은 영혼이 비명을 지르는 걸 본 적이 있어?"

"무전기 너머에서 영혼이 비명을 지르는 소리는 많이 들었어." 모스코비츠가 대답했다. "나도 가끔 비명 질러. 그리고 난 확실히 길을 잃었어."

"저놈 말을 들어보세요." 크리즈워즈가 웃으며 말했다. "난 매일 밤이 헛소리를 들어야 해요."

"왜 그놈들한테 뿔이 달렸다고 생각해?" 모스코비츠가 계속 말했다. "그 사람, 단테 말이야. 넌 단테 말이 다 옳다고 생각해?"

"모스코비츠는 책을 읽어요." 택시 운전사가 어깨 너머로 말했다.

"넌 왜 지옥이 계속 그대로 있을 거라고 생각해? 지옥은 리모델링을 안 할 것 같아? 오늘날 지옥에 사람들이 얼마나 많을지 생각해봐. 그 많은 사람을 어디에 집어넣을까? 새로운 교외에 넣을 거야. 거기가 지옥이라고. 예전에 지옥에는 보트와 마차가 있었지만, 이제는 제트 비행기와 택시가 있어."

"그리고 야간 경찰과 병원이 있다는 것도 있지 마."

"닥쳐, 이 멍청한 놈아!" 모스코비츠가 소리쳤다 "누구든 내 무전으로 그 얘기를 하는 걸 내가 싫어한다는 거 알잖아."

"미안, 미안." 크리즈워즈가 어깨너머로 능글맞게 웃으며 어깨를 으쓱했다. "이봐, 어쩔 수 없잖아." 미어스가 얼풋 웃음을 지었다.

"그것 말고는 달리 설명할 방법이 없어." 모스코비츠가 계속 말했다. "내 삶은 지옥이야. 네 삶도 지옥이고. 네가 그 빌어먹을 택시에 태우는 모든 사람도 지옥에 살고 있어. 우리는 죽어서 지옥에 온 거야."

크리즈워즈가 다시 화를 냈다.

"죽었다고? 넌 죽어갈 때가 기억나? 어, 모스코비츠? 넌 냄새나는 사무실에 앉아 피자와 세븐업으로 연명하면서 그 똥구덩이에서 몇 달씩 보내잖아. 죽음 같은 걸 알아챘다고 생각하는 거야?"

"심장마비." 모스코비츠가 외쳤다. "틀림없이 심장마비가 왔을 거야.

그리고 내가 몸에서 떠오르자, 그놈들이 여기에 집어넣은 거지. 내가 전에 있던 바로 그곳인데, 현재가 영원히 계속돼. 여길 떠날 수가 없다고! 여긴 지옥이거나 림보일 거야."

"아, 림보 같은 소리 하고 자빠졌네. 유대인이 림보나 지옥에 대해 뭘 알아?" 크리즈워스는 무전기를 끄고, 다시 미어스를 쳐다봤다. "아마 연옥을 말하는 것 같아요. 당신이 지옥에 대해 알고 싶다면, 폴란드 가톨릭 신자에게 물어보세요. 우린 지옥을 알아요."

미어스는 마침내 인내심이 바닥났다.

"제 생각엔 당신들 둘 다 미친 거 같아요." 미어스가 시비조로 말했다.

"그렇죠." 크리즈워스가 동의했다. "그럴 거예요. 우린 여기에 충분히 오래 있었으니까." 크리즈워스가 거울로 미어스를 살펴봤다. "하지만 당신은 몰라요, 친구. 난 당신이 택시에 타자마자 알아봤어요. 당신은 비행기 멀미쟁이야. 구찌 가방을 들고, 내가 한 달에 버는 돈 만큼의 비용을 쓰면서, 비행기를 또 타고, 또 타고 그러잖아요. 공항을 들락날락하고, 비행기에서 내리고, 또 비행기 타고. 또 돌고, 돌아도 당신은 여전히 모든 게 합리적이라고 생각하죠. 아직도 오늘이 지나면 내일이 오고, 모든 길이 어디로든 통한다고 생각하죠. 당신은 해가 졌으니, 다시 떠오를 거라 생각해요. 2 더하기 2는 항상 3이 될 거라고 생각하죠."

"4요." 미어스가 말했다.

"어?"

"2 더하기 2는 4죠."

"글쎄요, 친구, 2 더하기 2는 때때로 당신이 여기에서 저기로 갈 수 없다는 것과 같은 값일 때가 있어요. 때때로 2 더하기 2가 불알을 걷어차고, 곤봉으로 머리를 후려치고, 맨해튼으로 더 이상 갈 수 없는 터널과 같은 값일 때가 있다고요. 나에게 이유는 묻지 마세요. 나도 몰라요. 여기가 지옥이라면, 우리가 나쁜 사람이겠죠? 하지만 난 그렇게 나쁜 놈이 아니에요. 미사도 잘 갔고, 범죄도 안 저질렀어요. 그런데도 난 여기에 있어요. 이 택시 말고는 집도 없어요. 드라이브 스루에서 밥을 먹고, 맥주병에 오줌을 싸요. 근무를 마치면 집으로 돌아갈 수 있는 세상에서 떨어졌어요. 그리고 당신처럼 밤의 사람이 되었죠."

미어스는 '밤의 사람'이 뭔지 몰라도, 자기는 그런 게 아니라고 항의할 생각이 없었다. 미어스는 저 미친 택시 운전사가 조금 무서웠다. 하지만 그렇다고 그의 논리를 따를 수도 없었다. 그래서 고집을 부렸다.

"그러면 우리가 다른 세상에 있다는 거네요. 그런 뜻인가요?"

"아뇨. 우린 아직 이 세상에 있어요. 우리는 바로 여기에 있고, 항상 여기에 있었어요. 밤의 사람. 우리가 상자 안에 있다는 사실을 아무도 알아채지 못할 뿐이죠. 도로에 있는 매춘부들은 해가 뜨면 보라색 캐딜락을 탄 포주와 함께 집에 갈 거라고 생각하죠. 하지만 그들은 절대로 집에 갈 수 없어요. 그들이 있는 그 거리는 집으로 이어지지 않아요. 당신이 라디오에서 들었던 외로운 DJ와 지하철 기관사에게는 모든 시간이 밤이에요. 장거리 트럭을 운전하는 남자, 청소부, 야간 경비원."

"전부 다요?"

"내가 그 사람들을 어떻게 다 알겠어요? 택시를 타고 사무실 건물로 가서 청소부에게 물어볼까요? '이봐, 당신도 나처럼 연옥에 갇힌 거요?'"

"난 아니에요."

"그래요, 비행기 멀미쟁이. 우리 대부분이 그래요. 알아요. 그들 중 일부는 미쳐버렸어요. 다 사라지고 땅다람쥐 구멍 같은 눈구멍만 남았죠. 하지만 여기에 오래 있다 보면, 집으로 돌아가는 터널을 찾을 수 있을 거라는 생각을 접게 돼요. 당신 같은 '승객'만 빼고. 그들이 TV 프로그램에서 말했던 것처럼…."

"부정."

"부정하는 단계. 그 말이에요. 저 앞을 봐요."

미어스가 앞유리창을 통해 앞을 보니, 노란 달 아래 그게 있었다. 꼴사납게 뻗어나간 덴버 공항의 천막 덮개는 뭔가 이국적인 열대 우림의

해로운 애벌레 같았다. 미어스는 택시가 고속도로에서 빠져나가 일반도로로 내려가는 동안 그 모습을 응시했다.

"덴버에는 항상 보름달이 떠요." 크리즈워즈가 낄낄거리며 말했다. "늑대인간에게는 좋은 일이죠. 그리고 모든 길은 공항으로 이어지니, 비행기 멀미쟁이에겐 안 좋은 소식이죠."

미어스가 택시 문을 벌컥 열고 얼어붙은 도로 위로 뛰어내렸다. 미어스는 택시 운전사의 비명 소리를 들으며 허둥지둥 일어섰다. 제방을 기어올라 고속도로로 갔다. 그리고 재빨리 6차선 도로를 가로질러 반대편 쪽으로 굴러 내려갔다. 그곳에는 창고와 주차장 등 문을 닫은 업체들이 많았고, 한 곳이 열려 있었는데 서클-K 마켓이었다. 미어스는 그쪽으로 달려가며, 가게가 신기루처럼 사라질 거라고 확신했지만, 그가 문을 열었을 때 가게는 놀랍도록 평범하고 충실했다. 내부는 따뜻했다. 점원이 두 명이었는데, 키가 큰 흑인 청년과 십 대 백인 소녀가 계산대 뒤에 서 있었다.

미어스는 비교적 짧은 통로를 이리저리 서성거리며, 자신이 이곳에 속한 사람처럼 보이기를 바랐다. 출입문의 보안 버저가 울리는 소리가 들려올 때, 미어스는 시리얼 상자를 집어 들고 살펴보는 척했다.

미어스는 경찰관 두 명이 계산대를 지나가는 모습을 봤다. 그는 자신을 잡으러 왔다고 생각했다.

하지만 경찰들은 가게 뒤쪽으로 걸어갔다. 한 명은 맥주 냉장고를 열었고, 다른 한 명은 상자를 가져와 도넛을 그 안에 넣었다.

두 경찰관이 미어스로부터 3미터 이내의 거리를 지나갔다. 한 명은 검은 장갑을 낀 손으로 쿠어스 맥주 6캔을 들고, 다른 손에는 산탄총 구경이지만 토미건처럼 탄창이 두툼한 거대한 검은색 무기를 안고 있었다. 다른 여자 경찰은 벨트에 자동 권총 두 자루를 찼다. 여자 경찰이 미어스를 힐끗 보더니, 오만하면서도 섹시한 미소를 지었다. 경찰은 선홍색 립스틱을 발랐다.

경찰들은 어슬렁거리며, 다른 일로 바빠서 경찰관들에게 등을 돌리고 서 있던 점원들을 지나쳤다. 경찰들이 문밖으로 나갔다. 잠시 정적이 흐르다 엄청난 폭발이 일어났다.

미어스는 유리창이 깨지는 장면을 목격했다. 유리창 너머에서 남자 경찰이 산탄총을 최대한 빠르게 가게를 향해 쏘아대고 있었다. 그의 파트너는 양손에 총을 들고 있었다.

미어스는 콘플레이크와 갈가리 찢긴 화장지가 눈보라를 일으키고 있는 바닥에 납작 엎드렸다. 두 경찰 모두 탄창을 비웠지만, 그들은 탄창을 많이 가지고 있었다. 그러나 마침내 끝났다. 정적 속에서 경찰이 웃는 소리가 들리고, 이어서 차 문을 여는 소리가 들렸다. 미어스는 무릎을 꿇고, 폐허가 된 진열대 너머를 훔쳐봤다.

순찰차가 후진하고 있었다. 미어스는 순찰차가 도로로 빠질 때 여자 경찰이 맥주 캔을 마시는 모습을 얼핏 봤다. 곧이어, 노란 체커 택시가 주차장으로 들어왔는데, 운전석에 앉은 크리즈워즈의 멍든 얼굴이 보였다. 그가 미어스를 보더니 미친 듯이 손짓을 했다.

미어스가 통로로 걸어가자, 깨진 유리와 레이진 브랜 시리얼이 발밑에서 바사삭 부서졌다. 계산대 뒤에 있던 흑인 남자는 금고 옆에 웅크리고 있었다. 소녀는 피투성이가 된 채 누워 배를 움켜잡고 신음했다. 미어스가 미적거리자, 크리즈워즈가 경적을 눌렀다. 미어스는 소녀를 등지고, 이제 유리가 사라져버린 알루미늄 문틀을 밀고 밖으로 나갔다.

크리즈워즈가 천천히 조심스럽게 주차장을 빠져나갔다. 왼쪽에 주차된 경찰차가 헤드라이트를 끈 채 그들을 바라보고 있었다. 미어스는 숨을 쉴 수 없었지만, 크리즈워즈가 반대 방향으로 방향을 틀었고, 경찰차는 움직이지 않았다.

"짭새들은 맥주와 도넛을 돼지처럼 처먹고 있을 거요." 택시 운전사가 말했다.

"그 소녀는…."

"괜찮을 거예요." 크리즈워즈가 앞쪽에서 깜빡이는 빨간 불빛을 가리켰다. 잠시 후 구급차가 반대 방향에서 달려왔다. 미어스는 구급차가 지나갈 때까지 몸을 웅크렸다. "결국."

"병원은 무슨 일이에요?" 미어스가 물었다. "모스코비츠는 절대로…."

"병원은 다치는 곳이에요." 크리즈워즈가 말했다. "병원에는 병이 있어요. 상처가 나면 병원에서 감염돼요. 잘못된 약을 주거나 내장을 토하게 만들죠. 모든 종류의 일이 잘못될 수 있어요. 그런 다음 '실험'에 대해 듣게 되죠." 그가 고개를 절레절레 흔들었다. "차라리 안 가는 게 나아요. 야간 의사와 야간 간호사는 인간이 아니에요."

미어스가 물었지만, 크리즈워즈는 '실험'에 대해 더 이상 말하지 않았다.

택시가 공항 터미널 건물에 서자, 미어스가 내렸다. 그는 달렸다.

그들이 미어스를 향해 총을 쐈지만, 그는 계속 도망쳤다. 그들이 미어스를 쫓았지만, 그는 이제 그들이 자신을 놓쳤다고 확신했다. 미어스는 활주로로 나갔다. 안개가 끼어서, 공항 터미널이 더 이상 보이지 않았다.

여기는 한여름 밤에도 사람을 위한 곳이 아니었다. 어둠 속을 느리고 묵직하게 나아가며 날카로운 소리를 지르는 은빛 고래를 피해 미어스는 계속 움직였다. 낮고 해로운 파란색 스트로보 조명이 번쩍일 때마다 차가운 얼음송곳이 눈에 박히는 것 같았다. 그는 자신이 어디에 있는지, 어디로 가야 하는지 전혀 몰랐다.

"도와주세요…."

그건 말이라기보다는 흐느낌이었다. 그 소리는 빛이 닿는 범위 바로 너머에서 왔다.

"하느님의 사랑으로…."

무언가가 미어스를 향해 기어 오고 있었다. 피 묻은 손으로 기어 오는 사람의 형상이 빛 속으로 천천히 움직였다. 미어스가 한 걸음 뒤로 물러났다.

"제발 도와주세요…."

오헤어 공항 스낵바의 에두아르도였다. 그의 흰 셔츠는 피에 젖은 헝겊 몇 조각이 되어버렸고, 다른 불빛에 검게 보였다. 바지도 없어졌다. 한쪽 다리도 사라졌다. 찢겨나갔다. 부러진 하얀 넓적다리뼈가 비어져 나왔다.

미어스는 다른 사람들의 존재를 알아차렸다. 모닥불이 미치는 경계 너머에서 맴도는 짐승처럼, 푸른 강철같이 번뜩이는 창백한 뺨의 반점으로 형태를 추측할 수 있었다. 그들은 밤의 검은색과 대비되는 어두운 반점이었다. 그들은 전투기 조종사의 검은색 바이저, 검은색 헬멧, 터미네이터 선글라스를 착용했다. 기동순찰대처럼 반짝이는 검은 부츠와 벨트, 재킷이 삐적삐적 소리를 냈다. 미어스는 저 밖 어딘가에 검은색 할리 데이비드슨 대열이 있을 거라고 확신했다. 총기를 손질하는 기름 냄새와 낡은 가죽 냄새를 맡았다.

다른 형상, 다른 짐승들도 있었다. 이것들도 검은색이었다. 밤에 파란 송곳니를 드러내고 으르렁거렸다. 그들은 말없이 짐승들의 목줄을 잡아당겼다.

미어스가 뒤로 물러나기 시작했다. 그가 갑자기 움직이지 않으면, 쫓아오지 않을 것이다. 어쩌면 그를 보지 않을 수도 있다.

곧 안개가 그 형상들을 다시 삼켜버렸다. 미어스는 한 번도 뚜렷한 사람의 형체를 보지 못했다.

무언가가 미어스의 다리를 스쳤다. 그는 아래를 내려다보지 않고, 계속 뒤로 물러났다. 주변에 보이는 땅의 어두운 부분이 신체 부위와 비슷하게 보였다. 하지만 그것들은 움직였다.

멀리서 사이렌 소리가 들리고, 빨간색과 파란색 불빛이 번쩍거리는 게 보였다. 박스형 흰색 구급차 한 대가 멈춰 섰는데, 옆 부분에 커다란 주황색 줄무늬가 있고 '응급 구조'라고 쓰여 있었다. 뒷문이 활짝 열렸다.

내부의 불빛은 희미하고 불그스름했다. 각도가 틀려서 미어스가 있는 곳에서는 차의 안쪽을 잘 볼 수 없었다. 파리떼의 검은 구름이 공중으로 솟아 올랐다. 미어스는 파리가 윙윙거리는 소리를 들을 수 있었다. 진하고 검은 액체가 차의 바닥에서 배어 나와 범퍼를 타고 흘러내려서 바닥에 고이며 김이 모락모락 났다. 미어스는 하얀 불빛 아래에서는 그 액체가 어둡고 붉게 보일 거라고 생각했다.

구급차의 반대편에서 빳빳한 하얀색이나 헐렁한 수술용 파란색 가운을 입은 남자들과 여자들이 나타났다. 그들은 모두 거즈 마스크를 쓰고 있었다. 마스크와 고무장갑을 낀 손, 옷은 모두 피로 물들었다. 그들 중 누구도 뿔이 달리거나 쇠스랑을 들고 있지 않았다. 그들의 태도는 효율적이고 능숙했다.

의사와 간호사들이 에두아르도를 들어서, 열린 구급차 문으로 빨래 자루처럼 던져 넣었다. 간호사 한 명이 에두아르도의 다리를 들고 안개 속에서 모습을 드러냈다. 다리가 움찔거렸다. 간호사가 다리를 에두아르도가 있는 구급차 안으로 던졌다.

미어스는 이제 걷는 속도로 뒤쪽으로 가고 있었다. 파란 수술복을 입은 남자가 미어스가 있는 방향을 바라봤다. 다른 사람들도 그를 봤다. 미어스가 돌아서서 달렸다.

세상이 다시 돌아가기 시작했다. 이번에는 멈추지 않았다. 그는 자신이 산산조각으로 흩어지는 게 느껴졌다. 그의 몸이 다시 하나로 모였지만, 예전처럼 모든 게 딱 맞지는 않았다. 미어스는 기분이 훨씬 나아졌다. 그가 미소를 지었다.

미어스가 다시 공항 터미널 건물을 찾았다. 그는 잠시 보도에 서서 호흡을 가다듬었다. 얼굴에 멍이 든 덩치 큰 남자가 옆면에 체커판 줄무늬가 있는 밝은 노란색으로 칠해진 택시에 기대어 서 있었다. 그 남자가 엄지손가락을 치켜들었다. 미어스가 멍하니 그를 쳐다보자, 택시 운전사가 가운뎃손가락을 들며 "비행기 멀미쟁이"라고 중얼거렸다. 미어스가 터미널로 들어갔다.

공항 터미널 안에는 크리스마스 조명과 반짝이 장식, 호랑가시나무가 가득했다. 수많은 사람이 빼곡했지만, 크리스마스 분위기를 보이는 사람은 거의 없었다.

미어스가 왼쪽을 힐끗 보니, 그의 짐이 벽에 가지런히 놓여 있었다. 미어스가 짐들을 챙겨 들었다. 기내용 가방의 찢어진 부분에 누군가가 은색 덕트 테이프를 붙여놓았다.

미어스는 3시간째 줄을 서 있었지만, 그래도 여전히 웃고 있었다. 지친 얼굴의 발권 직원이 그에게 미소를 지으며, 오늘 밤에 그가 집으로 돌아갈 가능성은 없다고 말했다.

"크리스마스 아침에는 집으로 돌아가지 못할 겁니다." 직원이 말했다. "하지만 몇 분 후에 출발하는 시카고행 비행기를 잡아드릴 수 있습니다."

"그걸로 좋습니다." 미어스가 미소를 지으며 말했다. 직원이 티켓을 작성했다.

"즐거운 휴일 보내세요." 직원이 말했다.

"당신도 즐거운 크리스마스 되세요." 미어스가 말했다.

벌써 미어스의 비행기에 대한 안내 방송이 나왔다. "시카고행 비행기는 애머릴로, 오클라호마시티, 토피카, 오마하, 래피드시티, 파고, 덜루스, 디모인을 경유하여 갑니다."

'크리스마스다.' 미어스가 생각했다. 모두 한꺼번에 어딘가로 가려고 한다. 그 와중에 끼인 불쌍한 출장 여행자. 대평원에 있는 대부분의 중형 도시를 통과해야 한다. 항공 여행 지옥처럼 들린다. 하지만 미어스는 마음을 다잡았다. 곧 가족이 있는 집에 도착할 것이다. 다정한 아내와… 사랑스러운 아이들이 있는… 집. 미어스는 곧 아이들의 이름을 떠올릴 수 있을 거라 확신했다.

미어스는 〈크리스마스 캐럴〉의 말리의 유령이 일생 동안 빚어낸 사슬

을 짊어지고, 짐들을 어깨에 지고, 탑승 게이트를 향해 느리게 움직이는
사람들과 함께 느릿느릿 걸어갔다. 그는 곧 집에 도착할 것이다. 전혀 시
간이 걸리지 않을 것이다.

GOOD INTENTIONS

좋은 의도

◆
1992년 11월 〈Playboy〉에 첫 발표
1993년 로커스상 노미네이트

11월 첫 번째 수요일 이른 아침, 조셉 하디는 의회 선거 운동이 끝난 폐허 속에 앉아 자신과 자신이 옹호하는 모든 정치적 견해를 수만 명의 사람에게 거부당하는 것보다 굴욕적인 일이 과연 있는지 생각했다.

1년 가까운 시간 동안, 아기에게 뽀뽀하고, 맛없는 행사 음식을 먹고, 엄청난 양의 위장약을 마시고, 만 개의 문을 두드리고, 10만 번의 악수를 하고, 결혼생활에 문제가 생겼지만, 결국 그 모든 수고가 이렇게 되었다. 하디는 으깨진 담배꽁초와 바닥에 늘어진 빨간색-흰색-파란색 장식용 깃발이 흩어진 커다란 텅 빈 홀에 혼자 덩그러니 앉아 있었다. 졸대에 못으로 박힌 '하디에게 투표하세요' 표지판이, 남북 전쟁에서 패배할 때 애포매틱스에 쌓아놓았던 남부군의 소총처럼 쌓여 있었다. 한쪽 구석에는 싸구려 캘리포니아 샴페인 스물네 병이 뚜껑을 따지 않은 채로 담겨 있는 양철통에 가득한 얼음이 녹아내리고 있었다.

이 망가진 희망의 무대에, 전에도 여러 번 그랬던 것처럼, 악마가 성큼성큼 걸어 들어갔다. 비록 눈에 띄는 모습이 아니었고, 그의 등장으로 인해 생긴 소동이라고는 바닥에 놓인 바람 빠진 풍선들이 그의 걸음걸이로 잠깐 흐트러진 정도에 불과했지만, 하디는 그가 사탄이라는 사실을 단번에 알아차렸다.

사탄은 하디가 앉아 있는 자리에서 몇 걸음 떨어진 곳에 멈춰 서서 한동안 조용히 그를 바라보다가 천천히 고개를 끄덕였다.

"글쎄, 조." 사탄이 조용히 말했다. "어떻게 생각해요?"

"농담하는 거죠?" 하디가 말했다.

악마는 간단히 고개를 젓고 기다렸다.

"전 애초에 이 일을 원한 적이 없었습니다. 사람들이 저를 설득했죠. 해거티 의원이 너무 늙었다고 하더군요. 2년 전에 그가 이 선거구에서 70퍼센트의 지지율을 얻었다는 사실은 별로 중요하지 않다고 했어요. '우리에겐 젊은 얼굴이 필요해. 그게 우리에게 필요한 거야. 조, 젊은 얼굴 말이야.'"

벽에 테이프로 붙어 있는 수백 장의 선거 포스터에서 바로 그 젊은 얼굴이 악마와 조셉 하디를 향해 미소를 짓고 있었다. 잘생긴 얼굴이지만, 케네디스럽다고 하기엔 살짝 모자랐다. 그에게는 지적인 면모가 있었지만, 다행히 스티븐슨스럽지는 않았다. 하디는 대학교 경제학 교수다운 뿔테 안경을 쓰고 있었는데, 딱 그런 모습에 잘 어울리는 사람이었다. 치아도 괜찮았다.

"당신은 나에게 거짓말을 할 수 없어요, 조." 사탄이 말했다. "어제 당신은 당선되길 바랐잖아요. 개표 초기 투표수에서 당신이 앞섰을 때, 우리 모두가 당신의 얼굴을 봤어요. 당신은 그 어떤 것보다 당선되길 원했죠."

하디가 얼굴을 양손으로 감싸고 한참 동안 문질렀다. 그러고는 지친 표정으로 고개를 들었다.

"말해봐요." 하디가 말했다.

해가 떠오르고 있을 때, 그들은 최종 합의에 도달했다.

"저는 정치적 견해를 타협하지 않을 겁니다." 하디가 말했다. "그게 최종적으로 제가 동의한 이유예요. 제가 변화를 만들 수 있다고 생각하기 때문입니다."

"문제없을 겁니다." 사탄이 차분하게 말했다.

"진심이에요. 여론에 따라 이리저리 흔들리지 않을 겁니다. 여론조사가 뭐라고 하든 상관없고, 표를 얻기 위해 입장을 바꾸지도 않을 겁니다."

"그럴 필요 없어요."

"그리고 배부른 자본가는 필요 없어요. 특별 이익 단체도 안 됩니다. 제리 브라운처럼 선거 기부금 상한을 100달러로 제한하고 싶어요."

"그렇게 해요."

"비방 광고 금지. 인신공격 금지. 진흙탕 싸움도 안 돼요. 윌리 호튼*도 안 되고요."

"그 재미있는 걸 전부 다…. 알았어요, 알았어. 그렇게 하죠."

"그리고 제가 얻을 건…?" 하디가 물었다.

"2년 안에 의원. 6년 후에는 대통령." 사탄은 더 논의할 게 남았는지 말없이 물으며 기다렸다. 그런 다음 사무실 건너편에 선거 운동용 전화기들이 줄줄이 놓여 있는 곳으로 갔다. 사탄은 AT&T 신용카드 번호를 입력하고, 통화 상대방에게 짧게 말했다. 곧 팩스가 윙윙거리기 시작했다. 사탄이 팩스에서 세 장의 계약서를 꺼내왔다. 그리고 볼펜을 꺼내더니, 탁자 위에 몸을 숙이고 반복되는 용어에 표시하기 시작했다.

하디는 계약서를 두 번 읽은 후 접어서 주머니에 넣었다.

"이 계약서는 변호사의 검토를 받을게요. 하지만 계약은 성사된 것 같습니다." 하디가 말했다.

"내일 3시에 변호사 사무실에서 만나죠." 악마가 말했다. "그럼, 그때까지…." 악마가 손을 내밀었다.

하디가 잠시 망설이다 악수했다. 악마의 손은 따뜻하고 건조하며 단

---

* 1988년 미국 대통령 선거에서 공화당 후보 조지 부시는 윌리 호튼이 일으킨 범죄를 민주당의 후보 마이클 두카키스의 정책 때문에 일어난 일이라고 공격했다.

단했다. 하디는 그의 손이 축축할까 봐 걱정했다. 하디는 그런 게 싫었다.

"어떻게 부르면 좋을까요?" 하디가 물었다.

"그냥 '닉'이라고 불러요."

"'그의 불멸의 영혼'이라는 말은 별로 상관없습니다." 변호사 치트햄이 말했다. "그런데 '시간의 끝까지'라니, 이건 뭔가요? 관례적인 용어는 '영구히'입니다."

"'끝없이'라는 뜻이죠." 닉이 말했다. "영원히."

"음, 네, 네." 치트햄이 미간을 찌푸렸다. "솔직히, 그건 너무 긴 시간인 것 같습니다."

"이게 내 기본 조건입니다. 기간이 길다는 건 인정하지만, 보상이 엄청나잖아요. 지불은… 솔직히, 변호사님, 대부분의 법원에서는 사소하게 여길 겁니다."

"불멸의 영혼에 대해 시장 가치를 책정하기는 어렵습니다." 치트햄이 고개를 끄덕이며 말했다. "무슨 말씀인지는 알겠습니다. 하지만 여길 보세요. '갑이 원하는 방식으로 처리할 수 있다.'" 변호사가 점잔빼는 눈빛으로 하디를 바라봤다. "너무 모호합니다, 조셉."

"그냥 두세요, 치트햄 씨."

"알겠습니다. 알겠어요. 하지만 아직 여기 시간 부분에 대해서는 동의해줄 수 없을 것 같습니다." 닉의 눈썹 주변에서 살짝 불꽃이 일었지만, 이 교착 상태에 대한 해결책이 천장에 적혀 있는 양 위쪽을 쳐다보고 있던 변호사는 그 모습을 보지 못했다. 그런데 정말로 거기에 해결책이 있었던 건지, 곧 변호사가 눈길을 아래로 내려 거들먹거리며 말했다. "1천 년으로 하면 어떨까요?"

닉이 웃음을 터뜨렸다.

"나는 영원을 요구하는데, 당신은 1천 년을 제안한다고요?" 닉이 말했다. 그리고 앞으로 몸을 숙였다. "10억 년. 내 마지막 제안입니다."

그들은 25만 년으로 합의했고, 치트햄이 만족한 듯했다.

"이 수정안을 당신 변호사에게 보여주실 거죠?" 치트햄이 말했다.

"그럴 필요 없습니다." 닉이 조끼에 엄지손가락을 걸며 말했다. "내가 하버드 법대, 1735학번이거든요."

비서가 깨끗한 사본을 준비하는 동안, 브랜디 한 병이 제공됐다. 치트햄 변호사가 닉에게 어떤 계기로 법을 공부하게 되었는지 물었다.

"변호사 비용 때문에 죽을 지경이었거든요." 닉이 털어놓았다. "세상이 어디로 굴러가는지 깨달았죠. 법을 공부한 후 얼마나 편한지 모릅니다."

계약서 사본이 도착하자, 하디가 독한 술을 들이켜고 주저 없이 서명했다. 닉은 치트햄 변호사의 책상 위로 허리를 숙이고 눈을 반짝이며 하디를 바라봤다.

"걱정하지 말아요, 조." 닉이 말했다. "나는 십만 년을 영원처럼 보이게 만드는 방법을 알고 있어요." 닉이 세 장의 사본에 각각 서명하고, 몸을 똑바로 일으키며 말했다. "바로 시작하죠. 내일은 어떠세요? 내일 점심 때 봅시다."

그들은 중국 식당에서 만나 딤섬을 먹었다. 두 사람은 여직원들이 카트로 식탁까지 가져다준 작은 접시를 각각 여섯 개씩 쌓아놓고, 차를 반 주전자 마셨다.

"우리가 이 문제를 어떻게 시작할지 궁금할 겁니다." 닉이 말했다.

"내내 그 생각뿐이었어요." 하디가 말했다.

"세상에서 가장 간단한 방법이죠." 닉이 유리 마개가 달린 작은 병을 꺼내 식탁 위에 놓았다. "농축된 카리스마입니다."

하디가 병을 집어 살펴보고는 마개를 빼서 냄새를 맡았다.

"흘리지 마세요." 닉이 말했다. "30밀리미터당 1천 달러짜리 향수라고 생각하세요. 하루에 한 번 얼굴에 톡톡 두드리면 됩니다."

하디가 향수를 조금 발라봤지만 아무런 느낌이 없었다.

"조금 실망스럽네요." 하디가 작은 소리로 말했다.

"기다려보세요." 닉이 팔짱을 끼며 말했다. "구하기 힘든 물건입니다. 찾을 수 있을 때마다 모아놓습니다. 침례교 부흥회가 괜찮죠. 부흥회가 진행되는 텐트의 벽에서 흘러내리기도 하거든요. 중고차 매매장이나 영업사원 단합대회, 부동산 부자가 되기 위한 부동산 세미나 같은 곳에서도 조금씩 구할 수 있습니다. 그리고 물론, 매년 오스카 시상식에서도 많이 구하죠." 닉이 어깨를 으쓱했다. "어쨌든 난 그 행사에 가봐야 하니까, 뭐 어떤가요."

"당신이 누군지 알 것 같아요." 누군가 말했다. 하디가 고개를 들었더니 웨이트리스 두 명이 식탁에 모여 있었다. 조금 전까지 약 30분가량 그들은 아무런 문제 없이 조와 닉을 접대했었다.

"조셉 하디!" 다른 한 명이 입에 손을 대며 말했다. "당신한테 투표했어요, 조!"

"당신과 세 명 정도가 저에게 투표했죠." 하디가 말했다. 웨이트리스들은 시시한 농담에 걸맞지 않게 많이 웃었다.

"전 투표 안 했어요." 첫 번째 웨이트리스가 솔직히 인정했다. "하지만 당신이 다시 출마하면 투표할게요. 자, 이거 받으세요. 이건 서비스예요." 고기로 속을 채운 덤플링이었다.

곧 식당에 말이 퍼졌다. 주인이 와서 계산서를 찢어버리고, 사람들이 사인을 요청하기 시작했다. 닉은 가만히 앉아서 지켜보다가 잠시 분위기가 가라앉자, 하디의 소맷자락을 툭 쳤다.

"대중의 시선에 노출되는 게 힘들죠?"

"저건 무슨 요리인가요? 아, 닉, 물론이죠. 매운 겨자를 곁들인 이 덤플링을 하나 먹어보세요."

"나에게는 너무 매운 것 같아요, 조셉. 난 이제 가볼게요. 앞으로 5년 동안은 날 못 볼 거예요. 중요한 때가 되면 나를 찾아요."

"저건 무슨 요리인가요?" 하디는 다른 냅킨에 사인해주고, 고개를 들었다. "아, 물론이죠. 중요한 때. 어… 제가 더 알아야 할 건 없나요? 제가 해야 할 일이라거나?"

"그냥 원칙에 충실하세요. 나머지는 내가 처리할게요." 닉이 살짝 미간을 찌푸리며 자기 후보자를 한 번 더 바라봤다. "다음에는 평범한 조가 되세요. 그리고 머리도 자르고요. 댄 퀘일*의 이발사를 찾을 수 있는지 알아봐요."

그 후 5년은 허레이쇼 앨저의 소설을 원작으로 한 프랭크 캐프라 감독의 영화를 짜깁기한 것처럼 지나갔다.**

조셉 '조라고 불러주세요' 하디(Joseph 'Call Me Joe' Hardy)는 대학 캠퍼스로 돌아갔는데, 그 즉시 그의 수업에 학생들이 꽉 차기 시작했다. 한 학기 동안 학교 당국에서는 하디의 수업을 더 큰 강의실로 두 번이나 옮겼다. 학생들은 그의 강의를 사랑했고, 하디 덕분에 처음으로 경제학에 흥미를 느꼈다고 말했다. 박수는 흔하게 터져 나왔다.

길거리에서 낯선 사람이 하디에게 다가와 악수를 청하기도 했다. 기자들은 정치적 문제에 대해 그에게 의견을 물었다. 방송국에서는 카메라가 하디를 좋아한다고 했다. 라디오 토론프로그램 진행자들은 하디에게 인터뷰를 조르고, 전화로 물어보는 사람들의 질문을 받아달라고 사정했다. 하디는 서민적이고 친근한 말투로 지역 저녁 방송에서 좋은 반응을 얻었고, 그의 얼굴은 주 전역의 모든 사람에게 친숙해졌다.

그의 결혼생활도 나아졌다.

적절한 시기에 하디가 의원 출마 의사를 밝혔다. 당의 중진들에게는

---

* 1988년 미국 조지 부시 대통령 당시 부통령
** 허레이쇼 앨저는 19세기 말 미국 아동 문학가로 가난한 소년이 노력해서 성공하는 이야기를 주로 썼다. 프랭크 캐프라 감독은 20세기 초중반 활동하던 미국의 대표적인 감독 중 한 명으로서 미국적인 가치관을 대변하는 밝은 영화를 만들었다.

더없이 기쁜 소식이었다. 상대 후보가 선거 운동 비용을 세 배나 많이 지출했지만, 하디의 승리는 의심의 여지가 없었다. 조 하디는 첫 번째 여론 조사부터 선두를 달렸고, 선거 당일 궁금한 것은 얼마나 큰 차이로 이기느냐는 사실뿐이었다. 하디는 놀라운 권한을 부여받고, 정치적 부담도 거의 없이 워싱턴으로 보내졌다.

워싱턴에서 하디는 몇 주 동안 지미 스튜어트* 흉내를 내며 몇 번 비틀거리고, 사무실을 정리하는 과정에서 몇 가지 실수도 저질렀다. 하지만 하디는 멍청하지도 순진하지도 않았다. 그는 마치 평생 의원 생활을 한 사람처럼 얼마 지나지 않아 법안을 제출하고, 정치활동위원회**를 물리쳤다.

하디는 금세 정직한 사람이라는 명성을 확립했다. 그런 명성이 장애가 될 수도 있었지만, 조 하디는 일을 완수하기 위해 타협해야 할 때와 원칙을 고수해야 할 때를 잘 알았다. 그는 거래를 할 수는 있지만, 매수할 수는 없는 사람이었다. 하디는 대부분의 동료들로부터 존경받았는데, 처음에 그들은 못마땅하게 생각했지만 얼마 지나지 않아 진심으로 존경했다.

물론, 양쪽 정당에서 질시하는 의원들도 있었다. 테드 코펠이 격주로 전화해서, 조지 윌이나 테드 케네디와 토론해달라고 요청하는 초선 의원은 드물었다.*** 〈프라임 타임 라이브〉에서 20분 동안 소개받은 초선 의원도 거의 없었다. 하디는 재선 선거 운동이 진행되는 동안 수백만 달러의 가치가 있는 언론 노출을 무료로 얻어내는 기묘한 능력이 있었다. 하디는 첫 선거보다 더욱 큰 표 차이로 연임에 성공했다.

---

* 제임스 스튜어트는 20세기 중반 유명한 미국 배우로서, 프랭크 캐프라 감독의 대표작 〈스미스 씨 워싱턴에 가다〉에서 주인공 역할을 맡았다. 이 영화는 시골 사람이 우연히 상원의원이 되어 부패 세력과 싸우는 이야기로서, 미국의 정치 영화 중 가장 유명한 작품이다.
** 미국의 정치적 이익단체들로서 정치자금을 모아 의원들을 대상으로 로비활동을 한다.
*** 테드 코펠은 유명한 뉴스 앵커. 조지 윌은 보수적인 언론인이자 공화당 의원, 테드 케네디는 존 F. 케네디 대통령의 동생으로서 민주당 의원.

하디가 다가오는 대통령 선거에 출사표를 던졌을 때 아무도 놀라지 않았다.

프랭크 캐프라의 영화에서도 고난은 있는 법이라, 하디에게도 위기가 모락모락 자라나고 있었다. 어두운 세력들이 워싱턴 정가 내부에 모여들고, 두뇌 집단과 홍보 회사, 광고 대행사 내에서 강력한 세력들이 움직였다. 양당에 있는 경쟁자들을 대표하는 선거운동본부들이 조 하디의 주변을 맴돌며 피 냄새를 맡기 시작했다. 하디의 이름이 대선 후보로 거론되기 시작하자 그의 적수들이 조사를 시작했다. 조 하디의 출생부터 하원에서의 마지막 투표까지 조사가 진행됐다. 그가 탈옥한 학살자나 동성애자, IRA 테러리스트, 공산주의 간첩이 아니라는 사실이 금방 밝혀졌다. 그래도 사립 탐정들은 낙담하지 않고 하디의 초등학교 성적표를 읽고, 하디가 사귀었던 모든 친구를 인터뷰했다.

뭔가 정말 큰 게 있을 거라는 소문이 끈질기게 돌고, 여기저기에서 수군거렸다. 경쟁이 시작되기도 전에 조 하디를 날려버릴 수 있는 뭔가 결정적 한 방이 있다는 소문이었다. 사립 탐정들은 그것이 무엇이든, 지옥까지 뚫고 들어가 단서를 추적해서라도 반드시 찾아내겠다고 다짐했다.

그리고 그 단서는 사립 탐정들을 정확히 지옥으로 이끌었다.

사립 탐정들은 한 명씩 한 명씩 만신창이가 되어 화상을 입은 채 빈손으로 돌아왔다. 그러던 어느 날, 키가 크고, 마르고, 여드름투성이의 남자가 페켐 선거운동본부 사무실에 들어와 본부장 책상 위에 연기가 모락모락 나는 문서를 내려놓았다.

"그렇게 어렵지 않았어요." 해커가 으스대며 말했다. "악마는 보안 소프트웨어를 좀 좋은 걸로 바꿔야겠더라고요. 내가 놈의 하드디스크에 들락거려도, 무슨 일이 일어났는지 아무도 모르더라니까요."

뉴햄프셔주 예비 선거 2주일 전, 〈맨체스터 유니온 리더〉의 머리기사는 '루시퍼와 계약을 체결한 조 하디'였다. 이 저주스러운 기사 옆에는

〈CBS〉와 〈월스트리트 저널〉의 여론조사를 인용한 기사가 있었다. 하디의 지지도가 곤두박질쳤다. 그는 이제 당내에서 주요 경쟁자인 페켐을 겨우 2퍼센트 포인트 차로 앞서고 있었다.

닉이 사무실에 혼자 처박혀 있는 조를 찾아왔다. 조가 벌떡 일어났다.

"나에게 어떻게 이럴 수 있어요?" 조가 소리쳤다.

"진정해요, 조. 진정하라고. 다 잃은 건 아니에요."

"그 거래는 비밀로 하기로 했잖아요!"

"알아요, 조. 말할 수 없이 미안해요. 새로운 보안 자문을 고용했는데도, 고양이를 놓쳐버리고 말았습니다." 닉이 말했다.

"그러니까 그걸 다시 잡아서 집어넣으라고요! 당신은… 뭐, 말 안 해도 자신이 누군지 알잖아요. 그렇게 할 수 없나요?"

"불행하게도, 내 힘에는 한계가 있어요, 조. 이미 일어난 일은 바꾸지 못합니다. 하지만 고양이에 관해서라면…." 닉이 미소를 지었다. "난 항상 가죽을 벗기는 걸 선호했죠. 그 외에도 여러 가지 방법을 알고 있습니다."

"〈투나잇 쇼〉에서 오늘 밤 제이의 손님은 〈베버리힐스의 아이들〉의 배우 제이스 프리스틀리와 조 하디 하원의원, 그리고 특별 손님은 어둠의 왕자 사탄입니다. 그리고 여러분… 제이 레노입니다!"

예상대로 처음에는 조금 거칠게 진행됐다. 제이 레노가 혼잣말로 시작하면서 그들을 날카롭게 비판했다. 하지만 마침내 하디와 닉이 자리에 앉자, 분위기가 바뀌기 시작했다. 두 사람은 편안해 보였다. 전혀 부끄러워하거나 방어적인 태도를 보이지 않았고, 오히려 흥미로워 보였다. 청중은 아직 그들의 편이 아니었지만, 기꺼이 그들의 이야기를 들을 준비가 되어 있었다.

그리고 대화가 진지해지자, 하디가 언론에서 별로 다루지 않았던 이야기를 꺼냈다. 악마와의 계약 조건이었다.

"만일 제가 처음부터 다시 할 수 있다면…." 하디가 생각에 깊은 생각에 잠긴 얼굴로 눈살을 찌푸리며 말했다. "그렇게 할까요? 저는 정말로 모르겠어요, 제이. 하지만 직접 읽어보셨잖아요. 이번 선거에 출마한 모든 후보 중 비겁하게 다른 후보를 공격하는 광고를 하지 않겠다고 약속한 사람은 저뿐입니다. 당신도 계약서에 쓰인 걸 봤잖아요. 저는 값싼 정치적 동기 때문에 제가 지켜왔던 신념을 버리지 않을 겁니다. 조 하디가 제기한 문제에 대해 입장을 번복하는 일은 없을 겁니다. 저는 보스턴에서 이런 말을 하고, 애틀랜타에 가서는 저런 말을 하지 않을 겁니다. 저는 여러분의 대통령이 되고 싶은데, 이 위대한 나라의 노동계급과 중간계급의 적은 기부금만으로 선거 운동을 하고 싶습니다. 저는 다른 방법으로는 할 수 없습니다. 그게 제 계약서에 적힌 내용입니다."

"그리고 만일 조가 계약을 어긴다면⋯." 닉이 악마 같은 미소를 지으며 말했다. "제가 확실히 지옥에 떨어트릴 겁니다."

다음 날, 〈조안 리버스 쇼〉에서 닉은 마왕으로서 자신의 역할에 관한 질문에 가볍게 손을 흔들며 대답했다.

"그건 너무 과장된 겁니다." 닉이 말했다. "기억하세요. 그분과 나는 한때 좋은 친구였습니다. 우리 사이가 틀어진 것은 사실입니다. 그러나 그분이 나를 창조하셨고, 나는 그분 계획의 일부입니다. 나는 그저 내게 주어진 일을 하고 있을 뿐이라고 말할 수 있겠죠." 이 말을 하는 그의 얼굴에 퍼진 미소는 전염성이 있어서, 다른 사람들도 미소를 지었다.

아세니오 홀*에게 닉은 "이 악의 제왕 사업은 대체로 나쁜 랩과 비슷하다고 말할 수밖에 없겠네요, 친구. 어둠이죠, 맞아요. 하지만 멋질 때도 있죠."

〈리지스와 케시 리와 라이브〉에 출연한 닉은 자신이 사용하는 방법을 이렇게 설명했다. "하느님과 나는 둘 다 신비한 방식으로 움직입니다. 나

---

* 미국의 방송 진행자 겸 배우

는 나가서 당신의 영혼을 얻어 지옥으로 보냅니다. 하지만 최근에 지옥에 가보신 적 있나요?"

뉴스 앵커 댄 레더가 방송국 직원들과 함께 지옥에 갔다. 레더는 중간 수준의 보안을 갖춘 연방 교도소와 비슷한 영상을 가지고 돌아왔다. "우리는 불과 유황은 못 봤습니다." 레더가 아프가니스탄 전쟁에서 입었던 사파리 재킷을 입고 말했다. "마음대로 생각하세요. 저희는 시설을 자유롭게 운영할 권리를 부여받지 못했습니다. 하지만 전반적으로 파나마의 독재자 마누엘 노리에가가 운영하는 감옥보다는 우리가 보여드린 시설이 훨씬 더 나을 겁니다." 닉이 말했다.

그리고 얼마 지나지 않아 사회자 리베라 게랄도가 하데스 외곽으로 잠입했다가, 악령 서큐버스들에게 두들겨 맞고 쫓겨났다. 그는 서큐버스 두목에게 불시에 공격을 받았다고 주장했지만, 서큐버스는 게랄도의 모든 주장을 부인하고, 자신의 입장을 뒷받침할 충격적인 비디오테이프를 제출했다. 그 테이프가 방영되었을 때, 〈시사 프로그램〉은 엄청난 시청률을 기록했다.

오프라 윈프리는 질문이 조금 우려스럽다고 했다. "하느님을 사랑하면서 동시에 사탄과 거래할 수 있나요?" 닉이 그 말에 반박해서 청중이 놀라워했다. "저하고 하느님이요? 우리가 더블 데이트를 하지 않는 것은 사실입니다. 격렬하게 싸우면서도 계속 같이 일하는 영화 평론가 시스켈과 에버트 같은 관계라고 생각하세요."

유권자들이 새로운 경쟁 구도에 적응하면서, 하디는 여론조사에서 다시 서서히 상승했다. 많은 사람은 이보다 훨씬 더 나쁜 선택을 해야만 했던 선거도 많았다고 느끼는 것 같았다.

예비 선거일, 뉴햄프셔주 주민들은 눈보라를 뚫고 하디에게 38퍼센트의 표를 주었다. 바로 뒤에서 그를 쫓는 경쟁자보다 10퍼센트 포인트 앞섰다.

하디를 바짝 추격하고 있는 경쟁자는 피터 페켐 상원의원이었는데, 페켐은 출구 조사 결과를 보자마자 주먹으로 책상을 내려치며, 모여 있던 선거 운동원들에게 으르렁거렸다. "헛소리들 그만해. 너희는 모조리 해고야." 페켐은 마지막 한 명이 문을 허겁지겁 빠져나가기도 전에 전화를 들었다.

1시간 만에 페켐은 필립스 석유, 제너럴 모터스, 마쓰시타, 다우 케미컬, 맥도넬 더글러스, 도시바와 통화하고, 포춘 500대 기업들과도 통화를 진행했다. 그들에게 전한 메시지는 한결같았다. 나는 많은 돈이 필요하다. 당장 필요하다. 돈을 보내주면, 시키는 대로 하겠다. 주식 공모와 매우 비슷했다. 자정이 되자, 페켐은 전액 출자 자회사가 되었고, 비니미에서 케이맨 제도에 이르는 외국의 자금세탁소로 돈이 쏟아져 들어왔다.

페켐이 그날 밤 자리를 뜨기 전에 마지막으로 한 일은 예르카모프라는 이름의 새로운 선거 운동 매니저를 고용하는 것이었다. 그 매니저는 강간죄로 유죄판결을 받은 지 얼마 지나지 않은 82살 상원의원을 남부 해안가에 있는 주에서 재선에 성공할 수 있게 한 것으로 유명했다.

예르카모프는 메이어드 앤 샤이스코프 광고회사, 채리티 크래커 잭 홍보 대행사, 최고의 여론 조사 기관, 연설문 작성자, 정치 심리학자를 고용했다. 뉴햄프셔의 폐허 위로 해가 질 무렵, 부활한 페켐의 선거 운동이 막다른 궁지에서 벗어나고 있었다.

"보여줄 게 있어요, 조." 닉이 비디오 리모컨의 단추를 누르며 말했다. 화면에 일본 어뢰 폭격기가 진주만을 급습하는 거친 흑백 영상이 나왔다. 애리조나호가 폭발해서 침몰했다. 군인 무리가 욱일기를 흔들며 '반자이!'를 외쳤다. 그리고 깊게 걱정하는 목소리가 말했다. "마쓰시타는 페켐 상원의원을 좋아합니다. 소니도 그를 좋아하고, 도시바도 마찬가지입니다. 그렇지 않다면 거물급 로비스트와 정치활동위원회를 통해 페켐 의원의 선거운동본부에 수백만 달러를 쏟아붓지 않았을 겁니다. 조 하디는 미국 노동자를 대변합니다. 조 하디와 토요타 상원의원 중 누구에게 투표하시겠습니까?"

"정신 나갔어요?" 하디가 헉 소리를 내며 자리에서 벌떡 일어났다.

"당신에게 보여줘야 할 것 같았어요."

"히로시마에 원자폭탄이 떨어지는 장면도 넣지 그래요? 제가 그건 인정할 수도 있을 것 같네요."

"사실, 그건 다음 영상에…." 닉이 다른 비디오카세트 상자를 들더니, 생각에 잠긴 표정으로 자기 턱에 툭툭 쳤다.

"아니, 절대 안 돼요! 계약서에 비방 광고는 안 된다고 했잖아요."

"이 영상은 비방 광고라고 할 수 없습니다." 닉이 구슬렸다. "우리는 이게 진실이라는 걸 알고 있잖아요. 일본이 선거자금을 줬다는 거 말이에요. 페켐은 완전히 팔려서…."

"그건 그 사람의 문제예요. 내가 대통령이 되면, 그 누구도 나를 소유할 수 없을 테니, 굽히지 않고…." 하디 닉의 표정을 알아챘다. "무슨 일이에요? 뭐 잘못된 거라도 있나요?"

"잘못이라뇨? 아뇨, 아무것도 아니에요." 닉이 깊은 한숨을 내쉬었다. "플로리다에서 새로 나온 수치가 마음에 들지 않는 것뿐입니다."

플로리다만이 아니었다. 하디의 지지율은 매사추세츠와 테네시, 델라웨어… 등 다가오는 슈퍼 화요일 예비 선거와 전당대회를 앞둔 상황에서 전반적으로 무너지고 있었다. 하디는 메인과 사우스다코타에서 초기 강세를 보였지만, 슈퍼 화요일이 다가올 무렵에는 3월 초에 열린 여덟 번의 선거전에서 평균 3퍼센트 포인트 하락했다. 2월에 많은 전문가가 페켐을 강타자라며, 장갑을 벗고 드잡이 싸움을 벌일 각오가 되어 있는 선수로 평가했고, 상승세를 타고 있다고 썼다.

이런 일은 저절로 일어나지 않는다. 슈퍼 화요일 12개 주의 유권자들은 이전에 진행된 어느 선거보다 더 집요하게 설문조사, 소책자 배포, 포커스 그룹, 전화 통화, 정책 요약을 받았다. 남부 전역에서 사람들이 회의실과 극장에 앉아 땀샘, 심장 박동, 혈압, 호흡수를 관찰 받으면서 유세 연설을 듣거나 쟁점을 토론했다. 시험 집단이 새 광고를 시청하는 동안 컴퓨터로 유도된 레이저빔이 그들의 눈동자 움직임을 기록했다. 기호학자들과 프로그래머들은 다목적 연설을 개발했는데, 특정한 주의 소규모 선거구뿐만 아니라, 개별적인 우편번호에 맞춰 연설 내용을 2초 안에 수정할 수 있었다. 페켐은 오전 9시에 메이슨 롯지에서 한 가지를 약속하고, 10시에 3킬로미터 떨어진 곳에서 완전히 다른 약속을 할 수 있었다.

평소의 민감한 쟁점을 파악하고, 각 분야에서 하디의 약점을 신중하게 분석했다. 하디는 학교에서의 기도 시간이 이슬람교나 불교를 믿는 학생들을 불편하게 만들 수 있다고 말한 적이 있었다. 메이어드 앤 샤이스코프 광고회사에서 그 발언을 만지작거리자, 하디는 빌어먹을 무신론자처럼 보였다. 한번은 하디가 국기를 태우는 행위가 수정헌법 제1조 표현의 자유에 의해 보호받을 수 있다고 주장한 적이 있었다. 채리티 크래커잭 홍보 대행사는 곧 하디가 미국 국기를 화장실 휴지로 사용하는 것처럼 만들었다. 하지만 예르카모프가 가장 잘 고용한 사람은 페켐의 연설문 작성자였다. 그는 조지 부시 대통령의 '내 입을 봐(Read my lips)' 이후 최고로 평가받는 선전 문구를 생각해냈다. 그 문구는 곧 페켐 선거 집회의 구호가 되어 사회 전반으로 빠르게 퍼져나갔다. 그 내용은 다음과 같다.

"지옥으로 꺼져라!"

세금을 올리고 범죄자에게 관대한 대통령을 원하는가?

"지옥에나 가라!"

이 위대한 나라를 평범한 길로 끌고 내려갈 후보, 진보적인 친구들이 시킬 때마다 여러분의 세금을 해외로 보내줄 후보, 미국에서 일하는 남녀의 일자리에 전혀 신경 쓰지 않는 후보는?

"지옥으로 꺼져라!"

이 훌륭한 도시의 군사 기지를 폐쇄하고, 제재소를 닫고, 무기 체계를 무효화하고, 일본인에게 엎드려 절하고, 아랍인에게 굴종하고, 기도할 권리를 거부하고… 자기가 악마와 거래했으니까, 저는 당선될 수 없다고 말하는 사람이 누구입니까?

"지옥으로 꺼져라, 지옥으로 꺼져라, 지옥으로 꺼져라!"

페켐은 하디보다 선거 운동 비용을 50배나 더 지출했지만, 아직 결정적인 한 방은 나오지 않았다.

"이게 다 그 카리스마 때문에 일어난 일이에요." 그 기사가 나갔을 때, 하디가 투덜거렸다.

"카리스마는 내 갈라진 꼬리죠." 닉이 김을 내뿜으며 서성였다. "카리스마는 내 아픈 뿔이고. 이건 당신이 바지 지퍼를 제대로 잠그지 않았기 때문이야."

닉에게 흠결이 없는 것은 아니었다. 조 하디 이전에 많은 정치인이 발견한, 카리스마를 사용했을 때 나타나는 위험 요소 중 하나가 바로 '매력적인 여성'이었다. 설탕이 파리를 불러들이듯, 하디는 초기에 여러 여성의 매력에 굴복했다.

"겨우 몇 명이라고? 하!" 닉이 씩씩거렸다.

"알았어요, 알았어. 수십 명이라고 해두죠." 페켐의 부대가 그 수십 명 중에서 발언할 의향이 있는 네 명을 찾아냈다. 더 안 좋은 소식은, 그 중 두 명이 증거를 가지고 있었다는 사실이었다.

더 큰 문제는 하디 부인이 예상치 못했던 일을 했다는 사실이었다. 부인은 조와 짧고 격렬한 만남을 가진 후, 이혼 소송을 제기하고 바하마로 날아가버렸다.

"이제 어떻게 해야 할까요?" 하디가 물었다.

"우리에겐 돈이 약간 있어요." 닉이 생각에 잠긴 얼굴로 말했다. "우리가 가지고 있으면 안 되는 돈이지만, 아무튼 조금 있어요. 물론 당신의 허락이 필요합니다." 닉이 주머니에서 비디오카세트를 꺼내 두 사람 사이의 탁자 위에 올려놓았다.

진주만 광고는 비슷한 미덕이 담긴 다른 세 편의 광고와 함께 토요일에 방영하기 시작했다. 하디는 세 배 용량의 카리스마를 발산하며, 일요일에 닉과 함께 〈미트 더 프레스〉에 출연했다. 월요일이 되자 여론이 하디에게 유리하게 움직이기 시작했다.

슈퍼 화요일에는 7개 주에서 근소한 차이로 승리하고, 3개 주에서 패했으며, 텍사스와 플로리다에서는 판세를 가늠할 수 없는 접전이 벌어졌다.

3월 둘째 주 수요일 이른 아침, 악마는 하느님이 웃고 있을지 궁금해하며 대선 선거 운동을 마친 폐허에 앉아 있었다.

조 하디가 방에 들어설 때 그의 추종자들이 옆방에서 밤샘 파티를 벌이는 소리가 크게 들려왔다. 하디는 돔페리뇽 한 병과 잔을 들고 약간 비틀거렸다. 어깨에는 색종이 조각이 흩뿌려져 있고, 색종이 테이프가 걸려있었다. 머리카락은 헝클어진 상태였다.

"그래서⋯." 하디가 트림을 하며 말했다. "일리노이로 가나요?"

"끝났어요, 조." 닉이 말했다.

"무슨 말이에요, 끝나다니? 우리가 이겼잖아요!"

닉은 자기가 데리고 있는 사람이 너무 한심해서 놀라웠다. 하디가 콘택트렌즈를 끼기 전에, 새로운 이발사를 만나기 전에는 훨씬 쉽게 되돌려 놓을 수 있었다. 싸구려 캘리포니아 샴페인을 마시던 시절로. 이제 하디는 사람이라기보다는 선전 문구에 가까웠다. 하디도 어느 정도는 그 사실을 알고 있을 것이다. 그렇지 않다면 이렇게 많이 취하지 않았을 것이다.

"이걸 승리라고 할 수 있나요?" 닉이 조에게 긴 텔레타이프 종이를 건

네주었다. 중요한 문장과 단어는 노란색 매직으로 강조되어 있었다.

"NBC 스페셜 봤어요? 존 챈슬러가 한 말 들었나요?"

"저는…."

"당신이 손에 들고 있는 게 내일 나올 칼럼입니다. 조, 그들은 비밀 단어를 말하면서, 몇 주 전부터 힌트를 계속 줬어요. 바로 '당선 불가'죠. 그렇지만 그 비밀 단어를 맞춰서 오리가 내려와도, 당신은 100달러를 받을 수 없어요."*

"우리 상황이 그렇게 나쁘지는…."

"당신은 전혀 이기지 못했어요." 닉이 귀에 손을 대고 말했다. "조, 저 소리 들려요? 기자단이 서둘러 떠나는 소리예요. 벌써 십여 명이 페켐을 취재하러 떠났습니다. 아침이면 우리를 취재하는 기자단 버스에는 반밖에 안 남을 거예요. 다음 주에는 어떻게 될지 누가 알겠어요?"

하디가 당황한 얼굴로 텔레타이프를 훑어봤다.

"맞아요." 닉이 말했다. "읽고, 울어요. 에번스와 노백이 하는 말 좀 보세요. 그리고 로이코 칼럼도 읽어보세요. '토요타 출신 상원의원 대 지옥 출신 하원의원.' 시간이 나면, 저기에 있는 테이프를 틀어서 레터맨이 몇 시간 전에 당신에 대해 뭐라고 떠들었는지도 보세요. 저런 보도가 계속 나오면, 우리는 침몰해요."

"그래도 우리가 이겼잖아요, 젠장!"

"2개 주에서 3퍼센트 포인트 차로 이겼죠. 그리고 우리가 이겨야 할 2개 주에서 졌어요."

"그래도 아직 앞서고 있잖아요!"

"그건 본선에서만 중요해요. 예비 선거에서는 예상했던 수치를 달성하고, 기세를 유지하는 게 중요합니다. 조, 여론조사에서 지지율이 70퍼센트 나왔는데, 투표에서 65퍼센트가 나오면 지는 거라고요! 린든 존슨

---

* 1950년대 그루초 막스가 진행했던 미국 TV 게임 프로그램 'You Bet Your Life'에서 비밀 단어를 맞추면 오리 인형이 내려와 100달러를 주었다.

대통령에게 물어보세요. 내가 10분 전에 만났어요."

"당신이 린든 존슨하고 이야기를…."

"글쎄요, 린든 존슨이 뭐라고 했을 거 같아요? 포기하라고 했어요. 그리고 난 아직 최악의 상황에 관한 이야기는 꺼내지도 않았어요."

"더 나쁜 소식이 있다고요?"

"출구 조사요. 그게 요즘에는 전부입니다. 한 달 전만 해도 유권자들은 당신을 매력적인 아웃사이더로 봤어요. 지금은 그저 평범한 정치인이라고 평가합니다. 지지율이 20퍼센트 아래로 떨어졌어요."

"그 빌어먹을 광고 때문이에요." 하디가 비난했다. "그 진주만 광고 말이에요."

"사실은 그렇지 않아요. 유권자들은 그 광고를 좋아했어요. 유권자들은 비방 광고를 싫어한다고 말하지만, 실제로는 그런 광고를 보면서 흥분합니다. 그런 광고를 내보내면 당신이 적극적으로 싸움에 뛰어드는 것처럼 보이거든요. 페켐의 주장을 그대로 묵인하지 않겠다는 것처럼 보이죠."

"그러면 더 세게 때려야겠네요." 하디가 들고 있던 종이를 옆으로 던지고 주먹으로 손바닥을 때리며 말했다. "광고를 더 많이 내보내자고요. 훨씬 많이. 그 개자식 페켐의 아픈 곳을 때려줍시다."

"우린 파산했어요, 조." 닉이 말했다. "광고 시간을 감당할 능력이 안돼요. 선거 운동에 거의 백만 달러의 빚을 졌어요. 우리가 그렇게 많은 돈을 빌릴 수 있었던 것은 오로지 전직 S&L 직원들이 회삿돈을 빌려주었기 때문입니다."

"좋아요. 그러면 기부금을 더 많이 걷죠. 당신에게 계약서의 내용을 강요하지 않을게요. 기업들의 돈을 받을 수 있지 않을까요?"

"좋죠. 오늘 같은 쇼를 하고도 사람들이 돈을 주려고 줄을 설 것 같아요? 정신 차려요."

"그럼, 돈을 좀 만들어요. 손가락을 튕겨서, 바로 여기에 한 무더기 만들어줘요." 하디가 탁자를 두드리며 화를 냈다.

"어이, 정치인, 나보다 앞서 가지는 마. 뭐야, 미쳤어? 연방 선거관리위원회가 우리 목을 조르고, 국세청에서 기웃거리게 할 작정이야?"

"그렇지만… 당신은 악마잖아요. 제기랄! 왜 당신이 국세청을 두려워하는 거예요?"

"당신은 세무 감사를 안 받아봐서 그런 소리를 하는 거야." 닉이 몸을 부르르 떨면서 말했다.

"페켐은 잘 빠져나갔잖아요." 하디가 오랜 침묵 끝에 콧방귀를 뀌며 말했다.

"페켐은 조직적으로 처리했어요, 조. 그런 식으로 돈세탁을 하려면 오랜 시간이 걸립니다. 페켐은 방어막을 쳤어요. 그리고 그에게는 그럴듯하게 딱 잡아뗄 수 있는 능력도 있죠."

닉이 일어나 얼굴을 문질렀다. 그리고 어깨를 축 늘어뜨린 채 서 있는 하디를 바라봤다.

"집에 가요, 조. 좀 쉬어요. 끝났어요."

하디가 고개를 끄덕이고 몸을 돌려 가다가, 어깨 너머도 돌아보며 물었다.

"내 영혼은 어떻게 되나요?"

"남은 건 가져도 좋아요."

사탄은 이렇게 우울했던 적이 없었다. 그는 지난 한 세기 동안 자신이 뒤처지는 것처럼 느껴왔다. 적응하려 계속 노력했고, 운영을 현대화하기 위해 생각할 수 있는 모든 방법을 동원했다. 그런데 인간들이 새로운 시도를 했다. 히틀러, 수소폭탄, 지구온난화, 독성 폐기물, 오존층, 삼림 파괴, 에이즈, 헤비메탈 로큰롤, 짐과 태미 베이커*. 사탄은 '내가 저런 생각을 먼저 했어야 했는데.'라고 혼잣말하며, 따라잡으려 허둥거렸다. 그리

---

*　1970~80년대 미국의 유명한 TV 목사 부부로 횡령, 사기 등의 혐의로 유죄를 선고받았다

고 지금이 되었다.

경쟁에 져서 영혼을 놓친 게 이번이 처음은 아니었지만, 그의 타율은 높았다. 그러나 자신이 계약을 이행하지 못해 영혼을 잃은 것은 이번이 처음이었다.

정말 엄청난 사건이었다. 오늘날의 정치 세계에서는 기꺼이 거짓말하고 속이고 매수당할 의지가 없으면, 악마조차도 당선시킬 수 없는 것 같았다.

사탄은 다음 셔틀을 타고 하데스로 가서 죄인 몇 명을 채찍질하면서 기운을 차리기로 마음을 굳혔는데 삐삐가 울렸다. 액정 디스플레이에 표시된 숫자를 힐끗 보고 휴대전화를 꺼내 전화를 걸었다.

"그래, 무슨 일이야, 아스다룻?" 사탄이 귀를 기울이더니, 한숨을 뱉으며 말했다. "알았어, 연결해줘." 잠시 멈췄다가 다시 말했다. "혼돈의 아들입니다. 무엇을 도와드릴까요? 물론이죠, 누군지 압니다. 아하. 음."

사탄이 몸을 조금 똑바로 일으키며 앉았다.

"말해봐요." 그가 말했다.

'예르카모프 앤 어소시에이츠'는 20층짜리 검은 유리탑의 꼭대기 층에 있었다. 그 건물은 2001년 콘크리트 슬래브의 차가운 분위기로 뒤덮인 베데스다의 황량한 외곽 지역 사무실 단지에서 가장 높았다. 닉이 리무진에서 내려 스테인리스 스틸 로비를 지나서, 브러시 처리된 알루미늄으로 만들어진 전용 엘리베이터를 타고 예르카모프의 응접원의 유리 책상 앞에 도착했을 때, 그의 발뒤꿈치 소리가 검은 대리석에 울려 퍼졌다. 그 응접원은 미스 아메리카에서 대회에서 쫓겨난 사람이었다. 심사위원들이 그 응접원이 지나치게 예쁘다고 생각했기 때문이었다. '왜 나는 이런 도움을 받을 수 없는 걸까?' 닉은 응접원에게 포토맥과 버지니아 교외의 백만 달러짜리 경치가 보이는 넓은 모퉁이 사무실로 안내받으며 그런 생각을 했다. 날씨가 몹시 추웠다.

예르카모프는 대머리에, 소매를 걷어 올리고, 목에 땀이 줄줄 흐르는 뚱뚱한 작은 남자였다. 푸른 담배 연기에 둘러싸여 크고 깨끗한 책상 뒤에 앉아 있었다. 그는 연기구름 밖으로 몸을 기울이며 통통한 집게손가락으로 닉을 가리켰다.

"제가 연락한 이유는…." 예르카모프는 컴퓨터 인쇄물 뭉치를 흔들며 말했다. "여론조사 자료를 훑어보다가, 하디와 페켐의 대결에서 조금 이상한 점을 발견했기 때문입니다." 그가 낄낄 웃었다. "일종의 로스 페로 요인 같은 거였어요.* 문제는 당신이 두 후보보다 더 높은 지지를 받았다는 겁니다."

"흥미롭군요."

"그렇게 생각하실 줄 알았습니다. 오프라 쇼에서 나온 수치를 보고, 저희 직원들이 모두 허리를 곧게 펴고, 달을 보며 울부짖었어요. 모든 인구통계학적 분포에서 당신은 아주 높은 지지를 받았습니다. 젊은 사람들은 무정부의 냄새를 좋아하죠. 중장년 세대는 당신을 신뢰했어요. 아버지 다음을 본 거죠. 여성들은 위험에 대한 암시를 좋아해요." 예르카모프가 자리에서 일어나 창문으로 걸어가며 시가 연기를 내뿜었다. 그리고 어깨 너머로 보며 말했다. "돈 좀 있나요?"

"나에게 신세를 진 사람들이 있습니다. 돈을 조금 모을 수 있을 겁니다."

예르카모프가 고개를 끄덕였다. "물론 어둠의 왕자라는 사실 때문에 어느 정도 문제가 있는 건 알겠어요. 날아다니는 신, 타락자, 거짓의 아버지…. 당신이 오랜 세월 동안 얻은 별명들이죠."

"난 평범하게 닉이 더 좋습니다." 루시퍼가 말했다.

"물론 그렇겠죠. 그게 더 잘 어울리기도 하고요. 그리고 당신은 그런 악명을 해소하기 위한 첫걸음을 내디뎠습니다. 올바른 선전과 함께…. 제가 무슨 말을 하려는지 알겠죠?"

---

* 로스 페로는 1992년 미국 대선에 무소속으로 출마해 18.9퍼센트를 획득하며 공화당 표를 잠식했다. 덕분에 조지 부시 대통령은 재선에 실패하고, 민주당의 빌 클린턴 후보가 당선되었다.

"어느 방향으로 가는지는 알겠습니다. 그런데 동기가 뭔지 잘 모르겠군요."

예르카모프가 어깨를 으쓱했다. "제 일은 불길한 조짐을 알아채는 겁니다. 나중에 페켐의 재선 선거운동본부를 맡는다면, 일본어를 배워야 하고, 그가 방문하는 날에만 만날 수 있습니다. 그리고 저조차도 좋게 보이도록 포장할 수 없는 일들이 있습니다. 게다가, 저는 제가 이해할 수 있는 후보를 지원하는 걸 좋아합니다." 예르카모프가 책상 가장자리로 가서 앉았다. "그런데 잠재적인 문제가 있습니다. 당신의 국적이 뭐죠?"

"미국 여권을 가지고 있습니다."

"끝까지 가려면 그것만으로 충분하지 않아요. 미국 태생의 시민권자가 되어야 합니다."

닉이 곰곰이 생각했다.

"하데스는 광대합니다. 내가 지하로 내려갈 때는 언제나 뉴저지 아래에서 쉬었다고, 전 세계 어느 법정에서든 납득시킬 수 있을 것 같습니다."

"그럼 많은 것이 설명되겠군요. 지금은 어디에 사시나요?"

"세금 때문에 댈러스에 콘도를 소유하고 있습니다."

"그러면 이렇게 하죠. 94년 텍사스주 주지사. 6년 후에…."

"새로운 천 년…." 닉이 속삭이듯 말했다. 그리고 쌓여 있던 불이 그의 눈에서 잠시 불꽃을 일으켰다. 닉이 아래를 내려다보니, 예르카모프가 손을 내밀고 있었다. 닉이 그 손을 잡았다. 예르카모프의 손은 축축하고, 쥐는 힘이 약했다. 닉은 그게 싫었지만, 마른침을 삼키고, 아무렇지 않은 척했다.

젠장, 그것은 백악관으로 가기 위한 작은 대가였다.

저자의 말

이 책에서 약간 수정했다는 사실을 인정한다. 원작에서는 예르카모프가 닉에게 1994년 텍사스주 상원의원직을 제안했었다. 돌이켜 보면, 이렇게 수정한 게 더 적절한 것 같다. 사탄은 다양한 형태로 나타날 수 있다고 하니까. 당신이 그렇게 생각하지 않는다면….

아마 아닐 것이다. 나는 차라리 닉이 더 나은 대통령이 되었을 거라고 생각한다.*

---

* 참고로, 조지 W. 부시가 1994년에 텍사스주 주지사에 당선되고, 2000년에 대통령이 되었다.

THE
BELLMAN

벨맨

2003년 6월 〈Asimov's Science Fiction〉에 첫 발표
2004년 아시모프 독자상 수상

여자가 긴 복도를 비틀거리며 걸어갔다. 너무 지쳐서 달릴 수 없었다. 키가 크고 맨발이었으며, 옷은 찢겨 있었다. 여자는 임신이 상당히 진행된 모습이었다.

여자는 고통으로 시각이 뿌옇게 된 상태지만, 익숙한 푸른 빛이 눈에 들어왔다. 에어록이었다. 더 이상 갈 곳이 없었다. 여자는 에어록 문을 열고 안으로 들어가 문을 닫았다.

여자가 진공으로 나가는 외부문을 바라봤다. 그리고 외부문을 잠그는 네 개의 걸쇠를 재빨리 풀었다. 머리 위에서 경고음이 조용하고 율동적으로 울리기 시작했다. 지금 외부문은 에어록 내부의 공기 압력 때문에 닫혀 있고, 외부문의 걸쇠들을 잠그지 않으면 내부문이 열리지 않는다.

여자는 복도에서 울리는 소음을 들었지만, 자신이 안전하다는 사실을 알고 있었다. 외부문을 강제로 열려고 하면, 경보가 울리기 시작해서 경찰과 공기관리부가 출동할 것이다.

여자는 고막이 터진 후에야 자신의 실수를 깨달았다. 비명을 지르기 시작했지만, 폐에서 마지막 공기가 빨려 나가며 금방 사그라졌다. 여자는 한참 동안 소리 없이 금속 벽을 두드렸다. 입과 코에서 피가 흘러나오기 시작했다. 피에서 부글부글 거품이 일어났다.

여자의 눈동자가 얼어붙기 시작했을 때, 외부문이 위쪽으로 휙 올라갔다. 여자가 달의 풍경을 내다봤다. 햇빛에 비친 달의 풍경은 하얗고 사랑스러웠다. 금세 여자의 몸을 덮어버린 서리처럼.

*

안나 루이스 바흐 경위는 진단 의자에 앉아 몸을 뒤로 기대고 발걸이에 발을 집어넣었다. 에릭슨 박사가 안나의 몸 안에 검사기를 삽입하기 시작했다. 안나는 고개를 돌려 왼쪽 유리벽을 통해 대기실에 있는 사람들을 바라봤다. 아무런 느낌도 들지 않았지만, 그 자체로 불안했다. 안나는 그 기계가 자신의 아이에게 너무 가까이 다가간다는 생각이 들어서 싫었다.

의사가 스캐너를 켰다. 안나가 고개를 반대편으로 돌려 화면을 봤다. 오래전부터 검사를 받아왔는데도, 자궁 내벽과 태반, 태아의 모습을 보는 게 익숙해지지 않았다. 모든 게 맥박이 뛰듯 고동치고, 피로 가득 차 있는 것 같았다. 온몸이 무겁게 느껴졌다. 마치 손과 발이 너무 무거워 들어 올릴 수 없을 것 같았다. 가슴과 배의 익숙한 무거움과는 전혀 다른 느낌이었다.

그리고 아기가 있었다. 그게 딸이라는 게 믿기지 않았다. 전혀 딸처럼 보이지 않았다. 그냥 평범하게 쪼그라진 얼굴이었는데, 분홍색의 주름진 작은 공 같았다. 작은 주먹 하나가 폈다가 쥐었다. 다리 하나가 발길질했다. 그러자 안나는 그 움직임을 느낄 수 있었다.

"아직 딸의 이름은 못 정하셨나요?" 의사가 물었다.

"조애너요." 안나는 의사가 지난주에도 같은 질문을 했다는 사실을 확실히 기억하고 있다. 안나는 의사가 대화하려 애쓰는 거라고 판단했다. 그가 안나의 이름을 기억할 것 같지는 않았다.

"좋습니다." 의사가 클립보드 단말기에 건성으로 메모를 입력하며 말했다. "어, 3주 후 월요일에 출산할 수 있을 것 같습니다. 최적의 분만예 정일보다 이틀 빠르지만, 그다음 병원 시간이 가능할 때가 엿새 이후입니다. 그게 편하실까요? 여기에 0300시에 오셔야 합니다."

안나가 한숨을 내쉬었다.

"지난번에도 말씀드렸지만, 저는 분만하러 오지 않을 겁니다. 제가 알아서 할게요."

"자, 어…." 의사가 단말기를 힐끗 보며 말했다. "안나, 우리가 권장하지 않는 방식이라는 거 알잖아요. 요즘 그런 방식이 유행하는 건 알지만…."

"바흐 씨라고 불러주세요. 지난번에도 똑같은 연설을 들었어요. 통계도 봤고요. 내가 혼자 아이를 낳는 게, 사방에서 훤히 보이는 이 염병할 어항에서 낳는 것보다 위험하지 않다는 사실도 알아요. 그러니까 그 빌어먹을 산파기 주고, 여기서 내보내주세요. 내 점심시간이 거의 끝나가요."

의사가 무언가 말하기 시작했지만, 안나가 눈을 가늘게 뜨고 코에서 불을 뿜었다. 안나가 사람들을 그런 표정으로 쳐다봤을 때 애를 먹이는 사람은 거의 없었다. 특히 총을 차고 있을 때는.

에릭슨 박사가 안나에게 손을 뻗어 목덜미 부분의 머리카락을 더듬었다. 의사는 단말기를 찾아서, 안나가 지난 6개월 동안 착용하고 있던 작은 산파기를 꺼냈다. 산파기는 금색으로 완두콩만 한 크기였다. 그것의 기능은 신경과 호르몬을 조절하는 것이었다. 산파기를 착용하면, 입덧과 안면 홍조, 격렬한 업무로 인한 유산 가능성을 피할 수 있었다. 의사가 산파기를 작은 플라스틱 상자에 넣고, 똑같이 생긴 다른 산파기를 꺼냈다.

"이건 분만용 산파기입니다." 의사가 그 기계를 끼워 넣으며 말했다. "적절한 시기에 진통이 시작될 겁니다. 당신의 경우는 다음 달 9일이에요." 의사가 미소를 지으며, 다시 한번 환자를 다루는 시늉을 했다. "그러면 따님이 물병자리가 되겠군요."

"난 점성술 안 믿어요."

"알겠습니다. 산파기를 항상 착용하고 계세요. 때가 되면 뇌의 통증

중추에서 신경 자극을 우회시켜줄 겁니다. 자궁의 수축과 진통이 최대 강도로 진행되겠지만, 당신은 고통을 느끼지 않을 겁니다. 그 기계가 모든 차이를 만든다고 들었습니다. 물론, 저는 모르죠."

"그래요, 당신은 모를 줄 알았어요. 제가 더 알아야 할 게 있나요? 아니면, 지금 가도 될까요?"

"부디 다시 생각해보세요." 의사가 언짢은 얼굴로 말했다. "실내풀로 들어오셔야 해요. 솔직히 말해서, 요즘 왜 그렇게 많은 여성이 혼자 낳는 방법을 선택하는지 이해가 안 됩니다."

안나는 대기실에 있는 수많은 여성을 비추는 밝은 조명, 검사실에 앉아 있는 수십 명의 여성들, 번쩍이는 금속, 찌푸린 얼굴로 하얀 가운을 입고 서둘러 움직이는 사람들을 힐끗 둘러봤다. 안나는 여기를 방문할 때마다, 자신이 계획하고 있는 침대와 담요 더미, 그리고 촛불 하나가 훨씬 좋아 보였다.

"글쎄요, 왜 그럴까요?" 안나가 말했다.

레이스트라스 지선에서 정체가 발생했다. 원형 컨베이어 바로 앞이었다. 안나는 15분 동안 배를 보호하려 애쓰며 꽉 찬 사람들 사이에 끼어 있었다. 진짜로 사람들이 잔뜩 몰려 있는 앞쪽에서 들려오는 고함과 비명 소리를 들으며, 옆구리에 땀이 줄줄 흐르는 게 느껴졌다. 신발을 신고 있는 누군가가 안나의 발을 두 번이나 밟았다.

20분 늦게 지구대에 도착한 안나는 지휘 본부에 줄지어 있는 책상 사이를 허겁지겁 지나쳐, 자신의 작은 사무실로 들어가 문을 닫았다. 책상 자리로 가려면 몸을 돌려 옆걸음으로 가야 했지만 상관없었다. 저 신성한 문을 닫을 수만 있다면 그 어떤 불편함도 가치가 있었다.

안나가 의자에 앉자마자, 책상 위에 놓인 메모를 발견했다. 1400시에 330호 브리핑실로 오라는 손글씨 메모였다. 5분의 여유밖에 없었다.

안나는 브리핑실을 한번 둘러보고는 혼란스럽고 약간 불안한 기분이 들었다. 내가 조금 전에 여기서 나오지 않았었나? 2, 3백 명의 경찰관이 접이식 의자에 앉아 있었는데, 얼핏 봐도 모두 여성이었고 임산부라는 사실을 알 수 있었다.

안나는 낯익은 얼굴을 발견하고, 줄을 따라 어정어정 옆걸음으로 가서, 잉가 크루프 경사 옆에 앉았다. 두 사람은 손바닥을 마주쳤다.

"어떻게 지내?" 안나가 물었다. 그리고 엄지손가락으로 경사의 배를 가리켰다. "예정일이 언제야?"

"중력에 맞서 싸우면서 엔트로피에 지지 않으려 노력하고 있어요. 2주 정도 남았어요. 경위님은 어때요?"

"3주 정도 남았어. 아들이야, 딸이야?"

"딸이에요."

"나도." 안나가 딱딱한 의자에서 꼼지락거렸다. 앉는 자세는 더 이상 안나가 가장 좋아하는 자세가 아니었다. 서 있는 자세도 그다지 좋아하지 않았다. "이게 뭐야? 일종의 의학적인 건가?"

크루프 경사가 입꼬리를 올리며 조용히 말했다. "혼자만 알고 계세요. 육아 휴직을 줄인다는 소문이 있어요."

"그러면 내일 경찰 절반이 퇴사할걸." 안나는 자신이 언제 쓸모가 있을지 알고 있었다. 경찰노조가 워낙 막강하므로, 1년의 육아 휴직을 축소하지 못할 것이다. "말해봐, 사람들이 뭐래?"

크루프 경사가 어깨를 으쓱하고, 의자에서 편하게 자리를 잡았다. "아무도 말이 없어요. 하지만 의학적인 문제는 아닌 것 같아요. 여기에 모여 있는 사람들이 대부분 모르는 사람들이라는 거 알아챘어요? 시내의 다른 지구대에서 다들 모인 거예요."

앤드러스 경찰국장이 들어왔기 때문에, 안나는 대답할 틈이 없었다. 경찰국장이 소형 연단에 올라 조용해지길 기다렸다. 분위기가 조용해지자, 경찰국장이 잠시 사람들의 얼굴을 한 명씩 바라봤다.

"여러분은 아마 오늘 제가 왜 이 자리에 불러 모았는지 궁금할 겁니다."

웃음소리가 한 번 지나갔다. 경찰국장이 살짝 미소를 지었지만, 금세 다시 진지한 표정을 지었다.

"먼저 거부권을 설명하겠습니다. 여러분은 모두 근로계약서에 위험한 업무와 임신과 관련된 조항이 있다는 사실을 알고 있을 겁니다. 민간인을 위험에 빠뜨리는 것은 경찰의 정책이 아니며, 여러분은 모두 민간인을 임신하고 있습니다. 지금부터 제가 개요를 설명할 프로젝트는 순전히 자원자만 참여하게 될 것입니다. 자원하지 않기로 선택한 분들에 대해서는 어떤 기록도 남기지 않을 것입니다. 지금 나가고 싶은 분은 나가셔도 됩니다."

경찰국장이 적절한 때에 고개를 숙이고 서류를 뒤적이는 동안 십여 명의 여성이 나갔다. 안나는 불편하게 몸을 뒤척거려 자세를 바꿨다. 안나는 이 방에서 나간다면 개인적으로 위축될 게 틀림없다는 생각이 들었다. 오래된 전통에 따라 경찰 간부는 주어진 임무를 맡을 운명이었다. 하지만 조애너를 보호해야 한다는 책임감도 느꼈다.

안나는 사무직에 질렸다. 경찰국장의 말을 더 들어본다고 해서 나쁠 건 없을 것이다.

앤드러스 경찰국장이 고개를 들더니 스산한 미소를 지었다. "감사합니다. 솔직히 이렇게 많은 사람이 남을 거라고는 예상하지 못했습니다. 그렇지만 남은 분들도 언제든 나가도 괜찮습니다." 경찰국장이 연단의 아래쪽 가장자리를 두드리며, 서류를 곧게 펴는 데 주의를 기울였다. 그는 큰 키에 마른 남자로서, 코가 크고 광대뼈 아래가 움푹 패었다. 위협적으로 보일 수도 있었겠지만, 작은 입과 턱 때문에 그 효과를 망쳤다.

"미리 경고해야 할 것 같은데…."

그런데 쇼는 벌써 시작됐다. 경찰국장 뒤에 있는 커다란 입체영상 스크린에 한 장의 사진이 떴다. 동시에 여러 사람의 헉 소리가 터져 나오고, 순간적으로 브리핑실에 냉기가 흘렀다. 안나는 신참 때 이후 처음으로 메스꺼움을 느끼며 고개를 돌릴 수밖에 없었다. 두 명의 여성이 자리에서 일어나 서둘러 나갔다.

"죄송합니다." 경찰국장이 어깨 너머로 입체영상을 쳐다보고 얼굴을 찌푸리며 말했다. "이 사진을 보여주기 전에 여러분에게 먼저 경고할 생각이었습니다. 보기 좋은 사진은 나오지 않을 겁니다."

안나가 억지로 눈을 들어 사진을 바라봤다.

대도시 경찰서 강력계에 12년 일하다 보면, 폭력적인 죽음의 모습에 익숙해지기 마련이었다. 안나는 지금까지 그 모든 상황을 목격했고, 자신이 웬만해선 충격을 받지 않을 거라고 생각했었지만, 화면 속의 여성에게 대체 무슨 일을 저지른 건지 생각하고 싶지 않았다.

그 여성은 임신 중이었다. 누군가가 즉흥적으로 제왕절개 수술을 했다. 여자는 성기부터 가슴뼈까지 열려 있었다. 절개 부위는 들쭉날쭉했고, 불규칙한 반원 모양으로 난도질당했으며, 한쪽으로 당겨진 피부와 근육이 넓게 늘어졌다. 파열된 근막 조직 사이로 내장이 불룩하게 튀어나와 있었고, 사진사의 강렬한 조명을 받아 여전히 젖어 있는 것처럼 보였다.

여자는 단단하게 얼어붙은 채 금속 부검대 위에 머리와 어깨를 위로 한 자세로, 더 이상 존재하지 않는 벽에 기댄 모양으로 쓰러져 있었다. 여자의 몸은 엉덩이 부분으로 중심을 잡은 상태로 놓여 있었다. 다리는 본래 바닥에 내려놓은 자세였지만, 사진에는 부검대 바닥에서 약간 비스듬히 들려 있었다.

여자의 피부는 진주층처럼 희미한 푸른빛을 띠며 반짝였고, 턱과 목에는 바랜 갈색으로 얼어붙은 피가 묻어 있었다. 여자의 눈은 열려 있었는데 이상하게 평화로웠다. 여자의 눈길은 안나의 왼쪽 어깨 너머를 응시하고 있었다.

안나가 지금까지 봤던 그 어떤 잔혹한 장면보다 끔찍했다. 그런데 그 순간 안나의 눈에 들어온 것은, 벌어진 상처 입구에 놓인, 잘린 채 얼어붙은 작은 손이었다.

"여성의 이름은 엘프레다 통. 나이는 스물일곱 살, 평생 뉴드레스덴에 거주했습니다. 여성의 약력은 여러분이 나중에 읽어볼 수 있습니다. 사흘 전에 실종 신고가 들어왔지만, 그동안 전혀 수사가 진행되지 않았습니다.

시신은 어제 발견됐습니다. 여성의 시신은 서쪽 사분면, 지도 기준 델타-오미크론-시그마 97 에어록에서 발견되었습니다. 이곳은 아직 인구가 많지 않은 새로운 구역입니다. 문제의 통로는 현재 아무 데도 연결되지 않지만, 추후 크로스 크리시움으로 연결될 예정입니다.

여성은 상처가 아니라 감압 때문에 사망했습니다. 에어락 서비스 모듈의 사용 기록에 따르면, 여성은 아마도 우주복을 입지 않고 혼자 에어록에 들어간 것 같습니다. 추격을 당한 게 틀림없습니다. 그렇지 않다면 에어록으로 피신할 이유가 없을 테니까요. 어떤 경우든, 여성은 외부문의 봉인을 해제했습니다. 그렇게 하면 내부문을 열 수 없다는 사실을 알았던 거죠."

경찰국장이 한숨을 내쉬며 고개를 절레절레 흔들었다. "구형 에어록이라면 그 방법이 작동했을 겁니다. 운이 없게도 여성이 발견한 에어록은 설계 결함이 있는 새로운 스타일이었는데, 통로의 음성 패널에 수동 기압 조절 장치가 부착되어 있었습니다. 우주복을 입지 않은 상태로 에어록에 들어간 여성은 외부문이 열릴 것이라고는 상상도 못 했을 것입니다."

안나가 몸을 떨었다. 그 생각을 이해할 수 있었다. 안나는 거의 모든 달 주민과 마찬가지로 어릴 때부터 진공에 대한 두려움이 깊게 자리 잡고 있었다. 경찰국장이 계속 말했다.

"병리학적으로는 사망 시간을 확인할 수 없었지만, 컴퓨터 기록에는 중요한 타임라인이 남아 있었습니다. 강력계에서 일하는 분들은 잘 알겠지만, 달에서는 살인 피해자가 완전히 사라져버리는 경우가 자주 발생합니다. 피해자들이 땅속에 묻히면 다시는 보이지 않기 때문입니다. 이 사건에서도 그렇게 하기 쉬웠을 겁니다. 태아를 제거하기 위해 많은 수고를 한 사람이(몇 가지 이유로 그것은 잠시 후에 설명하겠습니다) 시신을 50미터 떨어진 곳에 숨길 수도 있었습니다. 그랬다면 이 범죄가 발각될 가능성이 거

564

의 없었을 겁니다.

우리는 범인이 서둘렀던 것으로 추정합니다. 누군가가 에어록을 사용하려다 외부문이 열려 있어서 작동되지 않는 것을 발견하고 수리 서비스를 요청했습니다. 살인자는 통로에서 실망한 시민이 옆의 에어록을 통해 외부로 나가서 이곳으로 돌아와 고장 원인을 파악할 거라고 올바르게 가정했습니다. 실제로 그 시민은 그렇게 했고, 지금 여러분이 보시는 것처럼 엘프레다를 발견했습니다. 그리고 보시다시피…." 경찰국장이 상처에 부분적으로 가려진 둥근 물체를 가리켰다. "살인자는 너무 서두르느라 태아 전체를 가져가지 못했습니다. 이것은 아이의 머리이며, 물론 여러분은 아이의 손도 볼 수 있습니다."

앤드러스 경찰국장이 소심하게 헛기침하며 사진에서 고개를 돌렸다. 브리핑실 뒤쪽에 있던 한 여성이 서둘러 문으로 나갔다.

"우리는 살인자가 미쳤다고 생각합니다. 의심할 여지 없이 이 행위는 그 개인에게 특유한 고문 병리에 의해서만 의미를 가집니다. 심리학 분석에 따르면 살인자는 남성일 가능성이 큽니다. 그렇다고 여성 용의자를 배제하는 것은 아닙니다.

물론, 이것은 충격적인 사건입니다. 하지만 이런 종류의 행동은 한 번에 그치는 경우가 거의 없습니다. 다시 말해 범인은 언젠가 이런 살인을 반복할 게 틀림없습니다. 그래서 우리는 엘프레다 통이 첫 피해자가 아닐 거라고 믿습니다. 실종자 분석에 따르면, 지난 2년 동안 임산부가 실종된 비율이 충격적으로 높았던 것으로 나타났습니다. 임산부를 노리는 범인이 이미 열다섯 명에서 스무 명 정도를 살해한 것으로 보입니다."

앤드러스 경찰국장이 고개를 들어 잠시 안나를 똑바로 바라보더니, 다른 몇몇 여성들에게 차례로 시선을 고정했다.

"지금쯤이면 저희가 여러분을 미끼로 사용하려는 의도를 짐작하셨을 겁니다."

안나는 12년간의 파란만장한 경찰 생활을 보내면서 미끼가 되는 일은 그럭저럭 피해왔다. 미끼는 강력계에 유용하지 않았다. 강력계의 업무는 도덕적으로 모호한 이 세상에서 유쾌할 정도로 정직한 일이었다.

위장 작전은 안나에게 그리 매력적이지 않았다.

하지만 그 살인자를 잡고 싶었고, 다른 방법을 생각해낼 수 없었다.

"이 방법도 별로 만족스럽지 않아." 안나가 사무실로 돌아와 말했다. 안나는 리사 밥 콕 경사와 에리히 스타이너 경사에게 자신과 함께 이 사건을 수사하자고 요청했다. "우리가 가진 것은 실종된 여성들의 버릇과 프로필이 담긴 컴퓨터 인쇄물뿐이야. 살인 현장에서는 어떤 물리적 증거도 발견되지 않았어."

리사 경사가 다리를 꼬았다. 희미하게 윙윙거리는 소리가 났다. 안나가 아래를 내려다봤다. 둘은 함께 일한 지 오래됐는데도, 리사의 의족에 대해 잊고 있었다.

리사는 조폭에게 진짜 다리를 잃었다. 그 조폭은 체인 나이프로 리사를 다리를 절단하고 죽게 내버려두었다. 리사는 죽지 않았지만, 새로운 다리가 다 자랄 때까지 생체공학 의족을 임시로 사용해야 했다. 그래도 리사는 경찰의 업무라는 게 여전히 다리로 하는 일이 많은데, 의족은 지치지 않아서 좋다고 했다. 리사는 키가 작은 갈색 머리의 여성으로, 얼굴이 길고 약시였다. 그리고 안나가 함께 일했던 경찰 중 가장 뛰어났다.

스타이너 경사도 훌륭한 경찰이었다. 하지만 안나가 다른 여러 후보를 제치고 그를 선택한 것은 순전히 그의 몸 때문이었다. 안나는 오랫동안 스타이너를 갈망했는데, 36주 전에 그와 한 번 잠자리를 가졌다. 스타이너가 조애너의 아버지였지만, 그는 결코 이 사실을 알지 못할 것이다. 스타이너는 잘 다듬어진 근육질에, 연한 갈색 피부였고, 대머리였다. 그는 안나가 저항하지 못하는 세 가지 특성을 모두 가졌다.

"아직 잘 모르겠지만 바와 센서리움 같은 장소를 골라서 내가 자주 들르기 시작할 거야. 범인을 잡을 때까지는 시간이 좀 걸리겠지. 범인이 그냥 뛰어나와 배가 큰 여자를 무작정 잡아채지는 않을 테니까. 아마 여자를 꾀어서 안전한 장소로 데려가려고 할 거야. 어쩌면 마약 같은 걸 먹일지도 몰라. 피해자들의 프로파일에 대해 연구가 진행되고 있어…."

"경위님은 범인이 남성이라고 결정하셨나요?" 리사가 물었다.

"그건 아니야. 하지만 그럴 가능성이 크대. 그 살인자를 '벨맨'이라고 부르고 있어. 이유는 나도 모르겠어."

"루이스 캐롤이요." 스타이너가 말했다.

"어?"

스타이너 경사가 찡그린 표정을 지었다. "루이스 캐롤의 〈스나크 사냥〉이라는 시에서 따온 이름이에요. 하지만 그 시에서 사람들을 '슬그머니 갑자기 사라지게' 한 건 벨맨이 아니라 스나크였어요. 벨맨은 스나크를 쫓는 사람이고요."

안나가 어깨를 으쓱했다. "경찰이 문학을 엉터리로 인용한 게 이번이 처음은 아닐 거야. 아무튼 그게 이 프로젝트의 코드야. BELLMANXXX 최고 보안 등급." 안나가 제본된 컴퓨터 인쇄물 사본을 두 사람에게 던졌다. "읽어보고, 내일 생각을 말해줘. 두 사람은 현재 진행하고 있는 업무를 정리하는 데 얼마나 걸릴 것 같아?"

"1시간 안에 정리할 수 있습니다." 리사가 말했다.

"저는 조금 더 시간이 필요합니다."

"알았어. 지금 바로 시작해."

스타이너가 자리에서 일어나 문을 돌아서 나갔고, 안나는 리사를 따라 시끄러운 지휘 본부로 들어갔다.

"일을 마친 후에 일찍 나가는 건 어떤가요?" 리사가 제안했다. "미끼를 설치할 장소를 찾아볼 수 있을 거예요."

"좋아, 내가 저녁을 살게."

'홉슨스 초이스'는 지킬과 하이드 같은 곳이었다. 낮에는 조용하고 다소 차분한 술집이지만, 밤에는 홀로그램 프로젝션을 이용해 동부 380가에서 가장 방탕한 육체 클럽으로 바뀌었다. 안나와 리사는 그 술집에 흥미가 있었다. 베드락의 호화로운 부자 동네와 어퍼 콩코스에 산재한 허름한 집들 중간에 위치했기 때문이었다. 그 술집은 시내 간선 비탈길과 하이들부르크 수직도로 엘리베이터, 387가에 늘어선 쇼핑 아케이드가 교차하는 60층에 있었다. 그 구역은 절반을 뜯어내 주차 큐브를 만들었고, 보도 레스토랑이 줄지어 있었다.

두 사람은 플라스틱으로 만든 나무 탁자에 앉아 주문이 도착하기를 기다렸다. 안나가 담배에 불을 붙이고, 가느다란 라벤더 연기를 내뿜으며 리사를 바라봤다.

"넌 어떻게 생각해?" 안나가 물었다.

리사가 인쇄물에서 고개를 들었다. 리사는 미간을 찌푸리고, 초점 없는 눈으로 멍하게 쳐다봤다. 안나는 기다렸다. 리사는 느리지만, 멍청하지 않았다. 꼼꼼한 사람이었다.

"피해자는 하위 중산층에서 빈곤층까지이고, 다섯 명은 실직자. 일곱 명은 복지 수급자."

"피해자가 아니라, 피해자일 가능성이 있는 사람들이지." 안나가 강조했다.

"알았어요. 하지만 그들 중 일부는 피해자여야 해요. 그렇지 않으면 우리가 전혀 판단할 수가 없어요. 우리가 중하류층이 자주 가는 이 술집들에서 벨맨을 찾는 유일한 이유는, 이 여성들이 그런 술집에 갔다는 공통점이 있기 때문이에요. 프로필에 따르면 모두 외로운 사람들이었어요."

안나가 눈살을 찌푸렸다. 안나는 컴퓨터 프로필을 신뢰하지 않았다. 프로필 정보는 두 가지로 나뉘는데, 신체적 정보와 심리적 정보다. 심리적 부분에는 학교 기록과 의사 방문 기록, 직장 기록, 모니터링된 대화 기록 등 모든 것을 종합하여 정신분석에 가까운 형태로 전개했다. 어느 정도는 믿을 만했다.

신체적 정보는 시민이 에어록 문을 통과할 때, 보도나 튜브를 타고 이동할 때, 돈을 쓸 때, 잠긴 문에 들어가거나 나갈 때, 요컨대 신분증을 사용할 때마다 기록된 것이다. 이론적으로는, 컴퓨터가 각 시민이 어떤 날에 어디를 다녔는지 보여주는 모델을 만들 수 있다.

물론 실제로는 그렇게 작동하지 않았다. 어쨌든, 범죄자들도 컴퓨터를 소유하고 있기 때문이었다.

"피해자 중 두 명만 꾸준히 애인이 있었어요." 리사가 말했다. "이상하게 두 애인은 모두 여성이었어요. 그리고 다른 사람들도 동성애를 약간 선호하는 것 같아요."

"그건 아무 의미도 없어." 안나가 말했다.

"난 잘 모르겠어요. 실종된 태아 중에는 남성 태아가 많아요. 60퍼센트."

안나가 생각에 잠긴 얼굴로 말했다. "네 말은 이 여자들이 그 아기들을 원하지 않았다는 뜻이야?"

"어떤 뜻으로 하는 말은 아니에요. 그냥 궁금하다는 거예요."

웨이터가 주문한 음식을 가져왔다. 벨맨 이야기는 식사하는 동안 미뤄두었다.

"그거 어때요?" 리사가 물었다.

"이거?" 안나가 음식을 삼키느라 말을 잠깐 멈추고, 접시를 신중하게 바라보며 평가했다. "괜찮아. 이 가격에 기대할 수 있는 수준이야." 안나는 드레싱을 치고 버무린 샐러드, 채식 스테이크, 구운 감자, 맥주 한 잔을 주문했다. 채식 스테이크는 살짝 금속 맛이 났고, 너무 익었다. "네 건 어때?"

"그런대로 괜찮아요." 리사가 음식을 입에 가득 물고 혀짧은 소리로 말했다. "진짜 고기를 먹어본 적 있어요?"

안나는 목이 막히지는 않았지만, 거의 질식할 뻔했다.

"아니. 생각만 해도 약간 매슥거려."

"난 먹어봤어요." 리사가 말했다.

안나가 미심쩍은 눈으로 리사를 보다가 곧 고개를 끄덕였다. "맞다. 넌 지구에서 이민을 왔지."

"우리 가족이 다 이민했죠. 그때 난 겨우 아홉 살이었어요." 리사가 맥주잔을 이리저리 만졌다. "아빠는 은밀한 육식주의자였어요. 크리스마스 때마다 닭을 한 마리 구해서 요리했죠. 그 닭을 사려고 1년 내내 돈을 모았어요."

"틀림없이 달에 올라왔을 때 충격을 받으셨을 거야."

"아마도, 조금은요. 아, 아빠는 달에 고기를 파는 암시장이 없다는 사실을 알았어요. 젠장, 지구에서도 닭은 흔하지 않았어요."

"다… 닭이 뭐야?"

리사가 웃음을 터뜨렸다. "일종의 새예요. 나도 살아 있는 걸 본 적은 없어요. 그리고 그다지 좋아하지도 않았어요. 스테이크를 더 좋아했죠."

안나는 그런 취향이 변태적이라는 생각이 들었지만, 어쨌든 관심이 끌렸다.

"어떤 종류의 스테이크 말이야?"

"소라는 동물에서 나온 거요. 집에서 딱 한 번 먹어봤어요."

"어떤 맛이야?"

리사가 손을 뻗어서, 안나가 방금 자른 채식 스테이크를 쿡 찌르더니 가져가 입에 쏙 넣었다.

"많이 비슷해요. 하지만 조금 달라요. 딱 맞는 맛으로는 안 나오는 것 같아요."

안나는 채식 스테이크가 왜 소의 맛이어야 하는 건지 전혀 몰랐다. 고기에 대해서는 충분히 이야기를 나눴다는 느낌이 들었다. 특히, 식사 시간에 할 이야기로는 이 정도면 됐다.

그들은 그날 밤 홉슨 술집으로 다시 갔다. 안나는 바에 앉아서 스타이너와 리사가 들어오는 모습을 봤다. 두 사람은 안나의 자리에서 댄스 플로어 건너편에 있는 탁자에 앉았다. 그들은 나체였고, 얼굴은 정성을 들여 칠했으며, 몸은 면도하고 기름칠했다.

안나는 지난 8개월 동안 피했던 파란색 레이스 임부복을 입었다. 발목까지 내려오고, 목 부분에 단추가 달린 이 드레스는 튀어나온 배를 제외한 모든 부분을 가렸다. 안나와 비슷하게 옷을 입은 여성이 한 명 더 있었지만, 그 여성의 임부복은 분홍색이었고 배가 훨씬 작았다. 두 사람은 흡슨 술집에 있는 다른 모든 사람의 옷을 다 합친 것보다 많은 옷을 입고 있었다.

달 주민들은 옷을 가볍게 입거나 아예 입지 않는 경향이 있으며, 무엇을 가릴지는 개인의 선택 사항이었다. 하지만 육체 클럽에서는 무엇을 드러내는지, 그리고 그것을 어떻게 강조하고 표시하는지가 중요했다. 안나는 장소를 크게 신경 쓰지 않았다. 그들에게는 절망적인 분위기가 감돌았다.

안나는 쓸쓸하게 보여야 했다. 젠장, 연기를 하고 싶었다면 무대에서 경력을 쌓았을 것이다. 안나는 미끼 역할에 대해 생각한 후, 다 때려치울까 고민했다.

"아주 좋아요. 완벽하게 비참해 보이네요."

안나는 고개를 들어, 리사가 스타이너를 따라 댄스 플로어로 향하며 윙크하는 모습을 힐끗 쳐다봤다. 안나가 하마터면 미소를 지을 뻔했다. 좋아, 안나는 이제 표정을 제어할 수 있었다. 이 역겨운 일과 이것 대신 자신이 하고 싶었던 일들을 생각하면, 얼굴이 저절로 제어되었다.

"안녕!"

안나는 그 즉시 이 남자가 싫어질 거라는 생각이 들었다. 남자가 안나 옆 의자에 앉았는데, 불룩 튀어나온 가슴에 보랏빛 불빛이 반짝였다. 고르고 하얀 치아, 도끼 같은 이목구비. 성기 포피에는 구멍을 뚫어 금색 방울을 달았고, 성기 자체에는 사탕처럼 줄무늬를 그렸다.

"난 음악 쪽으로는 취향이 없어요." 안나가 말했다.

"그러면 대체 여기서 뭘 하는 건가요?"

안나도 그게 궁금했다.

"거긴 확실히 잘못된 장소였어요." 리사가 눈의 초점을 잃고 안나의 집 천장을 노려보면서 말했다.

"몇 달 만에 처음 들은 최고의 소식이네." 스타이너가 말했다. 눈 밑에 다크 서클이 있었다. 힘든 밤이었다.

안나는 스타이너에게 조용히 하라고 손을 흔들고, 리사가 계속 말할 때까지 기다렸다. 왠지 모르지만, 안나는 리사가 벨맨에 대해 뭔가 알고 있다는 느낌이 들기 시작했다. 안나는 이마를 문지르며, 이게 말이 되는 상황인지 의아했다.

실은 리사가 분홍색 대신 파란색을 입으라고 했을 때, 안나는 그 말을 따랐다. 리사가 외롭고 절망적인 표정을 하라고 했을 때도, 안나는 최선을 다했다. 이제 리사는 홉슨 술집이 아니라고 했다. 안나는 다음에 나올 말을 기다렸다.

"컴퓨터가 피해자들이 그런 곳에서 시간을 보냈다고 분석해도 상관없어요." 리사가 말했다. "피해자들이 그런 곳에 가긴 했겠지만, 마지막 순간에는 아니었을 거예요. 그들은 더 조용한 장소를 원했을 거예요. 무엇보다, 홉슨 술집 같은 곳에서 누군가를 집으로 데려가지는 않잖아요. 차라리 댄스 플로어에서 섹스하고 말지." 스타이너가 앓는 소리를 내자, 리사가 그를 쳐다보며 웃었다. "잊지 마, 우린 임무 수행 중이었어."

"오해하지 마." 스타이너가 말했다. "넌 즐거운 모양이네. 하지만 밤새도록? 난 발이 아파."

"그런데 왜 조용한 곳이지?" 안나가 물었다.

"글쎄요. 우울한 성격 때문이 아닐까요? 우울한 상태에서는 홉슨 술집 같은 곳은 견디기 힘들죠. 그들은 복잡하지 않은 성관계를 위해 그곳에 갔어요. 하지만 너무 우울해지면 친구를 찾으러 가죠. 그런데 벨맨은 누군가를 자기 집으로 데려갈 수 있는 장소를 원했을 거예요. 사람들은 관계가 진지해지지 않는 이상 누군가를 집으로 데려가지 않잖아요."

안나는 그게 논리적이라는 생각이 들었다. 자신의 성장 과정과도 일치했다. 혼잡한 달 도시의 환경에서는 자신을 위한 공간, 특별한 친구만 초대할 수 있는 공간을 갖는 게 중요했다.

"그러면 벨맨은 먼저 피해자들과 친해졌을 거라는 뜻이지?"

"다시 말하지만, 제 추측일 뿐이에요. 좋아요, 보세요. 피해자들은 친한 친구가 없었어요. 그들 대부분은 아들을 임신했지만, 자신은 동성애자였어요. 낙태하기엔 너무 늦었죠. 그들은 자신이 아이를 원하는지 확신할 수가 없었어요. 그들은 아이를 갖는 게 좋을 것 같아서 시작했지만, 아이를 원하지는 않았어요. 아이를 키울지 정부에 넘길지 결정해야 해요. 그들에게는 대화 상태가 필요했어요." 리사가 말을 멈추고 안나를 바라봤다.

근거가 너무도 빈약했다. 하지만 달리 무엇을 할 수 있을까? 다른 장소를 찾는 것도 나쁘지 않을 것이다. 스타이너는 말할 것도 없고, 안나의 정신력을 위해서도 도움이 될 것이다.

"스나크에게 딱 맞는 장소네요." 스타이너가 말했다.

"그래?" 안나는 술집의 외관을 살펴보며 스타이너의 빈정거림을 알아채지 못하고 물었다.

벨맨을 찾을 수 있는 장소일지도 모른다는 생각이 들었지만, 지난 3주 동안 팀이 찾아다닌 열다섯 곳의 다른 술집과 크게 달라 보이지 않았다.

그곳의 이름은 '공(The Gong)'이었는데, 그 이유는 명확하지 않았다. 551가 73층의 외진 곳에 있는 술집이었다. 스타이너와 리사가 들어갔다. 안나는 그들과 일행이 아니라는 것을 확실히 보여주기 위해 그 블록을 두 바퀴 돌고 나서 들어갔다.

안나가 손전등이 있으면 좋겠다고 바라지 않아도 될 정도로 조명이 은은했다. 이 술집은 맥주만 주문받았다. 칸막이가 된 좌석들이 있고, 회전의자들이 있고 놋쇠 테두리를 두른 나무 바, 한쪽 구석에 피아노가 놓여 있었다. 키가 작고 검은 머리의 여성이 주문을 받았다. 분위기가 몹시 20세기스러워서 너무 고풍스럽다는 느낌이 살짝 들었다. 안나는 바의 한쪽 끝에서 빈자리를 발견했다.

3시간이 지났다.

안나는 냉정하게 상황을 받아들였다. 첫 주에는 거의 제정신이 아니었다. 이제 안나는 우주를 응시하거나, 바의 거울에 비친 자신의 모습을 살펴보며 마음을 비우는 능력을 개발한 것 같았다.

하지만 오늘이 마지막 밤이 될 예정이었다. 몇 시간 후 안나는 아파트로 들어가 문을 잠그고, 침대 옆에 촛불을 하나 켜놓고 엄마가 될 때까지 밖으로 나오지 않을 것이다.

"가장 친한 친구를 잃어버린 것 같은 모습이네요. 제가 한 잔 사도 될까요?"

'내가 그런 소리를 들을 때마다 10마르크씩 받았다면….' 안나가 생각했다. 하지만 이렇게 말했다. "좋을 대로 하세요."

남자가 앉을 때 딸랑거리는 소리가 났다. 안나가 아래를 힐끗 내려보고, 재빨리 고개를 들어 얼굴을 봤다. 첫날 밤에 홉슨 술집에서 만났던 그 남자는 아니었다. 성기 방울은 갑작스레 인기를 끌기 시작했는데, 3년 전부터는 음모 가꾸기보다 인기가 많아졌다. 전에는 모든 사람이 가랑이에 작은 꽃을 키웠었다. 남자들이 이 종을 차고 다니면서 '협곡의 종'이라 불렀다. 혹은 좀 더 귀여움을 잔뜩 불어넣어서 '얼간이 종'이라고 했다.

"그 벨을 울려달라고 부탁하면…." 안나가 대화하듯 자연스럽게 말했다. "불알을 터뜨려버릴 거야."

"누가, 저요?" 남자가 짐짓 모른 척 물었다. "그런 생각은 해본 적도 없어요. 정말이에요."

안나는 입에 발린 소리라는 것을 알았지만, 남자의 미소가 너무 천진난만해 보여서 웃을 수밖에 없었다. 남자가 손바닥을 내밀자, 안나가 그 손을 잡았다.

"루이스 브레히트예요." 안나가 말했다.

"난 에른스트 프리먼이에요."

하지만 에른스트는 벨맨이 아니었다. 정말로 아니었다. 안나는 놀랐다. 그리고 슬펐다. 그는 지난 3주 동안 안나가 대화를 나눠봤던 남자 중 가장 좋은 사람이었다. 안나는 에른스트가 구슬리자 기꺼이 가상의 인생사를 털어놓았다. 그건 둘째 날에 리사가 만들어준 이야기였다. 에른스트는 정말로 관심을 가지는 것 같았다. 안나는 스스로도 그 인생사를 거의 믿을 뻔했다. 안나는 지금껏 한 번도 경험하지 못했던 루이스 브레히트의 지독하게 지겨운 삶을, 자신의 좌절감이 아주 그럴듯하게 포장하고 있다는 사실을 깨달았다.

그랬기 때문에 안나는 화장실에 가는 길에 리사가 뒤따라 걸어오는 모습을 보고 깜짝 놀랐다.

리사와 스타이너는 안나가 에른스트와 대화를 나누는 20분 동안 잠시도 가만히 쉬지 않았다. 안나의 옷 속에 감춰진 마이크를 통해 두 사람의 대화를 들으며, 스타이너가 작은 카메라를 조작했다. 촬영 결과는 컴퓨터로 전송했고, 컴퓨터는 음성 지문과 사진 분석을 통해 신원을 확인했다. 결과가 일치하지 않으면 리사가 화장실에 그런 내용을 담은 메모를 남기도록 했다. 아마 지금 리사가 그 메모를 남기고 있을 것이다.

안나는 리사가 탁자로 돌아와 앉는 것을 보고, 거울에 비친 리사의 눈과 마주쳤다. 리사가 살짝 고개를 끄덕이자, 안나는 온몸에 닭살이 돋았다. 에른스트가 벨맨은 아닐지 몰라도, 팀의 첫 득점이었다. 그는 사기를 걸려고 작업 중이거나, 안나에게 다른 마음을 가지고 있을 수도 있었다.

안나는 적당한 시간 동안 기다렸다가, 맥주잔을 비우고 금방 다녀오겠다며 자리를 떴다. 그리고 바의 뒤쪽으로 걸어가서 커튼을 통과했다.

안나는 최근에 술집을 너무 많이 가봤기 때문에, 불이 꺼진 상태에서 두 발을 묶어놔도 화장실을 찾을 수 있을 것 같았다. 처음 보이는 문을 밀고 들어갔다. 그리고 실제로 그곳이 맞을 거라 생각했다. 20세기 디자인이었고 세라믹 세면대와 소변기, 변기가 있었다. 변기는 금속 칸막이에 비밀스럽게 숨겨져 있었다. 하지만 아무리 뒤져도 예상했던 메모를 찾지 못했다. 눈살을 찌푸린 안나가 여닫이문을 밀고 나가다가 들어오던 피아노 연주자와 부딪힐 뻔했다.

"실례합니다." 안나가 작게 말하며 문을 바라봤다. '남자'라고 쓰여 있었다.

"'공'의 특징이에요." 피아노 연주자가 말했다. "20세기, 기억하죠? 그때는 남녀 화장실이 분리되어 있었어요."

"당연하죠. 제가 바보 같았네요."

복도 건너편에 '여자'라고 선명하게 적힌 올바른 문이 있었다. 안나는 안으로 들어가 여닫이문의 안쪽에 붙어 있는 메모를 발견했다. 리사가 지갑에 넣고 다니던 작은 팩스 용지였는데, 8×12밀리미터 크기의 종이에 작은 글씨가 빼곡히 적혀 있었다.

안나는 임부복을 열고 앉아서 메모를 읽기 시작했다.

남자의 진짜 이름은 빅퍽커 존스(Bigfucker Jones)였다. 본명이 그렇다면, 가명을 사용하는 게 놀랍지도 않았다. 하지만 그 이름은 그 사람이 스스로 선택한 것이었다. 그는 지구에서 엘렌 밀러라는 여성으로 태어났다. 밀러는 본래 흑인이었는데, 인종과 성을 바꾼 것은 범죄 기록을 없애 경찰의 눈을 피하려는 시도였다. 밀러와 존스 둘 다 강도부터 도살, 살인까지 온갖 범죄에 연루되었다. 밀러는 코페르니쿠스 유형지로 이송되는 등 여러 차례 수감된 적이 있었다. 밀러는 형기를 마친 후 달에 남기로 했다.

벨맨과 관련해서는 아무런 의미도 없었다. 안나는 일종의 성적 변태 기록이 있기를 기대했다. 그런 게 벨맨의 프로필에 더 밀접하게 일치했기 때문이다. 존스가 벨맨이 되려면, 돈이 관련되어야 했다.

안나는 화장실 문 아래로 피아노 연주자의 빨간 구두를 보고 나서야 자신을 괴롭히던 문제가 의식 위로 떠올랐다. 피아노 연주자는 여성인데, 왜 남성 전용 화장실로 들어가고 있었을까? 그때 문 아래로 무언가가 들어왔다. 곧 밝은 보라색 섬광이 번쩍했다.

안나는 웃음이 터져 나오기 시작했다. 안나가 일어나 단추를 채웠다.

"아, 안 돼." 안나가 킥킥대며 말했다. "나한테는 작동하지 않아. 누군가가 내게 섬광볼을 던지면 어떨지 늘 궁금했어." 안나가 여닫이문을 열었다. 피아노 연주자가 보호용 고글을 주머니에 집어넣고 있었다.

"넌 싸구려 스릴러 소설을 너무 많이 읽을 게 틀림없어." 안나가 여전히 웃으며 피아노 연주자에게 말했다. "그런 게 시대에 뒤떨어졌다는 걸 몰라?"

여자가 아쉬운 표정으로 양팔을 벌리며 어깨를 으쓱했다. "난 시키는 대로 했을 뿐이야."

안나는 인상을 쓰다가 곧 다시 웃음을 터뜨렸다.

"하지만 섬광볼은 피해자에게 미리 약을 먹이지 않으면 효과가 없다는 사실을 알아야지."

"맥주는?" 여자가 쓸모있는 대답을 했다.

"오, 와우! 네 말은… 네가 그러니까, 그 만화책에 나올 법한 이름을 가진 그 남자가… 오, 와우!" 안나는 다시 터져 나오는 웃음을 참을 수가 없었다. 어떤 면에서는 이 여자가 안쓰러웠다. "글쎄, 내가 뭐라고 말해주면 좋을까? 그건 작동을 안 했어. 보증 기간이 끝났거나, 뭐 그랬을 거야." 안나는 그 여자에게 체포할 거라는 말을 하려 했지만, 왠지 여자의 기분을 상하게 하고 싶지 않았다.

"처음부터 다시 계획을 세워야겠네." 여자가 말했다. "아, 그래, 내가 여기에 있을 테니까, 넌 한 층 위로 가서 서부 500번 튜브역으로 가봐. 이 종이를 가지고 가서, 이 목적지를 눌러. 각 숫자를 입력한 후에는 잊어버려. 입력을 마치고 나면 종이를 삼켜. 다 기억했지?"

안나가 종이를 보며 눈살을 찌푸렸다. "서부 500번, 번호는 잊어버리고, 종이는 먹을 것." 안나가 한숨을 뱉었다. "글쎄, 그건 처리할 수 있을 것 같아. 하지만, 이봐, 내가 너에게 호의를 베풀어주려고 이걸 해주고 있다는 사실을 잊지 마. 내가 돌아오면 곧바로…."

"알았어, 알았어. 그냥 해. 내가 말한 그대로. 네가 내 비위를 맞춰주고 있는 건 알겠지만, 그냥 섬광볼이 효과가 있었던 것처럼 해보자고, 알겠지?"

충분히 합리적인 제안 같았다. 안나에게 딱 필요했던 기회였다. 분명히 이 여자와 존슨은 벨맨과 연결되어 있다. 안나가 벨맨을 잡을 수 있는 절호의 기회였다. 물론, 안나는 그 번호를 잊지 않을 것이다.

안나는 피아노 연주자에게 그 주소지에서 돌아오자마자 체포할 거라고 경고하려 했지만, 또다시 방해받았다.

"뒷문으로 나가. 그리고 시간을 낭비하지 마. 누군가가 '세 번 말했어'라고 말할 때까지 다른 사람의 말은 듣지 마. 그 말을 들으면 게임이 끝난 척해도 돼."

"알았어." 안나는 기대감으로 들떴다. 모든 사람이 경찰 업무에서 큰 부분이라고 생각하는 강렬한 모험이 드디어 시작되었다. 사실, 안나도 잘 알고 있듯이, 경찰 업무는 대체로 배경음악 방송처럼 지루했다.

"그리고 그 임부복도 내가 가지고 있을게."

안나는 여자에게 임부복을 건네주고, 환한 미소만 걸친 채 서둘러 뒷문으로 나갔다.

놀라웠다. 안나가 번호를 하나씩 입력하자, 하나씩 머릿속에서 지워졌다. 안나에게는 스와힐리어 같은 글자가 인쇄된 종이 한 장만 남았다.

"네가 뭘 알아." 안나는 2인용 캡슐에 혼자 타고, 혼잣말을 했다. 그리고 웃으며, 종이를 구겨 스파이처럼 입속에 넣었다.

안나는 자신이 어디에 있는지 전혀 몰랐다. 캡슐은 30분 가까이 이리저리 돌아다니다 사설 튜브역에 도착했다. 다른 수천 개의 사설 역과 똑같이 생겼다. 안나가 도착하자 한 남자가 기다리고 있었다. 안나가 남자를 향해 미소를 지었다.

"내가 만나야 할 사람이 당신인가요?" 안나가 물었다.

남자가 뭔가 말했지만, 무슨 말인지 알아들을 수 없었다. 안나가 그의 말을 이해하지 못하는 게 분명해지자, 남자가 눈살을 찌푸렸다. 안나는 문제를 파악하는 데 약간 시간이 걸렸다.

"죄송하지만, 제가 다른 사람의 말을 듣지 않기로 되어 있어요." 안나가 무기력하게 어깨를 으쓱했다. "그 말이 이렇게 잘 작동할 줄 몰랐어요."

남자가 손에 들고 있는 무언가로 손짓하기 시작했다. 안나는 눈살을 찌푸리더니 활짝 웃었다.

"몸짓을 보면서 알아맞히는 게임을 하자는 건가요? 알았어요. 그런 것 같네요…." 하지만 남자는 그 물체를 안나의 눈앞에서 계속 흔들었다. 그건 수갑이었다.

"오, 알았어요. 이게 당신을 행복하게 해준다면야." 안나가 손목을 서로 가까이 붙여서 내밀자, 남자가 수갑을 채웠다.

"세 번 말했어." 남자가 말했다.

안나가 비명을 지르기 시작했다.

몇 시간 후 안나의 정신이 돌아왔다. 한참 동안 몸을 부들부들 떨고, 투덜대고, 토하는 것 외에는 할 수 있는 게 없었다. 점차 주변 환경을 인식하게 되었다. 칠이 벗겨진 아파트 방의 맨바닥에 누워 있었다. 방에는 오줌과 구토와 공포의 냄새가 진동했다.

안나가 조심스럽게 고개를 들었다. 벽에 붉은 줄무늬들이 있었는데, 일부는 새롭게 생긴 선홍빛이었고, 다른 것들은 거의 갈색이었다. 안나는 일어나 앉으려다 움찔했다. 손가락 끝이 벗겨져 있고 피투성이였다.

먼저 문을 열려고 했지만, 안쪽에 손잡이조차 없었다. 안나는 수갑이 채워진 손에 통증이 너무 심해지면 혀를 깨물며 방 주위를 더듬어보고, 문을 열 수 없다는 사실을 받아들였다.

안나는 다시 앉아 자신의 상황을 돌아봤다. 별로 희망은 없는 것 같았지만, 할 수 있는 일을 준비했다.

문이 열린 것은 2시간쯤 흐른 뒤였을 것이다. 안나로서는 시간을 정확히 알 수 없었다. 아까 그 남자였다. 이번에는 낯선 여자와 함께 왔다. 두 사람은 뒤로 물러서서, 문을 밀어 활짝 열었다. 아마도 문 옆에 숨어 있다가 공격할까 봐 경계했을 것이다. 안나는 먼 구석에 몸을 움츠리고 있었다. 그들이 다가오자 다시 비명을 지르기 시작했다.

남자의 손에서 무언가가 번쩍했다. 체인칼이었다. 배터리가 들어 있는 고무 손잡이를 손바닥에 쥐고 있었는데, 15센티미터의 뭉뚝한 칼날을 수백 개의 작은 이빨이 감싸고 있었다. 남자가 손잡이를 꽉 쥐자 체인이 빠르게 움직이며 칼에서 날카로운 소리가 났다. 안나는 더 크게 비명을 지르며 일어나 벽에 등을 대고 섰다. 안나의 자세는 전체적으로 무방비 상태였다. 안나가 남자의 목을 걸어찼을 때, 남자가 칼을 휘두르는 반응이 너무 늦어서 안나의 다리를 놓치고 다시 공격하지 못하는 것을 보면, 그들은 안나의 연기에 속은 게 확실했다. 남자는 피를 토하며 바닥에 쓰러졌다. 칼이 떨어지자마자, 안나가 움켜잡았다.

여자는 비무장이었다. 그래도 올바르게 판단했다 그러나 여자도 너무 늦었다. 문을 향해 출발했지만, 안나가 뻗은 발에 걸려 넘어지며 얼굴부터 바닥에 떨어졌다.

안나는 여자가 죽을 때까지 걸어차려고 했다. 하지만 지나치게 몸을 움직인 탓에 근육이 긴장했다. 갑자기 그렇게 거칠게 사용하면 안 되는 거였다. 안나가 쥐가 난 몸을 웅크리며 쓰러졌는데, 팔을 뻗어 낙법으로 배를 보호했다. 수갑을 찬 안나의 손이 여자의 팔에 부딪힐 것 같았다. 하지만 안나는 칼을 놓지 않으면서도, 괴롭힘을 당한 손끝으로 바닥을 짚고 싶지 않았다. 안나가 몽환적인 달의 중력으로 긴 시간 동안 떨어지며 어떻게 해야 할지 고민하는 동안, 안나의 주먹이 여자의 팔 바로 뒤의 바닥에 부딪혔다. 그때 거의 들리지 않을 정도로 윙윙거리는 소리가 났다. 가느다란 핏줄기가 안나의 팔과 어깨 그리고 3미터 떨어진 벽에 튀었다. 그리고 여자의 팔이 떨어졌다.

두 사람 모두 잠깐 동안 그 팔을 쳐다봤다. 여자가 놀란 눈으로 안나를 바라봤다.

"아프지는 않아." 여자가 분명하게 말했다. 그러고는 팔이 더 이상 존재하지 않는다는 사실을 잊어버린 채 일어나려다 넘어졌다. 피가 솟구치는 동안 여자가 뒤집힌 거북이처럼 버둥거렸다가, 하얗게 변하더니 가만히 멈췄다.

안나가 어색한 자세로 일어나 가쁜 숨을 내쉬었다. 잠시 가만히 서서 몸을 가눴다.

남자는 아직 살아 있었는데, 호흡이 안나보다 훨씬 거칠었다. 안나가 남자를 내려다봤다. 그는 살 수 있을 것 같았다. 안나는 손에 든 체인칼을 바라보다가, 남자 옆에 무릎을 꿇고 앉았다. 그리고 남자의 목에 칼끝을 가져다 댔다. 안나가 일어섰을 때, 남자는 더 이상 엄마의 몸에서 아기를 잘라내지 못하게 되었다.

안나는 서둘러 문으로 가서 조심스럽게 좌우를 살폈다 아무도 없었다. 여기에서는 여성의 비명 소리가 특별한 일이 아니었거나, 관련된 모든 사람을 안나가 죽인 게 틀림없었다.

안나가 복도를 따라 50미터 정도 내려갔을 때 진통이 시작됐다.

안나는 여기가 어디인지 몰랐지만, 엘프레다 통이 죽임을 당한 장소 근처가 아니라는 사실은 알 수 있었다. 여기는 도시의 오래된 지역으로서, 대부분 공업 지역이었다. 아마도 지표면에 가까운 층일 것이다. 안나는 공공 통로로 가는 길을 발견해서 전화를 걸 수 있기를 바라며 계속 문을 열어봤다. 하지만 열린 문들은 창고로 이어졌고, 사무실이었던 곳의 문은 야간이라 잠겨 있었다.

마침내 한 사무실의 문이 열렸다. 안나가 안을 들여다봤지만, 사무실은 아무 데로도 연결되지 않았다. 문을 닫고 계속 도망가려는 순간 전화기가 눈에 들어왔다.

안나가 책상 뒤에 무릎을 꿇고 앉아 BELLMANXXX를 입력할 때 다시 배의 근육이 조여왔다. 모니터가 켜지자, 안나가 허겁지겁 엄지손가락으로 스위치를 눌러 까맣게 만들었다.

"신원을 밝혀주세요."

"안나 루이스 바흐 경위입니다. 코드 원 상황입니다. 경관에게 문제가 생겼습니다. 이 전화를 추적해서 지원을 보내주세요. 서둘러주세요."

"안나 경위님, 어디에요?"

"리사?" 안나는 리사라는 게 믿기지 않았다.

"네, 본부로 내려왔어요. 경위님이 연락할 방법을 찾을 수 있기를 바랐어요. 어디로 갈까요?"

"내가 하고 싶은 말이야. 나도 어디인지 몰라. 나한테 섬광볼을 사용해서 내가 어디로 왔는지 잊어먹었어. 그리고…."

"네, 우리도 다 알아요. 지금은. 경위님이 몇 분 이상 모습을 보이지 않아서, 우리가 확인했더니 사라진 상태였어요. 그래서 그 술집에 있던 모든 사람을 체포했죠. 존스와 피아노 연주자를 잡았습니다."

"그러면 여자에게 내가 어디에 있는지 말하라고 해."

"유감스럽지만, 그 여자는 더 이상 쓸 수 없습니다. 심문받다가 죽었어요. 어쨌거나 자신도 그렇게 죽을 줄 몰랐던 것 같아요. 여자가 누구 밑에서 일하는지는 몰라도 매우 조심스러운 사람이에요. 우리가 여자의 정맥에 펜토탈을 주입하자마자, 머리가 터져서 심문실 전체를 뒤덮었어요. 여자는 약쟁이였어요. 남자는 더 조심스럽게 다뤘지만, 여자보다 아는 게 적었어요."

"그렇군."

"하지만 거기서 빠져나와야 해요, 경위님. 끔찍해요. 경위님은… 젠장. 경위님도 알잖아요." 리사가 잠시 말을 잇지 못하는 것 같았는데, 다시 말을 시작했을 때 목소리가 떨렸다. "놈들은 도살을 해요, 경위님. 하느님 맙소사. 이제 달에도 그런 놈들이 생겼어요."

안나가 눈살을 찌푸렸다. "그게 무슨 소리야?"

"놈들이 육식주의자들을 위해 고기를 조달한다고요, 제기랄. 육식 중독자들. 고기를 먹기로 결심하고, 어떤 대가라도 치를 사람들."

"설마 나한테 말하려는 게…."

"왜 아니겠어요?" 리사가 얼굴을 붉혔다. "이것 봐요. 지구에는 아직도 조심하기만 하면 동물을 기를 수 있는 장소들이 있어요. 하지만 달에서는 모든 게 철저히 단속되기 때문에, 누구도 감히 시도할 수가 없잖아요. 누군가가 냄새를 맡거나, 하수 모니터로 동물 배설물을 추적당할 수 있어서, 기를 수가 없어요."

"그럼 왜…?"

"자, 그러면 어떤 고기가 가능할까요?" 리사가 잔인하게 말을 이어갔다. "주변에 살아 있는 고기가 엄청나게 많잖아요. 기를 필요도 없고, 숨길 필요도 없어요. 고객이 찾을 때 수확하기만 하면 돼죠."

"그래도 식인이라니?" 안나가 힘없이 말했다.

"왜 안 되죠? 원하는 사람들에게 고기는 고기일 뿐이에요. 지구에서도 인간 고기를 파는데, 가격이 비싸요. 아마도 맛 때문에…. 아, 토할 것 같아요."

"나도." 안나는 배 속에서 또 경련을 느꼈다. "어, 추적은 어떻게 되고 있어? 아직 나를 못 찾았어?"

"아직 진행 중이에요. 문제가 좀 생긴 것 같아요."

안나는 오한을 느꼈다. 예상치 못했던 일이지만, 기다리는 것 외에는 할 수 있는 일이 없었다. 분명히 컴퓨터는 늦지 않게 문제를 해결할 것이다.

"리사. 아기들은? 놈들이 원하는 게 아기야?"

리사가 한숨을 쉬었다. "저도 이해가 안 돼요. 벨맨을 만나면 물어보지 그래요? 혹시 기분이 나아질지 모르겠지만, 놈들은 어른도 거래해요."

"리사, 내 아기가 나오려고 해."

"세상에."

그리고 15분 동안 안나는 여러 번 달리는 발소리를 들었다. 한번은 문이 열리더니 누군가가 고개를 쑥 집어넣고 둘러봤지만, 책상 뒤에서 한 손으로 전화기 불빛을 가리고 다른 손에 체인칼을 쥐고 있는 안나를 보지 못했다. 안나는 그동안 체인칼로 수갑의 금속띠를 썰었다. 체인의 작은 날들이 날카로워서 금세 잘렸다.

몇 분마다 리사가 전화로 돌아와 "달의 모든 2마르크 구역을 샅샅이 뒤지고 있어요." 같은 말을 했다. 그 말은 안나가 사용하고 있는 전화가 추적 방지 장치로 보호되고 있다는 의미였다. 그것은 안나의 손을 떠난 문제였다. 벨맨과 리사의 두 컴퓨터가 지혜를 겨루는 동안, 5분마다 진통이 찾아왔다.

"도망쳐요!" 리사가 소리쳤다. "거기서 나가요, 빨리!"

리사가 자궁의 수축을 애써 무시하려 버둥거리며 뿌연 시야와 싸웠다. 안나는 그저 편안하게 쉬면서 아기를 낳고 싶었다. 사람은 어디에서도 평화를 찾을 수 없는 걸까?

"왜? 무슨 일이야?"

"그쪽에 있는 누군가가 경위님이 전화를 사용하고 있다는 사실을 알아챘어요. 놈들은 경위님이 어떤 전화기를 사용하는지 알아요. 놈들이 거기로 곧 도착할 거예요. 나가요, 빨리!"

안나가 자리에서 일어나 문밖을 내다봤다. 아무것도 없었다. 소리도 없고, 움직임도 없었다. 왼쪽일까, 오른쪽일까?

그건 중요하지 않은 것 같았다. 안나는 배를 움켜쥐고 몸을 구부정하게 숙인 채 발을 질질 끌며 복도를 걸어갔다.

이윽고 뭔가 달라졌다.

문에 '농장: 비인가자 출입 금지. 우주복 구역'이라고 표시되어 있었다. 그 뒤에는 옥수수가 있었다. 8미터 높이의 줄기에서 자라는 옥수수. 멀리 어지러운 소실점까지 끝도 없이 줄지어 있는 옥수수. 투명한 플라스틱 거품을 통해 내리쬐는 햇빛. 달의 무자비한 하얀 햇빛.

10분 만에 안나는 길을 잃었다. 동시에, 이제 안나는 자신이 어디에 있는지 알게 되었다. 전화로 돌아갈 수 있다면 좋겠지만, 지금쯤은 분명히 경비가 서 있을 것이다.

안나의 위치를 알아내기는 쉬웠다. 안나는 팔만큼 길고, 허벅지만큼 두툼한 황금빛 옥수수를 하나 골라 껍질을 벗겼다. 거기에 엄지손가락만 한 노란 알맹이마다 상표가 있었다. 녹색으로 변색된 팔짱을 끼고 웃고 있는 남자 그림. 현재 안나가 있는 곳은 루나푸드 농장이었다. 이상하지만, 경찰서보다 겨우 5층 위였다. 하지만 어쩌면 10억 킬로미터 떨어진 곳을 수도 있었다.

지금 당장은 옥수수 줄기 속에서 길을 잃는 게 그리 나쁜 생각은 아닌 것 같았다. 안나는 발을 디딜 수 있는 한 절뚝거리며 옥수수 줄을 따라 걸어갔다. 벽에서 한 걸음씩 멀어질 때마다 수색은 훨씬 어려워질 것이다. 하지만 이제 안나는 가쁜 숨을 몰아쉬고 있었고, 양손으로 사타구니를 꽉 틀어막고 싶은 불쾌한 충동을 느꼈다.

고통스럽지는 않았다. 산파기가 작동되고 있었기 때문에, 안나는 상상할 수 있는 가장 강력한 감각에 사로잡혀 있었지만, 전혀 고통스럽지 않았다. 그러나 그 상황을 무시할 수 없었고, 몸이 더 이상 움직이지 않으려 했다. 누워서 포기하고 싶었다. 하지만 안나는 그렇게 놔두지 않았다.

한 발 앞에 다른 발. 안나의 맨발이 진흙으로 뒤덮였다. 옥수수가 자라는 이랑 위의 흙은 더 건조했지만, 안나는 발자국을 최소화하기 위해 고랑 위에 머물려고 애썼다.

더웠다. 틀림없이 50도가 넘고, 습도도 높을 것이다. 증기 사우나 같았다. 안나의 몸에서 땀이 쏟아져 내렸다. 안나는 계속 터벅터벅 걸으며 코와 턱에서 땀이 떨어지는 모습을 지켜봤다.

안나의 우주는 오직 두 가지로 좁혀졌다. 발이 기계적으로 움직이며 좁아진 시야 안으로 들어왔다 나가는 모습. 그리고 배 속의 팽팽한 긴장감.

그러다 더 이상 발이 보이지 않았다. 안나는 발이 어디로 갔는지 궁금해하며 잠시 걱정했다. 실은 아무것도 보이지 않았다.

안나는 몸을 굴려 등을 대고 누우며 흙을 뱉어냈다. 쓰러질 때 옥수수 줄기 하나가 밑동 부분에서 꺾였다. 돔의 위쪽이 훤히 눈에 들어오고, 돔 아래 보행자 통로가 매달려 있는 게 보였다. 그리고 머리 위쪽으로 정체된 공기 속에 십여 개의 금빛 옥수수수염이 나른하게 늘어져 있었다. 이 아래에서 올려다본 풍경은 아름다웠다. 녹색 줄기는 사방으로 뻗어나갔지만, 옥수수수염은 모두 검은 하늘에 가깝게 모여 있었다. 머물기 좋은 장소 같았다. 안나는 다시 일어나고 싶지 않았다.

그리고 이번에는 산파기가 있어도 약간 통증이 느껴졌다. 안나가 신음하며 쓰러진 옥수수 줄기를 양손으로 움켜쥐고 이를 갈았다. 안나가 다시 눈을 떴을 때는 줄기가 두 동강이 난 상태였다.

조애너가 왔다.

안나는 놀라움에 눈을 부릅뜨고, 입이 크게 벌어졌다. 아기라고 하기에는 너무 큰 무언가가 몸을 타고 내려오고 있었다. 그 무언가가 안나를 활짝 열어젖힐 것 같았다.

잠시 긴장을 풀고, 얕게 호흡하며, 아무 생각도 하지 않고, 양손을 배 위에서 쓸어내렸다. 안나에게서 동그랗고 축축한 무언가가 튀어나오고 있었다. 안나는 그 모양이 느껴졌고, 아래쪽에 작은 구멍들이 있었다. 정말 놀라웠다.

안나는 백만 년 만에 처음으로 미소를 지으며 온 힘을 모았다. 안나의 발뒤꿈치가 땅을 파고들었다. 발가락과 엉덩이가 검은 흙에서 위로 들렸다. 그게 다시 움직이기 시작했다. 아이가 다시 움직이고 있다. 조애너, 조애너, 조애너가 태어나고 있다.

너무 빨리 끝났다. 안나는 놀라서 숨을 헐떡였다. 아이가 젖은 채로 주르륵 미끄러져서 흙바닥에 떨어졌다. 안나가 옆으로 몸을 굴려 땅에 이마를 댔다. 아기는 안나의 다리 사이의 피와 축축한 물기 위에 누워 있었다.

안나는 해야 할 일을 했다. 탯줄을 잘라야 할 때가 되자, 안나의 손이 저절로 체인칼로 향했다. 안나는 남자의 위협적인 손이 보였다. 순식간에 안나의 배를 가르고 조애너를 찢어내려던 칼날의 초음파소리가 들리는 듯해서, 손을 멈췄다.

안나는 칼을 떨어트리고, 몸을 숙여 입으로 세게 물어뜯었다.

옥수수수염으로 다리 사이를 누르자 이윽고 출혈이 멈췄다. 태반이 나왔다. 안나는 힘이 없고 불안정한 상태였기 때문에, 어머니처럼 감싸주는 흙과 열기 속에 그냥 누워 있는 게 가장 좋을 것 같았다.

하지만 그때 위쪽에서 외치는 소리가 들렸다. 한 남자가 돔 아래 매달려 있는 보행자 통로의 가장자리에 기대어 서 있었다. 사방에서 대답하는 고함 소리가 들렸다. 안나가 앉아 있는 옥수수 줄의 저쪽 끝, 거의 소실점에 가까운 곳에서 작은 형체가 나타나더니 안나를 향해 다가오기 시작했다.

안나는 자신이 일어날 수 있을 거라고는 생각하지 못했지만, 일어났다. 도망쳐도 거의 소용이 없을 것 같았으나, 안나는 한 손에 체인칼을 움켜쥐고, 다른 손에 조애너를 껴안고 달렸다. 그들이 다가와서 싸운다면, 안나는 잘린 시체 더미 위에서 죽게 될 것이다.

녹색 빛이 안나의 발뒤꿈치 근처의 땅에서 지글거렸다. 안나는 즉시 옆줄로 넘어갔다. 백병전은 끝났다.

이제 이랑 사이로 걸어가는 게 아니라 이랑들을 넘어가야 했기 때문에 달리기가 더 힘들어졌다. 하지만 안나의 뒤를 쫓는 남자는 안나를 계속 겨냥할 수 없어서 더 이상 쏘지 못했다.

그러나 안나는 이 상황이 계속되지는 않을 거라 예상했다. 옥수수 농장이 광대하지만, 이제 그 끝이 보였다. 안나는 옥수수 농장과 돔의 가장 자리 사이에 있는 10미터의 맨땅으로 나왔다.

안나의 앞에는 4미터 높이의 금속 벽이 있었다. 벽 위에서 투명한 돔이 시작됐다. 돔은 바깥쪽 벽의 꼭대기에서 연결된 가느다란 케이블망으로 형태를 갖추고 고정되었다.

도망칠 곳이 없을 것 같았는데, 안나가 익숙한 파란색 불빛을 발견했다.

내부문의 걸쇠가 닫혀야 외부문이 열린다. 안나는 재빨리 엘프레다가 했던 것처럼 외부문의 걸쇠를 풀었다. 설령 잠시뿐일지라도, 안나는 엘프레다보다 살아날 가능성이 크다는 사실을 알고 있었다. 이 에어록은 외부에 기압 조절 장치가 없는 구형이기 때문이었다. 이 문을 열려면 내부의 경보 장치를 끊고 문을 부수고 들어와야 했다. 그렇게 하려면 시간이 걸릴 것이다.

안나는 외부에서 감압 지시를 내릴 수 없다는 확신이 든 후에야(그전까지는 생각하지 못했지만, 내부문의 걸쇠 네 개 중 하나만 열어도 안전 제어 시스템이 작동되어 외부의 감압 지시를 무효화할 수 있다는 사실을 깨달았다), 에어록의 내부를 둘러봤다.

이 에어록은 5인용 모델이었으며, 작업팀이 통과할 수 있도록 설계되었다. 바닥에는 공구 상자가 놓여 있고, 한쪽 구석에 나일론 밧줄이 둘둘 감겨 있었다. 그리고 벽에 내장된 옷장이 있었다.

안나는 옷장을 열어 우주복을 찾아냈다.

우주복은 대형이었지만, 안나는 덩치가 큰 여성이었다. 자신과 조애너가 함께 들어갈 수 있을 정도로 몸통 부분의 공간을 넉넉하게 만들기 위해 조절끈을 붙잡고 씨름했다.

안나의 정신은 피곤과 싸우며 맹렬히 작동했다.

우주복이 왜 여기에 있었을까?

안나는 처음에는 답을 찾지 못하다가, 자신에게 총을 쏘았던 남자가 우주복을 입지 않고 있었다는 사실을 떠올렸다. 보행자 통로에 있던 남자도 마찬가지였다. 보지는 못했지만, 안나를 쫓고 있던 다른 사람들도 있었다. 안나는 그들도 우주복을 입지 않았을 거라고 장담할 수 있었다.

그렇다면 안나가 지나가며 봤던 문의 표지판은 거의 무시되는 안전 규정이었다. 대기 보존 및 안전 규정이 실제로 지켜야 하는 수준보다 훨씬 엄격하다는 사실은 누구나 알고 있었다. 이 농장은 플라스틱 돔만이 진공을 차단해주었기 때문에, 자동으로 진공 위험 구역으로 구분되었다. 하지만 실제로는 우주복 없이 들어가도 안전했다.

우주복은 가끔 누군가가 밖으로 나가야 할 때를 대비해 에어록에 보관하고 있었다. 이 우주복은 대형이었기 때문에, 필요한 사람이면 누구든 조절해서 작용할 수 있었다.

흥미롭군.

안나가 우주복을 잠갔을 때, 조애너가 처음으로 울었다. 당연한 일이었다. 아이는 안나의 몸에 붙어 있었지만, 아이를 받쳐주는 어떤 지지대도 없었다. 조애너의 작은 두 다리를 우주복의 다리 하나에 서둘러 집어넣었으니, 그다지 편하지 않을 것이다. 안나는 울음소리를 무시하려 최선을 다했다. 동시에 손으로 아이를 만지려는 충동에 저항하는 게 얼마나 힘든지 깨달았다. 안나는 에어록 제어판을 똑바로 바라봤다.

수동 대피 밸브가 있었다. 안나는 밸브를 천천히 돌려 틈새를 살짝 열어서, 안에 있는 사람들에게 들릴 정도의 소음을 만들지 않으면서 공기를 내보냈다. 이제 내부문의 한 부분이 달아오르기 시작했다. 하지만 손으로 들고 다니는 소형 레이저총은 금속을 녹일 가능성이 작았기 때문에, 안나는 크게 걱정하지 않았다. 지금쯤이면 누군가가 중장비를 가지러 갔을 것이다. 옆의 에어록으로 가면 그 안에도 우주복이 있겠지만, 돔의 외부에서는 공기 압력 때문에 문을 강제로 열 수 없어서 소용이 없을 것이다. 그리고 안나가 내부에 있는 한 외부의 지시를 무효화시킬 수 있으므로, 그들이 에어록을 강제로 돌릴 수도 없었다.

안나가 우주복을 챙겨 입었을 거라는 사실을 그들이 깨닫고는 먼저 외부로 나가서, 안나가 외부문을 열었을 때 밖에서 기다리고 있지만 않으면….

안나는 외부로 공기가 빠져나가길 기다리며 몇 분 동안 괴로운 시간을 보냈다. 벨맨이 안나에게 말을 걸기 시작한 것도 마음 상태에 도움이 되지 않았다.

"네 상황은 절망적이야. 너도 알고 있겠지."

안나는 깜짝 놀랐다. 곧 안나는 벨맨이 인터컴을 통해 자신에게 말하고 있으며, 그 말이 우주복의 무전기로 중계되었다는 사실을 깨달았다. 그렇다면 벨맨은 아직 안나가 우주복을 입고 있다는 사실을 모르고 있었다.

"난 그런 건 몰라." 안나가 대답했다. "경찰이 몇 분 안에 도착할 거야. 기회가 있을 때 떠나는 게 좋을 거야."

"미안한데, 그렇게 안 될 거야. 네가 통화했다는 걸 알지만, 경찰이 너를 추적하지 못했다는 사실도 알아."

기압 계기판이 0을 가리켰다. 안나는 체인칼을 들고 문을 당겼다. 안나가 고개를 내밀었다. 외부에서 기다리는 사람은 없었다.

안나는 완만하게 울퉁불퉁한 평원을 가로질러 50미터 정도 나아가다 갑자기 우뚝 멈췄다.

농장으로 이어지지 않는 가장 가까운 에어록은 최소한 4킬로미터 밖에 있었다. 공기는 충분했지만, 체력이 얼마나 버텨줄지 자신할 수 없었다. 인정 많은 산파기가 안나가 겪어야 했던 고통을 덜어주었지만, 팔과 다리가 납덩이 같았다. 놈들이 안나가 달리는 속도보다 빠르게 따라올 수 있을까? 가능할 것 같았다.

물론, 다른 대안이 있었다.

안나는 놈들이 조애너에게 어떤 짓을 할 생각이었는지 생각한 후 돔으로 돌아갔다. 안나는 스케이트를 타듯 발을 지면에 가까이 붙이고 움직였다.

세 번을 뛰어오른 뒤에야 장갑을 낀 한쪽 손으로 금속벽의 위쪽 모서리를 잡을 수 있었지만, 한 팔의 힘만으로는 자신의 무게를 들어 올리기 힘들었다. 안나는 자신이 완전히 탈진하기 직전이라는 사실을 깨달았다. 간신히 양손을 이용해 기어 올라가, 좁은 돌출부 위에서 벽 윗부분 돔의 케이블들을 고정하는 나사 사이에 발을 대고 일어섰다. 몸을 숙여 투명한 진공플라스틱 속을 들여다보았다. 다섯 명이 에어록 내부문 주변에 서 있었다. 무릎을 팔꿈치로 짚고 쪼그리고 앉아 있던 한 사람이 일어나 에어록 옆의 버튼을 눌렀다. 안나는 파란색 모자로 가려진 그의 머리 꼭대기만 볼 수 있었다.

"우주복 찾았지?" 벨맨이 말했다. 그의 목소리는 조용하고 감정적이지 않았다. 안나는 아무 말도 하지 않았다. "아직 내 말 들리지?"

"들려." 안나가 말했다. 안나는 체인칼을 잡고 손잡이를 꽉 쥐었다. 장갑에서 느껴지는 약간의 진동이 칼이 작동하고 있다는 유일한 신호였다. 안나는 칼날을 플라스틱 필름에 대고 너비 1미터 정사각형의 가장자리를 따라 긋기 시작했다.

"들을 수 있을 거라 생각했어." 벨맨이 말했다. "벌써 도망가고 있겠지. 물론, 우주복 이야기는 일부러 하지 않았어. 내 부하 한 명이 다음 에어록으로 가서 바깥으로 나갈 때까지 네가 우주복을 찾지 못하길 바랐으니까."

"음흠." 안나는 벨맨이 계속 말하길 바랐다. 안나는 단단한 플라스틱을 천천히 자르는 동안 칼 소리가 들릴까 봐 걱정했다.

"네가 알아야 할 것은 내 부하가 적외선 탐지기를 가지고 있다는 사실이야. 네가 안에 있을 때 그걸 이용해서 추적했지. 탐지기로 보면 네 발자국에서 빛이 나. 우주복도 부츠를 통해서 열을 내보내기 때문에 그 기계가 쓸모가 있어. 아주 좋은 기계지."

안나는 그런 생각을 해본 적이 없었다. 전혀 마음에 들지 않았다. 차라리 다음 에어록에 도착하려 애쓰는 게 최선이었을지도 모른다는 생각이 들었다. 벨맨의 부하가 여기로 오면, 안나가 돔으로 되돌아왔다는 사실을 금방 알아챌 것이다.

"왜 이런 이야기를 다 해주는 거야?" 안나가 물었다. 이제 사각형의 둘레에 얇은 홈이 파였지만, 시간이 너무 오래 걸렸다. 안나는 칼을 앞뒤로 움직이며 아래쪽 가장자리에만 집중하기 시작했다.

"네가 무슨 생각하는지 다 들려." 벨맨이 멋쩍은 웃음소리를 냈다. "이 게임 정말 짜릿하지, 그렇게 생각하지 않아? 넌 내가 지난 수년 동안 쫓았던 녀석들 중에 가장 숙련된 사냥감이야. 성공 비결이 따로 있나?"

"난 경찰이야." 안나가 말했다. "너희 부하가 잠복 수사에 걸려들었어."

"아, 많은 게 설명이 되네." 벨맨이 즐거운 투로 말했다.

"그런데 넌 누구야?" 안나가 물었다.

"그냥 벨맨라고 불러. 너희가 내 이름을 그렇게 지었다고 들었을 때 마음에 들었어."

"왜 아기야? 내가 도저히 이해가 안 되는 부분이야."

"왜 송아지 고기를 먹을까? 왜 새끼양 갈비를 먹을까? 내가 어떻게 알겠어? 난 그런 거 안 먹어. 나는 고기에 대해 아무것도 모르지만, 고기를 보면 그걸 팔 수 있는 괜찮은 밀거래와 돈이 되는 시장을 알지. 내 고객이 아기를 원하면, 가져다주는 거야. 나는 나이를 가리지 않아." 벨맨이 다시 한숨을 내쉬었다. "그리고 일이 너무 쉬우면 우리가 허술해져. 부주의해지지. 일이 너무 지루해져. 이제부터 우리는 빨리 죽일 거야. 네가 튜브에서 내리자마자 죽여버렸으면, 귀찮은 일을 많이 덜었을 거야."

"네가 예상한 것보다 귀찮은 일이 훨씬 많이 일어나길 바랄게." 젠장! 왜 아직도 안 뚫리는 거지? 이렇게 오래 걸릴 줄 몰랐다. "솔직히 말해서, 너희가 나를 왜 그렇게 오래 살려뒀는지 이해가 안 돼. 왜 나를 가뒀다가 몇 시간 후에 죽이러 온 거야?"

"유감스럽지만, 탐욕 때문이지." 벨맨이 말했다. "있잖아, 그 사람들은 널 죽이러 간 게 아니었어. 네가 과민하게 반응한 거야. 나는 이 사업을 다른 사업과 결합시키려 했어. 살아 있는 임산부를 이용한 사업이 있거든. 나는 고객이 많아. 살아 있는 아기를 위한 사업도 있지. 우리는 보통 아기들을 몇 달 동안 살려둬."

안나는 훌륭한 경찰관으로서 그 문제에 대해 더 질문해야 한다는 생각이 들었다. 경찰에서는 놈이 무슨 짓을 했는지 알고 싶어 할 것이다. 하지만 안나는 질문 대신 온 힘을 다해 칼을 움켜쥐고 아랫입술을 깨물었다.

"나는 너 같은 사람도 이용할 수 있을 거야." 벨맨이 말했다. "정말로 계속 도망갈 수 있을 거라고 생각하는 건 아니지? 다시 생각해보는 게 어때? 우리가…."

안나가 거품을 통해 내려다보는 동안 벨맨이 고개를 들어 올려다봤다. 벨맨이 하려던 제안이 뭔지 모르겠지만, 그는 말을 끝내지 못했다. 안나는 그 즉시 회계사나 은행원에게나 어울릴 듯한 지극히 평범한 얼굴을 봤다. 그리고 벨맨이 자신의 실수를 깨닫는 모습을 보며 안나는 만족감을 느꼈다. 벨맨은 후회로 시간을 낭비하지 않았다. 그는 즉시 가능성이 하나뿐이라는 사실을 알아채고, 에어록에서 작업 중인 사람들에게 경고도 하지 않고 내버려 둔 채 옥수수밭으로 전속력으로 달리기 시작했다.

바로 그 순간 사각형의 아래쪽 가장자리가 찢어졌다. 안나는 손을 잡아당기는 느낌을 받고, 벽의 좁은 돌출부를 따라 구멍에서 멀리 이동했다. 사각형의 가장자리가 벗겨질 때는 아무 소리가 나지 않았지만, 곧 전체 패널이 벗겨지고 돔의 각 모서리가 찢어지기 시작했다. 거품의 표면이 완만하게 물결치기 시작했다.

섬뜩했다. 구멍 사이로 공기가 쏟아져 나오는데도 아무 소리도 들리지 않고, 거의 보이지 않았다. 그러다 갑자기 잎과 이삭이 잘린 옥수수 줄기들이 무더기로 로켓포처럼 쏟아져 나와 어둠 속으로 날아갔다. 빠져나오는 공기의 흐름이 하얗게 변했는데, 안나는 왜 그런 건지 알 수 없었다.

첫 번째 시체가 날아와 달의 회색 흙에 떨어질 때까지 놀라운 거리를 비행했다.

리사 밥콕 경사가 도착했을 때 그 장소는 벌집을 쑤셔놓은 것 같았다. 경찰 무한궤도차 십여 대가 벽 바깥에 주차되었고, 수십 대가 더 오고 있었다. 파란 불빛이 조용히 빙빙 돌았다. 리사에게는 자신의 숨소리와 비상 주파수대에서 간간이 들려오는 짧은 말, 그리고 의족이 윙윙거리는 소리만 들려왔다.

벽의 바로 바깥 부분에 다섯 구의 시신이 놓여 있었다. 농장 내부로 차량이 진입할 수 있도록 잘라놓은 큰 구멍 옆이었다. 리사는 시신들을 침착하게 내려다봤다. 대포에서 발사되어 날아오다 순식간에 얼어붙은 시체에 예상할 수 있는 모습이었다.

그중에 안나는 없었다.

리사는 잠시 돔 안으로 걸어 들어갔는데, 바닥을 하얗게 덮고 꿈틀거리는 스펀지 같은 물질이 무엇인지 알 수 없어서 한 움큼 집어 들었다. 팝콘이었다. 팝콘은 농장 내부에 20센티 높이로 쌓여 있었는데, 쓰라린 햇살과 진공으로 인해 지금도 옥수수 알갱이가 건조되어 폭발하면서 늘어나고 있었다. 만일 안나가 그 안에 있다면, 시신을 찾는 데 며칠이 걸릴수도 있었다. 리사는 경찰들의 활동이 집중된 곳을 벗어나 밖으로 나와 벽의 바깥쪽 둘레를 따라 걷기 시작했다.

리사가 벽의 그늘에 엎드려 있는 시신을 발견했다. 눈에 잘 띄지 않아서, 발에 걸려 넘어질 뻔했었다. 리사가 놀란 것은 우주복이었다. 안나 경위가 우주복을 입고 있었다면, 왜 죽은 걸까? 리사가 입술을 깨물며 한쪽 어깨를 잡고 뒤집었다.

남자였다. 그는 자기 가슴에 튀어나온 체인칼의 손잡이를 내려다보며 놀란 표정을 짓고 있었는데, 칼은 얼어붙은 피로 이루어진 검은색의 부서진 꽃에 둘러싸여 있었다. 리사가 달리기 시작했다.

리사는 에어록으로 가서 금속 문을 두드렸다. 그리고 헬멧을 문에 가져다 댔다. 긴 정적 후에 응답으로 두드리는 소리가 들렸다.

구조용 트럭을 가져와 에어록의 외부문에 연결하기까지 15분이나 더 걸렸다. 리사는 그 문이 열렸을 때 트럭 안에 있었는데, 팔꿈치로 갈비뼈에 멍이 들 정도로 동료 경찰을 힘껏 밀어내는 간단한 방법으로 가장 먼저 문을 통과해 걸어 들어갔다.

처음에 리사는 자신의 그 모든 희망과 달리 안나가 죽었다고 생각했다. 안나는 아기를 품에 안은 채 벽에 등을 기대고 축 늘어져 있었다. 숨을 쉬지 않는 것 같았다. 엄마와 아기는 흙투성이였고, 안나의 다리는 피범벅이었다. 믿을 수 없을 정도로 창백해 보였다. 리사가 안나에게 다가가 아기에게 손을 뻗었다.

안나가 놀라운 힘으로 홱 움직였다. 안나의 움푹 들어간 눈이 천천히 리사의 얼굴에 초점을 맞추더니, 조애너를 내려다보며 바보처럼 웃었다.

"네가 지금껏 봤던 아기 중에 제일 이쁘지 않아?"

후기

마지막으로 편집자에 대해 한마디.

내가 만난 작가 중에 편집자에 대해 크든 작든 끔찍한 경험담이 없는 사람은 없었다. 존 브루너는 한 편집자가 자신의 책에서 주요 등장인물 한 명을 통째로 빼버린 적이 있다고 말해줬다. 그 인물을 언급한 모든 문장을 삭제해버린 것이다. 그 책은 앞뒤가 전혀 맞지 않았다. 존은 책이 발간될 때까지 그 사실을 알지 못했다.

서문에서 나는 대단히 운이 좋았다고 말했다. 가장 좋은 점은 함께 일했던 편집자들이었다. 나는 편집자에 대해 말해줄 만한 끔찍한 기억이 하나도 없다. (물론, 편집자들은 항상 교정쇄를 어제까지 돌려줬어야 했다고 말하지만, 그것은 표준적인 업계 관행으로 보이며, 누구도 그 관행을 어떻게 할 수 없다.)

내가 처음 글을 쓰기 시작했을 때, 잡지 〈Fantasy and Science Fiction〉의 에드 퍼먼 〈Galaxy〉의 짐 밴, 조지 사이더스, 그리고 그 후에 잡지 〈Asimov's Science Fiction〉의 가드너 도즈와의 관계는 언제나 훌륭했고, 데이먼 나이트, 테리 카, 데이비드 제롤드도 마찬가지였다. 나중에 장편

소설을 쓰기 시작했을 때, 과학소설 업계 최고의 두 편집자인 돈 벤슨과 짐 프렌켈과 함께 시작했고, 이후에는 데이비드 하트웰과 존 실버색과 짧은 인연을 이어갔다. 현재 수년 동안 내 편집자는 펭귄/퍼트넘/에이스/버클리/핼리버튼/미쓰비시 아니면 요즘은 그들이 회사 이름을 어떻게 부르는지 모르겠지만, 아무튼 그곳에서 일하는 수잔 앨리슨이다. 수잔은 아마도 이 세상에서 가장 인내심이 많은 편집자일 것이다. 수잔은 내가 아무리 늦게 원고를 제출해도 나에 대한 믿음을 버리지 않았다. 지금 여러분이 들고 있는 책도 수잔이 편집했는데, 여러분은 모를 것이다, 내가 한 달이나 늦게 이 소개문들을 마감했다는 사실을.

캘리포니아 오세아노에서
존 발리

옮긴이 **최세진**

SF 전문번역가. 옮긴 책으로 《로즈웰 가는 길》, 《크로스토크》, 《베스트 오브 코니 윌리스》(공역), 《리틀 브라더》, 《홈랜드》, 《별의 계승자 2: 가니메데의 친절한 거인》, 《별의 계승자 3: 거인의 별》, 《별의 계승자 4: 내부우주》, 《별의 계승자 5: 미네르바의 임무》, 《우주복 있음, 출장 가능》, 《별을 위한 시간》, 《온도의 임무》, 《계단의 집》, 《마일즈 보르코시건: 바라야 내전》, 《마일즈 보르코시건: 남자의 나라 아토스》, 《SF 명예의 전당 2: 화성의 오디세이》(공역), 《SF 명예의 전당 3: 유니버스》(공역), 《제대로 된 시체답게 행동해!》(공역) 등이 있다.

THE BEST OF

JOHN VARLEY

베스트 오브 존 발리

초판 1쇄 발행　2024년 3월 15일

지은이	존 발리
옮긴이	최세진
펴낸이	박은주
디자인	김선예, 이수정
마케팅	박동준

발행처	(주) 아작
등록	2015년 9월 9일 (제2023-000057호)
주소	07236 서울특별시 영등포구 의사당대로 38 102동 1309호
전화	02.324.3945-6　**팩스**　02.324.3947
이메일	arzaklivres@gmail.com
홈페이지	www.arzak.co.kr
ISBN	979-11-6668-774-7 03840